TAMI FISCHER

PRETTY
Scandalous

Heißer als Rache

AF163893

TAMI FISCHER

Heißer als Rache

Roman

MANHATTAN ELITE BAND 1

blanvalet

Der Verlag behält sich die Verwertung der urheberrechtlich geschützten Inhalte dieses Werkes für Zwecke des Text- und Data-Minings nach § 44 b UrhG ausdrücklich vor. Jegliche unbefugte Nutzung ist hiermit ausgeschlossen.

Penguin Random House Verlagsgruppe FSC® N001967

7. Auflage
Originalausgabe 2024 by Blanvalet
in der Penguin Random House Verlagsgruppe GmbH,
Neumarkter Str. 28, 81673 München
produktsicherheit@penguinrandomhouse.de
(Vorstehende Angaben sind zugleich
Pflichtinformationen nach GPSR)

Copyright © 2024 by Tami Fischer
Redaktion: Angela Kuepper
Umschlaggestaltung: Anke Koopmann | Designomicon
Umschlagmotiv: © Elm Haßfurth | birbstudio.com
DK · Herstellung: sam
Satz: Uhl + Massopust, Aalen
Druck und Bindung: GGP Media GmbH, Pößneck
Printed in Germany
ISBN 978-3-7341-1263-8

www.blanvalet.de

Liebe Leser*innen,

dieses Buch enthält potenziell triggernde Inhalte. Deshalb findet sich auf S. 606 eine Triggerwarnung. Achtung: Diese enthält Spoiler für das gesamte Buch. Wir wünschen allen das bestmögliche Leseerlebnis.

Tami Fischer und der Blanvalet Verlag

Für Lily und Luna

*Letztendlich schreibe ich nur Geschichten,
um euer Katzenfutter zu finanzieren.
Bitte lasst euch im Gegenzug
öfter von mir streicheln, danke.*

Playlist

Gettin' Wild – Silverberg, Ruelle
MoneyOnMyMind – UPSAHL, Absofacto
I'm Back – Royal Deluxe
Get On With It – Andreas Kaufmann
Violin – Cookiee Kawaii, Dear Silas
Hello Bitches – CL
Devilish – The Phantoms
Woman of the Hour – Stela Cole
Trouble – CRMNL
Blood in the Cut – K.Flay
Blinding Lights – Vitamin String Quartet
Señorita – Vitamin String Quartet
Death of Me – SAINT PHNX
Sugar Daddy – Qveen Herby
12345SEX – UPSAHL
I Did Something Bad – Taylor Swift
Hush – The Marías
You Belong With Me – Silverlake String Quartet
Vigilante Shit – Taylor Swift
Hero – Martin Garrix, JVKE

PROLOG

Es war einmal ...

Es war einmal eine Hochstaplerin, die nach Coco Mademoiselle duftete, Jimmy Choos trug und kurz davor war, an ihrer Shapewear zu ersticken.

So oder ähnlich könnte meine Geschichte beginnen, wäre das hier ein modernes Märchen mit Manhattans Upper East Side als Schauplatz. Doch es war kein Märchen. Wenn ich ehrlich war, glich mein Leben gerade vielmehr einem Albtraum. Einer Katastrophe.

Wir bewegten uns im Abendverkehr Richtung Midtown. Ich friemelte am altrosafarbenen Tüll meines bodenlangen Abendkleids und blickte aus den getönten Scheiben der Limousine. Mein Herz raste. Mehr noch, mir war kotzübel. *Komm schon*, befahl ich mir augenblicklich und bohrte die Finger durch den Stoff in die Knie. *Jetzt reiß dich zusammen.*

Mein Fahrer hielt, stieg aus und öffnete mir die Tür. Der Lärm von New York City – der Chor aus brummenden Motoren, Hupen und entfernten Sirenen – überrollte mich wie eine Flutwelle und floss wie ein Eisstrom durch meine Gedanken. Die Sonne war längst untergegangen, und die Lichter der Stadt füllten die Straße zwischen den Wolkenkratzern. Midtown war zu dieser Stunde wunderschön. Die Art und Weise, wie die Türme aus Licht den Himmel durchstachen und die Straßen voller Autos rot und weiß zu glühen begannen. Wir befanden uns nur ein paar Blocks vom Central Park entfernt, in einer Nebenstraße der 5th Avenue, in der Nähe des Rockefeller Center.

Das St. Regis ragte vor mir auf in seinem zeitlosen, eleganten Beaux-Arts-Stil, umgeben von Bauten aus Stein, Metall und Glas, die mir das Gefühl gaben, klein wie eine Ameise zu sein. Und doch stach das Luxushotel hervor. Es gehörte zu den exklusivsten der Welt.

Alte weiße Männer in Anzügen halfen weißen Frauen in umwerfenden Kleidern aus prunkvollen Wagen, hauptsächlich glänzenden SUVs und Limousinen.

»Danke, Lennard«, sagte ich, ohne mich zu meinem Fahrer umzudrehen. »Ich werde Sie anrufen, wenn ich wieder nach Hause möchte.«

Er verabschiedete sich, dann war er fort.

Mit beiden Händen umklammerte ich meine pinke Clutch von Bottega Veneta. Mittlerweile brodelte es in mir wie eine nahende Naturkatastrophe. Der Eingangsbereich des St. Regis war überdacht und beleuchtet. Gäste in Abendkleidung strömten hinein, manche wurden sogar fotografiert. Es war ein Sehen und Gesehenwerden der High Society, wie es im Buche stand. Und ich war nun eine von ihnen.

Nur, dass das gar nicht der Fall war.

»Payton?«, erklang eine tiefe, vertraute Stimme.

Ich blickte auf und sah geradewegs in *sein* Gesicht. Panik durchzuckte mich, gleichzeitig erfüllte mich Wärme. Er trug einen maßgeschneiderten Smoking mit Fliege und hatte die Hände in den Taschen seiner Hose vergraben. Meine Gefühle drohten mich zu überwältigen, doch ich biss die Zähne zusammen und ignorierte den Stich in meiner Brust. Wie gerne wäre ich ihm um den Hals gefallen, um mich mit dem Gesicht an seiner Schulter vor der Welt zu verstecken. Ich wollte ihn berühren, mich an ihn lehnen. Ich wollte ihn mit jeder einzelnen Faser meines Seins, jetzt mehr denn je.

Das Wissen, dass das niemals möglich sein würde, ließ mich plötzlich gegen Tränen kämpfen.

»Hi«, brachte ich hervor. Meine Lippen formten ein Lächeln, und ich betete, dass es echt wirkte.

Er erwiderte das Lächeln auf diese träge und zugleich ansteckende Art und Weise, die mich immer zum Dahinschmelzen brachte. Das vielleicht letzte liebevolle Lächeln, das er mir je schenken würde, wenn das Unausweichliche erst einmal geschehen war. Das, was *ich* herbeiführen *musste*.

Gott. Mein Magen krampfte sich zusammen. *Wir werden nie unser »für immer« bekommen.*

Er trat zu mir und küsste meine Wange. Es war kein flüchtiger Kuss. Seine Lippen verweilten auf meiner Haut und strichen anschließend sanft bis an mein Ohr.

»Du siehst unglaublich aus«, flüsterte er. Dann gab er mir einen Kuss auf die Lippen. Ich gestattete es mir, mich dem Kuss hinzugeben und die Augen dabei zu schließen. Er zog sich zurück und lächelte mich an. »Na dann, wollen wir?«, fragte er und hielt mir den Arm hin.

Ich brachte kein Wort heraus. Dafür war meine Kehle zu fest zugeschnürt. *Lass dir nichts anmerken. Du schaffst das.* Ich ergriff seinen Arm, als wäre er ein Rettungsanker. *Du schaffst das, du schaffst das, du schaffst das.* Die Worte liefen in meinem Kopf in Endlosschleife, doch das Mantra wurde von Minute zu Minute wirkungsloser. Die Tränen, mit denen ich so sehr kämpfte, sammelten sich in meinen Augen. Ich lächelte breiter.

Wir betraten die Lobby des Hotels, die nur so nach altem Geld schrie, und ich wusste, der umwerfende junge Mann an meiner Seite würde nun damit beschäftigt sein, nach unseren Freunden Ausschau zu halten. Deshalb gestattete ich es mir, eine einzelne Träne meine Wange hinablaufen zu lassen. Eine Träne, die um das Kommende wusste. Eine Träne voller Schmerz, der in Kürze über mich hereinbrechen würde.

Es muss sein. Es ist das einzig Richtige. Du hast keine Wahl.

Mit hoch erhobenem Kopf umklammerte ich seinen Unterarm fester und setzte das strahlendste Lächeln auf, das ich auf Lager hatte.

Noch nie in meinem Leben hatte ich mich so hoffnungslos gefühlt. So leer und verdorben.

Wie hatte es nur so weit kommen können?

KAPITEL 1

Alles auf Anfang

Es war eine Kunst für sich, zu tanzen, während man zugleich gewissenhaft Auto fuhr. Ich jedenfalls war eine Meisterin darin. »Instruction« von Jax Jones und Demi Lovato wummerte durch meinen alten Ford, und ich sang aus vollem Herzen mit, während ich bergauf beschleunigte. Warmes Abendlicht fiel auf die schmutzige Windschutzscheibe, und ich fluchte, als es mir bei der nächsten Kurve direkt in die Augen schien.

Etwas langsamer lenkte ich den Wagen in die vertraute, grün bewachsene Straße in Mill Valley, einem Vorort von San Francisco, in dem ich aufgewachsen war. Ein Fiepen blieb in meinen Ohren zurück, als ich den Motor in der Einfahrt meiner Eltern ersterben ließ und auch das Radio ausging. Alles sah aus wie immer. Zwischen knorrigen hohen Bäumen reihte sich Vorgarten an Vorgarten. Der Rasen war kurz gemäht, und das Haus meiner Eltern ähnelte den anderen typisch amerikanischen Häusern in der Straße – Kolonialstil. Der Weg zur Tür war braunrot gepflastert, die Fensterläden des grauen Hauses waren dunkelblau gestrichen und die Haustür, die von zwei gestutzten Buchsbäumen flankiert war, prunkte groß und weiß.

Ich nahm das Deo aus meiner Handtasche und sprühte mich von oben bis unten ein. Meine beste Freundin und Mitbewohnerin Laurel hatte im Wagen geraucht, kurz bevor ich sie auf dem Weg hierher vor unserer Lieblingsbar abgesetzt hatte. Ganz vielleicht hatte ich ein paar Züge von ihrer Zigarette genommen. Deshalb warf ich mir noch ein Pfefferminzbonbon ein. Ein letztes Mal fuhr ich mir durch die braunen Haare mit den türkisfarbenen Strähnen darin, schlüpfte in meine Flipflops und stieg aus.

Wenige Augenblicke später öffnete mein Dad auch schon die Haustür. Er musste mich wohl kommen gehört haben. Sein silberdurchzogenes braunes Haar war ordentlich zurückgekämmt und der typische Dreitagebart verschwunden. Offenbar hatte er wieder einen Videocall mit einem Zeitungsverlag oder Chefredakteur gehabt, sonst hätte er sich bestimmt nicht in das Polo gezwängt. Er hasste die Dinger.

Nacho, unser alter Berner Sennenhund, stürmte an meinem Dad vorbei und rannte mir entgegen wie ein Welpe. Ich stolperte zurück und brachte mein Gesicht außer Reichweite seiner Zunge. Lachend küsste ich seine feuchte Schnauze und befahl ihm anschließend, zurück auf alle viere zu gehen.

»Hi, Dad«, sagte ich und umarmte meinen Vater fest. Er roch nach Kaffee und seinem Aftershave, ein Duft, der mich immer in Geborgenheit wog.

»Du stinkst nach Rauch, Sarah«, sagte er anstelle einer Begrüßung und küsste meine Schläfe. »Sei froh, dass deine Mutter noch in der Redaktion ist und nichts davon mitbekommt.«

Ich zog eine Grimasse. Verdammt, er hatte es gemerkt. Hatte das gute Deo mich so sehr im Stich gelassen? »Ich dachte, sie hat heute Deadline«, murmelte ich verlegen.

»Hat sie auch.«

Ich löste mich aus der Umarmung und folgte ihm ins Haus, während Nacho bellend um uns herumhüpfte. Meine Eltern, Caleb und Jane Quinn, waren beide im Journalismus tätig. Während mein Vater freier Wirtschaftsjournalist war, arbeitete meine Mom für den *San Francisco Chronicle*. Seit unserer Kindheit waren meine Zwillingsschwester und ich an den Deadlinestress gewöhnt, der unsere Eltern stets umgab.

Nacho drückte seine Schnauze immer wieder gegen mein Bein, bis ich ihn grinsend am Kopf kraulte. »Ich hab echt Hunger. Wollen wir uns Pizza bestellen?«, fragte ich und betrat nach Dad die Küche. Wäre das Haus kein Erbe meiner verstorbenen Großeltern, wären meine Schwester und ich vermutlich nie in einer Vorstadt von San Francisco aufgewachsen, besonders nicht in Mill Valley. Meine Eltern hätten es nicht zugelassen. Sie mochten es simpel und hielten nichts davon, Geld in Dinge zu investieren, die nicht absolut notwendig waren. In übermäßigen Wohlstand zum Beispiel, und damit auch in so ein großes Haus. Deshalb war fast jeder Raum weit von einer Renovierung entfernt und glich einer Zeitreise, mindestens zwei oder drei Jahrzehnte zurück.

»Ich habe etwas Besseres für dich als Pizza, Liebling«, verkündete mein Dad und öffnete den Kühlschrank mit dramatischer Geste. Er ließ eine Plastikpackung über die Kücheninsel zu mir schlittern. Gierig nahm ich sie in die Hände. Mein Lächeln erstarb jedoch, als ich erkannte, was es war. Ich verzog das Gesicht und schob die Packung mit Schwung zu ihm zurück. »Großer Gott, das sind ...«

»Selleriesticks.«

»Ich brauche heiße Kohlenhydrate, am besten in Verbindung mit Käse oder Schokolade! Komm schon, Dad, ich weiß, dass du die Pizza von Papa Don genauso sehr liebst wie ich.«

Lächelnd lehnte er sich mit den Unterarmen auf die andere Seite der Kücheninsel. »Drei Dinge, Sarah-Schatz«, sagte er und hielt Zeige-, Mittel- und Ringfinger nach oben. »Erstens: Mehr bekommst du nicht, wenn du zu Hause auftauchst und dabei nach Zigaretten stinkst. Du hast geraucht! Sei froh, dass deine Strafe so mild ausfällt.«

Ich holte Luft, um zu widersprechen, doch er fuhr unbeirrt fort. »Zweitens: selbst schuld! Und drittens: Ich hoffe, dir ist bewusst, wie unverantwortlich und gesundheitsschädigend Zigaretten sind. Hast du eine Ahnung, wie so eine Raucherlunge aussieht? Und hast du dich mal damit befasst, unter welchen Bedingungen der Tabakanbau vonstattengeht? Das ist moderne Sklaverei! Die reinste Ausbeutung, Kinderarbeit und eine Sünde für unser Ökosystem. Ich kann dir Bilder zeigen, nach denen du nie wieder auch nur daran denkst, an einer Kippe zu ziehen. Außerdem sind Tabakwaren total teuer, das kannst du dir als Studentin gar nicht leisten.« Sein Gesichtsausdruck war streng und ernst, und ich zog den Kopf ein.

»Es waren nur zwei Züge«, nuschelte ich. »Das bedeutet ja nicht, dass ich so was regelmäßig mache oder eine eigene Schachtel besitze. Wirklich, Dad, mehr war es nicht. Können wir jetzt bitte wieder über das Abendessen sprechen? Du hast doch bestimmt auch Hunger! So wie ich dich kenne, hast du dich vermutlich wieder den ganzen Tag in deinem Büro verbarrikadiert und nur diese komischen Müsliriegel gegessen. Ich hatte heute nur ein kaltes Fleischbällchen, weil ich vor meiner Vorlesung kein Frühstück mehr holen konnte. Ich bin kurz vorm Krepieren, Dad.« Ich machte eine Schnute – aber keine Chance, das zog bei ihm schon seit meinem achten Lebensjahr nicht mehr.

Ungerührt hob er eine Augenbraue. »Du hättest dir auf dem Weg zum Campus etwas kaufen können. Gehst du dem Bagel-Laden bei dir ums Eck etwa immer noch aus dem Weg?«

Ein Schnauben entfuhr mir. »Es ist der letzte Tag vor den Semesterferien, ich wollte ihn einfach nur hinter mich bringen und mich nicht um ein *ausgewogenes Frühstück* kümmern. Und glaubst du wirklich, dass ich Lust habe, Patrick über den Weg zu laufen? Außerdem bin ich doch eine arme Studentin, schon vergessen?«

Patrick war fast ein Jahr lang mein fester Freund gewesen und nun seit etwa sechs Wochen mein Ex-Freund. Die Trennung war hässlich gewesen, und er hatte mir ein klitzekleines bisschen das Herz gebrochen. Vielleicht war es auch nur mein Stolz, der angeknackst war, denn die Beziehung war sehr körperlich gewesen und nicht sonderlich emotional. Wir hatten uns in einem Bagel-Laden in San Francisco kennengelernt, gleich nachdem Laurel und ich zu Beginn des Studiums in unsere Wohnung gezogen waren. Patrick war der Storemanager des Ladens. Wie sich aber herausgestellt hatte, waren Bagels nicht die einzigen Dinge mit Löchern, die er gerne belegte, wenn ich nicht vor Ort war.

Mein Vater gab der Packung wieder einen Stoß, und sie schlitterte zurück zu mir. »Wenn du wirklich Hunger hast, nimm das. Sehr gesund und nahrhaft. Ich muss noch etwas arbeiten, dann kümmere ich mich um das Abendessen. Vielleicht mache ich zum Sellerie noch ein paar Karottensticks und einen Hummusdip.«

»Seit wann bist du so grausam und herzlos?«, fragte ich stöhnend.

Seine Mundwinkel zuckten ein winziges bisschen. Schon klar, jetzt ging es ihm nur noch darum, mir total auf die Nerven zu gehen. Wenn er richtig sauer war, sah das ganz anders aus. »Das ist noch eine milde Strafe. Weil ich total cool und gelassen bin. Deshalb bin ich vermutlich auch der beste Dad auf der ganzen weiten Welt. Alle anderen, die *unchillaxten* Dads, wären an die Decke gegangen bei ihrer nach Rauch stinkenden Tochter.«

Ich schüttelte mich, auch wenn ich mir ein Lachen verkneifen musste. »Es ist peinlich, wenn du versuchst, wie die Jugend von heute zu klingen. Schön, ich esse das Zeug. Aber ganz offenbar liebst du mich nicht mehr und möchtest mich auf jede erdenkliche Art und Weise leiden sehen.« Ich tat, als müsste ich schniefen, und öffnete die Plastikpackung. Verstohlen warf ich einen

Blick zu Nacho, der neben mir am Boden saß und aus Knopfaugen erwartungsvoll zu mir hochsah.

»Glaub mir, mein Junge. Das Zeug willst nicht einmal du essen, das verspreche ich dir.«

Dad lachte bellend, so wie ich es schon immer geliebt hatte. »Mein Gott, ich kann nicht glauben, dass du schon zwanzig Jahre alt bist. Vielleicht hättest du doch lieber Schauspiel studieren sollen anstatt Architektur, du kleiner Quälgeist.«

»Hey!«, sagte ich entrüstet, doch ich grinste dabei. »Und stell dir vor, es gibt sogar noch eine wie mich.«

»Apropos«, sagte Dad und lehnte sich rücklings gegen die Arbeitsfläche. Noch bevor er zu sprechen begann, konnte ich an der Art und Weise, wie er die Stirn runzelte, erkennen, worum es ging.

»Hast du in letzter Zeit etwas von deiner Schwester gehört?«

Er schien sich Mühe zu geben, gelassen zu klingen, aber ich sah die Sorge in seinen Augen.

Ich setzte mich auf einen Barhocker und schüttelte den Kopf. »Payton macht sich immer noch rar. Wir sind wohl einfach nicht so cool wie ihr neues schickes Leben in New York.« Ich lächelte schief. In Wahrheit war mir aber überhaupt nicht nach Lachen zumute. Der bloße Gedanke an meine Zwillingsschwester sorgte dafür, dass mir das Herz schwer wurde. Sie war wie vom Erdboden verschluckt, seit zwei Wochen schon. Etwas, was mich erst verletzt und dann wütend gemacht hatte. Mehr, als ich vor irgendjemandem zugeben würde, auch nicht vor mir selbst. Denn ich *war* verletzt. Und ich *war* wütend auf sie. Wütend, dass sie mich einfach so vergessen hatte. Nicht nur mich, sondern auch unsere Eltern, unsere beste Freundin Laurel und ihre anderen Freunde und Freundinnen hier.

Dad seufzte tief und rieb mit einer Hand über seinen Nacken. »Bestimmt wird Payton sich bald bei uns melden. New York ist eine aufregende Stadt. Sie wird mit Sicherheit viel zu tun haben. Hat sie nicht vor Kurzem diesen Praktikumsplatz erwähnt?« Er klang hoffnungsvoll, als würde er sich selbst mit diesen Worten beruhigen wollen.

Ich starrte auf meine Hände und zuckte mit den Schultern. »Als wir zuletzt telefoniert haben, meinte sie, dass sie den Praktikumsplatz nicht bekommen hat. Ist ja auch egal.« Ich spürte, wie meine Laune in den Keller segelte. So schnell ging das, wenn ich mir erlaubte, zu lange darüber nachzudenken, warum Payton sich wohl nicht mehr meldete. Meine Unsicherheit lag mir schwer im Magen. Wieso musste ich sie auch so vermissen? Und dann noch meine Sorgen. Und meine Wut und die Enttäuschung. Das war nicht fair. Ich fühlte mich verraten, doch vor allem fehlte sie mir. Payton war nicht einfach nur mein Zwilling, sondern auch meine allerbeste Freundin. Wir hatten *sie*, diese legendäre Zwillingsverbindung. Ständig hatten wir gegenseitig unsere Sätze beendet, gespürt, wenn es der anderen nicht gut ging, und hatten alles gemeinsam unternommen. Manchmal hatten wir sogar die Rollen getauscht, weil wir nicht nur identisch aussahen, sondern auch genau wussten, wie wir uns in der Rolle der anderen verhalten mussten, um glaubhaft rüberzukommen. Sei es in der Middle School gewesen, um dem Schwarm einen Liebesbrief zu überreichen, um Streiche zu spielen, oder dann später manchmal sogar, um einen Test zu schreiben, für den die andere nicht gelernt hatte. Unsere ganze Kindheit und Jugend hindurch hatten wir das immer wieder getan, und nie hatte es jemand herausgefunden. Bis wir sechzehn waren, hatten wir uns zudem noch ein Zimmer geteilt. Wir waren unzertrennlich gewesen. Meine Blinddarm-OP als Neunjährige und der damit verbundene Krankenhausaufenthalt waren die längste Zeit, die Payton und ich je voneinander getrennt gewesen waren. Wir hatten uns schließlich für denselben Studiengang entschieden, um gemeinsam zu studieren. An unserer Traumuniversität: der Columbia University in New York. Doch Payton war schon immer die Fleißigere von uns beiden gewesen – und wenn man es genau nahm, war sie es gewesen, die ab und an Tests für mich geschrieben hatte, und nicht andersherum. Ich hatte meine Wochenenden lieber mit Freunden am Strand oder auf Partys verbracht, anstatt zu pauken. Letztendlich war also nur sie an der Ivy-League-Universität angenommen worden, für die wir beide so lange geschwärmt, von der wir so intensiv geträumt hatten. Es hatte mir das Herz gebrochen. Im vergangenen Jahr hatten wir uns also zum allerersten Mal so richtig voneinander getrennt. Payton hatte ihr Architekturstudium in New York angefangen und ich mein Architekturstudium an der USFCA hier in San Francisco. Seitdem hatten meine Eltern und ich Payton nur an Thanksgiving und über die Weihnachtsfeiertage gesehen. Sie hatte sich verändert. Ziemlich schnell sogar, es war kein schleichender Prozess gewesen. Das hatte ich auf Instagram mitverfolgt. Sie hatte sich von jetzt auf gleich kaum noch gemeldet. Plötzlich trug sie Designerklamotten, war verschlossener und hatte Geheimnisse. Sie hatte sich von uns allen zurückgezogen, doch am meisten von mir. Ausgerechnet von mir. Und nun war sie wie vom Erdboden verschluckt.

Ich fuhr mir mit beiden Händen durch die geglätteten Haare. Mit jedem Tag, an dem Payton sich nicht meldete, wurde mir mulmiger. Die Sorgen wurden größer und die Ruhelosigkeit stärker. Das war schlimmer als Wut, denn es tat weh. Wieso konnte ich nicht einfach nur wütend sein?

»Hey, Dad, ich gehe eine Runde mit Nacho raus. Kommst du mit?«, fragte ich. Vielleicht würde mir etwas Bewegung guttun.

Er schielte Richtung Tür und rieb sich über das Kinn. »Ich würde ja gern, aber ich habe da diesen einen Artikel ...«

Lächelnd stand ich vom Barhocker auf. »Dann gehe ich eben

allein. Nacho, mein Junge!« Ich drehte mich um und klatschte in die Hände. »Willst du Gassi gehen?« Als wäre ein Schalter im Kopf des alten Hundes umgesprungen, begann er zu bellen und rannte in den Flur. Dad und ich lachten.

»Warte, Sarah«, sagte Dad, als ich Nacho hinterher wollte.

Ich drehte mich zu ihm um. Da drückte er mir plötzlich eine Packung Oreos in die Hand. Vielsagend sah er mich an. »Mach dir nicht so viele Sorgen um Payton. Sie meldet sich schon noch bei uns. Und Sarah, lass in Zukunft die Finger von Zigaretten, sonst erzähle ich es beim nächsten Mal deiner Mom.«

»Jawohl, Sir. Und danke für die Kekse«, erwiderte ich, stellte mich auf die Zehenspitzen und küsste ihn auf die Wange, ehe ich Nacho in den Flur folgte.

Ich nahm die Hundeleine vom Haken neben der Tür. Dabei blieb mein Blick an ein paar eingerahmten Bildern an der Wand hängen, und ich hielt noch einmal inne. Da waren Payton und ich in unseren gelben Kleidchen – absolut identisch, mit den gleichen braunen Augen, dem breiten Lächeln und den gelockten braunen Haaren. Nicht so weiß wie unser Dad, aber auch nicht schwarz wie unsere Mom. Hellbraun. Auf den alten Fotostudiobildern, die Ende der 2000er aufgenommen worden waren, konnte uns nicht einmal unsere Mutter auseinanderhalten. Mein Blick verharrte für einen Moment auf dem aktuellsten Bild von uns, vom letzten Weihnachten. Ich, in einem schwarzen Boho-Kleid, mit brustlangen geglätteten Haaren und den türkisfarbenen Clip-Strähnen darin, Payton mit ihren langen unbehandelten Naturwellen, die sich an den Spitzen lockten, in einem fliederfarbenen Kostüm aus Bleistiftrock und Jäckchen. Der Weihnachtsbaum glitzerte im Hintergrund, und Mom und Dad hatten die Arme um uns gelegt. Wir alle strahlten in die Kamera. Und das, obwohl Mom und Payton kurz vorher heftig gestritten hatten, was früher nie passiert war. Payton hatte

Chanel-Slipper getragen, als wäre es ganz normal, zum Pyjama mehrere Tausend Dollar an den Füßen kleben zu haben. Erst hatten wir beide uns gestritten, weil sie mir einfach nicht hatte sagen wollen, woher sie plötzlich all das teure Zeug hatte. Anschließend hatte Mom ihr einen vertrauten Vortrag darüber gehalten, wie toxisch Statussymbole seien. Das war dann zwischen ihnen eskaliert, und Payton hatte uns alle mit ihrem Wutausbruch schockiert. Durch die Arbeit beim *San Francisco Chronicle* beschäftigte unsere Mutter sich täglich mit Armut und der Ungerechtigkeit unseres Rechtssystems, ganz besonders gegenüber dem nicht-weißen Teil der US-amerikanischen Bevölkerung. Wir hatten nie Markenklamotten besessen oder die neueste Technologie. Schon seit unserer Kindergartenzeit hatte Mom in dieser ihr typischen Geste die Nase gerümpft, wann immer die wohlhabenden weißen Vorstadtmütter gefragt hatten, ob wir für ein Playdate bei ihnen vorbeikommen wollten. Sie hatte Angst gehabt, dass wir beeinflusst wurden und Dinge haben wollten, die wir nicht haben durften. Unsere Mutter war ein liebevoller Mensch, aber ein wenig eigen und manchmal auch extrem. Vielleicht gerade weil sie ein so großes Herz hatte. Sie arbeitete neben ihrem Job ehrenamtlich bei Feeding America und war als Jugendliche einmal verhaftet worden, weil sie ein Haus besetzt hatte. Dass nur sie und die anderen afroamerikanischen Mitglieder ihrer Gruppe festgenommen worden waren, hatte den Stein ins Rollen gebracht, was ihren Aktivismus betraf. Sie war leidenschaftlich in ihrem Beruf und konnte Reichtum und Luxus auf den Tod nicht ausstehen. Genauso wie unser Dad. Das perfekte Match. Deshalb auch der Streit mit Payton über ihre viel zu teuren Klamotten und den viel zu teuren Schmuck. Beim Weihnachtsessen hatten Mom und Payton kein Wort miteinander gesprochen, und die Stimmung zu Hause war auf dem Nullpunkt gewesen. Vor ihrer Abreise hatte Payton Mom schließlich ihre

Chanel-Slipper übergeben, damit diese sie verkaufen konnte, um den Erlös an eine Obdachlosenunterkunft zu spenden.

Ich riss den Blick vom Foto los und legte Nacho seufzend die Leine an. Ich musste lernen, mir nicht allzu viele Gedanken zu machen. Wenn Payton so gut ohne mich zurechtkam, dann musste ich eben versuchen, es ihr gleichzutun.

Eine Weile spazierte ich durch die steilen begrünten Bilderbuchstraßen von Mill Valley. Die Sommerluft war noch warm, obwohl die Sonne nicht mehr zu sehen war, und in ein paar Vorgärten liefen Sprinkleranlagen – wie immer musste ich Nacho vor diesen Häusern besonders in Schach halten, damit er nicht zum Wasser sprang und die Blumenbeete ruinierte, in denen er sich gerne wälzte.

Im Hundepark ließ ich ihn von der Leine und setzte mich auf eine Bank. Ich zog mein Handy aus der Tasche, während Nacho mit einem befreundeten Labrador aus der Nachbarschaft spielte. Ich aß ein paar Oreos, scrollte durch Instagram und klickte mich von Profil zu Profil. Wieder aktualisierte ich Paytons Finsta – ihr geheimes zweites Instagram-Profil, das nur ihre engsten Freunde und Freundinnen kannten. Wir beide hatten zweite Accounts, hauptsächlich damit unsere zu neugierigen Investigativjournalisten-Eltern nicht überall ihre Nasen hineinsteckten. Auf Paytons »offiziellem« Instagram-Profil war vor allem ihre Liebe zur Fotografie zu sehen gewesen, bis sie den Account deaktiviert hatte. Sie hatte schon immer ein Talent dafür gehabt, alltägliche Szenen magisch aussehen zu lassen. Bevor Paytons offizielles Profil verschwunden war, hatte sie zuletzt Bilder von der Skyline Manhattans, dem Campus der Columbia, tollen Gebäuden und schönen Sonnenuntergängen gepostet. Aber auf ihrem Finsta? Dem Profil, das Mom und Dad nicht kannten? Dort strotzten ihre Posts nur so vor Luxus. Aufnahmen in Cocktailkleidern, Spiegelselfies in prunkvollen Badezimmern, funkelnder

Schmuck und Tüten von Chanel, Louis Vuitton oder Hermès. Oder es waren Schnappschüsse von Payton, wie sie mit ihrem neuen Freund Donovan Händchen hielt, Kaffee trank oder mit ihren Freundinnen zusammen war und aussah, als gehörte sie auf das Vorschaubild einer neuen Staffel *Gossip Girl*. Schicke Partys, Champagner, edles Essen, Limousinen. Und ständig Bilder mit diesem Donovan, von dem sie mir nie viel erzählt hatte. Wer auch immer das elegante, zufriedene Mädchen auf dem Profil war, meine Schwester war das mit Sicherheit nicht. So war Payton nie gewesen. Ich meine, verdammt, unsere Eltern hatten uns so nicht erzogen. Die Payton, die ich kannte, trug keine Hollywoodwellen, Perlenketten und Handschuhe aus Spitzenstoff. Sie war in Secondhandläden shoppen gegangen, so wie alle in der Familie. Noch vor einem Jahr war sie einfach nur ... *sie* gewesen. Nicht dieses Luxusmädchen, das sich plötzlich zu schade war, ihren Zwilling, ihre beste Freundin, an ihrem neuen Leben teilhaben zu lassen. Das Luxusmädchen, das nun ihre öffentlichen Social-Media-Profile gelöscht hatte und untergetaucht war, ohne ihre Familie wissen zu lassen, ob es ihr gut ging.

Nacho drängte seine Schnauze an mein Bein. Er hatte wohl langsam genug und wollte nach Hause.

»Du hast ja recht, Großer«, sagte ich und erhob mich. Das mit dem Vorsatz, mir nicht allzu viele Gedanken zu machen, würde ich wirklich noch üben müssen.

KAPITEL 2

Von Diamanten und Minzeis

In den ersten Wochen der Sommersemesterferien hangelten Laurel und ich uns von Party zu Party, räumten unser winziges Apartment in San Francisco auf, hingen gemeinsam am Strand ab und spielten Videospiele. Sie nutzte jede Gelegenheit, um unauffällig ihre neue Flamme Emma in unseren Freundeskreis zu integrieren. Es war das allererste Mal, dass Laurel ernsthaft verliebt war, und sie schien in der frischen Beziehung regelrecht aufzublühen. Das machte mich glücklich, besonders weil ich Emma mit ihrer quirligen Art gut leiden konnte.

Laurel war nicht nur meine beste Freundin, sondern auch Paytons und meine älteste Freundin. Wir kannten uns seit der ersten Klasse und waren wie Schwestern aufgewachsen. Sie war einer der wenigen Menschen in meinem näheren Umfeld, die meine Mutter mochte. Und das sollte etwas heißen, denn niemand war in Moms Augen anständig genug – sie wusste natürlich nicht, dass Laurel ab und an gerne Gras rauchte.

Wenn Laurel und Emma auf Raves oder zu Kochabenden von Freunden gingen, schloss ich mich meist an, um mich von der anhaltenden Funkstille zu Payton abzulenken. Die war mittlerweile schon auf zwei Monate angewachsen. Zu Beginn hatte ich die Tage gezählt, seit Payton sich zuletzt bei mir gemeldet hatte, dann die Wochen. Ich hatte ihr immer wieder geschrieben, versucht, sie anzurufen, und Sprachnachrichten hinterlassen. Nach dem ersten Monat hatte ich schließlich zu zählen aufgehört, und meine Verzweiflung war Trotz und schließlich Resignation gewichen. Wenigstens Mom und Dad hörten nach wie vor von ihr, wenn auch nur sporadisch, vermutlich, damit sie Payton nicht als vermisst meldeten.

Dennoch ertappte ich mich immer wieder dabei, wie ich das Profil meiner Schwester checkte. Es war wie ein Automatismus, von dem ich nicht lassen konnte.

So auch heute.

Es war ein besonders heißer Tag. Laurel und ich hatten uns in der Wohnung verbarrikadiert und ein paar ihrer Batiktücher vor die Fenster gehängt, um der Sonne Einhalt zu gebieten. Gleich nach unserem Einzug und unter Einfluss von zu viel Cider hatten wir es nämlich irgendwie geschafft, die Fensterläden kaputt zu machen. Nachdem ich über zwei Stunden Laurels schulterlanges Afrohaar zu kleinen Braids geflochten hatte und meine steifen Finger vor Schmerz deshalb protestierten, machten wir eine Pause.

Und genau da entdeckte ich es.

»Es ist weg!«, rief ich und setzte mich auf. Wieder und wieder versuchte ich, das Profil auf meinem Smartphone aufzurufen. Doch es funktionierte nicht. *@p.quinn2412* existierte nicht länger. Payton hatte ihr Finsta-Profil deaktiviert!

Laurel erschien im Türrahmen unserer winzigen Küche, in der Hand eine Packung Eiscreme und im Mund einen Löffel.
»*Wad if wef?*«

Der Großteil ihres Kopfes war von Klammern bedeckt, die die ausgekämmten Haare zusammenhielten, vom restlichen Teil hingen winzige Zöpfe voller bunter Perlen herab.

Ich warf mein Handy auf das Sofa. Mein Puls hatte sich beschleunigt, und etwas in mir, der Teil, der mich schon immer mit Payton verbunden hatte, verknotete sich auf Übelkeit erregende Art und Weise. »Paytons Profil ist verschwunden. Jetzt ist sie komplett untergetaucht«, stieß ich hervor und blickte zu Laurel auf. »Was, wenn irgendwas passiert ist?«

Stöhnend verdrehte sie die Augen und ging zurück in die Küche. »Babes, bestimmt steckt da nichts dahinter. Mach dir keinen Kopf.«

»Aber ich *spüre*, dass etwas nicht stimmt«, beharrte ich und knabberte an meinem Daumennagel. Meine Finger pulsierten noch immer vom Flechten. Ich ließ sie einen nach dem anderen knacken.

Laurel kehrte mit einem zweiten Löffel zurück. Sie drückte ihn mir in die Hand und ließ sich neben mich auf das durchgesessene Polster fallen. »Sagt dir das eure Zwillingstelepathie?«, fragte sie.

»Ja!« Ich stach meinen Löffel in das Schoko-Minz-Eis. »Ich schwöre es dir. Etwas ist nicht in Ordnung, ich weiß es einfach.«

»Okay, na schön.« Sie entsperrte ihr Handy, tippte etwas und hielt es sich ans Ohr.

»Was tust du da?«, fragte ich und schob mir den voll beladenen Löffel in den Mund.

Laurel schnaubte. »Wonach sieht's aus? Ich rufe Payton an.«

»Na dann, viel Erfolg. Es wird nur die Mailbox rangehen.«

Dennoch wurde ich nervös, während ich sie beobachtete. Würde meine Schwester bei ihr abheben? Lag es an mir?

Doch es dauerte nicht lange, bis ich leise die vertraute Ansage ihrer Mailbox hörte.

»Hi, Pay«, sagte Laurel nach einem langen Piepton und verzog den Mund. »Hier ist Laurel. Erinnerst du dich noch an mich? Ich glaube nämlich, wir sind Freundinnen. Krieg endlich deinen Arsch hoch und ruf zurück, hier machen sich einige Leute Sorgen um dich. Und mit *einige Leute* meine ich insbesondere deine Zwillingsschwester, die schwört, dass irgendwas nicht stimmt.

Bitte melde dich wenigstens bei Sarah und sag ihr, dass alles in Ordnung ist und du bloß gerade eine echt miese Schwester bist. Danke. Hab dich lieb und vermiss dich, bis bald.«

Sie legte auf und hob vielsagend die Brauen.

Ich massierte meine steifen Finger. »Sag ich doch, dass sie nicht rangeht. Und ich glaube nicht, dass sie ihre Mailbox abhört.« Ich schob mir noch mehr von der Eiscreme in den Mund.

Vor den Fenstern verschwand die Sonne hinter einer Wolke, und in unserer abgedunkelten Wohnung wurde es erstaunlich finster.

»Verrät dir das auch eure Zwillingsverbindung?«, fragte Laurel.

Ich seufzte. »Das nicht, aber Payton hört meine Sprachnachrichten im Messenger nicht ab. Die Textnachrichten liest sie auch nicht.«

»Okay, du hast ja recht. Es ist schon ein wenig komisch. Aber ich versuche, positiv zu denken, Sarah. Also geh nicht immer vom Schlimmsten aus, vielleicht hat sie gerade viel zu tun und ist nur selten am Handy. Das hat vermutlich nichts mit dir oder mir zu tun.«

Das beruhigte mich ein wenig, und ich atmete auf.

»Wenn du positiv denkst, ziehst du auch Positives an. Und umgekehrt. Deshalb versuche ich, mir keine Sorgen zu machen. Es wäre viel schlimmer, wenn ich mich mit dir in Sorgen suhlen würde«, schob sie nach.

Ich pikste sie mit dem Griff des Löffels an der Schulter. »Sag das doch gleich, du Arsch. Ich dachte schon, dir ist das alles egal.«

Ein Lächeln umspielte ihre Lippen. Sie rutschte vom Sofa und nahm wieder auf dem bunten Pouf vor mir Platz, damit wir mit ihren Braids weitermachen konnten.

»Eine von uns muss die Dinge ja am Laufen halten. Gern geschehen, Babes.« Sie nahm den Playstation-Controller zur Hand und klickte auf »Fortsetzen«. Laurel spielte zum etwa hundertsten Mal *The Last Of Us* auf der alten brummenden Playstation und fuhr damit fort, infizierte zombieartige Gegner abzumetzeln.

Eine Weile sprachen wir nicht. Ich kämmte ihre Haare, teilte Strähne für Strähne, arbeitete ein wenig Öl hinein und begann wieder zu flechten.

Plötzlich erklang das wunderbare Geräusch von Regen und Wind. Endlich eine Abkühlung. Der erste Regen seit Wochen.

Ich schämte mich ein wenig, so auf meine Schwester fixiert zu sein. Mehr noch, ich ärgerte mich darüber. Durch ihr Verhalten im vergangenen halben Jahr hatte sie es nicht verdient, so viel Platz in meinem Kopf einzunehmen. Bevor Payton nach New York gezogen war, war es nie so zwischen uns gewesen. Wir waren immer ein Herz und eine Seele. Laurel schwor seit Jahren darauf, dass unsere unterschiedlichen Persönlichkeiten darauf beruhten, dass Payton elf Minuten älter war als ich – dadurch hatten wir nämlich unterschiedliche Horoskope, und ihrer Meinung nach war das ausschlaggebend für die Persönlichkeit eines Menschen. Wer Payton begegnete, entwickelte früher oder später eine Art Beschützerinstinkt. Obwohl sie der selbstständigste Mensch war, den ich kannte, löste ihre sanfte und gutmütige Persönlichkeit sofort das Bedürfnis aus, sich um sie kümmern zu wollen. Sie war die Ruhigere von uns beiden, liebte Kochabende und Lesezirkel, während ich die Impulsivere war, die gerne unter Menschen ging, feierte und oftmals riskante Entscheidungen traf. Sie bevorzugte einen kleinen Kreis von engen Freunden, ich liebte es, neue Kontakte zu knüpfen und unterwegs zu sein. Nach dem Studium hofften wir, uns eines Tages den großen Traum von einem gemeinsamen Architekturbüro erfüllen zu können. Denn so gegensätzlich wir in vielen Dingen auch waren, wir waren zwei Hälften eines Ganzen. Zwei Hälften, die Träume und Sehnsüchte, unendliche Liebe und Geheimnisse teilten. Deshalb war es ja auch so beunruhigend, wie sehr sie sich verändert hatte, seit sie an der Columbia studierte.

Und jetzt? Jetzt kannte ich noch nicht einmal ihren neuen Freund Donovan. Payton hatte das Band, das uns seit der Geburt verband, einfach so zertrennt. Ich fühlte mich verloren. Einsam. Und meine Verunsicherung reichte tief.

Wenn ausgerechnet deine zweite Hälfte dich fallen lässt, würde es dann nicht auch der Rest der Welt tun?

* * *

Am darauffolgenden Abend kam Emma wie so oft zu Besuch und gesellte sich zu mir auf das Sofa, während ich noch immer Laurels Haare flocht. Sie redete wie ein Wasserfall und war das fröhlichste Energiebündel, das ich je erlebt hatte. Mittlerweile hatten wir die Fenster aufgerissen, um die kühle Luft in die kleine Wohnung zu lassen. Die Regenfront, die seit gestern draußen wütete, war eine Wohltat. Keine von uns störte es, dass der Boden vor den Fenstern bereits feucht war. Für die Brise war es das wert.

Laurel gab ein ächzendes Stöhnen von sich, als ich endlich fertig war. Sie warf den Controller aufs Sofa, als wäre sie diejenige, die sich tagelang die Finger wundgeflochten hatte, stand auf, streckte sich ausgiebig und ließ den Kopf kreisen. »Tausend Dank, Sarah.«

Ich lächelte erschöpft. »Du hast es doch noch gar nicht gesehen.«

»Du siehst toll aus!«, sagte Emma, während Laurel bereits ins Badezimmer rannte und das Licht einschaltete. Ein begeistertes

Quietschen war zu hören, dann erschien sie im Türrahmen und warf sich in Pose. Mit gespitzten Lippen schob sie sich die kleinen Braids mit den Perlen über die Schultern. »Seht euch das an. Verdammt, ich bin heiß.«

Applaudierend stieß Emma einen Pfiff aus. Laurel grinste bis über beide Ohren, dann stürzte sie sich auf mich und küsste meine Stirn. »Danke, Babes! Ich liebe es, wirklich. Kommst du mit? Emma und ich wollen gleich im Marley's mit Will und den anderen was trinken. Ich muss die neuen Haare ja ausführen und mit ihnen angeben.«

Kurz überlegte ich, dann schüttelte ich den Kopf. »Ich bleibe zu Hause. Es ist schon fast neun.«

Zunächst blitzte Spott in Laurels Augen auf, weil mir das alles andere als ähnlichsah. Dann wurde ihre Miene mitfühlend, ihr Schmunzeln wich einem aufmunternden Lächeln, und sie drückte meine Schulter. »Okay. Wenn du dir Pizza bestellst, geht das auf mich, ja? Als erste Anzahlung für meine Haare.«

»Abgemacht«, sagte ich.

Emma und ich warteten, bis Laurel sich umgezogen hatte – als Modestudentin wählte sie oft gewagte Outfits, aber heute wurden es ihre weinrote Latzhose aus Cord, ein schwarzer Pullover und ihre alten Doc Martens.

Dann verabschiedete ich mich von den beiden und schloss die Fenster. Der Sturm draußen wurde nämlich immer heftiger.

Gähnend legte ich mich der Länge nach auf die Couch. Meine Hand zuckte in Richtung Telefon, als wäre es mir in Fleisch und Blut übergegangen, Instagram oder meinen Messenger zu öffnen. Doch ich hielt mich zurück. Stattdessen ballte ich die Hand zur Faust und kniff die Lippen zusammen. Das musste aufhören.

Eine Weile lauschte ich dem Regen, der angefeuert vom Wind gegen die Fensterscheiben schlug. Der Klang lullte mich ein, und ich erlaubte es mir, mich zu entspannen.

Ich war kurz davor einzunicken, als es an der Wohnungstür hämmerte. Vor Schreck sprang ich auf und lief zur Tür. Das Leuchten eines Blitzes erhellte die Wohnung, gefolgt von einem wütenden Donnergrollen. Ich riss die Tür auf, mehr als bereit, Laurel eine Standpauke darüber zu halten, dass sie bei diesem Sturm nicht fahren sollte. »Laurel, du solltest nicht …«

Meine Stimme versagte, und ich stolperte zurück. Denn vor mir stand nicht Laurel, die durchnässt bis auf die Knochen war und schwer atmete.

Es war Payton.

Payton.

Im nächsten Augenblick brach sie auch schon schluchzend vor mir zusammen.

KAPITEL 3

Wenn man vom Teufel spricht

Ich machte einen Satz nach vorne und fing Payton auf, bevor sie zu Boden sinken konnte. Sie weinte. So richtig. Ihre Schluchzer waren laut, und sie klammerte sich an mich.

»Payton«, sagte ich mit hohler Stimme. Sie war eiskalt und pitschnass. »Was zur Hölle? Was ist passiert? Was machst du hier?«

Ich stand stocksteif da, während sie das Gesicht an meinem Hals vergrub. Ihr Körper bebte wie Espenlaub. Sie war *hier*. Payton war hier!

Mir wurde schlecht, als ich endlich fest die Arme um sie schlang. Fuck. Ich hatte recht gehabt. Mein furchtbares Gefühl, dass irgendetwas nicht stimmte? Ich hatte recht gehabt!

Payton schaffte es kaum, Luft zu holen, so sehr weinte sie. Ich konnte mich nicht erinnern, wann ich sie *jemals* so hatte weinen sehen.

Eine drückende Sturmböe vom offenen Treppenhaus unserer Apartmenteinheit jagte mir den Regen wie feine Nadelstiche ins Gesicht und löste meine Schockstarre. Ich half Payton hinein und dirigierte sie zum Sofa. Als ich zurück zur Tür eilte, um sie zu schließen, entdeckte ich einen Koffer und eine Tasche darauf. Ich zog ihn in die Wohnung und sperrte anschließend den Regen und den heulenden Wind aus. Mit schnellen Schritten kehrte ich zu meinem Zwilling zurück, kniete mich vor sie und strich ihr die nassen Haare aus dem Gesicht. Schwarze Schlieren aus Wimperntusche überzogen ihre Wangen, und die Ringe unter ihren Augen waren tief und dunkel.

Mein Atem wurde flach. »Scheiße«, flüsterte ich. »Payton, was ist passiert? Bitte rede mit mir.« Sie sagte kein Wort und hörte nicht auf zu weinen. Mit zitternden Händen fuhr sie sich immer wieder über das Gesicht.

»… kann nicht«, stieß sie hervor. »Sarah …« Ihre Stimme erstarb, dann schlang sie erneut die Arme um mich, als würde sie zerbrechen, wenn sie sich nicht an mir festhielte.

Mein donnernder Herzschlag erfüllte meine Ohren. Ich kämpfte mich vom Boden hoch, setzte mich neben sie, ohne mich von ihr zu lösen. Eine Weile ließ ich zu, sie einfach nur zu halten, und strich ihr immer wieder über den Rücken, hauptsächlich weil mein Kopf wie leer gefegt war und ich keine Ahnung hatte, was ich sonst tun sollte. Ihr dünner Cardigan tropfte, genau wie ihr knielanges blaues Kleid.

»Komm schon, Pay«, flüsterte ich und klemmte ihr die nassen Haare hinter ein Ohr. »Du musst aus den Sachen raus und brauchst Handtücher.« Ich schnappte mir die zusammengeknüllte dünne Decke neben mir und warf sie über Paytons Schultern. Mein Blick blieb an ihrem Knie hängen. An einem Schatten.

Blitzschnell schob ich den Saum ihres Kleides nach oben und schnappte nach Luft. »Fuck!« Der blaue Fleck auf ihrer hellbraunen Haut war eine Monstrosität! Er zog sich vom linken Knie bis mittig auf die Innenseite ihres Oberschenkels. Eine lila-blaue, wütende Sturmwolke. Aber da waren noch mehr auf ihren Beinen. Kleinere. An den Knien, der Außenseite ihrer Schenkel, den Schienbeinen, den Waden.

Mein Kopf zuckte nach oben, und ich sah Payton mit aufgerissenen Augen an. Mit einem Mal schnürte mir Angst die Brust zu. Echte, eisige Angst.

»Heilige, verdammte … Payton, wie ist das passiert? Hattest du einen Unfall oder so?«

Ein düsterer Gedanke kam mir, und mein Herz verwandelte sich in Eis. Ich packte ihre Schultern, kurz davor, ebenfalls in Tränen auszubrechen. »Payton, *wer* war das? Woher kommen die?«, fragte ich.

Sie presste die Augen zu. Ihr Kinn zuckte, und nichts als unkontrollierte Laute lösten sich von ihren geteilten Lippen. Sie wiegte sich vor und zurück und schob den Saum wieder nach unten. Ich hob ihren Kopf an, damit sie mich ansah. Und als sie es tat, wünschte ich mir fast, dass sie es nicht getan hätte. Ihre braunen Augen waren leer. Hoffnungslos.

»Nein«, wisperte ich. Mein Mund wurde staubtrocken. »Bitte, Payton. Sag mir … sag mir, was passiert ist. Und wer das war. Wer hat das getan?«

»Alle«, flüsterte sie und schloss die Augen. »*Sie alle.*«

***

Es war keine leichte Aufgabe, Payton aus der nassen Kleidung zu helfen. Und diese Blutergüsse an ihren Beinen … Da waren mehr, und sie alle schienen schon einige Tage, vielleicht eine Woche alt zu sein, mit ihren grünlich-gelben Verfärbungen an den Rändern. Auf ihrem Rücken, der Hüfte, den Oberarmen und ihren Handgelenken waren auch welche. Gott, ihre Handgelenke. Die Formen der dunklen Schatten sahen verdächtig nach Fingern aus. Es zerriss etwas in mir, ihren Körper so zu sehen.

Paytons Schluchzer klangen zu einem Wimmern ab, als ich ihr ein Shirt von unserem Dad überzog, das ich mir mal stibitzt hatte, weil ich so gerne darin schlief. Dazu gab ich ihr eine meiner gemütlichsten Jogginghosen. Mehr als diese eine Frage hatte sie mir nicht beantwortet, obwohl ich es immer wieder versuchte.

Alle. Sie alle. Das war die einzige Antwort, die Payton mir gab. Es schien, als wäre sie nicht mehr richtig da, nur ihre Hülle. Ein Geist.

Sie regte sich auch dann nicht, als ich ihre Haare sanft mit einem Handtuch abtrocknete und das zerlaufene Make-up aus ihrem Gesicht wischte. Ich nahm das Handtuch anschließend mit, um die Pfützen aus Regenwasser auf dem Boden aufzuwischen. Als wir uns schließlich wieder auf das Sofa setzten, war sie ganz still. Ihr Blick glitt ins Leere. Und erst als ich das ungemütliche grelle Deckenlicht einschaltete, das Laurel und ich nur benutzten, wenn wir unsere Schlüssel suchten, sah ich es:

Paytons Pupillen waren so groß wie Untertassen.

Ich atmete tief durch und legte eine Hand auf ihre Schulter.

»Payton, bist du high?«

Erst reagierte sie nicht. Dann nickte sie langsam, ohne mich anzusehen.

»Was hast du genommen?«

Keine Antwort.

»Brauchst du ein Glas Wasser?«

Stille.

Ich gab mir große Mühe, nicht durchzudrehen. Aber fuck, Payton hatte noch nie Drogen genommen! Was war mit ihr passiert? Sie hatte noch nie in ihrem Leben auch nur an einer Zigarette gezogen, geschweige denn Gras geraucht. Betrunken war sie auch erst ein Mal gewesen. Das war zumindest der Stand, bevor sie nach New York gegangen war. Was um alles in der Welt hatte diese verfluchte Stadt mit meiner Schwester gemacht?

»Wissen Mom und Dad, dass du hier bist?«, fragte ich und zwang mich, meine Stimme ruhig klingen zu lassen. Obwohl es in mir brodelte wie der Sturm draußen.

Wenigstens kam diesmal eine Reaktion, und sie schüttelte den Kopf.

»Hast du *irgendwem* gesagt, dass du in San Francisco bist?«, bohrte ich weiter.

Wieder nur ein Kopfschütteln.

»Bist du vom Flughafen aus mit dem Taxi hergefahren?«

Sie nickte.

Ein Schlüssel drehte sich im Schloss, und ich sprang auf. Payton zuckte nicht mal mit einer Wimper. Lag das an dem, was sie eingenommen hatte?

Laurel stolperte lachend in die Wohnung, Emma im Schlepptau. »Rate, wer seinen Geldbeutel mal wieder vergessen …«

Sie verstummte, als sie Payton auf dem Sofa entdeckte. Dann schoss ihr Blick zum Koffer, der neben ihr an der Tür stand. »*Oh.*« Das war alles, was sie sagte. Und obwohl Payton nicht länger schwarze Schlieren im Gesicht hatte oder weinte, begriff Laurel schnell, dass etwas ganz und gar nicht stimmte – was entweder an Paytons mangelnder Reaktion lag, ihren verheulten Augen oder meiner aufgelösten Erscheinung.

»Oh. Oh Shit«, murmelte sie und drehte sich zu Emma um. »Hey, Em, ich glaube, wir haben hier einen kleinen Notfall. Vielleicht wäre es besser, wenn du gehst. Ist das okay für dich?«

»Kann ich irgendwas tun? Braucht ihr meine Hilfe?«, fragte Emma, den beunruhigten Blick auf Payton gerichtet.

Laurel schüttelte hastig den Kopf. »Schon okay, Baby. Ich rufe dich morgen an, ja?«

»Na gut. Aber wenn ich etwas für euch tun kann, schreib mir bitte.«

Im nächsten Moment war Emma fort, und Laurel eilte in ihren quietschenden Doc Martens zu uns. Sie setzte sich auf den Pouf und nahm Paytons schlanke Finger in die Hände.

Das löste endlich eine Reaktion bei meiner Schwester aus: Sie zuckte zusammen.

»Sie ist high«, sagte ich und setzte mich wieder, bevor Laurel fragen konnte. Mein Knie wippte wie ein Presslufthammer auf und ab, und ich kaute an meinem Daumennagel. »So richtig high. Sie kann kaum sprechen.«

»Ach du Scheiße, Payton und high?« Laurel schnappte nach Luft, als sie die Blutergüsse bemerkte, und fluchte noch ausgiebiger. »Was zum …! Was ist passiert? Wer war das?«

Plötzlich schluchzte Payton wieder. Sie schloss die Augen und biss sich auf die Unterlippe.

Ich konnte nicht anders, als erneut die Arme um sie zu schlingen und sie festzuhalten. Diesmal stiegen auch mir die Tränen in die Augen. Aber ich weinte nicht. Ich bot jegliche Kraft auf, um stark zu bleiben.

»Alles wird wieder gut«, schwor ich und streichelte ihr über den Kopf. »Aber du musst uns helfen, Payton. Du musst uns sagen, was wir für dich tun können.«

Laurel schloss sich der Umarmung an. »Es wird alles wieder gut, Süße. Und sobald du wieder klar denken kannst, reden wir. Deal?«

»Ich …«, flüsterte Payton. Sie schniefte. »… nicht zurück.«

»Zurück?«, fragte ich sofort, mit einem Mal aufgeregt, endlich mehr aus ihr herauszubekommen. »Wohin? Nach New York?«

»Ich will … ich kann … ich …« Sie zitterte. »Bitte … schickt mich nicht dorthin zurück.«

Mehr bekamen Laurel und ich nicht aus ihr heraus. Es dauerte nicht lange, dann schlief meine Schwester auf dem Sofa ein. Ich deckte sie zu und stellte ein Wasserglas neben sie. Eine geschlagene Stunde tat ich nichts anderes, als neben ihr zu wachen. Schließlich zog Laurel mich mit sich in ihr Zimmer. Sie schloss die Tür, und wir setzten uns auf ihr Bett ans offene Fenster.

Mit fahrigen Bewegungen zündete sie sich eine Zigarette an und blies den Rauch mit einem schweren Stoß aus. Meine Sicht verschwamm, und ich blinzelte schnell, ehe ich mir mit beiden Händen über das Gesicht rieb. »O Gott, Laurel. Ich weiß nicht, was da gerade passiert. Am liebsten würde ich die Polizei rufen.«

Der Wind hatte nachgelassen, der Regen jedoch nicht. Wieder erhellte das Licht eines Blitzes die Welt. Ein Donnergrollen folgte so laut, dass es mir in den Ohren klingelte. »Vielleicht warten wir damit lieber, bis sie wieder ansprechbar ist«, sagte Laurel und nahm erneut einen tiefen Zug. »Willst du wirklich, dass eure Mom irgendwas hiervon herausfindet?«

Ich blickte in den Regen. Das hier war keine kleine Sache. Es schien mir eine Nummer zu groß, um ein Geheimnis draus zu machen. »Payton ist hergekommen«, überlegte ich laut, »sie ist nicht zu Mom und Dad gefahren. Du hast recht, wir hören uns erst mal an, was sie zu sagen hat, bevor wir irgendjemanden informieren. Du weißt ja, wie meine Eltern sind, ich kann mir schon vorstellen, wieso Payton in ihrem Zustand nicht nach Hause gefahren ist.«

Laurel nickte bedächtig. »Wohl wahr. Payton sollte entscheiden, ob sie euren Eltern davon erzählen will. Oder der Polizei.«

»Außer, wir können ihr nicht helfen«, sagte ich. »Dann habe ich keine andere Wahl, als unsere Mom anzurufen.«

Meine Kehle war so eng, dass ich kaum atmen konnte. Wir schwiegen, während Laurel sich vor Stress gleich noch eine Zigarette anzündete. Ich konnte das Beben in meiner Brust nicht länger aufhalten. Stille Tränen sammelten sich in meinen Augen, und eine rann meine Wange hinab.

»Ich hab es dir gesagt«, flüsterte ich, ohne sie fortzuwischen.

»Das hast du«, murmelte Laurel.

»Ich hab dir gesagt, dass etwas nicht stimmt.«

»Ich weiß.«

Schniefend rieb ich mir über die Nase und sah Laurel an. »Drogen. Von allen Menschen auf der Welt ist ausgerechnet Payton high. Und sie sieht aus, als ob … als wäre …« Ein Schluchzen entfuhr mir und ich presste aufgebracht die Lippen zusammen. »Gott, ich glaube, ich muss mich übergeben.«

»Echt jetzt? Brauchst du einen Eimer?«

Ich schüttelte den Kopf und atmete tief durch. *Nicht zerbrechen. Keine Horrorszenarien ausmalen.* Am liebsten wäre ich ins Wohnzimmer gegangen, um meine schlafende Schwester aufzuwecken und Antworten aus ihr herauszuschütteln. Gleichzeitig wollte ich sie fest umarmen und erst dann loslassen, wenn es ihr wieder gut ging.

Laurel ergriff sanft meine Hand. Es war ein seltener Anblick, so viel Angst in ihren dunklen Augen zu sehen, doch da war sie. Und sie spiegelte vermutlich meinen eigenen Gesichtsausdruck wider. »Hey, alles wird gut, Sarah. Morgen früh reden wir mit Payton, und dann überlegen wir weiter, ob wir euren Eltern Bescheid sagen oder der Polizei oder sonst wem, okay? Payton ist hier, gleich nebenan. Wir haben sie im Auge. Am wichtigsten ist jetzt erst mal, für sie da zu sein, egal, was mit ihr passiert ist.«

Ich nickte, konnte vor lauter Emotionen nicht sprechen.

Laurel drückte die Zigarette im überfluteten Aschenbecher vor dem Fenster aus. »Wieso gehst du nicht schlafen? Ich wollte sowieso noch ein paar Folgen *Bridgerton* schauen. Ich setze mich mit Kopfhörern ins Wohnzimmer, falls sie aufwacht. Okay?«

Ich konnte nicht anders, als sie zu umarmen. »Danke, Laurel. Du bist die Beste.«

Ich machte mich bettfertig und lag anschließend hellwach in meinem Zimmer. Payton war *hier*. Hier in Laurels und meiner Wohnung. Nach über einem halben Jahr sahen wir uns endlich wieder. Nur nicht so, wie ich es mir vorgestellt hatte. Das Universum hatte einen makabren Humor. *Vorsicht mit dem, was du dir wünschst. Es könnte in Erfüllung gehen.*

Die Dunkelheit erdrückte mich, und ich hielt die Stille im Zimmer kaum aus. Eine Träne löste sich aus meinem Augenwinkel. Weitere folgten, als ich mich auf die Seite drehte und mein Kissen umklammerte. Aber es war keine Angst, die mich wachhielt. Die mich unter Strom setzte.

Es war Wut.
Alle. Sie alle.

KAPITEL 4

Vom Regen in die Traufe

Nach einer viel zu kurzen, unruhigen Nacht kämpfte ich mich aus dem Bett. Payton schlief noch wie ein Stein. Sie schlief auch dann noch, als Laurel neben ihr mit ihrem Laptop und Kopfhörern wieder Stellung bezog und ich, frisch geduscht, in Momjeans und einem Holzfällerhemd, die Wohnung verließ, um Frühstück zu besorgen. Alles in mir sträubte sich dagegen, zum Bagel-Laden um die Ecke zu gehen, aber ich wollte nicht zu lange fortbleiben. Also sammelte ich meine innere Kraft, um mich vor der bevorstehenden Begegnung mit meinem Ex Patrick zu wappnen. Glücklicherweise war im Shop jedoch keine Spur von ihm zu sehen. Ich bestellte ein paar belegte Bagels und machte mich sofort wieder auf den Heimweg. Im Nieselregen joggte ich die steile Straße hinunter und lief das offene Treppenhaus unseres Apartmentkomplexes hinauf. Schwer atmend betrat ich die WG. Da sah ich, dass Payton in der Zwischenzeit wach geworden war. Sie saß mit angezogenen Knien auf der Couch und hatte sich Laurels Bademantel übergezogen. Sie blickte auf, die braunen Augen diesmal klar.

Der Anblick ließ vor Aufregung meinen Magen flattern.

»Guten Morgen«, sagte ich atemlos und zwang mich zu einem Lächeln. Mein Blick huschte durchs Wohnzimmer, aber von Laurel keine Spur. »Wie fühlst du dich?«

Sie wich meinem Blick aus und rieb sich mit den Händen

über das Gesicht. Dann versuchte sie, durch ihre Haare zu fahren – aber keine Chance. Ich kannte es nur zu gut. So leicht unsere Locken im Gegensatz zum Afrohaar unserer Mom auch waren, sobald ich mit nassen Haaren einschlief, war das Vogelnest am nächsten Morgen perfekt. Eine Katastrophe, die ich nur mit jeder Menge Conditioner, einer Bürste und noch mehr Geduld bezwingen konnte. Payton schien zu genau diesem Schluss zu kommen, denn sie zuckte die Schultern und ließ die Hände in den Schoß sinken.

»Mein Schädel brummt«, murmelte sie mit rauer Stimme.

Ich atmete tief durch, ehe ich mich neben sie setzte und die Papiertüte hochhielt. »Ich hab uns Frühstück besorgt«, sagte ich aufmunternd.

»Und ich mache gerade Kaffee!«, rief Laurel aus der Küche.

Payton verknotete die Finger und löste sie wieder voneinander. Sie hatte die Ärmel des Bademantels fast bis zu den Fingerspitzen gezogen. Und dennoch war ich mir all ihrer Blutergüsse mehr als bewusst.

»Erst Frühstück oder eine Dusche?«, fragte ich, einen Tick zu fröhlich.

Obwohl sie nicht mehr high war von was auch immer, zuckte sie nur wieder mit den Schultern und leckte sich über die Lippen. Sie war vielleicht die Ruhigere von uns beiden, aber sie war noch nie *still* gewesen. Im Gegenteil. Da wir uns lange ein Zimmer geteilt hatten, war es für mich oft die Hölle gewesen, denn fast jede Nacht, wenn ich hatte schlafen wollen, hatte Payton Gespräche über Gott und die Welt angefangen, sodass ich ständig mit einem genervten Stöhnen den Kopf im Kissen vergraben hatte.

Sie räusperte sich. »Frühstück. Ja, klingt gut.«

Ich zwang mich, sie nicht zu offensichtlich anzustarren. Stattdessen präsentierte ich ihr die verschiedenen Bagels. Sie entschied sich für den mit Frischkäse. Laurel und ich besaßen keinen Esstisch, weil dafür der Platz fehlte, weshalb wir uns zum Essen immer auf den Boden am Couchtisch setzten.

Es fühlte sich seltsam an, zu dritt dort zu sitzen. Laurel, Payton und ich. Ein Bild, das selbstverständlich sein sollte, und doch fühlte es sich falsch und fremd an.

Ich rieb die schwitzigen Hände an meiner Jeans ab und trank einen großen Schluck Kaffee. Die Stille, während wir aßen, war dröhnend laut.

Laurel beobachtete Payton alles andere als unauffällig und nahm einen Bissen von ihrem Bagel. »Also, Payton. Wie, äh, war dein Flug?«

Ich bedachte sie mit einem verdrossenen Blick. *Small Talk? Ernsthaft?*

Als ich aber sah, wie sehr Payton sich im grauen Bademantel versteifte und Laurel plötzlich mit glasigen Augen anstarrte, war ich froh, dass sie nicht mit der Tür ins Haus gefallen und nach den Tränen, den Blutergüssen oder irgendwelchen Drogen gefragt hatte.

Langsam kaute Payton weiter. »Gut«, sagte sie dann und trank ebenfalls von ihrem Kaffee.

Laurel und ich tauschten einen raschen Blick aus.

»Du hast bestimmt einen Jetlag, oder?«, stieg ich in den Small Talk mit ein. Diesmal nickte sie bloß und nahm noch einen Bissen. Ihr Appetit war jedenfalls nicht verschwunden.

Laurel wickelte sich einen dünnen Zopf mit den bunten Perlen um den Finger. »Wie findest du meine neue Frisur? Sarah hat die letzten Tage stundenlang dran gesessen.«

»Genau«, sagte ich hastig und lächelte. »Übrigens bin ich nicht mehr mit Patrick zusammen. Er hat mich betrogen, ich hab ihn in die Wüste geschickt. Zum Glück war er nicht da, als ich eben die Bagels geholt habe.«

Wir erzählten eine Alltagsanekdote nach der anderen, während Payton nichts weiter tat, als zuzuhören und manchmal mit verschiedenen Lauten wie »Hm« oder »Mhm« ein paar Reaktionen zeigte. Es war besser, als gegen eine Wand anzureden, aber es stellte genauso wenig zufrieden. Wenigstens war sie nicht mehr so drauf wie letzte Nacht.

... oder vielleicht ließ sie es sich nur nicht mehr anmerken. Mit jedem Augenblick wurde mein Magen schwerer, bis mir schließlich vollends der Appetit verging.

Als die Kaffeetassen leer und von den Bagels der anderen nicht mehr als Krümel übrig waren, hielt ich es nicht länger aus.

Ich streckte eine Hand aus und legte sie Payton auf die Schulter. »Pay«, sagte ich langsam, darum bemüht, nicht zu eindringlich zu klingen. »Du weißt, dass ich es nicht unkommentiert lassen kann, oder?«

Sie wurde blass und senkte den Blick. »Ja. Ich weiß.« Mit einem Seufzen schloss sie die Augen. »Es tut so mir leid.«

Laurel und ich tauschten erneut beunruhigte Blicke aus. Dann nahm ich Paytons Hand in meine und schob vorsichtig den Ärmel des Bademantels höher. Mein Herz krampfte sich zusammen. Die Blutergüsse sahen bei Tageslicht noch schlimmer aus.

»Wer war das?«, fragte ich angespannt. »Von wem stammen diese Abdrücke hier?« Sie hatte von *allen* gesprochen. Wer war damit gemeint? Ich wollte mir nicht ausmalen, dass meine Schwester vielleicht ...

Ich verscheuchte den Gedanken, so schnell ich konnte, bevor mir noch das Frühstück wieder hochkam. Das Gesetz der Anziehung. Nicht vom Schlimmsten ausgehen!

Ihre Brust hob und senkte sich unregelmäßig, und in ihre Augen traten Tränen. Es war offensichtlich, wie sehr sie zu kämpfen hatte, und es brach mir das Herz. Sie atmete tief ein und aus. Ich wollte nachhaken, wollte noch einmal fragen. Doch ein warnender Blick von Laurel sagte mir, dass ich damit zu weit gehen würde. Ich musste geduldig bleiben. Musste ihr Zeit geben. Das war das Mindeste, was ich tun konnte, um für sie da zu sein.

»Peter«, flüsterte Payton nach der langen Pause. »Das war ... Er hat ...« Sie schluchzte auf und presste sich gleich darauf eine Hand auf den Mund, so als wäre ihr der Laut entschlüpft, ohne dass sie etwas dagegen tun konnte.

Und es löste brodelnde Wut in mir aus. Ein Name.

Peter.

Peter.

Peter.

»Okay«, sagte ich mit zitternder Stimme. »Peter weiter?«

»Darlington«, stieß Payton hervor. »Peter Darlington.«

»Peter Darlington«, wiederholte Laurel. Sie rang sich ein nervöses Lachen ab. »Das ist mal ein bescheuerter Name.« Doch ihre Worte brachten keine Leichtigkeit. Ich konnte den Horror in Paytons Gesicht sehen, der sich in Laurels Augen voller Sorge spiegelte.

»Hey, tief durchatmen«, sagte ich, so sanft ich konnte. »Was hat Peter noch getan ... außer dich zu packen? Bitte, Payton. Ich muss wissen, ob er ... Hat man dich zu etwas gezwungen, was du nicht ...«

Payton schüttelte den Kopf und verlor erneut den Kampf gegen ihre Tränen. »Nein, das nicht«, krächzte sie.

»Verdammt, Pay, was dann?«, fragte Laurel aufgebracht und kämpfte sich auf die Beine. »Sorry für den Tonfall, aber du siehst schlimm aus. Richtig übel, wirklich!«

»Das macht mir eine Scheißangst«, fiel ich mit ein. »Wir müssen irgendwem sagen, dass du hier bist. Du brauchst Hilfe, vielleicht könnten wir wenigstens Dad ...«

»Nein!« Payton schüttelte heftig den Kopf. Ihre Augen hatten plötzlich einen wilden Ausdruck angenommen, der mir noch mehr Angst machte. »Macht das nicht. Bitte. Sarah, bitte.«

»Okay, ganz ruhig«, sagte Laurel beschwichtigend.
Schluchzend wischte Payton sich über die Augen. »Versprecht es mir. Ihr könnt niemandem sagen, dass ich hier bin. Bitte.«
Laurel und ich wechselten einen Blick. Was zum Teufel sollten wir tun? Über ihren Kopf hinweg entscheiden, oder es ihr versprechen?
Doch so ängstlich, wie sie mich ansah, fiel die Entscheidung schnell.
»Na schön«, sagte ich. »Versprochen. Niemand erfährt ein Sterbenswörtchen.«
»Du sagtest gestern *alle*. Wen meinst du damit?«, fragte Laurel.
Paytons Weinen wurde unkontrollierter, als würde sie sich selbst darin verlieren. »Die ganze ... Clique.«
Plötzlich stand sie auf und lief wankend zu ihrem Koffer. Die Art, wie sie dabei die Arme um sich schlang, versetzte mir einen Stich. »Sie alle«, wiederholte sie erstickt. »Erst ... erst war ich ein Teil von ihnen. Dann haben sie mich zerkaut und ... und ausgespuckt. Sie *alle*!« Sie ließ sich unsanft auf die Knie fallen, und ihre Schultern zuckten. Laurel und ich schwiegen mit angehaltenem Atem. Mein Körper fühlte sich zu eng an, und mein Rücken war klamm. Mir war heiß und kalt zugleich. Ich konnte mich nicht rühren und sah stattdessen zu, wie Payton den Koffer öffnete, Klamotten und einen Kulturbeutel herausholte. Sie schluchzte. »Fucking Manhattan und die fucking High Society haben mein Leben zerstört. Und ich kann nie wieder zurück.«
Mit diesen Worten verschwand sie im Badezimmer und schloss die Tür hinter sich.
Im Raum wurde es still. Dumpf erklang das Geräusch der prasselnden Dusche durch die Tür.
Stöhnend fuhr ich mir durch die Haare und biss mir auf die Wange. Ich war im falschen Film. Das war es, was hier geschah, oder? Vielleicht war es auch ein Albtraum. Aber was konnte ich

tun, um aus diesem Albtraum aufzuwachen? Um das, was auch immer geschehen war, ungeschehen zu machen? Die Bilder von Payton mit tellergroßen Pupillen, von ihren Blutergüssen am ganzen Körper ... dem Klang ihres Schluchzens ... Was musste ich tun, um all das ungeschehen zu machen?

Mit steifen Gliedern stand ich auf und lief in mein Zimmer. In meinen Ohren rauschte es. Verzweifelt riss ich Schubladen und meinen Schrank auf, warf Klamotten aufs Bett und holte meinen alten, zerkratzten Koffer hervor.

»Sarah, was soll das denn werden?«

Ich mied Laurels Blick und wischte mir energisch mit dem Handrücken über die Augen. »Wonach sieht es denn aus? Ich werde nach New York fliegen.«

»Warte, du wirst *was*?«

»Wenn sie keine Polizei oder sonstige Hilfe will, dann kümmere ich mich eben darum. Ich reiße ihnen den Arsch auf«, sagte ich und zog den Koffer auf. »Dieser Clique. Peter Darlington. Ich reiße ihnen allen den Arsch auf und zeige ihnen, was passiert, wenn sie so mit meiner Schwester umgehen.«

»Ist dir eigentlich klar, was für eine beschissene Idee das ist?«

Ich hielt inne und blickte auf. »Das ist keine beschissene Idee.«

Sie verschränkte die Arme vor der Brust. »Und was ist mit Payton? Willst du sie in diesem Zustand einfach allein lassen?«

Ich richtete mich auf und warf ein T-Shirt aufs Bett. »Nein! Natürlich nicht. Sie wäre ja nicht allein, wenn sie hier bei dir bleibt. Es wären ja nur ein paar Tage. Ich *muss* nach New York fliegen.«

Laurel stieß hart den Atem aus und blickte an die Decke. »Gott, Sarah, das ist so typisch für dich. Aber jetzt ist nicht der richtige Moment, um impulsiv zu sein! Was, wenn Payton nicht will, dass du das machst? Und wie willst du das überhaupt durchziehen?«

»Keine Ahnung!«, sagte ich aufgebracht und fuchtelte mit den Händen. »Ich weiß es nicht, Laurel, okay? Alles, was ich weiß, ist, dass ich etwas unternehmen muss. Lass mich diesen Leuten in New York einfach nur den Arsch aufreißen, dann komme ich zurück, und wir können immer noch entscheiden, ob wir irgendwen einweihen. Aber wir können nicht *nichts* tun!«

Mit gespitzten Lippen betrachtete sie mich und hob die Augenbrauen – sie wirkte alles andere als überzeugt. »Was genau fällt für dich unter *Arsch aufreißen*? Was, wenn du von dieser Clique oder Peter Darlington verklagt wirst, nur weil du irgendeiner Tussi einen Kratzer auf dem Schuh verpasst oder wem Kaffee ins Gesicht schüttest? Hast du eine Ahnung, was für Anwälte sich reiche Leute leisten können?«

Mit einem trotzigen Schnauben begann ich damit, meine Kleidung zusammenzufalten und in den Koffer zu legen. »Woher willst du wissen, dass sie reich sind?«

Im nächsten Moment wirbelte Laurel mich zu sich herum, sodass ich aufkeuchte. »Sarah, checkst du's nicht? Wir haben beide ihren Instagram-Account gesehen. Du weißt genauso gut wie ich, dass Payton sich an der Columbia nicht gerade mit der Mittelschicht abgegeben hat! Sieh dir doch nur an, was sie für Sachen trägt, seit sie in New York studiert. Selbst ihr Koffer! Scheiße, so einen Koffer bekommst du nicht unter neunhundert Dollar! Mit wem auch immer Payton sich eingelassen hat, diese Leute haben Kohle.«

Fluchend schloss ich die Augen.

»Und ich bin mir sicher, dass weder du noch ich viel ausrichten können«, fügte sie hinzu.

In mir zog sich alles zusammen. »Aber ich *muss* etwas tun, Laurel. Was auch immer sie mit ihr gemacht haben und was auch immer Payton uns noch nicht erzählt hat: Die wenigsten in unserem ach so tollen Rechtssystem werden sich für ein nichtweißes Mädchen voller Blutergüsse ein Bein ausreißen.«

»Und du willst dir ein Bein ausreißen, ja?«

Ich nickte. Und nie hatte ich etwas ernster gemeint. Es stimmte. Wenn es einen Menschen gab, den ich mit meinem Leben beschützen würde, für den ich ins Feuer gehen würde, dann war es meine Schwester. Auch wenn sie mich nicht mehr brauchte. Auch wenn sie sich wochen- und monatelang kaum gemeldet hatte. Sie hatte mich vielleicht zurückgelassen, aber ich konnte mit ihr nicht das Gleiche tun.

Ich hasste es, als bei meinen nächsten Worten meine Stimme brach und preisgab, wie ich mich fühlte. »Was soll ich sonst machen? So hab ich sie noch nie gesehen.«

Laurel nahm mein Gesicht in die kühlen Hände, und ihre Miene wurde weicher. Sie schob die Augenbrauen zusammen. »Babes, hör mir zu. Ich verstehe dich. Pay ist wie eine Schwester für mich, das weißt du. Es wird ihr jedoch nichts nützen, wenn du oder ich oder sonst wer jetzt einfach kopflos nach New York fliegt. Was soll das schon bringen außer Rache? Wir warten, bis Payton sich beruhigt hat, und dann versuchen wir erst mal, so viel wie möglich aus ihr herauszubekommen. Einverstanden?«

Ich nickte langsam und atmete hörbar aus. »Einverstanden«, wiederholte ich.

Mit gerunzelter Stirn fügte Laurel hinzu: »Das meine ich ernst, Sarah, also sieh mich nicht mit diesem Blick an. Sobald Payton bereit ist, mehr zu erzählen, rufen wir eure Mom an. Eure Eltern haben als Journalisten doch bestimmt gute Verbindungen. Im Notfall besorgen wir Payton einen Anwalt, verklagen die Schweine und diffamieren sie.«

Grollend schob ich ihre Hände von meinem Gesicht. »Ich hasse es, wenn du so vernünftig bist.«

»Ich weiß.« Sie schob mich aus dem Schlafzimmer und schloss nachdrücklich die Tür hinter uns.

KAPITEL 5

Eine Hand wäscht die andere

Als sich endlich die Badezimmertür öffnete, trat nicht der niedergeschlagene Schatten meiner Schwester, sondern eine elegante junge Frau ins Wohnzimmer. Paytons Haare fielen ihr in glänzenden Wellen bis unter die Brust. Sie trug goldene Ohrringe und ein luftiges langärmeliges Kleid aus marineblauem Stoff, das ihr bis zu den Knöcheln reichte. Ihr Make-up war dezent, und auf ihren hohen Wangenknochen und den geschwungenen Lippen saß ein frischer rosiger Ton.

Irritiert starrte ich sie an. Laurel fluchte so leise neben mir, dass Payton es über den Klang von Steve Lacys neuem Album, das aus meinem Laptop plärrte, nicht hören konnte. »Das Kleid kostet mindestens dreitausend Dollar. Vielleicht auch mehr«, zischte sie.

»Heilige Scheiße«, flüsterte ich und verzog das Gesicht. Laurel hatte ein ziemlich gutes Auge für solche Dinge. Es lag nicht nur an ihrem Studium in Modedesign, es war so was wie ihre Berufung. Sie gehörte zu den Menschen, die anhand von Maschen, Nähten und Stoffen gleich sehen konnten, ob es sich um Massenware oder ein sorgsam gefertigtes Designerstück handelte. Um sich für Slow Fashion und humane Arbeitsbedingungen einzusetzen, musste man über die Schattenseiten der Industrie Bescheid wissen. Ein eigenes Slow-Fashion-Label war Laurels größter Traum.

Payton schenkte uns ein Lächeln, das meine Irritation nur noch weiter steigen ließ, und legte ihren Kulturbeutel in den Koffer. »Tut mir leid, dass es so lange gedauert hat.«

Sprachlos beobachtete ich sie. Hatte sich eine Art Schalter umgelegt? Sie wirkte … beinahe normal. »Niemand hetzt dich«, sagte ich zögerlich. Der Kontrast zu ihrem vorherigen Zustand war so groß, dass mir der Kopf schwirrte. Misstrauisch verengte ich die Augen.

Laurel ließ sich auf den Pouf sinken, damit Payton sich neben mich auf das Sofa setzen konnte. Ihr süßes Parfum und die stickige Föhnluft aus dem Bad erfüllten den Raum.

Sie rutschte neben mir herum und räusperte sich, steckte sich eine Haarsträhne hinter das Ohr und spielte anschließend mit einem goldenen Armreif. Durch die Ärmel und den langen Rock des Kleides war kein einziger Bluterguss zu sehen. Als hätte sie sie verstecken wollen.

Irgendetwas an ihrer Erscheinung stimmte jedoch nicht.

»Also«, sagte ich gedehnt. Es gab keine sanfte Möglichkeit, das Thema anzuschneiden, deswegen musste ich wohl ins kalte Wasser springen. »Peter Darlington. Kannst du uns bitte etwas mehr über ihn erzählen?«

Sie starrte auf ihre Hände und begann mit dem Knie zu wippen. »Klar. Sicher. Peter … er … und Donovan …«

Laurel legte ihr eine Hand auf das Bein, woraufhin Payton sofort mit dem unruhigen Wippen aufhörte. »Nimm dir alle Zeit der Welt, Süße«, sagte sie sanft.

Payton schloss die Augen, ihre Finger zuckten, ehe sie sie zu Fäusten ballte. »Er ist mit Cam zusammen.«

Diesen Namen hatte ich irgendwann schon einmal gelesen. Vermutlich auf Instagram. Deshalb nickte ich bedächtig. »Und Cam ist ein Freund von dir?«

»Eine Freundin. Cameron ist meine engste Freundin in New

York. Sie ist ... Durch Cameron und Donovan bin ich in die Clique gekommen. Donny ... Donovan ist Peters bester Freund.« Sie sah Laurel und mich noch immer nicht an und nestelte wieder an ihrem Armreif. »Sie haben Geld. Und Einfluss. Aber sie waren ... wirklich. Sie waren meine Freunde. Sie alle. Sie ... sie alle.« Sie kniff Augen und Lippen zusammen. »Ich kann nicht wieder zurück«, flüsterte sie. »Ich kann nicht. Ich kann nicht mehr. Bitte schickt mich nicht dorthin zurück. Bitte.« Ihr Atem wurde flach und schnell. Sie zog die Knie hoch, umschlang sie mit beiden Armen und vergrub das Gesicht an ihnen, wodurch ihre Haare nach vorne fielen.

Laurel und ich tauschten einen alarmierten Blick. Hitze kroch meinen Nacken hinauf, und ich knirschte mit den Zähnen. »Dann haben sie dir das angetan? Diese Gruppe? Deine *Freunde*?«, fragte ich.

Payton wimmerte. Sie wiegte sich vor und zurück. »I-ich bin gestürzt. Rosie, Grace und Alyssa, sie haben gelacht. Und Cameron ... Wir waren Freundinnen. Sie haben so furchtbare ...« Ein Schluchzen entfuhr ihr und schnitt ihr das Wort ab. Sie trommelte mit den Fingerspitzen auf ihre Schienbeine, kratzte an ihren bereits geröteten Handrücken. »Gott, so ein riesiger Haufen Scheiße!«

»Payton?«, fragte Laurel vorsichtig. Ihre Augen zuckten zu mir. »Als du eben im Badezimmer warst. Hast du dir etwas eingeworfen?«

Ich hielt die Luft an.

Laurel hob Paytons Kopf an, um ihr in die Augen sehen zu können. Ihre Wimpern waren von Tränen benetzt und sie blinzelte uns aus geröteten Augen an.

Große Pupillen. Riesige Pupillen.

Ihr unruhiger Blick zuckte zwischen uns hin und her. »Ja«, wisperte sie. Eine Träne rann ihre Wange hinab. »Ich konnte nicht anders. Ich kann einfach nicht … Kann nicht …« Ihr Atem wurde zu einem Keuchen.

»Payton, tief durchatmen«, sagte ich und legte meine Hände über ihre, bevor sie sich die Handrücken blutig kratzen konnte – denn viel fehlte dafür nicht mehr. »Was hast du eingeworfen? Was hast du genommen?«, fragte ich mit bebender Stimme.

Es war jedoch unmöglich, eine Antwort aus ihr herauszubekommen.

Laurel stand auf, ging an Paytons Koffer und kramte in ihrem Kulturbeutel. Ich hörte sie nach Luft schnappen. »Heilige Scheiße! Oxy, Koks, Xanax. Und Molly. Weiß der Teufel, was sie sich davon eben eingeschmissen hat!«

»Fuck!«, stieß ich hervor. Und begriff im selben Moment, warum Payton die Polizei nicht einschalten wollte. Aber … das war nicht möglich. Sie konnte nicht wirklich ein Suchtproblem haben, oder? Wie war sie an das Zeug gekommen? Wie lange nahm sie es schon?

Plötzlich lachte Payton auf. Es ging in ein stockendes Schluchzen über. Sie sprang auf und fuhr sich mit den Händen durch die Haare. »Ihr dürft Mom und Dad nichts sagen!«

»Hier geht's nicht um einen Strafzettel oder ein geklautes Magazin vom Zeitungsstand!«, fuhr ich sie an. »Das sind Drogen, Payton! Ich glaube, du brauchst Hilfe, und wir können das nicht einfach geheim halten!«

»*Bitte!*«, heulte sie. »Nicht Mom und Dad. Du weißt, wie sie sind. Sie dürfen nichts davon erfahren. Ich mache alles, was du willst, aber bitte, Sarah!«

Hilfesuchend sah ich zu Laurel. Sie konnte mir mein »Was soll ich tun?« von den Augen ablesen.

»Vorerst«, sagte sie streng. »Wir müssen darüber reden, Pay, aber das geht nur, wenn du nicht mehr high bist.«

Payton rieb sich schniefend über die Oberlippe. »O Gott.«

Sie tigerte vor dem Couchtisch auf und ab. Ihre Wangen und ihr Hals hatten rote Flecken bekommen, und sie raufte sich die Haare. »Ich brauche Ruhe. In meinem Kopf. Ich halte das nicht mehr aus!« Ihr Blick blieb auf ihrem Koffer hängen. An dem Kulturbeutel.

Laurel und ich bemerkten es sofort. »Denk nicht mal dran, dir noch irgendwas einzuwerfen!«, fuhr Laurel sie an und umklammerte den Kulturbeutel, bereit, Payton mit ihrem Leben vor ihm zu beschützen.

Keuchend lachte meine Schwester auf und wischte sich wieder den Schnodder von der Nase. »Komm schon, Laurel, gib mir meine Sachen.«

»Nein!«

»*Aber sie gehören mir!* Gib mir den beschissenen Kulturbeutel!« Ihr Schrei ließ jegliches Blut aus meinem Gesicht weichen.

Mein Entsetzen ließ mich ebenfalls aufspringen. »Wenn du einen Entzug machst, werde ich Mom und Dad nichts sagen«, sprudelte es aus mir heraus. »Aber nur, wenn du *sofort* einen machst, hast du verstanden?« Vermutlich war das nicht die ideale Art, einer Person mit so offensichtlichen Problemen einen Entzug nahezulegen, aber ich war heillos überfordert, und ich hatte keine Ahnung, wie man mit so was richtig umging. Ich hatte auch keine Ahnung, wie wir einen Entzug bezahlen sollten, aber wenn Laurel und ich an unser Erspartes gingen, konnten wir vielleicht ein paar Wochen finanzieren. Ob das ausreichte? Ich hatte nicht den leisesten Schimmer!

Ein wütendes Schluchzen entfuhr mir, obwohl ich es noch so sehr unterdrücken wollte. »Versprich es mir, Payton!«

Der Blick aus ihren geweiteten Pupillen richtete sich auf mich. Sie presste die Lippen zusammen. »Also, wenn niemand davon erfährt …«

»Niemand«, schwor ich. Zumindest vorerst. Sobald Laurel und

mir das Geld ausging, würde ich unsere Eltern fragen *müssen*. Paytons Gesundheit, ihr *Leben*, waren wichtiger als ein Versprechen.

Endlich nickte sie. Und es erleichterte mich so sehr, dass sich mein ganzer Körper verkrampfte bei dem Versuch, nicht in Tränen auszubrechen.

Laurel wühlte erneut im Kulturbeutel. »O mein Gott, Babes, was zum Teufel haben diese Arschlöcher mit dir gemacht?«

Ich versperrte Payton den Weg, als sie trotz Laurels Worten an ihr Zeug wollte, und packte ihre Hände. »Wie lange nimmst du den Kram schon?«

Wimmernd kämpfte sie gegen meinen Griff an. »Lass mich los, Sarah. Ich brauche nur eine Xanny, dann geht es mir schon wieder ...«

Ich verstärkte meinen Griff. »Wer hat dir das Zeug gegeben?«, fragte ich nachdrücklich.

Sie stieß mich von sich weg, mit überraschender Kraft, die mich zurücktaumeln ließ, und ließ sich zurück auf das Sofa plumpsen. Mein Herz donnerte wütend gegen meine Rippen. Sie hatte mich geschubst.

»Rosie«, flüsterte sie.

»Und diese Rosie hat dich regelmäßig mit Drogen versorgt, ja?«, fragte ich.

Payton ließ den Kopf zurückfallen und schloss die Augen. Erneut begann ihr Knie zu wippen. »Rosie ... versorgt jeden. Mit allem, was du dir wünschst. Am Anfang des Studiums half sie mir, nicht den Fokus zu verlieren. Als ich Teil der Gruppe wurde, hatte ich kaum noch Zeit zum Lernen.«

Ein ungläubiges Lachen entfuhr mir. Partys der High Society waren ja so viel wichtiger als Lernmarathons! Dabei wäre die alte Payton jemand gewesen, die lieber zu Hause geblieben wäre, um Lernstoff durchzugehen, als sich durch Manhattans Nachtleben zu schlagen. Immerhin gab es für sie keinen größeren Traum als die Columbia. Sie hatte *alles* dafür gegeben, um dort studieren zu können. Selbst ihr Sozialleben hatte oft deshalb büßen müssen. Sie hatte nie versucht, mit anderen mitzuhalten, um den Leuten zu gefallen und dazuzugehören, sondern immer ihr eigenes Ding gemacht. Offenbar hatte sich das geändert. Wie tief war sie in diese fremde Welt gesunken?

»Und was ist mit Donovan? Deinem Freund?«, fragte Laurel aufgebracht. »Hat er dich dazu animiert?«

Angst schoss durch meine Adern. Wenn sie schon am Anfang des Studiums angefangen hatte, kleine Helferlein einzuwerfen, dann nahm sie das Zeug seit fast einem Jahr.

Nein. Meine Zwillingsschwester war nicht drogensüchtig. Sie war *nicht* abhängig. Das durfte nicht sein! Und dennoch schossen Fragen über Fragen durch meinen Kopf. Was für eine Hölle hatte sie in den letzten Monaten durchgemacht? Wie schlimm war die Sucht? Wie *stark* war sie? Würde Payton jemals wieder die Alte werden?

Die Befragung war von diesem Moment an zwecklos, denn es brauchte nur die erneute Erwähnung von Donovans Namen, und Payton fing wieder an zu weinen. Laut und heftig, als wäre sie ein Kleinkind. Weder Laurel noch ich konnten noch eine Antwort aus ihr rausbekommen.

Uns blieb nichts anderes übrig, als für sie da zu sein, während sie sich schluchzend auf dem Sofa zusammenrollte und schließlich irgendwann erschöpft einschlief.

* * *

Die nächste Stunde verbrachte ich am Telefon, wählte Nummer für Nummer, bis ich schließlich die richtige Person erwischte und einen Termin für den Nachmittag vereinbaren konnte. In meinem Kopf hatte sich ein Plan geformt, und ich wusste schon, dass Laurel ihn wieder für viel zu impulsiv halten würde. Aber etwas Besseres fiel mir nicht ein. Ich musste etwas unternehmen, ohne gleich unsere Eltern ins Boot zu holen, immerhin hatte ich es vorerst versprochen. Auch wenn ich nichts lieber getan hätte, als sie einzuweihen, um das hier nicht allein durchzustehen. Um ihren Rat zu bekommen, um ihnen die Zügel in die Hand zu geben. Früher oder später führte sowieso kein Weg dran vorbei. Doch im Moment war das Beste, mein Versprechen gegenüber meiner Zwillingsschwester zu halten.

Auch wenn das, was ich vorhatte, riskant war, konnte es funktionieren. Ich musste versuchen, diesem Albtraum ein Ende zu bereiten. Und es war ein altbekanntes Spiel, etwas, das wir schon seit unserer Kindheit taten, um einander zu helfen: Wir regelten die Dinge füreinander, und niemand, den wir nicht einweihten, bekam etwas davon mit. Es fühlte sich ganz natürlich an, diesen Plan zu verfolgen, weil wir, wenn es hart auf hart kam, *immer* diesen Plan verfolgten.

Ich wich Laurels geflüsterten Fragen aus, während Payton schlief, als ich meine Umhängetasche umlegte und mir meinen Autoschlüssel schnappte. Ich versprach, bald wieder da zu sein, und verließ das Apartment. In meinem Kopf herrschte eine erschreckende Leere. Die Ruhe vor dem Sturm.

* * *

»Wo warst du so lange?«, fragte Laurel, die gerade aus ihrem Zimmer kam, kaum dass ich die Tür hinter mir geschlossen und eine Tüte mit Einkäufen auf dem Wohnzimmertisch abgestellt hatte. Aus der Küche waren Geräusche zu hören, und es roch nach Curry und Kokosmilch. Offenbar ging es Payton gut genug, um etwas zu essen zuzubereiten. Das hatte schon immer ihre Nerven beruhigt.

Ich schlüpfte aus meinen Schuhen und zog Laurel zu mir.
»Ich war bei der Campusverwaltung«, sagte ich mit gesenkter Stimme. Ihre Augenbrauen schossen in die Höhe.
»Wieso?«, fragte sie misstrauisch.
»Ich setze das kommende Semester aus. Ich habe ihnen gesagt, dass es einen familiären Notfall gibt.«
Eigentlich erwartete ich so etwas wie einen Ausbruch. Ich erwartete, dass Laurel mich schütteln würde. Deshalb war ich umso überraschter, als sie meinen Unterarm ergriff und ihn drückte. »Was wirst du euren Eltern sagen? Und wie genau sieht dein Plan aus? Du hast doch einen Plan, oder?«
Ich warf einen Blick in Richtung Küche. Dort zischte und klapperte es.
Dann wandte ich mich wieder Laurel zu. »Ich denke, es ist besser, Payton ist dabei, wenn ich ihn erkläre.«
Sie nickte eifrig, dann liefen wir auch schon in die kleine Küche. Payton stand am Herd und schob gerade ein paar halbkreisförmige Karottenscheiben in einen blubbernden Topf. Trotz der vielen Tränen von vorhin sah sie noch immer elegant aus in ihrem hübschen Kleid und mit den langen, glänzenden braunen Wellen. Doch sie hatte die Ärmel zum Kochen nach oben geschoben, und der Anblick ihrer blauen Flecke verknotete mir abermals den Magen.
Tief durchatmen. Nicht an die Decke gehen.
»Hey«, sagte ich, verschränkte die Arme und lehnte mich neben sie an die Küchenzeile.
»Hey«, murmelte Payton, ohne mich anzusehen.
»Du möchtest nicht zurück nach New York, richtig?«, fragte ich vorsichtig, in Habachtstellung vor dem nächsten Nervenzusammenbruch. »Aber ich hätte da eine Idee.«
Sie hielt inne. Langsam hob sie den Kopf und sah mich an. »Was für eine Idee?«, fragte sie.

Dass Laurel hinter mir stand, konnte ich spüren, obwohl sie keinen Mucks von sich gab. »Wir spielen unser altes Spiel«, sagte ich.

Paytons Augen wurden kugelrund. »Du meinst doch nicht …«
»Okay, wovon redet ihr da? Was für ein Spiel?«, fragte Laurel. Dann schien der Groschen zu fallen, denn sie schnappte nach Luft und zwängte sich neben mich. »Warte mal. Du willst doch nicht ernsthaft Rollen tauschen, oder? Bist du jetzt übergeschnappt?«

»Nicht für lange!«, sagte ich eilig und sah zu Payton. »Nur, bis es dir besser geht. Ich habe mir ein Semester frei genommen, also wäre die Zeit bis Neujahr schon mal abgedeckt. Du machst deinen Entzug, und ich gehe an deiner Stelle nach New York. Was denkst du darüber?«

Payton wich schlagartig zurück und schüttelte den Kopf. »Nein. W-warum auch? Das kann ich dir nicht antun, sie werden dich zerstören, genau wie *mich*. Nein, Sarah!«

Schmerz erfüllte mein Herz, doch ich nahm eine aufrechte Haltung an. »Was ist mit der Columbia? Willst du das Studium dort wirklich hinschmeißen?«

Das schien einen wunden Punkt zu treffen. Sie blinzelte hastig. »Ich habe keine andere Wahl. Meine Träume spielen keine Rolle mehr.«

»Doch, das tun sie. Das werden sie immer. Also *würdest* du zurückkehren, wenn diese Clique nicht wäre?«, hakte ich nach.

Sie lachte erstickt und sah zur Decke, um nicht zu weinen. »New York ist alles, was ich je wollte!«

»Mehr brauche ich nicht zu wissen«, sagte ich. »Dann lass mich dafür sorgen, dass dich keines dieser Arschlöcher auch nur schief ansieht, wenn du zurückkehrst. Lass mich dafür sorgen, dass du das Studium an deiner Traum-Uni abschließen kannst. Bitte, Pay.«

Sie presste die Lippen zusammen und musterte mich. »Und wie genau willst du das schaffen, Sarah?«, flüsterte sie.

»Das würde mich auch mal interessieren, Supergirl«, murmelte Laurel.

Ich warf grollend die Arme in die Luft. »Keine Ahnung, das überlege ich mir noch! Ihr kennt mich, mir fällt immer etwas ein. Und keine Angst, ich werde nichts unternehmen, was diese Leute oder ihre Anwälte gegen dich verwenden könnten. Ich sorg einfach nur dafür, dass Peter Darlington, diese Cameron und die ganze Gruppe dich zukünftig einfach in Ruhe und in Frieden lassen. Wir studieren beide Architektur, das wird nie im Leben auffallen, wenn ich ein paar Monate an deiner Stelle am Campus bin. Nur ein Semester, Payton. Ich gehe hin, stelle ein paar Nachforschungen über sie an, suche nach Leichen in ihren Kellern und verpasse ihnen einem nach dem anderen eine Lektion, damit sie sich von mir, beziehungsweise dir, für immer fernhalten. Ich gehe einfach mit dem Flow und kümmere mich dabei um dein Studium. Wir könnten so lange Rollen tauschen, bis es dir besser geht und du bereit bist, an die Columbia zurückzukehren. Wenn das nach dem Semester noch nicht der Fall ist, nimmst du dir einfach auch ein Freisemester. In dem könnte ich dir helfen, Stoff nachzuarbeiten, damit du bei deinen Veranstaltungen und so wieder Anschluss findest. Was meinst du?« Ich grub die Zähne in die Unterlippe und wartete gespannt.

Sie schüttelte wieder den Kopf, doch diesmal sah ich Hoffnung in ihren Augen. »Sarah, das wäre total wahnwitzig.«

»Und es wäre riskant«, warf Laurel ein. »Du kannst dich da nicht einfach blindlings hineinstürzen. Wenn das auffliegt, seid ihr am Ende beide eure Studienplätze los.«

Ich verschränkte die Arme und starrte auf meine Füße. »Es wird niemals auffliegen. Es ist praktisch noch nie aufgeflogen. Ich würde mich bedeckt halten, ehrlich.«

»Okay«, flüsterte Payton plötzlich, was mich aufblicken ließ. Zwischen ihren Augenbrauen bildete sich eine Falte. »Ich müsste nicht zurück ... noch nicht. Das klingt gut.« Sie schluckte. »Du bist viel stärker als ich. U-und schlauer. Du wirst merken, wenn sie dir irgendetwas antun ...« Sie hielt inne. »Machen wir das. Aber brich es ab, sollten sie dich doch ... du weißt schon.«

Meine Brust wurde eng. »Hoch und heilig versprochen. Niemand wird mir auch nur ein Haar krümmen können.«

Bevor ich wusste, wie mir geschah, machte Payton einen Schritt nach vorne und zerquetschte mich beinahe in ihrer Umarmung. Ihr süßes Parfum hüllte mich ein, und ihre Stimme war nicht mehr als ein Wispern. »Das würdest du wirklich tun?«

»Natürlich«, sagte ich sofort und schlang ebenfalls die Arme um sie. »Payton, du bist meine Schwester. Wir passen aufeinander auf. So wie immer.«

»Aber ich ... war eine echt miese Schwester. Die letzten Monate ... Es tut mir leid, Sarah. Ich wollte nicht, dass du siehst, wie ich ... Und Mom und Dad ... Ich wollte nicht, dass *ihr* mich ...«

»Ist okay«, sagte ich, als sie wieder zu weinen begann. Ich streichelte ihr über den Rücken. »Vergiss es, okay? Das spielt jetzt keine Rolle mehr.« Und ich meinte, was ich sagte. Die letzten Monate hatte ich mehr gelitten, als ich es mir selbst hatte eingestehen wollen. Es hatte so wehgetan. Aber ganz offenbar hatten Paytons ausbleibende Nachrichten nicht wirklich etwas damit zu tun gehabt, dass sie mich nicht länger in ihrem Leben haben wollte. Sie hatte viel durchgemacht – wer weiß, was alles. Ich hatte es bloß nicht gewusst. Das machte meinen Schmerz nicht ungeschehen, aber es verschaffte mir eine Art von Frieden. Meine Schwester hatte mich nicht fallen gelassen. Sie hatte unsere Verbindung nicht getrennt.

Ich löste mich von ihr. »Kommen wir zur Entzugsklinik«, begann ich vorsichtig. »Ich weiß, ich habe es versprochen, aber wenn Laurel und ich es uns nicht leisten können und dein Erspartes auch nicht ausreicht, müssen wir mit Mom und Dad reden.«

Wie zu erwarten schüttelte sie wieder heftig den Kopf. »Nein. Macht euch wegen der Kosten keine Sorgen. Ich zahle das, egal wie teuer.«

Mit hochgezogenen Augenbrauen sah ich zu Laurel. Sie wirkte mindestens genauso verblüfft. »Äh, du weißt schon, dass wir dafür ein paar Tausend Dollar bräuchten, oder?«

Payton drehte sich um und widmete sich wieder ihrem Curry. Es war offensichtlich, dass sie uns nicht ansehen wollte, was meine Verwirrung nur noch steigerte.

»Spielt keine Rolle«, murmelte sie. »Ich kann den Entzug zahlen.«

»Wie?«, platzte es aus mir heraus. »Woher hast du das nötige Geld?«

Laurel versteifte sich, und ein finsterer Ausdruck trat auf ihr Gesicht. »Bitte sag mir nicht, dass du auch noch gedealt hast.«

»Nein!«, sagte Payton sofort und wirbelte mit brennenden Wangen zu uns herum. »Nein, natürlich nicht! Ich habe … ich habe eine Freundin. Und ich … sie hat mir ihre Kreditkarte gegeben.«

»Jemand aus der Clique?«, fragte ich. »Und sie hat dir einfach ihre Kreditkarte gegeben? Wieso?«

Payton wedelte mit den Armen. »Nein, nein, niemand aus der Clique. Eine Freundin. Aus New York. Sie hat nichts mit der Clique zu tun und hat ziemlich viel Geld. Ich darf ihre Kreditkarte benutzen, wenn ich sie wirklich brauche. Die Dinge laufen dort anders, das versteht ihr nicht.«

Ich blinzelte sie an. Sie hatte recht. Ich verstand es ganz und gar nicht. »Und deine Freundin hätte kein Problem damit, wenn du dir einfach so ein paar Tausend Dollar nimmst?«

Wieder schüttelte sie den Kopf. »Das ist für sie keine Summe.«

Laurel zog die Stirn in Falten. »Hat diese Freundin auch einen Namen?«

»Ja. Kim«, sagte Payton und drehte sich wieder um, um im Topf zu rühren.

Ich stieß ein schweres Seufzen aus. Kim also. »Na schön, wie auch immer, wenn du sagst, dass das kein Problem ist, ist mir der Rest egal. Das bedeutet also: Dein Entzug ist finanzierbar, und Mom und Dad müssen nichts davon erfahren.«

Paytons Schultern sackten nach unten, als wären sie geradewegs von einer großen Last befreit worden. Sie nickte. »Ja. Genau.«

Laurel kratzte sich am Kinn und wirkte noch immer unsicher angesichts dieser neuen Informationen. Doch sie ließ es darauf beruhen. »Dann hätten wir das wohl geklärt?« Sie sah mich an. »Weiter mit deinem Plan. Gib uns mehr Details.«

Ich nickte. »Die Semesterferien dauern noch ungefähr zwei Wochen. Ich treffe mich morgen mit dem Vertreter der Dekanin und bespreche mein Freisemester. Und wir können uns vorbereiten. Je schneller wir das über die Bühne bringen, desto besser. Und desto weniger werden Mom und Dad von all dem mitbekommen.« Mein Bauchgefühl sagte mir, dass es das Richtige war. Ich wollte Payton dabei helfen, ihre Träume nicht aufzugeben. Ich wollte diesen Leuten eine Lektion verpassen.

Vor allem aber wollte ich Rache.

»Wie denn vorbereiten?«, fragte Payton argwöhnisch.

Ich lächelte sie an. »Erst erzählst du mir alles, was ich über dein Leben in New York wissen muss. Und dann brauchen wir eine Schere.«

KAPITEL 6

It's Showtime, Baby!

»Gruselig«, murmelte Laurel schon wieder, als sie Payton und mich fünf Tage später durch die offene Badezimmertür beobachtete. Und sie hatte recht, es war wirklich gruselig. Es fühlte sich an, als wäre ich in Paytons Körper geschlüpft. Ich bildete mir sogar ein, dass mein Gesicht ein wenig kantiger wirkte. Mit gerunzelter Stirn fuhr ich mir durch die Haare und betrachtete mein Spiegelbild über dem Waschbecken. Ich konnte mich nicht erinnern, wann ich zuletzt ohne geglättete Haare und die reingeklipsten Strähnen herumgelaufen war. Ich sah aus wie Payton, inklusive ihres Make-ups und eines ihrer weißen Etuikleider, während sie neben mir aussah wie früher, bevor sie nach New York gegangen war. Sie trug einen dünnen grauen Pullover mit langen Ärmeln und dunkle Jeans und hatte sich die langen Haare zu einem losen Zopf geflochten. Keine Spur von Luxus und Designermarken. Ihr goldenes Armband saß an meinem Handgelenk, und ich hatte mir die Finger- und Fußnägel gefeilt und sie in einem Nudeton lackiert. Nur wer uns nebeneinanderstehen sah und uns in- und auswendig kannte so wie Laurel, konnte die Unterschiede erkennen. Ich war das perfekte Double. Der Sommer und die viele Zeit am Strand hatten mir einen dunkleren Teint verpasst, während Payton aussah, als hätte sie die Sonne gemieden, trotz unserer hellbraunen Haut. Außerdem hatte sie abgenommen. Denn das weiße Etuikleid schmiegte sich eng an meinen Körper, während es bei Payton vermutlich locker gefallen wäre. Und dann waren da natürlich noch ihre Augenringe und die Leere in ihren braunen Augen. Oder der feine Schweißfilm auf ihrem Gesicht, den sie vom Entzug hatte. Ihre Blutergüsse, die sie stets zu verstecken versuchte, hatten eine gelblich grüne Färbung angenommen, die das Blau und Violett allmählich vertrieben. Vielleicht war es feige von mir, froh darüber zu sein, dass sie sie versteckte. So konnte ein Teil von mir wenigstens versuchen, so zu tun, als existierten sie nicht. Payton war noch nicht so weit, über das, was ihr widerfahren war, zu sprechen. Laurel und ich hatten es in den letzten Tagen mehrfach versucht. Aber es war zu früh. Sie bekam kein Wort heraus, und ich wollte sie zu nichts drängen, wofür sie noch nicht bereit war. Wir wussten lediglich, dass sie nicht sexuell missbraucht worden war – das war meine größte Befürchtung gewesen, besonders wegen der Blutergüsse an den Handgelenken und an ihren Oberschenkeln. Aber Payton hatte es unter Tränen geschworen, und ich musste darauf vertrauen. Fest stand bisher also nur, dass *sie* für Paytons Zustand verantwortlich waren. Ihre angeblichen Freunde und Freundinnen sowie Donovan. Sie hatte nichts von einer Trennung gesagt, aber so, wie sie aussah, und so, wie sie auf seinen Namen reagierte, ging ich stark davon aus. Alles in mir schrie danach, zu erfahren, was *genau* sie mit ihr angestellt hatten, doch ich hielt mich zurück – genau wie Laurel. Es fiel Payton ohnehin schon schwer genug, über New York zu sprechen. Zudem bekam sie Panikattacken, Magenkrämpfe, Schweißausbrüche und Stimmungsschwankungen, die in Heulanfällen endeten wegen ihres Entzugs. Laurel hatte die Pillen und Pülverchen im Klo runtergespült. Es hatte Payton vollkommen fertiggemacht. Ich würde bis zum Semesterbeginn schon genug Möglichkeiten finden, mehr über die Clique in Erfahrung zu bringen, ohne Payton während dieser schweren Zeit mit Fragen zu bombardieren, die retraumatisierend für sie sein könnten. Mit dem, was mir über die Clique vorlag – hauptsächlich ihre Namen –, konnte ich arbeiten. Irgendwie. Es würde funktionieren. Es *musste* funktionieren. Denn dass es Payton wieder gut ging, stand nun an erster Stelle.

Die Entzugsklinik, die wir rausgesucht hatten, war eine von den teuren, in der Nähe von Los Angeles. Payton hatte nicht nur die Klinik mit der schwarzen Kreditkarte ihrer reichen Freundin Kim bezahlt, sondern auch zwei Flugtickets gekauft. Laurel würde Payton begleiten, bis sie in guten Händen war. Ihr Flug ging ein paar Stunden nach meinem. Wir würden also alle drei heute noch aufbrechen.

Ich wandte mich vom Spiegel ab und lief zum Couchtisch. Paytons teurer Koffer stand bereits neben der Wohnungstür, und Laurel hielt ihre Autoschlüssel bereit. Ich konnte hören, wie Payton mir mit leisen Schritten folgte.

»Okay, dann wollen wir mal«, sagte ich und nahm mein Handy vom Tisch. Zögerlich trat Payton neben ihren Koffer und zog ein großes iPhone aus der Designerhandtasche darauf. Es steckte in einer schwarzen Hülle, auf der in großen roten Lettern ihre Initialen standen. P. Q. Payton Quinn. Beinahe schämte ich mich, dass im Gegensatz dazu mein altes zerkratztes Samsung Risse im Display hatte, was das Tippen manchmal erschwerte.

»Der Code ist unser Geburtsdatum«, murmelte sie und reichte es mir mit zittriger Hand. »Sieh dir an, was immer dir weiterhilft. Fotos, Chats, Videos ... Mach damit, was du willst.«

Ich nahm ihr Handy entgegen, obwohl mir bei dem Gedanken, in ihren Nachrichten herumzuschnüffeln, extrem unwohl war. Dann reichte ich ihr mein Handy. Wir hatten entschieden, dass Payton es mit in die Klinik nehmen sollte, damit wir sie erreichen konnten. Die Nummern unserer Eltern und ihre

Accounts hatte ich vorsichtshalber überall blockiert. Ich würde ihnen einfach über Skype eine Nachricht schreiben und ihnen mitteilen, mein Handy sei kaputt, damit sie mich nur noch dort kontaktierten.

Der Tausch unserer Handys und Pässe besiegelte unser Spiel.

»Und du bist sicher, dass du nicht mit zum Flughafen willst?«, fragte ich besorgt. Es gefiel mir nicht, sie hier alleine zu wissen, während Laurel mich fuhr. Was, wenn sie eine Panikattacke bekam? Oder etwas brauchte? Wenn sie versuchte, neuen Stoff zu besorgen, oder irgendwo noch Pillen versteckt hatte?

»Ich bin mir sicher«, sagte Payton und schob mein Handy in die Hosentasche. Sie deutete ein Lächeln an, aber selbst das schien ihr Schmerzen zu bereiten. Sie war abgeschlagen und unruhig. »Ist schon okay, ehrlich. Ich brauche vor dem Flug noch eine Mütze Schlaf.«

»Ich bin in weniger als einer Stunde wieder hier«, versprach Laurel mit einem bestärkenden Lächeln. Auch wenn es irgendwie nach einer Warnung klang. »Vielleicht auch schon früher, wenn ich gut durchkomme.«

»Meine Adresse ist in den Notizen gespeichert«, sagte Payton zögerlich und nestelte an ihren Haaren. »Wundere dich bitte nicht. Ich wohne nicht mehr in der kleinen WG in Brooklyn.«

Verblüfft tauschte ich mit Laurel einen Blick aus. »Sondern?«

»Meine Freundin Kim, sie ist für ein Jahr in Südafrika.«

»Okay.«

»Und ich darf so lange bei ihr wohnen.« Sie versuchte sich wieder an einem Lächeln. »Das Apartment ist in Manhattan.«

Ich konnte nicht anders, als aufzulachen. Natürlich war es das. Ehrlich gesagt wunderte es mich nicht einmal, dass Payton Freunde hatte, die sie in ihrer Wohnung in Manhattan wohnen ließen. Dass sie einen Beschützerinstinkt in anderen Menschen auslöste, hatte in New York wohl noch einmal vollkommen neue

Ausmaße angenommen. Wie auch sonst hätte sie sich die teuren Klamotten leisten können? Von der schwarzen Kreditkarte mal ganz zu schweigen.

Kim. Ich hoffte für diese Freundin, dass sie wirklich eine von den guten war, wie meine Schwester behauptet hatte.

So oder so, ich würde alles über sie herausfinden.

»Sarah, du ...« Wieder senkte Payton den Blick. »Bist du dir sicher, dass Mom und Dad wirklich keinen Verdacht schöpfen?«

»Das werden sie nicht«, warf Laurel ein, vermutlich, weil wir dieses Thema seit Tagen immer wieder durchkauten.

Beunruhigt hielt Payton mit ihrer zitternden Hand mein Handy nach oben. »Aber was ist, wenn sie anrufen? Was ist, wenn sie merken, dass ich nicht du bin? Mom durchschaut das sofort.«

»Ihre Nummern sind blockiert, das wird nicht passieren. Das Handy dient nur dazu, damit wir uns erreichen können. Ich habe eine Ausrede, und die ist wasserdicht«, sagte ich schulterzuckend. Wann immer unsere Eltern den Verdacht hatten, dass etwas bei uns im Argen lag, konnten sie ziemlich überfürsorglich werden. Und wenn man bedachte, welche Geheimnisse und welchen Umgang Payton in New York pflegte ... Ich konnte meine Schwester verstehen. Konnte ihre Angst nachvollziehen.

Doch unsere Eltern waren nicht nur deshalb unsere größte Schwachstelle in unserem Plan. Ich besuchte sie regelmäßig, mindestens zwei Mal im Monat. Es würde auffallen, wenn ich plötzlich wegblieb. Aber auch dafür hatten wir uns etwas zurechtgelegt. Eine Notlüge. Ich würde einfach über ein Wochenende für einen Besuch herfliegen und ihnen erzählen, dass ich jemanden kennengelernt hatte und mit dem Studium beschäftigt war – eins davon entsprach sogar der Wahrheit, auch wenn es nicht *mein* Studium war, das mich beschäftigen würde. Sie kannten das von mir. Als ich meinen Ex Patrick im vergangenen Jahr kennengelernt hatte, war ich so verknallt gewesen, dass ich jede freie Minute mit ihm verbracht hatte. In der Zeit hatten meine Eltern und ich hauptsächlich miteinander telefoniert. Das würde erneut funktionieren.

Es war nur ein Semester. Vier Monate. Ich konnte es durchziehen. Früher war es höchstens mal ein Tag gewesen, an dem Payton und ich die Rollen getauscht hatten, aber ich wusste, wie sie sprach und dachte, kannte ihre Gestik, ihre kleinen Macken und ihre Interessen. Wenn unsere langjährigen Mitschüler nie etwas mitbekommen hatten, würden das die Leute in New York auch nicht tun. Außerdem war es vielleicht auch gar nicht so schlecht, wenn ich ein wenig von mir durchscheinen ließ. Sie kannten Payton noch nicht lange und würden meine forschere Art vermutlich als neue Facette wahrnehmen.

Die Zeit würde wie im Flug vergehen. Bald schon konnte Payton in ihr Leben zurückkehren, ohne ihre Träume aufgeben zu müssen.

»Wir machen alles Schritt für Schritt«, sagte Laurel, die ähnliche Gedanken zu haben schien, und ergriff Paytons Hand. »An erster Stelle steht jetzt erst mal deine Gesundheit. Alles Weitere gehen wir an, sobald du dafür bereit bist.«

Payton nickte. »Ich weiß nicht, was ich sagen soll. Das … das hab ich nicht verdient. Dass ihr all das für mich macht. Vor allem du, Sarah.«

»Das Thema hatten wir doch schon«, sagte ich mit einem beschwichtigenden Lächeln. »Ich würde mich viel furchtbarer fühlen, wenn ich gar nichts unternehmen würde, ganz ehrlich.«

Laurel warf einen Blick auf ihre Armbanduhr. »Wir sollten jetzt wirklich los.«

Mein Herz wurde schwer. Es war so weit.

Ich trat nach vorne und schloss meine Zwillingsschwester in eine feste Umarmung. »Alles wird gut, Pay«, flüsterte ich. »Das verspreche ich dir.«

»Ich hab dich lieb, Sarah«, flüsterte sie mit erstickter Stimme zurück. »Wir telefonieren. Und schreiben uns Nachrichten. Okay?«

Dass die Worte von ihr kamen und nicht von mir, rührte mich. Wir hatten auf absurde Weise tatsächlich unsere Rollen getauscht.

Ich wollte mich von ihr lösen, doch sie hielt mich weiter fest. »Sarah«, sagte sie mit leiser, erschreckend dringlicher Stimme. »Sei ja vorsichtig. Vertrau keinem von ihnen, und glaub keine ihrer Lügen. Den Fehler habe ich auch gemacht. Bitte, pass auf dich auf.«

Ein Schauder erfasste mich. Diesmal ließ sie zu, dass ich einen Schritt zurücktrat. »Ja. Natürlich«, sagte ich und runzelte die Stirn.

Angst trat in ihre glasigen Augen. Eine solche Angst, dass ich unwillkürlich die Luft anhielt. Sie hob ihre zitternde Hand, um sich den Schweiß von der Stirn zu wischen. Im nächsten Moment stöhnte sie auf und hielt sich den Bauch. »Ruf an, wenn du gelandet bist«, sagte sie erstickt, drehte sich um und taumelte zur Couch, wo sie sich zusammenrollte.

Ihr Anblick schnürte mir den Hals zu. »Ja«, flüsterte ich. »Ständig. Die ganze Zeit. Wir bleiben in Kontakt, Pay. Sonst werde ich sowieso aufgeschmissen sein. Und ich hab dich auch lieb.«

* * *

Laurel sah alles andere als glücklich aus, als wir durch das Harvey Milk Terminal am Flughafen von San Francisco liefen. Sie machte ein gequältes Gesicht und richtete den Riemen ihrer Tasche auf der Schulter. »Sarah, bist du wirklich sicher, dass du das durchziehen willst?«

Ich zupfte das Etuikleid zurecht, während ich den Koffer neben mir herrollte. Payton war definitiv schlanker als ich.

»Total sicher«, beharrte ich zum etwa hundertsten Mal. »Mach dir keine Sorgen. Ich habe lediglich vor, ein paar Leuten den Kopf zu waschen, und werde ansonsten einfach nur studieren, wie hier auch.«

»Du weißt, was ich meine. Es ist trotzdem riskant.«

»Wer nicht wagt, der nicht gewinnt. Soll ich einfach dabei zusehen, wie Payton alles, was sie sich jemals vom Leben gewünscht hat, wegen ein paar Arschlöchern wegwirft? Wenigstens eine von uns soll ihren Traum leben.«

Ich hörte selbst, dass in meinen letzten Worten Bitterkeit mitschwang. Ich sah Laurel nicht an, aber ich wusste genau, dass ihre Miene in diesem Augenblick weicher wurde. Sie erinnerte sich. Es hatte mir das Herz gebrochen, als ich nicht an der Columbia angenommen worden war. Und es hatte Payton *und* mir das Herz gebrochen, dass wir nicht zusammen am selben Campus studieren und leben konnten.

Wir erreichten die Schlangen am Sicherheitskontrollpunkt für mein Terminal und blieben stehen. Weiter als hierhin durfte Laurel mich nicht begleiten.

»Na schön«, meinte sie und verkniff sich ein Lächeln. Sie schüttelte den Kopf, was die bunten Perlen in ihren Braids tanzen ließ. »Ich liebe und hasse dich für deine bescheuerten Ideen.«

»Ich weiß doch«, sagte ich grinsend, dann schloss ich sie in eine feste, lange Umarmung. »Danke, dass du das alles mitmachst. Und dass du sie zur Entzugsklinik begleitest.«

»Wir sind praktisch eine Familie, das ist doch selbstverständlich.« Sie drückte mir einen Kuss auf die Wange. »Schreib mir, wenn du losfliegst, und schreib mir, wenn du in New York gelandet bist, hast du verstanden?«

»Hoch und heilig versprochen. Und du schreibst mir, wenn

sie in der Klinik untergekommen ist. Und sag mir Bescheid, sobald du eine Ahnung hast, wie lange sie dortbleiben muss.«

»Ebenfalls hoch und heilig versprochen.« Sie drückte mich ein letztes Mal an sich, dann drehte sie sich um und ging. Ich winkte meiner besten Freundin zu, ehe ich mich in Paytons teuren Schuhen umdrehte und in der Warteschlange aufrückte.

Jetzt war es so weit. Ich war nicht länger Sarah Quinn.

Mein Name lautete nun Payton.

KAPITEL 7

~~Sarah~~ Payton

Der Knall, mit dem der Taxifahrer den Kofferraum zuschlug, ging mir durch Mark und Bein. Vom langen Flug tat mir alles weh, und meine Augen brannten trocken. Doch ich hatte es geschafft. Ich war hier, am John F. Kennedy International Airport in New York City.

Und ich fühlte mich seltsam.

Vermutlich, weil ich erst jetzt so richtig realisierte, wie radikal anders mein Leben in den nächsten Monaten werden würde.

Der Taxifahrer war nicht sonderlich gesprächig, als wir den Flughafen hinter uns ließen und uns durch den Verkehr schlängelten. Ich hatte Laurel schwören müssen, nach Sonnenuntergang niemals den Zug zu nehmen – sie hatte schon zu viele True-Crime-Podcasts gehört und Schlagzeilen über die New Yorker Kriminalität gelesen. Mit Paytons schicker Designertasche musste ich ja nichts heraufbeschwören. Außerdem hatte Payton mir nachdrücklich ihre Kreditkarte in die Hand gedrückt. Offenbar hatte sie dank Kim jede Menge Kohle drauf, und ich sollte das Geld nach Belieben nutzen, so wie sie es getan hatte. Auch das war dermaßen absurd und fernab der Realität, dass ich gar nicht erst versucht hatte, Fragen zu stellen. Ich würde ganz bestimmt nicht mit Geld um mich schmeißen, vor allem dann nicht, wenn es mir nicht gehörte und wenn ich genau wusste, dass ich es verschwenden würde. Das ließ mein Gewissen nicht zu. Es gab zu viele Menschen, die um jeden Penny kämpften, ich würde also bestimmt kein Geld ausgeben, um mit irgendwelchen reichen Schnöseln mithalten zu können, so wie Payton es getan hatte. Diese Fahrt hier würde also eine Ausnahme bilden.

Es war schon fast Mitternacht, und dennoch waren die Straßen lebendig. Die Rücklichter der Autos um uns herum glühten rot, der Gegenverkehr weiß und die Skyline …

Ein aufgeregtes Kribbeln tanzte durch meinen Bauch. *Die Skyline von Manhattan.* Sie war in echt noch so viel beeindruckender als auf Bildern und in Filmen. Ich konnte es kaum erwarten, sie von Nahem zu sehen. In dieses Meer aus niemals erlöschenden Lichtern einzutauchen … Auch wenn das noch eine ganze Weile dauern konnte, da die Fahrt vom JFK bis zur 2 E 78th St auf Manhattans Upper East Side laut meiner Karten-App fast eineinhalb Stunden dauerte. Am liebsten hätte ich hysterisch gelacht, weil die Zahl auf dem Taxameter beständig höher wurde.

Während wir fuhren, verfolgte ich die Strecke auf Paytons schickem großen Handy mit. Es hatte weder Kratzer noch Risse im Display und sah brandneu aus. Als wir auf der Queensboro Bridge den East River überquerten, beschlich mich der Verdacht, dass der Taxifahrer mir mehr Geld als nötig aus der Tasche ziehen wollte, denn laut App fuhren wir einen gewaltigen Umweg. Nichtsdestotrotz war ich froh über die Aussicht. Das stählerne Fachwerk der Brücke war beeindruckend. Wann immer Stahlträger über uns hinwegglitten, blitzte das Panorama von Manhattan vor uns auf. So viele Wolkenkratzer. So viel geniale Baukunst. Ich klebte regelrecht an der Scheibe und konnte erstmals nachvollziehen, weshalb in nahezu jeder Rom-Com, die in dieser Stadt spielte, die Hauptfiguren ihren halben Oberkörper durch ein Taxifenster quetschen, um die Aussicht zu genießen – natürlich während »Empire State of Mind« im

Hintergrund dröhnte. Mir war gerade genau danach: nach all den abgedroschenen Sprüchen und den totgehörten Liedern über die Stadt, die niemals schlief. Mein Architekturherz flatterte aufgeregt, wie das eines Kindes im Süßigkeitenladen. Ich wollte alles über die Stadt wissen, am besten sofort. Wer hatte die Queensboro Bridge und die anderen Brücken entworfen? Wann wurden sie gebaut? Welche Entwürfe hatte es noch gegeben, und welche Brücken wären es beinahe geworden?

Aber ich war nicht zum Vergnügen hier, und so schwer es mir auch fiel, drosselte ich meine Begeisterung.

Ich bin jetzt Payton.

Der Gedanke ernüchterte mich. Ich setzte mich aufrecht hin und zog das iPad aus der Designertasche. *Meiner* Designertasche.

Ich öffnete die Liste, die ich während des langen Fluges erstellt hatte. Es war nicht viel, doch ich hatte eine Abschussliste und somit alle notwendigen Namen beisammen:

1. Peter Darlington
2. Cameron Reid
3. Alyssa Bailey
4. Rosie van Vliet
5. Grace Landon
6. Celia del Campo
7. Donovan Savatier

Die berüchtigte Freundesgruppe, die meine Schwester in den Abgrund gezogen hatte. Donovan war ihr Ex-Freund, Cameron ihre ehemalige beste Freundin, Rosie hatte Payton mit Drogen versorgt und sie überhaupt erst dazu gebracht, welche zu nehmen, und Peter Darlington war wohl derjenige, der für den größten Schaden verantwortlich war, was auch immer das bedeutete. Die anderen Mädchen namens Grace, Alyssa und Celia – der Rest der Clique – hatten Payton wohl fertiggemacht und dafür gesorgt, dass ihr Ruf an der Columbia zerstört worden war. Das hatten Laurel und ich uns zumindest über die letzten Tage zusammengereimt. Paytons Aussagen waren zu vage gewesen. Die Blutergüsse erklärte das alles nämlich nicht. Ich brannte darauf, herauszufinden, was genau geschehen war. In weniger als zwei Wochen begann das neue Semester. Diese Zeit musste ich nutzen, um durch Paytons Handy und Social Media alles über diese Leute herauszufinden und mich in meiner neuen Rolle einzufinden.

Wir fuhren durch Häuserschluchten und hielten an unzähligen Ampeln. Ein gequälter Laut entwich mir, als das Taxameter die Hundert-Dollar-Marke überschritt. Es waren über hundert verfluchte Dollar, die ich für eine Taxifahrt ausgab. Wenn unsere Eltern davon wüssten, würden ihnen wohl ebenfalls die Augen aus dem Kopf fallen.

Statt weiter darüber nachzugrübeln, konzentrierte ich mich ganz auf den Anblick der 5th Avenue. Die Gebäude wurden immer pompöser, die mehrspurigen Straßen immer leerer und überraschend grüner im Licht der hellen Laternen. Schließlich hielt das Taxi an der angegebenen Adresse, und ich konnte nichts weiter tun, als zu starren. Es war ein schickes Hochhaus aus hellem Stein. Zum Eingang, der von zwei Sprossenfenstern mit Rundbögen flankiert war, führten drei Treppenstufen aus Marmor. Goldenes Licht drang auf die Straße und spiegelte sich in den Blumenkästen aus Messing neben der Treppe, in denen zwei getrimmte Bäumchen standen.

»Heilige Scheiße«, flüsterte ich. Dezent war etwas anderes. Ob sich die Leute, die sich für diese Dekoration entschieden hatten, den Hintern mit Dollarscheinen abwischten? Ob das alle hier machten?

Und dann stockte mir der Atem, als ich den Kopf in den Nacken legte, um auszumachen, wie hoch das Gebäude war. Das waren mindestens vierzig Stockwerke. Oder mehr!

Ich zog Paytons Handy aus der Handtasche und sah nach, ob wir uns auch nicht verfahren hatten – vielleicht hatte ich mich vertippt, und wir waren im vollkommen falschen Teil von Manhattan gelandet. Doch das hier war die Adresse, die Payton mir gegeben hatte.

»Das macht dann hundertdreißig Dollar«, sagte der Fahrer mit einer kräftigen Raucherstimme und New Yorker Akzent. Bei der Lautstärke zuckte ich zusammen und saß einen Moment kerzengerade. Ein Schauer durchlief mich, als ich ihm Paytons Kreditkarte reichte. *Sorry, Schwesterherz. Und sorry an alle Menschen, die das Geld viel nötiger hätten.*

Mit steifen Muskeln stieg ich aus. Der Fahrer hievte mein Gepäck aus dem Kofferraum und war wenige Sekunden später auch schon weg. Irgendwo hinter mir hörte ich, wie noch ein Auto hielt und eine Tür zugeschlagen wurde. Es fuhr an mir vorbei. *Eine schwarze Limousine. Natürlich.*

Die Nacht war kühl, und die Straße runter schien sich der Central Park zu befinden. Ich wollte mich nicht darüber freuen, ihn bald bei Tageslicht zu sehen. Aber ich … war aufgeregt. Um ehrlich zu sein, so aufgeregt, dass es mir Bauchschmerzen verursachte.

»Brauchst du Hilfe mit dem Koffer?«

Erschrocken wirbelte ich herum und stieß einen kurzen Laut aus. »Was …« Mit aufgeklapptem Mund sah ich den Mann an, der gerade in den Lichtkegel des Wohnkomplexes trat. Er musste um die dreißig sein, hatte dunkle Haut, ein markantes Gesicht und einen Dreitagebart, der genauso schwarz war wie seine ordentlich kurz geschorenen Haare. Er trug einen grauen dreiteiligen Anzug und sah aus wie aus einem Magazin. Es hatte ganz den Anschein, als hätte die Limousine von eben ihn abgesetzt.

Natürlich sieht die erstbeste Person, die mir hier über den Weg läuft, wie ein verdammtes GQ-Model aus. Unweigerlich musste ich an Laurel denken und ihre Obsession mit Bridgerton. Sie hätte ihn geradewegs zum Doppelgänger dieses hübschen Dukes aus Staffel eins deklariert.

»Äh. Ja?«, antwortete ich, auch wenn es wie eine Frage klang.

Er runzelte die Stirn, als er zu mir trat und meinen Koffer mühelos hochhob. »Ich habe mich schon gefragt, wo du steckst. Du siehst aus, als hättest du eine lange Reise hinter dir.«

»Jepp. Ich meine, ja. Hatte ich. Und danke fürs Tragen.« Verdammt, ich musste mich unbedingt zusammenreißen. Ganz offensichtlich kannte er Payton, und ich wollte nicht den Eindruck erwecken, als wüsste ich nicht, wer er war.

Wir liefen die Stufen nach oben, und ein junger Concierge öffnete uns die Doppeltür. Er schenkte uns ein freundliches, professionelles Lächeln. »Guten Abend, Mr. Sutherland. Miss Quinn. Soll ich Ihnen das Gepäck abnehmen?«

Abend? Nacht traf es wohl eher. Ich fragte mich, was für unmögliche Schichten der arme Kerl wohl schieben musste. Nachts war hier doch bestimmt kaum etwas los. Ob er auf seinem Smartphone Spiele spielte, um die Zeit totzuschlagen, bis dann und wann wieder jemand kam, dem er die Tür öffnen musste?

Ich erwiderte sein Lächeln so fröhlich, wie es Payton auch tun würde, und sah unauffällig auf sein Namensschild. »Guten Abend, John. Schön, Sie zu sehen. Nein, ab hier kann ich wieder übernehmen.«

Er blinzelte mich an, offenbar verblüfft. Auch von meiner Begleitung – Mr. Sutherland – erntete ich einen komischen Blick. Meine Wangen glühten. Hatte ich etwas Falsches gesagt?

Ich nahm den Koffer von Mr. Sutherland entgegen und rollte ihn über die glänzenden Fliesen der Eingangshalle.

John rief für uns den Fahrstuhl, trat zur Seite und wünschte uns eine gute Nacht.

Diesmal presste ich zum Abschied nur die Lippen zusammen, weil ich nicht wusste, was ich sonst tun sollte. Wir traten ein, die Türen schlossen sich, und Mr. *Bridgerton-GQ*-Model neben mir streckte den Arm aus, um auf den runden goldenen Knopf seines Stockwerks zu drücken – es war das fünfzigste. Penthouse.

Plötzlich versteifte ich mich. Das Stockwerk. O Gott, auf welchem Stockwerk lag Kims Wohnung? Ich rührte mich nicht, stand einfach nur da und starrte hilflos auf die Knöpfe. *Tu irgendwas!*

Mr. Sutherland machte ein Geräusch, das fast einem Lachen gleichkam. Ein weiteres Mal streckte er die Hand aus und drückte einen Knopf.

Neunundvierzigstes Stockwerk.

Ich gab mir jede Mühe, mir nicht anmerken zu lassen, wie die Erleichterung mich durchflutete. Darauf folgte jedoch Unglaube. Paytons Freundin hatte ihr nicht nur eine Wohnung am Central Park, sondern eine Wohnung im *neunundvierzigsten* Stockwerk überlassen. Für ein *Jahr*.

»Also ... Mr. Sutherland«, begann ich und räusperte mich. Small Talk war noch nie mein Ding gewesen, weshalb ich unschlüssig meine – oder eher Paytons – Handtasche umschloss. »Hatten Sie einen schönen Abend?«

Er blickte irritiert von seiner Apple Watch auf. »Ob ich einen schönen Abend hatte?«, wiederholte er.

Missmutig verzog ich das Gesicht. Keine Ahnung, ob meine Schwester mit ihren Nachbarn plauderte oder ob sie sich gegenseitig anschwiegen und jeder seiner Wege ging. Das musste ich unbedingt erfragen, sobald Payton und ich wieder miteinander sprechen konnten.

»Ich wollte nur höflich sein«, murmelte ich und starrte auf mein verzerrtes Spiegelbild im polierten Messing.

»Mr. Sutherland«, murmelte er. »So förmlich. Das gefällt mir. Ist alles in Ordnung? Du wirkst heute irgendwie seltsam.«

»Ebenfalls«, erwiderte ich wie aus der Pistole geschossen. Der Arsch hätte meinen Small-Talk-Versuch ja nicht gleich so zerschmettern müssen. »Und mit mir ist alles in Ordnung«, fügte ich in Paytons typischer Sprachmelodie hinzu.

Die Fahrstuhltüren öffneten sich. *Neunundvierzigstes Stockwerk. Einfach absurd.*

Ich drückte die Schultern durch und trat in den Flur. Unschlüssig blieb ich stehen und drehte mich noch einmal zu Paytons Nachbar um. »Man sieht sich. Danke noch mal fürs Koffertragen.«

Vollkommen ungeniert betrachtete er mich von oben bis unten. Zu aufmerksam und zu durchdringend. Panik zuckte durch meine Brust. Er konnte mich unmöglich durchschaut haben, oder etwa doch?

Er lehnte sich gegen die Rückwand der Kabine und sah dabei furchtbar arrogant aus. Einer seiner Mundwinkel hob sich, und die Aufzugtüren schlossen sich. »Gute Nacht, *Miss Quinn*.«

Dann war ich auch schon allein.

Die Art und Weise, wie er meinen Nachnamen aussprach, mit diesem Hauch von überheblicher Erheiterung, besiegelte sein Schicksal: Ich konnte ihn nicht leiden. Hoffentlich waren Paytons andere Nachbarn nicht so unangenehm.

Mit einem Stoß ließ ich meinen Atem entweichen, legte die Handtasche auf dem Koffer ab und schob ihn auf seinen vier Rollen durch den Flur. Auf diesem Stockwerk gab es nur drei Wohnungstüren. Ein solcher Luxus gehörte verboten, während

Menschen in dieser Stadt auf der Straße lebten. Ich fühlte mich wie im falschen Film.

Noch immer ungläubig fischte ich das iPhone heraus und öffnete die Notiz-App, um die Adresse zu überprüfen. Mit einem Stöhnen blieb ich stehen. 493 war keine Zimmernummer. Es war die dritte Wohnung des neunundvierzigsten Stockwerks.

Ich rief Payton per Videocall an – was seltsam war, da ich dafür meinen Kontakt auswählte – und setzte mich wieder in Bewegung. Durch das bodentiefe Fenster, neben dem sich die dritte Tür befand, konnte ich New York bei Nacht sehen und …

»Heilige Scheiße«, flüsterte ich wieder. Wenn ich nicht aufpasste, würde sich bald schon mein gesamtes Vokabular auf diese beiden Wörter beschränken. Hinter dem Fenster erstreckte sich Manhattan bei Nacht, und es war vielleicht das Schönste, was ich je gesehen hatte. Die Aussicht brachte mein Herz aus dem Takt und ließ es doppelt so schnell weiterschlagen. Das konnte nicht real sein. Ich *musste* im falschen Film stecken.

»Sarah?«

Ich blickte auf das Telefon in meiner Hand. Das Bild von Payton war verpixelt, aber ich erkannte ihre tiefen Augenringe und wie besorgt sie wirkte. »Ist alles in Ordnung?«, fragte sie.

Ich drehte die Kamera um, auch wenn man durch die Spiegelung nicht viel von der Skyline erkennen konnte. »Äh, kannst du mir das mal erklären?«

Sie keuchte. »O mein Gott, du sagst Mom und Dad doch nichts. Oder? Oder, Sarah?!«

Perplex drehte ich die Kamera wieder zurück und schnaubte. »Du bist lustig. Wenn ich ihnen etwas hiervon erzählen würde, wüssten sie, dass wir …« Mir versagte die Stimme, und Erkenntnis breitete sich in mir aus. Dieser Tonfall, der gehetzte Ausdruck und die überflüssige paranoide Frage. Es konnte nur einen Grund dafür geben. Und als ich mir das Bild von ihr im Call genauer ansah und ihren starren Blick bemerkte, begriff ich.

Stöhnend schloss ich die Augen. »Pay, nicht schon wieder. Ich dachte, Laurel und ich hätten dir alles abgenommen. Du bist doch jetzt in der Klinik!«

Meine Schwester, high wie sie war, schluchzte plötzlich auf. Es klang alarmiert, wie ein in die Enge getriebenes Tier. »Es tut mir so leid! Es tut mir leid, Sarah. Ich konnte nicht anders!«

»Payton, was ist los?«, erklang Laurels Stimme aus dem Hintergrund. »Ist das Sarah?«

Im nächsten Moment nahm sie Payton auch schon das Telefon ab, die Kamera schwenkte, und ihr Gesicht erschien. »Hey. Wie war die Fahrt zur Wohnung? Mein Rückflug geht erst in ein paar Stunden, ich hab mir eine Tour von der Klinik geben lassen. Ich will gar nicht wissen, wie teuer der Entzug ist, ehrlich. Es ist so schick hier.«

»Wieso ist Payton high?«, fragte ich wütend. Blind tastete ich in der Handtasche nach dem Wohnungsschlüssel, fischte ihn heraus und steckte ihn ins Schloss.

Laurel grollte, was überaus frustriert klang. »Ich dachte, ich hätte ihr alles abgenommen, aber sie hatte noch ein paar Pillen versteckt. Die Ärzte haben sie vorhin durchgecheckt und noch weitere drei Stück verschwinden lassen, Pay war ziemlich außer sich.«

»Fuck«, flüsterte ich und blies die Wangen auf.

»Aber mach dir keine Sorgen!«, sagte Laurel eilig. »Sieh es als letztes Mal. Für immer. Von jetzt an geht es nur noch bergauf. Ich glaube, Payton wird hier in guten Händen sein, Sarah. Dr. Brunner hat von acht bis zwölf Wochen gesprochen. Die psychische Betreuung soll exzellent sein.«

Ich brummte zustimmend. Ich würde vermutlich erst dann

wieder durchatmen können, wenn ich Payton in ein paar Monaten aus der Klinik abholte. Acht bis zwölf Wochen. Bis dahin sollte ich mit meiner Abschussliste so gut wie fertig sein.

Während ich in den stockdunklen Wohnraum trat und nach einem Lichtschalter tastete, hörte ich durch das Handy, wie Payton sich abwechselnd entschuldigte und fluchte. Weinte. Sie war wirklich außer sich. Das zu hören, schnürte mir die Kehle zu.

Endlich fand ich den Lichtschalter. Ich rechnete mit allem. Mit Möbeln aus Gold und Kronleuchtern mit Kristallen und so was.

Auch wenn mich nichts dergleichen erwartete, weiteten sich dennoch meine Augen. »Kneif mich«, murmelte ich. »Laurel, das musst du sehen.« Ich wechselte zur Frontkamera und hörte Laurel lauthals nach Luft schnappen. »Oh, wow!«

Die Wohnung war groß und die gesamten Außenwände waren aus Glas, vom Boden bis zur Decke. In dem offenen Raum vor mir stand ein weißes Sofa auf einem hellgrauen Teppich. Ein länglicher Kubus aus Marmor, auf dem dicke, große Coffee-Table-Books neben einem abstrakten Kerzenständer lagen, diente wohl als Couchtisch. Der Fernseher hing über einem Kamin, was vollkommen absurd war, und rechts von mir befand sich ein ausladender Esstisch mit Platz für mindestens acht Personen. Der Boden war aus edelstem Fischgrätparkett. Kratzerlos. Ich entdeckte noch einen Schreibtisch mit einem iMac darauf und eine ausladende Küche.

»O mein Gott«, sagte ich atemlos. Ich wagte es, ein paar Schritte in den Raum zu laufen, und blickte mich schockiert um. Sah zu den Kunstwerken an den Wänden, dem Regal voller Bücher und immer wieder zur offenen Küchenzeile. »Mom und Dad würden so was von ausrasten«, murmelte ich, mehr zu mir selbst. Ich trat zur Kücheninsel und blickte auf die goldenen Griffe an den hellrosa Schränken. Selbst das Waschbecken glänzte golden, ebenso die Espressomaschine auf der Arbeitsfläche. »Sie würden *total* durchdrehen«, sagte ich.

»*Da* wohnst du?«, fragte Laurel Payton. »Welcher Mensch überlässt einer Freundin so eine Bude? Für ein ganzes *Jahr*?«

Ich schnaubte. »Menschen, die so reich sind, dass Geld für sie keine Rolle spielt.«

»Kim ist wirklich nett«, schniefte Payton. »Es tut mir leid, sie hat es mir angeboten, und ich ... i-ich ... Wie hätte ich das ausschlagen sollen? Was hätte ich tun ... Ich ...«

»Hey, das war kein Vorwurf«, beschwichtigte ich sie so sanft wie möglich.

Laurel sagte zeitgleich fast dasselbe, und ich konnte mir gut vorstellen, wie sie meiner Zwillingsschwester gerade beruhigend über den Rücken rieb. Ich fuhr mit den Fingerspitzen über die kühle polierte Kücheninsel. Allmählich wunderte es mich nicht mehr, wieso Payton nicht zugelassen hatte, dass Mom, Dad und ich sie besuchten. Sie hatte ständig Ausreden gefunden oder gar nicht erst auf die Fragen reagiert. Wenn unsere Eltern wüssten, in welchen Kreisen sich Payton bewegte – Kreise, die so wohlhabend waren, dass sie ihren Freundinnen einfach ein riesiges Luxusapartment mietfrei überließen und Geld überwiesen –, hätten sie ihr das niemals erlaubt, ob erwachsen oder nicht. Das Studium an der Columbia wäre so was von vorbei gewesen, dafür hätten sie gesorgt. Dass Payton Menschen gefunden hatte, die sich gerne um sie kümmerten, wunderte mich nicht. Aber die astronomischen Ausmaße, die das hier angenommen hatte ... das war doch nicht normal. Oder gesund. Oder harmlos. Alles hatte seinen Preis. War das, was ihr widerfahren war, ihrer gewesen?

Noch immer hörte ich die Schluchzer meiner Schwester über den Videocall. In gedrückter Stimmung setzten Laurel und ich die Wohnungstour halbherzig fort. Das Badezimmer war so dekadent, dass es mich in einer Wohnung dieser Preisklasse nicht einmal überraschte. Eine Regendusche, eine frei stehende Badewanne, ein großes Waschbecken und ein weiteres bodentiefes Fenster. Und überall Marmor, natürlich. Dann waren da noch ein Gästezimmer und das Schlafzimmer. Es befand sich an der Ecke, weshalb zwei Wände aus Fensterfronten bestanden, die von weißen Vorhängen bedeckt waren. Im Raum stand ein Kingsize-Bett mit so vielen fluffigen Überwürfen, Decken und Kissen, dass es aussah wie eine Wolke. Mehr als das Bett, zwei Nachttische und einen Kronleuchter an der Decke gab es allerdings nicht. Dadurch wirkte das Zimmer unpersönlich und kalt. Wenn ich es mir recht überlegte, wirkte die ganze Wohnung unpersönlich, wie aus einem Katalog. Aber vielleicht war das für reiche Leute ja normal.

Ich betrat das angrenzende Ankleidezimmer – und mir blieb die Luft weg. Und auch Laurel konnte ein Begeisterungsquietschen nicht unterdrücken. Es gab keine Fenster, dafür aber einige Spotlights. Die Wände bestanden aus Schränken, Schubladen und Kleiderstangen. In der Mitte befand sich ein rundes Sitzelement, und in einer Ecke, zwischen Stangen voller teuer aussehender Kleider, hing ein langer Ganzkörperspiegel.

»Zeig mir die Schuhe!«, verlangte Laurel, während ich den Anblick in mich aufsog. »Ich will die Schuhe sehen!«

Ich konnte mir ein Lächeln nicht verkneifen, so absurd der Augenblick auch war. Eine Schublade nach der anderen riss ich auf, ehe ich schließlich die Doppeltür eines weißen Schrankes öffnete.

»Ach du heilige Carrie Bradshaw«, sagte ich, und Laurel pfiff durch die Zähne. Reihen voller Schuhe. Da es allerdings keine Reihen voll Manolo Blahniks, Louboutins und Jimmy Choos waren – auch wenn ich das eine oder andere Paar entdeckte –, war spätestens jetzt klar, dass weder Anna Wintour noch Carrie

Bradshaw hier lebten. Ich entdeckte klobige Sneaker, unzählige Riemchensandalen, High Heels und einige Loafers.

»Verdammt, wieso kann ich nicht eure Drillingsschwester sein?«, fragte Laurel mit einem sehnsuchtsvollen Seufzen. »Ich würde so was von gerne Mäuschen spielen, während du deiner Mission Impossible nachgehst.«

Ich wechselte zur Frontkamera und schnaubte spöttisch. »Ich weiß nicht mal, ob die ganzen Sachen mir überhaupt passen, geschweige denn dir.«

»Tun sie«, erklang Paytons Stimme im Hintergrund. »Kim und ich teilen uns ihren Kleiderschrank. Wir teilen uns alles.«

Ich blinzelte. Das wurde ja immer abgefahrener. »Wow. Okay«, erwiderte ich. Entweder Kim war eine Heilige, oder sie hatte sich die Freundschaft mit Payton erkauft. Stand sie nur nicht auf der Abschussliste, weil sie in Südafrika war?

Laurel richtete die Kamera auf Payton. Obwohl sie sich Tränen von den Wangen wischte, lächelte meine Schwester. Sie saß auf einem schmalen Bett in ihrem Klinikzimmer. Die Wände hatten eine hübsche Blumentapete, und das Bett war mit weißen Laken bezogen. »Zieh an, was du willst, Sarah«, sagte sie und kratzte über ihre Handrücken. »Mach dir keine Sorgen wegen der Kreditkarte ... Wirklich, tu einfach so, als würde alles, was du in dieser Wohnung siehst, dir gehören. Das hab ich auch gemacht – *au*!« Zischend presste sie die Finger gegen die Schläfen.

Ich verengte die Augen. Ob high oder nicht, die Geschichte roch faul. Obwohl ich Kim noch nicht kannte, wurde sie mir immer weniger geheuer. Sollte ich herausfinden, dass diese ach so tolle und großzügige Freundin die Wurzel allen Übels war, der Grund, weshalb Payton nun so war, wie sie war, dann würde sie ihr größtes Wunder erleben. So verlockend es auch klang, sich die sündhaft teuren Klamotten einer Fremden anzuziehen, in ihrem Bett zu schlafen und ihr Geld auszugeben, es fühlte sich falsch an. Wie hatte ausgerechnet meine Schwester sich darauf einlassen können, nach allem, was uns beigebracht worden war?

In diesem Zustand konnte ich Payton den Kopf nicht zurechtrücken. Das musste warten. »Okay, na dann. Klingt gut. Schön, dass Kim so großzügig ist«, sagte ich einen Tick zu überschwänglich.

»Sarah?« Paytons Augen waren geschlossen, und sie ließ sich rücklings aufs Bett sinken.

»Ja?«, fragte ich, augenblicklich besorgt.

»Danke«, flüsterte sie. »Du solltest nicht ... ich würde niemals von dir verlangen, dass du ...« Sie seufzte. »Danke.«

Mitgefühl und Schmerz machten mein Herz bleischwer. Laurel richtete die Kamera wieder auf sich selbst und schenkte mir einen besorgten Blick.

»Du kannst auf mich zählen, Pay«, sagte ich ernst. Ich dachte an ihre unzähligen Blutergüsse. Ich dachte an ihre geweiteten Pupillen und ihre Tränen und ihr ausgemergeltes Gesicht. »Ich werde das hinkriegen«, schwor ich.

Und morgen schon würde ich damit anfangen, Pläne zu schmieden.

KAPITEL 8

Rise and Shine, kleine Hochstaplerin

Noch nie in meinem Leben hatte ich so gut geschlafen wie in dieser Nacht. Das Bett war ein Gottesgeschenk und roch so gut nach pudrigem Weichspüler, dass ich am liebsten den ganzen Tag darin verbracht hätte. Doch nachdem der Schlaf und die Desorientierung von mir gewichen waren, setzte ich mich auf und schlug die Bettdecke zurück. Die Morgensonne fiel durch die Vorhänge ins Schlafzimmer. Ich konnte eine grüne Fläche durch den leichten Stoff ausmachen. Deshalb trat ich an die Fensterfront, suchte nach einem Schlitz in den Vorhängen und zog sie zur Seite.

Mit angehaltenem Atem starrte ich auf den Central Park. *Den* Central Park. Neunundvierzig Stockwerke unter mir.

Schwindel packte mich, und ich stützte mich am Glas ab. Wow. Das war ... wow! Er war in echt so viel schöner, so viel eindrucksvoller und größer, als ich es mir hätte vorstellen können. Von hier oben war die Sicht atemberaubend. So unglaublich schön, dass ich schwer schlucken musste. Ich war wirklich hier. In der Stadt, in der ich immer hatte sein wollen. Die Hochhäuser, die den Central Park umgaben, waren majestätisch und elegant und so typisch New York, dass ich nicht anders konnte, als die Hände über dem Herzen zu verschränken. Ich sollte mich nicht freuen, sollte nicht aufgeregt sein, denn deshalb war ich nicht hergekommen. Aber ich konnte nichts gegen die Euphorie tun, die mich durchströmte und meinen Puls zum Rasen brachte.

Nach einer Weile löste ich mich vom Fenster und verließ das Schlafzimmer. Letzte Nacht war ich zu müde gewesen, um mir einen von Paytons Pyjamas herauszusuchen, weshalb ich bloß in einem weißen Tanktop und meinem Slip geschlafen hatte. Die Wohnung war im Morgenlicht noch viel schöner als nachts. So lächerlich groß und schick. Auch wenn die Einrichtung ein gerümpftes »Ich bin besser und intellektueller als du« verströmte, konnte ich nicht anders, als alles in mich aufzusaugen. Der einzige Ort, der etwas Persönliches verströmte, war der Schreibtisch. Am Rahmen des iMacs klebten Architekturskizzen.

Interessiert trat ich näher. Da waren Grundskizzen, Bleistift auf Papier, von Gebäuden und Landschaften. Ähnliches hatte ich auch in den ersten Semestern an der USFCA gemacht. Bestimmt hatte Payton auch irgendwo ihr Skizzenbuch. Ich entdeckte es zusammen mit ein paar Büchern und Blöcken auf dem Schreibtisch und blätterte ein wenig darin.

Ein trauriges Lächeln machte sich auf meinen Lippen breit. Es war klar zu sehen, wie sehr Payton das Studium liebte. Sie hatte mit so viel Liebe zum Detail gearbeitet, vermutlich noch mehr, als in ihren Kursen verlangt wurde, einfach, weil ihr danach gewesen war. Auf dem Umschlag ihres Skizzenbuchs klebten Sticker. I 🩷 NY, COLUMBIA UNIVERSITY, die Skyline von Manhattan, ein glitzernder Swiftie-Sticker, eine Pride Flag und eine kleine Katze mit funkelnden Cartoonaugen, die einen riesigen Bleistift nach oben hielt. Dazwischen hatte Payton mit einem Marker Schmetterlinge und Blumen gemalt.

Mir wurde das Herz schwer. Besonders, als ich ein Bild von Payton, Laurel und mir von unserer Einschulung am Rahmen des iMacs entdeckte. Es gab noch ein Bild, und es war sogar eins von mir. Payton hatte mich vom Strand aus aufgenommen, ich stand auf Moms Stand-up-Paddleboard. Wegen der blendenden Sonne zog ich ein komisches Gesicht, aber ich grinste und streckte ein Peace-Zeichen in die Luft. Ich hatte das Bild nie sonderlich gemocht, aber jetzt, wo ich es hier bei Paytons Sachen sah, machte es mich froh. Ich erinnerte mich an den Tag. Payton und ich hatten stundenlang auf ihrer Picknickdecke oder im Wasser verbracht, und später hatten wir mit Laurel und einigen Freunden aus der Highschool am Lagerfeuer gesessen. Es beruhigte mich, ein paar Spuren meiner Schwester zu entdecken. Der Schwester, die ich kannte.

Ich fragte mich, wo sie hier noch ihre Spuren hinterlassen hatte.

Ich zog jeden Vorhang in der Wohnung zur Seite, bis ich rundherum die Aussicht genießen konnte. Erziehung hin oder her, ich fühlte mich wie eine Göttin auf dem Olymp, als ich erneut auf die Stadt blickte.

Auf den besten Schlaf meines Lebens folgte die beste Dusche meines Lebens. Noch traute ich mich nicht, mir etwas aus dem begehbaren Kleiderschrank auszusuchen, weshalb ich aus Paytons Koffer ein grünes Sommerkleid nahm, zusammen mit ein paar sandfarbenen Veloursledersandalen. Wenigstens eine Sache, die sich bei Payton nicht geändert hatte: Kleider und Sandalen. Ich trug einen Spritzer ihres süßen Parfums auf, das sie schon seit Jahren immer wieder nachkaufte, obwohl es viel zu teuer war. Coco Mademoiselle von Chanel. Dann strich ich das luftige Kleid glatt und atmete tief durch. Mir blieb nicht mehr viel Zeit, bis das Semester begann. Bis dahin musste ich mehr über die Menschen herausfinden, die seit vergangenem Jahr eine Rolle in Paytons Leben spielten. Von ihrem Freund – *Ex*-Freund – Donovan bis hin zu Peter Darlington und seiner Clique an reichen Freundinnen. Der Rollentausch war anders als alle zuvor. Er konnte schwerwiegende Konsequenzen nach sich ziehen, wenn ich einen Fehler machte, schon allein, weil wir die Uni betrogen.

Ich musste systematisch vorgehen. Musste denken wie Payton, reden wie Payton und durch und durch Payton werden.

Deshalb schnappte ich mir ihr Handy und entsperrte es. Ein gequälter Laut entfuhr mir, als ich den Daumen über der Fotogalerie-App schweben ließ. *Komm schon. Sie hat dir grünes Licht gegeben. Du darfst dir ihre Fotos ansehen. Und ihre Chats. Tu es einfach. Wie das Abreißen eines Pflasters, ganz schnell.*

Aber dann drückte ich doch nur hastig auf die Tastensperre und nahm mir blindlings die Handtasche neben dem Schreibtisch. Nicht hier. Erst musste ich etwas frühstücken, dann würde ich mir die Bilder ansehen und mit meiner Arbeit beginnen.

Vielleicht war es nur eine lahme Ausrede, aber nichtsdestotrotz packte ich Paytons iPad und ihre Kreditkarte ein, schnappte mir den Wohnungsschlüssel und machte mich auf den Weg.

***

Es war ein seltsames Gefühl, das erste Mal die Park Avenue hinunterzulaufen. Und es dauerte einen Moment, bis ich mich damit zufriedengab, die eleganten Stadthäuser und die vielen Bäume an den Gehwegen mit Blicken aufzusaugen, anstatt Fotos zu schießen. Wem sollte ich sie schon schicken? Laurel? Ich war immerhin keine Touristin. Es würde sich falsch anfühlen – also würde ich meine Begeisterung für mich behalten.

Die dreispurige Straße war in der Mitte von einem Streifen Grün durchzogen, und überall waren Laster und Transporter zu sehen. Die Gehwege waren durchweg von parkenden Autos zugestellt, ich entdeckte Dutzende Baustellen, und es war … laut. So richtig. Ein Betonmischer an einer Ecke auf der anderen Straßenseite und das wiederholte Hupen eines gelben Taxis waren da nur zwei Lärmquellen. Ein wenig romantischer hatte ich mir New York schon vorgestellt. Doch genau der Trubel und diese

Geschäftigkeit, die vielen Leute, die mir entgegenkamen oder mit mir in dieselbe Richtung liefen, waren es, was mir gefiel. Manhattan sprühte an diesem milden und sonnigen Augustmorgen nur so vor Leben.

Ich steuerte das Café an, dessen Namen Laurel und ich während unseres Kreuzverhörs von Payton genannt bekommen hatten. Offenbar war das Maison Jules ein Café, dass Payton fast täglich besucht hatte – trotz der horrenden Preise.

Es wunderte mich nicht, dass es an den kleinen runden Tischen vor dem Café und im Innenbereich keine freien Plätze mehr gab. Deshalb stellte ich mich in die Schlange und wartete, bis ich an der Reihe war. Es roch herrlich nach gerösteten Kaffeebohnen und frischem süßen Gebäck. Irgendein Song von Harry Styles spielte leise, und der Dalmatiner der Frau hinter mir gab immer wieder winselnde Geräusche von sich.

Die Barista lächelte mich an, als ich näher trat, weshalb ich das Lächeln automatisch erwiderte. Ein verstohlener Blick auf ihr Namensschild sorgte dafür, dass sich meine Schultern entspannten. »Guten Morgen, Amy«, sagte ich – so was würde Payton auch tun. Die Leute nach Möglichkeit immer beim Namen nennen.

»Guten Morgen, Payton. Für dich das Übliche? Sieh mal, die zwei Damen da hinten wollen gerade gehen. Ist nicht dein gewohnter Platz, aber besser als nichts.«

Erfreut und zugleich verblüfft strahlte ich sie an. Meine Schwester hatte hier sogar einen gewohnten Platz? »Danke. Und sicher. Gerne das Übliche«, sagte ich.

Wenige Minuten später setzte ich mich auch schon, während Amy das Geschirr vom Tisch nahm und ihn abwischte. Als sie zurück hinter den Verkaufstresen zu ihren Kollegen eilte, zog ich Paytons iPad mit der fliederfarbenen Hülle aus der Tasche und schlug die Beine übereinander. Die Fotogalerie … würde ein-

fach nach dem Essen folgen. Mit Social Media würde ich erst mal sowieso genug zu tun haben.
Dann wollen wir mal.
Vielleicht war es ein wenig dramatisch, dass ich die Liste *Blacklist* genannt hatte, aber dramatische Situationen erforderten dramatische Mittel.

1. Peter Darlington
2. Cameron Reid
3. Alyssa Bailey
4. Rosie van Vliet
5. Grace Landon
6. Celia del Campo
7. Donovan Savatier

So weit, so gut. Ich wusste, wer die Verantwortlichen waren. Jetzt brauchte ich nur noch Gesichter und ausreichend Hintergrundinformationen.

Eine Sache ließ mich jedoch stutzig werden. Seit ich Paytons Handy hatte, war noch keine einzige Nachricht eingegangen. Oder hatte sie die Benachrichtigungen abgestellt?

Ich öffnete die Messenger-App und ließ den Blick über die Daten fliegen. Die letzte SMS war vor Wochen eingegangen. Stirnrunzelnd öffnete ich WhatsApp, aber dort sah es ähnlich aus. Nur meine Nachrichten und die von Laurel waren ungeöffnet an oberster Stelle. Ich tippte keinen Chat an, dafür war ich noch nicht bereit, aber allein zu sehen, dass sich in all den Tagen niemand nach Payton erkundigt hatte ... war hart. Jemand hatte sie verletzt, sie hatte Peter Darlingtons Namen als ersten genannt. Aber nichts. Nicht einmal Donovan hatte ihr geschrieben. Oder Kim. Ich entdeckte keinen der beiden Namen in der oberen Liste. Woran lag das? Etwa daran, dass Payton ihr Handy so lange ausgeschaltet hatte? Nein, in dem Fall wären Nachrichten spätestens dann zugestellt worden, als ich das Handy wieder eingeschaltet hatte. Wie viel Zeit war eigentlich genau seit dem Vorfall, der für die Blutergüsse verantwortlich war, vergangen? Gab es neben der Clique denn niemanden, der sich für Payton interessierte? Keine einzige echte Freundschaft?

Ich öffnete mit dem Apple Pencil die Instagram-App und reaktivierte Paytons Account, um die Profile ihrer *Freunde* zu durchforsten. Ich würde mich Stück für Stück durcharbeiten. *Sie alle.* Die Art und Weise, wie Payton diese zwei Wörter gesagt hatte, ließ mir immer noch eine Gänsehaut über den Rücken laufen.

Deshalb beschloss ich, dass Peter Darlington der Erste war, den ich unter die Lupe nahm. Er und die Nummer zwei auf der Liste. Seine feste Freundin und Paytons ehemals beste Freundin: Cameron Reid.

Wenige Minuten später musste ich allerdings feststellen, dass Peter Darlington weder bei Instagram noch bei TikTok oder Facebook war. Auch über eine Suchmaschine war nichts über ihn zu finden. Er war wie ein Geist, und das konnte nur bedeuten, dass er etwas zu verbergen hatte. Glücklicherweise gab es auf Cameron Reids Instagram-Account Dutzende Bilder von ihr und ihrem Freund.

Peter sah nicht so aus, wie ich ihn mir vorgestellt hatte. Ganz und gar nicht. Ich hatte einen großen sportlichen Kerl erwartet. Jemand, der einschüchternd und bedrohlich wirkte und auf den ersten Blick Ärger versprach. Ein reicher, heißer Badboy eben. Peter Darlington war blond, weiß, nicht sonderlich groß, sogar kleiner als seine Freundin Cameron, und sah aus wie fünfzehn – auch wenn er mindestens zwanzig oder einundzwanzig sein musste. Der totale Schmierlocken-Bubi. Die Föhnfrisur mit dem Seitenscheitel und der eleganten Welle darin war auf jedem Bild mit Cameron perfekt gestylt. Er zeigte seinen Reichtum viel dezenter als seine Freundin. Schicke Anzüge mit Fliege, eng anliegende grüne Rollkragenpullover, Trenchcoats, Lederschuhe, Hosen mit Bügelfalte. Der perfekte Schwiegersohn und die Unschuld in Person. Wenn ich ihn mir so ansah, konnte ich mir im Traum nicht vorstellen, dass er auch nur einer Fliege etwas zuleide tun würde. Gerötete Wangen und ein verschmitztes Lächeln. Er wirkte vielleicht arrogant, aber nicht gefährlich.

Cameron sah wie die Art von Mädchen aus, die Kapitänin irgendeines Sportclubs war, im Vorstand einer Studentinnenverbindung oder Anführerin der Mean Girls. Sie war schneeweiß, gertenschlank, hatte ein symmetrisches, spitzes Gesicht mit kantigen Zügen und honigblonde Haare, die ihr bis knapp unter das Kinn reichten. Sie erinnerte an eine wunderschöne, gut gekleidete Puppe. Ihr Instagram-Feed war eine Mischung aus Urlaubsbildern an luxuriösen Orten, Pärchenfotos mit Peter und Outfitbildern, die sie auf Partys, auf den Straßen von Manhattan und auf Veranstaltungen in Abendkleidern zeigten. Sie gab sich wie ein Promi, auch wenn ein reiches Mädchen wie sie die Fotografen vermutlich selbst engagierte, damit die Bilder wie Paparazzi-Fotos aussahen. Sie hatte sechzigtausend Follower. Und sie sah so kühl aus, dass ich mir eine giftige Seite gut an ihr vorstellen konnte. Aber vielleicht sollte ich mich in dieser Angelegenheit mehr auf Fakten als auf mein Bauchgefühl verlassen. Payton hatte zwischen ihren Schluchzern klar und deutlich *Peter* gesagt. Nicht Cameron.

Die Barista kam zurück an meinen Tisch, und ich blickte auf. Lächelnd stellte sie eine riesige Tasse vor mir ab, auf deren weißem Schaum sich ein Herz aus Kakao befand, sowie einen schwarzen Teller mit einem Croissant darauf, das der feinen, vielschichtigen Form und dem köstlichen Duft nach frisch gebacken sein musste. Ich wollte gar nicht wissen, wie viel dieses Teil kostete.

»Ein Milchkaffee mit Hafermilch, ohne Zucker, und ein Schokocroissant. Lass es dir schmecken, Liebes.«

»Danke, Amy«, sagte ich strahlend. Schon war sie fort und bediente die weitere Kundschaft.

Ich betrachtete mein Frühstück. Das hier war also Paytons übliche Bestellung. Fast jeden Morgen lief sie ein paar Blocks, um in diesem Café ein Croissant und einen Milchkaffee zu bestellen. Wozu der Aufwand? Das Essen hier konnte doch unmöglich besser sein als das, was sie um die Ecke vor ihrem Apartment finden konnte.

Ich nahm einen Bissen …

… und stöhnte auf, als sich das knusprige, noch warme Croissant in meinem Mund auflöste.

Ich schloss die Augen, als sich der zarte, buttrige und schokoladige Geschmack entfaltete, und spülte einen Schluck heißen Milchkaffee hinterher. Ein wenig Zucker wäre mir recht gewesen, aber der Kaffee war mindestens so großartig wie das Gebäckstück.

Verflucht. Na schön. Ein Punkt für meine Schwester, das war wirklich gut!

Ich schloss Instagram und ließ den Stift über Paytons Fotogalerie-App schweben. Und wieder dieses Zögern. Zwillinge hin oder her, ich wollte echt keine Nudes von meiner Schwester sehen. Aber Payton hätte mir ihr Handy nicht anvertraut, wenn ich über Dinge stolpern würde, die ich auf keinen Fall sehen sollte. Oder?

Ich gab mir einen Ruck und öffnete die Galerie.

Während ich verzückt erneut ins Croissant biss, begann ich langsam zu scrollen. Wie war ihre Beziehung zu dieser Gruppe gewesen? Gab es mehrere solcher Cliquen an der Columbia, oder waren die Kinder der reichsten Familien so was wie ein exklusiver Club? Und waren sie das überhaupt? Die Kids der reichsten Familien? Und falls dem so war, wie genau war es dazu gekommen, dass Payton Teil der Clique geworden war?

Ziellos wischte ich durch die Galerie. Zuletzt hatte Payton Screenshots von Unikram gemacht, Vorlesungsnotizen abfotografiert und Sonnenuntergänge und Gebäude zehnfach oder zwanzigfach fotografiert. Selbst die letzten Aufnahmen waren ein paar Wochen alt. So viele Bilder. Und dann …

Jackpot.

Da waren sie. Sieben strahlend selbstbewusste Gesichter, sieben wohlgeformte Körper in teuren Klamotten. Mal alle zusammen, mal in Kleingruppen, mal allein. Die Mitglieder der Clique waren von Payton in Momenten fotografiert worden, in denen sie nicht für ihre schicken Instagram-Feeds posiert hatten. Hier war die Gruppe mal bei einem Filmabend, der in einem Heimkino stattfand, in der Bibliothek, dann an einem kleinen Yachthafen. Die Clique auf dem Campus, beim Lunch, auf Rooftop-Bars, in Clubs und sogar in den Hamptons. Und bei all diesen Unternehmungen war Payton mit von der Partie gewesen, so als wäre sie ein fester Bestandteil dieses elitären Kreises. Sie war in den Hamptons gewesen! Und offenbar mit einem Hubschrauber geflogen! Die Fragezeichen in meinem Kopf wurden nur größer und immer lauter …

Bis ich die Antwort auf meine Fragen fand.

Donovan Savatier.

Zwischen all den Fotos mir fremder Leute, die Champagner tranken und den Spaß ihres Lebens hatten, stieß ich auf eine Reihe Selfies von Payton und ihrem Ex. Donovan sah schlaksig aus, soweit ich das auf den Fotos beurteilen konnte. Er hatte ein blasses, kantiges Gesicht, eine lange, gerade Nase, ein warmes Lächeln und dünne Lippen. Seine schwarzen Haare waren zerzaust, und die grauen Augen funkelten auf den Bildern. Er strahlte Wärme aus. In einem Jacuzzi hatte er die Arme von hinten um Payton geschlungen, seine Wange lag an ihrer. Sie beide hielten Champagnerflöten in den Händen, und Payton sah … glücklich aus. Sie strahlte über das ganze Gesicht. Auf den Fotos trug sie dieselben Ohrringe, die ich gerade trug, außerdem eine goldene Kette mit einem diamantbesetzten »D« als Anhänger. Die Art, wie Donovan meine Zwillingsschwester ansah – als gäbe es nichts Schöneres auf der Welt –, ließ vermuten, dass er mindestens so verliebt gewesen sein musste wie sie. *Und sie hat ihn mir nie vorgestellt, nicht einmal über einen Videocall.* Hatte sie wenigstens von mir erzählt? Irgendwem? Oder existierte ich in ihrem neuen Leben nicht mehr für sie?

Ich leerte meinen Kaffee. Als ich auf ein Bild stieß, auf dem sie sich einen innigen Kuss gaben, schloss ich hastig die Fotogalerie und legte das iPad auf den Tisch. Ein ungutes Gefühl breitete sich in mir aus. Ich verputzte den Rest des Croissants, doch der flaue Druck in meinem Bauch nahm mir den Appetit. Wieso hatte mir Payton nicht mehr von Donovan erzählt? War sie wirklich so verliebt, wie es auf den Bildern den Anschein machte? Wir erzählten uns doch sonst immer alles. Wieso hatte sie mir ausgerechnet das nicht anvertraut? Als sie noch glücklich mit ihm gewesen war?

Ich lehnte mich zurück und wickelte mir eine Haarsträhne um den Finger. Zog ihn wieder heraus, wickelte ihn erneut ein. Hatte ich vielleicht etwas falsch gemacht? Dieses ganze Leben hier war mir fremd. Und nun fühlte ich mich wie ein Eindringling. Nichts hiervon war für meine Augen bestimmt. Und hätten diese Leute sie nicht fertiggemacht … wer weiß, ob Payton mich jemals wieder ganz in ihr Leben gelassen hätte.

Hastig blinzelte ich gegen die Tränen an, die plötzlich in meine Augen schossen. Vielleicht musste ich mich einfach nur zusammenreißen. Wenn alles vorbei war, würden wir darüber reden. Ich würde ihr sagen, wie ich mich fühlte, und ich würde ihr sagen, wie sehr ich mir wünschte, dass sie mich zukünftig nicht mehr ausschloss. Sie fehlte mir einfach so sehr.

Ein paar Minuten lang blieb ich noch sitzen, ehe ich bezahlte – fast dreißig verfluchte Dollar – und das Café verließ. Ich bog in die nächste Straße ab und steuerte den Central Park an. Doch selbst als ich den Park betrat, endlich und das allererste Mal, schwand das enge Gefühl in meiner Brust nicht.

Ich zückte das iPhone und öffnete die Karten-App. Jetzt war nicht der richtige Augenblick, um Trübsal zu blasen. Mir blieb nicht mehr viel Zeit, um mich in Paytons Leben zurechtzufinden.

Deshalb war mein nächster Halt der Campus der Columbia.

Gerade als ich das Handy wieder in die Handtasche stecken wollte, vibrierte es.

Ich warf einen Blick darauf und sah, dass Sarah anrief. Mein Herz machte einen aufgeregten Satz.

»Payton! Wie geht es dir? Wie war die erste Nacht in der Klinik?«, fragte ich, kaum dass ich abgehoben hatte.

»Mir geht es gut. Äh, war ganz toll«, erwiderte sie, was ganz klar nicht der Wahrheit entsprach, und gähnte hörbar. »Der Entzug ist scheiße. Aber sie kümmern sich hier um mich.« Sie lachte erschöpft.

»Freut mich zu hören«, sagte ich, ohne die Erleichterung in meiner Stimme zu verstecken. »Also, nicht dass der Entzug scheiße ist, sondern dass die in der Klinik sich gut um dich kümmern.« Zwei Jogger kamen mir entgegen, während ich unter dichten, hohen Baumkronen durch den Central Park lief.

Payton holte tief Luft, fast so, als müsste sie sich zu den nächsten Worten zwingen. »Sarah, ich rufe an, weil ich dir helfen möchte.«

Überrascht schossen meine Augenbrauen nach oben. »Okay? I-ich meine, fühlst du dich denn schon bereit, mir mehr zu erzählen?«

Sie schwieg einen Moment. »Na ja. Nicht wirklich. Gib mir

für die ernsteren Themen noch ein wenig Zeit. Vielleicht ... vielleicht schaffe ich es nächste Woche.«

»Nächste Woche klingt gut!«, beeilte ich mich zu sagen.

»Also, wenn du Fragen hast, dann los. Ich reiße mich zusammen, versprochen.«

Ich zog die Brauen zusammen. »Du musst dich nicht zusammenreißen.«

»Ich kann hier nicht untätig rumsitzen. Ich bin wie ein geprügelter Hund bei dir aufgetaucht, das bin ich dir schuldig.«

»Du bist mir nichts schuldig, Pay. Und du weißt, dass ich immer für dich da bin. Außerdem sitzt du nicht untätig rum, du bist im Entzug. Spiel das nicht runter. Du kannst stolz auf dich sein, Hilfe in Anspruch zu nehmen. Wenn du mich briefen könntest, wäre das allerdings eine große Hilfe.«

Sie schwieg wieder. Nach einem Moment hörte ich sie leise schniefen, während ich aus dem Schatten der hohen Bäume auf einen lichtüberfluteten Teil des Weges trat. »Klar«, meinte sie erstickt.

»Aber nur, solange du es aushältst«, fügte ich nachdrücklich hinzu.

Sie räusperte sich. »Versprochen. Also. Was machst du gerade? Womit wollen wir anfangen?«

»Ich bin auf dem Weg zum Campus. Lust, mir eine kleine Führung übers Handy zu geben?«

Ich konnte praktisch hören, wie sich ihre Stimmung aufhellte. »Das ist eine tolle Idee! Du wirst die Columbia lieben.«

Diesmal war mein Lächeln echt. Natürlich würde ich sie lieben. Sie war schließlich auch mein Traum gewesen. »Ich laufe gerade noch durch den Central Park, es wird vermutlich eine Weile dauern, bis ich Morningside Heights erreicht habe. Aber du kannst mir bis dahin ja ein wenig von deinen Kursen und Professoren erzählen. Und vielleicht gibst du mir ein paar Tipps, wie ich mich der Nachbarschaft gegenüber verhalten soll. Mr. Sutherland von oben ist jedenfalls schon mal ein Arsch. Glaub ich zumindest.«

Ein Lachen entfuhr ihr. »Bitte sag nicht, dass du Holden mit Mr. Sutherland angesprochen hast!«

»Was weiß ich, welche Art von Small Talk du in Aufzügen führst?« Grinsend wich ich einem Kerl mit vier angeleinten Hunden aus, dann machte ich Platz, um zwei Frauen mit Kinderwagen an mir vorbeizulassen. Die hohen Bäume verschluckten die Sonne über mir erneut und warfen tanzende Schattenspiele auf den Weg. Die Luft roch frisch und herb. Es fühlte sich überhaupt nicht an, als wäre ich in einer Großstadt.

»Er ist ein netter Wallstreet-Typ. Anwalt«, erklärte Payton. »Wir grüßen uns meistens nur und sprechen uns mit Vornamen an. Mehr auch nicht.«

Innerlich stöhnte ich auf und wich diesmal einer Großfamilie aus. Kein Wunder, dass nicht nur Mr. Sutherland – Holden –, sondern auch der Portier so irritiert auf meine Redseligkeit reagiert hatten.

»Okay, ist notiert. Kein Small Talk mit der Nachbarschaft.«

»Ich schicke dir eine Liste mit allen Namen«, sagte Payton erheitert, und mein Herz ging auf, weil ich sie genug hatte ablenken können, dass sie wieder wie meine Schwester klang und nicht wie diese gebrochene Fremde.

»Was noch?«, fragte sie.

Wieso haben du und Donovan euch getrennt? Liebst du ihn noch? Was hat er dir angetan? »Ich war gerade bei Maison Jules, habe einen Milchkaffee getrunken und das beste Croissant meines Lebens gegessen«, verkündete ich lächelnd.

Die wichtigen Fragen konnten noch ein klein wenig warten. Bis dahin würde ich es einfach genießen, meine Schwester zurück in meinem Leben zu haben, obwohl ich in ihrem steckte.

KAPITEL 9

Die Götter von Manhattan

Vielleicht war es nicht die beste Idee, sich für den ersten Tag an der Uni dermaßen herauszuputzen. Dafür verlieh mir das Kleid, das ich trug, ein Gefühl von Überlegenheit, und das konnte ich als Schutzpanzer gerade ganz gut gebrauchen. In meiner Vorstellung stolzierte ich auf High Heels und in einem schicken Kostüm à la Blair Waldorf über den Campus der Columbia, natürlich in Slow Motion und mit großer Sonnenbrille auf der Nase, um jedem den Kampf anzusagen, der es wagte, mir in die Quere zu kommen. Die Realität war nicht ganz so Blockbuster-mäßig. In erster Linie war ich für solch einen Auftritt viel zu nervös, außerdem war ich nur irgendeine Studentin unter Tausenden. Die große Designersonnenbrille trug ich dennoch, aber anstelle der High Heels hatte ich mich für schwarze Loafers entschieden, dazu ein kastenförmiges graues Scuba-Kleid. Ich hatte sogar Make-up aufgetragen, auch wenn Payton heller war als ich.

Nach fast zweiwöchiger Vorbereitung fühlte ich mich gewappnet für den heutigen Tag. Es war keine Generalprobe, sondern die Premiere, der große Moment, in dem ich offiziell damit begann, das alte Spiel zu spielen. Ich war vollkommen auf mich allein gestellt. Und das nicht nur sprichwörtlich: Aus therapeutischen Gründen hatte Payton das Handy ausgeschaltet und abgegeben, um sich voll und ganz auf ihre Genesung zu konzentrieren. Nach unserem Telefonat am ersten Morgen hatte ich sie mehrere Tage nicht gesprochen, ehe sie endlich angerufen und mir mitgeteilt hatte, dass sie während des Entzugs nur einmal die Woche – samstags – für wenige Stunden das Handy benutzen durfte. Es war Dienstag – da gestern Labor Day gewesen war, wie immer am ersten Montag des Septembers, fing erst heute die Uni an. Meinen Eltern hatte ich über Skype geschrieben, dass ich Unterleibsschmerzen hatte und deshalb nicht zum Essen kam wie sonst. Eine miese Ausrede, aber Mom hatte nicht weiter nachgebohrt. Nun würde ich vier Tage lang vollkommen auf mich gestellt sein. Und ein Großteil von mir hoffte darauf, dass Payton bis zum Wochenende endlich bereit war, über das zu reden, was ihr widerfahren war. Über ihre Beziehung mit Donovan, die Freundschaft mit Cameron und über Peter. Ich hoffte, dass sie den Entzug gut überstand und sich erholen konnte. Ich hoffte wirklich, dass sie bald wieder ganz die Alte war.

Alles wird gut. Brust raus, Kinn nach oben, Sarah. Tief durchatmen.

Ich war bereit.

Mit Paytons Hilfe hatte ich den Campus studiert und dank ihres Handys jeden Funken an Information, den ich über ihre Clique in Erfahrung hatte bringen können, wie ein Schwamm aufgesogen. Nur die Chatverläufe, an die traute ich mich immer noch nicht ran. Pays Fotogalerie und Social Media hatten mir aber gute Dienste geleistet.

Dann war da noch die Vorbereitung auf das Studium.

Auch wenn ich nun schon ein Jahr Architektur in San Francisco studiert hatte, war das nichts im Vergleich zu dem, was mich hier erwartete. Die *Graduate School of Architecture, Planning and Preservation* der Columbia, kurz GSAPP, gehörte zu den wichtigsten und herausragendsten Institutionen für Architektur der Welt. Es reichte nicht, dass ich mich so verhielt wie

Payton oder so anzog. Ich durfte ihren Studienplatz nicht gefährden und würde extra viel pauken müssen, um es nicht zu vergeigen.

An diesem Morgen hatte ich das Haus über eine Stunde eher verlassen, um nach Morningside Heights zu laufen. Von der Upper East Side aus, einmal quer durch den Central Park, war das zwar ein gutes Stück, aber die kühle Morgenluft und die Bewegung halfen mir, meine Nerven zu beruhigen. Außerdem hatte der Zauber von Manhattan mich noch immer nicht losgelassen. Ich genoss jede Sekunde zu Fuß.

Ich trank Kaffee aus einem weißen Thermobecher und hatte eine vollgepackte große Kelly Bag in der Armbeuge hängen. Laurel und ich hatten darüber gelästert, dass Kim nicht nur eine von den Dingern besaß, sondern vier. Und dann noch drei Birkin Bags. Laut Laurel wurden diese Taschen in fünfstelliger Summe gehandelt und waren nicht einmal frei erhältlich. Man musste sie sich quasi verdienen, indem man sich bei Hermès auf eine Warteliste eintragen ließ, auf der man manchmal für Jahre stand. Und dann musste man sich zum Teil auch noch beweisen, indem man viel bei Hermès shoppte. Sie hatten mit Birkin Bags und Kelly Bags eine künstliche Verknappung erschaffen, und die Nachfrage war absurd. Als wären es die begehrtesten Taschen der Welt. Früher hatte man sie sogar aus exotischen Ledern hergestellt. Eine absolute Sünde.

Offenbar waren die Taschen für Kim nicht sonderlich kostbar, denn Payton hatte eine – diese hier – für ihren Unialltag genutzt. Deswegen tat ich das nun auch. Während ich also gute fünfzehntausend Dollar durch den Central Park spazieren führte, ging ich ein letztes Mal meinen Stundenplan auf Paytons Handy durch. Zunächst stand eine Vorlesung mit dem Titel »Umweltverträglichkeit von Baustoffen« an, die in Fayerweather Hall stattfand. Heute Mittag folgten noch eine Vorlesung in Baumanagement und eine Übung. Außerdem wollte ich mich um ein Tutorium kümmern. Das hatte ich dringend nötig, um meinen Wissensstand anzupassen. Je mehr Hilfe, desto besser. Der Terminkalender war ziemlich voll, aber ich würde das irgendwie schaffen.

Vierzig Minuten später lief ich die Treppen am Morningside Park nach oben und überquerte mit ein paar Passanten die Straße. Von Weitem konnte ich bereits die historischen Gebäude der Columbia entdecken – laut Google Maps nahm der gesamte Campus mehr als zwanzig Blocks des Stadtteils Morningside Heights ein. Der Hauptcampus war ein ausladendes Gelände mit vielen Bauten, Bibliotheken, Wohnheimen und Grünflächen. Ein eigener Kosmos inmitten von Manhattan. Obwohl ich den Hauptcampus in den letzten zwei Wochen oft besucht hatte, durchlief mich ein nervöses Prickeln vom Nacken die ganze Wirbelsäule hinab. Als würde ich gleich eine Bühne vor einem Millionenpublikum betreten, um die Performance meines Lebens zu geben. Das war das erste Mal, dass ich beim Rollentausch Lampenfieber bekam.

Die türkisfarbenen Kupferdächer strahlten im Licht der Morgensonne, und die majestätischen Bauwerke ragten in den Himmel hinauf. Ich überquerte die Amsterdam Avenue und blieb neben einem Security-Häuschen zwischen Kent Hall und Hamilton Hall vor dem offenen Tor aus Gusseisen stehen, das von Steinpfeilern flankiert wurde. Von beiden Seiten des Gehwegs strömten Studierende Richtung Eingang. Wie eine ansteigende Flut. Ich ließ mich nach einem Moment von ihr tragen und schloss mich der Bewegung an.

Es war, als würde ich eine Parallelwelt betreten, ein Lehrbeispiel, das nur noch aus altehrwürdiger Architektur und alten Bäumen bestand. An den roten Backsteingebäuden, mit ihren acht oder neun Stockwerken, waren Verzierungen aus weißem

Kalkstein in Form von Säulen, Fenstersimsen und Dekoelementen. Das dichte Blätterdach zwischen ihnen tauchte den Sommermorgen in kühle Schatten, und überall waren Studierende zu sehen. Hunderte. Sie liefen in Gruppen oder lasen beim Gehen, hörten Musik, rauchten E-Zigaretten oder hingen am Handy. Ich sah einen älteren Mann im Sakko und mit Aktentasche von einem Gebäude zum anderen hasten, und zwei Mädchen sprangen sich in die Arme.

Es war ziemlich gewöhnlich. Ein vollkommen normaler erster Tag nach den Semesterferien. Irgendwie.

Für sie zumindest.

Zusammen mit einigen anderen Leuten machte ich einem silbernen Auto Platz, das vom Campusgelände fuhr, und setzte meinen Weg fort. In Gedanken ging ich die Fakten durch. Wo sollte ich heute Morgen anfangen? Zunächst war da Cameron Reid, Paytons ehemalige beste Freundin. Sie war die unangefochtene Eiskönigin der Columbia. Sie und ihre Freundinnen Rosie, Grace, Alyssa und Celia trafen sich jeden Morgen für einen Kaffee in der Nähe von Havemeyer Hall an »ihrer Sitzbank«. Es war eine einfache Steinbank zwischen gestutzten Hecken neben einer Löwenstatue. Dorthin war ich unterwegs. Denn Payton war im vergangenen Jahr bei diesem morgendlichen Ritual stets mit von der Partie gewesen, und trotz allem, was geschehen war und was Payton so gebrochen hatte, plante ich nicht, daran etwas zu ändern. Ich musste an diese Leute rankommen. Mit dem Kopf durch die Wand war zwar nicht Paytons Stil, aber das mussten sie ja nicht wissen. Sie sollten sehen, dass ihre Einschüchterungsversuche und das, was sie Payton angetan hatten, nicht mal einen verfluchten Kratzer hinterlassen hatten. Sie sollten denken, dass sie ihr absolut nichts anhaben konnten. Dass Payton unantastbar war.

Ich beschleunigte meine Schritte, bog um die Ecke …

... und stieß geradewegs mit voller Wucht mit jemandem zusammen.

Keuchend stolperte ich zurück und ruderte wild mit den Armen. Doch es war zu spät, ich verlor das Gleichgewicht und fiel.

Da schlangen sich plötzlich Arme um mich und rissen mich an eine Brust, bevor mein Hintern im Designerkleid Bekanntschaft mit dem Boden machen konnte.

Mein Herz machte einen gewaltigen Satz, und ich keuchte erneut. Wenn ich noch nicht hellwach gewesen war, dann spätestens jetzt. Mit angehaltenem Atem und aufgerissenen Augen hinter der Sonnenbrille hob ich den Kopf. »Sorry!«, stieß ich hervor.

Ich starrte in ein Gesicht. Ein männliches Gesicht. Ein atemberaubendes Gesicht, das meinem erschreckend nahe war. Blonder Bartschatten, tief liegende blaue Augen und kantige Wangenknochen.

Ich blinzelte den Kerl sprachlos an. Er blinzelte genauso erschrocken zurück. Großer Gott, gab es in Manhattan etwa nur Adonisse?

»Hoppla«, sagte er mit tiefer, weicher Stimme und ließ mich langsam los. Er war groß, hatte volle blonde Haare und sonnengeküsste Haut. »Ich hätte besser aufpassen sollen, wo ich hingehe. Entschuldige.«

Eilig strich ich mein Kleid glatt, richtete die Träger meiner Tasche und umklammerte mit beiden Händen den Kaffeebecher – das hätte mir gerade noch gefehlt, wenn das Ding offen gewesen wäre.

»Jetzt sind wir jedenfalls beide wach«, scherzte ich und zog eine Grimasse – ehe ich sie schnell in ein Lächeln verwandelte. Payton zog keine Grimassen, wenn sie ironische Erwiderungen gab. Besonders nicht, wenn ein heißer Typ vor ihr stand.

Der Kerl schmunzelte auf träge, schiefe Weise und vergrub die Hände in den Taschen seiner schwarzen Hose mit Bügelfalte. Er hatte schmale Hüften und breite Schultern, die sein beiges Polohemd perfekt ausfüllten. Er betrachtete mich. Freundlich und ... vermutlich vertraut?

»Schön, dich zu sehen, Payton. Es freut mich, dass du zurückgekommen bist, nach allem, was war«, sagte er.

Ugh. Natürlich wusste er, wer *ich* war. Vermutlich wusste die ganze Columbia von dem, was mit meiner Schwester geschehen war – alle außer mir. Wie sollte ich jetzt noch unauffällig nach seinem Namen fragen?

Ich schob meine Sonnenbrille ein wenig höher auf die Nase und ging im Geist die Fotogalerie durch. Alles okay. Er gehörte nicht zur Clique und stand nicht auf meiner Abschussliste. Sicheres Terrain.

»Das war doch nichts«, log ich leichthin, auch wenn ich keine Ahnung hatte. »Was dich nicht umbringt, macht dich stärker.«

Was dich nicht umbringt, macht dich stärker? Ernsthaft, Kelly Clarkson? Was kommt als Nächstes?

Sein Schmunzeln wurde zu einem Lächeln. Und es war absolut umwerfend. »Das ist die richtige Einstellung.«

»Und du, äh, hattest einen schönen Sommer?«, fragte ich und umklammerte meinen Kaffeebecher noch etwas fester. Ich fühlte mich so unbeholfen, dass ich am liebsten im Erdboden versunken wäre. Er war zu nett und viel zu attraktiv. War meine schüchterne Zwillingsschwester etwa mit ihm befreundet? Oder war er ein Tutor? Ein Dozent?

»Könnte man so sagen«, erwiderte er schulterzuckend. »Es war viel zu tun, und ich habe Sommerkurse belegt, um mich auf meine Masterarbeit vorzubereiten.«

Ich speicherte die Info sofort ab. Er machte also seinen Master. Das hätte ich mir denken können, er sah nämlich nicht gerade aus, als wäre er zwanzig, sondern eher vier oder fünf Jahre älter. Wenn er sich bereits auf seine Masterarbeit vorbereitete, musste er wohl im letzten Jahr sein.

»Klingt gut«, sagte ich lahm und biss mir auf die Unterlippe, wie Payton es so oft tat, um nicht erneut eine Grimasse zu ziehen.

Er zwinkerte mir zu. »Ich muss jetzt weiter. War schön, dich zu sehen, Payton.«

»Klar, man sieht sich«, murmelte ich. Er lief an mir vorbei, und ich kniff gequält die Augen zusammen. Seit wann stellte ich mich so bescheuert an, wenn ich mit Typen sprach?

Ich schüttelte mich, straffte die Schultern und setzte meinen Weg fort.

Einen letzten Blick über die Schulter konnte ich mir jedoch nicht verkneifen. Und als ich das tat, sah ich, dass der Typ mir ebenfalls hinterherblickte. Ein Lächeln machte sich auf seinem Gesicht breit, und er hob eine Hand.

Hastig drehte ich mich um und beschleunigte meine Schritte. Bescheuert. Das war ich.

Energisch schüttelte ich den Kopf und konzentrierte mich wieder auf meine Umgebung. Gerade kam ich an einem Gebäude vorbei, das ich mir schon unzählige Male im Internet angesehen und auch die letzten Wochen erkundet hatte. Die Low Memorial Library, ein Wahrzeichen der Columbia. Die Fassade bestand aus weißem Marmor und einem Kuppeldach. Davor befand sich eine große breite Treppe, auf der Leute saßen, sich unterhielten oder Kaffee tranken, und mittig auf der Treppe prangte die Alma-Mater-Statue, groß und ehrwürdig.

Heute konnte ich mich nicht daran erfreuen. Mit jedem weiteren Schritt über die rot gepflasterten Wege wurde mein Puls hämmernder. Mein Blut heißer. Gleich war es so weit. Ich würde den Peinigern meiner Schwester ins Gesicht blicken. Peter,

Cameron, Rosie, Alyssa, Grace, Celia und Donovan. Das erste Zusammentreffen sollte ganz bestimmt nicht so verlaufen wie dieser peinliche Vorfall eben.

Als ich ein Stück hinter der Low Memorial Library die Löwenstatue entdeckte, nahm ich eine aufrechtere Haltung an und wischte mir die schwitzigen Handflächen nacheinander am grauen Scuba-Kleid ab.

Da erblickte ich Cameron.

Doch nicht nur sie, sondern auch ihre Freundinnen Alyssa Bailey und Grace Landon, die ich durch Instagram und Paytons Fotos wiedererkannte. Sie standen neben »ihrer« Steinbank. Hielten wie ich Thermobecher oder Eiskaffees in den Händen und sahen ziemlich unantastbar aus. Bereits von Weitem strahlten sie Geld aus. Ihre Kleidung wirkte teuer und elegant. Cameron hatte sich die kurzen blonden Haare hinter die Ohren gesteckt. Sie trug einen schmalen dunkelroten Haarreif, der im Licht funkelte, ein enges schwarzes Kleid, das bis zu den Knien reichte, sowie einfache Sandalen und eine Handtasche aus gestepptem braunem Leder. Ihre helle Haut war blasser als auf Social Media, und ihre Züge wirkten mindestens so kühl und schön wie auf den Bildern. Cameron Reids Familie gehörte nicht zum »alten Geld«. Ihr Vater war einer der berühmtesten Musikproduzenten der Welt, ihre Mutter die Tochter eines Investmentbankers, das hatte ich online nachgelesen.

Alyssa und Grace hingegen gehörten sehr wohl zum alten Geld – den traditionellen weißen New Yorker Dynastien, die schon seit etlichen Generationen in Reichtum lebten. Alyssa war eine mondäne Blondine mit langen Beinen und makelloser Haut. Sie trug eine knöchellange weiße Hose, eine eingesteckte blaue Bluse und hatte sich trotz der Spätsommerwärme einen weißen Kaschmirpullover um die Schultern geknotet, als wäre sie ein Ralph-Lauren-Model. Ihre glatten blonden Haare waren brustlang und die Haut so gebräunt, wie man es von jemandem erwartete, der die letzten Wochen auf einer Yacht in der Karibik verbracht hatte.

Grace war kleiner als Cameron und Alyssa, hatte betörende Kurven und volle rosige Wangen. Ihre Brauen waren dicht und markant, wie die von Cara Delevingne, und ihr glattes braunes Haar glänzte. Sie trug einen marineblauen Faltenrock und eine weiße enge Bluse, die nicht viel der Fantasie überließ. Meinen Recherchen nach besaßen ihre Eltern Pferde und waren große Nummern im Reitsport. So wie Grace selbst.

Ich setzte mein bestes Lächeln auf, als ich mich ihnen näherte, und schluckte meine Nervosität hinunter. Hinter der Sonnenbrille konnte ich mich verstecken. Ich würde ihnen die volle Dröhnung Sarah Quinn verpassen.

Los geht's.

Mitten im Satz unterbrach ich Cameron mit einem überschwänglichen: »Guten Morgen!«

Die drei Mädchen drehten sich zu mir um. Camerons Miene versteinerte sich, Alyssas Mund klappte auf, und Graces kleine grüne Augen weiteten sich.

Offensichtlich verschlug es ihnen die Sprache, mich zu sehen. Payton zu sehen. Ich lächelte noch breiter, auch wenn es mir persönlich eher wie ein Zähneblecken vorkam. *Alle. Sie alle.*

»Ihr wirkt erholt. Schön, euch wiederzusehen.«

Etwas flackerte in Camerons Augen auf, was ich nicht genau benennen konnte. Es verursachte mir eine Gänsehaut. Sie presste die Lippen zusammen, sagte jedoch kein Wort.

Grace war die Erste, die ihre Stimme wiederfand. Sie ließ den Blick abschätzig über mich wandern, von Kopf bis Fuß.

»Ebenfalls, Payton«, sagte sie kühl, jedoch mit einem falschen süßen Unterton. Sie rümpfte auf eine Art und Weise die Nase, die mich in jeder anderen Situation dazu gebracht hätte, mein Kleid glatt zu streichen und durch meine Haare zu fahren, nur zur Sicherheit.

»Du bist also wieder da«, sagte Alyssa und zwang sich offenbar zu einem höflichen Lächeln. »Damit hätten wir nicht gerechnet, ganz ehrlich. Du bist in den letzten Wochen etwas auseinandergegangen, oder? Die zusätzlichen Kilos stehen dir. Aber du solltest vielleicht deine Garderobe anpassen. Sieht irgendwie eng aus, Süße.« Ihr schlangenhaftes Lächeln vertiefte sich, und sie spielte mit einer blonden Strähne. Auch sie ließ den Blick abschätzig über meinen Körper wandern, was für ein unangenehmes heißes Prickeln in meinem Nacken sorgte.

Mein Mund wurde trocken. Noch nie in meinem Leben war ich so offen beleidigt worden. Es war absurd, von Fremden so feindselig betrachtet und gedemütigt zu werden. Aber ich erinnerte mich genau an die Dinge, die ich in den letzten Tagen über Alyssa Bailey herausgefunden hatte. Ich hatte Screenshots gesehen aus Chats von Alyssa und Cameron, die Cameron Payton offensichtlich weitergeleitet hatte. Genauso wie Fotos von Alyssa mit einer roten MAKE AMERICA GREAT AGAIN-Basecap.

Deshalb legte ich den Kopf schief und strich Alyssa demonstrativ mit einer Hand über ihre gebräunte Haut. »Und du hast einen ziemlich dunklen Teint bekommen, Alyssa«, bemerkte ich mit zuckersüßer Stimme. »Dafür, dass du PoCs so gefährlich und schmutzig findest, hast du dir echt viel Mühe gegeben, so auszusehen wie wir«, sagte ich ungerührt. Die Screenshots hatten mir verraten, was Alyssa schon über andere Studierende an der Columbia abgelassen hatte. Ich hatte gelesen, was Alyssa auch über Payton und Celia del Campo, eine ihrer engsten Freundinnen, zu sagen hatte.

Alyssa Reid war eine alteingesessene Rassistin.

Angewidert zog sie den Arm zurück, als würde meine Hand

die nächste Seuche übertragen, und Grace entschlüpfte ein erschrockener Laut, den sie mit einem Hüsteln überspielte.

»Du verwechselst da etwas«, zischte Alyssa. »Nur weil ich einen hinterhältigen, verlogenen Troll wie dich nicht ausstehen kann, bedeutet das nicht gleich, dass ich irgendwas gegen farbige Menschen hätte!«

»In welchem Jahr lebst du? Man sagt schon lange nicht mehr farbig«, erwiderte ich wie aus der Pistole geschossen und verengte die Augen. Ich kannte Alyssa nicht, aber schon jetzt konnte ich sie auf den Tod nicht ausstehen. Wie hatte Payton es mit ihr ausgehalten? Wie hielt es überhaupt irgendwer mit ihr aus?

Sie lachte auf und fuhr sich durch die Haare. »Kaum zwei Minuten zurück, und schon nervst du mit diesem woken Scheiß! Hast du etwa keine Freunde? Bist du deswegen zu uns gekommen? Denkst du, wir spielen mit zugelaufenen Straßenhunden?« Sie zog eine Schnute.

»Ratte trifft es eher«, murmelte Grace. Das ließ Alyssa und sie lachen, hinter vorgehaltener Hand und in einer Intensität, als wäre gerade der lustigste Witz der Welt gerissen worden. Cameron zeigte nicht den Hauch von Regung. Sie war eine Statue und durchbohrte mich mit ihrem tödlichen Blick.

Ich hielt mein Lächeln wacker aufrecht, auch wenn mir der Puls in den Ohren dröhnte und mir zunehmend elender zumute wurde.

Sie machte einen Schritt auf mich zu, und ich hätte schwören können, dass ihre Hände zitterten.

»Was willst du von uns, Payton?«, sagte sie durch zusammengebissene Zähne.

Ich machte eine wegwerfende Handbewegung. »Ach, ich wollte bloß ein wenig mit meinen Freundinnen plaudern, bevor die Willkommensveranstaltung meiner Fakultät beginnt. Besonders mit meiner *besten* Freundin«, betonte ich.

Cameron schenkte mir ein falsches Lächeln, doch ich sah genau das wütende Brennen in ihren Augen und die roten Flecken, die sich auf ihrem grazilen Hals ausbreiteten.

»Wie schön. Wir freuen uns alle ja so, dass du wieder da bist.«

»Ich freue mich auch«, gab ich gut gelaunt zurück und trank einen Schluck von meinem Kaffee. »Grace, warst du eigentlich wieder in den Hamptons? Wie geht es deinen Pferden?«

»Sie hat einen Knall«, raunte Alyssa Cameron zu.

Grace lachte auf und hob die Augenbrauen. »Ja, Payton«, sagte sie spöttisch. »Ich hatte einen ganz tollen Sommer in den Hamptons mit meinen Pferden. Tut mir leid, dass ich dir keine Postkarte geschickt habe.«

»Entschuldigung angenommen«, erwiderte ich, blickte dabei jedoch zu Cameron. Beobachtete sie demonstrativ. Da war purer Hass in ihren Augen. Tränen der Wut standen unverkennbar in ihnen. Aber warum? Warum hasste sie meine Schwester so sehr? Wieso bebte sie vor Wut? Was war passiert, und was hatte sie Payton angetan?

»Wir sollten demnächst mal wieder zusammen zu Mittag essen«, schlug ich vor, so als bekäme ich nichts von ihren Reaktionen mit.

Alyssa sah aus, als wüsste sie nicht, ob sie sich in einem schrägen Film befand oder ihr jemand einen Streich spielte und Kameras auf sie gerichtet waren. Auch Grace starrte mich fassungslos an, dann hakte sie sich bei Cameron ein und gab ein Schnauben von sich.

»*Unbedingt*, Liebes. Nichts lieber als ein Mittagessen mit Payton fucking Quinn. Wir melden uns bei dir und ...« Ihre Stimme erstarb plötzlich, und die Blicke der Mädchen richteten sich auf etwas hinter mir.

»Oh, das wird jetzt interessant«, murmelte Alyssa.

Ich drehte mich um, um zu sehen, was ihre Aufmerksamkeit erregt hatte.

Und mein Herz machte augenblicklich einen schwindelerregenden Satz, als ich die beiden Jungs erblickte, die auf uns zukamen. Paytons Ex-Freund Donovan Savatier.

Zusammen mit ... Peter Darlington.

Mein Atem wurde flach. Das Bild meiner Schwester blitzte vor meinem inneren Auge auf, vom Regen durchnässt und tränenüberströmt. High. Voller Blutergüsse am gesamten Körper. Am Ende.

Ein Kloß bildete sich in meinem Hals. Ich schluckte dagegen an, doch es nützte nichts. *Peter Darlington.* Da war er. In Fleisch und Blut.

Diesmal war ich es, die das Zittern in ihren Händen unterdrücken musste. Peter sah neben Donovan winzig aus, da er ihm nur bis zur Schulter reichte, und dennoch strahlte er mit seiner blonden Föhnfrisur überhebliche Gelassenheit aus. Er trug ein olivgrünes Poloshirt, eine beige Stoffhose und braune Segelschuhe, als wäre er geradewegs einem Hochglanzmagazin entsprungen. Donovan wirkte als Einziger aus der Gruppe ein wenig lässiger und normaler. Das rabenschwarze Haar hing ihm weich und ein wenig zerzaust in die Stirn, er trug ein schwarzes T-Shirt und eine tief sitzende schwarze Hose, dazu cognacfarbene Slipper.

Beide erstarrten sichtlich, als sie mich entdeckten. Ich sah Unglauben auf Peters Miene und Schmerz auf Donovans schönem kantigem Gesicht aufflackern.

Mein Lächeln war noch verkrampfter, als ich die Hand hob und ihnen zuwinkte. Mehr denn je war ich froh, dass ich eine Sonnenbrille trug. *Spiel deine Rolle. Du kannst das, Sarah.*

»Payton«, sagte Donovan atemlos und blieb einen Meter vor mir stehen. Er wirkte gequält, als würde er einen inneren Kampf ausfechten.

»Hey, Donovan«, sagte ich kurz angebunden, ehe ich mich an Peter wandte und mein Lächeln noch strahlender werden ließ. »Peter! Ihr zwei seht toll aus. Auch einen schönen Sommer gehabt?«

Peter lachte schallend auf, als hätte ich den Witz des Jahrhunderts gerissen. Er blickte zu seinem besten Freund auf, dann grinste er mich an.

»Oh, klar! Wir hatten einen fabelhaften Sommer, nicht wahr, Donny?«

»Was ist mit dir passiert?«, fragte Donovan leise. Er nahm nicht eine Sekunde die sturmgrauen Augen von mir, und das Gefühl, von ihm unter die Lupe genommen zu werden, hüllte mich stechend und heiß ein. Skepsis lag in seinem Blick. Da war jedoch auch Sorge.

Ich blinzelte. Das ... war nicht aufgesetzt. Was auch immer ihm durch den Kopf ging, es erwischte ihn wohl wirklich kalt, mir zu begegnen.

»Du siehst aus, als wärst du viel in der Sonne gewesen, Payton«, bemerkte Peter gut gelaunt und wippte auf den Fußballen vor und zurück, die Hände in den Hosentaschen. Er tat so freundlich. So durch und durch unschuldig. »Und du hast dir die Haare schneiden lassen! Steht dir. Warst du im Urlaub?«

»Leute!«, fuhr Cameron dazwischen. Ich drehte den Kopf – und schnappte nach Luft. Auf ihrem blassen Gesicht waren plötzlich rote Flecken zu sehen – sie waren wohl ihren Hals hinaufgekrochen, und die erste Träne rann ihre Wange hinunter. Sie starrte ihren Freund an, und ich hätte schwören können, dass sie versuchte, Laserstrahlen mit ihren Augen auf Peter abzufeuern. Ihr Kinn zuckte verdächtig. »Das reicht jetzt, Peter. Ihr habt sie doch nicht alle!«

Peters Lächeln wich einem selbstgefälligen Grinsen. »Hey, Baby. Komm her.« Er trat zu ihr, legte einen Arm um ihre Mitte und küsste sie auf die Wange. »Auch dir einen guten Morgen. Freust du dich denn nicht, dass deine beste Freundin wieder in der Stadt ist?«

Die Wut in Camerons eisigen Augen wich Schmerz und Verrat, dann richtete sich ihr Blick auf mich.

Beinahe wich ich einen Schritt zurück.

»Ich könnte begeisterter nicht sein!«, spie sie mir entgegen.

Ich seufzte mit falscher Zufriedenheit und straffte die Schultern. *Nichts wie weg hier.* Ich hielt es keine Sekunde länger aus. »Das war wirklich eine schöne Zusammenkunft. Ich muss jetzt los. Wir sehen uns bestimmt später oder so. Wenn ihr mich jetzt entschuldigen würdet.« Ich wandte mich ab, drehte mich aber noch einmal um. »Oh, und Cameron, mach das lieber nicht.« Ich deutete lächelnd mit einem Finger zwischen ihre Augenbrauen. »Solche Falten bleiben. Entspann dich, das steht dir viel besser.« Ich winkte ein letztes Mal, denn stolzierte ich erhobenen Hauptes davon.

Adrenalin brodelte in meinen Adern. Ich trat zwar den Rückzug an, aber ihre Mienen waren unschlagbar gewesen! Vielleicht war es nicht gut für mein Karma, dass ich so viel Genugtuung empfand, doch wenn es so war, dann nahm ich es gerne in Kauf.

»Payton!«

Überrascht sah ich über die Schulter. Donovan joggte mir hinterher und stellte sich mir in den Weg. »Warte. Was, um alles in der Welt, war das gerade? Was sollte das?«

Ich lachte auf. »Als wäre ich ausgerechnet dir Rechenschaft schuldig. Schönen Tag noch, Donovan.« Ich drückte ihm die Hand gegen die Brust, schob ihn zur Seite und lief weiter.

»Jetzt warte doch mal.« Er ließ sich nicht abwimmeln und lief neben mir her. »Payton, hör zu. Es tut mir leid. Ich wollte dich anrufen, das wollte ich wirklich. Aber Peter … Ich konnte dich nicht kontaktieren. Ich wollte mit dir reden.« Er legte mir eine

Hand auf die Schulter und brachte mich erneut dazu, stehen zu bleiben. Verzweiflung verzerrte sein Gesicht, und schwarze Haarsträhnen hingen ihm in die Stirn. Er schluckte schwer, was seinen Adamsapfel hüpfen ließ. Ich verharrte. Zumindest für einen Augenblick. Diesmal hörte ich aufmerksamer zu. Vielleicht verriet er mir ja etwas, was ich noch nicht wusste.

»Es tut mir leid. Ich ... bitte. Ich wusste nicht, was ich denken sollte, nach allem, was war. Aber so wollte ich es nicht enden lassen. Verdammt, Payton. Ich war verletzt. Bin es immer noch. Ich konnte nicht glauben, dass das wirklich wahr ist. Und dann warst du weg, ohne dass ich mir deine Version der Geschichte anhören konnte. Woher soll ich wissen, ob alles, was Peter und Cameron erzählt haben, wahr ist? Er ist mein bester Freund, aber du ... du bist ... d-du warst ...«

Ich schüttelte seine Hand ab und lief weiter. Meine undurchdringliche Miene verrutschte. Von was genau sprach Donovan da? Was war geschehen, als Payton die Blutergüsse davongetragen hatte?

Er packte mich plötzlich wieder am Arm, wirbelte mich zu sich herum und nahm mein Gesicht in seine Hände. Meine Augen weiteten sich. Was zur Hölle?

»Jetzt komm schon, Payton. Bitte hör mir zu. Eigentlich solltest du es sein, die sich erklärt, nicht ich. *Bitte.*« Bei den letzten Worten brach seine Stimme, und die Verzweiflung auf seinem Gesicht gewann die Oberhand. Gott. Er musste meine Schwester wirklich geliebt haben. Oder sie noch immer lieben. Mir wurde heiß und kalt, und ich biss fest die Zähne zusammen. Wie sollte ich reagieren? Wie würde Payton reagieren? Was würde sie jetzt an meiner Stelle sagen?

Ein Muskel an Donovans Kiefer zuckte, und trotz meiner Sonnenbrille kam es mir vor, als könnte er mir mit seinen schönen grauen Augen geradewegs in die Seele schauen. Wie absurd.

Wie absurd, dass dieser fremde Kerl, den ich nie zuvor in meinem Leben getroffen hatte, mich so intim ansah, mein Gesicht in den Händen hielt und mit mir sprach, als hätten wir gemeinsame Geheimnisse.

»Gib mir einen Grund«, flüsterte er. »Du weißt, dass ich dich liebe. Ich kann nicht einfach aufgeben, wenn ich deine Version der Geschichte nicht kenne. Ich flehe dich an, gib mir einen Grund, zu glauben, dass alles eine Lüge war.«

Mein Atem beschleunigte sich. Wieso klang das gerade, als hätte Payton etwas verbrochen? Fuck. *Hatte* sie etwas verbrochen? Ich öffnete den Mund, um etwas zu sagen ...

Da senkte Donovan plötzlich den Kopf und küsste mich. So richtig. Tief und innig und voller Verzweiflung, Mund auf Mund.

Mit aufgerissenen Augen stand ich da, konnte mich nicht rühren, konnte nicht einmal mehr atmen. *O Gott*, der Ex-Freund meiner Schwester küsste mich. Ogottogottogott!

Langsam beendete Donovan den Kuss und wich zurück, während in meinem Kopf die blanke Panik ausbrach. Er starrte mich an. Runzelte die Stirn. Im nächsten Moment zog er mir die Sonnenbrille von der Nase, und seine Lippen wurden zu einer harten, schmalen Linie.

Und dann sagte er die Worte, vor denen ich mich am meisten gefürchtet hatte.

»Du bist nicht Payton.«

KAPITEL 10

Mein lieber Donny

Mir brach der Schweiß aus. Mit steifen Fingern entriss ich Donovan meine Sonnenbrille und rang mir ein Lachen ab, doch selbst in meinen Ohren klang es schrill. Unmöglich, er konnte es nicht wissen!

»Was redest du da? Tut mir leid, dass ich den Kuss von meinem Arschloch-Ex nicht erwidert habe, aber was hast du erwartet?«, fragte ich und setzte die Sonnenbrille wieder auf. Mir war schwindelig, alles drehte sich vor Adrenalin. Niemals konnte ich jetzt schon aufgeflogen sein, nicht an meinem allerersten Tag!

Donovans Mund verzog sich abschätzig, und er verschränkte die Arme vor der Brust. »Und wie erklärst du dann, dass du in die falsche Richtung läufst?«

»Was?«, fragte ich kurz angebunden.

Seine Augen verengten sich. »Deine Vorlesung findet in Avery Hall statt. Das weiß ich, weil wir sie zusammen haben.«

Fuck.

»Cool«, stieß ich hervor. »Dann bin ich desorientiert, und du bist verwirrt. Wir sollten wohl beide mehr Kaffee trinken, um wacher zu werden. Lässt du mich jetzt in Ruhe, oder willst du mich noch mehr quälen?«

Mit rasendem Herzen drehte ich mich um und lief diesmal in die richtige Richtung. Verflucht, verflucht, verflucht! Dabei hatte ich mir den Campus doch in den letzten Wochen eingeprägt. Wie hatte ich nur in die falsche Richtung laufen können?

»Du bist Sarah, nicht wahr?«

Abrupt blieb ich stehen. Wie in Zeitlupe drehte ich mich zu ihm um. Dann packte ich ihn, zog ihn vom rot gepflasterten Weg zu einem Baum und sah mich hektisch um. Die Clique war nicht in Sicht. Niemand beobachtete oder belauschte uns.

»Woher zur Hölle …«

»Payton hat mir alles über dich erzählt«, fiel er mir ins Wort. Erneut trat er dicht vor mich. Anders als zuvor wirkte es diesmal bedrohlich. »Wo ist Payton? Wie geht es ihr, und was ist …«

Mit einem gequälten Laut presste ich ihm eine Hand auf den Mund. »Halt die Klappe!« Ich funkelte ihn an, auch als er meine Hand energisch wegschob. »Du hörst mir jetzt genau zu«, zischte ich und wappnete mich vor der Lüge, die ich mir geradewegs aus den Fingern sog. »Payton hat mir alles erzählt, und ich habe mich erkundigt. Ich habe Unmengen an kompromittierenden Informationen über dich und den Rest deiner Freunde gesammelt und könnte jeden Einzelnen von euch damit ruinieren. Besonders dich. Also wehe, du verlierst auch nur ein falsches beschissenes Wort über mich.«

Hoffentlich kaufte er mir den Bluff ab. In Wahrheit wusste ich bloß, dass Alyssa eine Rassistin war und dass Rosie mit Drogen dealte. Mehr nicht. Das war alles!

Mir kam eine Idee. Keine Ahnung, ob sie funktionierte, aber mehr als Pokern blieb mir gar nicht übrig. Was sollte ich schon tun?

Ich beugte mich näher zu ihm und senkte die Stimme. »Wenn du nicht willst, dass die ganze Universität oder besser noch die ganze Stadt erfährt, was ich gegen dich in der Hand habe, wirst du die Klappe halten, Donovan.«

Jeder hatte Geheimnisse. Und jeder hatte Leichen im Keller. Wenn Donovan und Payton sich tatsächlich so nahegestanden hatten, wenn er sich ihr geöffnet hatte und sie Geheimnisse miteinander geteilt hatten, dann hatte er ihr vielleicht auch seine dunkelsten Abgründe anvertraut.

Und der Art und Weise nach zu urteilen, wie blass er plötzlich wurde, schien ich mitten ins Schwarze getroffen zu haben.

»Das würdest du nicht tun«, flüsterte er.

Ich reckte das Kinn. »Willst du es drauf ankommen lassen?« Als er nichts darauf erwiderte, sondern bloß die schlanken, großen Hände zu Fäusten ballte, rang ich mir ein Lächeln ab. »Ich bin nicht sie. Du weißt nicht, wozu ich fähig bin. Und nach dem, was ihr Schweine meiner Schwester angetan habt, sollte keiner von euch erwarten, mit Samthandschuhen behandelt zu werden.«

Seine Miene wirkte gequält. Er raufte sich die Haare, dann nickte er knapp. Er kochte vor Wut. Und er sah mich an, als wäre ich eine Kakerlake. Die Abneigung beruhte glücklicherweise auf Gegenseitigkeit.

»Ich schweige«, sagte er schließlich und wich meinem Blick aus. »Du hast mein Wort. Das schwöre ich.«

»Gut.« Kurz zögerte ich. Dann kam mir noch ein Gedanke. »Hast du heute Abend schon etwas vor?«, fragte ich.

Er verengte die Augen. »Ich bin mit Peter verabredet.«

»Jetzt nicht mehr. Wir sind verabredet.«

Ungläubig lachte er auf. »Glaubst du wirklich, dass ich mich von dir benutzen lasse?«

»Du weißt, was auf dem Spiel steht«, erinnerte ich ihn.

»Das ist Erpressung.«

»Es ist für meine Schwester. Wenn du noch irgendetwas für Payton empfindest, dann hilfst du mir.«

»Dir *helfen*«, wiederholte er verächtlich und hob die Oberlippe. »Du meinst, ich soll mich von dir erpressen lassen und meine Freunde verraten?«

Ich zuckte mit den Schultern. »Das hast jetzt du gesagt.«

Er schüttelte angewidert den Kopf und wich zurück. Beinahe fühlte ich mich schlecht, weil ich normalerweise nicht so mit meinen Mitmenschen umging, aber ich wusste, dass es notwendig war. Ich *brauchte* Donovan. Ich brauchte einen Verbündeten, ob erzwungen oder nicht.

»Heute Abend um acht bei mir«, sagte ich deshalb ernst. »Und sei pünktlich.«

Diesmal hielt Donovan mich nicht auf, als ich ihn stehen ließ und mit schnellen Schritten zur Willkommensveranstaltung eilte.

KAPITEL 11

Nägel mit Köpfen

Mein Schädel dröhnte nach dem langen Tag. Obwohl es immer mein größter Traum gewesen war, an der Columbia zu studieren, haute mich der Stoff um. Meine ersten Semester in San Francisco waren ganz anders aufgebaut gewesen. Wie sollte ich die nächsten Monate durchhalten? Wie würde Payton zurück ins Studium finden, wenn sie fast vier Monate verpasste?

Das Aufeinandertreffen mit Donovan schwirrte mir den ganzen Tag im Kopf herum. Ich war weder ihm noch dem Rest der Clique noch einmal begegnet, obwohl Donovan und ich das Gleiche studierten. Keine Ahnung, ob mich das enttäuschen oder erleichtern sollte.

Verflucht. Ein Kuss! Wenn Tag eins mal nicht vollkommen nach hinten losgegangen war. Wie sollte ich das Payton erklären?

Nein, das würde ich vorerst nicht tun. Nicht während ihres momentanen Zustands. Und überhaupt, musste ich ihr jemals davon erzählen? Es war immerhin eine Verwechslung gewesen, und ich hatte den Kuss nicht erwidert.

Meine Füße schmerzten, weil ich es für eine gute Idee gehalten hatte, zu Fuß zurück zur Wohnung zu laufen. Mitten im Central Park fiel mir ein, dass ich einkaufen gehen musste. Deshalb machte ich noch einen Abstecher in den nächsten Supermarkt. Mit pochenden Fußsohlen trug ich zwei volle Papiertüten durch die Upper East Side, bis ich das luxuriöse Hochhaus in der 78th Street erreichte. Loafers waren vielleicht schick, aber wenn es nach mir gegangen wäre, hätte ich mir für die viele Lauferei eher ein paar bequeme Sneakers angezogen.

Es war bereits halb sieben. Alles, was ich wollte, waren eine lange Dusche und das weiche große Bett, stattdessen musste ich meine Notizen von heute durchgehen und mich auf das bevorstehende Treffen mit Donovan heute Abend vorbereiten.

Ein älterer Portier öffnete mir die Tür. Ich grüßte ihn atemlos, während ich die Tüten umklammerte. Daran würde ich mich nie gewöhnen. Nicht an den Portier, das schicke Foyer oder die noch schickere Wohnung. Und dennoch entfuhr mir ein erleichtertes Seufzen, als ich endlich im klimatisierten Aufzug stand. Ich betrachtete die Knöpfe für die Stockwerke, dann meine vollen Tüten. Und jetzt? Wenn ich die Tüten auf dem Boden abstellte, würden sie beim Hochheben entweder reißen, oder die Hälfte der Einkäufe würde herausfallen. Also lehnte ich mich vor und drückte die Nase gegen den Kopf des neunundvierzigsten Stockwerks. Im selben Moment trat noch jemand in die Kabine und hinderte die Tür daran, sich zu schließen.

Ein kurzes Lachen erklang. Hastig richtete ich mich auf, was eine Packung Zebra Cakes auf den Boden beförderte.

Neben mir stand Holden Sutherland. *Na großartig, ausgerechnet er. So ein Mist.*

Hitze schoss mir ins Gesicht. Zuletzt war ich ihm an meinem ersten Abend hier begegnet. Und beinahe hätte ich vergessen, wie teuflisch gut er aussah. Fast schon wie ein Filmstar. Er trug einen eleganten Anzug, diesmal in einem satten Dunkelblau mit weißem Hemd, und hatte eine schwarze Aktentasche bei sich.

Eine ältere weiße Dame, die einen kleinen Chihuahua im Arm hielt, stieg ebenfalls ein. Sie roch streng nach Chanel N°5 und trug goldene Klunker an den lang gezogenen Ohrläppchen. Ihren Namen wusste ich unglücklicherweise nicht. Oder war das vielleicht Mrs. Martin, von der Payton mir erzählt hatte? Nein, dafür lächelte sie zu wenig; Payton hatte Mrs. Martin aus Stockwerk dreiunddreißig als herzlich und fröhlich beschrieben, eine niedliche alte Dame.

Diese alte Dame nickte mir nur höflich zu, ohne den Hauch eines Lächelns, deshalb tat ich das Gleiche. Mr. Sutherland – *Holden*, wie auch immer – hob die Packung meiner gefüllten Küchlein auf, legte sie mit einem Anflug von Belustigung zurück in eine meiner Tüten und drückte anschließend den Knopf für das fünfzigste Stockwerk.

»Guten Abend, Miss Quinn«, sagte er gut gelaunt.

Ich schnaubte, noch immer peinlich berührt, und starrte vor mich an die Wand. »Sehr witzig, Holden«, murmelte ich leise. Eine weitere unangenehme Situation für heute hatte mir gerade noch gefehlt, ganz besonders ein stinkreicher, herablassender Schlipsträger.

»Oho, sind wir etwa wieder zu Vornamen gewechselt? Eigentlich mochte ich die Förmlichkeit vom letzten Mal ganz gerne.«

Ich warf ihm einen Seitenblick zu. »Irre ich mich, oder machst du dich neuerdings über mich lustig?«

Der Aufzug hielt im fünften Stock, und die alte Dame mit dem Hund stieg aus. »Einen schönen Abend noch«, sagte sie.

Holden und ich erwiderten es.

»Ich mache mich doch nicht über dich lustig, Payton. Das nennt man Small Talk.«

»Ah, Small Talk.« Es wurde still in der Kabine, besonders als die Türen sich wieder schlossen. Deshalb konnte ich nicht widerstehen hinterherzuschieben: »Ich hatte übrigens einen schönen Tag, danke der Nachfrage, Mr. Small Talk.«

Aus dem Augenwinkel sah ich ihn schmunzeln. »Den hatte

ich auch, ebenfalls danke der Nachfrage.« Im nächsten Augenblick klingelte glücklicherweise sein Telefon. Er hob ab, grüßte einen Mann namens William und hörte hauptsächlich zu, wobei er dann und wann nur desinteressierte Laute von sich gab.

Ich atmete durch und verstärkte den Griff um meine Tüten.

Im neunundvierzigsten Stock öffneten sich Türen des Aufzugs, und ich huschte mit einem gemurmelten »Man sieht sich« in die Freiheit.

Bis ich endlich in der Wohnung war, war eine meiner Tüten letztendlich doch gerissen, und ich musste ein paar Äpfel, eine Packung Hot Pockets und eine Tüte Bagels vom Flurboden aufsammeln.

Erschöpft machte ich mich ans Kochen. Es war nicht viel, nur ein wenig Reis und Linsencurry aus dem Glas. Derweil tauschten Laurel und ich ein paar Sprachnachrichten aus. Ich fragte sie nach ihrem Tag und erzählte wiederum von meinem ersten Tag am Campus. Als ich jedoch erwähnte, dass Donovan mich entlarvt hatte, wechselte sie sofort zu FaceTime.

»Ach du Scheiße, wie ist das denn passiert?«, fragte sie. Mit geweiteten Augen sah sie mir vom Bildschirm aus entgegen. Offenbar war sie in ihrem Zimmer und saß am Fenster.

Mit einem gequälten Stöhnen lehnte ich das Handy gegen die Rückwand der Arbeitsplatte und rührte im Topf. Bei der Erinnerung an den Kuss zog ich eine Grimasse.

»Also, äh, keine Ahnung, er hat es einfach bemerkt. Aber er wird niemandem etwas verraten, dafür hab ich gesorgt.«

Laurel stellte ihr Handy ebenfalls ab und zündete sich eine Zigarette an. »O Gott, Babes. Das ist nicht gut. Was hat er gesagt? Was haben die anderen gesagt?«

»Es war nur eine kurze Begegnung heute Morgen. Celia und Rosie haben gefehlt.« Ich erzählte ihr von dem kleinen Zickenkrieg und dass Donovan gleich darauf vorbeigekommen war. »Eventuell habe ich ihn dazu genötigt, mir zu helfen«, gab ich zu. »Ich habe nicht wirklich was gegen ihn in der Hand, aber das muss er ja nicht wissen.«

»Pass bloß auf, Sarah«, sagte Laurel mit sorgenvoll gerunzelter Stirn. Sie lehnte sich aus dem Fenster und blies Rauch nach draußen. »Ich meine es ernst. Diese Leute benutzen doch ständig NDAs und so was, lass ihn sicherheitshalber eine unterschreiben.«

Ein belustigtes Schnauben entfuhr mir. Als wäre es etwas ganz Alltägliches, Verschwiegenheitserklärungen zu unterschreiben. »Vielleicht. Ich werde ihn fragen.«

»Nicht fragen. Fordern. Zeig diesen Arschlöchern, wo der Hammer hängt.«

»Das mach ich doch!«, sagte ich und verdrehte die Augen, während das Curry allmählich zu kochen begann. »Ich meine, das versuche ich. Es ist nicht einfach, ein eiskaltes Miststück zu sein, weißt du?«

Plötzlich lachte Laurel schallend. So sehr, dass ihr Handy zu Boden fiel und sie es erst nach einem Moment wieder hochhob. Kichernd grinste sie in die Kamera. »Bitte, bitte druck mir diesen Spruch auf eine Tasse! Oder vielleicht sollte ich T-Shirts davon anfertigen! *Es ist nicht einfach, ein eiskaltes Miststück zu sein.*«

Ich lachte kopfschüttelnd. »Sobald es Neuigkeiten gibt, melde ich mich bei dir.«

»Das will ich aber auch hoffen.« Nach einem kurzen Moment wurde der Ausdruck in ihren Augen sanfter, und sie schob hinterher: »Und wenn du reden möchtest. Einfach so. Ich bin für dich da.«

Ich lächelte verkniffen. »Danke, Laurel. Dasselbe gilt für dich. Hab dich lieb.«

Wir verabschiedeten uns. Dann legte ich auch schon auf, widmete mich wieder meinem Curry und aß im Stehen an der Kücheninsel.

Ein paar Minuten später rief der Portier an und kündigte Donovan an. Meine Nervosität schoss durch die Decke. Ich verknotete die Finger ineinander und löste sie wieder, während ich neben der Tür wartete. *Cool bleiben. Du hast die Oberhand. Es wird alles gut.*

Es klopfte verhalten. Ich atmete tief durch, nahm eine aufrechtere Haltung an und öffnete die Tür.

Und da stand Donovan und machte ein finsteres Gesicht. Zugegebenermaßen sah er selbst dabei noch umwerfend aus. Die Vorstellung von Payton und ihm als Paar war seltsam, weil ich sie noch nicht zusammen erlebt hatte und sich deshalb das Ganze so unwirklich und irgendwie unnatürlich anfühlte. Aber ich musste an die Bilder von ihnen denken, wie glücklich und verliebt sie gewirkt hatten.

Ich hatte keine Ahnung, was ich von ihm halten sollte, aber allein die Tatsache, wie es Payton ging, sprach Bände.

»Du bist hier«, sagte ich bloß.

Er schob sich an mir vorbei und trat in die Wohnung. »Als hätte ich eine Wahl gehabt.«

»Möchtest du … etwas trinken?«

Auf seinen Blick hin hob ich eine Augenbraue und schloss die Tür. »*Diese* eine Wahl überlasse ich dir. Sieh mich nicht an, als wäre ich eine Art Entführerin.«

Er folgte mir zur offenen Küche. »Vielleicht keine Entführerin, aber sehr wohl kriminell.«

Ich konnte nicht anders, als aufzulachen, während ich meinen Löffel wieder in die Hand nahm. »Und das kommt ausgerechnet von einem von euch! Oder sind die blauen Flecken an meiner Schwester wie aus Zauberei entstanden? Ich bin hier, um

herauszufinden, was ihr Arschlöcher mit Payton gemacht habt.«
Daraufhin schwieg er. Das war mir Antwort genug, und es ließ mein Lächeln freudlos und klein werden. Dieses Schwein. Was hatte er getan?

»Ich hatte nichts damit zu tun«, sagte Donovan, als hätte er meine Gedanken gelesen, und setzte sich mit steifen Bewegungen auf einen der Hocker an der Kücheninsel. »Und ich nehme ein Wasser. Bitte.«

»Na klar, du hattest nichts damit zu tun«, schnaubte ich und öffnete einen Schrank nach dem anderen. Verdammt, ich war mir so sicher gewesen, dass die Gläser im Kabinett oben links standen ...

»Zwei Schränke weiter.«

Ich weiß. « Ich warf Donovan einen giftigen Blick über die Schulter zu – und erwischte ihn geradewegs dabei, wie er mich verstohlen musterte. Er wirkte ertappt, dann wurde seine Miene finsterer. »Sah nicht danach aus«, sagte er und starrte auf die Tischplatte.

»Ich hab nicht nach deiner Meinung gefragt.«

»Und wieso bin ich dann hier?«, erwiderte er und verschränkte die Arme. »Wieso genauso hast du mich herbeordert, Sarah?«

Ich nahm zwei Gläser aus dem richtigen Hängeschrank und holte anschließend die Wasserkaraffe aus dem Kühlschrank. »Du kommst gleich zum Punkt. Gut.«

Er beobachtete mich dabei, wie ich einen zweiten Teller mit Reis und Curry belud. Vermutlich aßen die Superreichen so was Einfaches nicht, besonders nicht, wenn es sich um ein Fertiggericht handelte. Aber das war mir egal. Entweder er aß mit mir oder nicht. Die Art und Weise, wie er mich betrachtete, ließ jedoch den Verdacht in mir aufkommen, dass es nichts mit dem Curry zu tun hatte. Er nahm mich regelrecht unter die Lupe und machte keinen Hehl daraus. Bestimmt war es für ihn gruselig, seine Ex-Freundin vor sich zu sehen, die zugleich gar nicht seine Ex-Freundin war.

»Ich brauche deine Hilfe«, sagte ich schließlich, als ich ihm den Teller, einen Löffel und das Wasserglas zuschob.

Donovan ließ mich nicht eine Sekunde aus den Augen. Wie zu erwarten rührte er das Essen nicht an, trank dafür aber das Wasser. »Und bei was genau, Sarah?«

»Ich brauche mehr Informationen«, sagte ich kauend. »Über eure Gruppe.«

»Warum?«

»Warum wohl? Ich werde dafür sorgen, dass keiner von euch es je wieder wagt, Payton auch nur ein Haar zu krümmen, wenn sie zurück nach New York kommt.« Vielleicht war es ein Fehler, dass ich ihm gegenüber so ehrlich war. Doch ich war nicht James Bond oder sonst wer. Ich verfügte weder über professionelle Verhörmethoden noch über Manipulationstechniken. Ich hoffte darauf, dass Donovan noch genug für Payton empfand, um mich zu unterstützen. Es gefiel mir nicht, ihn zu erpressen. So etwas hatte ich noch nie gemacht, und es fühlte sich nicht gut an. Besonders nicht, weil meine Worte einem wackligen Kartenhaus glichen. Immerhin hatte ich in Wahrheit *nichts* gegen ihn in der Hand, und es würde sofort auffallen, sollte er nachbohren. Doch ich würde dabei bleiben, wenn er mir nicht aus freien Stücken half. Solange ich eben konnte.

Mit gerunzelter Stirn beäugte Donovan das Curry. »Glaubst du ernsthaft, dass ich meine Freunde ans Messer liefere, nur damit du ihnen irgendwelche Lektionen verpassen kannst?«

»Dann ist Alyssa deine Freundin?«, fragte ich geradeheraus und schob mir noch einen Löffel in den Mund. »Du bist mit einer Rassistin befreundet, obwohl du mit einer PoC zusammen warst? Ernsthaft?«

Unruhig rutschte er auf dem Hocker herum, ehe er sich schließlich doch einen Löffel mit Curry und Reis belud. »Na ja ... nein, nicht wirklich. So ist das nicht. Wir sind keine Freunde, und ich mag sie nicht besonders, aber wir haben eben denselben Freundeskreis.«

Und mit so einem war Payton zusammen gewesen?

»Ist eigentlich alles bei euch fake, oder gibt es auch richtige Freundschaften?«

Er sah aus, als hätte er auf eine Zitrone gebissen, und funkelte mich an. Es wirkte, als hätte er auf diesen Kommentar so einiges zu sagen, entschied sich schließlich aber für: »Peter ist mein bester Freund und Celia meine beste Freundin. Der Rest ist Camerons Rattenschwanz, okay? Mit Grace bin ich aufgewachsen, weil meine und ihre Eltern befreundet sind. Wir kennen uns alle schon sehr lange. Aber die Mädchen sind alle Camerons Anhängsel. Sie ist mit Peter zusammen, und ihre Schatten folgen ihr eben überallhin. Das ist der einzige Grund, weshalb ich mit ihnen abhänge.«

Peter. Allein seine Erwähnung sorgte dafür, dass ein unangenehmes Prickeln meinen Nacken hochwanderte. Wie konnte Peter Darlington sein bester Freund sein? Bedeutete das etwa, dass sie gleichermaßen verdorbene Schweine waren?

Nichtsdestotrotz klangen seine Worte vielversprechend. Vielleicht konnte ich Donovan ja tatsächlich dazu bringen, mir freiwillig zu helfen. Er klang nicht, als würde ihm viel an den Mädchen liegen ... Nur Peter und Celia waren ein Problem.

»Ich habe nicht vor, irgendetwas Illegales zu machen«, erklärte ich geradeheraus.

Donovan lächelte halbherzig. »Ach, ist das so, *Payton*? Und wieso genau bin ich noch mal hier?«

»Okay, schön, dann eben nicht noch mehr Illegales. Nenn es, wie du willst. Ich möchte nur meine Schwester beschützen.

Du hast keine Ahnung, wie Payton aussah, als sie bei mir angekommen ist, sie war so ... so ...« Ich suchte hilflos nach den richtigen Worten. Dann erinnerte ich mich jedoch wieder, mit wem ich eigentlich sprach. »So hab ich meine Schwester noch nie gesehen. Payton war ein Sonnenschein, und ihr habt sie abgefuckt. Sie hat ...« Ich gab mir einen Ruck, auch wenn sich alles in mir dagegen sträubte, ihm mehr anzuvertrauen. »Sie traut sich nicht mehr nach New York zurück, und es war immer ihr größter Traum, an der Columbia zu studieren. Ihr habt ihr Leben zerstört. Sie ist traumatisiert, Donovan. Gott, alles, was ich will, ist, dafür zu sorgen, dass sie keine Angst mehr vor euch und dieser Stadt hat. Ich möchte dafür sorgen, dass ihr sie zukünftig in Ruhe lasst, und das kann ich nur, wenn ich jedem von euch zeige, wozu ich – wozu *Payton* – fähig ist, wenn man sich mit ihr anlegt.«

Donovans Gesichtsausdruck hatte sich verändert. Seine ganze Haltung hatte es. Er sah nicht länger kühl und abweisend aus. Schmerz lag in seinen Augen. Das ermutigte mich, noch einen Schritt weiterzugehen. Ich brauchte wirklich dringend einen Verbündeten. Und wenn das jemand sein konnte, dann die einzige Person in Manhattan, die noch etwas für meine Schwester zu empfinden schien.

Ich stellte meinen Teller ab, und mit einem Mal überkam mich die Erschöpfung des Tages. Nein, die Erschöpfung, die mir schon seit Wochen in den Knochen steckte. Seit Payton bei mir aufgetaucht war. »Du wirst mir helfen, Donovan«, sagte ich und sah ihm in die Augen. »Ich möchte nur meine Schwester beschützen. Ich brauche Informationen, die ich gegen diejenigen verwenden kann, die ihr wehgetan haben. Und du wirst sie mir beschaffen.«

Grollend fuhr er sich durch die schwarzen Haare. Es sah beinahe so aus, als würde er eine Maske aufsetzen, denn jeglicher

Schmerz verschwand aus seinem Blick. Doch auch er wirkte nun erschöpft.

»Ich bin kein Verräter, Sarah«, sagte er und verschränkte die Arme vor der Brust. »Es ist nicht so, dass ich dich nicht verstehe. Und es ist auch nicht so, dass mir Payton egal ist. Aber ich hintergehe meine Freunde nicht. Vor allem nicht Peter. So jemand bin ich nicht.«

»Es war keine Bitte.«

»*Ich weiß*«, knurrte er. Obwohl er erpresst wurde, gab er nicht klein bei. In jeder anderen Situation hätte ich es bewundernswert gefunden. Er und Payton waren sich ähnlich in ihrer Loyalität. »Dann lass Peter außen vor«, sagte ich. Obwohl Peter für mich oberste Priorität hatte, musste ich ans große Ganze denken. Ich brauchte Donovan nicht, um belastende Informationen über ihn ans Tageslicht zu zerren. Meine Eltern waren Journalisten, irgendetwas Investigatives mussten sie mir doch vererbt haben. Ich würde schon noch fündig werden. Heute war ja gerade mal der erste Tag des Semesters! Peter außen vor zu lassen, war für den Moment ein Opfer, das ich bereit war hinzunehmen, solange ich dafür etwas anderes bekam.

Er rieb sich stöhnend über das Gesicht. »Das ist doch alles Wahnsinn!«

Hoffnung machte sich in mir breit. Das war kein Nein. Er hatte nicht Nein gesagt.

Donovan stand auf und begann, auf und ab zu tigern. Mit angehaltenem Atem beobachtete ich ihn dabei. Er mahlte mit den Zähnen und fuhr sich wieder durch die Haare.

»Egal, was ich dir sage, es darf niemals zu mir zurückverfolgt werden können, hast du verstanden?«

»Niemals«, versprach ich so schnell, dass ich fast über meine eigene Zunge stolperte.

»Falls doch, werde ich der Verwaltung der Universität stecken, dass du nicht Payton bist, und dann war es das mit der Columbia. Und ich werde jeden einzelnen Anwalt meiner Familie auf dich hetzen, weil du mich erpresst.«

»Ist notiert.«

Er blieb stehen, und wir starrten uns an. Das Herz pochte mir bis zum Hals. »Dann ist das ein Ja?«, fragte ich, wieder eine Spur siegessicherer. »Du hilfst mir?«

Er blähte die Nasenflügel. »Du hast mich nicht drum *gebeten*, schon vergessen? Ja, ich werde dir helfen. Und danach verschwindest du wieder.«

»Deal. Und du nimmst mich mit auf eure schicken Partys.«

Erneut verfinsterte sich seine Miene. »Wieso zur Hölle sollte ich?«

»Ich kann ja schlecht nur am Campus rumhängen.«

»Auf keinen Fall! Du kannst froh sein, dass ich bei deinem hirnrissigen Spiel überhaupt mitmache! Und ich habe dir eben gesagt, dass ich meine Anwälte ...«

»Großer Gott, das nennt man Verhandeln, Donovan«, sagte ich und verdrehte die Augen.

Er warf die Arme in die Luft. »Schön! *Eine* Veranstaltung!«

»Fünf.«

»Zwei.«

»Drei.«

»Meinetwegen!« Er rauschte zur Tür und öffnete sie. Alarmiert ging ich hinterher. »Warte, wo willst du hin? Wir haben ja noch nicht mal angefangen!«

»Ich gehe nach Hause. Ich muss mir erst mal überlegen, was ich dir erzählen kann und möchte. Wir treffen uns morgen auf dem Campus, vier Uhr, in der Butler Library. Dort reden wir. Halt dich bis dahin gefälligst von mir fern und sprich nicht mit mir. Ach, und Freitagabend findet eine Party zum Start des neuen Semesters statt.« Er zögerte, ohne mich anzusehen. »Das Essen war übrigens furchtbar.«

Damit zog er schwungvoll die Wohnungstür hinter sich zu.

Ich lehnte mich mit dem Rücken gegen die Wand und atmete geräuschvoll aus. Mit einem Mal fühlten sich meine Knochen wie Gummi an. Es war, als hätte man mir den Stecker gezogen, kaum dass Donovan fort war und Adrenalin, Sorge und Aufregung mich nicht länger antrieben. Die Erschöpfung des Tages brach endgültig über mir zusammen und ich rutschte zu Boden. Die toughe Rächerin war fort. Zurück blieb nur ... ich.

Heilige Scheiße. Und das war gerade Mal Tag eins gewesen.

KAPITEL 12

Der Schlüssel zum Königreich

Zum wiederholten Mal zupfte ich meinen Rock zurecht, während ich am nächsten Tag über die weitläufige Grünfläche zwischen Low Memorial Library und Butler Library lief. Ich verfluchte mich selbst, mich in dieses Tweedkostüm gezwängt zu haben. Meine Brüste fühlten sich in dem BH und dem festen Stoff an, als würden sie zerquetscht werden, und ich musste konstant den Bauch einziehen, um mir in dem Rock nicht wie eine Presswurst vorzukommen. An Payton hätte das Kostüm elegant ausgesehen, an mir wirkte es wohl eher provokant. Der zweite Tag am Campus war noch anstrengender gewesen als der erste. Ich hatte außerdem noch immer keinen Tutor gefunden, der mich für das Semester aufnahm, und ertrank in den Unmengen an Lernstoff. Doch die Atmosphäre, die Themen, die Professoren, der Campus ... Es war absolut einmalig.

Ich betrat die Lobby der Butler Library zusammen mit ein paar anderen Studierenden sowie zwei Touristen, die beide fortgeschickt wurden, weil das Gebäude für die Öffentlichkeit nicht zugänglich war. Am Security-Check saßen zwei Uniformierte, und man konnte nur durch Drehkreuze nach drinnen gelangen. Ich hielt Paytons Studentinnen-ID vor das Lesegerät und versuchte möglichst unschuldig dreinzublicken, während die streng aussehende Frau hinter dem Tresen Paytons Foto auf ihrem Bildschirm mit meinem Gesicht verglich.

Grünes Licht. Wie nicht anders zu erwarten, winkte sie mich durch. Die ganzen Sicherheitsvorkehrungen machten meinen Ausflug hierher noch aufregender. Wer nicht an der Columbia studierte, konnte die Bibliothek überhaupt nicht betreten. Also erschlich ich mir gerade diese Erfahrung – und ich fühlte mich überhaupt nicht schlecht deswegen.

Das Gebäude war in natura noch umwerfender als auf Bildern – von denen ich mir besonders im letzten Highschooljahr viele angesehen hatte, als ich noch gehofft hatte, hier studieren zu können. Die Butler Library erstreckte sich über zehn Stockwerke und war die größte Bibliothek auf dem Campus. Besonders die Außenfassade mit der fast zehn Meter hohen ionischen Säulenarkade und den Namen großer Dichter und Denker darüber im Kalkstein war atemberaubend. Von innen war die Bibliothek allerdings noch eindrucksvoller. Es fiel mir schwer, mich davon nicht verzaubern zu lassen.

Da ich in touristischer Stimmung war, entschied ich mich für den Wien Reading Room. Das war immerhin die bekannteste Halle. Der Raum mit seiner hohen verzierten Decke, den Kronleuchtern und langen Fenstern besaß unzählige Tische aus dunklem Holz. Schwarz-weiße Fliesen in Rautenform bedeckten den Boden, und an den Wänden befanden sich Bücherregale und dunkle Holzpaneele.

Ich setzte mich an einen leeren Tisch und zupfte ein letztes Mal meinen Rock zurecht. Es waren nur ein paar Leute hier, die in Büchern blätterten oder lernten. Auf jedem Tisch standen Leselampen, und die Luft roch staubig und nach Politur. Ich holte Paytons Laptop aus der Tasche und machte mich daran, meine Mitschriften von heute durchzugehen. Noch über eine

Stunde, bis ich mich hier mit Donovan traf. Disziplin war nie meine Stärke gewesen, aber Payton hätte ihre Zeit wohl sinnvoll genutzt und *nicht* stattdessen die Bibliothek erkundet. Also versuchte ich, das auch zu tun.

* * *

Er war zu spät.
Nach eineinhalb Stunden verließ mich zudem meine Konzentration. In meinem Hinterkopf pulsierte es. Ich ließ den Blick immer wieder durch die voller werdende Halle schweifen und wurde mit jeder Minute nervöser. Wo zum Teufel steckte er? *Bleib ruhig, Sarah. Er wird dich schon finden.*
Seufzend starrte ich auf meinen Laptop. Baurecht, Elektrotechnik, Kunstgeschichte.
Wieder hob ich den Kopf und scannte die Tische, ehe mein Blick an einer Gestalt hängen blieb.
Einer Gestalt, die mich aus poolblauen Augen heraus beobachtete.
Mein Herz machte einen aufgeregten Satz. Ich erkannte dieses Gesicht. Zwei Tische weiter saß der blonde Kerl, mit dem ich gestern erst zusammengestoßen war.
Er legte den Kopf schief. Auf seinen Lippen lag unverkennbar der Anflug eines Schmunzelns, und es sah so attraktiv aus, dass ich nicht anders konnte, als selbst die Mundwinkel zu heben. Verlegen senkte ich den Blick und starrte wieder auf meine Notizen. Wie lange saß er schon dort? War Payton mit ihm befreundet? *Wer war er?*
Ich hielt keine ganze Minute durch, ehe ich mich dazu verleiten ließ, erneut einen Blick in seine Richtung zu wagen. Er blätterte in einem Buch und hatte ein iPad danebenliegen. Seine blonden Haare sahen weich aus und lagen auf eine ordentli-

che, elegante Art und Weise. Das kantige Gesicht wurde von einem Bartschatten bedeckt, und seine vollen Lippen ... zogen meine Aufmerksamkeit auf sich. Er war groß, daran erinnerte ich mich. Breite Schultern. Er hatte auch schöne Hände mit langen Fingern.

Als hätte er gespürt, dass ich ihn beobachtete, hob er den Kopf und erwiderte meinen Blick erneut.

Und ich hielt ihm stand. Hitze prickelte durch meinen Bauch, und ich biss mir auf die Unterlippe. Keiner von uns löste den Blickkontakt. Und spätestens jetzt war mir klar ... dass ich flirtete.

Payton würde nicht mit ihm flirten, also solltest du das auch nicht tun!

Mir wurde heißer, je länger wir uns ansahen, und mein Puls beschleunigte sich. Aber was bedeuteten schon ein paar tiefe Blicke? Es war ja nicht so, als würde ich mich dem Kerl an den Hals schmeißen. Es war praktisch *nichts*.

Er unterdrückte ein Lächeln, lehnte sich zurück und verschränkte die Arme vor der Brust. Verflucht, das sollte nicht ansatzweise so heiß sein. Ich konnte nicht anders, als sein unterdrücktes Lächeln zu erwidern und mein Kinn mit einer Hand abzustützen. *Komm ja nicht her. Sprich mich nicht an. Bleib einfach genau da, wo du bist, und gönn mir diesen unschuldigen Augenblick.* Vermutlich war es lächerlich, aber wenn ich bedachte, woraus mein Leben momentan bestand – nämlich aus Paytons Leben und nicht aus meinem –, würde das hier vermutlich mein heutiges Highlight sein.

Da endete mein Glück jedoch auch schon. Der Typ machte Anstalten aufzustehen und schob seinen Stuhl zurück. Shit, würde er herkommen? Mich ansprechen?

Mit einem dumpfen Schlag landete plötzlich eine Tasche neben mir auf dem Tisch. Ich erschrak so sehr, dass ich beinahe aufsprang. Mein Blick schoss nach oben, als Donovan sich neben mich setzte. Er wirkte angespannt und ein wenig genervt. »Gut, du bist hier.«

»Und du bist zu spät«, sagte ich mit gesenkter Stimme. »Über eine halbe Stunde übrigens.«

Ich erwartete eine übellaunige Erwiderung, stattdessen rieb er sich mit einer Hand über den Nacken und wich meinem Blick aus.

»Ist ja gut. Meine Schwester hat meine Hilfe gebraucht, und ich habe die Zeit vergessen.«

»Du hast eine Schwester?«, fragte ich überrascht. Ich wagte einen verstohlenen letzten Blick zu meinem Flirt zwei Tische weiter – doch er packte gerade zusammen und ging, ohne sich noch einmal umzudrehen. Ob er glaubte, dass Payton wieder mit Donovan zusammen war? Weil wir hier zusammensaßen?

Ich schüttelte den Gedanken ab. *Unwichtig.*

Donovan lehnte sich zurück und bedachte mich mit einer hochgezogenen Augenbraue. Seine schwarzen Haare waren wie auch gestern schon gekonnt zerzaust. Er trug ein weißes T-Shirt und darüber einen grünen Pullunder mit leuchtend blauen Nähten. Er schnaubte und senkte die Stimme noch ein wenig, damit sie nicht von der hohen Decke widerhallte.

»Hat dir Payton überhaupt etwas erzählt, oder bist du einfach blindlings nach New York geflogen?«

Ich verzog das Gesicht. »Sehr witzig. Ehrlich gesagt nein, sie hat mir so gut wie gar nichts von dir erzählt, falls es das ist, was du wissen willst. Das ganze Jahr über wusste ich nur, dass dein Name Donovan lautet und ihr euch datet.«

Es überraschte mich, zu sehen, dass bei diesen Worten so etwas wie Schmerz in seinen Augen aufblitzte und er zusammenzuckte. Er wich meinem Blick aus. »Von dir hat sie ständig gesprochen.«

Ich konnte mir denken, was er eigentlich sagen wollte. Deshalb schlug ich einen versöhnlicheren Tonfall an.

»Payton hat mir gar nichts aus ihrem Leben in New York erzählt. Sie hat sich verändert, als sie hergekommen ist. Früher haben wir alles miteinander geteilt, und plötzlich hat sie aufgehört, mit mir zu sprechen, und so gut wie gar nicht mehr auf meine Nachrichten geantwortet. Oder auf die unserer Eltern.« Die Erinnerung daran ließ meine Brust eng werden.

Donovan sah mich fragend an. »Und trotzdem bist du hier«, sagte er langsam. »Du machst das alles hier für deine Schwester, obwohl sie sich ein Jahr lang rargemacht hat?«

»Natürlich«, sagte ich sofort. Ärger wallte in mir auf. »Ich meine, wir sind Zwillinge und kennen einander unser ganzes Leben lang. Wir sind füreinander da, besonders wenn es hart auf hart kommt.« Obwohl noch so viel Unausgesprochenes zwischen Payton und mir stand, stimmte es. »Würdest du für deine Schwester nicht auch alles tun?«, fragte ich, ehrlich neugierig.

Donovan machte ein Geräusch, als wäre allein die Frage lächerlich. Dann hielt er jedoch inne und runzelte die Stirn. »Doch … würde ich.«

Ich lächelte. »Gut. Dann verstehst du mich ja.«

»Ein bisschen.« Er holte sein Handy aus der Tasche und legte es auf den Tisch. »Ich habe etwas für dich.«

»Was ist es?«, fragte ich und setzte mich augenblicklich aufrechter hin. Hoffentlich hatte er sich wirklich Gedanken gemacht. Wenn mir das, was er zu teilen bereit war, nichts bringen würde, dann wäre mein Bluff total umsonst gewesen.

Er wies nickend auf meine Tasche. »Hol dein Handy raus. Ich schicke es dir per AirDrop.«

»Apropos«, sagte ich, während ich seiner Aufforderung nachkam. »Wie kommt es eigentlich, dass wir uns an einem so öffentlichen Ort treffen? Stört es dich nicht, dass man uns zusammen sieht?«

Er zuckte mit den Schultern. »Ich bin zu dem Schluss gekommen, dass es besser wäre, wenn wir so tun, als würden wir an einer Freundschaft zwischen uns arbeiten. Das wäre glaubwürdiger für die anderen, besonders weil ich dich ja zu ein paar Partys mitschleppen muss. Sie werden zwar nicht begeistert sein, aber ...«

Ein ungläubiges Lachen entfuhr mir. »Wow, glaubst du ernsthaft, Payton würde wirklich noch mit dir befreundet sein wollen?«

Als Donovan bei meinen Worten zurückzuckte, tat er mir für einen Moment fast schon leid. »Okay, das war nicht fair«, sagte ich seufzend. »Sorry. Wie unsensibel von mir.«

»Hat dir schon mal jemand gesagt, dass du nervst?«, fragte er und funkelte mich an.

»Und hat dir schon mal jemand gesagt, dass du ein Arsch bist?«, erwiderte ich und kräuselte die Lippen. Bei der Erinnerung an Paytons Zustand und die Vorstellung, was sie wohl gerade in der Entzugsklinik durchmachte, erfasste mich ein Schauder. Ihre Schluchzer suchten mich heim. Und das fahrige Kratzen über ihre Handrücken. Obwohl mich Donovan gestern fälschlicherweise geküsst und Bereitschaft zum Reden gezeigt hatte, im Gegensatz zum viel feindseligeren Rest der Clique, konnte ich ihm nicht trauen. Ich *durfte* nicht. Paytons Warnung fiel mir wieder ein. *Vertrau keinem von ihnen, und glaub keine ihrer Lügen. Den Fehler habe ich auch gemacht.*

Aber ... es konnte zumindest nicht schaden, sich seine Version der Dinge anzuhören, ob Lüge oder nicht.

Ich drückte die Schultern zurück und biss die Zähne zusammen. »Also, erzähl's mir, was ist passiert? Hier, vor ein paar Wochen?«

»Du weißt es wirklich nicht?«, fragte er, noch immer ohne mich anzusehen. »Du schlüpfst in das Leben deiner Schwester und willst Leuten an den Kragen, ohne zu wissen, warum? Ohne überhaupt *etwas* zu wissen?«

»Es ändert nichts an den Tatsachen«, erklärte ich stur. Paytons Zustand war Grund genug.

Endlich sah er mich wieder an. In seinen grauen Augen wütete ein Sturm. »Sie …« Er schluckte schwer und schob die Brauen zusammen. »Payton hat mich betrogen. An meinem Geburtstag. Und alle haben es mitbekommen. Deswegen habe ich sie auf der Party abserviert.«

»Niemals«, sagte ich so laut, dass meine Stimme von den Wänden widerhallte und einige Köpfe sich empört zu uns umdrehten. Ich beachtete sie nicht weiter und starrte Donovan mit offenem Mund an. Obwohl ich keine Ahnung hatte, schüttelte ich den Kopf. »So ist Payton nicht. So was würde sie nicht tun.«

»Tja, das hab ich auch gedacht«, sagte er mit einem grimmigen Lächeln.

Nein. Er verstand nicht, das war unmöglich. Payton war eine hoffnungslose Romantikerin, eine durch und durch treue Seele.

»Dann ist das der Grund?«, fragte ich. »Deshalb ist alles … so eskaliert?«

Er nickte und starrte auf den zerkratzten Tisch. »Im Grunde ja. Ein paar Leute haben es gefilmt und auf Instagram und TikTok gepostet. Alyssa, Grace und Rosie haben dafür gesorgt, dass es die ganze Uni mitbekommt, inklusive all ihrer Follower. Damit fing es an.«

Ich atmete nicht. »Damit fing was an?«, wiederholte ich leise.

»Sie haben sie fertiggemacht.«

»Und du hast es nicht verhindert?«, brachte ich mühsam hervor. Ein glühend heißer Stich fuhr mir durchs Herz. *Oh Payton.* Ich wusste, dass es nicht fair war. O Gott, ich hätte auch nichts unternommen, wenn ich erfahren hätte, dass mein Freund mich betrog.

»Ich war wütend«, erklärte Donovan wie zu erwarten und rieb sich über das Gesicht. »Ich *bin* wütend. Und es hat mir das Herz gebrochen. Dann hatte Peter auch schon ihre Nummer von meinem Handy gelöscht, und sie war weg.« Er musste nicht mehr sagen. Es gefiel mir überhaupt nicht, aber ich verstand ihn. Und das machte alles noch viel schlimmer. Nur konnte ich mir noch immer nicht vorstellen, dass Payton zu so etwas fähig war. Und dann auch noch auf dem Geburtstag ihres Freundes!

War das die Art von Lüge und Manipulation, vor der sie mich gewarnt hatte?

»Ich glaube nicht daran«, sagte ich deshalb und schüttelte den Kopf. »Ehrlich, das sieht ihr nicht ähnlich. Ich *kann* es nicht glauben.«

»Dann sind wir schon zwei.« Er stieß den Atem aus und starrte an die Decke. Diesmal wirkte er niedergeschlagen. Vielleicht war er nicht mehr als ein verletzter Kerl, der betrogen wurde. Als ich daran dachte, wie verzweifelt er am Vortag versucht hatte, mit mir zu sprechen, mir eine Erklärung und meine Version der Geschichte zu entlocken, mich angebettelt und schließlich geküsst hatte …

Verflucht, das konnte doch keine Lüge sein.

»Du liebst sie immer noch«, sagte ich leise.

Weder schüttelte er den Kopf, noch nickte er. Seine dünnen Lippen wurden zu einer harten Linie. »Bis ich ihre Version der Geschichte gehört habe, kann ich sie nicht aufgeben. Ich muss aus ihrem Mund hören, was passiert ist.« Er sah mich wieder an. Für einen Moment wirkte es so, als würde er dem noch etwas hinzufügen wollen. Dann schüttelte er den Kopf, setzte sich auf und entsperrte sein Handy. »AirDrop. Hast du es eingeschaltet?«

Sein Themenwechsel überrumpelte mich. Da waren noch so viele Fragen, die ich stellen wollte. Doch ich konnte nicht. Nicht wenn er so gequält aussah, und nicht, wenn ich nicht sicher sein konnte, ob er die Wahrheit sagte. Aber sollte es wahr sein ... konnten die Drogen etwas damit zu tun haben? Immerhin war Payton wie ein anderer Mensch, wenn sie high war, das hatte ich selbst schmerzlich erleben müssen. Konnte sie Donovan vielleicht auf Drogen betrogen haben?

Stopp. Ich versuchte, meine Neugierde und das Mitgefühl in mir zu unterdrücken. Die Angst. Und die Unsicherheit.

Ich entsperrte Paytons Handy. »Es ist eingeschaltet.«

»Ich schicke dir jetzt ein paar Videos.«

Verwirrt blinzelte ich. »Was denn für Videos?«, fragte ich. Mein Hirn kreiste noch immer um den angeblichen Betrug. Ich brauchte Antworten. Die Payton, die ich kannte, würde niemals ihren Partner betrügen. Mir wurde schlecht. Wäre es zu riskant, Donovan nach mehr Einzelheiten zu fragen? Doch. Ja, bestimmt. Wir waren keine Freunde, ich durfte mir vor ihm keine Blöße geben. Samstag konnte ich mit Payton sprechen. Ich würde sie einfach nach ihrer Version der Geschichte fragen.

Donovan sah sich um. Dann beugte er sich näher zu mir, und der saubere Duft nach frischer Wäsche und seinem Aftershave schlug mir entgegen.

»Alyssa«, murmelte er. »Es sind Ausschnitte aus verschiedenen Instagram-Storys, Snapchats und Partyvideos. In denen sagt sie ein paar Dinge.«

Misstrauisch verengte ich die Augen. »Dinge«, wiederholte ich.

Er zögerte, sichtlich mit sich am Kämpfen. Dann beugte er sich noch näher zu mir. »Manchmal lässt Alyssa ziemlich übles Zeug ab.«

Meine Augen weiteten sich. »Du hast ihren rassistischen Müll auf Video? Es gibt ernsthaft Videos?«

»Wir haben einen gemeinsamen iCloud-Foto-Ordner, in dem wir sämtliche Fotos und Videos von Unternehmungen, Partys und so speichern. Du findest alle in dem Ordner. Peter, Cameron, Celia, Alyssa, Grace, Rosie, mich ... und Payton.«

Ungläubig blinzelte ich ihn an. Ein gemeinsames Fotoalbum? Ich war Paytons Galerie durchgegangen – von welchem Album sprach er?

Er fuhr fort und tippte dabei auf seinem Handy herum. »Ich hab gestern Nacht ein paar Videos von Alyssa zusammengesucht und die Stellen, an denen sie rassistische Bemerkungen ablässt, abgespeichert.«

Das war ganz schön viel Engagement für jemanden, der das nicht freiwillig machte.

»Außerdem habe ich den Zugriff auf den Ordner öffentlich gemacht«, fuhr er fort. »Nach meinem Geburtstag hat Cameron Payton nämlich nicht nur aus dem Gruppenchat gekickt. Ich schicke dir gleich den Link, dann hast du Zugriff darauf, ohne dass die anderen darüber benachrichtigt werden. An deiner Stelle würde ich mir die Fotos darin alle noch heute ansehen und ein paar Screenshots machen. Wer weiß, wann jemand bemerkt, dass der Ordner nicht mehr auf privat gestellt ist.«

Ich wusste nicht, was ich sagen sollte. Das war so viel mehr, als ich mir erhofft hatte.

Ich wurde nicht schlau aus Donovan. Gestern noch hatte er sich vehement dagegen gewehrt, mir zu helfen und seine Freunde zu verraten, und jetzt das? Liebte er Payton wirklich noch so sehr? Oder was für ein Spiel trieb er hier?

Das Handy in meiner Hand leuchtete auf und meldete mir, dass Donovan mir elf Videos schicken wollte. Ich nahm die Anfrage an und sah zu ihm auf. »Wieso hast du dir so eine Mühe gemacht?«

Er zuckte mit den Schultern, als wäre es ihm vollkommen gleichgültig, doch seine finstere Miene sprach Bände. »Erst wollte ich dir nur ein Video schicken. Aber das erste Video, in dem sie einen Spruch ablässt ... Er ist über Payton.«

Ich versteifte mich. Im nächsten Moment fischte ich auch schon die AirPods aus Paytons Tasche und steckte mir einen Kopfhörer ins Ohr. »Welches?«, fragte ich und öffnete die Fotogalerie.

Donovan tippte das entsprechende Video an. »Das ist von meinem Geburtstag.«

Ah. Also entweder kurz bevor sie entschieden hatten, meine Schwester fertigzumachen, oder kurz danach. Ich drehte die Lautstärke hoch. Auf dem Video waren Cameron und Alyssa in einem pompösen Badezimmer zu sehen. Sie trugen Abendkleider. Cameron filmte mit der Frontkamera ihres Handys, und Alyssa war zu sehen, wie sie sich neben ihr zum Waschbecken beugte und ihren beerenfarbenen Lippenstift im Spiegel nachzog. Cameron setzte sich neben ihr im Ganzkörperspiegel in Szene und präsentierte ihren unglaublich schlanken Körper in einem hautengen Kleid. Alyssa sprach nach einem Moment mit ihrer hohen Singsang-Stimme: »Diese schwarze Schlampe geht mir so auf die Nerven. Sie hält sich für so viel besser als alle anderen. Ich kann sie einfach nicht ausstehen. Sie soll in das Land zurückkriechen, aus dem sie gekommen ist. Sieh dir nur an, wie sie sich an Donnys Seite aufspielt! Das passiert eben, wenn du Kakerlaken ein Diadem aufsetzt. Sie glauben gleich, ihnen gehört die Welt.«

»Sie ist meine Freundin, Alyssa«, sagte Cameron und wechselte im Spiegel ihre Pose. »Du weißt, dass ich es hasse, wenn du so über Payton sprichst. Außerdem kommt sie aus Kalifornien.«

»Sag ich doch!«

»Das ist ein US-Bundesstaat und kein Land, du Hohlbirne.

Reiß dich endlich zusammen und hör auf, so über Payton zu sprechen.«

»Ich meine ja nur. Donny sollte sie verlassen. Wenn er nicht aufpasst, hängt sie ihm noch einen Bastard an und wird ihm für immer Unterhalt aus dem Bankkonto saugen.« Sie richtete ihre blonden Haare, drehte sich zu Cameron und der Kamera um und lächelte süß. »Bist du fertig?«

Das Video endete.

Mit offenem Mund starrte ich auf den Bildschirm. Ich spielte es noch einmal ab. Dann noch mal. *Schwarze Schlampe.* Die Worte tobten durch meinen Kopf und waren wie Benzin in einem tosenden Feuer. Meine Hände zitterten, und mein Herz schlug rasend schnell. Der Anblick von Alyssas Gesicht widerte mich mit jeder Faser meines Körpers an. *Schwarze Schlampe.*

»Ich weiß«, sagte Donovan leise, als wüsste er genau, was in mir vorging. »Ich glaube, Cameron hat nicht gewusst, dass sie das Video mit Ton abgespeichert hat. Sie hat es an dem Abend ohne Ton in ihrer Instagram-Story gepostet. Aber ja.« Er nahm seine Tasche und stand auf. »Mach mit den Videos, was auch immer du willst.«

Ich knirschte mit den Zähnen. »Danke, Donovan. Und keine Sorge, sollte jemals jemand fragen, bin ich selbst darauf gestoßen.«

Die Gedanken wirbelten nur so durch meinen Kopf. Es würde hoffentlich reichen, wenn ich Aussagen von Alyssa zusammenschnitt und sie an ein paar Leute schickte. Mit Sicherheit würde sich das Video wie ein Lauffeuer verbreiten, wenn es erst einmal im Umlauf war. Verdammt noch mal, spätestens jetzt war es mehr als offensichtlich, dass es das Richtige war, was ich hier tat, ob moralisch verwerflich oder nicht! Selbst meine Eltern hätten es befürwortet. Eine weiße Elitestudentin aus stinkreichem Hause, die offen rassistisch war? Ich tat der Welt einen Gefallen, öffentlich zu machen, was sie so über andere Menschen abließ. Und ganz besonders über meine Schwester.

Donovan verabschiedete sich knapp. Kaum hatte ich es abgelenkt erwidert, da steckte ich mir auch schon den anderen Kopfhörer ins Ohr und machte mich daran, die Videos auf Paytons Laptop zu ziehen, um sie zusammenzuschneiden. Es war an der Zeit, den ersten Namen von meiner Liste zu streichen. Und ... eine kleine Änderung hinzuzufügen, von der ich noch nicht recht wusste, was ich von ihr halten sollte:

1. *Peter Darlington*
2. *Cameron Reid*
3. ~~*Alyssa Bailey*~~
4. *Rosie van Vliet*
5. *Grace Landon*
6. *Celia del Campo*
7. *(Donovan Savatier?)*

KAPITEL 13

Adiós, Alyssa!

Ich war spät dran, und das auch nur, weil ich viel zu lange im Badezimmer verbracht hatte. Kurz nachdem ich letzte Nacht Laurel über alle Neuigkeiten informiert hatte, hatte ich das zusammengeschnittene Video von Alyssa rausgeschickt. An ungefähr vierzig E-Mail-Adressen von Studierenden der Columbia, die ich in Paytons Mailprogramm gefunden hatte. Vielleicht war es ein wenig dick aufgetragen, dass ich das Video auch an Alyssa selbst geschickt hatte. *Mit lieben Grüßen von der schwarzen Schlampe.* Aber es hatte sich so verdammt gut angefühlt. Ich fühlte mich mächtig. Und doch war ich nervös. Was würde mich heute am Campus erwarten? Würde Payton deshalb Probleme mit ihrem Studium bekommen? Andererseits konnte man mir nicht einmal Rufmord vorwerfen. Ich hatte keine Behauptungen aufgestellt, hatte das Video nicht einmal kommentiert. Es war einfach nur ein Zusammenschnitt von dem, was Alyssa gesagt hatte, und die Videos stammten aus einem öffentlichen Fotoordner. Nichts war manipuliert worden, und ich hatte sie nicht beleidigt. Im schlimmsten Fall konnte ich noch immer behaupten, es ebenfalls nur weitergeleitet zu haben.

Die Gedanken reichten allerdings nicht ganz, um mich zu beruhigen, weshalb ich eine Art Schutzpanzer brauchte. Daher hatte ich extra lange unter der Dusche verbracht und mich in duftende Bodylotion getränkt. Anschließend hatte ich eine knöchellange, weit geschnittene braune Stoffhose angezogen sowie weiße Sandalen, ein gebügeltes weißes Hemd und einen dünnen grauen Pullover mit schwarzem Hahnentrittmuster, dessen Ärmel ich mir um die Schultern geknotet hatte. Demonstrativ trug ich die Haare offen. Manche Strähnen waren lockig, manche eher wellig. Nichts Halbes und nichts Ganzes, vermutlich vom vielen Glätten. Ich föhnte sie zumindest, damit sie weich und ordentlich fielen, und zog Paytons goldene Ohrringe an. Ihr Lieblingsparfum folgte. Ein Love Bracelet am rechten Handgelenk, weiß lackierte Nägel, Lipgloss, Rouge ... Ich wusste, es war falsch, Dinge am Körper zu tragen, deren Wert eine Kleinfamilie über Monate hinweg ernähren konnte. Doch ich fühlte mich etwas besser. Fremd. Kostümiert. Es half mir, mich in meiner Rolle als Payton zu bewegen und so zu tun, als sei ich nicht ich. Solange ich eine andere war, konnte *mich* nichts aus der Ruhe bringen.

Nachdem ich das Müsli hinuntergeschlungen hatte, warf ich einen Blick auf die Uhr. »Mist!«, stieß ich hervor, sprang vom Stuhl am Esstisch auf und schnappte mir meine Tasche. Einen Moment später stand ich auch schon im Flur und drückte den Knopf für den Aufzug. Als sich die Türen öffneten, fiel mein Blick auf eine hübsche junge Frau, die sich im Spiegel eines Puderdöschens gerade die Augenringe abtupfte. Offenbar musste sie bei Holden gewesen sein, denn der Aufzug war zuvor oben gewesen. War sie seine Freundin? Oder ein One-Night-Stand?

Sie schenkte mir ein verlegenes Lächeln, als ich energisch auf den Knopf des Erdgeschosses hämmerte.

»Guten Morgen, Payton«, sagte sie und sah wieder in den kleinen Spiegel.

»Guten Morgen«, erwiderte ich irritiert und trat von einem Fuß auf den anderen. Wer war sie?

»Hast du verschlafen?«, fragte sie im Plauderton.

»Nicht ganz. Aber ich habe die Zeit vergessen.« Wenn ich noch zu Fuß durch den Central Park gehen wollte, musste ich mich ranhalten.

»Du Ärmste«, meinte sie seufzend, klappte den Spiegel zu und verstaute ihn in ihrer großen Handtasche. Wieder schenkte sie mir ein Lächeln und fuhr sich durch die leicht zerzausten roten Haare.

»Und du?«, fragte ich und versuchte, vertraut zu klingen. Vielleicht waren sie und Payton ja Freundinnen. »Lange Nacht gehabt?«

Sie lachte und blickte kopfschüttelnd zur Decke, ehe sie sich wieder durch die Haare fuhr. »Und wie. Aber du weißt ja, wie wild er werden kann.« Sie zwinkerte mir zu. »Wann warst du zuletzt bei ihm?«

Ich verschluckte mich beinahe an meiner eigenen Zunge. »Bei ihm?«, wiederholte ich perplex. Ich musste mich verhört haben. Sie konnte unmöglich das meinen, was ich glaubte, was sie meinte.

Im nächsten Moment wurde mir heiß. Dann eiskalt. Nein. Unmöglich. Holden Sutherland war bloß Paytons Nachbar.

Die Frau zuckte mit den Schultern. »Manchmal spricht er von dir.«

Ich lachte auf. Das war doch ein schlechter Scherz. Das musste ein schlechter Scherz sein. Payton würde niemals ...

Plötzlich erinnerte ich mich daran, wie Holden reagiert hatte, als ich ihm zum ersten Mal begegnet war. Wie schamlos er mich von oben bis unten gemustert hatte. Und wie vertraut er mich angesprochen hatte. Nein, Payton konnte unmöglich mit ihm geschlafen haben.

Oder?

Hatte sie Donovan mit Holden betrogen? *Und* mit jemandem auf seiner Geburtstagsparty? Hatten sie vielleicht so was wie

Koks zusammen genommen und dann gevögelt? O Gott. Nein. Bestimmt nicht! Es konnten auch bloß üble Gerüchte sein. Ich durfte nichts glauben, was ich hier in New York erfuhr. *Reiß dich zusammen, Sarah!*

Aber wieso um alles in der Welt sprach diese hübsche Rothaarige dann so zwanglos von Sex mit diesem Kerl, als wäre es das Selbstverständlichste?

»Alles in Ordnung?«, fragte sie besorgt.

Ich blinzelte sie an, dann rang ich mir ein Lächeln ab. »Ja, total. Absolut alles in allerbester Ordnung. Ich bin nur müde und hatte noch keinen Kaffee. Und ich komme zu spät zur ersten Vorlesung.«

Ihr Lächeln wurde mitleidig. »Kaffee könnte ich auch gebrauchen.«

Endlich kam der Aufzug im Foyer an. Jetzt war ich nicht nur aufgekratzt, weil ich höchstwahrscheinlich zu spät sein würde, jetzt fühlte ich mich auch noch wie betäubt. *Payton und ihr Nachbar. Payton und ihr Nachbar. Nein, nein, nein!*

Mit eiligen Schritten lief ich los. »War schön, dich wiederzusehen!«, rief ich und hob zum Abschied die Hand.

»Bis bald, Payton!«, erwiderte sie.

Mein Lächeln erstarb in der Sekunde, als ich aus dem Gebäude stürmte.

* * *

Aus dem Spaziergang durch den Central Park wurde nichts mehr, aber dank der Subway kam ich mehr als pünktlich am Campus an. Ich stand den ganzen Tag unter Strom. So sehr, dass ich mich kaum dazu durchringen konnte, Mitschriften anzufertigen. Verstohlen sah ich mich im Hörsaal um, doch niemand beachtete mich. Allerdings tuschelten einige miteinander.

Vielleicht war es nur Small Talk. Vielleicht redeten sie aber auch über das Video. Ob es schon die Runde gemacht hatte?

Im Laufe des Tages wurde es immer offensichtlicher, dass meine Botschaft ihr Ziel erreicht hatte. Immer öfter beobachtete ich, wie Gruppen zusammenstanden und über Handys die Köpfe schüttelten. Manche reichten sich ihre Handys mit empörten Mienen oder teilten Kopfhörer, um gemeinsam auf den Bildschirm zu starren. Es *musste* sich dabei um das Video handeln.

Als ich mich zwei Studentinnen auf dem rot gepflasterten Gehweg vor Avery Hall näherte und Gesprächsfetzen aufschnappte, wurde ich hellhörig.

»… total widerlich. Diese Bitch. Hast du gehört, was sie über Celia del Campo gesagt hat? Oder über Isla Haddad und Desi Marquez?«

»Jemand wie sie gehört eingesperrt.«

Unauffällig verlangsamte ich meine Schritte und tat so, als würde ich an ihnen vorbeigehen und dabei auf meinem Handy herumtippen. Ich musste sicherstellen, dass es auch wirklich Alyssa war, über die sie sprachen.

»Hey!«

Ertappt zuckte ich zusammen und wirbelte herum. »Sorry!«

»Du bist Payton Quinn, oder?«, fragte die Studentin mit Afro. Sie trug ein Marvel-Shirt und einen Jeansrock. Superhelden. Sie war mir gleich sympathisch.

»Ja«, sagte ich. »Die bin ich.«

»Danke«, sagte sie ernst und hob ihr Handy. Das pausierte Video von Alyssa war darauf zu sehen. »Danke, dass du mir das geschickt hast. Ich hab es schon an alle meine Kontakte weitergeleitet.«

»Ich auch«, sagte das Mädchen neben ihr. Sie hatte glattes schwarzes Haar, das ihr bis zur Hüfte reichte, und ebenfalls dunkle Haut.« Alyssa und ich waren auf demselben Internat. Sie hat mir jahrelang das Leben zur Hölle gemacht. Also, danke, Payton. Das war echt mutig von dir, so einen gewaltigen Stein ins Rollen zu bringen. Ich hätte mich das nicht getraut.«

Ein wenig sprachlos sah ich die beiden an. Gleichzeitig breitete sich ein Gefühl von Triumph in mir aus, und die Sorgen von heute Morgen lösten sich vollends auf. Das hier war pure Gerechtigkeit. »Ich konnte es einfach nicht länger mit ansehen«, erklärte ich mit einem traurigen Lächeln.

Die zwei Studentinnen erwiderte mein Lächeln auf die gleiche Art und Weise und nickten.

Der Abschied war peinlich, weil wir uns nicht kannten und ich einfach weiterlief, während sie sich wieder ihrem Gespräch widmeten.

Ich atmete tief durch. Okay, nun hatte ich Gewissheit. Und es war höchste Zeit, herauszufinden, was meine Lieblingsclique zum Video zu sagen hatte. Immerhin musste ich hier einen Standpunkt verdeutlichen. Als die Löwenstatue schließlich zwischen hohen Bäumen und Büschen in Sicht kam, blieb ich in sicherer Entfernung stehen und beobachtete, wie Cameron Grace im Arm hielt und sie offenbar tröstete. Ich runzelte die Stirn. Weinte Grace? Wegen Alyssa?

Ich schnappte nach Luft, denn ich bemerkte, dass auch Rosie van Vliet bei ihnen stand. Rosie, die am Campus mit Drogen dealte. Die dafür gesorgt hatte, dass meine Schwester abhängig geworden war. Wieder sah ich Paytons riesige Pupillen vor mir und ihr verstörendes Verhalten.

Ein Brodeln packte meine Brust, und es schnürte mir den Hals zu. Rosie war nicht zu übersehen mit ihren wilden blonden Locken, der engen Lederhose und dem engen schwarzen Crop Top. Mit verschränkten Armen stand sie neben Cameron und

Grace. Sie war sehr dünn, groß und hatte einen Porzellanteint. Ihre Lippen waren extrem aufgespritzt und ihre Wangenknochen und das Kinn mit dem Grübchen breit, was ihr Gesicht jedoch nicht unattraktiv machte.

Rosies Augen richteten sich plötzlich auf mich, fast so, als hätte sie mich gewittert. Ihre Miene wurde giftig, und sie kräuselte feindselig die Lippen. Oder versuchte es zumindest. Da war so viel Zeug drin, dass ich mich fragte, ob sie überhaupt deutlich sprechen konnte.

Wut flammte in mir auf, rauschte in meinen Ohren. Ich zwang mich dazu, ihr ein Lächeln zu schenken.

»Payton?«, erklang eine helle Stimme hinter mir.

Ich wirbelte herum und fasste mir vor Schreck an die Brust.

Unmittelbar vor mir stand ein weiteres Mitglied der Clique, und ihre Schönheit war beinahe überwältigend.

Celia del Campo war eine so eindrucksvolle Erscheinung, dass sich mit einem Mal flaue Aufregung zu meiner Wut gesellte. Sie war diejenige, über die ich auf Social Media am meisten herausgefunden hatte; sie war einundzwanzig Jahre alt, hatte eine Privatschule hier in New York besucht, fünfzehn Jahre Ballett getanzt und studierte nun Jura im zweiten Jahr. Celias Eltern kamen aus Japan und Mexiko, sie war jedoch in Manhattan geboren und aufgewachsen. Ihre glänzenden schwarzen Haare reichten ihr in einem langen Bob bis auf die Schultern, ihr Make-up war dezent, und ihre grazile Gestalt versank regelrecht in einem übergroßen schwarzen Blazer, auch wenn das vermutlich künstlerische Absicht war. Sie sah aus wie ein Star. Und mit über dreihunderttausend Followern auf Instagram war sie das vielleicht auch.

Neben ihr stand ein Mädchen, das ich bisher noch nie gesehen hatte, weiß, mit einem sehr kantigen, spitzen Gesicht, großen grauen Augen und hellbraunen Haaren, die zu einem Bauernzopf zusammengefasst waren. Ich konnte nur hoffen, dass ihre Pelzweste über der weißen Bluse nicht echt war. Sie sah erschreckend jung aus. Vielleicht war sie ja eine Art Wunderkind und hatte einige Klassen übersprungen?

Tu so, als würdest du sie kennen. Ich nahm eine aufrechtere Körperhaltung an. »Hi, Celia. Kann ich euch irgendwie weiterhelfen?«

Celia legte den Kopf schief und sah mich an, als wüsste sie nicht recht, was sie von mir halten sollte. Ihre Augen wurden schmal.

Ich holte tief Luft und wappnete mich innerlich, als wäre das hier ein Ringkampf. Nein, als wäre ich umzingelt. Celia vor mir und Rosies glühender Blick im Rücken. Adrenalin schoss durch meine Adern. Ich würde vor keiner von ihnen jemals den Kopf einziehen. Egal, wie nervös ich war.

»Danke«, sagte Celia plötzlich und verschränkte die Arme vor der Brust.

»*Danke?*«, wiederholte ich perplex.

Celia tauschte einen Blick mit dem Mädchen, ehe sie mich wieder ansah. »Es ist gut, dass du das Video verschickt hast. Ich kann es schon lange nicht mehr ertragen, in Alys Nähe zu sein. Und dabei gibt sich Cam nur mit ihr ab, weil Alyssas Familie einflussreich ist und Peter es so von ihr wollte. Cam ist und bleibt seine Marionette.« Sie schnaubte abfällig und vergrub die Hände in der tief sitzenden schwarzen Hose.

»Ich konnte Alyssa noch nie leiden. Meine Eltern meiden mittlerweile die ganze Familie«, stimmte das Mädchen neben ihr mit ein und presste die Lippen zusammen.

Ich zwang mich, keinen Blick über die Schulter zu werfen, um nach Rosie Ausschau zu halten. Was sollte ich darauf schon erwidern? Ich hatte unwillkürlich den Eindruck aus den Social-Media-Kanälen und Gruppenbildern übernommen, dass die Clique eine eingeschworene Gemeinschaft war. Aber dem war offensichtlich gar nicht so. Es war erschreckend, dass Celia Cameron als Peters Marionette bezeichnete. Dabei war Cameron diejenige, die wie eine Eiskönigin wirkte. Peter sah eher aus wie ein Golden Retriever. Die Abgründe hinter ihren Fassaden waren beunruhigend, denn das machte sie alle für mich noch schwerer einschätzbar.

Nun konnte ich nicht widerstehen. Ich drehte mich um ...

... und sah, dass Rosie mich noch immer beobachtete. Nein, uns.

Oxy. Koks. Xanax. Mollys.
Alle. Sie alle.

»Wo ist Alyssa jetzt?«, fragte ich und ballte die Hände zu Fäusten.

Celia trat neben mich. »Hast du es nicht mitbekommen? Sie ist bei Dekanin Pierce.«

Mein Kopf zuckte zur Seite. »Moment. Bei einer Dekanin der Universität?«

»Dekanin Pierce ist Afroamerikanerin«, erklärte das spitzgesichtige Mädchen. Sie trat ebenfalls neben uns und richtete den Blick auf eines der Universitätsgebäude. »Alyssa und ihre Eltern sind gerade in ihrem Büro. Vermutlich verhandeln sie, ob Aly ihr Studium weiterführen darf oder nicht. Es ist ziemlich krass, weil ihre Eltern im Hintergrund große Sponsoren der Columbia sind und das Gespräch trotzdem stattfindet. Ich habe gehört, dass Dekanin Pierce richtig entsetzt über das Video war. Vielleicht wird sie die Bestechungsversuche ja abschmettern.«

»Entweder das, oder wir haben bald eine neue Bibliothek oder so was«, murmelte Celia.

Ich lächelte leicht und stimmte Celia zu. Rosie wandte sich von uns ab, was ich als kleinen Sieg verbuchte, zog an einem

Vape und stieß eine Rauchwolke aus, während sie mit Cameron und Grace sprach.

War es falsch von mir, dass mich die Vorstellung, Alyssa könnte von der Columbia fliegen, zufrieden stimmte?

Ich konnte es mir nicht verkneifen, deshalb musste ich die Worte aussprechen. »Das sind ziemlich harte Worte für so eine gute Freundin.«

Celia schnaubte. »Ja, sicher. Wir wissen beide, dass Alyssa nie eine Freundin war, Payton. Besonders nicht unsere. Und nach der Sache auf Donnys Geburtstag und dem, was sie mit dir abgezogen hat, will ich sowieso nichts mehr mit ihr zu tun haben. Das werde ich ihr niemals verzeihen. Was sie, Rosie und Grace getan haben, tun *Freundinnen* nämlich nicht.«

Die Fragezeichen in meinem Kopf wurden immer mehr und immer größer. Was genau war auf dieser Party geschehen?

Es kostete mich Mühe, mir mein Unwissen nicht anmerken zu lassen. Nicht nur mein Unwissen, auch mein Misstrauen. Celia del Campo war zu nett zu mir. War das irgendein perfides Spiel?

Angespannt blickte ich von ihr zu dem spitzgesichtigen Mädchen. Ich musste endlich Antworten finden, nur nicht hier, bei ihnen. »Na ja, wie auch immer. Ich muss jetzt los«, sagte ich.

»Geht es dir gut, Payton?«, fragte das Mädchen besorgt und ließ mich innehalten, als ich gerade im Begriff war zu gehen. *Besorgt.* Wer zum Henker war sie, und wieso hatte Payton sie nicht erwähnt? Warum hatte ich keine Fotos von ihr gefunden?

»Mir geht es bestens, danke«, erwiderte ich und schenkte ihr ein angespanntes Lächeln. »Ich komme noch zu spät. Wir sehen uns.«

Während wir uns verabschiedeten, drehte ich mich bereits um und ging. Und ich gab mir Mühe, dabei entspannt zu wirken.

Keinen kribbelnden Nacken zu verspüren, weil ich mich nicht noch einmal zu Rosie, Cameron und Grace umdrehte.

Mein Kopf schwirrte. *Alyssa. Dekanin Pierce. Payton und ihr Nachbar. Donovans Party.* Die Liste schien immer länger zu werden und drückte mir wie ein zentnerschweres Gewicht auf die Brust.

Meine Gedanken wurden zu reinem Chaos, als ich zur Avery Hall hastete. Ich umklammerte den Griff um meine Tasche fester, während ich einen Schritt vor den anderen setzte und versuchte, mich aufs Hier und Jetzt zu konzentrieren. *Komm schon. Für das Studium musst du hundert Prozent geben. Keine Ablenkung!* Gedanken zur Clique konnte ich mir auch heute Abend noch machen.

Da Avery Hall das Hauptgebäude für mein Studienfach war, fanden dort die meisten meiner Kurse statt. Es war ein Paradebeispiel für neoklassizistische Baukunst und bestand wie viele andere Gebäude auf dem Campus aus rotem Backstein, mit Dekorationen aus weißem Kalkstein. Das Eingangsportal von Avery Hall war mit Rundbögen und vier gewaltigen Pilastern versehen. Davor standen sich zwei Steinbänke gegenüber, auf denen Studierende mit großen Mappen und gerollten Pappen saßen.

Ein großer Kerl in Jeans und Collegepullover rannte an mir vorbei, gefolgt von einem Freund, der ihm lachend Beschimpfungen hinterherrief, und neben Hecken, unter einem Fenster, rauchte ein Kerl mit bodenlangem Mantel und bis zu den Schultern reichendem Haar eine Zigarette. Ich zog Paytons Studentinnen-ID aus der Tasche und hielt sie vor den Scanner, damit die Tür aufging. Diesmal war ich von dem Geschehenen zu verstört, als dass ich erneut Aufregung darüber verspüren konnte, die Fakultäten betreten zu können.

Ein kurzer Blick auf die Uhr ließ mich meine Schritte beschleunigen. Ich musste ins oberste Stockwerk, denn ein Kurs in AutoCAD, einer Software zur Erstellung von Zwei-D- und Drei-D-Modellen, stand an. Es war kein Anfängerkurs, und ich war deshalb vollkommen aufgeschmissen. An der USFCA hatten wir mit einer anderen Software gearbeitet. Bisher hatte ich auch nur das Anfängermodul im zweiten Semester belegt. Ich hatte also keinen blassen Schimmer, wie ich mit dem neuen Programm zurechtkommen sollte.

Ich folgte zwei Architekturstudenten, die ich vom Vortag wiedererkannte, nach oben, damit ich den Raum nicht suchen musste. Im Kursraum roch es nach trockenem Holz und Staub, und es standen Reihen aus Tischen und Regalen verteilt. An jedem Platz befanden sich Bildschirme, und einige Leute waren auch schon dabei, sich vorzubereiten, indem sie ihre Laptops anschlossen. Ich setzte mich, stellte das MacBook auf den Tisch und wartete. Wippte nervös mit einem Bein.

Ich wollte mich auf die nahende Katastrophe mit der unbekannten Software konzentrieren, aber ich schaffte es einfach nicht, den Strudel aus Fragen in meinem Kopf zum Stillstand zu bringen.

Die Party. Die Drogen. Payton. Payton. Payton!

Verdammt nochmal, ich musste herausfinden, was an Donovans Geburtstag geschehen war.

Deshalb holte ich Paytons iPhone heraus und öffnete den Ordner, dessen Link Donovan mir geschickt hatte.

Es waren über zehntausend Bilder und Videos.

Ich steckte mir Paytons AirPods in die Ohren und scrollte. Die meisten Bilder waren belanglos. Fotografiertes Essen, Outfits, Partybilder, Screenshots von Memes und Artikel oder Kalender-Apps, vermutlich um Termine abzugleichen. Ich scrollte und scrollte ...

Bis ich endlich zu den Fotos von Donovans Geburtstag kam.

Ich hielt den Atem an und klickte auf das erste Bild von der noch leeren Partylocation. Donovan hatte vor ein paar Wochen seinen einundzwanzigsten Geburtstag gefeiert und dafür wohl keine Kosten und Mühen gescheut. Die Wohnung war riesig und im Industrial-Stil eingerichtet. Die Decke war mindestens sieben Meter hoch, und eine große Treppe aus Glas und schwarzem Metall führte zu einer offenen Galerie. Es gab halbrunde Sprossenfenster, und die Möbel sahen teuer und gleichzeitig schlicht aus. Es wirkte so, als hätte nicht einmal etwas zur Seite geschoben werden müssen, um für die Party Platz zu schaffen. Leute in schwarzen Shirts mit Logo bauten auf den ersten paar Bildern ein Büfett auf. Andere füllten silberne Luftballons mit Helium, deren Bänder lang genug waren, um von der hohen Decke bis auf Kopfhöhe zu reichen. Auf den nächsten Bildern waren Donovan und Payton zu sehen. Meine Schwester hatte für den Anlass ein wunderschönes eisblaues Seidenkleid gewählt, das ihr bis zur Mitte der Oberschenkel reichte, dazu Stilettos. Donovan trug einen weißen Anzug. Sie berührten sich auf jedem Schnappschuss und sahen glücklich aus. Verliebt. Offenbar hatten sie die Partyvorbereitungen gemeinsam gemanagt. Das nächste Bild war ein Selfie von Peter, wie er selbstverliebt in die Kamera zwinkerte. Wieso sollte meine Schwester Donovan dabei helfen, seine Party vorzubereiten, und ihn kurz darauf auf ebendieser Party betrügen? Das passte doch nicht zusammen. Ich wischte im Schnelldurchlauf durch einige Bilder, die die Ankunft der Gäste zeigten, darunter Bilder von Cameron, Grace, Rosie, Alyssa und Celia. Fast jede von ihnen hatte Dutzende Bilder und Videos davon gemacht, wie ein riesiger Kuchen mit Wunderkerzen in den Raum getragen wurde und wie die Menge *Happy Birthday* sang. Und wie Champagnerflöten auf Donovan erhoben wurden. Anschließend dankte Donovan auf Video in einer kurzen Rede allen fürs Kommen und verkündete, wie sehr er Payton liebte, ehe er sie küsste. Die Gäste klatschten und pfiffen. Diese Art Video gab es etwa fünf Mal, aus unterschiedlichen Perspektiven. Sie alle waren kurz nach Mitternacht aufgenommen worden, und Payton wirkte durch und durch nüchtern.

Kurz hob ich den Kopf und ließ den Blick durch den Kursraum wandern. Ein paar Minuten hatte ich wohl noch.

Ich wischte weiter und übersprang die uninteressanten Partybilder. Und dann ...

Ein weiteres Video. Es war länger als die anderen und vier Mal im Ordner abgespeichert.

Ich spielte es ab.

»Lass mich los!« Das Bild wackelte. Mit unruhiger Kameraführung war Donovan zu sehen, wie er Paytons Hand oben auf der Galerie hart abschüttelte. Sie wimmerte für alle hörbar. Ein dünner Träger ihres Kleides war verrutscht, ihre Haare vollkommen zerzaust und ihr Make-up von Tränen und schwarzen Schlieren zerstört. Die Musik wurde abgestellt. Donovan stürmte die Treppe energisch nach unten. Er war kreidebleich. Einige Partygäste machten ihm Platz. Andere kicherten, die meisten verhielten sich jedoch ruhig, zu sprachlos und verwirrt, um etwas zu sagen.

»Donny!«, lallte Payton, kaum verständlich und ganz offensichtlich total high. Sie taumelte ihm hinterher und dann ...

Ich zuckte zusammen und presste die Finger auf die Lippen. *Fuck.* Sie verlor den Halt und stürzte die Treppe hinunter! *Jede. Einzelne. Stufe.* Mir wurde speiübel. Das erklärte einen Großteil ihrer Blutergüsse.

Das Video lief weiter. Entsetzte Schreie ertönten, dann fingen zwei Typen Payton auf den letzten Stufen auf. Sie heulte und schluchzte hemmungslos, wie ein Baby.

»Heilige Scheiße«, sagte eine vergnügte weibliche Stimme, die wohl die Kamera hielt. Sie lachte. »Die ist ja so was von dicht!«

»Peinlich«, flüsterte eine andere weibliche Stimme. »Wehe, du schickst mir das Video im Anschluss nicht.«

»Die Frage ist eher, wem ich es nicht schicken werde.«

»Donovan, bitte!«, stöhnte Payton und machte sich von den Kerlen los. Sie humpelte unübersehbar.

Nun kam eine schluchzende Cameron in Begleitung von Alyssa von der Galerie nach unten. Es wurde unruhig, als die Kamera nach oben schwenkte und nun zeigte, wie Peter ebenfalls von oben kam, die Ruhe in Person, die Hände in den Taschen seiner schwarzen Anzughose vergraben. Die Kamera richtete sich wieder auf Payton. Sie hielt sich die Seite, die sie sich beim Sturz verletzt hatte. Ein Absatz war abgebrochen, und sie schlurfte mühevoll auf Donovan zu, der sich fahrig die Haare raufte und dann den Kopf in den Nacken warf, um ein Shot-Glas zu leeren. Genauso fahrig fuhr er sich über den Mund und schüttelte den Kopf, als sich Payton ihm taumelnd und total weggetreten näherte. »Bitte«, winselte sie wieder, mit halb geschlossenen Lidern, und streckte die Arme nach ihm aus, wie ein Kleinkind, das sich danach sehnte, getröstet zu werden. Im nächsten Moment stand Cameron vor Payton, holte aus und verpasste ihr eine schallende Ohrfeige. Ein Raunen ging durch die Menge. Die Person, die die Kamera hielt, lief näher zu den beiden heran und lachte wieder, diesmal jedoch prustend.

»Rosie, mach das aus!«, rief jemand.

»Ganz bestimmt nicht!« Wieder lachte Rosie. Sie war es, die filmte. »Der Scheiß ist geschichtsträchtig!«

Payton hielt sich keuchend die Wange und sah Cameron mit großen Augen an. »Wieso?«, fragte sie. »Cam, ich hab … Du bist meine Freundin. Ich hätte dir nicht …«

Alyssa lachte ungläubig auf und legte Cameron beschützend einen Arm um die Schultern. »Ich hab es dir gesagt Cam, vorhin erst im Badezimmer. Die Schlampe glaubt, sie kann sich alles erlauben!«

»Wie verflucht high bist du eigentlich, Payton?«, fragte Cameron mit einer Stimme, die gerade laut genug war, dass jeder sie hören konnte. Sie sah ausdruckslos und elegant aus, trotz der Tränen auf ihren Wangen. »Du hast ja nicht mal gemerkt, dass wir ins Zimmer gekommen sind, so beschäftigt warst du damit, meinen Freund zu bedrängen.«

Ich hielt den Atem an, und mir wurde erst heiß und dann kalt. Nein. Doch nicht etwa Peter?

Alyssas Lachen schrillte durch die Kopfhörer in meine Ohren. »Obwohl Peter dir doch sehr deutlich gemacht hat, dass er kein Interesse daran hat, die Freundin seines besten Freundes zu vögeln.« Diesmal hörte man, wie Leute nach Luft schnappten, und Rosie fluchte leise und ließ die Kamera wieder wackeln. Ihr Atmen war zu hören, dann ein Schnauben. »Wie peinlich. So eine billige Hure.«

»Ich weiß«, flüsterte die andere weibliche Stimme von zuvor. Ein verschwommener Schwenker zeigte genug, um zu sehen, dass es Grace war. »Armer Donny, ausgerechnet an seinem Geburtstag.«

Rosie senkte ebenfalls die Stimme zu einem Flüstern. »Deine zweite Chance, Gracie. Du solltest ihn heute Nacht ein wenig trösten.«

»Ich bin mit Freddie zusammen.«

»Das hält dich auch nicht davon ab, Professor Dumm und Professor Dümmer zu ficken, also spiel nicht die Heilige.«

»Spinnst du? Halt die Klappe!«, zischte Grace. Doch kurz darauf kicherte sie.

Die Kamera richtete sich auf Peter, man sah, wie er auf Donovan einredete. Donovan schüttelte seinen Freund ab, schob Cameron zur Seite und stellte sich vor Payton.

Noch immer hielt sie sich die Seite und wankte leicht hin und her.

»Verschwinde«, sagte Donovan mit erstickter Stimme und deutete zur Tür. Tränen standen in seinen Augen. »Geh, und lass dich hier nie mehr blicken.«

Sie schluchzte. »Donny ...«

»Scher dich zum Teufel, verdammt!«

Verzweifelt griff Payton nach seinem Arm, doch er schlug ihre Hand weg. Die Bewegung brachte sie zum Taumeln. Niemand kam ihr zur Hilfe, als sie zu Boden fiel und aufstöhnte. Stattdessen lief Rosie mit der Kamera näher heran und hielt sie ihr ins Gesicht. »Sieh sich das mal einer an. Arme kleine Payton.«

Payton hielt sich die Hand vor die verweinten Augen und versuchte, blind die Kamera vor ihrem Gesicht wegzuschieben, doch sie war dafür nicht nüchtern genug und langte daneben. Grace schnalzte mit der Zunge und schüttete ihren Drink in Paytons Gesicht. Sie verschluckte sich und begann zu husten. Lachend taten Rosie und Alyssa es Grace gleich. Einen Moment später machten es auch andere Leute. Manche warfen sogar Essensreste auf sie, angefeuert von Rosie, Grace und Alyssa. Halb aufgegessene Muffins, Kuchen, Pizzaränder, Pizzastücke, Müll, ein noch glühender Joint. Payton heulte und rollte sich dabei auf dem Boden zusammen.

»Wie ein hilfloser Mistkäfer auf dem Rücken«, kicherte Rosie. »Sie ist so peinlich, dass es fast wehtut. Cam, sag doch auch mal was! Das nennt man Gerechtigkeit! Sie hat versucht, den Schwanz deines Freundes ...«

»Ist mir egal«, fuhr Cameron ihr ins Wort. »Payton ist für mich gestorben. Sie ist mir vollkommen egal. Ich gehe jetzt nach Hause.« Sie wirbelte herum und eilte davon. Ihre Freundinnen verabschiedeten sich nicht einmal von ihr.

Die Kamera schwenkte wieder zu Payton. Grace oder Alyssa

sagten so was wie »Widerlich«, und eine von ihnen stieß Payton mit der Schuhspitze an, genau in den Rücken. Payton krümmte sich mit einem erstickten Schrei.

»Es reicht!«, rief eine helle Stimme. Rosie ließ die Kamera nach oben schwenken. Es war Celia, die in einem wunderschönen pinken Kleid und hochgesteckten Haaren wutentbrannt zu Payton eilte. Das grazile Mädchen mit dem spitzen Gesicht lief in hohen Schuhen und einem grauen Tüllkleid neben ihr her. »Ihr seid Monster! Das ist unter euer aller Niveau! Weg da, Rosie.« Unsanft stieß Celia die Kamera weg. »Hey!«, protestierte Rosie aufgebracht. Sie vergaß jedoch nicht weiterzufilmen und zeigte, wie Celia und das Mädchen Payton auf die Beine halfen und sie fragten, ob sie verletzt sei. Payton zitterte am ganzen Körper und konnte vor lauter Wimmern keinen einzigen Satz bilden.

»Celia, Holland!«, rief Grace aufgebracht. »Cam ist eure Freundin. Wieso helft ihr *der*?«

Diesmal war es Holland – das Mädchen –, die das Wort ergriff. Ihre Stimme bebte vor Wut. »Weil wir keine Unmenschen sind! Seht sie euch an, sie ist die Treppe runtergefallen und total auf Drogen. Gott weiß, was da oben passiert ist, aber Payton ist nicht bei klarem Verstand!«

»Es steht Peters Wort gegen ihres«, sagte Alyssa hart. »Und wir haben gesehen, was da oben vor sich gegangen ist.«

»Ihre Version habt ihr doch noch gar nicht gehört!«, herrschte Celia sie an, dann warf sie Donovan einen verzweifelten Blick zu. »Und du stehst einfach nur da, siehst bei diesem geschmacklosen Verhalten zu und wirfst Payton raus? Schäm dich, Donny. Schämt euch alle!«

Plötzlich schob sich Peter vor die Linse und riss Rosie das Telefon aus der Hand. »Mach das aus, sofort.«

Rosie kicherte. »Komm schon, Peter, ich wollte nur ...«

Das Video war vorbei.

Bewegungsunfähig saß ich auf meinem Stuhl. Ich starrte auf das Display. Jedes Pochen meines Herzens ging mir durch Mark und Bein und rauschte dumpf in meinen Ohren. Schweiß stand auf meiner Stirn.

Meine Augen brannten.

Atme. Ich konnte nicht denken. Wusste nicht, *was* ich denken sollte. Mir war so schlecht. O Gott. So unglaublich schlecht.

Und obwohl in diesem Moment Professor Yoon den Raum betrat und uns aufforderte, die CAD-Software auf den Computern zu öffnen, startete ich das Video noch einmal, diesmal bebend vor Wut.

KAPITEL 14

Ist das Wut, oder kann das weg?

Jede meiner Bewegungen war mechanisch, als ich Avery Hall verließ und einen der Wege zwischen den üppigen Grünflächen des Campus betrat. Ich fror, obwohl die Sonne wolkenlos vom Himmel schien. Donovan war so viel grausamer gewesen, als ich es mir hätte vorstellen können. Er hatte tatenlos zugesehen. Ich wollte weinen, so wütend, so erschüttert war ich vom Video. Er hatte nichts unternommen. Payton war die Treppe runtergefallen, war total high gewesen, und er hatte sie vor versammelter Mannschaft nicht einfach nur rausgeworfen, sondern verdammt noch mal tatenlos zugesehen, als die anderen sie fertiggemacht hatten. Wie hatte ich nur so dumm sein und auch nur für den Bruchteil einer Sekunde in Erwägung ziehen können, dass Donovan vielleicht doch anständig war? Lächerlich, wie leicht ich zu manipulieren war. Er war ein widerliches Schwein.

Die vergangenen zwei Stunden hatte ich auf glühenden Kohlen gesessen und kaum den Worten und Anweisungen meines Professors folgen können, weil es mich so viel gekostet hatte, nicht in Tränen auszubrechen oder geradewegs vor Wut zu explodieren.

Ich suchte die üblichen Plätze ab. Die Steinbank an der Löwenstatue neben Havemeyer Hall und die begrünten Wege vor Lewisohn Hall. Seitlich der Low Memorial Library unter dem

Blätterdach eines alten Baumes entdeckte ich Donovan endlich. Er stand mit Peter, Holland und Celia zusammen, und sie schienen zu streiten. Ich rauschte in den bescheuerten teuren Designerschuhen zu ihnen. Peter war der Erste, der mich bemerkte. Trotz meines Gesichtsausdrucks schenkte er mir ein Grinsen und winkte. »Ist das wie bei Bloody Mary? Wenn man drei Mal Payton sagt, taucht sie auf?«, scherzte er zur Begrüßung. Ich funkelte ihn zornig an und konzentrierte mich dann auf Donovan.

»Komm mit«, sagte ich und packte ihn am Handgelenk. »Wir müssen reden. Sofort.«

Donovan schenkte Peter einen vielsagenden Blick, dann setzte er sich in Bewegung, drehte sich dabei aber noch mal zu seinen Freunden um. »Wir sehen uns später, Leute. Und, Holland, ruf Mom an, damit sie im *Altman's* reservieren kann.«

»Ja. Sicher«, erwiderte Holland verblüfft.

Moment. Mom? Sie war Donovans Schwester? Holland?

Ich zog ihn fort und ignorierte ihre Blicke.

Als wir die Vorderseite der Low Memorial erreichten, blieb ich auf den breiten Stufen hinter der Alma Mater, der großen Bronzeskulptur, stehen.

»Was zur Hölle soll das?«, zischte er und entriss mir sein Handgelenk.

Ich sah mich um, um sicherzustellen, dass niemand in Hörweite war. »Ich hab das Video gesehen, Donovan«, sagte ich und holte mit hektischen Bewegungen das Handy aus meiner Tasche. »Das von deinem Geburtstag, aus dem gemeinsamen Ordner. Rosie hat alles gefilmt, aber das wusstest du ja, nicht wahr?«

Sofort versteifte er sich. Ja, Donovan wusste genau, wovon ich sprach.

Er verschränkte die Arme vor der Brust, was den beigen Stoff seines Poloshirts an den Armen und Schultern spannen ließ. »Ich weiß, dass es gefilmt wurde, aber ich habe das Video nicht gesehen. Das muss ich auch nicht, weil ich live dabei war.«

»Du bist so ein Arschloch! Hier, sieh dir an, wie rückgratlos du dich verhalten hast.«

Ich scrollte und klickte auf den Link, den er mir geschickt hatte.

Aber ich konnte ihn nicht mehr öffnen. »Nein. Fuck. Ich komme nicht mehr rein. Eben hat es doch noch funktioniert!« Wieder und wieder versuchte ich, auf den Link zu klicken, doch egal, mit welchem Browser ich ihn öffnen wollte – es funktionierte nicht mehr!

Donovan schnaubte verächtlich. »Tja, jemand muss den Ordner wohl wieder auf Privat gestellt haben. Ich sagte dir doch, sie würden früher oder später merken, dass der Ordner freigegeben wurde. Wenn du das, was du mir zeigen wolltest, nicht gespeichert hast, hast du eben Pech gehabt.«

Mein Kopf schnellte hoch. »Und das ist alles, was du zu sagen hast?«

Ausdruckslos zuckte er mit den Schultern.

Ich trat einen Schritt näher, bis ich unmittelbar vor ihm stand. Mein Atem war flach, und Feuer loderte in meiner Brust. Nie zuvor war ich so wütend gewesen.

»Meine Schwester war high und lag am Boden«, sagte ich Silbe für Silbe. »Sie hat geweint, und ihr habt sie gnadenlos fertiggemacht. Du hast ihr nicht einmal aufgeholfen, dabei ist sie die *Treppe* runtergefallen.«

Da explodierte Donovan. »Scheiße, ich war wütend! Sie hat versucht, mit meinem besten Freund zu vögeln. Ich war wütend und verletzt und geschockt und betrunken! Was hättest du denn an meiner Stelle getan?«

Ich warf die Arme in die Luft. »Oh, ich weiß nicht, vielleicht nicht gleich alles für bare Münze genommen, was Peter fucking Darlington behauptet!«

»Das tue ich auch nicht! Aber es war ein Ausnahmezustand!«

»Celia und deine Schwester standen sehr wohl für Payton ein, obwohl sie auch auf der Party waren. Vielleicht sollte ich also zumindest Celia von meiner Liste streichen.«

Er lachte plötzlich auf und schüttelte den Kopf. Dann stieß er mir hart den Zeigefinger gegen die Schulter. »Du kommst hierher und spielst dich auf wie die selbstlose Rächerin, dabei hast du absolut keine Ahnung, was deine verlogene Schwester getrieben hat, mit *wem* sie es getrieben hat und wer wir eigentlich sind. Hat dir schon mal jemand gesagt, wie selbstgerecht und naiv du bist?«

Ich schlug seine Hand weg. »Fass mich nie wieder an, Donovan. Und ich glaube nicht, dass ich mir von einem aufgeblasenen, rückgratlosen Wichser wie dir erklären lassen muss, wer meine Schwester ist. Ich kenne sie besser als du und weiß, dass ihr Unrecht angetan wurde!«

Wir starrten uns in Grund und Boden. Ich hasste ihn. Besonders in diesem Moment. Besonders für diesen winzigen, kurzen Augenblick des Zweifels, den seine Worte in mir auslösten. *Was, wenn er recht hat?*, flüsterte die Stimme. Was, wenn ich wirklich nicht wusste, mit wem Payton es getrieben hatte? Sie war drogensüchtig. Und dann waren da all das Geld und das Luxusleben. Ob sie gedealt hatte? Oder hatte sie vielleicht für Geld ... Nein.

Nein, bestimmt nicht. Und ich verachtete Donovan dafür, dass er diesen Gedanken in mir losgetreten hatte. Ich verachtete *mich* dafür, den Gedanken gedacht zu haben. Diese Leute waren pures Gift für die Seele!

»Schön für dich«, sagte er sarkastisch. »Ist das magische Zwillingstelepathie, die dir diese Sicherheit gibt? Die scheint ja hervorragend zu funktionieren, ihr solltet damit im Fernsehen auftreten.«

»Fick dich!«

Er lächelte eiskalt und viel zu schön. »Das muss ich mir von dir nicht sagen lassen. Ich kenne dich nicht, und du kennst mich nicht. Du hast absolut kein Recht, so mit mir zu reden.«

»Nachdem ich dieses Video gesehen habe, nehme ich mir dieses Recht aber heraus«, erwiderte ich, wie aus der Pistole geschossen.

Er trat einen Schritt zurück. »Und ich Trottel wollte dir helfen«, murmelte er, fast schon mehr zu sich selbst. »Ich fasse es nicht.«

»Ist mir egal, ob du willst oder nicht, schon vergessen?«, sagte ich und trat wieder einen Schritt auf ihn zu, um ihn herausfordernd anzufunkeln. »Du weißt, was auf dem Spiel steht.«

Seine Nasenflügel blähten sich. Er sah so wutentbrannt aus, dass ich fast schon glaubte, dass er mir gleich eine reinhauen würde. Aber so etwas würde Donovan Savatier natürlich nie tun, immerhin war er zu sehr ein verwöhnter, reicher Pinkel. Seine guten Manieren hielten ihn zwar davon ab, aber ich konnte ihm sehr deutlich von den Augen ablesen, wie seine Gedanken mordlustigen Fantasien nachgingen.

»Sprich nie wieder so mit mir, Sarah«, presste er hervor. »Oder du wirst es bereuen. Glaub mir.«

Sarah. Panisch blickte ich mich um, aber niemand schenkte uns Beachtung. Das hatte er mit Absicht getan. Eine weitere Warnung.

»Wenn du willst, dass ich dir weiterhin helfe, dann reiß dich gefälligst zusammen, hast du das kapiert?«

»Wieso stellst du diesmal die Forderungen?«, fragte ich und verschränkte die Arme.

»Weil du so viel mehr zu verlieren hast als ich. Und ich lasse mich nicht erpressen. Entweder helfe ich dir aus freien Stücken, oder du kannst morgen dem Dekanat erklären, wer du in Wahrheit bist und was du hier zu suchen hast.«

Ich keuchte. »Wir hatten einen Deal!«

Abschätzend wanderte sein rechter Mundwinkel nach oben. »Den haben wir immer noch. Mehr aber auch nicht. Keine Erpressung, *Sarah*.« Er beugte sich noch näher zu mir und sah mir mit überwältigender Intensität in die Augen. »Ich helfe dir bei Grace. Vielleicht noch bei Rosie, auch wenn du dir abschminken kannst, etwas gegen sie zu finden, sie ist aalglatt. Peter, Cam und Celia bleiben weiterhin außen vor, egal, was du sagst oder welche Druckmittel du gegen mich einsetzen willst.«

Ich knirschte mit den Zähnen. Wie konnte er nur so sehr zu Peter halten? Wenn Donovan Payton angeblich geliebt hatte, wie konnte ihm Peters Wort mehr bedeuten? Wie konnte es für ihn gewichtiger sein? Und wieso waren sie immer noch die allerbesten Freunde? Die Abscheu zog mir den Magen zusammen.

Dennoch … Solange er noch im Boot war, war das alles, was zählte. Mit allem anderen kam ich irgendwie klar. Es gefiel mir nur nicht, wie schnell er mich wegen Payton verunsichert hatte. Mich zum Zweifeln gebracht hatte. Doch es war nicht nur Donovan. Da waren noch das Video von der Party und meine skurrile Begegnung mit der rothaarigen Frau heute Morgen im Fahrstuhl. So schräg die Begegnung auch gewesen war, sie hatte *gewusst*, dass Payton und Holden Sex miteinander gehabt hatten. Und das vermutlich nicht nur ein Mal. Sonst hätte sie nicht so schamlos darüber gesprochen, oder nicht? Hatte Payton wirklich mit Holden geschlafen? Und hatte sie sich auch an Peter rangeschmissen? Hatte Payton hier in New York womöglich eine Art Doppelleben geführt? Und hatte all das mit dem vielen Geld und den Drogen zu tun?

Mir wurde übel, und ich schob die Gedanken eilig fort. Ich

würde mit Payton sprechen und jedes Missverständnis aus der Welt schaffen, denn das alles *mussten* Missverständnisse sein.

Ich sah Donovan an und straffte die Schultern. Es brachte nichts, mit meinem einzigen Verbündeten zu streiten. Die Dinge wurden dadurch nicht einfacher und meine Wut nicht weniger.

»Also, Grace Landon«, wechselte ich das Thema. Es kostete mich alles an Kraft, ihn nicht wieder anzufauchen. Ich trat einen Schritt zurück, um wieder atmen zu können. Donovan wirkte wegen des Themenwechsels kurz verwirrt, dann genervt. Es war mehr als offensichtlich, dass er am liebsten so weit weg von mir sein wollte wie nur möglich.

Er stieß hart den Atem aus. »Grace«, wiederholte er widerwillig. »Sie ist die Nächste, was?«

Ich nickte. Da ich das Video mehr als einmal gesehen hatte, erinnerte ich mich an eine bestimmte Sache, die Rosie zu Grace gesagt hatte. *»Das hält dich auch nicht davon ab, Professor Dumm und Professor Dümmer zu ficken.«*

Erneut sah ich mich verstohlen um. Noch immer keine Lauscher. »Schläft Grace mit irgendwelchen Professoren?«, fragte ich geradeheraus.

Verblüfft blinzelte er. »Du weißt davon? Nicht mal Pay… deine Schwester hatte davon eine Ahnung.«

»Rosie hat in dem Video etwas zu Grace gesagt. Über Professor Dumm und Professor Dümmer und dass Grace mit ihnen … dass sie mit ihnen schläft.«

Donovan lehnte sich gegen die Alma Mater und fuhr sich durch die Haare. »Professor Dudkowski und Professor Belman. Ich weiß es, weil Grace Cameron davon erzählt hat. Und alles, was Cameron weiß, weiß auch Peter …«

Ich wedelte ungeduldig mit der Hand. »Ja, schon verstanden, ihr seid alle verlässliche Geheimnisträger und absolut vertrauenswürdig.«

Er bedachte mich mit einem finsteren Blick, ehe er fortfuhr. »Sie macht es für die Credits. Manche Veranstaltungen besucht sie gar nicht erst, aber durch ihre Liebeleien bekommt sie trotzdem immer die volle Punktzahl.«

»Was? Das ist total illegal!«

»Ich weiß.«

»Und auch ziemlich heftig von den Professoren. Die Columbia gehört zu den elitärsten Universitäten der Welt.«

»Deshalb erzähle ich dir das ja auch. Außerdem hat Grace einen Freund. Freddie Chamberlain, er geht auch auf die Columbia. Ist ein guter Freund von Peters Bruder.«

Das wurde ja immer interessanter. Vermutlich wusste auch Alyssa davon und machte bestimmt nicht so eine Szene wie bei Payton.

»Was werden wir also tun?«, fragte ich. Erst als ich es ausgesprochen hatte, bemerkte ich, dass ich *wir* gesagt hatte. Donovan ließ sich wegen meiner Wortwahl nichts anmerken, aber ich konnte mir vorstellen, dass sie ihn nicht gerade begeisterte.

»Morgen Abend findet die Party zum neuen Semester im Darlington House statt«, sagte er.

Langsam zog ich die Brauen hoch. »Darlington wie Peter Darlington?«

Er nickte. »Eine Spende von Peters Urgroßvater an die Universität. Die Stadtvilla wird hauptsächlich für Veranstaltungen genutzt. Die Party morgen ist eine der begehrtesten Veranstaltungen des Jahres. Alle an der Columbia, die etwas zu sagen und Einfluss haben, werden auch da sein. Und damit meine ich Dekanin Pierce, Dekan Ford und alle studentischen Mitglieder der Social Clubs. Es geht ums Sehen und Gesehenwerden.«

»Gibt es schriftliche Einladungen?«, fragte ich, mit einem Mal aufgeregt. So eine Veranstaltung war genau das, was ich brauchte, um an mehr Informationen zu kommen.

»Ja. An sehr ausgewählte Gäste.« Es war unüberhörbar, wie er die Worte betonte. »Die Mitglieder der Foundation von Darlington House stellen die Liste sorgfältig zusammen.«

Erwartungsvoll sah ich ihn an. Er verstand und verdrehte die Augen. »Ich hab es ja schon gesagt. Ich besorge dir eine Einladung.«

Mir kam eine Idee, und mein Herz vollführte einen aufgeregten Satz. Es war eine der gefragtesten Veranstaltungen des Jahres? Dann war sie der perfekte Ort, um Grace in die Mangel zu nehmen. »Könntest du noch zwei weitere Einladungen besorgen? Laden wir Professor Dudkowski und Professor Belman auch ein. Mit einer persönlichen Nachricht von Grace. Es wäre zu schön, wenn sie sich in einer kuscheligen Besenkammer verabreden und plötzlich zu dritt dort stehen würden.«

Donovans Augen weiteten sich, dann lachte er erschrocken auf. »Die Idee klingt furchtbar. Und diabolisch.«

Diesmal war ich es, die die Augen verdrehte. Ich kam jedoch nicht umhin zu lächeln. »Was soll's? Die Uni hat es verdient, zu wissen, dass es zwei Professoren gibt, die eine Studentin vögeln und deshalb bevorzugt behandeln.«

Als er mich einen langen Moment lang betrachtete, ohne ein Wort zu sagen, wurde mir mulmig zumute. Besonders als der hasserfüllte Ausdruck in seinen grauen Augen etwas Nachdenklichem wich.

»Was ist?«, fragte ich und verlagerte unbehaglich das Gewicht auf ein Bein.

Er blinzelte. Und schon war der Ausdruck wieder weg. Er schüttelte den Kopf. »Es ist nichts«, sagte er leise. So leise, dass ich automatisch einen kleinen Schritt näher kam.

»Nichts?«, wiederholte ich.

»Es ist nur manchmal erschreckend, wie anders als Payton du bist. Während ihr absolut gleich ausseht.« Er rieb sich mit einer Hand über den Nacken und wich meinem Blick aus. »Du riechst sogar wie sie.«

Hitze schoss mir ins Gesicht. »D-das ist nur das Parfum«, erwiderte ich. Eine seltsame Welle aus Mitgefühl und Verlegenheit überkam mich.

Ich räusperte mich, wich zurück und umfasste mit beiden Händen die harten Lederhenkel meiner Designertasche. »Du besorgst die Einladungen, ich drucke falsche Nachrichten von Grace aus und lasse sie den Professoren zukommen. Glaubst du, dass du das in den nächsten zwei Stunden schaffst?«

Er nickte, mit einem Mal wieder ernst, und stieß sich von der Rückseite der Statue ab. »Das dürfte kein Problem sein. Wir treffen uns in zwei Stunden wieder hier.«

»Beeil dich«, sagte ich. Dann drehte ich mich um und eilte davon.

KAPITEL 15

Wer anderen eine Grube gräbt ...

Donovan hatte Wort gehalten und mir zwei Stunden später drei perlmuttfarben schimmernde Umschläge überreicht. Einer davon gehörte mir, die anderen beiden allerdings nicht. Sie lagen mit den gefälschten Nachrichten von Grace in meiner Handtasche und fühlten sich schwer und verboten an. Ich verließ den Kopierraum in Fayerweather Hall und machte mich auf den Weg zur schräg gegenüberliegenden Schermerhorn Hall, einem riesigen Gebäude, wo sich die Lehrräume für Psychologie befanden. Meine letzte Veranstaltung für heute war vorbei, und ich fühlte mich ausgelaugt. Wieder sehnte ich mich nach meinem Bett. Aber diesmal nicht nach dem weichen Bett im schicken Apartment. Ich sehnte mich danach, mich auf *mein* Bett in meiner und Laurels WG in San Francisco zu werfen und den Kopf in den Kissen zu vergraben. Ich wollte ... einfach nur ich selbst sein. In diesem Augenblick, als ich über den elitären Campus der Columbia lief, einen der tollsten Orte, an denen ich je war, mein großer Traum, wünschte ich mir nichts sehnlicher als mein Leben zurück. Ich vermisste es, *ich* zu sein. Keine absurde Rolle zu spielen und noch absurdere Pläne zu schmieden, die so fernab von meiner Lebensrealität waren.

Nicht mehr lange, sagte ich mir. *Dann geht es wieder nach Hause.*

Ich zwang mich, die Schultermuskeln zu entspannen. Heute

Abend würde ich mit Laurel facetimen. Und meinen Eltern schreiben, über meinen Skype-Account. Ich würde mich auch bei meinen anderen Freunden melden. Vielleicht würde ich mir die neue Staffel *Umbrella Academy* ansehen, mir ein paar Burger bestellen und für einen Abend Sarah sein, bevor morgen ein Tag in der Bibliothek anstand und es abends auch schon zur Party in Darlington House ging, wo ich mich ganz offiziell an Donovans Seite als Payton präsentieren würde. Ex-Freund und Ex-Freundin, die unbedingt wieder befreundet sein wollten. Von wegen.

Die heutige Abendplanung löste die Enge in meiner Brust ein wenig.

Ich hielt Paytons ID vor den Scanner, drückte das schwere Portal von Schermerhorn Hall auf und begab mich in den stillen Gängen auf die Suche nach den Professoren. Professor Dudkowski, oder auch Dude, wie ihn offenbar die meisten Studierenden an der Columbia nannten, war nicht schwer zu finden. Er war noch immer in dem Hörsaal, in dem er eben noch unterrichtet hatte, und unterhielt sich mit einer Gruppe Studierender, die ihm praktisch an den Lippen hingen.

Unauffällig näherte ich mich, so als wäre ich ebenfalls eine von ihnen und interessierte mich dafür, was er zu sagen hatte.

»… Ich denke, es ist wichtig, sich in diesem Fall an den Richtlinien zu orientieren, Mr. Simon«, sagte Dude gerade und legte die Knöchel übereinander, während er mit der Hüfte an seinem Pult lehnte. Er sah ein wenig aus wie Patrick Dempsey in *Grey's Anatomy,* nur jünger und dynamischer. Volles dunkles Haar, ein dunkler Bartschatten und ein charismatisches Lächeln. Er war ein wenig altbacken gekleidet mit seinem knittrigen braunen Sakko und den ausgelatschten Turnschuhen und hatte eine Lesebrille in der Brusttasche stecken. »Wenn Sie nach ähnlichen Studien wie dem Milgram-Experiment suchen, sehen Sie sich das Stanford-Prison-Experiment an«, sagte er zu seinem kleinen Publikum.

»Glauben Sie, dass die Experimente heute noch durchführbar wären?«, fragte ein Mädchen mit kurz geschorenen Haaren und einem Nasenpiercing. Professor Dudkowski rieb sich über das Kinn. »Die Zeiten haben sich glücklicherweise geändert. Solche ethisch problematischen Humanexperimente haben in der Wissenschaft heutzutage keinen Platz mehr.« Er blickte in die Runde. »Meine Herrschaften, ich habe noch eine Besprechung, aber wenn Sie sich so brennend für das Thema interessieren, sollten wir einen Termin ausmachen und über ein Paper sprechen.«

Ich wippte ungeduldig vor und zurück, während ich darauf wartete, dass die Gruppe sich von Dude verabschiedet hatte. Als sie schließlich gingen, trat ich vor. Sein Blick richtete sich auf mich, und ich lächelte ihn an. »Hi.«

»Haben Sie auch noch eine Frage?«, erkundigte er sich und musterte mich von oben bis unten. Es kostete mich Mühe, dabei nicht das Gesicht zu verziehen. Allein zu wissen, dass er eine Studentin vögelte, erfüllte mich mit einem solchen Widerwillen, dass ich es kaum ertrug, auch nur in seiner Nähe zu sein.

Ich blieb vor ihm stehen und sah mich um, um sicherzustellen, dass wir allein waren. Erst als ein letzter Student, der auf seinem Smartphone herumtippte, den Hörsaal verließ, holte ich eine der Einladungen aus meiner Tasche. Das Herz klopfte mir bis zum Hals, als ich sie dem Professor lächelnd entgegenhielt.

»Das soll ich Ihnen von jemand ganz Besonderem überreichen.« Vielsagend vertiefte ich mein Lächeln. Seine Augen wurden groß, denn er schien zu erkennen, was das für eine Einladung war. Beim Lesen wanderten seine Mundwinkel nach oben, als könnte er nichts dagegen tun. Bestimmt hatte er nicht damit gerechnet, zu dieser prestigeträchtigen Feier eingeladen zu werden, und vermutlich hatte er schon lange darauf gehofft.

Ungeduldig hielt ich noch immer die falsche Nachricht von Grace in der Hand, ordentlich zusammengefaltet.

Du und ich. Um 21 Uhr in der Garderobe im Darlington House.
In Liebe
G.

Ich reichte sie ihm. »Und das hier dürfen Sie erst auf der Feier öffnen. Wenn Sie die Nachricht früher lesen und jemand findet das heraus, wird man Sie vielleicht wieder von der Gästeliste streichen.« Ich tat, als wäre ich besorgt und drückte den gefalteten Zettel mit dramatischer Geste in seine Hand, als handelte es sich um ein Staatsgeheimnis. Er lachte nervös auf und kratzte sich am Kopf. »Nun, das nenne ich mal eine Überraschung. Aber ich wusste, dass der Tag …« Er verstummte, vermutlich weil er seine Schwäche nicht vor einer Studentin preisgeben wollte. Er wurde wieder verschlossen und tat ganz lässig. »Danke, dass Sie mir die Einladung überreicht haben, Miss …«

Ich verriet ihm meinen Namen nicht, sondern zwinkerte ihm bloß zu. Das fühlte sich bescheuert an, aber was soll's? »Schönen Tag noch, Professor«, sagte ich, drehte mich um und verließ den Hörsaal.

Erst als ich schwer atmend aus Schermerhorn Hall trat, erlaubte ich es mir, tief und erleichtert Luft zu holen. Ich stand unter Strom und war von Adrenalin erfüllt. Das lief besser als gedacht! Nur das Universum konnte jetzt noch dafür sorgen, dass er auf der Party auftauchte, aber so, wie ihm fast der Sabber aus dem Mund gelaufen war, bestand da eigentlich kein Zweifel.

Jetzt fehlte noch Professor Belman.

Donovan hatte mir per Textnachricht die Büronummer durchgegeben, deshalb machte ich mich auf den Weg quer über den Campus zum entsprechenden Gebäude. Ich lief über helle Steintreppen mit angelaufenen Geländern, über gut besuchte rot gepflasterte Wege zwischen Grünflächen und checkte immer wieder den Campusplan auf meinem Handy. Die Columbia war wirklich gigantisch. Wie eine Stadt in der Stadt, eine eigene Welt. Schließlich fand ich Philosophy Hall – ein weiteres ausladendes Fakultätsgebäude. Es war umgeben von Bäumen und perfekt gestutzten Hecken zwischen Kent Hall und der St.-Paul's-Kirche.

Im Gebäude roch es staubig und war totenstill. Mittlerweile waren die meisten Veranstaltungen vorbei, und nur in wenigen Räumen fanden noch Kurse statt. Ich lief die Treppe hoch in den dritten Stock und sah mich um. Raum 304. Es dauerte eine Weile, und ich erntete den missfälligen Blick einer Putzkraft, als ich über frisch gewischten Boden lief, aber schließlich fand ich die richtige Tür. Auf dem Schild daneben stand: *PROF. DR. HOWARD BELMAN, PH. D.*

Ich sammelte mich und klopfte. Alles, was ich tun musste, war, ihm den Umschlag zu überreichen, das gleiche Prozedere wie zuvor, dann konnte ich gehen.

Doch die Sekunden vergingen, und ich erhielt keine Antwort. Argwöhnisch klopfte ich noch einmal. Auf der anderen Seite blieb es jedoch still. Ich drehte behelfsweise am Türknauf, aber wie zu erwarten war die Tür verschlossen.

»Shit«, flüsterte ich und lehnte mich stöhnend gegen die holzverkleidete Wand. Was sollte ich jetzt tun? Ich musste ihm die Einladung geben, andernfalls würde mein Plan nicht aufgehen.

Mit den Zähnen in der Unterlippe vergraben sah ich mich hilflos um. Ich konnte die Einladung unter der Tür durchschieben, aber es war gut möglich, dass er sie entweder übersah oder die Putzhilfe sie …

»Natürlich«, murmelte ich und stieß mich von der Wand ab.

Ich eilte den Flur hinab, in die Richtung, aus der ich gekommen war, bog um die Ecke und entdeckte den Kerl mit dem Putzwagen.

»Hey!«, rief ich. Ich wiederholte meinen Ruf ein wenig lauter, weil er Kopfhörer aufhatte. Endlich drehte er sich zu mir um und zog sie sich von den Ohren. Mit einem genervten Blick betrachtete er mich. »Kann ich Ihnen helfen?«

Ich tat mein Bestes, um wie Payton zu wirken. Ein Mensch, dem andere Menschen gerne halfen. »Also, ich wollte Professor Belman etwas auf den Schreibtisch legen. Ein, äh, Paper. Für seinen Kurs. Aber er ist nicht da, und die Tür ist abgeschlossen. Könnten Sie mir vielleicht aufschließen, Sir?«

Sei süß und unschuldig. Sei wie Payton.

Er kniff die Augen zusammen. Sein schwarzer Oberlippenbart zitterte, als er die Lippen kräuselte. »Nein. Ist nicht erlaubt, tut mir leid.«

»Bitte, geht auch ganz schnell«, flehte ich und lächelte süßer.

»Hören Sie, ich darf niemandem einfach Zugang zum Büro eines Dozenten geben, das ist gegen die Vorschrift.«

»Ich verrate es keiner Menschenseele«, scherzte ich ein wenig flirtend, doch das schien noch weniger zu funktionieren. Seine Miene verfinsterte sich.

Na super. Klappte ja ganz toll, wie Payton zu sein. Ich verzog ebenfalls das Gesicht und öffnete meine Handtasche. »Schön, ganz wie Sie wollen.« Ich holte Paytons Brieftasche hervor und sah nach, wie viel Bargeld ich dabeihatte. *Bitte verzeiht mir, Mom und Dad, für das, was ich jetzt tun werde.*

Ich holte ein paar Scheine hervor, trat näher zu ihm und hielt sie ihm hin. »Das sind fünfhundert Dollar«, sagte ich leise. »Es ist mir wirklich wichtig, dieses Paper auf Professor Belmans Schreibtisch zu legen. Begleiten Sie mich, wenn Sie sich dann besser fühlen. Ich habe nicht vor, irgendwas zu stehlen oder abzufotografieren. Schließen Sie mir den verdammten Raum auf, und die fünfhundert Dollar gehören Ihnen. Niemand muss davon erfahren.«

Mit offenem Mund blinzelte der Mann abwechselnd das Geld in meiner Hand und mein Gesicht an. Ich fühlte mich wie ein Teufel. Wie ein verdammter Marionettenspieler. Niemand sollte so ein Druckmittel besitzen. Solch ein Manipulationsmittel. Denn das war Geld doch letztendlich. Es bestimmte, wer die Puppen tanzen ließ und wer das Tanzbein schwang.

Der Reinigungsmann wischte sich mit dem Handrücken über die Stirn und sah sich um. »Ich könnte es auch für Sie in sein Büro legen.«

Ich schüttelte den Kopf. Dann würde der Typ nicht nur merken, dass es kein Paper war, ich hätte auch keine Kontrolle darüber, wo genau er die Einladung hinlegte. »Wenn ich das nicht selbst mache, hätte ich keine ruhige Minute. Bitte, wenn er das Paper heute nicht mehr absegnet, habe ich ein Problem, deshalb muss ich sicherstellen, dass *ich* es in sein Büro lege, irgendwohin, wo er es nicht übersehen kann. Das kann niemand sonst für mich tun.« Flehend biss ich mir auf die Unterlippe.

Er schien einen inneren Kampf mit sich zu führen, und seine Antwort ließ so lange auf sich warten, dass mir der Schweiß ausbrach.

Er warf einen Blick auf seine Armbanduhr und wirkte mit einem Mal nervös. Doch schließlich nickte er. »Meinetwegen. Beeilen Sie sich aber.«

Die Erleichterung ließ mich beinahe jubeln, und ich musste die Lippen zusammenpressen, um mir nichts anmerken zu lassen. Er kramte in der Tasche seines grauen Overalls und zog einen großen Schlüsselbund hervor. Er friemelte den richtigen Schlüssel ab und reichte ihn mir. »Wehe, Sie stellen etwas an. Wie lautet Ihr Name?«, fragte er.

Strahlend nahm ich den Schlüssel entgegen. »Danke, Sir. Hoch und heilig versprochen.«

Ich eilte wieder den Flur hinunter.

»Hey!«, rief er mir hinterher. »Hey, Ihr Name!«

Ich warf ihm ein Grinsen über die Schulter zu. »Grace Landon, Sir!«

Ich zählte im Gehen die Türen ab, um wieder die richtige zu finden. Da öffnete sich eine Bürotür am anderen Ende des Flurs, und zwei Frauen kamen heraus. Eine von ihnen hatte einen silbernen Zopf, und die zweite ...

»Oh Shit«, zischte ich, wirbelte herum und lief demonstrativ in die andere Richtung. Da war Cameron. Was hatte Cameron hier zu suchen, ausgerechnet jetzt?

»Danke, Professor«, hörte ich sie sagen, mit einer Stimme, die ungewohnt weich und freundlich klang. »Ich werde es mir zu Herzen nehmen.«

Die Frau lachte. »Zögern Sie nicht, mich aufzusuchen, wenn Sie noch Fragen haben, Cameron. Und richten Sie Ihrer Mutter Grüße von mir aus.«

»Das mache ich, Professor Adler.«

Ich beschleunigte meine Schritte, ehe ich die Treppe nach oben rannte, den Blick hinter mich gerichtet. Sie mussten auf dem Weg nach unten sein. Cameron durfte mich hier auf keinen Fall sehen. Sie würde sofort wissen, dass ich etwas im Schilde führte – was sollte Payton um diese Uhrzeit hier auch wollen? In einem Gebäude, in dem sie überhaupt nichts zu suchen hatte?

Ich erklomm die letzte Stufe ...

... und stieß mit jemandem zusammen. »Fuck!«, stieß ich hervor und spürte den Luftzug, als ich nach dem harten Aufprall zurück Richtung Treppe taumelte.

Eine Hand packte mein Handgelenk, bevor ich rückwärts

nach unten fallen konnte, und mit einem Ruck prallte ich noch einmal gegen den Körper. Diesmal wurde ich jedoch festgehalten.

Schwer atmend und mit aufgerissen Augen hob ich den Kopf. Musste ihn sogar in den Nacken legen.

Mir rutschte geradewegs das Herz in die Hose. »Du?«, keuchte ich.

Es war der süße blonde Kerl aus der Bibliothek, und er sah mich mindestens so erschrocken an wie ich ihn.

»Zwei Mal in einer Woche«, murmelte er und zog mich sachte von der Treppe weg. »Alles in Ordnung, Payton?«

Mein Puls wollte sich nicht beruhigen. Und zu allem Übel wurden auch noch meine Wangen heiß. Wie konnte mir das schon wieder passiert sein? Bei ein und derselben Person, wo doch so viele Menschen auf die Columbia gingen?

Ich sah ihn schwer atmend an und nickte. »Ja. Tut mir leid, ich war abgelenkt.«

»Ist mir aufgefallen.« Langsam wanderten seine Mundwinkel nach oben, und seine tief liegenden blauen Augen blitzten belustigt auf. Er ließ mich nicht los, und aus irgendeinem Grund wich ich auch nicht zurück. Er sah umwerfend aus, wie auch die letzten beiden Male, als ich ihm begegnet war. Er roch zudem unverschämt gut. Sauber und nach scharfem, teurem Aftershave. Er trug ein luftiges schwarzes Oversized-Hemd, das an den sehnigen Armen hochgekrempelt war und dessen obere Knöpfe offen standen. Außerdem eine cremefarbene Bundfaltenhose und lederne Segelschuhe.

Hör auf zu starren, Sarah.

»Musst du dringend zu irgendwem oder dringend von jemandem weg?«, fragte er geradeheraus.

»Ich ... A-also, weder noch?«, stieß ich hervor. Ich verpasste mir einen Ruck und wich endlich zurück. Seine Finger glitten von meinem Handgelenk, und er grinste mich an. »Also Letzteres.«

»Nein«, erwiderte ich, so ruhig wie möglich. »Du hast mich nur erschreckt. Ich habe etwas vergessen, deshalb bin ich hochgekommen.« Ich hörte, wie Cameron und Professor Adler sich weiter unterhielten, spitzte augenblicklich die Ohren und hielt den Atem an. *Kommt nicht hoch. Bitte, kommt nicht hoch.*

Ein Knarzen erklang von der Treppe. Mit rasendem Herzen sah ich mich um. Ein Stück neben uns war eine Tür. Verdammt. Sollte ich mich verstecken? Wenn Cameron mich sah, würde ich die Einladung mit Sicherheit nicht auf Professor Belmans Tisch legen können.

Angespannt wartete ich ab. Und tatsächlich entfernten sich ihre Stimmen. Sie liefen nach unten.

Zitternd stieß ich den Atem aus.

»Etwas vergessen also.«

Mein Kopf zuckte nach oben und begegnete dem leichten Schmunzeln auf seinen Lippen. Einladend aussehenden Lippen.

»Ja«, log ich – und dass es eine Lüge war, stand vollkommen offensichtlich im Raum.

»Ich könnte dir beim Suchen helfen, wenn du möchtest.«

Ich konnte nicht anders, als zu lächeln. »Ich glaube, ich muss passen. Aber sehr großzügig von dir.«

»Du kennst mich doch. So bin ich«, erwiderte er grinsend.

Wir sahen uns einen Moment lang an. Eine blonde Strähne fiel ihm in die Stirn, und instinktiv juckte es mich in den Fingern, sie ihm nach hinten zu streichen. Er war wirklich verboten heiß. Aber wer *war* er? Und wieso ... flirtete er mit mir? Flirtete ich zurück?

Das hier war alarmierender als das Austauschen von Blicken in der Bibliothek. Ich war nicht Sarah, sondern Payton, also sollte ich mich auch wie sie verhalten. Und sie hätte bestimmt nicht mit diesem Fremden geflirtet. Oder sich gefragt, wie er wohl hieß. Nicht dass ich diese Frage überhaupt stellen konnte, er und Payton kannten sich immerhin.

In diesem Moment wurde wenige Meter entfernt eine Tür geöffnet, und lautes Stimmgewirr durchbrach die Stille.

Hastig unterbrach ich den Blickkontakt. Meine Alarmbereitschaft gewann wieder die Oberhand. »Ich sollte jetzt gehen«, sagte ich und strich mir die Haare hinter die Ohren.

Der amüsierte Ausdruck wich nicht von seinem Gesicht. Doch er nickte. »Was auch immer du vorhast, viel Erfolg noch. Lass mich wissen, ob du erfolgreich warst. Das nächste Mal aber vielleicht ohne Body Slam.«

Ich lachte verlegen auf. »Ich werde mir Mühe geben.«

Er zwinkerte mir zu.

Mit brennenden Wangen eilte ich zurück in den dritten Stock, joggte den Gang entlang und hastete zu Tür 304. Ich sah nach links und rechts. Das Stimmengewirr war mir auf den Fersen. Schnell drehte ich den Schlüssel im Schloss und schlüpfte ins Büro.

Der Raum war schmal und vollgestellt. Auf dem Pult lagen Papierstapel, es gab zwei Sessel vor dem Schreibtisch und ein riesiges Bücherregal sowie gerahmte Bilder und Urkunden an den Wänden.

Meine Hände zitterten, als ich nach der Einladung und dem gefälschten Brief in meiner Handtasche tastete.

Ich legte sie auf den Schreibtisch, sodass der Professor sie nicht übersehen konnte. Auf die persönliche Notiz schrieb ich mit einem Kugelschreiber in großen Lettern

ERST AUF DER PARTY LESEN, BITTE! WICHTIG!

Erleichtert richtete ich mich auf. *Geschafft!*

Ich lauschte an der Tür und hielt den Atem an. *Bitte, bitte komm jetzt nicht zurück in dein Büro.*

Zwei Herzschläge wartete ich noch ab. Dann huschte ich aus dem Büro, schloss die Tür ab und lief los, direkt dem Reinigungsmann in die Arme, der seinen Schlüssel offenbar schon vermisste. Ich überreichte ihn zusammen mit den versprochenen fünfhundert Dollar, bevor ich die Treppe hinunterlief. Meine Hände kribbelten, als wären sie empört darüber, was ich gerade getan hatte.

Obwohl die Begegnung mit dem geheimnisvollen Fremden noch durch meinen Kopf geisterte, grinste ich zufrieden in mich hinein. Ein weiterer Punkt, den ich auf meiner Liste abhaken konnte.

Ich erreichte das Erdgeschoss und steuerte den Ausgang an. Da packte mich plötzlich eine Hand am Arm und zog mich so ruckartig zur Seite, dass mir ein spitzer Schrei entfuhr.

Vor mir stand niemand anderes als Cameron, und sie funkelte mich an. »Was hast du in Professor Belmans Büro gemacht, Payton?«

Jegliches Blut wich aus meinem Gesicht. *Fuck. Fuck!*

Ruckartig ließ sie mich los und wischte sich die Hand am olivgrünen Kostüm ab, als befände sich Dreck auf meiner Haut. »Glaubst du ernsthaft, ich hätte dich nicht gesehen? Ich weiß, dass du das mit Alyssa warst. Du führst schon wieder irgendwas im Schilde. Wieder eines deiner fiesen Spiele, hm?«

»Keine Ahnung, was du meinst«, erwiderte ich so ausdruckslos wie möglich. Sie hatte mich also doch bemerkt. Verflucht, wieso hatte ich *sie* nicht bemerkt?

Cameron beobachtete mich genau und verengte die Augen. »Spionierst du mir etwa hinterher? Stalkst du mich mittlerweile schon?«

Ich konnte nicht anders und lachte auf. »Seit wann bin ich dir Rechenschaft schuldig? Und seit wann dreht sich die Erde um dich, Cam?«

»Nenn mich nicht so«, flüsterte sie wie aus der Pistole geschossen und wich zurück, als hätte ich ihr einen Schlag verpasst. »Dieses Recht hast du dir verspielt, Payton Quinn.« In ihrem Blick lag so viel Abschätzigkeit, so viel Hass, dass ich eine Gänsehaut bekam. Ihre Ausstrahlung sagte sehr deutlich, dass sie es gewohnt war, den Ton anzugeben, ohne Widerrede zu erhalten.

Da hatte sie ihre Rechnung allerdings ohne mich gemacht.

Herausfordernd trat ich vor sie. »Und was genau willst du dagegen tun? Möchtest du vielleicht wieder versuchen, mich fertigzumachen? Wollt ihr mich mit Müll und Drinks beschmeißen und mich treten, wenn ich am Boden liege? Das hat ja beim letzten Mal schon so gut geklappt.«

Wie zu erwarten weiteten sich ihre Augen. Sie schob die Brauen zusammen, und etwas Seltsames trat in ihre Miene. Beinahe hätte ich geglaubt, dass sie … verletzt war? Doch sie sammelte sich erstaunlich schnell. »Willst du wirklich einen Krieg anzetteln, Payton? Nach allem, was du getan hast? Ich fasse es nicht, du zweigesichtige Natternbrut. Verschwinde endlich aus dieser Stadt, oder ich werde …«

»Trau dich ruhig«, fiel ich ihr ins Wort und tat ihre Drohung mit einem Schulterzucken ab. »Was auch immer du planst. Du wirst schon sehen, was du davon hast, Cam. Ich habe keine Angst vor dir. Wenn du und die anderen mich nicht in Frieden studieren lasst, werdet ihr es bereuen.«

»Wie kannst du es wagen, so mit mir zu sprechen?«, wisperte sie mit bebender Stimme. »Was ist mit dir passiert? Vor ein paar Wochen noch hättest du nie …«

»Tja, du kennst mich eben nicht halb so gut, wie du dachtest«, erwiderte ich und verspürte Genugtuung dabei, zu sehen, wie sehr es ihr gegen den Strich ging, dass ich ihr erneut ins Wort gefallen war. »Ich bin nicht mehr die kleine, zarte Payton, die sich von euch herumschubsen lässt. Also versuch es erst gar nicht. Das meine ich ernst, Cameron. Du weißt nicht, wozu ich fähig bin.«

»Miststück«, stieß sie hervor. Sie ballte die Hände zu Fäusten und blinzelte angestrengt, fast so, als wäre sie den Tränen nahe.

Ihr Atem wurde schneller, und sie wich vor mir zurück, so als wäre meine Nähe für sie nicht auszuhalten. Ein keuchendes Lachen entfuhr ihr, und sie schüttelte den Kopf. »Gott, wie konnte ich dich nicht von Anfang an durchschauen? Du bist so eine rückgratlose, verlogene Schlange ohne Ehrgefühl und Moral, und so lasse ich *nicht* mit mir sprechen!« Der plötzliche Schmerz in ihrer Stimme ließ mich innehalten. Nur wenige Sekunden flackerte er in ihren Augen auf, dann versteckte sie ihre Gefühle auch schon wieder hinter einer undurchdringlichen Maske aus Eis. »Halt dich von mir und meinen Freundinnen fern, Payton, oder es wird dir leidtun, ein für alle Mal.« Damit wirbelte Cameron herum und rauschte durch das Portal nach draußen.

Mit weichen Knien stand ich da und sah ihr nach. Die Tür fiel ins Schloss und wurde von zwei Professoren wieder geöffnet. Erneut fiel sie zu. Ich leckte mir über die Lippen und wagte es endlich, den Atem auszustoßen. Was für ein Tag, verdammt. Meine Schultern sackten nach unten, und ich steuerte ebenfalls den Ausgang an.

Obwohl ich wirklich gerne so cool wäre, wie ich vor Cameron getan hatte, waren das Beben in meiner Brust und das Zittern in meinen Händen unmissverständlich. Es war zu viel. Alles. Ich war für so was nicht gemacht. Und der Schmerz in Camerons Augen … Was, wenn Payton tatsächlich getan hatte, was sie ihr vorwarf? Donovan betrogen und mit dem Freund ihrer engsten Freundin …

Nein. Ich durfte diesen Gedanken nicht zu Ende denken.

Mein Zwillingsinstinkt hielt mich davon ab, er war zweifellos von Paytons Unschuld überzeugt. Ohne handfeste Beweise würde ich diesen Leuten nicht ein Wort glauben. Außerdem hatte ich mir Paytons Version der Geschehnisse noch nicht anhören können.

Mit dem Kopf voller Fragen und nagenden Zweifeln machte ich mich auf den Heimweg.

KAPITEL 16

Vorhang auf!

Freitagabend kam schneller als gedacht. Immer wieder tigerte ich vor dem Handy im Ankleidezimmer auf und ab, unsicher, ob ich nicht bei der Klinik anrufen sollte, um Payton an den Hörer holen zu lassen. Aber ich tat es nicht. Es wäre falsch, und ich würde damit ihre Genesung stören. Es war zum Haareausreißen, dass Payton erst morgen erreichbar war. Die Fragen stauten sich so sehr in mir an, dass ich Angst bekam, irgendwann zu explodieren.

Nervös betrachtete ich mich von allen Seiten im Spiegel. Das jadegrüne Seidenkleid mit dem Wasserfallausschnitt lag viel zu eng an, der Rückenausschnitt war zu tief und der Schlitz am rechten Bein zu hoch. Oder nicht?

»Ich weiß nicht, Laurel«, jammerte ich wieder und ließ die Schultern hängen. »Was, wenn es einen Fleck bekommt? Wie soll ich das Teil ersetzen, es kostet dreitausend Dollar! Kim wird Payton umbringen, wenn sie erfährt, dass es ruiniert ist. Und du kennst mich, ich werde es mit Sicherheit ruinieren.«

Laurels genervtes Stöhnen drang durch den Lautsprecher meines Handys. Ich setzte mich auf das runde Sitzpolster in der Mitte des Ankleidezimmers und band die Schnüre der goldfarbenen Stilettos um meine Waden.

»Du machst dir zu viele Gedanken, Sarah. Paytons reicher Freundin würde es noch nicht einmal auffallen, wenn das Kleid einen Fleck hätte. Sobald Kim wieder in New York ist, wird es mit Sicherheit in die Altkleidersammlung wandern, weil es eine alte Kollektion ist oder so. Auf dem Selfie, das du mir geschickt hast, siehst du jedenfalls total heiß aus, und in natura wirst du mit Sicherheit noch viel heißer aussehen. Dein Make-up ist fantastisch, deine Frisur ist fantastisch. Alles ist fantastisch. Und das Kleid steht dir so gut, als wäre es für dich gemacht worden! Versuch einfach, keine Pizza oder so darin zu essen, dann wird schon alles gut gehen.«

Ich lächelte schwach. Vielleicht hatte Laurel recht. Das Kleid stand mir *wirklich* gut. Da ich kein Geld für einen Friseurbesuch und eine Mani-Pedi ausgeben wollte, hatte ich mich selbst drum gekümmert und die Hollywoodwellen mithilfe eines YouTube-Tutorials, eines Lockenstabs und viel Haarspray gezaubert. Es hatte länger gedauert, als mir lieb war. Mein ganzer Körper roch nach Paytons parfümierter Bodylotion von Chanel und einem Spritzer des dazu passenden Parfums. Ich hatte mich zudem für ein dezentes Make-up und einen rosigen Lippenstift entschieden. Mein Goldschmuck war so zart, dass er beinahe mit meinem Teint verschmolz.

Noch nie in meinem Leben war das Gefühl, in einem Kostüm zu stecken, überwältigender gewesen. Ein *unbezahlbares* Kostüm. Ein Blick in den Spiegel und ein Blick in die luxuriöse Wohnung, und alles in mir zog sich zusammen. *Das hier ist nicht richtig. Es ist so falsch. Von dem Preis dieses Kleides könnte eine Familie Monate lang leben.*

Doch das Schlimmste an der Sache?

Ich genoss es auch ein bisschen. Ich hatte mich noch nie in meinem Leben schöner gefühlt. Luxus war wirklich Gift für die Seele.

Sobald das Ganze hier überstanden war, würde ich mir überlegen, was ich Sinnvolles mit einer Kreditkarte ohne Limit anfangen konnte. Irgendwas, was anderen Menschen zugutekam. Feeding America war immer eine gute Anlaufstelle. Wenn Payton recht hatte, würde es Kim bestimmt nicht stören, sollte ich ein paar Tausend Dollar spenden.

»Na schön«, sagte ich seufzend und streckte die Beine in den geschnürten Stilettos aus. »Ich werde versuchen, mich nicht zu blamieren. Und keinen Absatz abzubrechen, die Schuhe sind bestimmt so teuer wie das Kleid.«

Laurels Jubeln klang durch den Lautsprecher wie ein blechernes Plärren.

»Ich muss jetzt nach unten fahren, der *Wagen* wartet bestimmt schon«, sagte ich spöttisch. Ich nahm mir das Handy und die schwarze Schultertasche mit der dünnen Kette. Ich fuhr ernsthaft mit einem Fahrer zum Darlington House. Der Portier hatte mir vorgeschlagen, *Lennard* für mich zu kontaktieren, als ich ihm während einer kurzen Unterhaltung von der heutigen Party erzählt hatte. Da hatte ich erfahren: Payton hatte einen persönlichen Fahrer. Immer auf Abruf. Meine Fragen hatte ich mir verkniffen. Ich vermutete, dass der Fahrer zu Kims Apartment dazugehörte.

Ich verließ das Ankleidezimmer und strich vorsichtig über meine Haare. »Ich vermisse dich«, sagte ich leise in mein Handy.

»Ich dich auch, Babes«, erwiderte Laurel sanft. »Hey, du schaffst das.«

»Ja, ich weiß. Es ist nur … Ich habe einfach nicht damit gerechnet, dass es mir dermaßen an die Nieren gehen würde, nicht ich selbst zu sein. Ich komme mir manchmal vor, als …« Ich schloss den Mund. Die Worte fühlten sich zu kindisch an. Ich hatte gerade mal meine erste Woche an der Columbia überstanden. Es würden noch weitere Wochen folgen. Einige sogar. Ich durfte noch nicht schlapp machen. Und doch fühlte es sich an, als wäre ich nichts weiter als eine Puppe, die Aufgaben ausführte. Als wäre ich *nichts*. Nicht Payton, nicht Sarah. Niemand. Und dieses Gefühl war hart. Ich hatte keine Ahnung, wie ich die nächsten Monate überstehen sollte, ohne mich selbst zu verlieren. »Egal, vergiss es«, sagte ich und lief zur Wohnungstür. Und weil Laurel die beste Freundin auf der Welt war, bohrte sie nicht nach.

»Denk daran, mir Bilder zu schicken. Und tritt diesen Snobs in den Hintern.«

Ich lächelte schief. »Zu Befehl. Und keine Sorge, das mache ich.«

Wir verabschiedeten uns und legten auf. Bevor ich ging, drehte ich mich noch einmal um und betrachtete die Wohnung. Der Ausblick aus den vielen Fenstern war nach wie vor umwerfend. Es verursachte einen leicht prickelnden Adrenalinstoß, von hier oben nach unten auf Manhattan zu blicken. Das Licht der untergehenden Sonne auf den beiden Flüssen, der Central Park. Es fühlte sich unwirklich an.

Ich verließ die Wohnung und drückte den Knopf für den Fahrstuhl. Die Türen glitten zur Seite ... und mir entwich ein schweres Seufzen, denn dort stand *jemand* und tippte auf seinem Handy. Mr. *GQ*-Model-*Bridgerton*-Duke. Holden Sutherland sah so elegant und attraktiv aus wie immer. Er trug ein dunkelgraues Hemd und eine schwarze Anzughose. Das Jackett hatte er sich über die Schulter geworfen und hielt es mit einer Hand fest, während er an der Kabinenwand lehnte. Die Erinnerung an die rothaarige Frau kam mir in den Sinn. *Payton und ihr Nachbar.*

Geistesabwesend blickte er auf. Dann sah er gleich noch einmal auf, diesmal ohne den Blick wieder zu senken. Unauffällig sog ich den Atem ein.

Einer seiner Mundwinkel hob sich auf arrogante Art und Weise, und er steckte sein Handy in die Hosentasche. »Miss Quinn«, grüßte er mit seiner tiefen Stimme.

Ich verdrehte die Augen, stellte mich neben ihn und drückte den Knopf, der die Türen schloss.

»Hi«, überwand ich mich zu sagen, um nicht vollkommen unhöflich zu sein.

»Fängt die Partysaison wieder an?«

»Wie kommst du darauf?«

»Weil du hinreißend aussiehst.«

Ich warf ihm einen verstohlenen Blick zu und nahm eine aufrechtere Haltung ein. Hatte er mit solchen Kommentaren meine Schwester rumgekriegt?

Falls dem so war. Ich durfte dem Verdacht nicht nachgeben, Payton war unschuldig!

Doch der Knoten in meinem Bauch war eindeutig.

Bevor ich meine lose Zunge daran hindern konnte, drehte ich mich auch schon zu ihm und reckte das Kinn. »Hör zu, was auch immer in der Vergangenheit gelaufen ist, es wird nicht wieder passieren.«

Er blinzelte mich an. Deshalb schob ich hinterher: »Es war ein Fehler, und es wird sich nicht wiederholen.« Hastig drehte ich mich wieder nach vorne und starrte auf die geschlossenen Messingtüren.

Kurz blieb es still. Die Stille kroch wie ein unangenehm heißer Schauer meine Wirbelsäule hinab und sammelte sich in meiner Magengegend.

Holden lachte leise und unerhört rau. Ein Klang, der in Schlafzimmer und nicht in Fahrstühle gehörte. »Wenn du meinst.«

»Jepp. Das meine ich.« Meine Wangen brannten.

»Weißt du, du bist in letzter Zeit ziemlich kratzbürstig, wenn ich das so sagen darf.«

»Tut mir leid, dass dich das enttäuscht«, erwiderte ich und warf mir die Haare über die Schulter.

Die Türen öffneten sich, doch ich spürte, wie Holden sich zu mir beugte. »Wer sagt denn, dass mich das enttäuscht? Vielleicht gefällt es mir ja sogar.«

Mein Kopf schnellte herum. Seine dunklen Augen funkelten amüsiert. Und ... verflucht. Es raubte mir geradewegs den Atem.

Er hat mit Payton geschlafen und ist bestimmt zehn Jahre zu alt!

Ich straffte die Schultern und trat aus dem Aufzug. »Wie ich bereits sagte, es wird sich nicht wiederholen.«

Gut gelaunt und furchtbar selbstbewusst stolzierte er neben mir her.

Ich nickte dem Portier grüßend zu, der uns die Tür öffnete, und entdeckte einen schwarzen SUV vor der Tür, der wohl für mich gekommen war – noch immer absolut surreal. Ein Wagen war für mich gekommen.

Ich trat von der letzten Treppenstufe und drehte mich ein letztes Mal zu Holden um. »Und nur zu deiner Information, es war nicht mal sonderlich gut.«

Er öffnete den Mund und schloss ihn wieder. Eine Falte erschien zwischen seinen Brauen, und er wirkte mit einem Mal verblüfft. »Einen Moment mal, Miss Quinn. Du glaubst, dass ...« Mit schief gelegtem Kopf betrachtete er mich und rieb sich über das Kinn und die dunklen Stoppeln an den markanten Wangen. Und schon wieder umspielte ein Schmunzeln seine Lippen. »Ich habe keine Ahnung, wie du darauf kommst, aber ich denke, ich wüsste davon, hätten du und ich uns in irgendwelchen Laken gewälzt. Und du wüsstest es auch noch. Vertrau mir.«

Mein Herz geriet aus dem Takt. Ich wich einen Schritt zurück und verschränkte die Arme vor der Brust. »Du streitest es also ab.« Vor Panik begann mit einem Mal mein ganzer Kopf zu glühen.

»Vielleicht hattest du ja einen Traum. Es muss ein wirklich

guter Traum gewesen sein, wenn du ihn für echt hältst. Kein Wunder, dass du in letzter Zeit so anders drauf bist.« Nun grinste er breit und selbstgefällig, was ein starker Kontrast zu seinem formellen Auftreten war. »Haben Sie sich etwa in mich verknallt, Miss Quinn?«

Empört lachte ich auf. »Du hast sie ja nicht mehr alle! Ich werde jetzt gehen. Dieses Gespräch hat nie stattgefunden!«

Der Fahrer des SUVs, ein älterer Herr in Uniform, stieg aus, nickte mir zu und öffnete mir eine Tür.

»Du hast angefangen«, sagte Holden und hob verteidigend die Hände.

Aufgebracht stolzierte ich zum Wagen.

»Oh, und Payton!«, rief Holden mir hinterher, als ich gerade einsteigen wollte.

»Was?«, rief ich zurück und sah über die Schulter.

Er lächelte ein perfektes Zahnpastalächeln und zwinkerte mir zu. Schon der zweite heiße Kerl diese Woche, der mir zuzwinkerte. »Du siehst heute Abend wirklich bezaubernd aus.«

Ohne eine Erwiderung stieg ich ein und zog die Tür zu, bevor mein Fahrer es tun konnte.

* * *

Die Fahrt nach Morningside Heights ging nicht durch East Harlem, obwohl die Route weitaus schneller gewesen wäre. Wir hatten noch ein wenig Zeit und mussten ohnehin auf die andere Seite des Central Parks, deshalb bestand ich auf einen Umweg durch Lenox Hill, Midtown, Lincoln Square und die Upper West Side. Neben dem Unialltag kam ich nicht dazu, touristische Entdeckungstouren zu unternehmen. Ich war zu müde, wenn ich bis spätabends Stoff nachholte oder den halben Tag am Campus war. Das hier war also eine Art Sightseeing-Ersatz.

Ich klebte wie hypnotisiert am Fenster. Die Häuserschluchten waren dermaßen tief, dass mir schwindelig wurde, sobald ich nach oben blickte. Halb Manhattan war von Baustellen durchzogen, grelle Werbung stach ins Auge, und Massen an Menschen in überraschend dunkler Kleidung strömten auf den Gehwegen auf und ab. Immerzu trug ein beachtlicher Teil der New Yorker und New Yorkerinnen Schwarz, und ich fragte mich, warum. Die vielen Touristen brachten dafür ein wenig Farbe ins Spiel – und jede Menge Müll. Tausende Besuchende täglich und Millionen von Einwohnern auf so dichtem Raum produzierten einiges. Die Stadt war voller Müll, und je wärmer es war, desto mehr roch es hier an gewissen Stellen.

Und der Lärm war wie auch sonst allgegenwärtig. Vermutlich gab es keinen Tag, an dem es ruhiger zuging.

Der SUV hielt an der angegebenen Adresse, und der Fahrer öffnete mir die Tür, noch bevor ich mich abgeschnallt hatte. Er war ein älterer weißer Mann mit freundlichen Augen und vielen Lachfältchen. An seiner schwarzen Uniform war ein kleines Namensschild befestigt. *LENNARD*. Ich nickte ihm dankend zu und ließ mir von ihm aus dem Wagen helfen. In dem Kleid und den Schuhen war das gar nicht so einfach.

»Danke, Lennard«, sagte ich und strich den Seidenstoff glatt. Er tippte sich an die Mütze und erwiderte mein Lächeln. »Rufen Sie mich an, wenn Sie abgeholt werden möchten, Miss Quinn. Wie immer.«

Wie immer? Ich nickte und fragte mich sofort, wie oft Payton wohl schon von Lennard durch Manhattan kutschiert worden war. Wie hatte sie dieses Luxusleben so leichthin genießen können? Hatte sie nicht dabei Mom und Dads Stimmen im Kopf gehabt?

Einen Moment lang blieb ich stehen und sah zu, wie sich das große Auto wieder in den Verkehr schlängelte. Dann drehte ich mich um. Durch die offenen Türen drang dumpf der Klang von Streichmusik, und am Eingang stand Security. Darlington House war eine ausladende Stadtvilla, deren Baukunst atemberaubend war. Es gab spitze Dächer und eine Balustrade über zwei breiten Stockwerken. Die Fassade war aus grauem Stein, mit grauen Rundbögen und grauen Säulen. Die bloße Tatsache, dass Peters Familie das Anwesen besaß und es der Treffpunkt für so eine wichtige Veranstaltung von Manhattans High Society war, war beängstigend. Die Darlingtons waren offenbar nicht einfach nur steinreich. Sie waren mächtig. Gesellschaftlich relevantes New Yorker Urgestein mit so viel Einfluss, dass man sich mit ihnen besser nicht anlegte.

Und genau das hatte ich vor.

Donovan trat aus der offenen Flügeltür und trabte die wenigen Stufen hinunter. »Du bist spät dran«, sagte er knapp.

Ich lief auf ihn zu und versuchte mich an einem kleinen Lächeln. Selbst wenn wir uns nicht ausstehen konnten – Donovan war der einzige Mensch in dieser Stadt, der wusste, wer ich war, und der mit mir zusammenarbeitete.

»Auch schön, dich zu sehen«, erwiderte ich und blieb vor ihm stehen. Er sah gut aus. Seine sonst so zerzausten Haare hatten diesmal einen ordentlichen Mittelscheitel, und er trug einen Smoking. Er nahm mich ebenfalls kurz in Augenschein, sodass ich mir beinahe entblößt vorkam in dem dünnen smaragdgrünen Kleid. Dann wandte er hastig den Blick ab.

»Wir sollten reingehen. Die Ansprache war schon vor zehn Minuten.«

»Tut mir leid, es hat doch länger gedauert als gedacht.«

»Dann arbeite an deinem Zeitmanagement«, erwiderte er und hielt mir seinen Arm hin. Ich konnte genau sehen, dass es ihn mit Widerwillen erfüllte.

»Vielleicht ist es ja gar nicht schlecht, dass ich jetzt erst komme«, sagte ich und hakte mich bei ihm ein. Einer der Security-Männer warf einen kurzen Blick auf meine Einladung, dann gingen wir auch schon hinein. »Wir wissen beide, dass ich nicht zum Feiern hergekommen bin und im Normalfall nicht auf der Gästeliste gestanden hätte.«

»Wohl war«, brummte Donovan.

Die Streichmusik wurde lauter, je weiter wir ins Gebäude vordrangen. Die Eingangshalle von Darlington House war einladend und erstaunlich groß, mit einer hohen Decke, inklusive Freskomalerei und Kronleuchter.

Sofort schaute ich mich nach der Garderobe um. Dorthin hatte ich die beiden Professoren immerhin eingeladen. Also beobachtete ich genau, wie eine Angestellte einer älteren Dame ihren purpurfarbenen Blazer abnahm. Zur Rechten führte eine Treppe nach oben, darunter befanden sich zwei dunkle Holztüren. Die Linke davon öffnete sie – und Jackpot. Es war eine begehbare Garderobe!

Ich ließ mich von Donovan in einen Gang links von uns führen. Junge Leute, vermutlich Studierende der Columbia, standen in wunderschönen Abendkleidern und teuer aussehenden Anzügen zusammen. Vielleicht bildete ich es mir nur ein, aber ich hatte das Gefühl, ihre Blicke auf mir zu spüren. Oder auf uns. Es sorgte dafür, dass mein Herz einen Purzelbaum schlug. Am liebsten hätte ich ihnen zugerufen, dass Donovan und ich uns nicht leiden konnten und sie sich um ihren eigenen Mist kümmern sollten.

Musik und Stimmgewirr wurden lauter, je näher wir dem drei Meter hohen Rundbogen kamen. Wir liefen in den Festsaal. Überall waren gut gekleidete, elegante Menschen zu sehen. Die Party war in vollem Gange und der große Raum gut gefüllt. Ein Streichquartett spielte »Blinding Lights« von The Weeknd, und es wurde ... getanzt. *Getanzt*. So richtig. Paare wirbelten über das Parkett. Was zur Hölle war das? Walzer oder so was? Zu The Weeknd? Hoffentlich erwartete niemand von mir, dass ich mitmachte, denn ich hatte absolut keine Ahnung, wie das ging.

»Heilige Scheiße«, flüsterte ich, als ich die majestätische Freitreppe aus Stein entdeckte, die vom offenen ersten Stockwerk in zwei Halbkreisen herabführte. Gleich darauf erntete ich einen unsanften Stoß von Donovans Ellbogen in die Seite. »Au!«

»Könntest du das bitte lassen?«, flüsterte er. »Sonst machst du uns beide lächerlich.«

»Ich mache uns lächerlich, nur weil ich mich umsehe und etwas schön finde?«

»Du könntest dir gleich auf die Stirn schreiben, dass du nicht hierhergehörst. Das soll keine Beleidigung sein.«

»Ist es aber!«, zischte ich.

»Diese Leute hier sind lieber unter sich«, sagte er überraschend beschwichtigend und führte mich an der Tanzfläche vorbei. »Wenn jemand den Anschein macht, nicht dazuzugehören, wird er entweder belächelt oder vertrieben. Und genau diesen Anschein machst du, wenn du dich umschaust, als hättest du in deinem Leben noch nie so eine Location gesehen.«

Ich krallte meine Finger in seinen Unterarm. »Ist das auch mit meiner Schwester passiert? Ihr habt sie vertrieben?«

»Payton war anders«, wich Donovan aus. »Sie ... war für Partys wie diese wie geschaffen. Es war ihr natürliches Element.«

Unmöglich. Was zum Teufel sagte er da?

Ich funkelte ihn an. »Nur weil du dich in sie verliebt hast, heißt das nicht, dass sie *anders* ist. Mit Sicherheit hast du all das bloß auf sie projiziert, um sie zu idealisieren.«

Er schnaubte. »Alles klar, Doktor der Psychologie. Deine Schwester hatte zwar auch keine Ahnung von den meisten Etiketten, aber sie ist souverän und charmant gewesen. Sind eure

Eltern neureich, oder wieso seid ihr trotz des ganzen Geldes so ahnungslos?«

»Ich bitte dich, welches Geld?« Ich konnte nicht anders, als aufzulachen. Wir blieben an einem Stehtisch mit gestärkter weißer Tischdecke stehen, und ich löste mich von Donovan. Die Verwirrung stand ihm ins Gesicht geschrieben. »Was meinst du? Eure Familie ist stinkreich«, sagte er.

Ein Kellner kam auf uns zu. Wir nahmen uns jeder ein Glas, und ich trank einen Schluck. Der Champagner war sprudelig, trocken und kühl. Gewöhnungsbedürftig, aber nicht furchtbar. Ich deutete wedelnd auf mein Outfit. »Das alles hier gehört Kim. Genauso wie das Apartment und die Kreditkarten. Meine Schwester lebt von Geschenken reicher Freunde und Freundinnen wie euch.«

»Und wer zur Hölle ist Kim?«, fragte Donovan mit gerunzelter Stirn.

Ich lachte. »Äh, Paytons Freundin Kim? Klingelt da nichts?« Kurz beäugte ich das Glas, dann leerte ich es in einem Zug. Auf Donovans missbilligende Miene hin tupfte ich mir unschuldig mit einem Finger die Mundwinkel ab. »Als ihr Ex-Freund solltest du sie eigentlich kennen. Vor allem, wenn du jemals in Kims Wohnung gewesen bist.«

»Kims Wohnung?« Er wirkte so ahnungslos, dass ich es ihm sogar abkaufte. Mit einem Mal war ich verunsichert. »Du weißt schon«, sagte ich und sah mich verstohlen um, »Paytons schicke Wohnung am Central Park. Kim wohnt eigentlich dort. Sie ist für ein Auslandsjahr nach Südafrika gegangen und hat ihr währenddessen die Wohnung überlassen. Ich dachte, du kennst alle von Paytons Freundinnen.«

Donovan starrte ins Leere. Plötzlich lachte er auf und trank sein Glas ebenfalls in einem Zug aus. Unsanft stellte er es auf den Tisch. »Ich habe noch nie etwas von irgendeiner Kim gehört. Und ich war dabei, als deine Schwester in die Wohnung eingezogen ist und die gesamte Einrichtung gekauft hat. Sie *schwimmt* in Geld. Die Wohnung läuft auf ihren Namen, ich will gar nicht wissen, wie viele Millionen Dollar sie ausgegeben hat, um sie sich zu kaufen. Es stand sogar auf Blogs und in Zeitschriften, dass die Wohnung für einen achtstelligen Betrag weggegangen ist.«

Ich konnte nichts anderes tun, als Donovan anzustarren. Jegliches Blut wich mir aus dem Gesicht. »Das ist unmöglich«, stieß ich hervor. »Du verstehst nicht, Donovan, das *kann* nicht sein. Unsere Familie ist nicht reich. Unsere Eltern sind Journalisten und spenden jeden überschüssigen Penny! Es gibt kein Szenario, in dem meine Schwester sich achtstellige Beträge leisten könnte. Nicht einmal, wenn sie irgendwelche zwielichtigen Nebenjobs hätte!«

Beinahe sanft nahm er mir das leere Glas ab und stellte es ebenfalls auf den Tisch. Er sah mich eindringlich an und senkte die Stimme. »Wer weiß, vielleicht gibt es wirklich eine Freundin in Südafrika. Aber es ist eine Eigentumswohnung und definitiv *ihre*, Sarah. Vielleicht … bin ich ja nicht der Einzige, der von Payton belogen wurde.«

KAPITEL 17

Ein glitzerndes Hornissennest

In meinen Ohren rauschte es. Ich wich vor Donovan zurück und schüttelte den Kopf.

»Nein. Das ist nicht ... das ergibt keinen Sinn.«

Meiner Kehle entstieg ein kurzes Lachen, das zu schrill ausfiel. »Vielleicht hat ... I-ich meine, vielleicht hat Payton ihre Freundschaft mit Kim vor dir geheim gehalten! Vielleicht war es ihr ja unangenehm, wenn jeder gewusst hätte, dass sie ...« Meine Stimme versagte. *Dass sie auf Kosten einer Freundin lebte.* Das schien mir die plausibelste Erklärung. Vielleicht hatte Payton es genossen, in all dem Luxus zu schwelgen, hatte vor all ihren reichen Freunden jedoch nicht zugeben wollen, dass sie ein Normalo war. Und vor uns, ihrer Familie, hatte sie nicht zugeben wollen, in welche Richtung ihr Leben sich entwickelt hatte, trotz der Werte, die uns vorgelebt worden waren. Die High Society hatte Payton in ihren Bann gezogen, und sie hatte dazugehören wollen. Das musste der Grund sein, weshalb sie Kims Geld angenommen und Donovan und die anderen belogen hatte.

Alles andere konnte nicht sein.

Donovan sah sich im vollen Saal um. »Das Geld war jedenfalls da. Ist mir alles ehrlich gesagt auch egal.« So, wie er dabei die Zähne zusammenbiss, wirkte es nicht gerade, als wäre es ihm egal.

Auch wenn das Chaos perfekt war und ich nichts lieber getan hätte, als mich in eine ruhige Ecke zu verziehen, um Paytons

Klinik anzurufen ... Jetzt war weder der richtige Ort noch der richtige Zeitpunkt. Morgen. Morgen konnte ich endlich mit ihr telefonieren.

All das änderte nichts an meiner Mission. *Grace*. Der Plan. *Mein* Plan. Das hatte jetzt Priorität. Und es dürfte gar nicht mehr so lange dauern, bis es so weit wäre. Darauf sollte ich mich nun konzentrieren, nicht auf Paytons Geheimnisse.

Der Kellner erreichte uns ein zweites Mal und versorgte uns mit neuen Getränken.

»Donny!«, rief eine helle Stimme hinter uns.

Wir drehten uns um und sahen Celia und Holland auf uns zukommen. Holland warf sich ihrem großen Bruder lachend in die Arme.

Verblüfft sah ich zu und führte mein neues Champagnerglas an die Lippen.

»Du siehst toll aus!«, sagte Holland und löste sich wieder von ihm. Liebevoll strich sie ihm durch die Haare, um sie wieder in Form zu bringen. Sie war einen guten Kopf kleiner als er, trotz der hohen Schuhe.

»Ebenfalls«, sagte Donovan mit einem erschreckend zärtlichen Lächeln, das fremd auf seinem Gesicht wirkte, ehe er Holland einen Arm um die Schulter legte. »Hi, Celia.«

Celia lächelte ihn mit sichtbarer Zurückhaltung an, dann sah sie mich an. Den Grund für ihre Zurückhaltung. »Payton. Hi.«

Auch Holland wandte sich nun mir zu. Nur dass ich ihr den überraschten Gesichtsausdruck nicht abkaufte. Niemals war ihr erst jetzt aufgefallen, dass ich neben Donovan stand oder mit ihm das Gebäude betreten hatte. Selbst jetzt noch klebte mehr als ein Augenpaar an uns. Und das Getuschel konnte ich förmlich spüren.

Ich strahlte Holland und Celia an, so wie Payton es getan hätte. »Hey, ihr zwei. Ihr seht toll aus.« Das taten sie wirklich.

Holland trug ein zitronengelbes Abendkleid mit viel Tüll und eine filigrane Diamantkette, Celia ein bodenlanges asymmetrisches Kleid aus leuchtend marineblauem Stoff. Sie hatte sich die glatten schwarzen Haare zu einer Hochsteckfrisur gestylt.

»Du auch, Payton«, sagte Holland höflich. »Wirklich, du siehst absolut umwerfend aus.«

»Seid ihr zwei …«, begann Celia und deutete abwechselnd auf Donovan und mich.

Ich versteifte mich im selben Augenblick wie Donovan. Wieder sah ich Schmerz auf seiner Miene, und für einen kurzen Moment tat er mir leid.

»Nein«, sagte ich schnell und lächelte die beiden an. »Wir sind Freunde. Mehr nicht.«

»Ja … Freunde«, fügte Donovan hinzu. »Wir haben das Kriegsbeil begraben.«

Hollands Augenbrauen schossen hoch, und sie sah ihren Bruder ungläubig an. »Ach ja?«

»Das Leben geht weiter«, ergänzte ich und hielt mich mit aller Kraft davon ab, erneut meine Champagnerflöte zu leeren.

Die Mädchen schienen sprachlos zu sein. Holland trat zu mir und ergriff meine Hand. Beinahe rutschte mir das Herz in die Hose, als ihre großen grauen Augen voller Intensität regelrecht hinter meine Stirn zu blicken schienen. »Payton und ich besorgen noch ein paar Drinks, ja? Wir sind gleich wieder zurück«, zwitscherte sie.

Bevor ich etwas erwidern konnte, zog sie mich auch schon mit sich. Ich stolperte und fand gerade noch rechtzeitig die Balance auf den hohen Schuhen, um nicht zu fallen.

»Hier stehen doch überall Kellner«, sagte ich, noch immer erschrocken, und versuchte, mich zu sammeln. Holland verstärkte ihren Griff um meine Hand und zog mich hinter sich her.

An einem leeren Stehtisch auf der anderen Seite des trubeligen Festsaals blieb sie stehen, ließ mich los und drehte sich zu mir um. Das Lächeln von eben war verschwunden, stattdessen sah sie mich so ernst an, dass ich beinahe den Kopf einzog.

»Stimmt es?«, fragte sie und verschränkte die schlanken Arme vor der Brust. »Du und Donovan seid jetzt wirklich Freunde? Nach allem, was passiert ist?«

Ich stellte mein Glas ab. »Wieso willst du das wissen?«, fragte ich vorsichtig.

»Gott, Payton ... Du kannst dir nicht vorstellen, wie es Donny nach seiner Geburtstagsparty ging. Er war am Boden zerstört.« Traurigkeit legte sich wie ein Schleier auf ihre Miene, und sie presste die Lippen aufeinander.

Ich wich ihrem Blick aus und strich mir unbehaglich eine Haarsträhne hinter das Ohr. »Es tut mir leid, Holland. Für Donovan war es nicht einfach, für mich aber auch nicht.«

»Das ist mir klar. Und mich interessiert wirklich, wie es dir geht. Aber zuallererst muss ich wissen, was du mit meinem Bruder vorhast. Jeder Blinde kann sehen, was Donny für dich empfindet, und ich glaube nicht, dass sich das so schnell ändern wird. Nie im Leben ist er nur an einer Freundschaft mit dir interessiert.«

Ich versuchte mich an einem Lächeln. Holland wirkte wie ein Mädchen, das man einfach mögen musste, und ich konnte mir gut vorstellen, dass sie und Payton Freundinnen gewesen waren. Deshalb fühlte es sich schal an, nicht ehrlich zu ihr zu sein.

»Es war Donovans Idee«, log ich. »Was auf der Party passiert ist ... ich war nicht ich selbst. Wir arbeiten das auf.« Ob Payton Donovan auch bei seinem Spitznamen genannt hatte? Donny? Oder hatten sie sich Kosenamen gegeben? Verhielt ich mich seltsam?

Holland nickte, noch immer ernst, noch immer betrübt. »Und was ist mit dir? Liebst du ihn noch?«

Erneut erwischte mich ihre Direktheit eiskalt. Panik stieg in mir auf und schnürte mir die Luft ab. Was sollte ich ihr sagen? Wie sollte ich reagieren? Was würde Payton ihr antworten? »Tut mir leid, ich weiß nicht so recht, ob ich mit dir darüber sprechen sollte«, brachte ich schließlich hervor.

Sie wich zurück, als hätte ich ihr einen Schlag verpasst, und es ließ augenblicklich mein Herz zusammenkrampfen.

Nach einem Moment nickte sie wieder, deutlich getroffen, und rieb sich über die Arme. »Ist okay. Ja, sicher. Ich bin es, die sich entschuldigen muss, Payton, ich hätte anrufen sollen. Ich hätte auch für dich und nicht nur für ihn da sein sollen. Aber ich wusste ehrlich gesagt nicht, was ich denken sollte. Keine Ahnung, was an diesem Abend wirklich passiert ist. Donny hat sich geweigert zu glauben, dass du ihn wirklich betrügen würdest. Vor allem nicht mit seinem besten Freund. Er gibt dich nicht auf, Pay. Und ich hätte das auch nicht tun sollen, selbst wenn so viele Gerüchte über dich kursieren. Ich hätte auf dich zugehen sollen, weil du meine Freundin bist. Ich habe versagt, und das tut mir echt leid.« Sie blinzelte angestrengt und sog die Lippen ein.

Unsicher hob ich die Hand und legte sie Holland auf den Arm. »Du und Celia seid die Einzigen, die mir geholfen haben«, sagte ich sanft. Meine Stimme war heiser. »Und dafür danke ich euch. Alles andere wird sich klären, das verspreche ich. Und Gerüchte sind Gerüchte, du weißt, wie das ist.«

Sie wirkte ein Stück weit erleichtert. »Okay. Tut mir leid wegen der spontanen Entführung. Wollen wir zurück zu den anderen gehen?«

Ich warf einen Blick über die Schulter und nahm den pompösen Raum in Augenschein. Noch keine Spur vom Rest der Clique.

Aber allmählich wurde es Zeit für mich.

Ich sah Holland wieder an und schüttelte mit einem entschuldigenden Lächeln den Kopf. »Tut mir leid. Ich muss telefonieren und brauche einen Moment für mich. Ich treffe euch später wieder, okay?«

Sie nickte und machte sich auf den Weg, fast so, als könnte sie es kaum erwarten, dieser Situation mit mir zu entfliehen.

Ich spürte taxierende Blicke auf mir. Schon wieder. Zwei Mädchen in Abendkleidern, nicht weit von mir entfernt, steckten alles andere als unauffällig die Köpfe zusammen. Als ich sie demonstrativ anfunkelte, wandten sie sich augenblicklich ab. Aber auch andere beobachteten mich.

Meine Laune sank und mein Selbstbewusstsein schrumpfte. Ich hasste es, so angestarrt zu werden. Sie taten ihr Bestes, mir das Gefühl zu geben, dass ich nicht hierher gehörte.

Genervt fischte ich das Handy aus meiner kleinen Tasche und warf einen Blick auf die Uhr. Noch etwa zehn Minuten bis zu der Uhrzeit, die ich auf die falschen Nachrichten für die Professoren geschrieben hatte. Ob sie schon irgendwo hier in Darlington House waren? Gott, hoffentlich kreuzten sie auf.

Ich schnappte mir das Champagnerglas und begann einen Rundgang durch den Saal, während ich die Gäste nach Grace abscannte. Nach der Clique. Und natürlich auch nach Peter. Ich konnte immer noch nicht glauben, dass Payton Donovan ausgerechnet mit ihm betrogen hatte. Allein bei der Vorstellung wurde mir schlecht, besonders weil Peter die Ausstrahlung eines verwesenden Opossums am Straßenrand hatte. Was auch immer dieser Arsch seinen Freunden erzählt hatte, es hatte den Hass auf Payton nur weiter angefacht. Ich war mir sicher, dass er neben Cameron die treibende Kraft war. Dass er ebenfalls dafür gesorgt hatte, dass Payton fertiggemacht worden war. Sie hatte immerhin seinen Namen zuerst genannt.

Erneut sah ich auf die Uhr. Noch acht Minuten. Sieben. Sechs. Meine Handflächen wurden allmählich schwitzig.

Und dann entdeckte ich sie endlich. Die Clique. Mein hörbares Aufatmen ging in der Musik des Streichquartetts unter. Da waren Cameron, Peter, Rosie und Grace. Sie standen neben dem Fuß der rechten Flügeltreppe, die zum offenen ersten Stock führte. Von Alyssa fehlte jede Spur – und es erfüllte mich mit tiefer Genugtuung, sie hier nicht zu sehen. Hoffentlich war sie ausgeladen worden. Hoffentlich war das Video ihr gesellschaftlicher Ruin.

Mit zusammengebissenen Zähnen beobachtete ich zunächst Peter. Ich konnte nicht anders, mein Blick blieb einfach an ihm hängen. Bei der Erinnerung an das Video, wie er seelenruhig die Treppe hinuntergegangen war, nachdem Payton gestürzt war ... Er hatte keine Miene verzogen. In meinen Augen wäre es nicht verwunderlich, wenn er absichtlich dafür gesorgt hatte, dass man ihn und Payton erwischt hatte. Wie lange auch immer sie hinter Donovans Rücken etwas miteinander gehabt hatten, offenbar war er ihrer überdrüssig geworden und hatte sie deshalb vor aller Augen bloßgestellt.

Wut kochte in meinen Adern auf.

Er lachte gerade über irgendetwas, was Rosie gesagt hatte, legte dabei den Kopf in den Nacken und lehnte sich anschließend vor, um Cameron einen Kuss auf die Wange zu geben. Grace beobachtete Eiskönigin und Eiskönig nur. Sie sah wirklich bezaubernd aus, trug ein schulterfreies Ballkleid aus hellblauem Stoff, dass ihren kurzen, kurvigen Körper perfekt betonte, und hatte die braunen Haare kunstvoll hochgesteckt. An ihren Ohren glitzerten Diamanten, die ich sogar aus der Ferne funkeln sah, und sie trug rosafarbenen Lippenstift: wie eine Prinzessin. Und sie stach aus der Gruppe hervor, obwohl Cameron und Rosie ebenfalls toll aussahen. Rosie trug einen beigen Hosenanzug und Stilettos und hatte die voluminösen blonden Locken zu einem Pferdeschwanz zusammengefasst.

Cameron hatte ein enges rosafarbenes Kleid gewählt, mit einer Raffung am linken Saum und einem einzelnen Träger auf der rechten Seite. Die Zufriedenheit, die sie alle ausstrahlten, die pure Selbstverständlichkeit, dass das hier ihre Welt war und sie Macht auf sie ausübten ... das alles kotzte mich so an.

Noch fünf Minuten.

Ich tippte einer Kellnerin auf die Schulter und schenkte ihr ein süßes Lächeln. »Sehen Sie das Mädchen dort drüben mit dem schulterfreien blauen Kleid? Das ist Grace Landon. Bitte richten Sie ihr aus, dass in fünf Minuten eine Überraschung auf sie in der Garderobe wartet.«

KAPITEL 18

Goodbye, Gracie!

Ich lehnte mich gegen die steinerne Balustrade der Galerie und beobachtete die Party unter mir. Jetzt dürfte es jeden Moment so weit sein. *Wenn* es funktionierte. Alles hing vom Glück ab.

Kurz nachdem Grace aus dem Saal gelaufen war, hatte ich auf dem Weg zur Treppe in den offenen ersten Stock willkürlich fünf verschiedene Leute in meinem Alter angesprochen und behauptet, jemand würde am Eingang auf sie mit einer Lieferung warten. Wäre ich selbst Grace hinterhergegangen und hätte ihr Aufeinandertreffen mit den Professoren – falls sie denn kamen – mit dem Handy gefilmt, hätte es mich – oder vielmehr Payton – in Schwierigkeiten gebracht. Auf diese Art und Weise würde es Zeugen geben, sollte Grace tatsächlich auf einer Party wie dieser zusammen mit zwei Professoren in der Garderobe verschwinden. Die Leute würden darüber reden, wie auch schon über Alyssas Video. Und da sie tatsächlich mit ihnen Sex hatte, würde es auffliegen. Ohne dass ich noch mehr unternehmen musste, würden sich die Gerüchte über Grace wie ein Lauffeuer verbreiten und die Wahrheit ans Licht bringen.

Wenn mein Plan tatsächlich aufging.

Bitte. Bitte lass es funktionieren.

Nervös tippte ich mit den Fingernägeln gegen mein Glas. Ich trank einen Schluck, um meine Nerven zu beruhigen, und sah wieder auf die Uhr. Es war schon fünf nach.

Mein Blick klebte an dem offen stehenden Flügel des Eingangsportals.

Und dann, endlich, erschien Grace.

Mein Puls stieg in die Höhe. Sie sah aus, als wäre sie einem Geist begegnet, so blass war sie. Und sie eilte mit schnellen Schritten und gerafftem Kleid durch die Menge.

»Ja!«, zischte ich und hielt gebannt den Atem an.

Offenbar suchte sie jemanden. Kurz nach Grace eilten Professor Dudkowski und Professor Belman in den Festsaal und sahen sich um. Suchend und sichtlich aufgebracht.

Ich hatte mich geirrt. Grace suchte niemanden. Sie floh vor ihnen.

Aufgelöst blieb sie mitten auf der Tanzfläche stehen, zwischen sich bewegenden Paaren. Niemand wusste, was vor sich ging. Niemand schenkte ihr Beachtung.

Niemand außer mir.

Ein aufgeregtes Kribbeln durchfuhr mich vom Scheitel bis zu den Fußsohlen, als ich bemerkte, wie Professor Dudkowski sich einen Weg zu ihr bahnte. Er trug einen einfachen schwarzen Anzug und eine Fliege. Professor Belman hingegen hatte ein braunes Sakko übergezogen und sich die lichten grauen Haare zurückgekegelt. Nicht zu fassen, dass Grace mit ihnen gevögelt hatte. Nur, um besser abzuschneiden. Und all das, während sie einen Freund hatte. Noch viel weniger zu fassen war, dass diese beiden Männer ihre Macht missbrauchten und Studentinnen flachlegten, wohl wissend, wieso sich die jungen Frauen auf sie einließen.

Ein paar Leute warfen den Männern einen zweiten Blick zu, weil sie hier vermutlich nicht mit ihnen gerechnet hatten. Weil sie nicht dazugehörten, zu ihren exklusiven Kreisen.

Erwartungsvoll biss ich mir auf die Unterlippe und beobachtete, wie Professor Dudkowski sich Grace von der einen Seite näherte und Professor Belman von der anderen.

Dann endlich bemerkte Grace, dass ihre Flucht misslungen war und die zwei wütenden Dozenten sie jeden Moment erreichten. Sie sah aus, als würde sie gleich ohnmächtig werden. Einen Moment später redeten die Männer auch schon auf sie ein. Ihre Miene war wie versteinert, als die Professoren sich anschließend gegenseitig wütend anzischten. Wie gerne ich gehört hätte, was sie einander zu sagen hatten.

Eine weitere Gestalt bewegte sich auf die drei zu. Es war ein gut aussehender, muskulöser Kerl im Smoking, mit kurz geschorenen dunklen Haaren. So zielstrebig, wie er Grace ansteuerte, konnte das nur ihr Freund sein. Freddie.

Ich lehnte mich weiter vor. Heilige Scheiße, mein Plan funktionierte tatsächlich! Noch bevor Freddie seine Freundin erreichte, schlug sie sich die Hände vor den Mund und brach in Tränen aus. Das lenkte die Aufmerksamkeit von noch mehr Leuten auf sie. Grace sah aus wie eine Maus, die von hungrigen Schlangen umzingelt wurde. Welch eine Ironie, denn sie war es letztendlich, die betrogen hatte, um ihren größtmöglichen Vorteil aus der Sache zu ziehen.

Freddie kam langsam vor den dreien zum Stehen. Sein Mund bewegte sich. Professor Dudkowski schien etwas zu erwidern, dann sprach Grace. Mehr Partygäste drehten sich zu ihnen um, besonders, als nun Professor Belman den Zeigefinger so dicht und drohend vor Graces Gesicht hielt, dass es selbst mir von Weitem in den Fingern kribbelte, seine Hand wegzuschlagen. Ihr Freund ging dazwischen, gerade als Grace genau das tat.

Freddie drehte sich so, dass ich sein Gesicht nicht mehr sehen konnte.

»Mist«, murmelte ich und lehnte mich zur Seite, aber keine Chance. »Dreh dich gefälligst wieder um.«

Was auch immer die Männer miteinander besprachen und was auch immer sie zu Grace sagten …

Plötzlich holte Freddie aus und schlug Professor Belman die Faust ins Gesicht.

Empörte Schreie erklangen. Der grauhaarige Professor taumelte zurück und landete auf dem Boden.

Unter mir im Saal brach Chaos aus. Grace machte im nächsten Moment einen Satz auf ihren Freund zu, doch da begannen er und Professor Dude auch schon, sich gegenseitig zu schubsen, bis die nächsten Fäuste flogen. Im Handumdrehen war Professor Belman auch wieder mitten im Geschehen, denn Freddie ließ weder von ihm noch von Dude ab. Er tickte vollkommen aus. Sein Brüllen war laut genug, dass ich ihn ebenfalls hören konnte:

»Ich bringe euch um!« – »Hurensöhne!« – »Ich bringe euch um, ich bringe euch um!«

Das Streichquartett spielte nicht länger, und die Menge wich zurück, zückte Smartphones und bildete einen Kreis. Es sagte alles über diese Menschen aus, was ich wissen musste. Niemand ging dazwischen, niemand hielt Freddie oder Professor Dude zurück. Alle starrten nur oder filmten das Geschehen.

Allesamt widerten sie mich an.

Schluchzend stolperte Grace einen Schritt zurück und sah sich panisch in der Menge um. Vermutlich konnte sie nicht verstehen, wie sie in diese unmögliche Situation hatte geraten können. Da entdeckte sie mich am Geländer des offenen ersten Stocks, und unsere Blicke begegneten sich. Schock zeichnete sich auf ihrer Miene ab. In diesem Moment begriff sie.

Für einen kurzen Moment hatte ich beinahe so was wie Mitleid, doch da stand mir wieder das Video von der Geburtstagsparty vor Augen. »Für dich, Payton«, flüsterte ich. Dann lächelte ich und prostete Grace mit der Champagnerflöte zu.

Cameron kämpfte sich zum Rand des Zuschauerkreises vor, gefolgt von Rosie und Peter.

»Was, um alles in der Welt, ist hier los?«, rief im nächsten Moment eine unverkennbar autoritäre Stimme. Ich löste den Blick von Grace. Da sah ich eine wunderschöne schwarze Frau in einem karmesinroten Hosenanzug und mit geflochtenen Braids. Sie schob sich an Studierenden und reichen alten Leuten vorbei.

Mein Atem blieb mir im Hals stecken. Ich hatte bisher nur Bilder von ihr gesehen, aber ich wusste, wer das war. Das war Dekanin Pierce.

»Howard! Michael!«, rief sie entsetzt. Sofort hielten die beiden Dozenten und Freddie inne. Derangiert und schwer atmend, stolperten sie auseinander. Professor Belman blutete aus der Nase, Freddie hatte eine aufgesprungene Lippe und Dude ein geschwollenes Auge. Das würde ein ordentliches Veilchen geben.

»Was geht hier vor?«, verlangte Dekanin Pierce zu wissen. Ihre tiefe Stimme hallte wie Donnergrollen im stillen Saal wider. »Kommen Sie mit hinaus. Sie auch, Miss Landon!«

Diesmal sah Grace wirklich aus, als wäre sie kurz davor, in Ohnmacht zu fallen. Ein Raunen ging durch die Anwesenden. Eine Prügelei zwischen Grace Landons Freund und zwei Professoren, auf einer der gefragtesten Partys des Jahres. Wenn das die Gerüchteküche nicht entfachte, dann wusste ich auch nicht.

Grace war die Erste, die sich rührte. Sie raffte die Röcke ihres Ballkleids und floh aus dem Festsaal, als wäre sie Cinderella. Nur dass sie keinen gläsernen Schuh hinterließ, sondern einen Scherbenhaufen. Es war ein seltsames Gefühl, so schlagartig die Zukunft von drei Personen zu zerstören. Es war … gegen meine Natur, einem Menschen bewusst zu schaden, ganz besonders in diesem Ausmaß. Auf widerliche Art und Weise erinnerte ich mich gerade selbst an das, was die Clique mit Payton getan hatte. Jetzt war ich es gewesen, die jemanden öffentlich vernichtet hatte. Aber ich war nicht wie sie. Das hier war anders. Grace hatte es verdient. Und die Rache war letztendlich honigsüß, so verdorben sie auch war.

Dekanin Pierce, Freddie und die Professoren verließen ebenfalls den Festsaal. Sämtliche Blicke folgten ihnen. Cameron und Rosie rannten ihrer Freundin hinterher. Peter blieb zurück und sah verstörend entspannt aus. Als juckte es ihn überhaupt nicht, was da gerade passiert war. War Grace nicht seine Freundin? Was stimmte nicht mit ihm, wieso ging er ihr, Cameron und Rosie nicht auch hinterher?

Stattdessen sprach er mit zwei Kerlen. Einer zog eine Zigarettenschachtel heraus, und sie schlenderten durch eine andere Tür raus aus dem Saal.

Ich atmete tief durch und schloss die Augen. Es war geschafft. Es war wirklich geschafft! *Nimm das, Grace Landon. Das ist dafür, dass du sie am Boden hast liegen lassen. Dass du gelacht und Drinks und Müll auf sie geworfen hast.*

Damit wäre die zweite Person auf meiner Liste erledigt.

»Na, sieh mal einer an«, erklang eine tiefe Stimme hinter mir. »Wer hätte gedacht, dass du so weit gehen würdest? Das war ganz schön böse.«

Erschrocken wirbelte ich herum, und beinahe rutschte mir die Champagnerflöte aus der Hand. Vor Überraschung schnappte ich nach Luft. *Er* war es. Schon wieder. Der heiße Fremde vom Campus.

Er stand keine zwei Meter von mir entfernt und sah aus wie die personifizierte Sünde. Der Smoking saß an seiner athletischen großen Gestalt wie angegossen, und die dunkelblonden Haare fielen auf mühelose Weise perfekt nach hinten. Das markante Gesicht war glatt rasiert, und die Art und Weise, wie er mich aus seinen tief liegenden blauen Augen betrachtete, verknotete etwas tief in meinem Inneren.

Tief durchatmen, Sarah. Kein Grund, gleich die Nerven zu ver-

lieren. Und doch wurde mir erstaunlich heiß. Adrenalin flutete meinen Körper. Er wusste Bescheid. *Wie* konnte er wissen, dass ich etwas mit Grace und der Szene gerade zu tun hatte?

Mit halbem Ohr registrierte ich, dass die Musik wieder einsetzte und die Party fortgeführt wurde.

Ich nahm eine aufrechtere Haltung ein und setzte ein Lächeln auf, das hoffentlich nicht angespannt wirkte. »Guten ... Abend«, sagte ich lahm.

Er kam langsam näher, die Hände in den Taschen seiner Hose. Erheiterung blitzte in seinen Augen auf, wie auch schon bei unseren beiden Zusammenstößen und den Blicken, die wir in der Bibliothek ausgetauscht hatten. Verdammt. Er war wirklich attraktiv. Besonders in diesem Aufzug.

»Den wünsche ich dir auch, Payton«, erwiderte er in einem viel zu vertrauten Tonfall. Er blieb vor mir stehen und betrachtete mich einen Tick zu eingehend. Ein Kribbeln durchfuhr meinen Bauch, und ich zwang mich, keine Miene zu verziehen. Obwohl ich Absätze trug, überragte er mich noch immer, aber wenigstens musste ich diesmal den Kopf nicht in den Nacken legen, um ihn anzusehen.

Als befände sich das Heilmittel für Nervosität in meiner Hand, führte ich den filigranen Rand des Glases wieder an meine Lippen – nur um festzustellen, dass es leer war.

»Darf ich?«, fragte er und deutete darauf. Ich nickte, da nahm er es mir auch schon aus der Hand. Er sah sich um. Irgendwie schaffte er es, einen kurzen, lauten Pfiff abzugeben, ohne die Finger an die Lippen zu führen. Es schien ihn keineswegs zu stören, dass einige Gäste erschrocken zusammenzuckten und ihm pikierte Blicke zuwarfen. Um diesen Trick beneidete ich ihn. Und die Dreistigkeit machte ihn mir irgendwie sympathisch.

Da gab es nur das große Problem: Ich hatte nach wie vor keine Ahnung, wer er war. Und er wusste, dass ich etwas mit

Grace und der Prügelei eben zu tun hatte. Das waren dann schon zwei Probleme.

Er hatte die Aufmerksamkeit eines Kellners auf sich gezogen, der uns wenige Sekunden später mit neuen Gläsern versorgte. Vielleicht sollte ich auf Wasser umsteigen. Allmählich machte sich der Champagner bemerkbar, was ich anhand meiner betäubten Nasenspitze spürte. Außerdem wurde mein Kopf ein wenig schwerer und mein Körper leichter.

Der Fremde erhob das Glas und lehnte sich mit einem schiefen Lächeln zu mir. »Worauf möchtest du anstoßen?«, fragte er.

»Auf deinen Erfolg?«

Er forderte mich heraus, aber ich sprang nicht darauf an. »Auf Neuanfänge«, sagte ich nach kurzem Überlegen. Ich erwiderte sein Lächeln geheimnisvoll und stieß mein Champagnerglas gegen seines.

»Auf Neuanfänge«, wiederholte er mit tiefer Stimme und ließ unsere Gläser noch einmal aneinanderklirren. Ohne den Blick von mir zu lösen, nahm er einen Schluck. Es musste am Alkohol liegen, denn mein Körper entschied, dass es unglaublich anziehend und aufregend war, so von ihm angesehen zu werden.

Hitze kroch meinen Nacken hinauf. *Gott, du musst unbedingt cool bleiben, Sarah.* Was auch immer er zu wissen glaubte und wer auch immer er war, ich durfte nicht den Anschein erwecken, nervös zu sein.

Da kam mir eine Idee.

Ich schluckte den Champagner herunter und streckte die Hand aus. »Die neue Payton. Freut mich, dich kennenzulernen.«

Überraschung blitzte in seinen Augen auf. Er lachte, was warm und angenehm klang, und ergriff meine Hand. »Monroe. Die Freude ist ganz meinerseits«, sagte er mit gespielter Ernsthaftigkeit, was mich beinahe vor Erleichterung hätte aufatmen lassen.

Monroe. Das war also sein Name. *Monroe.*

Sein Daumen strich über mein Handgelenk. Die Berührung war hauchzart, doch sie drang bis unter meine Haut. Ich erschauderte. »Es ist mir sogar eine außerordentliche Ehre, Ihre Bekanntschaft zu machen, Miss Payton«, fügte er mit einem unerhörten Grinsen hinzu, das mit Sicherheit schon Herzen gebrochen hatte. Er senkte den Kopf und küsste meinen Handrücken.

Himmel. Verflucht noch mal.

Ich kniff die Lippen zusammen, um nicht zu lächeln. Das hier war falsch. Etwas, was Payton niemals zugelassen hätte. Glaubte ich.

Oder?

Monroe ließ meine Hand los und wich zurück. Diesmal wirkte das Lächeln auf seinen Lippen aufrichtig, ohne die Spur von Belustigung. »Es freut mich, dass du wieder da bist, Payton. Das meine ich ernst. Niemand hat damit gerechnet, und nach allem, was passiert ist, hätte ich verstanden, wenn du nie wieder auch nur einen Fuß auf New Yorker Boden gesetzt hättest.«

»Ich werde in letzter Zeit oft unterschätzt«, erwiderte ich leichthin und drehte mich um, um wieder die rausgeputzte Gesellschaft zu beobachten. Und um tief durchzuatmen.

Ein paar wenige standen noch tuschelnd zusammen, doch die meisten hatten sich erneut dem Vergnügen gewidmet, indem sie tanzten, lachten und tranken.

Monroe trat hinter mich. »Jetzt, wo wir diesen Neustart haben, finde ich, dass wir miteinander tanzen sollten.«

Obwohl er mich nicht berührte, strahlte seine Körperwärme durch die Seide meines Kleides auf mich ab. Sie löste eine Gänsehaut auf meinem Rücken aus, zusammen mit seiner angenehmen Stimme.

Definitiv weniger Champagner.

Das war nicht gut, flirten stand definitiv nicht auf meiner

Agenda. Dennoch klangen Monroes Worte mehr als verlockend. *Alles* an ihm war verlockend. Grace konnte ich nun von meiner Liste streichen, ich hatte also quasi ... Feierabend. Für heute Abend hatte ich meinen Dienst getan und offiziell frei. Das machte sein Angebot nur verlockender. Und ich sehnte mich danach, mich endlich wieder ein klitzekleines bisschen gehen zu lassen.

»Sollten wir das?«, fragte ich und schwenkte leicht das blubbernde Getränk im Glas. »Kannst du mir auch verraten, wieso wir das tun sollten, Monroe?« Ich mochte diesen Namen. Er war ungewöhnlich, aber schön. *Monroe.*

Sein leises Lachen glich einem Funkenregen, der über meine Schultern tanzte.

»Wer bist du, und was hast du mit der ruhigen, unschuldigen Payton Quinn angestellt?«, murmelte er nah an meinem Ohr.

Ich stand instinktiv aufrechter. Oh nein. *Herz, schlag weiter. Es war nur eine Redewendung. Er hat keine Ahnung. Es ist alles in Ordnung.*

Vielleicht war es keine kluge Idee, mit dem Feuer zu spielen, doch ich drehte mich um und hob den Kopf. Mir hätte klar sein sollen, wie nah wir uns waren, aber nun traf sein Atem nicht mehr auf meine Schulter, sondern auf meine Lippen. *Ganz schlechte Idee, ganz schlechte Idee, ganz schlechte Idee!*

»Vielleicht bin ich ja ein Phönix, der aus seiner Asche wiederauferstanden ist«, sagte ich leise und sah ihm in die poolblauen Augen. »Die alte Payton gibt es nicht mehr. Das hier ist die neue Payton, mit der man es sich nicht verscherzen sollte.«

»Mir gefällt die neue Payton«, sagte er und starrte auf meinen Mund. Er setzte sein Glas an und trank es in einem Zug aus. Es war so nah an meinen Lippen, dass ich ebenfalls daraus hätte trinken können.

Dann trat er einen Schritt zurück. Seine Mundwinkel zuckten, und er ließ den Blick langsam zurück zu meinen Augen gleiten. »Ich hatte schon immer eine Schwäche für hübsche Racheengel.«

Ich stellte meinen Champagner auf die steinerne Balustrade hinter mir. Alles, was er sagte, klang sündhaft, und es sollte mir wirklich nicht so gut gefallen. »Keine Ahnung, was du mit Racheengel meinst«, erwiderte ich mit einem unschuldigen Lächeln.

Er beobachtete die Feier unter uns und schnaubte leise. »Es fühlt sich ein wenig nach Gerechtigkeit an, dass Freddie nicht länger von Grace betrogen wird.«

Ich blinzelte. Was? Hatte er etwa von Grace und ihren Affären gewusst? Oder hatte er aufgrund der Prügelei und Freddies Ausraster eins und eins zusammengezählt? War Freddie ein Freund von ihm?

»Wie ich schon sagte, keine Ahnung, wovon du sprichst«, beharrte ich und verschränkte die Arme vor der Brust. »Und wieso sollte ich Grace auch nur ein Haar krümmen wollen? Du stellst ziemlich willkürliche Behauptungen auf.«

»Sie haben dir übel zugesetzt, und du hast dieses Video von Alyssa Bailey in Umlauf gebracht, richtig? Aber Grace und Alyssa waren nicht die Schlimmsten von allen«, überlegte er laut, so als hätte er mich gar nicht gehört. Nachdenklich tippte er mit dem Zeigefinger gegen sein Kinn. »Ich bin wirklich gespannt, was du wegen Cameron, Celia und Rosie unternehmen wirst oder gegen Peter. Oder sogar Donovan. Wenn es mindestens so unterhaltsam wird wie bei den anderen beiden, sollte ich dir wohl nicht mehr von der Seite weichen, um keinen Skandal zu verpassen.« Nun grinste er und sah mich erwartungsvoll an.

Ich hielt mein Lächeln aufrecht, auch wenn mich mit einem Mal eine Eiseskälte überkam. *Fuck.* Wer *war* dieser Kerl? Er konnte unmöglich so schnell eins und eins zusammengezählt haben! Und falls doch ...

Panik durchzuckte mich, heiß und spitz wie ein Pfeil. Ich musste Donovan nach ihm fragen. Er musste ihn kennen, Monroe kannte ihn und die ganze Clique immerhin auch. Die High Society war ein kleiner geschlossener Kreis, zudem hatte er eine Einladung für heute. Irgendwie musste ich herausfinden, ob er mir gefährlich werden konnte.

Ich ließ den Blick ebenfalls durch den Festsaal wandern, um Monroe nicht ansehen zu müssen. Insgeheim hielt ich nach Donovan Ausschau, aber ich konnte ihn nirgendwo entdecken, auch Celia und Holland nicht. In meinem Kopf brach Chaos aus. Payton hätte mich besser vorbereiten sollen. Zumindest etwas. Ein simples »Achtung, dieser heiße Typ namens Monroe ist Sherlock Holmes, nimm dich vor ihm in Acht« hätte gereicht. Ich war die letzten Wochen aufmerksam gewesen, nicht nur hier in Manhattan, sondern auch online, und ich war mir zu hundert Prozent sicher, dass mir der Name *Monroe* nicht ein einziges Mal aufgefallen war. Sein Gesicht hatte ich auch nirgendwo gesehen. Also, wer zur Hölle *war* er?

Mir blieb nichts weiter übrig, als zu improvisieren.

Ich sah ihn wieder an und griff mutig nach seinem Unterarm. »Weißt du was? Du hast recht, wir sollten tanzen gehen. Und dann möchte ich alles über dich erfahren.«

Überraschung blitzte in seinen Augen auf. Um seine Mundwinkel zuckte der Anflug eines Lächelns, und er legte seine Hand auf meine. Sie war warm. Und groß.

»Nichts lieber als das, neue Payton«, erwiderte er.

Monroe führte uns über die rechte Seite der Flügeltreppe nach unten, bis zum Tanzbereich. Die Welt schwankte ein wenig, und es kostete mich mehr Konzentration als gedacht, auf den Steinstufen nicht zu stolpern oder umzuknicken. Mit erhobenem Kopf ließ ich mich führen und analysierte einmal mehr die Party. Ich war froh, dass nicht auf Kolonialball gemacht wurde und mittlerweile auch einige Leute ganz normal tanzten, nicht bloß die klassischen Paartänze. Mit der Streicherversion von »Señorita« konnte ich wenigstens noch etwas anfangen.

Mit einem Ruck zog Monroe mich an sich und legte eine Hand auf meinen Rücken. Ich atmete scharf ein und sah zu ihm auf – nur um festzustellen, dass sich sein Gesicht erneut unmittelbar vor meinem befand. Für einen verräterischen Sekundenbruchteil blieb mein Blick an seinen Lippen haften. Seine gerade Nase berührte beinahe die meine, und sein berauschender Duft hüllte mich ein. Mir wurde unglaublich heiß. Ich konnte nicht einmal sagen, wonach er roch. Doch es war sauber und dunkel und zog mich magisch an.

Er ergriff meine Hand, und wie selbstverständlich wanderte meine freie Hand auf seine Schulter.

Dann tanzten wir.

»Also, neue Payton«, begann er mit gesenkter Stimme. »Was möchtest du über mich wissen?«

»Nun, Monroe«, erwiderte ich und schob mein Kinn nach vorne. »Was bist du bereit, mit mir zu teilen?«

Er wirbelte uns zwischen den anderen Tanzenden im Kreis, und ich schaffte es irgendwie, ihm dabei nicht auf die Füße zu treten.

Eine Falte erschien zwischen seinen Augenbrauen, und ihm fiel eine blonde Strähne in die Stirn. »Hmm ... mal sehen. Ich bin vierundzwanzig Jahre alt, Löwe, Rechtshänder, studiere im letzten Jahr meines Masters Wirtschaftspsychologie und werde nach dem Studium in der Firma meines Vaters arbeiten. Und soll ich dir ein Geheimnis verraten?«

»Nur zu«, sagte ich und biss mir auf die Unterlippe, um nicht zu grinsen.

Kurz verweilte sein Blick auf meinen Lippen. Dann senkte er plötzlich den Kopf, und ich erstarrte in seinen Armen. Seine glatt rasierte Wange strich an meiner entlang, bis ich seine Lippen an meinem Ohr spüren konnte. Etwas in meinem Bauch schlug Purzelbäume. Es war erschreckend intim. Warm. *Falsch.*

»Ich trage Kontaktlinsen«, flüsterte er.

Ein kurzes Lachen entschlüpfte mir, während mir das Herz bis zum Hals schlug. »*Das* ist dein Geheimnis?«, flüsterte ich zurück.

Mit einem schelmischen Grinsen richtete er sich wieder auf und wirbelte uns erneut im Kreis umher. Die Lichter um uns herum verschwommen dabei zu einem funkelnden, unscharfen Meer. »Also, ganz ehrlich, das weiß fast niemand. Ich vertraue darauf, dass du die brisante Information wie einen Schatz hütest.«

»Soll ich dir auch ein Geheimnis verraten?«

»Nur zu.«

»Das wusste ich schon.«

Seine Augenbrauen schossen nach oben, und auf sein Gesicht trat echte Überraschung. »Ach, wirklich?«

Ich grinste. »Nein, nicht wirklich.«

Lachend zog er mich enger an sich. Ich stimmte in sein Lachen mit ein und ließ mich weiter von ihm zur Musik führen.

»Und was ist nun dein Geheimnis?«, fragte er leise.

Ich zuckte mit den Schultern, gerade als eine Streicherversion von Glass Animals' »Heat Waves« einsetzte. Wir bewegten uns ein wenig langsamer, schaukelten mehr von links nach rechts. Es fühlte sich fast so an, als wären wir alleine auf dem Parkett. Es fühlte sich an, als wäre die dünne smaragdgrüne Seide zwischen seiner Hand und meinem Rücken nicht existent. Jeder Finger brannte sich in meine Haut. Das Gefühl belebte mich auf eine gefährliche, elektrisierende Art und Weise, und das Verlangen, ihn zu küssen, kribbelte auf meinen Lippen. Es kostete mich alles, mich davon abzuhalten. *Reiß dich zusammen. Du gehst zu weit.*

Ich wollte ... vernünftig sein. Doch da war auch dieser Teil in mir, der sich so sehr danach sehnte, endlich ein wenig durchzuatmen und mich fallen zu lassen.

Nur heute Abend, versprach ich mir. Heute würde ich mir eine winzige Pause von meiner Rolle nehmen. Ich würde wenigstens heute Abend ich selbst sein. Es war immerhin nur ein Tanz. Ein kleiner Flirt, mehr nicht.

Mutig hob ich den Blick, um Monroe in die Augen zu sehen. Ich konnte nicht anders, als mit den Fingern über seine Schulter zu streichen. »Ich muss dich enttäuschen. Ich tausche keine Geheimnisse gegen Geheimnisse.«

Beinahe wirkte er zufrieden. »Ach, ja? Gegen was tauschst du sie dann?«

»Gegen Vertrauen. Und mein Vertrauen muss man sich verdienen.«

Er überlegte einen Augenblick. Dabei betrachtete er mich fast schon schamlos. Es gefiel mir, wie selbstbewusst er war.

»Na dann ...«, sagte er langsam und atmete tief ein. »Dann solltest du mit mir ausgehen, um mir eine Chance auf dein Vertrauen zu geben.«

Ich lachte erschrocken. Er wollte mit mir *ausgehen*? Nein. Auf keinen Fall. Nicht nur, dass es moralisch vollkommen falsch wäre, weil ich aller Welt etwas vormachte – ich hatte überhaupt keine Zeit für Dates. Ablenkung konnte ich mir nicht leisten, und die Anziehung zwischen uns sagte mir deutlich, dass Monroe das Potenzial besaß, zu einer gewaltigen Ablenkung zu werden. Nein, nein und nochmals nein.

Er bemerkte mein Zögern. Ein Hauch von Unsicherheit blitzte in seinen Augen auf, und er runzelte die Stirn. »Oder seid du und Donovan ... Seid ihr wieder ...?«

»Nein«, sagte ich schnell. Vielleicht ein wenig zu schnell. *Gott, Sarah.* Ich seufzte. »Nein, sind wir nicht«, wiederholte ich ruhiger. »Ich date momentan nicht wirklich. Es ist kompliziert. Und zu früh für mich.«

Er nickte, so als würde er verstehen. »Schon okay. Ich wollte dich nicht bedrängen oder so.«

»Hast du nicht«, versprach ich und drückte seine Hand. »Aber wir können ja auch einfach … Freunde sein.«

Er schenkte mir ein so hinreißendes Lächeln, dass mein verräterisches Herz einen Sprung machte.

»Freunde klingt gut. Und Freunde, die heute ein wenig mehr miteinander tanzen, sogar noch besser.« Seine Fingerspitzen rührten sich auf meinem Rücken und lösten wieder einen Funkenregen auf meiner Wirbelsäule aus.

Ich sah Monroe einen langen Moment atemlos an. Ließ das träge, schleichende Verlangen zu, das mich überkam, als mein Blick erneut einen Herzschlag zu lang an seinen einladenden Lippen hängen blieb. Ich konzentrierte mich auf das Gefühl seiner Hand auf meinem Kreuz, auf seinen Geruch und darauf, ihm nicht auf die Füße zu treten, während wir uns zur Musik des Streichquartetts bewegten. *Nur heute*, versprach ich mir erneut. *Nur tanzen. Mehr nicht.* Morgen würde ich wieder vernünftig sein.

»Na dann«, sagte ich und erwiderte sein Lächeln. »Tanzen wir, bis sie uns rausschmeißen.«

KAPITEL 19

Der Beginn einer wunderbaren Feindschaft

Ein wildes Klopfen riss mich aus dem Schlaf. Augenblicklich saß ich aufrecht im Bett und blinzelte gegen die Müdigkeit und das viel zu helle Morgenlicht an.

Stöhnend sprang ich aus dem Bett, eilte zur Wohnungstür, riss sie auf und ...

»Donovan?«, stieß ich hervor und rieb mir den Schlaf aus den Augen. »Was machst du denn hier?«

Donovan stürmte an mir vorbei ins Apartment und sah aus, als würde er jeden Moment explodieren. »Du hast doch deinen gottverdammten Verstand verloren!«

Ich schloss die Tür und drehte mich zu ihm um. Ich hatte keine Ahnung, wie spät es war, aber es war definitiv zu *früh*. Ich war noch im Halbschlaf. Was zur Hölle hatte er hier zu suchen?

»Ich muss dem Portier Bescheid sagen, dass er dich nicht mehr unangemeldet hochkommen lassen soll, weil du und Pay nicht mehr zusammen seid«, murmelte ich, ohne auf seine Aussage einzugehen. Ich wusste sowieso nichts mit ihr anzufangen.

Im Gegensatz zu mir war Donovan hellwach. Er trug knielange graue Sportshorts und einen schwarzen Hoodie. Seine Wangen waren gerötet und seine Haare zerzauster als sonst.

»*Monroe*? Von allen Menschen auf dieser Welt musst du dich ausgerechnet ihm an den Hals schmeißen?«, herrschte er mich an.

»Ich glaube nicht, dass dich das irgendetwas angeht«, sagte ich und rieb mir ein letztes Mal über die Augen.

»Und ob mich das etwas angeht, Sarah!«, fuhr er mich an und raufte sich die Haare.

Allmählich vertrieb Wut meine Müdigkeit. Ich funkelte ihn an. »Nein, tut es nicht! Du hast kein Recht, hier einfach aufzutauchen und mich anzuschreien. Oder mich aus dem Bett zu klopfen. Ich habe noch geschlafen.« Ich verschränkte die Arme vor der Brust, mir darüber im Klaren, dass ich nur einen Seidenpyjama ohne BH und mit sehr kurzer Hose trug und meine Haare vermutlich in alle Richtungen abstanden.

Donovan baute sich vor mir auf. Der Kerl besaß sogar die Frechheit, mir einen Finger vors Gesicht zu halten. »Oh, doch, und ob ich das gottverdammte Recht habe, hier aufzutauchen«, zischte er. »Denn wenn ich mich richtig entsinne, spielst du hier gerade doppeltes Lottchen mit deinem Schwesterherz, um ihren Ruf wiederherzustellen, und nicht, um mit irgendwelchen Typen rumzumachen! Tust du das, um mir eins auszuwischen? Weil ich Payton an meinem Geburtstag nicht geholfen habe? Tust du das, damit ich schlecht dastehe? Bin ich jetzt der Nächste auf deiner beschissenen Liste, oder was?«

Ich schlug seine Hand weg. »Nur weil ich deine Hilfe in Anspruch nehme, bedeutet das nicht, dass ich dir Rechenschaft schuldig bin. Fuck, und es hat nicht im Geringsten mit dir zu tun, dass ich mit jemandem getanzt habe! *Getanzt*, Donovan. Mehr nicht!«

Er lachte freudlos auf und trat einen Schritt zurück. »Bist du wirklich so dumm, Sarah?«

»Wow. Politisch korrekt ist etwas anderes«, erwiderte ich und verengte die Augen. Mein Puls wurde schneller. Was fiel ihm ein, hier einfach aufzukreuzen und mich so anzugehen?

Seine Lippen verzogen sich zu einer schmalen Linie. »Glaubst du ernsthaft, es sei eine gute Idee, Monroe Darlington so offensichtlich schöne Augen zu machen, nach allem, was zwischen Payton und Peter gelaufen ist?«

Ich öffnete den Mund und schloss ihn wieder. Dann blieb mein Herz stehen, und mein Blut wurde kalt. Darlington. *Darlington!* Die Rädchen in meinem Hirn begannen, sich zu drehen, und dieser kurze Moment der Erkenntnis reichte aus, um mich zurückweichen zu lassen. »Nein. Warte. Monroe ist … Peters Bruder?«

Mir wurde schlecht, so sehr schlug mir die neue Information auf den Magen. Mit einem Mal war ich hellwach, und mein Herz begann in mörderischem Tempo zu pochen. Monroe konnte *unmöglich* Peter Darlingtons Bruder sein. Nicht ausgerechnet der Typ, der von der ersten Sekunde, seit ich die Columbia betreten hatte, eine gewaltige Anziehung auf mich ausübte. Nicht der Bruder der Person, die auf meiner Abschussliste an oberster Stelle stand!

Meine Fingerspitzen legten sich auf meinen Mund. O Gott, war das der Grund, weshalb es ihn so interessiert hatte, ob ich etwas mit dem Skandal um Alyssa und der Szene von Grace auf der Party zu tun hatte?

»Ich fasse es nicht«, riss Donovans Stimme mich aus meinen Gedanken, und mein Kopf zuckte nach oben.

Stöhnend fuhr er sich mit beiden Händen über das Gesicht und gab ein gedämpftes Lachen von sich.

»Verflucht, Sarah! Wie kannst du das nicht wissen?«

Mit mechanischen Schritten setzte ich mich in Bewegung, lief an Donovan vorbei und steuerte den Küchentresen an. Kaffee. Ich brauchte dringend Kaffee. Kein Wunder, dass Donovan so aufgebracht war. Monroe war der große Bruder seines besten Freundes. Des besten Freundes – und ich verstand noch immer nicht, wieso das nach wie vor der Fall war –, mit dem seine Freundin ihn betrogen hatte.

»Ich warte.«

Ich wirbelte herum und konnte nichts dagegen tun, als ich mit einem Mal explodierte. »Gib mir eine gottverdammte Minute, damit ich mir einen gottverdammten Kaffee machen kann, um einen gottverdammten klaren Gedanken fassen zu können, Donovan!« Ein verdächtiges Brodeln kochte in mir auf. Das alles hier, es war zu viel. Ich konnte diese Rolle nicht spielen, nicht vierundzwanzig Stunden und das über Tage und Wochen hinweg!

Tränen schossen mir in die Augen, und ich schnappte nach Luft. »Bin gleich wieder da«, sagte ich und floh ins Badezimmer. Ich schloss die Tür hinter mir ab, drehte den Wasserhahn auf und klatschte mir kaltes Wasser ins Gesicht. Immer wieder. Dann fuhr ich mir mit nassen Händen durch die zerzausten Haare und starrte mit zittrigem Atem meinem Spiegelbild entgegen. »So eine Scheiße«, flüsterte ich und presste die Lippen zusammen. Hinter meiner Stirn pochte es. Ich war müde, ein wenig verkatert und durch den Wind. Wäre ich doch nur gründlicher gewesen. Ich hätte mehr Fragen über Peter stellen sollen, besonders Donovan. Dann hätte ich auch nie erfahren, wie gut ich mich in Monroes Nähe fühlte. Nicht dass es eine Rolle spielte. Das tat es nicht. Ich würde niemals mit ihm ausgehen, es würde nie mehr geben als die vergangene Nacht. Es war nichts geschehen, wir hatten uns nicht einmal geküsst, auch wenn ich es mir gewünscht hätte, da das Knistern zwischen uns greifbar gewesen war. Aber ich hatte es nicht getan. Wir hatten nur getanzt. Und dennoch sorgten Donovans plötzliches Auftauchen und seine Wut dafür, dass ich fast in Tränen ausbrach.

Mit zittrigem Atem betrachtete ich mein Spiegelbild. Mein Gesicht wirkte blasser als gewöhnlich, und der beerenfarbene Seidenpyjama hatte überall dunkle Wasserspritzer.

Mit steifen Fingern brachte ich die zerzausten braunen Haare in Ordnung, die vom Haarspray noch seltsam abstanden, bis sie einigermaßen ordentlich über meine Schultern fielen, und trocknete mich ab. Ich wappnete mich innerlich für einen erneuten Streit. Dann richtete ich mich auf und entriegelte die Badezimmertür.

Donovan lehnte an der Kücheninsel und hatte die Arme verschränkt. Genervt blickte er auf, als ich näher kam.

»Ich wusste es nicht«, sagte ich geradeheraus. »Ich wusste nicht, dass er Peters Bruder ist, weil es nahezu unmöglich ist, irgendetwas über Peter in Erfahrung zu bringen. Payton kann ich nicht ausfragen, weil sie viel zu labil ist. Ich kann unmöglich in dieser Situation weitere Wunden aufreißen. Peter besitzt keine Social-Media-Accounts, taucht in keinen nennenswerten Onlineartikeln auf und ist anscheinend auch sonst sehr privat. Außerdem kannte ich Monroes Nachnamen nicht, bis du ihn genannt hast. Es waren nur ein wenig Geflirte und ein paar Tänze, Donovan, also reg dich ab. Das wird sowieso nicht wieder vorkommen, es war nur ein Abend. Monroe hat außerdem nichts mit dem zu tun, was mit Payton passiert ist, und wir haben uns ganz unabhängig davon kennengelernt. Es ist einfach ein total blöder Zufall.«

Donovan schwieg. Er schien nachzudenken und betrachtete mich dabei. Dann sah er weg. »Das nächste Mal fragst du mich, bevor du dich auf einer der wichtigsten Veranstaltungen des Jahres mit irgendjemandem sehen lässt. Dann kann ich dir nämlich im besten Fall sagen, mit wem du es zu tun hast, und dich davon abhalten, eine riesige Dummheit zu begehen.«

»Ich wollte dich ja fragen, aber ich habe dich und die anderen nach der Prügelei nirgendwo gesehen!«

»Ach, und ein Handy besitzt du nicht?«

Erst als ein spitzer Schmerz durch meine Handflächen schoss, bemerkte ich, dass ich die Hände zu fest zu Fäusten ballte. »Bevor du darüber urteilst, mit wem ich mich abgebe, solltest du dir mal Gedanken machen, welche Leute du als deine Freunde bezeichnest. Payton war auf deiner Party high und betrunken, Peter nicht. Und dennoch hast du sie und nicht ihn abgeschrieben.«

Er versteifte sich plötzlich. »Hör auf«, flüsterte er.

Ah. Das schien also einen wunden Punkt zu treffen. Ich trat näher. Er ließ mich dabei nicht eine Sekunde aus den Augen. »Peter hätte verhindern können, allein mit Payton in deinem Zimmer zu sein. Als dein bester Freund und so«, bohrte ich nach.

Seine Augen zuckten ziellos umher, und er leckte sich über die Lippen. Der Schmerz in seiner Miene war nicht zu übersehen. Ich erwartete, dass er wieder laut wurde. Stattdessen wurde seine Stimme gefährlich leise.

»Fuck, Sarah. Glaubst du wirklich, das auf der Party war das einzige Mal, dass etwas zwischen Payton und Peter lief? Glaubst du wirklich, ich hätte mir nicht die gleichen Gedanken gemacht, wie du sie dir machst?«

»D-du lenkst vom Thema ab«, sagte ich perplex. Mit dieser Antwort hatte ich nicht gerechnet. »Mein Gott, Donovan. Wie kannst du Peter nach allem noch in die Augen sehen?«, flüsterte ich. Es war also keine einmalige Sache? Payton und Peter hatten eine Affäre gehabt?

Ich wollte kein Mitleid haben. Nicht nachdem er einfach hier aufgekreuzt und eine Szene gemacht hatte. Aber mein Herz war ein Verräter und zog sich einfach zusammen. »Wieso bist du noch mit Peter befreundet, Donovan?«, fragte ich. »Sag es mir. Wie kannst du ihn immer noch deinen besten Freund nennen?« Ich musste es wissen. Was lief da ab? Das war doch nicht normal!

Kein Ton löste sich von seinen Lippen, obwohl er so aussah, als würde es in ihm nur so toben. Doch er entschied sich dagegen, sich mir anzuvertrauen, denn er presste die Kiefer wieder zusammen. Zog die Mauern hoch.

»Halte dich einfach von Monroe fern, Sarah. Wenn Leute euch zusammen sehen, während die Sache mit Payton und Peter und mir immer noch relativ frisch ist, lässt du deine Schwester nur billig aussehen.«

»*Billig?*«, wiederholte ich fassungslos. Und das war es auch schon mit meinem Mitleid. Es zersprang in tausend Teile, als mich erneut die Wut packte. Wer behauptete überhaupt, dass Donovan die Wahrheit sagte? Es konnte auch eine Lüge sein! Payton war keine Betrügerin!

Er verzog keine Miene und stieß sich von der Kücheninsel ab. »Ja, billig. Die Leute werden sich fragen, welcher Kerl wohl als Nächstes dran ist. Und ehrlich gesagt frage ich mich das nach allem, was war, auch.«

»Du bist so ein selbstgefälliges Schwein, Donovan Savatier«, stieß ich angewidert hervor.

Seine Lippen verzogen sich zu einem verächtlichen Lächeln. »Wenn ich ein selbstgefälliges Schwein sein soll, ist deine Schwester eine herzlose Schlampe.«

Bevor ich auch nur darüber nachdenken konnte, holte ich aus. Kurz vor seinem Gesicht stoppte er meine Hand jedoch mit eisernem Griff an meinem Handgelenk. Das hinderte mich nicht daran, ihn zu schubsen. »Sag noch einmal etwas gegen meine Schwester, und es wird dir leidtun!« Ich riss mein Handgelenk aus seinem Griff. »Und hör gefälligst auf, dich aufzuführen, als hättest du mir irgendetwas zu sagen! Wenn ich mit Monroe *Darlington* tanzen will, dann mache ich das. Weißt du, ich scheiß auf deinen Ruf. Einzig und allein der ist es doch, um den es hier eigentlich geht, oder? Dein Ego! Du willst nicht, dass man mich mit Monroe sieht, weil du nicht willst, dass Leute deshalb auch über *dich* tratschen. Dabei hast du dein Gesicht doch längst verloren, als du nach der ganzen Sache weiterhin mit Peter befreundet geblieben bist! Das ist so armselig und rückgratlos. Du bist so schwach.«

Er wich zurück. Nein, zuckte zurück. Und mit einem Mal war sein Gesicht von Schmerz erfüllt, als hätte ich ihn mit meinen Worten geschlagen. Ich würde nicht weich werden, nur weil der Kerl dazu fähig war, wie ein geprügelter Welpe dreinzublicken. Doch als ihm Tränen in die Augen schossen, krampfte sich mein Herz zusammen.

»Glaubst du wirklich, ich hatte eine andere Wahl?«, fragte er heiser.

Ich blinzelte ihn so verblüfft an, dass mir die wütende Miene verrutschte.

Er schien mir die Fragen von den Augen ablesen zu können und zog eine Grimasse. »Weißt du, es ist nicht immer alles schwarz und weiß. Ich habe keine Wahl, und daran wird sich niemals etwas ändern.«

Ich lachte auf. »Oh, bei *dir* ist es also alles nicht schwarz und weiß, und ich soll Verständnis dafür haben? Während du keines für mich hast? Sag mir, Donovan, ist es, weil ich eine Frau bin? Weil ich keinen mit Dollarscheinen umwickelten Schwanz in der Hose habe? Oder weil ich nicht weiß bin?« Er setzte zu sprechen an, doch ich hob eine Hand. »Schon klar. Wenn ein Mann datet, ist das nur Zerstreuung und Spaß, wenn eine Frau datet, ist sie billig oder eine Goldgräberin oder eine Schlampe, die sich zum Gespött der Nation macht. Die ganze Aktion mit meiner Schwester und alles, was passiert ist ... Gott, was seid ihr nur für Heuchler. Ganz besonders du.«

Wir starrten einander in Grund und Boden. Ich hatte ja gewusst, wie furchtbar ignorant und privilegiert die High Society von Manhattan war, aber verdammt. Dass Peter unbeschadet weiter durchs Leben stolzierte, war nur ein Paradebeispiel für die weißen Männer, die für immer die Welt im Griff haben würden und diesen nur lösten, um die Macht an ihre genauso weißen, privilegierten Söhne und Enkel weiterzureichen.

Ich lief zur Tür, öffnete sie weit und winkte ihn hinaus. »Raus hier. Und danke für die ungebetene Meinung und den ungebetenen Besuch.«

Donovan schnaubte verächtlich. »Viel Spaß dabei, den Ruf deiner Schwester noch weiter zu ruinieren.«

Ich erwiderte nichts und blickte ihm auch nicht hinterher. Stattdessen knallte ich die Tür zu, als wäre ich wieder ein Teenager.

Erschöpfung überkam mich. Und es war mehr als bloß schläfrige Müdigkeit. Ich war *müde*. Ich wollte Donovan nicht hassen. Ich wollte niemanden hassen, das war so verflucht anstrengend. Ich wollte keine falsche Identität mehr vortäuschen. Ich wollte nicht so viel Wut und Schmerz und Ratlosigkeit empfinden, sondern einfach mit einem Fingerschnipsen dafür sorgen, dass die Dinge für Payton hier in New York wieder in Ordnung kamen und alles seinen gewohnten Lauf nahm. Aber das war nicht mehr als ein kindlicher Wunsch.

Eine Sache konnte ich jedoch angehen, denn heute war Samstag.

Es war an der Zeit, all den Ungereimtheiten auf die Spur zu kommen.

Ich konnte endlich mit Payton sprechen.

KAPITEL 20

Payton, oh Payton

Nach einer ausgiebigen Dusche stand ich im Ankleidezimmer. Es war noch immer früh und wegen des Zeitunterschieds zu Los Angeles war es keine Option, Payton jetzt schon anzurufen. Donovans Besuch steckte mir in den Knochen. Das, was ich über Payton in den letzten Tagen erfahren hatte, ließ mir keine Ruhe, genauso wenig wie mein schlechtes Gewissen, weil ich von allen Menschen auf der Welt ausgerechnet mit Peter Darlingtons großem Bruder geflirtet hatte. Mich zu ihm hingezogen fühlte.

Ein mieser Scherz des Universums.

Ich betrachtete die vollen Kleiderschränke, Schubladen und verspiegelten Schranktüren. Ruhelos klopfte ich mit der Faust gegen mein Bein. *Zufällig dieselbe Größe wie Kim.* Und niemand kannte eine Kim. Wer sagte nun die Wahrheit? Donovan oder Payton? Wem sollte ich vertrauen, wem sollte ich glauben? In Paytons Kontakten hatte ich auch keine Kim gefunden. In der Wohnung gab es keine Bilder oder Gegenstände, die auf eine andere Person schließen ließen. Existierte Kim, oder existierte sie nicht? Wenn ich mir die Kleidungsstücke und Schuhe so ansah, erkannte ich den Geschmack meiner Schwester in ihnen definitiv wieder. Und alles wirkte so neu, in der ganzen Wohnung. Doch das musste nichts heißen, oder? War das bei den Superreichen nicht so? Kim *musste* existieren, Payton hätte sich doch nicht einmal einen Bruchteil hiervon leisten können. Woher sollte sie schon so viel Geld haben? Und sie würde doch keine Freundin erfinden, um mich anzulügen, oder?

Nichts ergab Sinn.

Ich wandte dem Ankleidezimmer den Rücken zu. Ich brauchte Antworten. Und wenn ich weder aus Payton noch aus Donovan schlau wurde, würde ich sie mir eben anderweitig besorgen.

Gleißendes Sonnenlicht fiel durch die verglasten Wände des Apartments und spiegelte sich in den Fenstern der Hochhäuser, die den Central Park umgaben, dem funkelnden See und dem Hudson River. Ich setzte mich an den großen Esstisch und scrollte durch die Kontakte in Paytons Handy.

Jepp, ich hatte mich nicht geirrt. Keine Spur von Kim. Nirgendwo!

Das Telefonat konnte nicht früh genug kommen.

Da blieb ich jedoch an einem ganz anderen Namen hängen. Einem Namen, der auf meiner Abschussliste stand.

Celia del Campo.

Ich hielt inne. Celia stand vielleicht auf meiner Liste, aber sie war neben Holland die Einzige aus der Clique, die sich nicht gegen Payton gewandt hatte. Sie hielt sich raus, blieb neutral. Vielleicht sollte ich sie sogar streichen. Denn ich brauchte gerade genau jemanden wie sie.

Ich wählte ihren Kontakt aus und tippte eine Nachricht auf iMessage.

> Hey Celia. Was hast du heute vor? Können wir uns treffen?

Ich klackerte mit den Fingernägeln gegen das Display, sperrte und entsperrte das iPhone immer wieder und starrte auf den Chat. Sie und Payton hatten zuvor kaum Nachrichten ausgetauscht. Ich war jedoch noch nicht so weit, weiter hochzuscrollen, um nachzusehen, worüber sie sich so unterhalten hatten.

Dann, endlich, wurde meine Nachricht als gelesen markiert. Celia schrieb eine Antwort.

> Hi Payton. Ich bin in SoHo, ein wenig bummeln. Du könntest dich mir anschließen, und wir könnten danach im Club etwas essen gehen?

> Perfekt. Schick mir deinen Standort, mein Fahrer wird dich schon finden.

Mein Fahrer. Ich konnte es immer noch nicht fassen, dass es in Paytons Welt so was überhaupt gab. Sollte ich ihn wirklich anrufen?

Scheiß auf die Vernunft.

Ich wählte Lennards Nummer und bestellte ihn her.

Da mir nur zehn Minuten blieben, schlüpfte ich in ein weißes Leinenkleid und gemütliche braune Chanel-Slipper.

Hastig verpasste ich mir einen Spritzer Parfum, schob meine Hand durch einen Goldreif und steckte mir funkelnde Ohrringe mit kleinen Rubinen in die Ohren. Gerade als ich mir das Nötigste an Make-up auftrug, erhielt ich eine Textnachricht von Lennard. Bewaffnet mit Handtasche und Sonnenbrille, verließ ich die Wohnung und fuhr mit dem Fahrstuhl nach unten in die Lobby. Ich rang mir für den Portier ein Lächeln ab, als ich aus dem Wohnhaus und in den milden Septembermorgen trat. Das ohrenbetäubende Piepen und Brummen eines Presslufthammers erfüllte die Luft, und ein Auto hupte, als ein altes Paar mit einem Pudel die Straße überquerte. Aus der Ferne erklangen Sirenen und das stetige Rauschen des Stadtverkehrs.

Es war gut, dass ich mich mit Celia traf. Von SoHo hatte ich bisher nämlich noch nichts gesehen, was eine Schande war, weil das hier bereits meine dritte Woche in New York City war. Während der zwei Wochen, die ich mich auf Paytons Leben vorbereitet hatte, hätte ich vielleicht doch mehr Erkundungstrips einlegen sollen.

Der Tag war wolkenlos, und eine leichte Bö ließ die Schatten der Bäume am Straßenrand tanzen.

Lennard holte mich erneut mit einem glänzenden schwarzen SUV von Chevrolet ab, mit vollkommen abgedunkelten Scheiben. Als wäre ich ein Star, der zur Met-Gala gebracht werden musste. Der alte Fahrer stand neben dem parkenden Monstrum gleich vor dem Eingang des Wohnhauses und tippte sich wie auch gestern schon an die Mütze seiner Uniform.

»Guten Morgen, Miss Quinn«, grüßte er mich gut gelaunt mit seinem New Yorker Dialekt.

»Payton«, korrigierte ich ihn lächelnd. »Ich wünsche Ihnen auch einen guten Morgen, Lennard.«

Ich reichte ihm das Handy, damit er Celias Standort sehen konnte, kletterte auf die Rückbank und sank tief in den Ledersitz.

Der Verkehr war furchtbar, besonders als wir uns Midtown näherten. Immer wieder stockten wir zwischen gelben Taxis, Lastern und anderen Wagen mit getönten Scheiben. Die breiten Straßen waren nach jedem zweiten Block umgeben von Baustellengerüsten, welche die Gehwege überdachten. Lennard hatte einen energischen Fahrstil und hupte einige Male, wenn ein paar lebensmüde Fahrradfahrende ihn zum Bremsen brachten. Einige noch achtlosere Fußgänger überquerten die Straßen bei Rot, ohne auch nur nach links und rechts zu schauen. Wir fuhren durch schattige Hochhausschluchten und an überlaufenen Stores mit wehenden Fahnen vorbei. An Touristenmassen, deren schiere Menge unfassbar war. Aus den Eingängen der Subway strömten überall Menschen. 6th Avenue, 14th Street und der Broadway zogen an mir vorbei, während ich mit einem Knie wippte. Von Weitem sah ich bläulich schimmernd die Spitze des One World Trade Center wie eine Nadel in den Himmel ragen. Wir fuhren eine Ewigkeit.

Die Nebenstraßen von SoHo waren gepflastert, die Gebäude niedriger als in Midtown und mit Feuertreppen versehen. Neben abgeschlossenen metallenen Bodenluken stapelte sich Müll, und aus dem einen oder anderen Kanaldeckel stiegen Dampfschwaden. Aber ansonsten war der Stadtteil wunderschön und fast jedes Gebäude eines Schnappschusses würdig.

Wie auch gestern Abend schon erinnerte Lennard mich daran, dass ich ihn jederzeit anrufen könne, wenn ich ihn brauchte, während er mir die Tür aufhielt.

Er gab mir mein Handy zurück und schenkte mir ein großväterliches Lächeln. Ich drückte ihm zwanzig Dollar in die Hand, die er erst ablehnen wollte, dann aber dankend annahm, ehe er sich verabschiedete und wieder davonfuhr.

Seufzend drehte ich mich um und blickte den zugeparkten Gehweg hinunter. In den Erdgeschossen der Backsteingebäude reihte sich Designerladen neben Designerladen. Mithilfe von Celias Standortteilung fand ich sie in einer Boutique, deren Tür mir von einem Sicherheitsmann geöffnet wurde.

Ich schob die Sonnenbrille auf meinen Kopf. Gerade als eine hübsche Verkäuferin auf mich aufmerksam wurde, entdeckte mich Celia. Wie immer sah sie fantastisch aus. Ihre Haare fielen ihr offen auf die Schultern, und sie trug eine helle Jeans mit Schlag, schwarze Loafers, ein weißes Shirt, das in der Hose steckte, und einen grauen Oversized-Blazer. Obwohl sie casual gekleidet war, strahlte sie Eleganz und Klasse aus.

Sie stellte ihr Champagnerglas auf einem Galeriesockel ab und kam mit einem breiten Lächeln zu mir geeilt. »Payton, da bist du ja! Ich bin gleich fertig, außer du möchtest dich auch noch umsehen?«

Zögerlich erwiderte ich ihr Lächeln. »Nein, danke ... vielleicht ein andermal«, fügte ich hinzu und schenkte der Verkäuferin ein kurzes Nicken. Der Verkaufsraum war nicht groß, und nur wenige Stücke wurden ausgestellt.

Ich trat näher zu ihr und setzte mich auf die Chaiselongue, neben der ihre Einkaufstüten standen.

Die Verkäuferin bot mir ebenfalls ein Glas Champagner an, doch ich lehnte dankend ab. Celia unterhielt sich auf eine Art und Weise mit ihr, die vertraut wirkte. Vielleicht war sie ja eine Stammkundin.

Ich wartete, bis sie bezahlt und eine Tüte mit ihren Errungenschaften entgegengenommen hatte, dann stand ich auf und nahm ein paar ihrer anderen Tüten, weil Payton sicherlich auch beim Tragen geholfen hätte.

»Wo genau gehen wir denn essen?«, fragte ich, als wir die kleine Boutique verließen.

Celia nahm mir die Tüten ab und dirigierte mich die Straße hinauf. »Im Isbel natürlich«, sagte sie belustigt. »Ich sagte doch, wir gehen in den Club. Ich brauche unbedingt einen Snack.«

»Ich auch«, erwiderte ich lahm. Isbel. War das eine Art privater Club? Konnten wir nicht einfach in irgendein Café gehen? Hier gab es doch unzählige.

Ich hatte keine Ahnung, wo sich das Isbel befand, also lief ich einfach nur stumm neben Celia her. Sie wirkte entspannt und gut gelaunt, und es schien sie überhaupt nicht zu verwundern, weshalb ich Zeit mit ihr verbringen wollte. Dann hegte sie also wirklich keinen Groll gegen Payton? Hielt sie sich tatsächlich aus allem raus, oder war das eine Masche?

»Also, Payton«, sagte Celia, fast so, als hätte sie geradewegs meine Gedanken gelesen.

Sie schob sich die Haare hinter ein Ohr und richtete im Gehen die vielen Tüten in ihrer Armbeuge. »Was verschafft mir die Ehre?«

Ich wägte meine Worte ab, während wir einer Gruppe junger Mädchen mit Bubble Tea in den Händen Platz machten. »Nach allem, was passiert ist, denke ich, dass wir drüber reden sollten.«

»Das hab ich mir fast schon gedacht.« Seufzend verlangsamte sie ihre Schritte, bis sie stehen blieb. Ich stoppte ebenfalls. Obwohl ihr Blick mitfühlend war, entdeckte ich auch Argwohn auf ihrer Miene. »Ich sagte doch schon, dass ich mich raushalten möchte. Ich wähle keine Seiten, das habe ich Cam und den anderen genauso gesagt. Ich denke, es ist besser, wenn wir nicht über diesen Abend sprechen.«

»Nur ein paar Fragen«, flehte ich. »Nicht mehr und nicht weniger. Ich muss wissen, was genau passiert ist. Alles ist so verschwommen und bruchstückhaft. Bitte, Celia. Ich weiß nicht, mit wem ich sonst reden soll.«

Sie wich zurück. »Du willst wissen, was passiert … Moment. Ich dachte, das hättest du nach der Party nur gesagt, um dich aus der Affäre zu ziehen.«

Das traute sie Payton zu, obwohl sie so offensichtlich high gewesen war?

Ich verschränkte die Arme vor der Brust. »Hör zu, ich möchte wirklich nur ein paar Dinge für mich klären. Es ist mehr als okay für mich, wenn du dich für keine Seite entscheiden möchtest. Es wäre nur echt hilfreich, wenn du mir diesen kleinen Gefallen tun könntest.«

Sie presste die Lippen zusammen und wandte den Blick ab. Es machte ganz den Anschein, als würde sie mit sich ringen. Schließlich lief sie wieder los. Diesmal wirkte sie allerdings angespannter. »Lass uns erst einmal etwas essen. Dann sehen wir weiter, okay?«

Ich konnte nicht anders, als erleichtert aufzuatmen. Hastig folgte ich ihr. »Okay!«

* * *

Das Isbel war ein philanthropischer privater Social Club für junge Frauen der High Society, wie mir mein Handy verraten hatte. Letzteres behaupteten sie nicht wortwörtlich, aber die Mitgliedschaftsbeiträge waren laut Suchmaschinenergebnis ekelerregend hoch und die Wartelisten lang. Ich vermutete, dass Paytons Freundschaft zur Clique oder Kim etwas damit zu tun hatte, dass sie Mitglied war, denn nachdem Celia und ich unsere Namen am Empfang im neunundzwanzigsten Stockwerk eines denkmalgeschützten Gebäudes nannten, wurden wir sofort durch große Flügeltüren geführt. Das dunkle Fischgrätparkett am Boden glänzte, die hohe Decke war mit Holz verkleidet, und die Wände waren mit in Gold gerahmten Ölgemälden und einer verspielten Blumentapete verziert. Es roch süß und schwer, aber nicht unangenehm. Überall standen Bouquets mit Pfingstrosen, es gab Sitznischen, die durch Tropenpflanzen Privatsphäre erhielten, einen Barbereich, ein Restaurant und eine Dachterrasse mit Pool. Das Isbel war durch und durch exklusiv und strahlte eine Mischung aus altem Geld und modernem Design aus. Die Frauen, die hier anwesend waren, sahen allerdings ziemlich normal aus. Nicht nur weiße Frauen, sondern Frauen aller möglichen Nationalitäten und Hautfarben, wie es den Anschein machte. Sie wirkten nicht abgehoben oder spießig. Sicher, manche waren herausgeputzt, aber es waren auch einige in Sneakers und Trainingssets aus Leggins und Sport-BH zu sehen. Solange man den hohen Beitrag zahlte und die Bewerbungsphase erfolgreich bestand, war ein strenger Dresscode wohl nicht mehr nötig. Es entspannte mich sofort. Wären diese gut gelaunten Frauen, die zusammensaßen, oder die Mädchen auf den Poolliegen draußen nicht gewesen, hätte ich wohl eine Art Anfall bekommen, sobald wir uns dem Essen gewidmet hätten – denn Tischmanieren hatte ich zwar, aber allzu bewandert in Etikette war ich nicht.

Celia und ich setzten uns auf altrosafarbene Samtstühle an einen runden Marmortisch. Ich hatte keine Ahnung, was ich bestellen sollte, und fühlte mich fehl am Platz, weshalb ich das Gleiche wählte wie Celia.

»Also«, sagte sie, als die Kellnerin ging, um unsere Bestellung an die Küche weiterzugeben. Sie lehnte sich zurück und schlug die Beine übereinander. »Schieß los. Frag, was du fragen willst.«

Ich verschränkte die Arme auf dem Tisch, zog sie jedoch kurz darauf zurück, weil es vermutlich nicht ladylike war. Fiebrig überlegte ich, was ich sie zuerst fragen sollte. »Ich habe das Video gesehen. Von Donovans Geburtstag. Gibt es … noch mehr? Videos, die nicht in der Gruppe geteilt wurden? Die nicht im Ordner sind?«

Es erleichterte mich, zu sehen, dass Celia tatsächlich überlegte. »Hmm. Nein, nichts, bis auf die Dateien, die wir miteinander geteilt haben. Na ja. Die Bilder sind nicht mehr drin, Cameron hat es nicht ausgehalten, sie im Ordner zu sehen.«

»Bilder?«, wiederholte ich sofort.

Sie blickte sich um und senkte die Stimme. »Komm schon, Pay. Du weißt, von welchen Bildern ich spreche. Du kennst sie doch.«

Mein Puls beschleunigte sich, und ich setzte mich aufrechter hin. »Kannst du sie mir zeigen? Bitte. Ich bin mir nicht sicher, ob ich weiß, welche Bilder du meinst.«

Sie lachte angespannt. »Jeder hat sie nach der Party gepostet, und sie haben auf dem ganzen Campus die Runde gemacht. Es ist unmöglich, dass du sie nicht zu Gesicht bekommen hast.«

Dann hatte ich mich auf dem Campus vermutlich nicht nur beobachtet gefühlt, ich *war* beobachtet worden. »Ich habe gleich nach der Party meine Social-Media-Kanäle deaktiviert und bin nach Hause gefahren. Ich habe gar nichts gesehen. Bitte, Celia. Wenn du sie hast, zeig sie mir einfach.«

Ihre Miene verriet mir, dass sie noch immer zweifelte. Sie glaubte mir nicht. Dennoch griff sie in ihre Designertasche und zog ihr Handy hervor, auf dessen Hülle in leuchtend blauen Buchstaben DEL CAMPO stand. Ob sie und Payton ihre Hüllen zusammen gekauft hatten? Oder waren hier personalisierte Hüllen ein Ding? Ich knibbelte an meinen Fingernägeln. Sie tippte einen Moment darauf herum und scrollte. Dann reichte sie es mir. »Nur zu deiner Information, ich habe sie nicht in meiner Fotogalerie. Sie sind aus dem Fotoarchiv unseres Gruppenchats.«

Ah. Der Gruppenchat, in dem Payton nicht länger drin war.

Es kostete mich große Mühe, ihr das Telefon nicht einfach aus der Hand zu reißen.

Dann sah ich das Bild.

Oh.

Oh, oh, oh!

Heilige Scheiße.

Ich schloss die Augen und atmete tief durch, während mich eine Gänsehaut des Widerwillens erfasste. Fuck.

Nein, sieh hin.

Sieh dir dieses Bild genau an.

Ich hatte mit vielem gerechnet. Mit Bildern von der Party. Bildern, wie Payton sich beim Tanzen danebenbenahm oder Drogen nahm. Aber nicht … damit. Auf dem Bild waren Payton und Peter zu sehen. Peter, wie er auf einem Bett saß, in weißem Hemd und offener Fliege, die ihm um den Hals baumelte. Und vor ihm meine Schwester. Zwischen seinen Beinen, auf dem Boden kniend, den Kopf in seinem Schoß.

Und was sie da tat, war ganz und gar unmissverständlich.

Ich konnte nicht anders, als zur Seite zu wischen. Noch ein Bild, ein wenig verschwommener als das erste. Der Moment, in dem Peter mit geweiteten Augen zur Kamera aufblickte.

In mir wurde es ganz still.

Er hatte die Wahrheit gesagt. Donovan hatte die Wahrheit gesagt.

Ich drückte die Tastensperre und reichte Celia ihr Telefon. Der Ekel kroch wie kalter Schlamm über meinen Rücken.

»Ich hatte keine Ahnung«, flüsterte ich. Vielleicht war es nicht richtig, das zu sagen. Vielleicht fiel ich damit aus meiner Rolle. Aber es stimmte doch. Payton hatte also wirklich gelogen. Sie hatte mich angelogen! Sie hatte Donovan tatsächlich betrogen, ausgerechnet mit seinem besten Freund, und das an seinem Geburtstag. Und sie hatte es nicht einmal geschafft, mir die Wahrheit zu sagen. Mein Atem wurde schneller.

Der Schmerz war scharf und saß tief. Meine Schwester hatte mir etwas vorgemacht. Nein, allen. Und ganz besonders Donovan. Das schlechte Gewissen, das mich überkam, als ich an Donovan dachte, schlug mir wie ein unsichtbarer Fausthieb in die Eingeweide. Trotz dieser Bilder, trotz allem, was auf seiner Party geschehen war, hatte er verzweifelt eine Erklärung von mir haben wollen, als wir uns an der Columbia zum ersten Mal über den Weg gelaufen waren. Meine Schwester hatte ihm das Herz gebrochen, und er liebte sie noch immer so sehr, dass er über diesen Schmerz hinweggesehen und mich dennoch geküsst hatte, dennoch mit mir hatte sprechen wollen.

Gott, Payton hatte wirklich ein Chaos in Manhattan zurückgelassen.

»Ach du Scheiße«, murmelte Celia.
Ich blickte auf und sah, dass sie mich beobachtete. Was auch immer sie auf meiner Miene entdeckte, schien sie zu überzeugen, denn sie wirkte bestürzt.
»Du hattest wirklich keine Ahnung, oder?«
Unsere Getränke kamen, schneller als in jedem anderen Restaurant, in dem ich bisher war. Ich konnte nichts weiter tun, als den Kopf zu schütteln. Payton und Peter. Die Bilder hatten sich in mein Hirn gebrannt wie heißes Eisen. *Sie hat ihren Freund mit seinem besten Freund betrogen. Dem Freund ihrer besten Freundin.* Kein Wunder, dass Cameron sie hasste. Und diese Bilder hatten unter den Studierenden die Runde gemacht.
»Wieso sind sie noch zusammen?«, platzte es mit einem Mal aus mir heraus. »Cameron und Peter. Wieso habt ihr sie ... ich meine ...« Ich trank einen Schluck von meiner Erdbeerschorle und überlegte fieberhaft, was ich sagen sollte. Ich musste mich konzentrieren. *Payton. Ich bin Payton.* »Wieso haben alle nur gegen mich gefeuert?«, fragte ich. »Nicht gegen Peter. Das ergibt keinen Sinn.«
Celia zog ein mitleidiges Gesicht und runzelte die Stirn.
Ich wurde nicht schlau aus ihr. Wie konnte sie hier mit mir sitzen? Cameron war ihre Freundin, und Payton hatte ihr ein solches Leid angetan. Donovan auch! Doch offenbar meinte sie es ernst damit, sich rauszuhalten. Oder aber sie plante irgendetwas. Wollte sie mein Vertrauen gewinnen?
Sie trank ebenfalls von ihrer Erdbeerschorle. »Jemand wie Peter würde nicht zulassen, dass ihm so was schadet.«
Ich konnte nicht anders, als abschätzig zu schnauben. »Wäre ich Cameron, hätte ich ihn verlassen.«
»Gerade du weißt doch, wie es zwischen den beiden läuft. Cams und Peters Beziehung ist kompliziert. So was reißt sie

nicht auseinander. Ich glaube nicht, dass sie irgendwas jemals auseinanderbringen könnte.«

»Und dann werde trotzdem nur ich zum Staatsfeind erklärt?«, fragte ich ungläubig.

»Nicht von mir«, sagte Celia und senkte den Blick. »Payton, was du getan hast – oder wohl eher du und Peter –, war daneben, aber ganz bestimmt nicht das Schlimmste, was in unserer Clique passiert ist. Doch du bist die Neue. Selbst in fünf oder zehn Jahren wärst du noch die Neue. Wir alle kennen uns schon unser ganzes Leben lang. Unsere Eltern kennen sich. Du bist letztes Jahr einfach in der Stadt aufgetaucht, mit all deinem Geld und deinem Charme und deiner tollen, offenen Art.« Sie lachte auf und sah mich an. »Ganz ehrlich? Ich kenne niemanden, der so viele Geheimnisse hat wie du!«

War das ihre Art, mir zu sagen, dass Payton niemals dazugehören würde und deshalb abgeschossen wurde?

Ich versuchte, auch zu lachen, bekam es aber nicht ganz hin. All das Geld. Von wegen. Aber wenn Celia und die anderen mich für reich hielten, konnte das nur bedeuten, dass Kim, die Person, die meine Schwester mit all den schicken Klamotten, der Wohnung und dem Geld versorgt hatte, jemand sein musste, der nichts mit diesen Leuten zu tun hatte. Wer wusste schon, wo Payton sie kennengelernt hatte?

Wenn sie denn existierte. Ich klammerte mich ein wenig daran. Doch nachdem ich nun die Bilder von Payton und Peter gesehen hatte, wurden meine Zweifel lauter. Donovan hatte mich nicht angelogen. Und vielleicht hatte er auch die Wahrheit gesagt, als er von Paytons Einzug in die Wohnung erzählt hatte. Dass er dabei gewesen war, als sie sie eingerichtet hatte. Er kannte keine Kim.

Ein Brennen zuckte durch meine Brust. Was, wenn auch das alles die Wahrheit war?

Unser Essen wurde gebracht. Es waren Reisbowls mit buntem Gemüse, rosigen Steakscheiben mit schwarzem Sesam und Dressing. Es sah köstlich aus, aber ich verspürte überhaupt keinen Appetit.

»Du kennst doch die meisten Leute in ... euren Kreisen, oder?«, fragte ich vorsichtig. Oder hätte ich von *unseren* Kreisen sprechen sollen?

Celia nickte und spießte ein Stück Avocado mit der Gabel auf. »Vielleicht nicht alle, aber die meisten, die einen Namen haben. Wieso?«

»Kennst du meine Freundin Kim? Du weißt schon, die, die für ein Auslandssemester nach Südafrika gegangen ist.« Ich zwang eine beladene Gabel in meinen Mund.

Sie überlegte kauend. »Nein, keine Ahnung. Ich kenne Kim Burrows und Kimberly Ashwood. Und natürlich Kimberly Anne Williams. Letztere ist ein Urgestein aus der Kunstszene, Kim Burrows studiert in Harvard, und Kimberly Ashwood ist Partnerin bei Hopkins & Paul, der Anwaltskanzlei, die das Unternehmen meines Vaters vertritt. Ich nehme aber nicht an, dass du sie meinst. Wieso?«

Obwohl das Essen gut war, fühlte es sich wie Erde in meinem Mund an. Mein Verdacht verfestigte sich immer mehr. Es gab keine Kim. Wäre sie real, dann würde irgendwer sie kennen. Selbst wenn Payton ihre Verbindung zu ihr geheim gehalten hätte. Wer so viel Geld wie Kim besaß, so viele Millionen, der wäre in der High Society bekannt, so viel stand fest.

Ich schob mir noch eine Gabel in den Mund, kaute und spülte alles mit Erdbeerschorle hinunter. »Ach, nur so ...«, brachte ich hervor und zwang ein Lächeln auf meine Lippen. Sie sollte auf keinen Fall merken, was ihre Antwort mit mir machte. Wie schlecht mir war. Wäre Payton in der Lage, sich eine Freundin auszudenken? Aber falls ja, woher kam dann all das Geld? Allein schon für die Wohnung, die zig Millionen gekostet hatte?

Mir fiel weder eine Ausrede noch eine Erklärung ein, also beließ ich es bei meiner knappen Antwort.

Schmunzelnd führte Celia den Rand ihres Glases an ihre Lippen. »Noch ein Geheimnis also. Schon okay.« Der Blick aus ihren dunklen Augen war so durchdringend, dass ich unruhig auf meinem Stuhl herumrutschen wollte. »Weißt du, in letzter Zeit bist du irgendwie anders. Seit du wieder da bist, meine ich. Fast so, als wärst du ein anderer Mensch.«

Mein Herz setzte einen Schlag aus. *Atme, Sarah.* Ich zwang mich zu einer undurchdringlichen Miene und aß weiter, obwohl Panik mein Blut sauer werden ließ. »Ich habe auch einiges durchgemacht, Celia. Jeder wäre danach anders«, murmelte ich.

Kurz schwieg sie. »Da hast du wohl recht. Hör mal, Payton, es tut mir wirklich leid, was alles passiert ist. Es sieht Cameron ähnlich, dass sie um sich schlägt, wenn sie verletzt wird. Das macht sie immer. Aber es ist so unfair und typisch, dass am Ende immer nur die Frauen leiden müssen. Es ist ja nicht so, als hätte Peter dich nicht davon abhalten können, ihm einen Blowjob zu geben. Und er war an dem Abend nicht einmal richtig betrunken, während du so dicht warst, dass du einen Filmriss bekommen hast. Niemand kann mir erzählen, dass irgendwas daran fair ist. Schön, ihr habt beide einen Fehler begangen, aber Peter ist meiner Meinung nach derjenige, der die größere Scheiße gebaut hat.«

»Danke, Celia«, sagte ich und legte mein Besteck ab. »Du hast recht. Es ist verdammt unfair. Ich glaube, du bist der erste Mensch in dieser Stadt, der mich nach allem, was passiert ist, nicht mit Mistgabeln verfolgt.«

Sie lächelte schwach. »Jetzt übertreibst du aber. Ich habe dich doch mit Donny gesehen. Ihr habt vertraut gewirkt. Ihr ... arbeitet an einer Freundschaft, stimmt's? Oder versucht ihr, euch wieder zusammenzuraufen? Du musst das nicht beantworten, ist ja auch egal, das geht mich nichts an. Du bist jedenfalls nicht allein, Pay. Auch wenn du und Cameron vermutlich keine Freundinnen mehr werdet – New York ist eine Millionenmetropole.«

Ich erwiderte ihr Lächeln und entspannte mich. Das erste Mal seit einer Weile. Celia war der erste Mensch hier, dem ich wirklich glaubten wollte, dass sie authentisch war. Dass sie ehrlich war.

»Das stimmt«, sagte ich und hörte selbst die Dankbarkeit in meiner Stimme mitschwingen. Das war gut, denn in Paytons Stimme hätte sie auch mitgeschwungen.

»Was hältst du von einem Themenwechsel?«, schlug Celia vor, lehnte sich zurück und überschlug die Beine. »Lassen wir es hinter uns. Wenn du Redebedarf hast, kann ich dir eine wirklich tolle Therapeutin empfehlen.«

Okay. Nicht gerade das, womit ich gerechnet hatte, aber es klang nett. »Abgemacht«, versprach ich und vertiefte mein Lächeln.

Ich wagte es noch nicht, Celia voll und ganz zu vertrauen, doch dieses Gespräch, dieses Treffen mit ihr tat gut. Es beruhigte mich. Und ich mochte ihren Vorschlag mit der Therapie. Das würde Payton bestimmt helfen, sobald sie aus dem Entzug kam und ihr Leben in New York wieder aufnahm. Wenn ich mit Payton sprach, was hoffentlich schon in wenigen Stunden der Fall war, würde ich es ihr vorschlagen.

In meiner Handtasche vibrierte es, gerade als der Kellner kam und unsere leeren Schüsseln abräumte. Aufregung erfüllte mich. War sie das? War sie schon wach, hatte sie das Handy schon eingeschaltet?

Eilig holte das Telefon heraus und konnte mich gerade noch

davon abhalten, einen seltsamen Laut auszustoßen. Die Nachricht war nicht von Payton, sondern von Monroe.

> *Hey, neue Payton.*
> *Das nächste Mal tanzen wir bis Sonnenaufgang.*
> *Freue mich, dich wiederzusehen.*
> Monroe

Ich drückte schnell auf die Tastensperre. Ich würde Monroe Darlington nicht antworten. Er war nicht nur Peters Bruder, sondern auch zu wachsam und zu interessiert daran, was ich mit der Clique vorhatte. Vielleicht ja gerade deshalb. Weil er Peters Bruder war. Hatte er deshalb mit mir geflirtet? Mit mir gesprochen? War es nur ein Spiel, um mehr herauszufinden?

Welche Ironie, wenn ich bedachte, dass ich diejenige war, die dieses Spiel spielte.

Nachdenklich lehnte ich mich zurück und betrachtete unter dem Tisch das dunkle Display des iPhones. Aber ... wenn ich im Internet nichts über Peter Darlington herausfinden konnte und Donovan mir nichts über ihn verraten wollte, wer eignete sich dann besser als Informationsquelle als eines seiner Familienmitglieder?

Ein Kribbeln schoss durch meinen Bauch, und ich presste die Lippen fest zusammen. Natürlich. Das war's. Vielleicht sollte ich doch mit Monroe ausgehen, um an Informationen zu kommen. Oder war das ein zu gefährliches Spiel mit dem Feuer?

»Das Lächeln kann nur eins bedeuten.«

Celias Stimme riss mich aus den Gedanken, und ich blickte auf. »Was?«, fragte ich.

Sie grinste wissend. »Ich kenne diesen Gesichtsausdruck bei dir. Donny hat dir geschrieben, oder?«

Donny.

Beinahe fiel mein Lächeln in sich zusammen. *Natürlich. Donovan.*

»Ja«, sagte ich langsam. Meine Lüge fühlte sich offensichtlich an, schmeckte schal und faul, besonders bei Celias durchdringendem Blick. Ich dachte an den Streit heute Morgen.

Meine Wangen und meine Ohren glühten. »Ja, die Nachricht ist von Donny«, brachte ich hervor.

Ihr Lächeln wurde sanft und erschreckend mitfühlend. »Ich hoffe wirklich, dass ihr zwei wieder zueinanderfindet, Payton. Das wünsche ich mir für euch. Ich hatte immer das Gefühl, dass ihr zwei Seelen seid, die zusammengehören.«

Augenblicklich überkam mich mein schlechtes Gewissen. Ich schob das Telefon zurück in meine Handtasche. »Hör mal, Celia, Donovan und ich sind nur Freunde. Zumindest versuchen wir, das zu sein. Ich denke, das ist das Beste.«

Ich glaubte, etwas wie Bedauern auf ihrer Miene aufflackern zu sehen. Sie nickte und ließ den Ausdruck schnell wieder verschwinden. Ihr Finger glitt über den Rand ihres Glases. »Natürlich. Entschuldige. Es geht mich nichts an, und wenn ihr nur befreundet sein wollt, ist das auch schön.«

Ich öffnete den Mund, um etwas zu erwidern, um mich zu erklären, weil mein Wesen danach verlangte, hielt mich dann jedoch zurück. Sie hatte recht. Es ging sie nichts an. Und nur weil wir heute zusammen essen waren und sie nett zu mir war, bedeutete das nicht, dass wir plötzlich Freundinnen waren, die sich ihre Geheimnisse anvertrauten.

Wir saßen noch eine Weile zusammen und sprachen über Belangloses. Keine von uns bestellte sich noch etwas zu trinken, und so brachen wir eine halbe Stunde später auch schon auf. Celia lud mich ein und bezahlte unser Mittagessen mit einer schwarzen Kreditkarte. Ich rief Lennard an, um mich abholen zu lassen und um es Celia gleichzutun. Sie rief nämlich ebenfalls einen Wagen, um sich abholen zu lassen. Sicher hätte ich auch die Subway nehmen können, aber wenn die Leute hier glaubten, Payton sei reich, dann würde ich die Lüge noch so lange aufrechterhalten, bis ich herausfand, was es mit meiner Schwester und dem Geld auf sich hatte.

Erst als ich auf der Rückbank des abgedunkelten SUVs saß und Lennard uns aus SoHo kutschierte, zog ich das Handy wieder hervor. Ich las Monroes kurze Nachricht immer und immer wieder. Er war ganz offensichtlich an mir – an Payton – interessiert. Es wäre eine Lüge, würde ich behaupten, es hätte keinen Effekt auf mich, aber auch das konnte ein Vorteil sein. Dadurch würde ich authentischer wirken.

In meinem Kopf formte sich ein Plan. Ich würde Monroe benutzen, um Peter dranzukriegen. Und um herauszufinden, was genau zwischen Payton und ihm lief. Je länger ich darüber nachdachte, desto sicherer wurde ich. Das war genau das Richtige! Monroe war meine beste Chance dafür.

Einzig und allein mein flaues Bauchgefühl machte mir zu schaffen. Sollte ich Payton von meiner Idee erzählen? Würde sie sich genauso aufregen wie Donovan, dass ich mit Monroe getanzt hatte und nun plante, mit ihm auszugehen?

Ich schloss den Chat mit Monroe und öffnete den Chat mit meiner Nummer. *Sarah.* Es war so ein komisches Gefühl, meiner eigenen Nummer zu schreiben. Und meine Brust wurde eng, als ich all die unbeantworteten Nachrichten von mir selbst im Chat sah. Ich schluckte es herunter und begann zu tippen.

> *Hi Payton! Bist du schon wach? Wie war die Woche in der Klinik, geht es dir schon besser? Wie läuft die Therapie? Können wir telefonieren, sobald du das hier liest? Es ist dringend. Ruf mich so bald wie möglich an, okay? Hab dich lieb.*

Nur ein Haken. Ihr Telefon war noch nicht wieder eingeschaltet.

Seufzend wechselte ich zurück zum Chat mit Monroe. Mehr als diese Nachricht, die er mir geschickt hatte, gab es im Verlauf nicht. Vielleicht sollte ich ihn fragen, woher er Paytons Nummer hatte. Aber es wäre vermutlich ein wenig riskant, immerhin konnte Payton sie ihm in der Vergangenheit gegeben haben.

Ich tippte eine Antwort.

> Hey Monroe 😊
> Ich hätte auch am liebsten noch länger mit dir getanzt.
> Montag Kaffee zwischen den Vorlesungen?

»Nein«, flüsterte ich murrend und löschte den letzten Satz wieder. Zu verzweifelt. Neuer Versuch.

> Hey Monroe 😊
> Das nächste Mal tanzen wir länger. Sehen wir uns Montag auf dem Campus?
> P.

Ich drückte auf Senden und klickte auf die Tastensperre. Aufregung schwappte durch meine Brust. Die Gefahr, mich zu verraten oder etwas preiszugeben, was ich nicht preisgeben wollte, war groß, wenn ich Zeit mit ihm verbringen sollte. Aber ich würde ihn benutzen. Um Antworten zu bekommen, die dazu führten, Peter zu diffamieren. Er war das ideale Mittel zum Zweck. Besser ging es eigentlich nicht. Deshalb sollte ich mich nicht darüber freuen, Monroe Darlington wiederzusehen.

Ich wartete eine Weile. Zumindest so lange, bis die Vibration eine neue Nachricht ankündigte.

> *Frühstück um 8? Ich warte vor Hamilton Hall auf dich.*

Das Lächeln auf meinen Lippen schrieb ich voll und ganz meinem Triumphgefühl zu. Und ich ignorierte die leise, warnende Stimme in meinem Kopf dabei geflissentlich. Ich würde nun alles über Peter in Erfahrung bringen und ihn dann dank seines eigenen Bruders von der Liste streichen.

KAPITEL 21

Ein guter Nachbar

Payton hatte mich versetzt. Ihr Handy war nicht ein Mal an gewesen, und meine Nachricht hatte auch am Sonntag nur einen einzigen Haken gehabt. Ich hatte einige Male versucht, sie anzurufen, doch es ging nur die Mailbox ran. Ich hatte sogar die Klinik angerufen, aber sie hatten sich geweigert, mich mit Payton sprechen zu lassen oder mir eine konkrete Auskunft zu geben. Etwas Besseres als »Sie ist in guten Händen« hatten sie mir nicht geboten, und es trieb mich zur Verzweiflung. Bei Laurel war es ähnlich gelaufen, als sie die Klinik angerufen hatte. Es sei alles in bester Ordnung. Aber wie sollten wir das glauben, wenn Payton ihren geplanten Handy-Tag plötzlich einfach so kommentarlos ausließ, obwohl wir quasi verabredet gewesen waren? Es machte mich nicht einfach nur nervös – es jagte mir eine Höllenangst ein. War etwas passiert? *Durfte* sie nicht telefonieren? Damit ihr Heilungsprozess nicht gestört wurde? Die vielen Fragen und die hinzugekommene Sorge ließen mich ein Missgeschick nach dem anderen anstellen. Ich verschüttete in der halben Küche Kaffee, trat im Central Park in Hundedreck und rutschte in der Dusche aus, was mir eine ordentliche Beule und einen blauen Fleck am Knie verpasste. Meine Gedanken waren viel zu zerstreut, und es machte mich vollkommen kirre. Außerdem waren meine Nächte unruhig und viel zu kurz, was dafür sorgte, dass ich ausgerechnet Montagmorgen auch noch verschlief. Eigentlich hatte ich geplant, mich besonders herauszuputzen, jetzt, wo ich mir Monroe Darlington zur Mission gemacht hatte. Aber nichts da. Ich schaffte es nicht einmal unter die Dusche und musste auf Deo und Parfum zurückgreifen, meine Haare bändigte ich mit etwas Wasser und Schaumfestiger und trug nur ein wenig Wimperntusche und Lipgloss auf, ehe ich auch schon in eine viel zu enge Jeans, eine Seidenbluse und Sandalen schlüpfte, meine Tasche schnappte und aus der Wohnung rannte. Vor dem Aufzug fuhr ich mir immer wieder nervös durch die Haare und warf einen Blick auf die Handyuhr. Mein Herz raste, und ein dünner Schweißfilm ließ Haarsträhnen an meinem Nacken kleben.

Der Fahrstuhl kam, und ich atmete erleichtert auf. Dann öffneten sich die Türen, und mein Blick fiel auf Holden, der in der Kabine stand und telefonierte. Er nickte mir zu, als ich eintrat. Unsere letzte Begegnung kam mir in den Sinn; ich biss die Zähne zusammen, um nicht aufzustöhnen. Gott, war das unangenehm gewesen. Glücklicherweise war er damit beschäftigt, irgendwem am Handy zuzuhören und immer wieder zustimmende Laute von sich zu geben. Und ich war damit beschäftigt, in der Spiegelung der polierten Messingtüren ein letztes Mal meine Haare zu richten. Keine weiteren peinlichen Gespräche. Am liebsten hätte ich die kleine digitale Nummer über meinem Spiegelbild angebettelt, schneller ins Erdgeschoss zu fahren. Mir blieb noch etwa eine halbe Stunde, bis ich mit Monroe verabredet war. Ich wollte ihn auf keinen Fall versetzen.

Auf Höhe des zehnten Stockwerks beendete Holden sein Telefonat hinter mir.

»Guten Morgen.«

»Morgen«, erwiderte ich knapp. Erneut warf ich einen Blick auf das Telefon. Noch achtundzwanzig Minuten.

»Hast du verschlafen?«

Ich warf einen argwöhnischen Blick über die Schulter. »Wieso fragst du?«

Er lächelte leicht und legte den Kopf schief. »Du wirkst ein wenig aufgekratzt.«

Mit geschlossenem Mund und verengten Augen erwiderte ich das Lächeln. Wenigstens lag es nicht an meinem Aussehen, das *verschlafen* schrie. Und wenigstens sprach er nicht unsere letzte Begegnung an. »Ich bin etwas spät dran und werde vermutlich nicht rechtzeitig am Campus sein«, gab ich zu.

Endlich öffneten sich die Türen. Ich lächelte dem Portier zu und wünsche ihm einen guten Morgen. Holden tat es mir gleich.

Am liebsten wäre ich losgesprintet, aber vor Holden und dem Portier traute ich mich das nicht. Stattdessen steuerte ich mit schnellen Schritten den Ausgang an.

»Na dann«, sagte ich, während ich erneut das Telefon herauszog, um über Maps die schnellste Verbindung nach Morningside Heights herauszusuchen. Ich blickte auf und bedachte Holden ebenfalls mit einem höflichen Lächeln. »Man sieht sich. Schönen Tag noch.«

Auf der untersten Treppenstufe blieb er stehen und runzelte die Stirn. »Wo ist dein Fahrer?«, fragte er.

Ich hielt inne. Richtig, Payton hätte vermutlich Lennard angerufen. Wieso war ich nicht auf die Idee gekommen?

Unschlüssig drehte ich mich auf dem Gehweg um. Meine Wangen brannten, während meine Augen erst zu dem schwarzen Wagen auf der anderen Straßenseite zuckten und dann zu Holden zurückkehrten. »Ich dachte, ich fahre heute mal mit der Subway«, erklärte ich lahm.

Er lächelte wissend. Das gefiel mir nicht. Er schien mich viel zu schnell durchschauen zu können. »Wenn du es eilig hast und eine Mitfahrgelegenheit brauchst, kann Marvin dich fahren. Ich muss erst in einer Stunde im Büro sein.«

»Ehrlich?«, stieß ich hervor. »Aber das wäre …« Schnell schloss ich den Mund. Ich wollte ihn darauf hinweisen, dass es ein riesiger Umweg wäre, vor allem bei dem regen morgendlichen Verkehr. Der Financial District lag in der entgegengesetzten Richtung. Ich wollte zurückrudern und das Angebot ausschlagen. Dann fiel mir allerdings ein, dass Payton kein Problem damit hatte, Hilfe anzunehmen, im Gegensatz zu mir. Zumindest die Payton, die ich kannte. Außerdem war ich wirklich spät dran. »I-ich meine, gerne. Danke, das wäre großartig«, sagte ich schließlich.

Holden warf sich die Aktentasche über die Schulter und lief mit langen, selbstbewussten Schritten zum wartenden Wagen. »Na dann, lass uns fahren.«

Ich eilte ihm hinterher. Er hielt mir eine der hinteren Türen auf, trat dann um den Wagen und setzte sich ebenfalls auf die Rückbank. Innen war es kühl und roch nach Neuwagen.

»Guten Morgen«, sagte ich verlegen zu Holdens Fahrer, während ich mich anschnallte. Er war um einiges jünger als Lennard und trug keine Uniform.

»Guten Morgen, Payton«, meinte er und warf mir durch den Rückspiegel ein warmes Lächeln zu.

Ungläubig starrte ich ihn an. Holdens Fahrer kannte meine Schwester?

»Marvin, *Miss Quinn* muss an die Columbia und hat es eilig«, sagte Holden gut gelaunt und schnallte sich ebenfalls an. Er zwinkerte mir zu, ehe er im geräumigen Fußraum entspannt die angewinkelten Beine überkreuzte. Weder er noch Marvin registrierten meine Sprachlosigkeit. Ich starrte auf die Kopfstütze des Fahrersitzes vor mir. Wieso zur Hölle kannte Payton den Fahrer ihres Nachbarn, mit dem sie angeblich nur höflichen Small Talk geführt hatte? War sie schon öfter in Holdens Wagen mitgefahren? Und wenn ja, warum? Payton war nie unpünktlich, daran konnte es also nicht liegen. Sie war die Art von Mensch, die nur einen Wecker brauchte, um aufzustehen, und dafür sorgte, mindestens zwanzig Minuten früher an Treffpunkten und zu Terminen aufzukreuzen. Ich im Gegenzug stellte mir meistens fünf Wecker und kam trotzdem immer erst auf den letzten Drücker irgendwo an, wenn ich nicht doch ein paar Minuten zu spät war. Lag es etwa daran, dass sie doch miteinander geschlafen hatten?

Mit einem ordentlichen Ruck fuhren wir los, und ich schnappte bei der plötzlichen Geschwindigkeit nach Luft. Wie auch Lennard fuhr Marvin nicht zimperlich; er bretterte an einer Ampel vorbei, gerade als sie auf Rot sprang, und die Park Avenue hinunter. Ich knibbelte an meinen Fingernägeln und betrachtete Holden, der gerade eine Nachricht tippte. Da steckte doch mehr dahinter. Wer war Holden Sutherland eigentlich? Ob er eine weitere Affäre meiner Schwester war oder nicht, das würde ich noch herausfinden.

»Danke für die Fahrt«, wiederholte ich. Keine Ahnung, was ich sonst sagen sollte, aber ich hatte das Bedürfnis, die erdrückende Stille mit ihren noch erdrückenderen Fragezeichen zu durchbrechen. Holden sah von seinem Handy auf und erwischte mich geradewegs beim Starren. Ich zuckte zurück und blinzelte ihn an.

Ein viel zu attraktives Lächeln erschien auf seinen Lippen. Er wirkte fast schon zufrieden. Als gefiele es ihm, dass ich ihn beobachtet hatte.

»Nicht der Rede wert, Payton«, sagte er mit leiser, geschmeidiger Stimme.

Blut schoss mir ins Gesicht.

Definitiv. Sie musste definitiv mit ihm geschlafen haben.

Hastig räusperte ich mich und sah wieder auf die Uhr. Noch fünfundzwanzig Minuten.

Die Frage war nur: Wenn zwischen ihnen etwas gewesen war, wieso hatte Holden dann das Gegenteil behauptet?

* * *

Ich betrat den Campus über einen seitlichen Zugang in der W 114th Street zwischen Butler Library und John Jay Hall und trabte die Treppen um exakt acht Uhr fünfzehn nach oben. Ich war zu spät, durch den Wind und verwirrt. Das sattgrüne Blätterdach zwischen den braun-roten Fakultätsgebäuden spendete auf dem Campus, auf dem reges Treiben herrschte, Schatten. Auf dem South Lawn vor der Butler Library fand irgendeine Veranstaltung statt, für die dutzendweise Pavillons aufgestellt worden waren, unter denen sich Studierende um Tische tummelten. Ich lief unter einem japanischen Ahornbaum mit blutroten Blättern ein paar Stufen hinab und steuerte Hamilton Hall am anderen Ende des Hamilton Lawns an. Hoffentlich war Monroe noch da. Um fünf vor acht hatte ich ihm eine Nachricht geschrieben, dass ich mich etwas verspäten würde, wegen des Verkehrs – was auch nicht gelogen war –, aber ich befürchtete dennoch, dass er gegangen sein könnte. Er hatte mir keine Antwort geschickt, und ich hatte nicht aufdringlich sein und ihm noch eine Nachricht schicken wollen.

Vermutlich war es die Veranstaltung vor der Bibliothek, die heute besonders viele Touristen auf den Campus lockte, mich nervte es aber nur, in meiner Eile so vielen Menschen mit ihren dicken Rucksäcken, Kameras und Kinderwagen auszuweichen.

Dann entdeckte ich Monroe endlich. Vor Erleichterung verzogen sich meine Lippen zu einem Lächeln, und ich ließ mit einem Stoß den angehaltenen Atem entweichen. Er war hier. Mit zwei Kaffeebechern stand er neben dem hohen Steinsockel, auf dem sich die Statue von Alexander Hamilton befand, und blickte sich suchend um. Und er sah umwerfend aus. Teuflisch umwerfend. Die gewellten blonden Haare waren schlicht nach hinten gestrichen und versprachen schon von Weitem, sich weich und seidig anzufühlen. Er trug ein einfaches weißes Shirt in einer weiten beigen Bügelfaltenhose mit schwarzem Gürtel und graue Sneakers. Der Stoff seines Shirts spannte über seiner Brust und den breiten Schultern, und seine Arme waren sonnengeküsst und sahen drahtig und sehnig aus. Es sollte verboten sein, dermaßen attraktiv zu sein. Doch das war er. Heiß, groß und mit mir verabredet. Seine blauen Augen scannten die vielen Leute ab ... bis sie mich fanden.

Mein Herz machte einen kleinen Sprung. Und dann noch einen, als seine Lippen sich zu einem hinreißenden schiefen Lächeln verzogen.

Ich steckte mir die Haare hinter die Ohren und ließ meine Schritte geschmeidiger werden. Mehr Hüftschwung.

Na dann. Showtime.

»Guten Morgen!«, rief ich, während ich die Stufen nach oben lief. »Entschuldige die Verspätung.«

Er hielt mir einen To-go-Becher hin. »Nicht der Rede wert, Payton«, sagte er und ließ den Blick über mich wandern. Sein Lächeln wurde verschmitzt. »Du siehst übrigens toll aus.«

Ich wollte die Augen verdrehen. Hauptsächlich, weil ein Teil in mir plötzlich wie ein kleines Mädchen kichern wollte. Stattdessen wich ich seinem Blick aus und griff nach dem Becher. »Danke«, erwiderte ich verlegen.

»Die Bank hier drüben ist noch frei«, sagte er und deutete mit einem Nicken neben die Treppe.

»Dann sollten wir uns vermutlich setzen«, sagte ich grinsend. Und obwohl Payton niemals so forsch gewesen wäre, ergriff ich Monroes Hand und zog ihn zur Bank.

»Also«, begann ich und schlug die Beine übereinander. Ich wandte mich ihm zu und trank einen Schluck Kaffee. »Was passiert, wenn man mit Monroe Darlington vor einem Kurs einen Kaffee trinkt?«

Er lachte auf und trank ebenfalls einen Schluck. »Das klingt wie der Beginn eines Scherzes. Hoffentlich ein guter.«

»Das kommt ganz auf die Pointe an«, erwiderte ich lächelnd. Er schüttelte den Kopf und betrachtete mich. »Du hast nicht gelogen, als du vom Phönix aus der Asche gesprochen hast. Die alte Payton ist Geschichte, was?«

Mein Herz setzte einen Schlag aus. Ich überspielte die Unsicherheit, indem ich eine aufrechtere Haltung einnahm. Bevorzugte er leise und zurückhaltend? Was, wenn er jetzt das Interesse verlor und ich damit meine Chance verspielte, mehr über Peter in Erfahrung zu bringen?

»Ist das so schlimm?«, fragte ich leise. Hoffentlich klang ich nicht so herausfordernd, wie es mein Wesen verlangte.

Schmunzelnd lehnte er sich zurück und stützte sich mit einer Hand hinter sich ab. *Gaff ihn nicht an, Sarah.*

»Nein, überhaupt nicht. Du überraschst mich nur jedes Mal aufs Neue.«

Mit einem nervösen Lächeln trank ich noch mehr Kaffee. Fieberhaft überlegte ich, was ich darauf erwidern sollte. Wäre es zu auffällig, ihn gleich hier und jetzt nach Peter zu fragen? *Schönes Wetter, was? Ach, und übrigens, was kannst du mir über deinen Bruder erzählen? Hat er schon mal was verbrochen?*

»Weißt du«, begann er leise. Ich hob den Blick und sah, dass sein Schmunzeln einem sanften Ausdruck gewichen war. »Ich war wirklich froh, als du mir geschrieben hast.«

»Ist doch selbstverständlich, sonst hättest du gar nicht gewusst, dass ich fünfzehn Minuten später komme«, erwiderte ich – und wollte mich noch in derselben Sekunde ohrfeigen.

Gott, wieso musste ich Nervosität immer mit schlechten Witzen überspielen?

Monroe verdrehte belustigt die Augen. »Du weißt, was ich meine. Darf ich daraus schließen, dass ich dich doch auf ein Date einladen darf?«

Verblüfft blinzelte ich und drehte mich auf der Steinbank weiter zur Seite, bis ich ihm praktisch gegenübersaß.

»Ja«, sagte ich wie aus der Pistole geschossen. »Ich meine, ja. Gerne. Wenn du möchtest.« Mein Charme war weit von einer Femme fatale entfernt, so viel war sicher. Ich hätte viel coolere Dinge sagen können, wie ein geheimnisvolles »Vielleicht«, das ihn zappeln ließ. Oder »Mal sehen«. Gottverdammt.

Ich räusperte mich. »Hast du ... etwas Bestimmtes im Sinn?«, fragte ich.

Er sah sich nachdenklich um. Noch immer umspielte ein Lächeln seine schönen, einladenden Lippen, und es kostete mich große Mühe, sie nicht zu lange anzustarren. »Ein paar Optionen fallen mir ein, ja. Gibt es denn etwas in der Stadt, was du dir noch nicht angesehen hast?«, fragte er. »Ich bin hier in Manhattan aufgewachsen, und du interessierst dich für Architektur – wenn ich die Wahl deines Hauptfachs richtig gedeutet habe. Ich könnte dir ein paar Geheimtipps offenbaren.« Und wieder dieses schiefe, teuflische Grinsen. Es sandte einen Schauer voller dunkler Versprechen meinen Rücken hinab.

Echte Aufregung machte sich in mir breit. »Ich habe tatsächlich noch nicht viel erkundet, obwohl ich schon seit einem Jahr in New York bin. Du weißt schon ... das Studium. Ich hatte noch nicht so viele Gelegenheiten.« Die Lüge fühlte sich fahl und offensichtlich an, aber aus irgendeinem Grund schien Monroe sie mir einfach abzukaufen. Er nickte bloß bedächtig, trank noch einen Schluck Kaffee und fuhr sich durch die Haare.

»Wie wäre es dann mit einer kleinen Sightseeingtour? Wir könnten danach etwas essen gehen, ich kenne ein paar tolle Spots, wo garantiert keine Touris sind.«

Echte Vorfreude machte sich in mir breit. Ich hatte mit etwas Ausschweifendem, Pompösem gerechnet. Immerhin war er stinkreich. Aber das klang nach Spaß. Nach etwas, was ich wirklich tun wollte, Date hin oder her. »Das hört sich toll an. Ich …« Kurz überlegte ich, ob ich ihm eine kleine Wahrheit anvertrauen sollte. »Meine Eltern sind kein Fan von Luxus«, sagte ich zögerlich. Meine Finger spielten mit dem Plastikdeckel des warmen Pappbechers. »Das wird für dich vermutlich seltsam klingen, aber ich kann mit Materialismus nicht viel anfangen, ohne ein schlechtes Gewissen zu bekommen. Deswegen … klingt das Date ziemlich schön. Weil es normal ist.«

Er stieß den Atem aus. »Gut, dass du das jetzt sagst. Dann werde ich den mit Diamanten besetzten Rosenstrauß wieder stornieren.«

Erschrocken sah ich auf. Er bemerkte meinen Gesichtsausdruck und lachte. Es klang tief und weich. »Das war ein Scherz, Payton. Entschuldige, manchmal mache ich welche in unpassenden Momenten.«

»Da sind wir schon zwei«, schnaubte ich und zog eine Grimasse. Eine Sekunde später verschwand sie auch schon wieder. Das musste ich mir ebenfalls dringend abgewöhnen.

»Ehrlich, danke, dass du es mir gesagt hast«, meinte er und strich über mein Handgelenk. Die Berührung seiner warmen Fingerspitzen sandte eine Gänsehaut meinen Arm hinauf und den Rücken hinab. Sein Blick war so intensiv, so vertraut und warm, dass ich nicht anders konnte, als die Luft anzuhalten. »Dann werde ich zukünftig darauf Rücksicht nehmen. Wie wär's, wenn wir das Wochenende ins Auge fassen? Ich könnte dich am Sonntag gegen eins abholen.«

Diesmal war mein Lächeln echt. »Perfekt«, erwiderte ich. Einen Moment lang sahen wir uns einfach nur an. So lange, bis das Pochen in meiner Brust alarmierend laut wurde. Verlegen wandte ich den Blick ab und richtete ihn stattdessen auf Hamilton Hall.

Oder besser gesagt auf jemanden, der gerade eines der hölzernen Eingangsportale anvisierte.

Na sieh mal einer an, schoss es mir durch den Kopf. Ich beobachtete, wie Grace Landon in einem schwarz-weißen Kostüm den Rücken durchdrückte und ihre offenen braunen Haare über die Schulter warf. Offenbar darum bemüht, Haltung und Würde zu bewahren. Eine elegante ältere Dame und ein Mann mit grau meliertem Haar begleiteten sie. Wenn mich nicht alles täuschte, waren das ihre Eltern. Ein rascher Blick von links nach rechts verriet mir, dass sie niemand registriert hatte. Abgesehen von mir. Mr. Landon hielt Grace und seiner Frau die Tür auf, und sie traten ein. Es glich einer Flucht, wie Grace in das Gebäude der Universitätsverwaltung verschwand.

Tiefe Genugtuung breitete sich in meiner Brust aus. Rache war so süß. Besonders dann, wenn sie schwer vor Gerechtigkeit war. Erst Alyssa. Nun Grace.

Etwas stieß gegen meinen Kaffeebecher.

Verwirrt blickte ich auf meinen Schoß. Monroes Kaffeebecher.

»Cheers«, sagte er leise neben mir. »Du hast es wirklich geschafft, den Landons einen Besuch beim Dekanat zu bescheren.«

Ich wechselte die Position meiner überschlagenen Beine und rutschte auf der Steinbank herum. »Keine Ahnung, was du meinst.«

Wieder lachte er leise, diesmal klang es jedoch sündig. Und es drang mir bis unter die Haut. »Das schon wieder?«

Ich sah Monroe herausfordernd an. »Wieso bist du so fest davon überzeugt, dass ich etwas damit zu tun habe?«

Er lehnte sich näher zu mir. So nah, bis ich seinen betörenden Duft riechen konnte. »Ich bin ausgesprochen gut darin, eins und eins zusammenzuzählen. Mein Gefühl trügt mich nie, Payton.«

Ich schwieg einen Moment lang. Monroe wirkte überhaupt nicht besorgt. Wie auch schon auf der Party. Im Gegenteil, er schien neugierig und höchst interessiert.

Vorsichtig begab ich mich auf das Minenfeld. »Hast du keine Angst, ich könnte Peters Ruf schaden?«, fragte ich.

Er zuckte mit keiner Wimper. Stattdessen legte er den Kopf schief. »Hast du denn vor, Peters Ruf zu schaden?«

»Nein.«

Ein Lächeln umspielte seine Lippen. »Du bist eine schlechte Lügnerin.«

»Ich lüge nicht«, widersprach ich, so ruhig ich konnte. Mein Atem wurde flach. Er sah zu genau hin. Er sah *mich* zu genau an.

Ich konnte nicht anders, ich musste noch einen riskanten Schritt wagen. »Wieso willst du mit mir ausgehen, wenn du glaubst, ich könnte deiner Familie schaden?«

»Geh mit mir aus, und du findest es heraus«, erwiderte er mit aufblitzenden Augen.

Ich stand auf und trank einen großen Schluck, um mir Zeit zum Denken zu verschaffen. »Ich mag keine Spielchen, Monroe«, sagte ich.

Er stand ebenfalls auf. »Noch eine Lüge.« Plötzlich trat er so dicht vor mich, dass ich instinktiv den Atem anhielt und den Kopf in den Nacken legte, um ihm ins Gesicht sehen zu können. Er senkte den Kopf. Seine Wange strich an meiner entlang, und sein warmer Atem kitzelte mein Ohr. »Ich glaube, du liebst Spielchen«, raunte er. »Und ich glaube, das hier wird dir gefallen.«

Ich holte tief Luft und verschluckte mich daran. Mit großen Augen und glühenden Wangen starrte ich ihn an, während er sich wieder aufrichtete und mich angrinste. »Ich muss los. Wir sehen uns. Danke für den schönen Morgen«, sagte er und wackelte mit dem To-go-Becher. Und noch bevor ich etwas erwidern konnte, hatte Monroe sich auch schon umgedreht und ging.

Ich blieb zurück und starrte ihm mit klopfendem Herzen hinterher.

Ein vorsichtiges Lächeln breitete sich auf meinen Lippen aus, und ich sank zurück auf die Bank.

Ich hatte es geschafft. Ich hatte ein Date mit Monroe Darlington. Und er war bereit zu spielen.

Auch wenn er noch nicht wusste, dass es nach meinen Regeln geschehen würde.

KAPITEL 22

Schachmatt, Patt und Peter

> Laurel!! Ich habe ein Date mit Peters Bruder und werde ihn ausquetschen!

> Verdammt, ich vergesse jedes Mal den Zeitunterschied. Du schläfst noch. Schreib mir, wenn du wach bist! Wir müssen darüber reden! Ich werde ihn über Peter ausfragen. Ist also kein echtes Date. Übrigens ist Grace mit ihren Eltern beim Dekanat. Ich habe sie und Alyssa schon von der Liste gestrichen. Peter ist der Nächste. Ich fühle mich wie ein Bösewicht und gleichzeitig wie eine Superheldin. 😼 💬

> Jedenfalls schon mal guten Morgen!! Hab dich lieb, du fehlst mir. 🫶

Zufrieden seufzte ich auf und streckte die Beine vor der Steinbank aus. Gerade als ich das Handy zurück in die Kelly Bag gleiten ließ, tauchte plötzlich Cameron neben Hamilton Hall auf. Mein Herz sackte nach unten. Sie sah aus wie ein wunderschöner Racheengel, und sie steuerte geradewegs auf mich zu.

Noch bevor ich rein instinktiv die Flucht ergreifen konnte, setzte sie sich neben mich auf die Bank und packte mein Handgelenk.

»Au!«, stieß ich hervor. »Was soll das? Lass mich gefälligst los.« Camerons Augen glühten, so wutverzerrt sah sie aus. »Genießt du es?«, fauchte sie und bohrte ihre manikürten Fingernägel schmerzhaft in meine Haut. »Genießt du es, das Leben meiner Freundinnen zu zerstören, du Psycho?«

Ich setzte mich auf und legte meine Hand über ihre. Sie war wie ein Blutegel, den ich von meiner Haut ziehen musste. »Ich habe keine Ahnung, wovon du redest. Außerdem bezeichnet man Leute schon lange nicht mehr als Psycho, das ist ableistisch.« Ich zog an ihrer Hand. »Nimm deine Finger von mir, oder ich jage dir meine Anwälte auf den Hals«, zischte ich.

»Das Gleiche gilt für dich, du aufmerksamkeitssüchtige *Schlampe*. Das ist dir hoffentlich politisch korrekt genug. Freak.« Doch sie ließ mich los. Ich hielt mich davon ab, über mein Handgelenk zu fahren. Da waren mit Sicherheit halbmondförmige Abdrücke zurückgeblieben.

Wir funkelten uns an. Mein Magen wurde bei Camerons Blick steinhart und zog sich zusammen. Noch nie zuvor hatte mich jemand derart hasserfüllt angesehen. Es löste den Drang in mir aus, mich zu verstecken, Schutz zu suchen, weil mein ganzer Körper in Alarmbereitschaft geriet. So was konnte niemanden kaltlassen. Und ich betete, dass mein Blick sie ebenfalls nicht kaltließ.

»Ich werde dich fertigmachen, Payton Quinn«, flüsterte Cameron eisig. »Das, was du Alyssa und Grace angetan hast – damit kommst du nicht durch, das verspreche ich dir.«

Ich konnte nicht anders, als aufzulachen. Und das schien Cameron nur noch wütender zu machen. »Hör mal, *Cammy*«, sagte ich mit zuckersüßer Stimme. Vielleicht sollte ich sie nicht provozieren, aber ich tat es dennoch. »Ihr seid es, die *mich* fertig machen wollten, und ihr hättet es beinahe geschafft. Alles, was gerade passiert, ist nichts weiter als Gerechtigkeit. Und glaub mir«, sagte ich und sah sie abschätzig an, während das Adrenalin durch meine Adern jagte, »ich werde alle eure Geheimnisse ans Tageslicht zerren, wenn du auch nur versuchst, mir ein Haar zu krümmen. Ganz besonders deine, alles, was du mir jemals anvertraut hast. Ihr habt so viel mehr zu verlieren als ich. Du weißt, was auf dem Spiel steht.« Ein Bluff. Wie auch schon bei Donovan. Aber sie und Payton waren einmal enge Freundinnen gewesen. Deshalb ging mein Plan auch wie erhofft auf, Cameron fiel darauf rein. Für den Bruchteil einer Sekunde entgleisten ihre Gesichtszüge, und sie saß kaum merklich aufrechter. Tränen sammelten sich in ihren Augen, und sie blinzelte angestrengt.

»Das würdest du nicht wagen«, flüsterte sie. »Nicht nach allem, was du mir sowieso schon angetan hast.« Etwas anderes als Wut blitzte in ihren Augen auf. Traurigkeit? Panik? Doch sie schien so sehr dagegen anzukämpfen, dass ich es nicht sicher ausmachen konnte. Aber ich konnte es mir denken. Immerhin war es wahr – Payton hatte mit ihrem Freund geschlafen. Und angesichts der Tatsache, dass ich Payton meine Fragen immer noch nicht …

Nein. Meine Wut war berechtigt. Mein Hass auch. Nicht einmal eine Affäre rechtfertigte, was sie Payton angetan hatten.

Cameron atmete tief durch und strich sich die kinnlangen Haare hinter die Ohren. »Ich habe dir vertraut, Payton«, sagte sie. »Ich habe dich mit offenen Armen in unserer Gruppe aufgenommen. Und was war dein Dank dafür? Dass du mit meinem Freund schläfst und mich zum Gespött der Leute machst? Ich will, dass du dahin verschwindest, wo du hergekommen bist. Nein, eigentlich ist es mir egal, wohin du verschwindest, Hauptsache, du lässt dich in dieser Stadt *nie* wieder blicken.«

Ein tiefes Lachen erklang, das so fremd und gleichzeitig vertraut klang, dass ich erstarrte. Wir drehten uns gleichzeitig um.

Peter schlenderte zielstrebig auf uns zu, in schwarzer Hose, schwarzem Shirt und beigem Pullunder darüber. Grinsend hielt er die Hände nach oben und ließ sich im nächsten Moment auch schon neben mich auf die Bank fallen. »Ladys, Ladys, Ladys. Immer mit der Ruhe!« Er blickte sich um und beobachtete die Studierenden, die an uns vorbeiliefen. Dann sah er Cameron und mich wieder an, und sein Lächeln verschwand schlagartig. Es war gruselig, wie schnell es geschah. »Ihr macht eine Szene, das ist unangenehm und peinlich«, zischte er mit gesenkter Stimme.

Cameron fuhr bei dem Tadel so offensichtlich zusammen, dass ich augenblicklich hellhörig wurde. Es machte ganz den Eindruck, als hätte Peter eine ziemliche Macht über sie. Die Stärke und die Eiseskälte, die sie ausstrahlte, wenn sie allein war, schienen kaum existent, sobald Peter in ihrer Nähe war.

Verzweifelte Wut zeichnete sich auf Camerons zarten Gesichtszügen ab, und sie ballte die blassen Hände im Schoß. »Sag doch auch mal was, Peter! Alyssa und Grace sind nicht nur meine Freundinnen!«

Peter betrachtete Cameron mit schief gelegtem Kopf. Blitzte da so was wie Abscheu in seiner Miene auf? Aber das konnte nicht sein. Er sah die Person an, die er liebte.

Dann glitt sein Blick zu mir. Es fühlte sich an wie eine Horde Kakerlaken, die über mich krabbelte. Er saß zu nah. Seine Nähe selbst grenzte an Belästigung. Hätte ich ein Messer oder eine Brechstange gehabt, hätte ich mir in diesem Augenblick wohl selbst nicht über den Weg getraut – beides hätte mir eine Anzeige für Körperverletzung eingebracht.

Peter ließ den Blick über mein Gesicht und dann langsam über meinen Körper gleiten. Stocksteif wartete ich ab – ich wusste selbst nicht, weshalb ich nicht sofort aufstand und ging. Vielleicht war es mein Stolz. Ich wollte nicht klein beigeben, ganz besonders nicht vor dem Höllenpaar persönlich. Als er meinen Blick erwiderte, breitete sich ein jungenhaftes Grinsen auf seinem Gesicht aus.

»Weißt du eigentlich, dass man durch die Seide deine Nippel sehen kann?«

»W-was?«, stieß ich perplex hervor.

Cameron schluchzte auf und schlug sich eine Hand vor den Mund. Sie sprang von der Bank auf und lief mit schnellen Schritten davon. Ich entdeckte Rosie ein Stück entfernt, mit ihrer lockigen blonden Mähne und in ihrer Lederjacke, die für das Wetter viel zu warm war. Sie erdolchte mich mit ihrem Blick und zog dabei an ihrer E-Zigarette.

Ich rückte von Peter weg. »Du bist ein widerliches Arschloch, hat dir das schon mal jemand gesagt?«, fauchte ich. »Verschwinde und ruinier irgendwem anders mit deiner bloßen Präsenz den Tag. Das, was du tust, grenzt an sexuelle Belästigung.«

Er rutschte näher, diesmal so nah, dass sich unsere Schultern streiften. Plötzlich legte er eine Hand auf meinen Oberschenkel. »Das tut es nicht. Ich kenn dich doch, das macht dich an«, erwiderte er raunend.

Schockiert schlug ich seine Hand weg und wollte aufstehen, doch sein kalter Griff schloss sich um meine Hand und hielt mich wie ein Schraubstock an Ort und Stelle fest.

Ungläubig starrte ich auf unsere Hände. Sofort schossen meine Gedanken zu meiner Schwester. Die Blutergüsse an Paytons Armen. Ihrem Körper. Das Wissen um ihre Affäre. Die Drogen. Die Bilder von der Party.

Peter. Peter Darlington. Sie alle.

»Lass mich los.« Meine Stimme klang hohl und fremd. »Lass mich sofort los, Peter.«

Er beugte sich an mein Ohr, doch anders als bei Monroe zuvor verursachte Peters warmer Atem eine Übelkeit erregende Gänsehaut. »Treffen wir uns in einer Stunde? Auf dem gleichen

Klo wie immer?«, flüsterte er und atmete tief ein. »Gott, deine Titten bringen mich in Fahrt, Baby.« Er umfasste meine rechte Brust und strich mit einem Finger über die Spitze. Ein heißer Blitz durchfuhr mich, der mir donnernd bis in die Knochen fuhr. Entsetzt riss ich meinen Arm aus seinem Griff und sprang auf. »Was zum *Teufel*?«, keuchte ich und verschränkte schützend die Arme vor der Brust. Horror erfüllte mich, und plötzlich war mir zum Heulen zumute. O Gott. Er hatte einfach die Hand ausgestreckt und meine Brust angefasst! Er hatte mich *angefasst*! Vor Wut begann ich zu zittern und biss so fest die Zähne zusammen, dass mein Kiefer schmerzte. »Fass. Mich. Nie. Wieder. An«, stieß ich hervor. Ich wollte schreien. Fuck. Damit würde er nicht davonkommen!

Kichernd erhob Peter sich ebenfalls. Dass er einen halben Kopf kleiner war als ich, sollte ihn weniger angsteinflößend machen, doch der Schein trog. Als hätte das Universum selbst sich einen grausamen Scherz erlaubt. Er sah aus wie ein hübscher blonder Junge aus der Oberschicht, der keiner Fliege etwas zuleide tun konnte, mit diesem strahlenden Lächeln, den leuchtend blauen Augen und den pausbäckigen Wangen, die ihn so harmlos und jung erscheinen ließen.

Doch in ihm lauerte ein Monster.

»Ach komm schon, Payton, stell dich nicht so an. Was ist in letzter Zeit nur los mit dir?«, fragte er und fuhr sich durch die Haare.

Wutentbrannt packte ich ihn am Kragen. »Sei froh, dass ich dich nicht vor Publikum kastriere, du Giftzwerg. Wenn du es noch einmal wagst, so mit mir zu reden oder mich anzufassen, reiße ich dir deinen widerlichen Schwanz ab.«

Er zuckte nicht zusammen, sondern hob nur gelangweilt eine Augenbraue. »Dass du etwas gegen meinen Schwanz einzuwenden hättest, wäre mir neu«, sagte er leise. »Und nur ein kleiner

Tipp: Wenn du mich und jeden anderen Kerl, der dich in diesem Aufzug sieht, nicht geil machen willst, dann solltest du dir das nächste Mal etwas anderes anziehen.« Er ließ die Zähne über die Unterlippe gleiten und senkte den Blick wieder auf meine Brüste. »Das nächste Mal beiße ich rein.«

Ich wich vor ihm zurück. Mir war heiß und kalt, und meine Knie waren weich wie Butter. Ich musste mich verhört haben. War das der Größenwahnsinn einer Person, die bereits ihr Leben lang glaubte, mit allem davonkommen zu können? Oder rührte es von der körperlichen Selbstverständlichkeit her, die zwischen Payton und ihm geherrscht hatte? Aber wir waren in der Öffentlichkeit, was stimmte nur nicht mit ihm?

»Vielleicht gehe ich einfach gleich zur Univerwaltung und zeige dich an«, stieß ich hervor und hasste mich für das Zittern in meiner Stimme.

Peter grinste nur weiter sein unschuldiges Lächeln. »Wieso wirst du gleich so hysterisch, Payton? Fickt mein großer Bruder doch nicht so gut, wie alle immer behaupten? Bist du deshalb so unentspannt? Monty hat dich doch am Wochenende auf dem Ball gefickt, oder? Und falls du dich fragst, woher ich das weiß: Jeder weiß es.« Er lachte auf.

Sprachlos und bebend vor Wut wich ich noch einen Schritt zurück. Dieses. Arschloch.

Das Lächeln wich erneut von Peters Gesicht und verriet, wie nahtlos und perfekt sein Schauspiel war. Er vergrub die Hände in den Taschen seiner schwarzen Hose. Hohn und Verachtung verzerrten seine Miene.

»Gib's auf. Hast du es wirklich noch nicht geschnallt? Ich bin Peter Darlington. Ich. Bin. Fucking. Unantastbar. Und ich mache, was immer ich will, wann immer ich es will und mit wem auch immer ich es will. Geh doch zum Dekanat, aber beschwer dich nicht, wenn danach dein ganzes jämmerliches Leben in

Flammen aufgeht.« Er lächelte nicht. Es war das Zähneblecken eines hässlichen Monsters. Er trat näher, um leiser zu sprechen. »Droh mir nie wieder, du dumme Hure. Sonst wirst du es bereuen. Donovans Party war nichts im Vergleich zu dem, was dir blühen könnte, wenn ich es wirklich darauf anlege.«

Voller Verachtung, voller Entsetzen starrte ich ihn an. Mein Puls rauschte mir in den Ohren. Ich schmeckte Galle. Was sollte ich tun? Wie konnte ich ihm drohen?

Schritte erklangen hinter mir. »Alles in Ordnung?«, hörte ich Donovans Stimme.

Peter brach den Blickkontakt zuerst, und auf Knopfdruck erschien wieder das lässige Lächeln auf seinen Lippen. »Hab nur ein wenig mit deiner alten Flamme geplaudert, Donny.«

Ich hasste mich dafür, dass mir Tränen in die Augen schossen. Peter sah mich noch einmal an. Er besaß sogar die Frechheit, mir zuzuzwinkern, als hätten wir nichts weiter als einen Plausch übers Wetter gehalten.

»Man sieht sich, Pay. Hab noch einen zauberhaften Tag.«

Er lief die Stufen zum Hamilton Lawn in Richtung Butler Library davon. Mechanisch drehte ich mich zu Donovan um.

Er kam näher und sah mich mit geweiteten Augen an. »Alles okay?«

Ich schüttelte den Kopf. Dann nickte ich und schüttelte ihn wieder. »Alles in verflucht bester Ordnung«, sagte ich erstickt und hastete an ihm vorbei. Ich floh. Ich konnte nicht denken. Und ich wusste nicht, ob ich in Tränen ausbrechen oder mich übergeben wollte.

Als ich mich mit rasendem Herzen in einer Klokabine in Avery Hall einsperrte, um für alle Fälle gewappnet zu sein, gaben meine Knie nach. Ich kauerte mich neben dem WC zusammen. Das Hämmern in meiner Brust ließ meinen ganzen Körper vibrieren. Ein Schluchzen entwich mir, befeuert von unbändiger Wut und Entsetzen. Ich hasste Peter Darlington. Ich hasste ihn für das Gefühl von allgegenwärtiger Schwäche, das mich erfüllte. Ich hasste ihn für seine Berührung.

Ich presste mir eine Hand auf den Mund, um das nächste Schluchzen zu ersticken. Ich hasste Peter Darlington mit jeder Faser meines Seins. Weil er mir für einen Moment meine Stärke genommen hatte. Meine Würde. Weil er meiner Schwester wehgetan hatte. Weil er ein Monster war.

Das Date mit Monroe musste ein Erfolg werden. Peter würde leiden, nicht nur für Payton, sondern nun auch für *mich*. Ich war mir noch nie so sicher darin gewesen, jemanden zerstören zu wollen.

Er wollte mein Leben in Flammen aufgehen sehen?

Ich würde seines in die Luft sprengen.

KAPITEL 23

Wo Rosen sind, da sind auch Dornen

Der Vorfall mit Peter ließ mich nur noch auf Autopilot funktionieren. Vielleicht war es der Schock. Zu Hause hatte ich lange geduscht und die Stille in der Wohnung in mich eindringen lassen. Auch am nächsten Tag lief ich morgens durch den Central Park in Richtung Morningside Heights, verbrachte den Tag in der Bibliothek mit selbstständigem Lernen und trank Kaffee mit Hafermilch, als wäre es eine Art Lebenselixier. Ich wollte hart und unbesiegbar erscheinen, doch das funktionierte nicht. Also versteckte ich mich vor allen; vor der Clique und vor Monroe. Allein die Vorstellung, dass Payton freiwillig mit Peter geschlafen hatte, ließ meine Abscheu wie Galle in mir hochsteigen. Es wollte mir nicht in den Kopf. Hatte er ihr den netten Jungen vorgespielt? Hatte er sie verführt, oder hatte sie sich ihm an den Hals geschmissen? Oder war es doch nicht freiwillig geschehen? Das erklärte aber nicht Peters Kommentare, die auf eine Affäre hingedeutet hatten, oder das Foto, auf dem Payton ihm einen geblasen hatte. Ich verstand es nicht, genauso wenig wie die Möglichkeit, dass Payton hinter Donovans Rücken herumgevögelt hatte. Vielleicht sogar nicht nur mit Peter, sondern auch mit Holden. Doch eine Sache ließ mich nicht los, und die sorgte erst recht für ein flaues Gefühl in meiner Magengegend.

Alle. Sie alle. Peter Darlington. Ihre Worte, ihre Schluchzer, ihre blauen Flecken in Form von Fingern und die von Pillen geweiteten Augen. Die Erinnerungen suchten mich heim wie ein böser Geist und lauerten mit jedem Schritt über den Campus in meinem Hinterkopf. Das alles passte nicht zusammen.

Was Peter zu mir gesagt und vor allem was er mir angetan hatte, steckte mir in den Knochen. Ich fühlte mich schmutzig, und das nur, weil er meine Brust berührt hatte. *Nur.* Pah. Das war kein *nur.* Das war alles. Viel mehr als eine Berührung. Am liebsten wollte ich ihn allein dafür in Handschellen legen lassen, wenn ich es nur gekonnt hätte. Ich fühlte mich hilflos und war wütend. Weil es nach außen hin vielleicht klein und nichtig erschien, aber allein die Erinnerung mir Herzrasen verursachte. Ich hatte bisher nicht einmal die Kraft gehabt, Laurel davon zu erzählen. Obwohl ich wirklich *dringend* Klartext mit meiner besten Freundin sprechen musste. Über all meine Zweifel und Fragen und Theorien. Aber wo sollte ich anfangen? Ehrlich gesagt hatte ich ihr in den letzten Tagen absichtlich Dinge vorenthalten, weil ich erst meine Gedanken hatte sortieren wollen. Und jetzt traute ich mich nicht mehr, ihr alles zu erzählen. Ich war noch nicht so weit. Darüber zu sprechen, machte es zu real.

Und diese Parallele zu Payton machte mir eine Höllenangst.

* * *

Die ganze Woche vergrub ich mich im Studium und lenkte mich ab, indem ich wie eine Wilde versuchte, den Stoff zu bearbeiten, der hier verlangt wurde, und beschriftete unzählige Karteikarten zum Lernen. Vor meiner letzten Vorlesung in Baustatik am Freitag holte ich mir einen Kaffee in einem der Campuscafés und lehnte mich an die Alma-Mater-Staute, mit Blick auf den Campus.

Gedankenverloren beobachtete ich die Szenerie vor mir, die Aussicht auf die Butler Library und die Rasenflächen sowie den wolkenverhangenen Himmel. Auf den Treppen der Low Memorial tummelten sich einige Studierende. Manche Gruppen saßen auch auf den Grünflächen, obwohl es letzte Nacht in Strömen geregnet hatte, spielten Frisbee oder Federball. Es sah aus wie in einem Werbeflyer. *Bewerben Sie sich jetzt für Ihr Traumstudium.* Obwohl es erst Mitte September war, war die Luft heute überraschend kühl. Immer wieder, wie auch schon in den letzten Tagen, schweiften meine Gedanken zu Peter, und der Knoten in meinem Bauch wurde fester. Camerons Drohungen und die wütenden Tränen in ihren Augen wollten mir auch nicht aus dem Kopf gehen. Was, wenn ich doch nicht stark genug für all das hier war? Was, wenn ich unter dem Druck zerbrechen würde?

Nein. Du kannst das. Nur noch ein paar Monate, dann bist du wieder zu Hause, und alles wird wieder normal. Du bist stark. Diese Leute können dir nichts anhaben.

Geistesabwesend nahm ich einen Schluck, als ich zwei vertraute Stimmen hörte. Ich drehte den Kopf und entdeckte Celia und Holland, wie sie auf die Treppe traten und im Begriff waren, sich zu setzen. Wie auch gestern schon. Da hatte ich jedoch rechtzeitig die Flucht ergriffen, bevor sie mich bemerkt hatten.

Ich war drauf und dran, mich erneut hinter der Statue zu verstecken – als Celia mich entdeckte. *Shit.*

Sie lächelte überrascht, schob sich eine Kaskade aus glänzendem Haar hinter die Schulter und winkte mir zu. In ihrem übergroßen beigen Burberry-Mantel, den weißen Sneakers und dem engen schwarzen Trainingsset sah sie aus wie ein Promi. Casual und doch elegant.

Ich winkte schwach lächelnd zurück. Sie und Holland kamen zu mir gelaufen, und ich stieß mich von der Statue ab. Es kostete mich Mühe, nicht nervös mit dem Saum meiner braunen Steppjacke zu spielen oder einen der zwei filigranen goldenen Ringe an meinen Fingern zu drehen. Holland lächelte ebenfalls, wenn auch zögerlicher als Celia.

»Hi«, zwitscherte sie schließlich und umfasste mit beiden behandschuhten Händen ihren mattschwarzen Kaffee-Tumbler. Für Handschuhe war es definitiv noch nicht kalt genug, aber sie sah aus wie aus einem Audrey-Hepburn-Film, mit ihrer Perlenkette, dem stoffbezogenen Haarreif und dem schwarzen Cape-Mantel.

»Ich habe gehört, was passiert ist«, fiel Celia ohne große Umschweife mit der Tür ins Haus. Mitfühlend zog sie die Brauen zusammen. »Cam hat es in den Gruppenchat geschrieben, Peter soll dich ziemlich fertiggemacht haben. Ist alles okay bei dir?«

Mein Mund klappte auf. Scham brannte auf meinen Wangen. Natürlich hatte Cameron die frohe Kunde der Welt mitgeteilt. Vermutlich hatten sie und Rosie den Rest der Szene von irgendwo beobachtet. Vielleicht sogar gefilmt?

Es fühlte sich an, als würde meine eigene Haut zu eng werden, als würde sie sich zusammenziehen. Doch ich weigerte mich, schwach zu wirken. Ich weigerte mich, irgendetwas anderes als Wut preiszugeben. »Mit mir ist alles in Ordnung. Danke der Nachfrage«, sagte ich knapp.

Celia und Holland tauschten einen Blick aus, ehe auch Holland mich voller Mitgefühl aus ihren puppenhaften grauen Augen ansah.

»Peter ist ein Schwein. Und Cam kann wirklich gemein sein.«

Ich wusste nicht, warum, aber etwas an ihren Blicken traf einen Teil in mir. Einen Teil, der allmählich vor Einsamkeit verkümmerte. Etwas in mir riss ein wie ein Damm. Ich sehnte mich danach, gehört zu werden. Nach irgendeiner Form von Verbindung. Und ehe ich es mich versah, brach es aus mir heraus. Alles, was Peter gesagt hatte. Und wie er mich einfach so berührt hatte. Ich konnte nichts dagegen tun, als sich bei meinen Worten mein Hals zuschnürte und meine Hände zu zittern begannen.

»Dieses Arschloch«, flüsterte Celia schockiert. Sie legte ihre Hand auf meinen Arm und drückte ihn. »Können wir irgendwas für dich tun, Payton? Es tut mir so leid. Wirklich.«

»Mir auch«, sagte Holland aufgebracht. »Du solltest ihn anzeigen! Besorg dir die besten Anwälte der Stadt.«

»Keine Chance«, sagte Celia sofort. »Die Darlingtons sind zu mächtig. Sie haben die besten Anwälte. Das würde nicht gut enden.«

Ich bin Peter Darlington. Ich. Bin. Fucking. Unantastbar. Und ich mache, was immer ich will, wann immer ich es will und mit wem auch immer ich es will.

»Nein, vermutlich würde es das nicht«, stimmte ich ihr durch zusammengebissene Zähne hindurch zu. Aber es gab andere Wege. Legale und semilegale Wege. Er würde für sein Verhalten zahlen.

»Ich fasse es nicht, dass er schon wieder so eine Scheiße abzieht!«, rief Celia erzürnt. »Wie kann Cam nur mit einem Monster wie ihm zusammen sein?«

»Ich hasse die ganze Familie«, sagte Holland mit finsterer Miene. »Sie alle benehmen sich, als wären sie die Götter der Stadt. Das kotzt mich an.«

»Was?«, fragte ich verdutzt, bevor ich mich zurückhalten konnte. Die ganze Familie. Auch Monroe? Ich wollte wissen, weshalb. Ich wollte alles wissen. Alles, was Peter in seiner Vergangenheit für Dinge getan hatte, was seine Eltern für Dreck am Stecken hatten. Was Monroe für Dreck am Stecken hatte. Doch ich konnte meine Vorsichtshaltung noch nicht aufgeben, obwohl ich ihnen so gerne vertrauen wollte. Celia und Holland waren nicht meine Freundinnen, auch wenn sie in dieser

Stadt – neben Monroe – die einzigen Menschen zu sein schienen, die von Donovans Geburtstagsparty wussten und mich dennoch wie einen Menschen behandelten. »Ich dachte, ihr seid Freunde«, sagte ich lahm. Erschöpft sank ich wieder gegen die Statue. Das kauften sie mir doch niemals ab.

Holland lachte erschrocken auf. »Nein, ganz bestimmt nicht. Donny und Peter sind Freunde, deshalb waren die Darlingtons oft bei uns zu Hause. Unsere Familien kennen sich gut. Aber ich will nichts mit den Darlington-Brüdern zu tun haben.«

»Und Cam ist meine älteste Freundin«, sagte Celia mit zerknirschter Miene. »Wir kennen uns, seit wir Babys waren. Und Rosie und Grace waren auch immer …« Sie ließ den Satz in der Luft hängen. Doch meine Neugierde war zu groß.

»Und jetzt seid ihr keine Freundinnen mehr?«, fragte ich.

Celia zuckte die zierlichen Schultern unter dem beigen Mantel. »Doch, schon. Ach, ich weiß nicht.« Sie seufzte schwer. »Ich … Ehrlich gesagt habe ich keine Ahnung mehr. Nicht seit Donnys Geburtstag. Also, bitte glaub nicht, dass du die Einzige bist, die ihr Verhalten falsch und furchtbar findet.«

Ich schwieg. An einem besseren Tag hätte ich vielleicht »Danke« gesagt. Oder »Sie sollen alle in der Hölle schmoren« oder so. Heute war allerdings nicht dieser Tag. Ich war müde.

Kurz entstand eine Pause. Holland nahm einen Schluck aus ihrem Kaffeebecher, und ich tat es ihr gleich. Nervös scharrte ich mit meinen beigen italienischen Pumps. Ob sie mich auch auf Monroe ansprechen würden? Redete man darüber, war das wirklich so ein Ding, oder hatten Peter und Donovan das nur behauptet?

Doch weder Holland noch Celia brachten es zur Sprache. Und Donovans jüngere Schwester funkelte mich auch nicht vorwurfsvoll an, weil *Payton* nicht wieder mit Donovan zusammen war.

»Ich muss jetzt …«, begann ich und zeigte mit dem Daumen in Richtung Avery Hall.

»Klar«, sagte Holland sofort und setzte ein Lächeln auf, ganz so, als wüsste sie selbst nicht, was sie sagen sollte. Die Stimmung lud nicht gerade zum Small Talk ein. Ich wusste nicht, welches Verhältnis meine Schwester zu Holland gehabt hatte oder wie nahe sie und Celia sich gestanden hatten. *Tja, wäre Payton am Samstag doch nur an das beknackte Handy gegangen*, dachte ich verbittert.

Aber offenbar standen sie sich nah genug, denn Celia sagte: »Holly, zwei Kommilitoninnen von mir und ich wollen später im Isbel etwas essen gehen und zusammen lernen. Möchtest du dich uns anschließen?«

Erstaunt öffnete ich den Mund und schloss ihn wieder. Sie wollten mich dabeihaben? Ich fuhr mir durch die Haare. Es sollte mir nichts bedeuten. Aber irgendwie wurde mir unerträglich warm ums Herz, und mein Hals zog sich zusammen. »Klar. Gerne. Also, das ist … Gern.« Ich lächelte.

Celia erwiderte es. »Ich schreibe dir nachher, wann unsere Veranstaltungen enden. Mein Fahrer wird uns abholen und hinbringen.«

»Okay. Also dann, bis später«, sagte ich lächelnd und machte mich auf den Weg zu meiner Vorlesung in Baustatik.

KAPITEL 24

Gib mir Zucker, Daddy

> Hi, Sarah. Ich hoffe, dir geht es gut und alles läuft nach Plan. Mir geht es okay. Aber die letzten Tage waren hart. Ich habe deine Nachrichten bekommen, aber als ich anrufen wollte, bin ich zusammengeklappt. Meine Psychologin sagt, es wäre noch zu früh. Es tut mir leid!
> Bitte gib mir noch Zeit bis Samstag, dann bin ich für dich da und werde dir alles erzählen, was ich weiß, versprochen. Ich gebe das Handy bis dahin wieder ab.
> Vermisse dich und hoffe, alles ist gut.
> Bitte pass auf dich auf.
> P

Mit wild klopfendem Herzen starrte ich auf Paytons Nachricht. *Heute* war Samstag! Ich hatte die Tage gezählt, bis ich endlich wieder mit ihr sprechen könnte, nachdem sie mich vergangene Woche schon versetzt hatte. Ich wollte ihre Stimme hören und musste erfahren, wie der Entzug lief. Und dann waren da noch all die offenen Fragen. Sie ließ mich schon wieder hängen!

Widerwille und Sorgen um ihren Zustand erfüllten mich, als ich eine kurze Antwort tippte. Ich wollte nicht wütend sein, das war ich in letzter Zeit ohnehin schon zu oft. Aber die Enttäuschung war gigantisch. Sie trieb mir sogar Tränen in die Augen.

> *Kein Problem. Komm schnell wieder auf die Beine. Hier läuft es gut, mach dir keine Sorgen. Und mir geht es auch gut. Hab dich lieb und vermisse dich auch.* 💗

Wie zu erwarten wurde meine Nachricht nicht zugestellt. Ihr Handy war bereits aus. Sie hatte nicht einmal meine Antwort abgewartet. Aber sie hatte doch geschrieben, dass sie wissen wollte, wie es mir ging!

Nein. Sie hatte überhaupt keine Frage gestellt. Sie hatte bloß geschrieben, dass sie hoffte, es ginge mir gut.

Mit einem Schniefen rieb ich mir über die Augen. Mein Herz fühlte sich an, als hätte jemand Stacheldraht drumgewickelt. Das gleiche Gefühl wie in den letzten Monaten in San Francisco überkam mich. Hilflosigkeit. Traurigkeit. Schon klar, ihre Gesundheit stand an erster Stelle, aber dieses Telefonat heute war mein Lichtblick gewesen. Und jetzt wieder so sitzen gelassen zu werden …

Ich weinte leise und stützte die Stirn mit einer Hand ab. Schon seit Stunden saß ich am Schreibtisch im Apartment und schrieb Karteikarten. Der Tag hatte früh begonnen, und ich war kurz davor, auf dem weichen Chesterfield-Stuhl Wurzeln zu schlagen. Mittlerweile war es schon Nachmittag.

Schluchzend rieb ich mir über die Nase. Bevor ich mein Handy wegsteckte, starrte ich auf den Chat mit Laurel. Sie hatte mir vor ein paar Tagen auf die Neuigkeiten mit dem morgigen Date mit Monroe geantwortet und einen Tag später gefragt, ob ich wieder Neuigkeiten hätte, allerdings hatte ich ihr noch immer nicht geantwortet.

Kurzerhand klickte ich auf unseren Chat und startete einen Videocall.

»Sarah!«, rief Laurel zur Begrüßung. Ein verpixeltes Bild meiner grinsenden besten Freundin erschien auf dem Bildschirm.

»Ich habe mich schon gefragt, ob du noch lebst, aber offensichtlich atmest du tatsächlich ...« Sie verstummte. Ihr Lächeln verschwand, und Sorge trat auf ihr Gesicht. »Babes, weinst du etwa? Geht es dir gut?«

»Tut mir leid«, gab ich mit einer Grimasse zu und wischte mir über das Gesicht. Doch Laurel zu sehen und zu hören, machte mich noch emotionaler, und ich kämpfte mit aller Kraft gegen mehr Tränen an. Lachend schniefte ich. »Ich bin gerade nur etwas ... etwas durch den Wind. Gott, du kannst dir nicht vorstellen, wie schön es ist, dich zu sehen und deine Stimme zu hören. Und meinen eigenen Namen.«

Endlich wurde ihr Bild scharf. Die Sorge auf ihrem Gesicht verstärkte sich. »Du weißt, dass du immer mit mir reden kannst, oder? Auch wenn ich mal busy bin. Ist was passiert? Ich hab mich die Tage schon gewundert, wieso du plötzlich nicht mehr geantwortet hast, aber ich dachte, das liegt am Studium.« Sie lehnte sich zurück. Sie war in ihrem Zimmer in unserer WG.

»Es liegt auch am Studium, zumindest zum Teil. Es ist echt viel«, gab ich zu.

»Und der Rest?«

Ich blies die Wangen auf und hielt das Handy höher. »Die Clique. Sie sind fies und sehr scheiße. Und dann noch der ganze Druck. Meine Rolle als Payton. Es ist einfach ein wenig viel geworden, und da musste ich weinen.« Es erleichterte mich, dass meine Worte der Wahrheit entsprachen. Ich konnte mit Laurel sprechen, ganz ohne auf jedes Wort achten zu müssen. Wäre mein Gehirn ein Muskel, würde er sich jetzt entspannen.

Laurel setzte sich an ihr Fenster und steckte sich eine Zigarette in den Mundwinkel. Dabei wackelte die Kamera meisterhaft.

»Das kann ich mir vorstellen. Aber laufen die Dinge gut? Wenn du willst, können wir mal einen digitalen Filmabend machen, wie während der Lockdowns. Ich könnte auch *The*

Last of Us Part II für dich auf Twitch streamen, ganz privat.« Sie grinste.

Ich konnte nicht anders, als das Grinsen zu erwidern. »Das klingt so was von perfekt. Dazu Cider und Käsenachos?«

»Ist der Papst katholisch? Natürlich!«

Ich lachte auf und sank seufzend gegen die Stuhllehne. Während Laurel ihre Zigarette anzündete, verblasste mein Lächeln langsam. Erst waren meine Dämme bei Celia und Holland gebrochen, und nun sprudelten erneut meine Worte hervor, unaufhaltsam und viel zu schnell.

»Ich mache mir Sorgen wegen Payton. Ich glaube, ihre Freundin Kim existiert nicht, und ich glaube, Payton hat hier ziemlichen Mist mit einigen Leuten gebaut.«

Laurel verschluckte sich an dem Zigarettenrauch, den sie eigentlich auspusten wollte, und begann heftig zu husten. »Äh ... *Wie bitte*?«, fragte sie keuchend.

»Niemand kennt eine Kim! Ganz ernsthaft! Das Apartment läuft sogar auf Paytons Namen, und Donovan war dabei, als sie es eingerichtet hat. Ich glaube, dass Payton mindestens eine Affäre hatte. Mit Peter. Ich habe Bilder gesehen, Laurel. Sie hat ihm einen Blowjob gegeben, auf Donovans Geburtstag, und wurde fotografiert, als Cameron sie dabei erwischt hat – Peters Freundin und zu dem Zeitpunkt eine enge Freundin von Payton. Paytons Blutergüsse stammen außerdem von ihrem Sturz von der Treppe am selben Abend, das ist auf Video. Aber die Flecken an ihren Handgelenken, die sahen aus, als stammten sie von Fingern. Das muss Peter gewesen sein, Laurel, ich weiß es einfach. Vielleicht ist irgendwas zwischen ihnen vorgefallen, sie könnten sich gestritten haben, und er hat sie dann gepackt oder so!«

Laurel riss die Augen auf. »Woah, noch mal langsamer, bitte. Heilige Scheiße, Sarah. Und so was erzählst du mir nicht?! Meinst du das ernst?«

Sofort überkam mich mein schlechtes Gewissen. Ich holte ein wenig aus und wiederholte mich, ging diesmal aber mehr ins Detail.

Laurel nahm einen tiefen Zug von ihrer Zigarette. »Okay. Na ja, also, vielleicht gibt es ja ein … Missverständnis!« So, wie sie klang, war sie von ihren Worten selbst nicht überzeugt. Andererseits hatte sie *meine* Worte vermutlich noch gar nicht verarbeitet. »Ich kann mir nicht vorstellen, dass Payton so was tun würde. Glaubst du echt an diese Affäre? Und dass das Peter mit den blauen Flecken an den Handgelenken war? Und wieso sollte sie sich eine Freundin ausdenken? Es ist ja nicht so, als könnte sie sich die ganzen teuren Sachen und die schicke Bude leisten!« Sie lachte aufgekratzt.

Stöhnend rieb ich mir über das Gesicht. »Ich weiß, das dachte ich ja auch. Aber ich habe vor ein paar Tagen den Namen Kim in die Suchleiste ihrer Messenger und im Mailprogramm eingegeben, und es gab nicht ein einziges Ergebnis. Weder Payton noch sonst wer hat sie auch nur erwähnt! Die Leute hier halten Payton alle für reich, wieso also sollten sie ihr die ganzen teuren Sachen spendiert haben, wenn sie davon ausgehen, dass sie sich alles selbst kaufen kann?«

Eine Falte erschien zwischen Laurels Augenbrauen. »Guter Punkt. Verdammt, ist das alles krass. Hey, aber heute ist doch Samstag. Hast du schon mit Payton gesprochen?«

Ich lächelte gequält. »Sie hat mir wieder abgesagt und danach das Handy ausgeschaltet, weil es ihr noch nicht gut genug geht.«

Das Klingeln der Wohnungstür ließ mich zusammenfahren. »Einen Moment, bin gleich wieder da.« Ich lehnte mein Handy gegen einen Stapel Bücher und lief zur Tür. Es überraschte mich, als ich den Portier erblickte.

»Ihre Post, Miss Quinn«, sagte er höflich und hielt mir drei Umschläge hin.

Ich lächelte ihn an. »Danke, John.« Er erwiderte das Lächeln und ging weiter zur nächsten Wohnung.

»Ernsthaft?«, fragte Laurel belustigt. »Dir wird sogar die Post persönlich überreicht?«

Ich grinste. »Anscheinend schon.« Auf dem Weg zurück zum Schreibtisch ging ich die Briefe durch. Einmal eine Stromrechnung, dann ein Rundschreiben der Universität, natürlich alles adressiert an Payton und an keine Kim, und dann ... ein Umschlag ohne Absender. Und ohne Empfänger. Nur ein verschlossener, unbeschrifteter weißer Umschlag.

Mit gerunzelter Stirn setzte ich mich zurück auf meinen Platz. »Was hast du da?«, fragte Laurel. »Zeig mal her.«

»Keine Ahnung, da steht nichts drauf«, murmelte ich und hielt den Umschlag vor die Handykamera. War das Werbung? Ich nahm mir den goldenen Brieföffner, der neben dem großen iMac lag, und öffnete den Umschlag vorsichtig. Das Briefpapier darin war schwer und fühlte sich hochwertig an. Die Handschrift darauf war geschwungen und gut leserlich.

Payton,
ich hoffe, es geht dir gut. Wenn du keinen Kontakt mehr zu mir haben möchtest, verstehe ich das. Aber ich würde mir ein letztes Treffen mit dir wünschen, damit wir uns wenigstens voneinander verabschieden können. Egal, was du brauchst, mehr Geld, deinen Namen auf Gästelisten ... Lass es mich wissen. Ich bin für dich da. Ich möchte dich bald wiedersehen.

Blinzelnd starrte ich auf die Worte. Ich las den Brief noch drei Mal, doch mit jedem weiteren Mal wurde ich verwirrter.

»Was zur Hölle?«, flüsterte ich.

»Sarah, was ist los? Was steht da?«

Ich möchte dich bald wiedersehen.

Von wem stammte das? Wer bot Payton Geld an? Gästelisten? Das Herz schlug mir bis zum Hals. Ich las Laurel den Brief vor. Sie schwieg mit offenem Mund. Das Bild wackelte wieder, als sie sich aufsetzte. »Wow, fuck, das ist seltsam«, sagte sie. »Das klingt irgendwie, als hätte Payton einen Sugardaddy.«

»Igitt«, erwiderte ich sofort und verzog das Gesicht. »Nie im Leben.«

»Überleg doch, das wäre eine logische Erklärung.«

Ich las den Brief noch einmal und kniff die Augen zusammen. »Gott, du hast recht, das klingt wirklich nach Sugardaddy. Oder einem Verehrer. Aber welcher Kerl kauft nur wegen ein bisschen Sex einem Mädchen ein Apartment auf der Upper East Side und überhäuft es mit all dem Luxuskram? Das ergibt keinen Sinn.«

»Wer weiß, ob die Wohnung auch von dem Briefschreiber kommt. Aber ja, das könnte sein! Vielleicht ist er besessen von ihr.«

Ich lachte erschrocken. »Hör auf, das klingt ja wie in einem Psychothriller.«

»Aber es würde total Sinn ergeben«, meinte Laurel ernst. »Kein normaler Mensch würde einem anderen ohne jede Gegenleistung so viel Luxus und Geld und sonst was geben. Ich rieche auf Tausende Kilometer Entfernung, dass da Sex im Spiel ist.«

Ich sah mich im Apartment um. Dem Zig-Millionen-Dollar-Apartment im neunundvierzigsten Stockwerk mitten in Manhattan.

»Was könnte es sonst sein?«, überlegte ich laut. »Mal angenommen, jemand hätte Payton diese Bude finanziert, und Kim existiert wirklich nicht, was für Optionen gibt es?«

»Puh, klingt nach einer Millionen-Dollar-Frage, was?«, murmelte Laurel. »Sorry für den indirekten Witz. Aber der war irgendwie gut. Lass mich kurz überlegen, Babes.«

»Drogendealer?«, riet ich drauf los. »Drogendealer haben viel Geld.«

»Drogendealer mit viel Geld sind aber meistens ziemlich clean, sonst wäre das schlecht fürs Geschäft«, gab sie zu bedenken. »Außerdem hat sie von Rosie ihre Drogen bekommen, oder?«

»Ich meine, der Brief könnte auch ein Fake sein«, sagte ich und hob die Schultern. »Was weiß ich, vielleicht sollte der ja ein schlechter Scherz sein!«

Wenig überzeugt hob meine beste Freundin eine Braue. »Die Worte in dem Brief klingen aber nicht nach einem Scherz.«

»Na schön. Dann bleiben wir bei der Sugardaddy-Theorie. Vielleicht hat es ja als eine Affäre begonnen«, überlegte ich, während ich teures Möbelstück für teures Möbelstück in Augenschein nahm. »Er könnte sich in Payton verliebt haben und einfach zufällig reich sein. Ein CEO oder so, wie in den Büchern, die du heimlich auf deinem Handy liest.« Grunzend lachte Laurel auf. Ich lächelte leicht. »Na ja, für die superreichen Milliardäre ist so ein Apartment bestimmt nichts als Kleingeld in der Sofaritze.«

»Oder es hat dem Sugardaddy schon gehört, und er hat es Payton geschenkt.«

»Oder das.«

Plötzlich musste ich daran denken, was die Frau im Aufzug über Holden gesagt hatte. Dass Payton ihn schon lange nicht mehr ... besucht hatte.

Mein Kopf zuckte nach oben. »Was, wenn es Holden ist?«

»Was?«

»Was, wenn es der heiße Kerl von obendrüber ist!«

Laurel blinzelte zwei Mal. »Äh ... heiß? Hab ich was verpasst?«

Hastig machte ich eine wegwerfende Handbewegung. »Er sieht aus wie dieser Simon aus Bridgerton, ernsthaft. Ist ja auch egal. Er könnte es sein! Er wohnt im Penthouse, und er hat mächtig viel Asche. Was, wenn er der Absender ist? Ich weiß, er hat gesagt, dass zwischen uns nichts lief, also zwischen ihm und Payton, und ich es wissen würde, wenn doch, aber Payton kennt seinen Fahrer. Sie *kennen* sich, obwohl Payton behauptet hat, nie mehr als höflichen Small Talk im Fahrstuhl betrieben zu haben.«

»Könnte der Brief nicht auch ... du weißt schon, von der Clique kommen?«, fragte Laurel.

Ich erstarrte. Dann lachte ich auf. »Nein, das wäre absurd. Sie wissen nichts vom Tausch.«

»Aber Donovan weiß es, oder? Er könnte es jemandem wie Peter erzählt haben. Er weiß als Einziger von denen, dass gerade nicht Payton in New York ist, sondern du, Sarah. Könnte es nicht sein, dass es ihm vielleicht vor seinem besten Freund rausgerutscht ist und der jetzt versucht, dich zu verwirren? Zu verunsichern? Schon klar, das ist weit hergeholt, aber ...«

»Nein«, murmelte ich. Kälte breitete sich in mir aus. Langsam stand ich auf und legte den Brief zurück auf den Schreibtisch. »Es ... Vielleicht ... Nein.« Ich schloss die Augen. Die Synapsen in meinem Hirn arbeiteten auf Hochtouren, und meine Brust schnürte sich zusammen. Konnte es sein? Konnte mich Donovan wirklich verraten haben? Absichtlich oder unabsichtlich. Konnte dieser Brief von Peter kommen oder jemand anderem, der mit mir spielen wollte? Monroe vielleicht sogar? Er war ja schließlich auch ein Darlington, und ich hatte keine Ahnung! Donovan und ich standen zwar nach wie vor auf Kriegsfuß, aber irgendwie konnte ich mir nicht vorstellen, dass er mir so was antun würde. Vor allem nicht absichtlich. Er glaubte immerhin, ich hätte etwas gegen ihn in der Hand. Aber was, wenn er der Grund für diesen Brief war?

»Wir hatten letzte Woche einen kleinen Streit«, gestand ich. »Donovan und ich.«

»Warte, was?«, fragte Laurel erschrocken. »Du und Paytons Ex? Wieso habt ihr euch gestritten?«

»Na ja ...« Nun tat ich es doch. Ich kaute an meinem frisch manikürten Daumennagel. »Eventuell war er total fuchsteufelswild, weil ich ... mit einem Kerl auf einer Party getanzt habe und er Wind davon bekommen hat. Getanzt, im Sinne von: die ganze Nacht.«

Laurel schnappte lauthals nach Luft. »Nein! Sarah, davon hast du auch nichts erzählt!«

Ich fuhr innerlich zusammen. »Es war Monroe. Bei Donovans und meinem Streit hab ich erst herausgefunden, dass Monroe Peters großer Bruder ist. So kam mir überhaupt erst die Idee, Monroe zu benutzen. Es macht wohl gerade den Anschein, als würde Payton von Mann zu Mann springen, und das hat Donovan überhaupt nicht gepasst. Deshalb ist es zwischen uns etwas aus dem Ruder gelaufen.« Ich raufte mir die Haare und begann, vor dem Schreibtisch auf und ab zu tigern.

Laurel blieb still. So still, dass ich schon glaubte, dass sie aufgelegt hatte. Doch als ich mich umdrehte, sah ich, dass sie noch immer im Call war.

»Ist er hässlich und unausstehlich?«

Irritiert blieb ich stehen. »Äh ... nein?«

»Und du hast die ganze Nacht mit ihm geflirtet und getanzt.«

»Mehr nicht«, schwor ich und verengte die Augen. »Willst du mir irgendwas sagen?«

»Er ist also heiß und total dein Typ.«

Ein Lachen entfuhr mir, und ich lief zum Handy zurück. »Das habe ich nie behauptet!«

»Sarah, ich kenne dich schon mein ganzes Leben, das musstest du auch nicht. Wehe, du verliebst dich in diesen Kerl, das wäre eine totale Vollkatastrophe.«

Mein Gesicht wurde heiß, und ich erwiderte inbrünstig: »Das habe ich nicht vor! Es wird absolut *nichts* zwischen uns laufen, das meine ich ernst. Es wird nicht mal ein echtes Date. Wie ich schon sagte, ich benutze Monroe nur, um an Informationen zu gelangen, es ist rein zweckdienlich. Außerdem schweifst du vom Thema ab. Wir reden gerade über potenzielle Sugardaddys meiner Schwester!«

Sie seufzte. »Ist ja gut. Aber denk an meine Worte, Tag und Nacht!«

»Ja, versprochen, *Mom*.«

»Dann halten wir noch einmal fest: Payton hat vielleicht gelogen bezüglich Kim, das Apartment läuft auf ihren Namen, und ein mysteriöser Fremder fragt sie in einem unadressierten Brief, ob sie mehr Geld braucht.«

»Und sie hatte etwas mit Peter am Laufen«, fügte ich hinzu.

»Stimmt, und das mit Peter«, murmelte Laurel. Sie rieb sich über das Kinn. »Du hast recht. Das klingt, als hätte Payton sich ziemlich in die Scheiße geritten.«

»Total«, stimmte ich zu und sackte auf dem Stuhl zusammen. Mit einem Mal fühlte ich mich furchtbar müde. Wann war alles so verworren und kompliziert geworden?

»Du fehlst mir, Laurel«, stieß ich leise hervor.

»Du mir auch, Sarah«, sagte sie sanft. »Sobald es Payton besser geht, wird sie uns bestimmt jede Frage beantworten können. Nicht mehr lange, dann bist du wieder hier, Payton ist clean und kann in ihr Leben zurück, und alles wird wie früher. Ich glaub an dich. Die Zeit in New York wird wie im Flug vergehen, du wirst schon sehen.«

Ich stimmte ihr zu und dankte ihr. *Wie früher.* Wenn ich ehrlich war, glaubte ich nicht daran. Ich hatte längst keine Ahnung mehr, wer Payton überhaupt war. Nichts ergab Sinn. So wie die Dinge standen, *konnte* es gar nicht mehr werden wie früher.

»Ich muss jetzt gehen«, sagte Laurel entschuldigend. »Emma wartet auf mich, und ich hab mich im Schlafzimmer verbarrikadiert, um telefonieren zu können. Ich lerne heute Abend ihre Eltern kennen.«

»Und das sagst du mir erst jetzt?«, fragte ich in einem gespielt vorwurfsvollen Tonfall. Ich zwang mich zu einem Grinsen. »Das klingt toll, Laurel. Viel Spaß und Erfolg, und berichte mir anschließend unbedingt, wie es war, ja?«

»Hoch und heilig versprochen, Babes.«

Ich legte auf. Mein Herz war zugleich schwer und leicht. An Lernen war nicht mehr zu denken, dafür herrschte zu viel Chaos in meinem Kopf. Der anonyme Brief vor mir starrte mich zudem regelrecht an. Was war das für ein Leben, das meine Schwester da lebte, und wie konnte es sein, dass offenbar niemand davon wusste? Selbst Celia hatte gesagt, dass sie niemanden mit so vielen Geheimnissen kannte wie Payton. Was, wenn meine Schwester längst eine von *ihnen* geworden war? Skrupellos. Gewissenlos. Berechnend.

Der Gedanke sorgte dafür, dass sich ein spitzer Schmerz in meine Brust bohrte.

KAPITEL 25

Der Darlington-Effekt

Es war lächerlich, wie nervös mich das anstehende Date mit Monroe machte. Es half auch nicht, mich immer wieder daran zu erinnern, dass es kein echtes Date war. Dennoch verbrachte ich fast den gesamten Sonntagmorgen im Bad, um mich zurechtzumachen. Alles musste perfekt sein. *Ich* musste perfekt sein. Ich schlüpfte in ein kurzes geblümtes Sommerkleid und gemütliche Sneakers, weil wir vermutlich eine Weile zu Fuß unterwegs sein würden. Meine Haare fielen mir offen über den Rücken und wurden nur von einer Schleife am Hinterkopf geschmückt, in die ich viel zu akribisch zwei Strähnen gedreht hatte.

Da klingelte es auch schon. Ich verpasste mir einen Spritzer von Paytons Parfum, rannte zur Tür und zum Telefon an der Wand, das mich mit der Rezeption verband. »Bin in einer Minute unten«, sagte ich atemlos, legte auf und stürmte mit der kleinen Umhängetasche auch schon aus der Wohnung.

Der Aufzug brauchte nicht lange, bis er die Lobby erreichte. Ich hatte die Zeit dennoch genutzt, um meinen Atem zu beruhigen und meine Gedanken zu sortieren. *Sei perfekt. Hau ihn um.*

Die Türen öffneten sich. Mit gestrafften Schultern lief ich los. Ich war entschlossen und absolut zielorientiert.

Und dann sah ich Monroe. Er hockte neben der Rezeption und streichelte den kleinen weißen Hund eines älteren Mannes, der hier ebenfalls wohnte. Er war auf niedliche Art und Weise begeistert von dem Hund mit dem kurzen gelockten Fell. Monroe trug eine graue Leinenhose, teuer aussehende Sneakers und ein lockeres schwarzes Musselinhemd, dessen Ärmel lässig hochgekrempelt waren. Gerade sagte er etwas zu dem älteren Herrn, der mit einem freundlichen Lächeln reagierte und nickte. Der kleine Hund drückte aufgeregt seine Schnauze immer wieder gegen Monroes Hand und schnüffelte. Das ließ Monroe lachen, besonders, als der Hund ihn fröhlich ansprang, die Pfoten auf seinen Knien, und versuchte, ihm das Gesicht abzulecken. Grinsend brachte er es außer Reichweite und kraulte den Kleinen dabei hinter den Ohren. Mein verräterischer Körper ließ mich leise seufzen. Attraktive Männer, die ein Herz für Tiere hatten. Er schien geradewegs verzückt. Nacho und Monroe würden mit Sicherheit auch gut miteinander auskommen. Der Anblick sorgte dafür, dass ich meinen alten Hund ziemlich vermisste.

Mit einem leisen Lächeln auf den Lippen trat ich näher. Und als Monroe aufblickte und unsere Blicke sich trafen ... schmolz etwas in mir.

»Hi!«, sagte ich und strahlte ihn und meinen Nachbarn an. Der alte Mann erwiderte es herzlich und schien überhaupt kein Problem damit zu haben, dass sein kleiner Begleiter so viel Aufmerksamkeit bekam. Ich ging ebenfalls in die Hocke und streckte die Hand aus.

»Wer bist du denn?«, fragte ich. Prompt wurde meine Hand beschnüffelt und abgeschleckt. Der Kleine war so aufgeweckt und energiegeladen, dass ich bei seinen unbeholfenen Versuchen, sich an mich zu kuscheln und aufgeregt zu schnüffeln, auch lachen musste. »Hi. Hi, Kleiner. Du bist ja süß!«

Monroe stimmte in mein Lachen ein und streichelte den Hund ebenfalls wieder. Euphorisch sprang er zwischen uns her, als könnte er sich nicht entscheiden, wen er abschlecken sollte. Ich konnte Monroes Blick auf mir spüren, aber ich tat so, als würde ich ihn nicht bemerken.

»Elvis ist neun Monate alt«, sagte der alte Besitzer stolz. »Meine Enkel haben ihn mir geschenkt. Ein aufgewecktes Kerlchen, das zu oft in die Wohnung macht. Deshalb sollten wir jetzt wohl ...«

»Oh, natürlich«, sagte Monroe und richtete sich wieder auf. Ich strich Elvis ein letztes Mal über den kleinen Kopf, dann stand ich ebenfalls auf. Beinahe hätte ich vergessen, wie groß Monroe war. Er überragte mich regelrecht, und etwas in meinem Bauch zog sich zusammen. Er sah wirklich umwerfend aus.

»Schönen Tag noch und danke, dass wir Elvis streicheln durften«, sagte ich lächelnd und strich mir die Haare aus dem Gesicht. Der alte Mann lachte. »Immer gerne, das wissen Sie doch. Ihnen auch einen schönen Tag, Payton. Und Ihnen, Sir.«

Ich verzog keine Miene. Dennoch wallte Überraschung in mir auf. Nein, eigentlich sollte es mich nicht überraschen. Wenn in diesem Haus jemand mit einem Welpen wohnte, war Payton mit Sicherheit wie eine Motte vom Licht angezogen worden. Sie liebte Hunde ebenfalls über alles.

Sachte zog der Mann an der Leine. »Komm, Elvis, heute pinkeln wir mal woandershin als auf den Teppich.«

Lächelnd sahen Monroe und ich ihm hinterher und beobachteten, wie John, der Portier, die Tür mit einem Strahlen öffnete und dem älteren Herrn einen schönen Tag wünschte.

Wir wandten uns gleichzeitig einander zu. Monroes Augen funkelten, und es war so ansteckend, dass ich breiter lächeln musste. Er beugte sich hinunter und küsste meine Wange.

»Hi«, flüsterte er.

Wieder zog sich etwas in mir zusammen, und Hitze schoss in meine Wangen. Obwohl es kaum mehr als ein Lufthauch war, drang die Berührung bis unter meine Haut. Ich atmete seinen köstlichen Duft ein und beschloss, arglos zu sein. Es war gut, dass ich auf ihn reagierte. Das wirkte echt. Und das wiederum würde schneller dafür sorgen, dass er mir vertraute, immerhin war er an mir, oder eher Payton, interessiert. Deshalb streckte ich mich und küsste seine Wange ebenfalls. »Hi«, wiederholte ich im gleichen Tonfall und wich zurück.

Für einen Moment machte es den Eindruck, als wollte er nach meiner Hand greifen, doch er rührte sich nicht vom Fleck. Meine Finger zuckten, als versuchten sie, eine Geste zu erwidern, die nicht stattgefunden hatte.

»Du siehst hinreißend aus, Payton«, sagte er und vergrub die Hände in den Hosentaschen.

Ich setzte ein verlegenes Lächeln auf und richtete die dünne Metallkette meiner Tasche auf der Schulter. Einen Moment taten wir nichts anderes, als uns anzustarren. Mit jeder verstreichenden Sekunde wurde mir heißer. Monroe schluckte sichtlich, und seine Mundwinkel wanderten höher. Auf seinen markanten Wangen lag ein leichter blonder Bartschatten. Dazu der goldene Sommerteint, der seine Augen noch blauer und seine Lippen noch rosiger erscheinen ließ. Von den goldenen Haaren auf seinen sehnigen Unterarmen ganz zu schweigen …

Ich hakte mich bei ihm ein. »Also, Monroe, wohin entführst du mich?«

Erneut hielt John die Tür auf, und Monroe führte mich hinaus auf die Straße. »Zur Subway-Station. Für die echte New-York-Erfahrung gehört das dazu«, meinte er und zog eine runde Ray-Ban-Sonnenbrille aus der Brusttasche seines Hemdes.

»Wieso klingt das aus deinem Mund so, als wäre es eine Attraktion?«, fragte ich belustigt.

Sein Lächeln wirkte gequält. Er setzte die Sonnenbrille auf, und wir liefen den Gehweg hinab. »Weil es das ist. Ich fahre nie mit den Trains. Es ist laut, stinkt, ist überfüllt, und man kann überfallen werden. Lieber zwanzig Minuten länger in einem klimatisierten sauberen Wagen verbringen, als sich zwischen Leute zu quetschen.« Er sagte es in einem scherzenden Tonfall, doch die Grimasse, die er dabei zog, verriet mir, dass er es ernst meinte.

»Bist du nicht New Yorker?«, fragte ich lachend.

»Klar, aber die Subway ist die Hölle. Neben dem Times Square. Eine Art Vorhölle. An den Times Square bekommen mich übrigens keine zehn Pferde.«

Ich grinste. »Bist du überhaupt schon mal mit der Subway gefahren?«

Monroe blickte amüsiert und fuhr sich durch die Haare. »Natürlich. Ich bin immerhin hier geboren und aufgewachsen. Aber ich vermeide es, und ich bin gut darin, es zu vermeiden. Dieses Jahr musste ich erst zwei Mal mit ihr fahren und das auch nur, weil es zu lästig gewesen wäre, auf die Schnelle einen Fahrer zu finden.«

»Mein Beileid«, zog ich ihn auf, während wir zusammen mit einer Gruppe Frauen und zwei Französisch sprechenden Touristen mit Reiseführern die Straße überquerten. »Der Times Square und die Subway. Gibt es noch etwas in der Stadt, wogegen Monroe Darlington allergisch ist?«

Wieder lachte er auf, und der tiefe, weiche Klang löste eine Gänsehaut auf meinen Armen aus. Ich presste die Lippen zusammen und ignorierte es.

Nachdenklich legte er den Kopf schief und hob die linke Hand, um aufzuzählen. »Selfiesticks, Skaterparks, Tauben, wenn Leute mitten auf dem Gehweg stehen bleiben.« Er überlegte kurz. »Den Geruch von Hotdogwasser und elektronischen Zigaretten. Oh, und gegen Menschen, die laut telefonieren.«

Ich schnaubte. »Wow, du scheinst Manhattan echt zu lieben.«

Wir näherten uns einem Subway-Eingang. Er senkte den Kopf und beugte sich im Gehen zu mir.

»Die guten Dinge wiegen die schlechten definitiv auf«, raunte er.

»Nicht schlecht, Casanova«, erwiderte ich. Meine Stimme klang ein wenig zu hoch.

»Du hast mir eine Steilvorlage geboten. Da konnte ich schlecht widerstehen.« Er zwinkerte mir zu. Bei jedem anderen hätte es lächerlich oder schmierig gewirkt, bei Monroe war es jedoch sexy und schickte ein Kribbeln durch meinen Bauch.

Vielleicht genoss ich das hier ein wenig zu sehr.

»Dann wird es wohl Zeit für ein Abenteuer«, sagte ich, als wir die schmutzigen Stufen erreichten. Leute liefen sie hinauf, manche gingen hinab. Die Luft, die uns von unten entgegenschlug, roch metallisch und säuerlich. Ich mochte es, mit der Subway zu fahren, trotz des Gestanks nach Schweiß und Urin. Es gefiel mir, Menschen zu beobachten, den Musizierenden zu lauschen, die in den Stationen spielten oder durch die Abteile liefen. Der Hauptgrund, weshalb ich mich meist von Lennard zum Campus fahren ließ, war, weil Payton es auch getan hätte. Man hielt sie für reich, also musste ich vorerst das Bild aufrechterhalten.

»Wo geht es als Erstes hin?«, fragte ich, als wir uns Fahrkarten am Automaten kauften.

»Union Square«, sagte Monroe und steckte seine Kreditkarte zurück in die Handyhülle. Er warf mir ein Lächeln zu, legte mir eine Hand auf den Rücken und führte mich zu den Drehkreuzen. Ich versuchte, die Wärme zu ignorieren, die von seiner Berührung ausging. »Und von dort aus arbeiten wir uns vor.«

Auf der Fahrt sprachen wir über Belangloses, während wir im überfüllten, stickigen Abteil standen und uns an den Stangen festhielten. Über das Wetter und das Studium. Er erzählte mir, wie er mit seiner Masterarbeit vorankam, und ich erzählte ihm vom vollen Stundenplan und einer anstehenden Präsentation. Dann erzählte ich von Nacho, und er gab zu, dass er nie einen Hund haben durfte, weil seine Mutter allergisch war und Angst vor Hunden hatte. Durch die Lautstärke waren wir uns während des Gesprächs so nah, dass sich unsere Knie berührten. Obwohl es bei unserem letzten Aufeinandertreffen seltsam gewesen war, hauptsächlich wegen mir und meiner Nervosität, fühlte ich mich diesmal überraschend wohl und gefasst.

Mein Gefühl sagte mir, dass das Date ein voller Erfolg werden würde. Bis Tagesende hatte ich ihn hoffentlich um den Finger gewickelt.

* * *

Ich hatte mich nicht getäuscht. Es war fast schon traurig, aber das Date entpuppte sich als eines der besten, die ich je gehabt hatte. Monroe zeigte mir wunderschöne Gebäude fernab der Wahrzeichen. Wir liefen durch malerische Straßen, an alten Hotels vorbei und Baukunstwerken aus Glas und Metall. Und ganz so, wie auch Payton es tun würde, schoss ich jede Menge Bilder. Monroe wusste nicht viel über Architektur, aber er steuerte während des Gehens Geschichten aus seiner Kindheit bei. Er war auf der Upper East Side aufgewachsen und hatte zusammen mit Peter die Trinity School besucht – selbst ich hatte schon von der exklusiven Privatschule gehört. Donovan, Celia, Holland und Cameron waren ebenfalls dorthin gegangen. Kurz nach Monroes fünfzehntem Geburtstag war sein Großvater verstorben, weshalb seine Familie in das Apartment auf der Upper West Side gezogen war. Er hatte eigentlich in Harvard studieren wollen, doch jeder in seiner Familie war auf die Columbia gegangen. Er hatte nicht viel Mitspracherecht bekommen. Dafür tat er mir ein wenig leid. Er erzählte mir, wie seiner Mutter vor dem Flatiron Building einmal die Handtasche gestohlen worden war und dass sie seitdem nicht mehr ohne Begleitung oder einen Bodyguard das Haus verließ. Ich hielt meine Erzählungen so vage wie möglich. Die Stimmung war zu gut, als das ich mich überwinden konnte, ihm Lügen aufzutischen. Also beließ ich es dabei, dass ich in einem Vorort von San Francisco aufgewachsen war und eine Schwester hatte. Ich erzählte ihm von Laurel, bevor er Fragen zu meiner Schwester stellen konnte, mehr von unserem Hund Nacho und von meinen Eltern. Ihren Beruf erwähnte ich nicht, weil »freie Journalisten« nicht gerade nach schwerem Geld klang. Ich erzählte ihm auch von den vielen Sommern am Strand, die wir surfend verbracht hatten. Und von meiner Schwäche für Videospiele.

»Jetzt kommt ein Test. Tisch mir zwei Lügen auf und eine Wahrheit«, sagte ich, gerade als wir in einem niedlichen Ramen-Restaurant im East Village Platz genommen hatten. Monroe schwor, dass es ein Geheimtipp war und es hier die besten Ramen in ganz Manhattan gab. Meine Füße schmerzten nach den Stunden, die wir die Stadt erkundet hatten, und ich glühte, was das stickige Restaurant nicht besser machte.

Monroe wirkte vollkommen gelöst. Er lehnte sich auf seinem Platz mir gegenüber vor und verschränkte mit aufgestützten Ellbogen die Finger ineinander. Kurz überlegte er. Dann zuckten seine Mundwinkel nach oben. »Okay. Erstens: Ich hatte lange Zeit einen Spitznamen, man hat mich den ›König von Manhattan‹ genannt. Zweitens: In meinem Freshmen-Jahr bin ich nackt über den Campus geflitzt, weil ich eine Wette verloren habe. Und drittens: An meinem dreizehnten Geburtstag habe ich eine Flugbegleiterin vollgekotzt.«

Ich lachte auf und fächelte mir mit der Speisekarte Luft zu. »Das klingt furchtbar!«

»Was genau meinst du?«, fragte er unschuldig.

»Alles.«

»Und erkennst du die Lüge?«

Ich lehnte mich ebenfalls vor und stützte das Kinn mit einer Hand ab. »Ich bin mir nicht ganz sicher. Aber ab Punkt zwei hast du versucht, ein Grinsen zu unterdrücken. Ich glaube, zwei und drei sind Lügen und Punkt eins ist die Wahrheit.«

Als er mir einen enttäuschten Blick zuwarf, konnte ich nicht anders, als erneut zu lachen. Das fiel mir in seiner Gegenwart erschreckend leicht.

»Ich hab überhaupt nicht gegen ein Grinsen angekämpft!«

»Hast du wohl. Und ernsthaft? König von Manhattan?«, fragte ich spöttisch.

Er zuckte mit den Schultern, doch ich sah die Röte auf seinen Wangen. »Ich hatte eine wilde Phase. Und meine Eltern ... Sie haben ein großes Unternehmen, und das allein hat schon dafür gesorgt, dass mich nicht nur die meisten Leute kennen, sondern mir ein gewisser Ruf vorausgeeilt ist, besonders als ich viel Party gemacht habe. Und sehr viel ... gedatet habe.«

Ich hob eine Augenbraue. Ein richtiger Klischee-Badboy also. »Und du hast dich selbst auch als König von Manhattan betitelt? Wow, Monroe.«

»Es war nur eine Phase«, fügte er schnell hinzu, ganz offensichtlich verlegen. Er rutschte unruhig auf seinem Sitz herum und lehnte sich wieder zurück. »Ich studiere jetzt schon seit etwa sechs Jahren. Nach meinem dritten Jahr hatte ich keine Lust mehr auf die Partys und die bedeutungslosen One-Night-Stands.« Es klang, als würde er dazu noch mehr sagen wollen, doch in diesem Moment kam ein Kellner an unseren Tisch. Monroe gab die Bestellung auf, und ich ließ mich überraschen. Er hatte das Restaurant immerhin empfohlen. Es wurden zwei Mal Tonkotsu-Ramen und als Vorspeise Algensalat und knusprige Hühnerhaut. Dazu bestellten wir noch Getränke. Beinahe hätte ich vor Freude aufgestöhnt, als uns dazu auch noch gekühltes Leitungswasser auf den Tisch gestellt wurde. Ich hatte das Gefühl zu schmelzen.

Ich trank einen großen Schluck und sah Monroe wieder an. Meine Neugierde war geweckt. »Das klingt ein wenig, als hättest du jemanden kennengelernt«, hakte ich vorsichtig nach – wenn auch nicht gerade unauffällig.

»Könnte man so sagen.«

»Und das ging nicht gut aus?«

»Nein. Zumindest nicht für mich.«

Er senkte den Blick. Der entspannte Ausdruck auf seinem Gesicht verschwand.

Das klang verdächtig nach gebrochenem Herzen. Mitgefühl wallte in mir auf. Von Beziehungen, die kein gutes Ende nahmen, konnte ich ein Lied singen. Ich traute mich jedoch nicht, weiter nachzuhaken.

Nach einem Moment des Schweigens sprach Monroe aber überraschenderweise weiter. »Sie hieß Ingrid. Die Tochter von einem Geschäftspartner meines Vaters. Wir haben uns in den Hamptons auf einer Sommerparty meiner Eltern kennengelernt.«

Ich konnte es mir nur zu gut vorstellen. Eine riesige Villa in den Hamptons, wo die Reichen und Schönen ihre Sommer verbrachten. Und eine wunderschöne Frau, die Monroe den Kopf verdreht hatte.

»Ihr habt euch also verliebt?«, fragte ich. Irgendwie löste die Frage Widerwillen in mir aus.

Er nickte und trank aus seinem Wasserglas. »Hals über Kopf. Wir haben den ganzen Sommer zusammen verbracht und waren kaum eine einzige Sekunde voneinander getrennt. Ich wusste schon nach wenigen Wochen, dass ich sie eines Tages heiraten wollte. Unsere Eltern verstanden sich gut, und mit meinen Freunden kam sie auch prima klar. Dann habe ich jedoch herausgefunden, dass ihr Vater sie auf mich angesetzt hatte, um in unser Familienimperium einzusteigen. Es war alles kalkuliert. Und es ging wie immer nur ums Geld.« Ein Muskel an seinem Kiefer zuckte. Und seine Worte und der Ausdruck auf seinem Gesicht sorgten dafür, dass sich mein Herz zusammenzog.

»Oh, Monroe ...«, murmelte ich und legte ihm eine Hand auf den Unterarm. »Das tut mir so leid. Das hast du nicht verdient.«

Er bedeckte meine Hand mit seiner, als wäre es das Natürlichste der Welt. Und es fühlte sich gut an. Seine Miene wurde etwas weicher. »Ist schon okay«, sagte er sanft. »Ich bin längst darüber hinweg. Ist ja auch schon Jahre her.«

»Was ist passiert, nachdem du es herausgefunden hast?«

»Mein Vater hat die Zusammenarbeit mit ihrer Familie sofort beendet. Er hat dafür gesorgt, dass Ingrids Vater keinen Fuß mehr bei den großen Fischen reinbekommt.«

»Wow«, sagte ich und blinzelte erschrocken. »Das ist radikal.«

»Für meine Eltern gibt es nichts Wichtigeres als unsere Familie. Oder besser gesagt, unser Image. Mein Dad wollte damit eine Botschaft an alle senden, die auch nur die Idee haben, uns Schaden zuzufügen.«

Ein eiskalter Schauer kroch mir über den Rücken. So mächtig war man also, wenn man *richtig* reich war, nicht nur ein bisschen.

Etwas in mir krampfte sich zusammen. Wie reich genau waren Monroe und Peter eigentlich? Sie lebten in einer vollkommen anderen Welt als ich. Auch Donovan, Celia, Cameron und der Rest dieser Snobs. Ich hatte keinen blassen Schimmer, was das für ein Leben war, das sie führten. Bisher hatte ich nur einen winzigen Funken davon mitbekommen. Götter auf dem Olymp. Aber da steckte mehr dahinter. Ich hatte nicht mal ansatzweise erfahren, was es wirklich hieß, Teil von Manhattans High Society zu sein.

»Tut mir leid«, sagte Monroe und rieb sich über den Nacken. »Ich wollte die Stimmung nicht seltsam machen.«

»Hast du nicht!«, platzte es aus mir heraus. Schnell lächelte ich, um meinen Aufruhr zu überspielen. Hoffentlich merkte er mir nichts an.

Das drückende Gefühl in meiner Brust verschwand nicht. Auch nicht, als wir uns anderen Themen widmeten und die Stimmung wieder lockerer wurde. Und dann auch nicht, als unser Essen kam – das wirklich fantastisch war. Wie um alles in der Welt sollte ich es schaffen, Peter zu schaden, ohne von seiner ganzen Familie vernichtet zu werden? Wie sollte ich nur an ihn rankommen? War er wirklich unantastbar? Und was war, wenn meine eigennützigen Absichten aufflogen, die ich mit Monroe verfolgte? Was würde das mit ihm anstellen? Ich hinterging ihn im Grunde genauso wie seine Ex-Freundin.

Beide Darlington-Brüder hatte ich im Visier, und offenbar hätte ich mir nichts Gefährlicheres aussuchen können.

Ich konnte nur hoffen, dass mein falsches Spiel nicht aufflog.

KAPITEL 26

Der König von Manhattan

Nach dem Essen änderten wir unsere Pläne. Das lag hauptsächlich daran, dass ich Monroe mitgeteilt hatte, weder jemals auf dem Empire State Building noch auf dem Rockefeller Center gewesen zu sein. Er nahm es fast schon als Beleidigung auf, weil das wohl ein Muss war. Kurz darauf rief er seinen Fahrer an und schickte eine Nachricht mit unserem Standort.

Die Sonne war kurz davor, unterzugehen, als wir aus dem Wagen in Midtown stiegen. Eine gewaltige Schlange an Touristen stand am Rockefeller Center an, um auf die Aussichtsplattform, dem Top of the Rock, zu gelangen. Gerade wollte ich mich anstellen, als Monroe meine Hand ergriff und mich an der langen Schlange vorbeizog. Meine Hand in seiner großen fühlte sich falsch an. Denn es sandte Hitze meinen Arm hinauf, die mir den Bauch verknotete und jedes Härchen in meinem Nacken aufstellte. Er warf mir ein geheimnisvolles Lächeln über die Schulter zu.

»Hier geht's lang.«

Ich grinste in mich hinein. Er musste wohl irgendwen kennen, der uns gleich hochbrachte. Also ließ ich es einfach geschehen. Es fühlte sich aufregend an, an den vielen Menschen vorbeizugehen und von einem Mann in einem schwarzen Anzug zu den Aufzügen geführt zu werden. Auch wenn ein Teil von mir es unfair fand, da all die Leute bestimmt schon lange anstanden, um endlich hochfahren zu können, und wir ihnen einfach so zuvorkamen.

Im Aufzug ließ Monroe meine Hand los. Es wurde ziemlich voll, als die Angestellten noch mehr Leute in den Fahrstuhl verfrachteten. Ein Heliumluftballon mit der Aufschrift I ♥ NY schlug mir plötzlich volle Kanne ins Gesicht. Erschrocken zuckte ich zurück und stieß gegen die Kabinenwand. Weder die alte Frau noch das überdrehte kleine Mädchen, das den Ballon hielt, entschuldigten sich.

Ein erstickter Laut erklang neben mir und ich drehte den Kopf. Monroe presste angestrengt die Lippen zusammen, und seine Schultern bebten. Und dann brachen wir beide in lautes Gelächter aus.

Wir fuhren hoch bis ins siebzigste Stockwerk. Freudige Aufregung erfüllte mich. Allein die Vorstellung, so weit oben zu sein, ließ mich schwindelig werden.

Die Türen öffneten sich wieder, und wir warteten ab, bis die anderen Menschen die Kabine verlassen hatten. Dann traten wir nach draußen.

Der Himmel über uns war von pfirsichfarbenen Wolken gesprenkelt, die wie Farbkleckse auf blau-violetter Leinwand aussahen. Die Luft war kühl und sorgte augenblicklich für eine Gänsehaut auf meinen Armen. Aber ich war viel zu hingerissen, um dem Beachtung zu schenken.

»Da wären wir«, sagte Monroe grinsend. Er bedeutete mir, ihm zu folgen. Der Wind zerzauste ihm die blonden Haare und ließ sein dunkles Musselinhemd flattern. Wir stellten uns an das Geländer. Ein seltsames Quietschen entfuhr mir, und ich verschränkte die Hände über dem Herzen.

»Wow«, flüsterte ich. »Es ist wunderschön. Atemraubend.« Adrenalin durchzuckte mich bei dem Ausblick auf Manhattan von so weit oben. Die Sonne berührte als riesiger, rot glühender

Feuerball den Horizont und tauchte den Dschungel aus Beton, Stahl und Glas in brennendes Licht.

Ich konnte nicht anders, ich musste den Moment festhalten. Also holte ich Paytons Telefon aus der Handtasche und schoss Bilder von der Aussicht. Das hätte sie sich bestimmt auch nicht entgehen lassen. Strahlend drehte ich mich um und hielt das Handy auf Monroe gerichtet. »Darf ich?«, fragte ich.

Er fuhr sich durch die Haare, was viel zu attraktiv aussah. »Nur wenn du auch mit aufs Bild kommst.«

Ich wechselte zur Frontkamera und drehte mich um, damit man Monroe und mich zusammen auf dem Bild sah. Das Licht war wirklich toll. Ich grinste von einem Ohr zum anderen. Dann legte Monroe die Arme um meine Taille und zog mich an seine Brust. Mein Herz geriet aus dem Takt. Seine Wärme und sein unwiderstehlicher Duft hüllten mich ein und lösten ein elektrisches Kribbeln in meinem Bauch aus.

Wir lächelten beide in die Kamera, und ich schoss ein paar Bilder. Sein Griff um mich verstärkte sich. Er lehnte den Kopf an meinen und drückte im nächsten Moment seine Lippen auf meine Wange. Gerade noch so konnte ich mich davon abhalten, nach Luft zu schnappen.

Er wich nicht zurück, als er seine unendlich weichen Lippen von meiner Wange löste. Das prickelnde Gefühl verweilte dort noch, sickerte tief in meine Haut und brannte sich ein. Die Welt um uns herum schien zu verschwimmen und zu verschwinden, bis ich nichts anderes mehr wahrnahm als ihn. Er hob die Hand und strich mir sanft eine Haarsträhne von der Wange. Ich ließ es geschehen. Auch als er die Hand an meine Wange legte und meinen Kopf drehte, bis unsere Nasenspitzen sich berührten.

Alles in mir erstarrte. Mein Körper stand plötzlich unter Strom. Wir beide waren unter Strom. Er und ich und die flirrende Luft um uns herum.

»Dein Lächeln ist wunderschön«, murmelte er und strich mit dem Daumen über meine Unterlippe.

Das elektrisierende Gefühl in mir, das, was mein Herz lauter schlagen ließ … war Sehnsucht. O Gott. Ich wollte, dass er mich küsste. Ich wartete geradezu darauf.

Und das war nicht gut.

Jegliche Alarmglocken in mir begannen zu schrillen, doch das Sirren zwischen uns schien sie zu übertönen.

Voller Bedacht ließ er den Blick über mein Gesicht wandern. Irgendwas schien er zu spüren.

»Was geht dir durch den Kopf?«, murmelte er. Ich nutzte den Moment, um mein Gesicht von seinem fortzudrehen. Ich betrachtete Manhattan, als wäre das ohnehin mein Plan gewesen. Die Sonne versank, und das Licht wurde immer röter. »Ich denke nach. Über … uns«, log ich nach einem Moment. Und bereute es noch in derselben Sekunde.

»Es gibt ein *uns*?«

Mein Gesicht brannte. Ich versuchte, es mit einem selbstbewussten Lächeln zu überspielen, und strich mir eine Haarsträhne aus dem Gesicht, die durch den Wind schon wieder entwichen war.

»Über unsere Unterschiede«, erklärte ich, nicht wissend, wohin ich die Lüge führen sollte. »Dein Leben ist so anders als meins.«

Er stimmte mit einem leisen Geräusch zu, das durch seine Brust an meinem Rücken vibrierte. Meine Gänsehaut war nicht nur spürbar, sondern auch nicht zu übersehen.

»Ja, da gibt es einige. Du wohnst zum Beispiel auf der Upper East Side und ich in Hudson Yards. Wenn wir aus dem Fenster schauen, haben wir ganz andere Aussichten. Außerdem studieren wir unterschiedliche Fächer.«

Schnaubend verdrehte ich die Augen. »Jepp, ganz genau darüber habe ich nachgedacht.«

Er schob mich näher zur Brüstung, damit wir beide eine bessere Aussicht hatten. »Wir könnten dagegen natürlich etwas unternehmen«, murmelte er an mein Ohr. »Du könntest herausfinden, was ich sehe, wenn ich morgens aufwache, und andersherum.«

Ich wollte auflachen, doch nur ein atemloser Laut entwich mir. Allein die Vorstellung …

Nein. Stopp!

»Guter Schachzug, Mr. König von Manhattan«, scherzte ich ausweichend.

Er lachte und lehnte seine Wange an mein Haar. »Tut mir leid, auch die Steilvorlage durfte nicht ungenutzt bleiben.«

»Irgendetwas sagt mir, dass das nur die halbe Wahrheit ist.«

»Payton Quinn 2.0, der auferstandene Phönix aus der Asche, wie er leibt und lebt.«

Ich sah über die Schulter. »Wir haben noch nie so viel miteinander gesprochen wie heute. Vielleicht kennst du mich einfach noch nicht gut genug. Ich brauche meistens länger, bis ich auftaue.« *Lüge, Lüge, Lüge.*

Er sah mich so liebevoll an, dass meine Brust ganz eng wurde. »Das gefällt mir. Du gefällst mir«, sagte er sanft. Langsam, beinahe vorsichtig, hob er eine Hand und strich über mein Haar, bis hinunter zu meinem Nacken. Ich war immer noch gewillt, gegen die Sehnsucht in meiner Brust anzukämpfen. Und doch … spürte ich genau, wie meine Schutzmauer immer weiter bröckelte. Das hier war unbeschreiblich. Das alles, der Tag, dieser Abend, sorgte dafür, dass etwas in mir zum Leben erwachte. Die Tatsache, dass ich das hier niemals wirklich haben konnte, weil es nicht echt war … stimmte mich traurig. Es war unfair. Und vielleicht eine Botschaft des Universums, dass das meine Portion Karma war – einem so tollen Kerl wie ihm zu begegnen, nur um niemals eine Chance zu haben, weil ich ihm etwas vormachte. Ich würde nie mehr als diesen Moment haben.

Erst als eine Falte zwischen Monroes Augenbrauen erschien, bemerkte ich, dass mein Lächeln verschwunden war. Langsam ließ er die Hand sinken. »Ist alles in Ordnung?«

Plötzlich zog sich mein Hals zusammen. Was machte ich hier eigentlich? Er war ein Darlington, das war schon kompliziert genug.

In mir herrschte totales Gefühlschaos. »Ja«, ächzte ich. »Es ist nur … Es … hat nichts mit dir zu tun. Nicht direkt.« Ich sah ihm in die Augen, und er erwiderte den Blick mit einer solchen Intensität, als könnte er mir geradewegs in die Seele schauen.

Ich wollte ihn nicht wieder anlügen. Den ganzen Tag schon war ich mehr ich selbst gewesen als Payton, weil es sich so natürlich angefühlt hatte. Wenn ich ihn schon hinterging, wollte ich nicht auch noch lügen. Das hatte er wirklich nicht verdient. Also suchte ich fieberhaft nach Worten.

»In meinem Leben herrscht gerade ziemliches Chaos. Und in meinem Kopf. Das hier … Ich weiß nicht, wie ich damit umgehen soll«, flüsterte ich. Die Worte waren so ehrlich, wie sie nur sein konnten.

Er ließ seinen Daumen vorsichtig über meine Wange wandern. »Mir ist klar, dass in deinem Leben momentan viel los ist. Ich möchte nur, dass du weißt …« Er schluckte sichtbar. Dann seufzte er. »Es ist eigentlich nicht meine Art, geradeheraus zu sagen, was ich denke oder fühle. Das widerspricht dem, wie ich aufgewachsen bin. Aber du sollst wissen, dass es okay für mich ist, wenn du Zeit brauchst. Wir können es langsam angehen lassen, ganz in deinem Tempo.«

Und damit stand fest: Das hier war *definitiv* meine Strafe dafür, ein falsches Spiel zu spielen. Dass ich ausgerechnet in dieser Situation dem scheinbar perfekten Mann begegnete, der noch dazu Single und vollkommen auf meiner Wellenlänge war, umwerfend attraktiv und zu dem ich mich körperlich so hingezogen fühlte. Der so verdammt verständnisvoll war. Es hätte Potenzial, mehr als ich je erlebt hatte. Monroe hätte das Potenzial, irgendwann einmal tiefere Gefühle in mir zu wecken. Mehr als nur ein flüchtiges Verknalltsein. Und diese Tatsache war schockierend.

Ich schluckte schwer und starrte ihn an. Rang mir ein Lächeln ab. »Danke für dein Verständnis«, sagte ich leise. »Das klingt gut.«

Und genau das war das Problem. Es klang viel zu perfekt.

* * *

Das Schweigen zwischen uns, als Monroe und sein Fahrer mich zurück nach Hause brachten, war nicht unangenehm.

Vor meinem Wohnkomplex half er mir aus dem Wagen, und ich bedankte mich bei seinem Fahrer für die Fahrt. Wir liefen die wenigen Stufen zur Haustür hoch. Mittlerweile waren auch die Laternen in den Straßen angesprungen, und durch Dutzende Fenster drang warmes Licht. Der Abend war mild und die Luft erfüllt vom entfernten Rauschen des Verkehrs.

»Also«, sagte ich, als Monroe und ich voreinander stehen blieben. Ich lächelte und war mit einem Mal so nervös wie ein Teenie bei seiner ersten Verabredung.

Monroe erwiderte mein Lächeln auf eine Art, die wohl schon Hunderte Herzen gestohlen hatte.

»Also«, wiederholte er. Dann ergriff er meine Hände. »Danke für den schönen Tag, Payton.«

»Ich habe zu danken«, beeilte ich mich zu sagen. »Du hast dir so viel Mühe mit allem gegeben. Das nächste Mal …« Ich brach ab, als ich merkte, was ich da sagte.

»Das nächste Mal?«, wiederholte Monroe und hob lächelnd die Augenbrauen. »Dann wird es also ein nächstes Mal geben?«
»Ich weiß es nicht«, sagte ich. »Monroe, ich ... Der Abend war wirklich wunderschön. Ich weiß nur nicht ...«
»Ist schon gut. Payton, ich sagte doch, dass wir nichts überstürzen müssen.« Er suchte nach den richtigen Worten und seufzte schließlich. Nun war er es, der den Blick senkte. »Ich wollte dich zu nichts drängen. Mir ist bewusst, dass du und Donovan noch einiges zu klären habt. Ich habe die Zeit, die wir heute miteinander verbracht haben, sehr genossen. Ganz zwanglos.« Er sah auf. Seine Worte klangen vernünftig, doch ich bemerkte den Ausdruck in seinem Blick, und er ließ mein Herz schneller schlagen. Verlangen tobte in seinen blauen Augen. Und noch etwas, das ich nicht so recht benennen konnte, was mich jedoch dazu bringen wollte, in seinen Blick einzutauchen, um es zu erforschen.

Ich wollte so gerne ehrlich zu ihm sein. Ich wollte mit ihm auf ein richtiges Date gehen und ihn kennenlernen. Ihm näherkommen. Aber nicht in der Rolle meiner Schwester.

»Ich habe es heute auch sehr genossen«, sagte ich. Zaghaft hob ich eine Hand. *Nein. Keine kluge Entscheidung.* Doch bevor ich sie auf halber Höhe wieder senken konnte, umschloss Monroe sie. Die Andeutung eines Lächelns lag auf seinen Lippen, und er betrachtete mein Gesicht. »Gut«, murmelte er. »Dann ... gute Nacht, Payton.«

»Gute Nacht«, erwiderte ich, mindestens so leise wie er. Wir starrten uns an. Sahen uns viel zu tief in die Augen. Die Luft drohte, jeden Moment Funken zu sprühen. In mir brodelten die verschiedensten Gefühle. Aufregung. Sehnsucht. Angst. Nervosität.

Monroe lehnte sich nach vorne, senkte den Kopf und ...

Küsste meine Wange. So lange, dass das Gefühl seiner weichen Lippen auf meiner kühlen Haut mein Inneres aus den Angeln riss.

»Gute Nacht«, wiederholte er flüsternd. Doch er rührte sich nicht von der Stelle.

Ich hätte erleichtert sein sollen, dass er mich nicht zum Abschied küsste, aber Fehlanzeige. Ich konnte kaum atmen. Da senkte Monroe den Kopf noch ein Stück.

»Oh«, entwich es mir beinahe tonlos, als seine Lippen sich auf meinen Hals legten.

Er seufzte, was ich mehr spürte als hörte, denn sein Atem knisterte auf der empfindlichen Haut genau unter meinem Ohr.

Verflucht, ich schmolz dahin. Es fühlte sich nicht einfach nur gut an, es sorgte für ein unverkennbares Ziehen in meinem Bauch.

Monroe trat zurück. Das Lächeln, das er mir schenkte, war träge und unwiderstehlich. Er drehte sich um und lief zu seinem Auto.

Ich blieb nicht stehen, um ihm nachzublicken, doch als ich ins Haus trat und schließlich in den Fahrstuhl stieg, ertappte ich mich dabei, wie ich mit zwei Fingerspitzen meinen Hals berührte.

Ich war hellwach und viel zu erregt. Dieser Zustand hielt noch an, als ich schließlich das Nachtlicht ausschaltete und mich im Bett herumwälzte.

So gut sich das Date auch angefühlt hatte, so ein großer Erfolg in Sachen Annäherung es auch gewesen war, etwas wurde mir klar.

Ich hatte vermutlich einen fatalen Fehler begangen, mich auf das Spiel mit dem Feuer einzulassen.

KAPITEL 27

In den Schuhen meiner Zwillingsschwester

In der folgenden Woche verbrachte ich viel Zeit mit Monroe – zumindest auf dem Campus. Wir hatten noch nicht über weitere Dates gesprochen, und er tat sein Bestes, mir genug Raum zu geben, indem er darauf wartete, dass ich den nächsten Schritt machte. Was meine Pläne mit ihm betraf, hatte ich bisher nur kleine Erfolge erzielen können. Viel über Peter hatte er nicht gesprochen, und er vertraute mir vermutlich noch nicht genug, als dass ich ihm gefahrlos Fragen stellen konnte. Wenigstens wusste ich nun, dass Peter mal ein Sommercamp besucht hatte, um seine Wutanfälle in den Griff zu bekommen. Dort hatten seine und Monroes Eltern ihn hingeschickt, nachdem er mit zwölf den Hund einer Nachbarin getreten hatte, der seiner Meinung nach zu laut gebellt hatte. Das arme Ding hatte operiert werden müssen. Ich wusste nun auch, dass Peter gegen Haselnüsse allergisch war. Da ich aber nicht vorhatte, ihn umzulegen, konnte ich damit nicht wirklich etwas anfangen. Außerdem waren er und Cameron schon seit fünf Jahren ein Paar, und Monroe war davon überzeugt, dass sie gleich nach dem Studium heiraten würden.

Jeden Tag scrollte ich durch Paytons Fotogalerie, mittlerweile auch durch die Chats, auf der Suche nach neuen Hinweisen zu ihren Affären. Oder auf den Absender des anonymen Briefes. Allerdings wurde ich nicht fündig. Es waren harmlose Bilder und harmlose Chatverläufe.

Außerdem ging ich die ganze Woche der Clique aus dem Weg. Ich sagte mir, dass ich das nur tat, um Pläne zu schmieden, aber wenn ich ehrlich zu mir selbst war, ließ ich mich vom vielen Lernstoff und besonders von Monroe ablenken. Absichtlich. Jedes Mal, wenn ich Peter auf dem Campus entdeckte, bekam ich Herzrasen. Und wann immer ich Cameron, Rosie oder auch nur Donovan sah, wurde mir flau zumute. Je länger ich darüber nachdachte, desto schlechter fühlte ich mich, dass Donovan und ich uns gegenseitig ignorierten. In jeder Vorlesung, die wir gemeinsam besuchten, kam mir die Luft aufgeladen und unangenehm dick vor. Andererseits ließ auch mein Verdacht mich nicht los. Was, wenn es tatsächlich Peter war, der hinter dem anonymen Brief steckte, weil Donovan ihm von mir erzählt hatte? Vielleicht war der Verdacht nicht sehr logisch – immerhin war Peter aggressiv und direkt und versteckte sich nicht hinter anonymen Briefen, dafür war sein Ego viel zu groß. Aber hätte Donovan denn nicht auch irgendwem anders von meiner Identität erzählen können? Jemandem, der nur deshalb so was schrieb, um mich zu verunsichern? Ich wusste, dass ich dringend mit ihm sprechen musste. Donovan durfte nicht mein Feind sein, ich brauchte ihn als Verbündeten, und ich musste sicherstellen, dass er die Klappe gehalten hatte. Aber ich brauchte auch noch ein wenig Zeit, bevor ich mich ihm, Cameron, Peter und den anderen wieder stellen konnte. Etwas mehr Zeit, um dem Ganzen wieder gewachsen zu sein. Währenddessen sollte ich die vielen Kaffee-Dates mit Monroe und die gemeinsamen Stunden in der Bibliothek vielleicht weniger genießen, als ich es tat, denn Laurels Warnung saß mir im Hinterkopf. Monroe war zu sehr mein Typ. Wir verstanden uns zu gut. Ich konnte auf keinen

Fall zulassen, Gefühle für ihn zu entwickeln. Besonders, weil sie nicht wirklich auf Gegenseitigkeit beruhen würden. Er hatte ein falsches Bild von mir – er sah nicht nur Payton in mir, sondern auch das Leben, das sie hier führte. Den Lebensstil, das Geld. Hätte Monroe mich, Sarah, kennengelernt, wären das nicht nur andere Umstände gewesen, sondern auch eine andere Atmosphäre. Ich wäre nicht elegant oder jeden Tag geschminkt, geschweige denn auf dieselben Gespräche aus. Ich hätte Flipflops, tief sitzende lockere Jeans und Bandshirts getragen. Außerdem wäre ich Mitglied in irgendeinem Club, der sich für Bedürftige oder die Rechte von PoCs einsetzte, so wie in San Francisco. Ich hätte vermutlich im Studierendenwohnheim oder einer überteuerten winzigen WG gewohnt, weit weg vom Campus, wo es preislich nicht ganz so astronomisch wie in Manhattan war, für die ich dennoch jede Sekunde außerhalb vom Campus jobben musste, sodass neben Arbeit und Studium nur noch Zeit zum Essen und Schlafen wäre. Ich hätte mich in anderen Kreisen als Monroe bewegt, wäre ausschließlich mit der Subway gefahren und hätte niemals die Mittel besessen, um auf einer exklusiven Party in einem wunderschönen Kleid mit ihm zu tanzen. Nicht dass mich irgendwer zu diesen Partys eingeladen hätte. Wir hätten in verschiedenen Welten existiert, die vermutlich niemals aufeinandergeprallt wären. Fakt war, dass Monroe kein Interesse an mir hatte, sondern nur an der Lüge, die ich ihm vormachte. Deshalb stürzte mich die Zeit mit ihm in ein heilloses emotionales Durcheinander, obwohl ich jede Sekunde genoss, in der wir zusammen lachten, redeten oder einfach nur schwiegen. Und das taten wir wirklich oft. Entweder trafen wir uns zum Lernen auf dem Campus oder in hübschen kleinen Cafés in der Stadt. Es fühlte sich gut an, selbst wenn wir nur beide unserer Arbeit am Laptop nachgingen. Mit jedem Tag wurde es zwischen uns vertrauter. Wir berührten uns ständig wie selbstverständlich. Es war, als würde mein Körper der Anziehung nicht standhalten können. Und Monroe schien es genauso zu gehen. Eine Hand auf der anderen, auf dem Bein, dem Rücken, dem Arm. Manchmal strich er mir die Haare aus dem Gesicht und ließ seine Finger länger als nötig auf meiner Wange verweilen. Es war riskant, das zuzulassen, aber gleichzeitig auch genau das, was ich erreichen musste. Vertrauen. Sein Vertrauen bedeutete, dass er mir seine Geheimnisse offenbaren würde. Und etwas sagte mir, dass meine Mühen sich schon bald auszahlen würden.

* * *

Am Freitag saßen Monroe und ich auf der Mauer vor dem Eingangsportal der Butler Library, neben dem Container für die Bücherrückgabe. Wir beobachteten die Leute um uns herum und aßen das Frühstück, das ich von Paytons französischem Lieblingscafé mitgebracht hatte. In New York wurde es allmählich herbstlich. Die eine Hälfte der Studierenden rannte noch immer in Shirts, Hotpants, Kleidern und Röcken herum, die andere trug bereits Steppjacken und dünne Pullover.

Der Abstand zwischen Monroe und mir war schmal. Wie auch schon in den letzten Tagen erwischte ich mich immer wieder dabei, wie ich seine Lippen anstarrte, wenn er sprach. Oder seine schönen großen Hände mit den langen Fingern und den gepflegten Nägeln. Manchmal, wenn Monroe in Gedanken versunken war, biss er sich auf die Zungenspitze, und wann immer er das tat, musste ich aufseufzen. Es war für einen heißen Typen wie ihn viel zu niedlich.

Jetzt biss er von seinem Croissant ab und lehnte sich zurück, wie eine Katze, die jeden milden Sonnenstrahl absorbieren wollte.

»Hast du morgen Abend schon etwas vor?«, fragte er vorsichtig. »Da ist eine Party, zu der ich gehen muss, und ich habe noch kein Plus eins.«

Auf halbem Weg zum Mund hielt ich mit meinem Kaffee-Tumbler inne. Überrascht blickte ich auf. Das war das erste Mal, dass er etwas anderes als Lernen vorschlug. Dem vorsichtig-hoffnungsvollen Ausdruck auf seinem Gesicht nach zu urteilen, war er sich dessen bewusst.

»Es wird eine furchtbar langweilige Party«, fügte er schnell hinzu und lächelte zaghaft. »Eine langweilige Party voller langweiliger Leute. Irgend so ein Rooftop-Event von einem potenziellen Geschäftspartner unserer Firma, und ich habe Anwesenheitspflicht, weil mein Dad nicht kommen kann und ich neben dem Studium manchmal als Aushilfe einspringe. Es ... wäre schön, jemanden dort zu haben, der nicht langweilig, alt und humorlos ist.«

Meine Mundwinkel wanderten nach oben, ohne dass ich etwas dagegen tun konnte. »Dann wäre das ja eher ein Akt der Barmherzigkeit, wenn ich mitkommen sollte.«

»Genau. Du würdest mir damit einfach nur einen großen Gefallen tun«, sagte er lässig.

Obwohl meine Stimme der Vernunft zu protestieren begann, grinste ich Monroe an. »Na schön. Dann komme ich mit.«

Er erwiderte das Grinsen und sprang er von der Mauer. »Dann hätten wir das geklärt. Ich hole dich um sieben ab.« Er legte mir die Hände auf die Hüften und half mir runter – auch wenn das gar nicht nötig war. Ich stellte meinen Becher ab und ließ es trotzdem geschehen, ehe ich dicht vor seinem Körper von der Mauer glitt. »Vielen Dank, König von Manhattan«, sagte ich mit den Händen auf seiner Brust.

Er lachte auf. »Ich hätte dir diesen furchtbaren Spitznamen nie verraten dürfen.«

Ich stellte mich auf die Zehenspitzen und beugte mich zu

seinem Ohr. »Du hättest mir eben keine geladene Waffe in die Hand drücken dürfen.«

»Hab ich das?«, fragte er leise. Sein warmer Atem streifte meine Haut, und er schlang die Arme um mich.

»Irgendwie schon, Eure Majestät.«

Wieder lachte er. »Eure Majestät. Das gefällt mir mehr, als es sollte.«

Ich schob den Kopf zurück und begegnete seinem Blick. Seine leuchtend blauen Augen durchbohrten mich ... bis sich sein Blick auf meinen Mund richtete.

Mein Herzschlag wurde ohrenbetäubend laut. Seine Finger auf meiner Hüfte bewegten sich, und ich musste schlucken.

Jemand erschien am Rande meines Blickfelds, und dieser Jemand warf mir plötzlich einen Arm um die Schulter. Keuchend riss ich den Kopf herum. Und dann, innerhalb eines einzigen Wimpernschlages. wurde mir eiskalt.

Es war Peter, von einem Ohr zum anderen grinsend. »Payton. Monty. Hier treibt ihr euch also rum«, sagte er gut gelaunt.

Hastig wich ich zur Seite, hauptsächlich um seiner Berührung zu entgehen.

»Was willst du, Peter?«, fragte ich – und bemerkte voller Schreck, wie abfällig meine Stimme klang. Mein Blick schoss zu Monroe. Würde er misstrauisch werden, sobald er merkte, wie sehr ich seinen kleinen Bruder hasste? Würde er mein Interesse an ihm hinterfragen?

Doch er schien es gar nicht zu bemerken, denn sein genervter Blick lag einzig auf Peter. »Was gibt's?«, fragte er.

Vergnügt zuckte Peter mit den Schultern und lehnte sich lässig gegen die Mauer, dort, wo ich zuvor gestanden hatte. »Ich hab euch nur gesehen und dachte, ich sage mal Hallo.«

Monroe hob die Augenbrauen, als wartete er auf mehr. Es

war faszinierend zu beobachten, wie Peter augenblicklich klein beigab. *Interessant.*

Er zwinkerte mir zu, dann blickte er wieder zu Monroe, den Kopf in den Nacken gelegt und die Hände in den vorderen Taschen seines weißen Hoodies.

»Eigentlich wollte ich nur mal sehen, wie es so läuft. Und ob dir meine Reste schmecken.« Diesmal war sein Grinsen breit und schelmisch und richtete sich wieder auf mich.

Meine Reste ...

Ungläubig klappte meine Kinnlade nach unten. »Du mieses Schwein.«

Peter lachte. Doch das Lachen blieb ihm im Hals stecken, denn Monroe packte ihn blitzschnell am Kragen und presste ihn gegen die Mauer. »Vorsicht«, warnte er mit erschreckend ruhiger Stimme. »Pass auf, was du sagst, Peter. Sonst wird es Konsequenzen nach sich ziehen.«

Ungläubig blinzelte Peter ihn an. Er schnaubte. »Komm schon, Monty, ich mache doch nur Spaß, und ich ...«

»Hast du«, fiel Monroe ihm zischend ins Wort, »mich verstanden?«

Peter erblasste. Sein Lächeln fiel in sich zusammen. Die Art, wie Monroe ihn zurechtwies, war unglaublich. Er konnte Peter-fucking-unantastbar-Darlington zurechtweisen! Natürlich. Denn er war ja sein großer Bruder! Wenn es jemanden gab, vor dem Peter den Kopf einzog, dann war es Monroe. Aufregung durchfuhr mich. Konnte ich mir das irgendwie zunutze machen?

»Ja«, murmelte Peter, den Blick auf den Boden geheftet. Sein Hals bekam rote Flecken, und er presste so fest die Lippen zusammen, dass sie weiß wurden. Er war wütend.

»Entschuldige dich bei Payton«, verlangte Monroe, noch immer mit leiser, gefasster Stimme. »Na los.«

Peters Nasenlöcher blähten sich, und er ballte die Hände zu Fäusten. »Entschuldige, Payton. Meine Worte waren unsensibel.«

Ich blinzelte. Heilige Scheiße. Innerhalb eines Wimpernschlags hatte Monroe Peter zu einem Balg mutieren lassen, das sich zwang, eine Entschuldigung herauszupressen. Ich war zu sprachlos, um etwas zu erwidern.

Ein kleines Lächeln erschien auf Monroes Lippen, doch es erreichte seine Augen nicht. Er ließ Peter los und trat zurück. »Gut. Und jetzt geh. Schönen Tag noch.«

Peters Gesicht war puterrot. Es verzog sich immer mehr zu einer wütenden Grimasse. Er atmete flach und sah uns nicht an, wirbelte herum und lief mit schnellen Schritten davon.

Ein unruhiges Gefühl breitete sich in mir aus, und ich schlang die Arme um mich. Mein Nacken kribbelte, als wären viel zu viele Augenpaare auf uns gerichtet. Hatte man uns beobachtet?

»Das ... wäre nicht nötig gewesen«, murmelte ich. »Peters Kommentare sind mir egal.«

Monroe fuhr sich mit beiden Händen durch die Haare. Doch die tiefe Falte zwischen seinen Brauen verschwand nicht. Er wirkte aus dem Konzept gebracht. Beunruhigt. »Doch, das war nötig. Er hätte nicht so mit dir reden dürfen.«

Ich rieb mir über die Arme. »Dann, äh, danke. Dafür. Eben«, brachte ich ungelenk hervor. Ich beobachtete ihn besorgt. Irgendetwas ging in ihm vor. Er sah mich nicht an und blinzelte ein paar Mal. Er war vollkommen aus dem Konzept. Wies er Peter normalerweise etwa nicht zurecht?

»Ich sollte los. Wir sehen uns morgen Abend.«

»Bist du sicher, dass alles in Ordnung ist?«, fragte ich.

Er hob den Blick. Dann wurde seine Miene weicher, und er schenkte mir ein sanftes Lächeln. Er schob eine Hand in meinen Nacken und küsste meine Stirn. »Alles in Ordnung, Payton. Mach dir keine Sorgen. Morgen Abend, sieben Uhr, ja?«

Wärme stieg in meiner Brust auf. Ein verdammter Stirnkuss. Ich erwiderte sein Lächeln. »Morgen Abend«, versprach ich.

Ich blickte ihm hinterher, bis er die Stufen neben der Butler Library hinuntertrabte und aus meinem Blickfeld verschwand. Ein Seufzen entfuhr mir, und mein Lächeln verblasste. Ich nahm meine Tasche und den Tumbler von der Mauer und machte mich auf den Weg zu Fayerweather Hall. Obwohl noch eine halbe Stunde Zeit war, bis der Dokumentarfilm über McKim, Mead & White begann, lief ich geradewegs ins Gebäude – ich plante nämlich nicht, Peter erneut zu begegnen. Oder Cameron, Donovan und selbst Celia und Holland.

Ich setzte mich in die erste Reihe, packte Paytons iPad in der fliederfarbenen Hülle aus, um mitzuschreiben, und trank den Rest meines Kaffees. Nachdenklich starrte ich auf meine Liste. Mittlerweile war sie von Notizen umgeben.

1. <u>Peter Darlington</u> (!!!!)
2. Cameron Reid
3. ~~Alyssa Bailey~~
4. Rosie van Vliet
5. ~~Grace Landon~~
6. (Celia del Campo) – Von der Liste streichen. Erst mal!
7. Donovan Savatier (Was soll ich mit Donovan machen??? Streichen oder nicht?)

Das, was gerade zwischen Monroe und Peter geschehen war, ließ mich nicht los. Vor allem nicht die Genugtuung, Peter so klein gesehen zu haben. Die Art und Weise, wie er mit gesenktem Blick seine lächerliche Entschuldigung an mich hervorgewürgt hatte. Wie ein Kind im Supermarkt, das von seinem Elternteil genötigt wurde, sich bei wem zu entschuldigen, den es beim Toben angerempelt hatte. Der kurze Moment hatte mein Interesse mehr als nur geweckt, und ich hatte das starke Bedürfnis nachzubohren. Es war die Gelegenheit. Zwischen den Darlington-Brüdern gab es Spannungen und ein klares Machtverhältnis. Wenn ich es richtig anstellte, konnte das hier endlich meine Chance sein. Dafür musste ich wohl auch weiterhin so viel Zeit mit Monroe verbringen … aber leider machte mir das nichts aus. Noch nicht. Sicher, irgendwann würde es höllisch wehtun, aber für den Moment war das ein Problem für Zukunfts-Sarah, das ich ihr gerne überließ. Der Zweck heiligte nun mal die Mittel.

Der heutige Vorfall war die perfekte Ausrede, um morgen Abend zuzuschlagen und gezielt Fragen über Peter zu stellen.

KAPITEL 28

Sehr weiß, sehr reich, sehr männlich

> Pay? Bist du da? Geht es dir gut? Wie sind die Therapie und der Entzug?

> Okay, dein Handy ist immer noch aus. Ich habe die ganze Woche darauf gewartet, heute endlich wieder mit dir sprechen zu können. Kannst du mich bitte sofort anrufen, sobald du das hier liest? Hab dich lieb.

> Hab grade gesehen, dass meine Nachrichten vor einer Stunde angekommen sind. Hey, bei dir ist es mittlerweile Mittag. Ich weiß, dass du die Nachrichten jetzt siehst. Gib mir nur ein kurzes Zeichen, ich warte auf dich.

> Hallo? Payton? Was ist los? Ich mache mir echt Sorgen um dich. ☹

> Wenn du noch nicht bereit bist, über Peter oder Donovan oder Cameron zu sprechen, ist das auch okay, du musst mich nicht meiden, wenn du deshalb nicht antwortest! Wir können auch einfach nur plaudern! Ich möchte wissen, wie es dir geht. Und du fehlst mir.

> *Na schön. Ich habe jetzt stundenlang gewartet und sehe, dass du die Nachrichten liest. Sag mir doch wenigstens, dass es dir gut geht.*

> *Du bist online! Wem schreibst du? Und wieso schreibst du mir nicht? Das ist nicht fair, Payton. Ich mache das hier für dich, du könntest mir WENIGSTENS antworten, oder?*

> *Dann eben nicht. Vielen Dank auch. Schönen Tag noch.*

Erneut versetzt und dabei offensichtlich ignoriert zu werden, hatte mir den ganzen Samstag versaut. Ich hatte nichts anderes getan, als nervös neben meinem Handy zu wachen. Ich hatte sogar ein paar Mal angerufen und war nicht sofort zur Mailbox geschickt worden. Aber sie hatte das Gespräch nicht entgegengenommen. So tief im Keller war meine Laune lange nicht mehr gewesen. Doch das anstehende Date mit Monroe lenkte mich zum Glück etwas ab. Ich hatte viel Zeit mit meinen Haaren zugebracht und verschiedene Kleider anprobiert. Das hatte geholfen. Gleich Montagfrüh würde ich wieder in der Entzugsklinik anrufen und versuchen, mit ihren Ärzten zu sprechen. Denn hatte dieses Verhalten wirklich mit dem Entzug zu tun? Ich hoffte bloß, dass die Klinik mir diesmal Auskunft geben würde. Unser Zwillingsband, mein Bauchgefühl, alles sagte mir, dass etwas nicht stimmte – und das letzte Mal, als das der Fall gewesen war, hatte Payton als Wrack auf meiner Türschwelle gestanden. Normalerweise hätte sie mich nie versetzt. So war sie nicht, Payton besaß einfach nicht die Grausamkeit, mich dermaßen in der Luft hängen zu lassen. Deshalb konnte ich nicht mehr als hoffen. Hoffen, dass es irgendeinen guten Grund dafür gab, dass sie wieder nicht zu erreichen war.

* * *

»Da wären wir«, sagte Monroe, nachdem er mir in einer unglaublichen Hochhausschlucht im Financial District aus der Limousine geholfen hatte. Erneut hatte er mich zu Hause abgeholt und während der Fahrt meine miese Laune etwas vertreiben können. Wenn es etwas gab, das er meisterhaft beherrschte, dann war es Ablenkung. Ganz besonders, als er meine Hand länger als nötig festhielt, während die Limousine davonfuhr. Er sah sündhaft gut aus in dem mitternachtsblauen Anzug. Sein Gesicht war frisch rasiert, was seine Wangen noch markanter aussehen ließ, und der leichte Wind spielte mit seinen Haaren.

Er strich mit dem Daumen über meinen Handrücken. Die Berührung löste das plötzliche Bedürfnis in mir aus, die Arme um ihn zu schlingen und mein Gesicht an seinen Hals zu schmiegen, bis auch der letzte Knoten in meiner Brust sich auflöste, aber ich rührte mich nicht. Natürlich nicht. *Mittel zum Zweck, Sarah. Du kannst das hier. Spiel dein Spiel!*

Ich zwang mich, den Blick von ihm zu lösen, und sah nach oben. Es war bereits spät genug, dass es dämmerte und Licht aus Tausenden Fenstern über uns strömte. Zwischen all den geradlinigen Bauwundern fühlte ich mich klein wie eine Maus.

»Und da oben ist die Feier?«, fragte ich mit dem Kopf im Nacken, um das riesige moderne Gebäude vor uns in Augenschein zu nehmen.

»Ganz genau«, sagte Monroe und führte mich unter den überdachten Bereich, der von Säulen getragen wurde, eine breite Steintreppe hinauf, zu den offenen Eingangstüren aus Glas. Meine heutige Rüstung bestand aus einem figurbetonten dunkelgrauen Kleid von Oscar de la Renta. Es war langärmlig und bodenlang, mit silbernen Fäden am Saum und einem tiefen Rückenausschnitt. Durch die Silberkette mit dem Diamanten dran und die Diamantohrringe zur Hochsteckfrisur, die ich mir von Celia abgeguckt hatte, fühlte ich mich königlich. Es war lächerlich. Diesen Abend brach ich alle Rekorde und trug ganze siebenundfünfzigtausend Dollar an meinem Körper. Siebenundfünfzig! Das waren für manche Leute vier Jahresgehälter! Und für was? Ein Designerkleid, eine winzige Handtasche, Schuhe und ein wenig funkelnden Schmuck? Wunderschön, aber echt lächerlich. Laurel erkundigte sich bereits, bei welcher Auktion wir die Sachen versteigern konnten. Sie wollte den Erlös unbedingt an eine Organisation spenden, die Strände von Müll befreite, und ich hatte mir einige Obdachlosenunterkünfte in der Bay Area rausgesucht, von denen ich durch meine Eltern wusste, dass sie dringend Unterstützung brauchten. Und wer weiß, welche Spendenbeträge mein nächstes Outfit mit sich brachte? New York brauchte auch einiges an Unterstützung. Und andere Städte. Andere Länder. So viele Kleider, so viele Möglichkeiten.

Da es keine Kim gab, konnte auch keine Kim die Hälfte ihres Ankleidezimmers vermissen.

»Was ist das für ein Geschäftspartner, mit dem die Firma deiner Eltern zusammenarbeiten will?«, fragte ich neugierig, als wir durch das riesige Foyer zu den Aufzügen liefen. Monroe nickte einem der Angestellten hinter dem Empfang zu, und sie grüßten ihn mit Namen. Ganz offensichtlich war er nicht das erste Mal hier.

»Es ist eine hoch angesehene Kanzlei«, antwortete er. »Mein Vater hat vor vielen Jahren schon einmal mit ihnen gearbeitet, und das ist in die Brüche gegangen. Er möchte die Beziehung wieder aufleben lassen. Deshalb heißt es heute: viele langweilige Gespräche führen und überaus nett und charmant sein.«

»Das schaffst du«, erwiderte ich leichthin.

Grinsend zog er mich näher zu sich. Dabei streifte seine Hand meinen nackten Rücken. »Weil du findest, dass ich nett und charmant bin?«

»Fischst du gerade nach Komplimenten?«, erwiderte ich und ignorierte die Gänsehaut, die seine Berührung auslöste.

Er hob unschuldig die Brauen. »Ich? Nein, das würde mir im Traum nicht einfallen.«

»Gut. Und ich verrate dir nicht, ob ich dich nett und charmant finde.«

»Brauchst du auch nicht. Das weiß ich auch so.«

Ein Lachen entschlüpfte mir. »Wie kommt es eigentlich, dass du in einem Moment so unschuldig wirkst und im nächsten so furchtbar arrogant?«

Sein Grinsen wurde breiter, gerade, als sich die Aufzugtüren öffneten und wir gemeinsam mit anderen Leuten einstiegen. Er beugte sich zu mir. Seine Lippen berührten mein Ohr, und ein Schauer, den ich diesmal wirklich nicht hatte zulassen wollen, kroch über meinen ganzen Körper. »Vielleicht macht das ja meinen Charme aus«, flüsterte er.

Ich überspielte meine viel zu heftige Reaktion mit einem Lächeln.

Schnell lenkte ich meine Aufmerksamkeit auf die anderen Fahrgäste. Es waren zwei Frauen, die mit uns in der Kabine standen. Ihre eleganten Stiftkleider waren in Beige und einem schimmernden Schwarz gehalten. Eine von ihnen hatte einen kurzen Afro, die andere eine Glatze und trug große goldene Kreolen. Sie waren um die vierzig, wobei ich das bei schwarzen Frauen nie richtig einschätzen konnte. Auch meine Mom sah noch immer blutjung aus, obwohl sie das nicht war. Es freute mich, hier zwei wunderschöne afroamerikanische Frauen zu sehen. Vielleicht war es albern, aber irgendwie fühlte ich mich dadurch auf einer tieferen Ebene weniger ... allein.

Die Türen des Fahrstuhls öffneten sich, und wir wurden von sanfter Klaviermusik und zwei in Fracks gekleideten Männern in Empfang genommen, die Champagnerflöten verteilten. Überall waren Gäste, die meisten von ihnen weiße Männer Mitte dreißig bis Anfang sechzig. Schlipsträger. Die beiden schwarzen Frauen und ich schienen wohl doch nur die Ausnahme zu sein. Dabei hatte mir die Vorstellung, hier würde es diverser zugehen, wirklich gefallen. Aber es ergab Sinn. Wir waren im Financial District und unter Leuten, die mit extrem hohen Summen jonglierten. Natürlich waren es hauptsächlich weiße Männer.

Irgendwie stand allen, die ich auf den ersten Blick sah, ins Gesicht geschrieben, dass sie Anwälte waren. Die Location war schick und dezent dekoriert. Unaufgeregt und elegant. Das hier schien mir noch viel seriöser und traditioneller als die Benefizveranstaltung in Darlington House. Auch waren diese Leute älter und formeller gekleidet.

Große Türen führten hinaus auf eine Dachterrasse, wo sich die meisten Gäste tummelten. Im Schein der funkelnden Beleuchtung entdeckte ich ein paar weiße Frauen, zwischen vierzig und vermutlich siebzig, in geschmackvollen Kleidern. Es gab eine Bar und Stehtische mit gestärkten blauen Tischdecken. Angestellte liefen mit Tabletts voller Snacks herum. Vermutlich sagten diese Leute dazu nicht mal Snacks, sondern so was wie Horsd'oeuvres oder so.

Monroe nahm zwei Champagnerflöten entgegen, drehte sich um und hielt mir eine hin. »Nur das Beste für die bezauberndste Frau in ganz Manhattan.«

Ich schnaubte, und obwohl ich gerne die Augen verdreht hätte, senkte ich nur den Blick. »Sie sind ein Charmeur, Mr. Darlington. Auf den Abend.«

Lächelnd stieß er sein Glas gegen meines. Anschließend hielt er mir den Arm hin und führte uns hinaus auf die Terrasse.

»Hmm«, sagte ich und würgte den ersten Schluck des überraschend trockenen Champagners herunter. »Köstlich«, murmelte ich. Das Zeug war so sprudelig, dass mir nach Aufstoßen war.

Wie skandalös es wäre, hier etwas so Menschliches zu tun wie rülpsen. So richtig laut. Bei der Vorstellung all der empörten Blicke, die mir das bescheren würde, musste ich grinsen.

Monroes Schultern zuckten, als wir über die Dachterrasse schlenderten. Da erst wurde mir klar, dass er lachte.

Ich stieß ihn leicht mit dem Ellbogen an. »Was ist?«

»Sagen Sie bloß, der Champagner mundet Ihnen nicht, Miss Quinn.«

Ich konnte nicht anders und lachte, ehe ich den Rest in meinem Glas auch schon auf ex trank. Vermutlich gehörte es sich nicht, dabei so den Kopf in den Nacken zu legen, aber mein Kleid war hübsch, und ich fühlte mich wie eine Prinzessin, also erlaubte ich es mir einfach. Kurz tat ich so, als hätte ich soeben ganz professionell einen feinen Wein gekostet. Ich setzte eine konzentrierte Miene auf. »Ja, in der Tat, ich schmecke eine leichte Note Alkohol und ein kaltes Blubbern heraus. Der Rest meiner Zunge ist leider betäubt, weil das Zeug so trocken ist, dass sich meine Geschmacksknospen zusammengezogen haben ...«

Monroe verdrehte die Augen und küsste plötzlich meine Wange. Die Geste geschah so schnell und war so überraschend, dass es mir die Sprache verschlug.

Er nahm mir mein nun leeres Glas ab. »Was möchtest du dann trinken? Gibt es irgendeinen Drink, den du besonders magst? Ich hole dir etwas an der Bar.«

»Wodka Soda mit viel Limettensaft«, sagte ich, ohne groß darüber nachzudenken. Dann fiel mir auf, dass ich nicht Paytons Lieblingsdrink genannt hatte, sondern meinen. Hoppla. Aber wirklich, ein Skinny Bitch war mir gerade so viel lieber als Long Island Ice Tea. Ich würde nie verstehen, wie Payton dermaßen auf diesen Drink abfahren konnte.

Monroe nickte ernst. »Kommt sofort. Ich bin gleich wieder da.«

»Ich bewege mich nicht vom Fleck«, versprach ich grinsend.

Ich sah ihm lange hinterher, während er sich an Leuten, die ihn erkannten und ihm freundlich zunickten, vorbeischob.

Da erst ... bemerkte ich die vielen Blicke auf mir.

Beinahe hätte ich mich an meiner eigenen Spucke verschluckt. Sie starrten mich an! Die meisten bemühten sich nicht einmal um einen verstohlenen Blick.

Ich drehte mich demonstrativ um und stützte mich am Geländer der Dachterrasse ab. Okay. Dass ich mich wie im falschen Film fühlte, war nichts Neues, aber diese Blicke? Nicht einmal an der Columbia fühlte ich mich so beobachtet. Ich fragte mich, ob sie alle Monroe kannten. Oder starrten sie so, weil ich eine Ich-gehöre-nicht-hierher-Aura verströmte? Beides gut möglich.

Ich versuchte, mich auf das leuchtende Meer aus Hochhäusern zu konzentrieren, um mich von den Blicken abzulenken. Wir waren auf dieser Terrasse lange nicht so weit oben wie auf der Aussichtsplattform des Rockefeller Center, aber das änderte nichts an dem Effekt, den die Höhe auf mich ausübte. *Schön konzentrieren. Ignorier diese Leute.* Ich liebte das Gefühl, von übermenschlich hohen Gebäuden umgeben zu sein, die kurz dafür sorgten, dass der Magen Achterbahn fuhr. Deshalb schwärmte ich auch schon so lange von New York. Ich war süchtig nach dem kurzen Adrenalinkick und der Euphorie, sobald ich von irgendwo weit oben nach unten blickte. Und ich liebte detailverliebte und durchdachte Architektur. Nicht jedes Gebäude in Manhattan war ein Meisterwerk. Viele waren nur ein weiterer schnell erbauter Klotz. Aber wenn ich, so wie jetzt, das wunderschön beleuchtete One World Trade Center betrachtete ... Es war unglaublich.

»Genießt du die Aussicht?«, erklang Monroes Stimme unmittelbar hinter mir.

Ich drehte mich nicht um und lächelte in mich hinein. »Es war schon immer mein Traum, herzukommen und hier zu studieren. Ich habe mir nie etwas anderes gewünscht.«

Aus dem Augenwinkel sah ich, wie er neben mich trat. Die Blicke, die ich noch immer spürte, verdrängte ich weiterhin. Wir betrachteten gemeinsam die Welt aus Fensterlichtern, die in der Dämmerung zum Leben erwachte. Neben der sanften Jazzmusik drang leise der Verkehrslärm der Stadt zu uns nach oben. Von hier aus schienen die mehrspurigen Straßen vor Bremslichtern rot zu glühen.

»Das klingt, als würde ein *Aber* folgen«, bemerkte Monroe.

Ich schüttelte den Kopf, obwohl ich nicken wollte. *Das große Aber? Die Columbia hat mich abgelehnt.* Ich drehte mich zu ihm um und nahm dankend das breite Glas entgegen. Die Eiswürfel im Drink klirrten aneinander, und die getrocknete Limettenscheibe wurde von ihnen verschluckt. »Kein Aber. Ich liebe es, an der Columbia zu studieren. Das ist ein wahr gewordener Traum«, log ich. Oder log ich nicht? In letzter Zeit hatte ich nicht mehr so oft darüber nachgedacht, aber im Gegensatz zu den ersten Tagen fühlte ich mich an der Columbia nun nach drei Wochen viel wohler. Hatte sogar Sicherheit im Studium gewonnen. Es *war* ein wahr gewordener Traum.

Monroe wirkte nachdenklich. Falten erschienen auf seiner Stirn. »Dafür, dass du so glücklich bist, siehst du gerade ziemlich traurig aus.«

»Bin ich nicht«, schoss es so schnell aus meinem Mund, dass die Schwindelei mehr als offensichtlich war. Ich wich seinem Blick aus und trank einen Schluck. »Also, doch. Vielleicht etwas. Es ist eben viel passiert, das weißt du ja. Aber ich versuche, wieder zurechtzukommen.« Die Worte stimmten. Was ich nicht erwähnte, war, wie traurig machend *er* für mich war. Die Schattenseite seiner Zuneigung? Da lag noch jede Menge Schmutzarbeit vor mir, und ich würde ihn verletzen. Alles, was er mir anvertrauen würde, würde ich missbrauchen. Verdrehen.

Es wäre einfacher, würde ich ihn hassen wie seinen Bruder.

Irgendwie musste ich also tatsächlich wieder zurechtkommen. Nicht nur in Paytons Leben, sondern auch in meinem. Ganz besonders, während diese beide Leben sich vermischten.

Er nickte mitfühlend. »Nach allem, was passiert ist, ist das auch nicht weiter verwunderlich.«

Ich nahm noch einen Schluck von meinem Drink. Diesmal einen größeren. »Die neue Payton«, erinnerte ich ihn mit einem schwachen Lächeln. »Ich lasse es nicht an mich heran.«

»Apropos«, sagte er, und einer seiner Mundwinkel zuckte nach oben. »Wie wird es jetzt weitergehen?«

»Was meinst du damit?«, fragte ich, augenblicklich wachsamer.

»Was ist dein nächster Schachzug? Bezüglich der Freunde meines Bruders.«

Oh.

Ich presste meine Zunge fest gegen den Gaumen und unterdrückte damit jede Reaktion. Das war das erste Mal, dass er mich so was fragte.

Misstrauen schlich sich in meinen Bauch, eiskalt und schwer.

»Ich weiß nicht, was du damit meinst«, sagte ich langsam. Hatten sie über mich gesprochen, er und Peter? Plötzlich wurde mein Puls hart und schnell. Konnte Monroe ein so guter Schauspieler sein, dass er mich die ganze Zeit belogen hatte? Ging er aus dem gleichen Grund mit mir aus wie ich mit ihm? Um an Informationen zu gelangen?

Obwohl ich ihm genau das antat, riss mir die bloße Vorstellung, er könnte eine ähnliche Agenda verfolgen, den Boden unter den Füßen weg. Sie ließ die Welt um mich herum wanken. Ich hasste mich dafür, dass mir schlecht wurde, je tiefer die Angst sich einnistete.

Reiß dich verdammt noch mal zusammen!

Gott. Aber was sollte ich tun, wenn es so war?

»Tut mir leid. Ich wollte dich nicht bedrängen«, sagte er leise. Dann stieß er ein schweres Seufzen aus und lehnte sich mit dem Rücken gegen das Geländer.

Schluss mit der Gefühlsschiene! Es war an der Zeit für meinen Schachzug. Dafür war ich hier, für nichts anderes.

Ich drehte meinen Oberkörper zu ihm. »Was genau ist das mit dir und Peter? Ihr scheint nicht gerade ein Herz und eine Seele zu sein«, fragte ich geradeheraus. Gespannt sah ich ihn an.

Er nahm einen Schluck von seinem Champagner, nicht ahnend, was gerade in mir vorging. Er sah zu den anderen Gästen und gab einen unzufriedenen Laut von sich. Nicht nur mir schien aufgefallen zu sein, dass noch immer einige Leute neugierig zu uns hinüberschielten. Aber niemand stand in Hörweite. Monroe senkte den Blick auf sein Glas und zog den Finger über das Kondenswasser. Ein ernster Ausdruck trat auf sein Gesicht. Er öffnete und schloss den Mund, als wäre er unsicher, was er sagen sollte. Als haderte er mit sich. Als würde er abwägen, ob er mir schon genug vertraute. *Tu es. Vertrau mir.*

»Peter ist kein guter Mensch«, begann er vorsichtig, wie um auszutesten, wie es sich anfühlte, die Worte vor mir auszusprechen. Er schob die Brauen zusammen. »Es ist nicht einfach, so was wie Geschwisterliebe für ihn zu empfinden, und manchmal frage ich mich, ob ich das überhaupt tue. Mein Bruder und ich ...« Er verstummte und schien erneut nach den richtigen Worten zu suchen. »Früher, als wir Kinder waren, waren wir unzertrennlich. Aber obwohl ich derjenige war, der später einen schlechten Ruf genoss, war Peter schon immer das schwarze Schaf in der Familie. Damals wollte ich es nicht wahrhaben. Ich dachte immer, er würde versuchen, mir nachzueifern. Aber er ... Ich weiß auch nicht. Meine Mom und ich reden oft darüber, weil wir uns Sorgen machen. Peter weiß das natürlich nicht. Er ist nicht sonderlich empathisch. Und er kann grausam sein. Egoistisch. Wenn er etwas will, dann nimmt er es sich, ohne Rücksicht auf andere. Jede Mauer, die er nicht mit Geld überwinden kann, reißt er nieder. Er macht sich offen über Menschen lustig, die gesellschaftlich unter ihm stehen, und genießt es, Leute zu schikanieren.«

Ich wagte es nicht, auch nur zu blinzeln. Mehr. Ich brauchte mehr. Er sollte mir all die furchtbaren Dinge anvertrauen, die Peter sicherlich schon getan hatte. All die hässlichen Geheimnisse, die seine Familie begraben hatte, um den Ruf der Darlingtons zu wahren.

Eilig trank ich einen Schluck, um nicht zu aufgeregt zu wirken. Ich hing viel zu begierig an seinen Lippen.

Sein Atem war nicht länger ruhig und entspannt und seine Körperhaltung genauso wenig. Er sah mich plötzlich an. Und seine nächsten Worte klangen fast schon so, als würde er sich zwingen, sie auszusprechen. »Das ist auch der Grund, wieso ich mir keine Meinung darüber bilde, was an Donnys Geburtstag vorgefallen ist, Payton. Celia hat mir erzählt, was auf den Fotos, die gepostet wurden, *nicht* zu sehen war. Und sie hat … mir das Video gezeigt. Von dir. Als du gestürzt bist. Es tut mir leid, was sie mit dir gemacht haben. Und mir wird schlecht, wenn ich nur daran denke, dass …« Seine Stimme brach, und seine Hand umschloss das filigrane Glas so fest, dass es drohte jeden Moment zu brechen. Er schien es zu bemerken und lockerte den Griff sofort. Dann leerte er den Champagner in einem Zug.

Unfähig zu atmen, starrte ich Monroe an. Er hatte das Video gesehen. Die Bilder. Alles. Ausgerechnet Celia hatte mit ihm gesprochen? Die einzige Person in der Clique, die Payton verteidigt hatte. Und seine Worte über Peter …

Nein, nein, nein. Es war genau das, was ich hören wollte, aber Monroe klang zu ehrlich. Der Schmerz in seinen Augen war zu präsent. Die Wut über das, was geschehen war. Und dann noch die Art und Weise, wie rau seine Stimme geworden war, als er von Peter gesprochen hatte. In mir brach Chaos aus. Er sagte die Wahrheit. Wieso konnte er nicht verlogener sein? Wieso gab er mir keinen Grund, kalt zu bleiben? In der Theorie war es mir viel gleichgültiger gewesen, sein Vertrauen zu bekommen. Wieso fühlte es sich nun aber so kostbar an?

Wir starrten uns an. Und als Monroe zaghaft seine Hand an mein Gesicht hob …

… war ich wie zur Salzsäule erstarrt. Unruhig sprang sein Blick zwischen meinen Augen hin und her. Seine Fingerspitzen strichen über meine Wange, bis mein Herz sich zusammenkrampfte.

»Es tut mir so leid, was du alles durchmachen musstest, Payton«, raunte er. »Und es tut mir leid, dass du meinem Bruder und Cameron und Rosie begegnen musstest. Ich wünschte so sehr, das wäre nie passiert.«

Erst als ich das Glas auf dem Geländer abstellte und einen Schritt nach vorne machte, realisierte ich, dass ich mich auf ihn zubewegte. Dass ich etwas tat, was nichts in meinem Plan zu suchen hatte. Ich sollte gehen. Zurückweichen. Ich sollte ihn nicht berühren. Doch ein Teil von mir schien zu verhungern, wenn ich es nicht tat. Deshalb fühlte es sich wie das Natürlichste auf der Welt an, als ich meine Hände auf seine Brust legte. Mir war heiß, obwohl der Wind auf der Terrasse uns abkühlte. Chaos und Verwirrung beherrschten meinen Geist. Und ich hatte Angst. Fast schon panische Angst. Wieso konnte ich nicht einfach meinen Plan befolgen? Wieso ließ ich das zu? »Danke, Monroe«, wisperte mein Mund ohne mein Zutun.

Sein Blick wurde zärtlich und so offen, dass es mein Herz schmerzhaft aus dem Takt brachte. Er stellte sein Glas ebenfalls ab. »Ich bin froh, dass du hier bist. Mit mir.« Sein Daumen, noch kühl vom Glas, strich über meine Wange, dann über meine Unterlippe. Ich sog die Luft ein, was ihm nicht entging. Sein Atem wurde unregelmäßiger. »Es stört mich nicht, wenn du meinen Bruder hasst. Du musst nie wieder auch nur im selben Raum wie er sein, wenn du das nicht möchtest, Payton. Dafür sorge ich. Versprochen.«

Meine Knie wurden weich bei der plötzlichen Erleichterung, die mich überkam. Und erst da wurde mir klar, dass ich nicht nur Hass gegenüber Peter empfand. Ich fürchtete mich vor ihm. Ich hatte Angst vor Peter Darlington. Verdammt, und Monroe bot mir seinen Schutz, obwohl ich ihn gar nicht verdiente. Obwohl nicht ich es war, die vor Peter fucking Darlington beschützt werden musste, sondern Payton.

Er glaubt, das bist du!

Mir wurde schwindelig, das Chaos in meinem Kopf immer lauter und drückender, und mein Hals zog sich zusammen.

»Danke, dass du das sagst«, flüsterte ich erstickt. Er kannte mich nicht. Monroe kannte keine Sarah Quinn, nur Payton. Nur meine Schwester. Alles, was in mir vorging, war bedeutungslos und absolut nichtig.

Ich lehnte mich noch näher zu ihm. Je mehr sich meine Gedanken festigten, desto verzweifelter sehnte mein Körper sich nach seiner Nähe. Etwas, was ich nie haben würde. Die Wärme, die er in meinem Körper, ganz besonders aber in meiner Brust auslöste, ließ mich nach mehr lechzen. Ich schob meine Hände unter sein offenes Jackett und strich mit den Fingerspitzen über das weiße Hemd. Es schmiegte sich wunderbar an seine harte Brust und war glatt und weich. Diesmal war Monroe es, der nach Luft schnappte. Sein Blick wurde glasig.

Langsam lächelte er. Und es war vielleicht das Schönste, was ich je gesehen hatte, denn es ließ mich die ganze Welt um uns herum vergessen. Ganz besonders, als er den Kopf senkte. Alles in mir schrie dafür und dagegen. Sein Atem vermischte sich mit meinem. Machte mich trunken und betäubte meine Stimme der Vernunft. Er seufzte an meine Lippen und strich mit dem Finger unter meinem Kinn entlang. »Wenn ich dir irgendwie dabei helfen kann, das, was passiert ist, zu überwinden, dann bin ich für dich da, Payton.«

Ich schüttelte den Kopf. »Ich ... ich ... muss diesen Kampf allein ausfechten. Ich komme schon zurecht. Ich habe keine Angst vor ihnen. Auch nicht vor Peter. Und ich lasse mich auch nicht aus der Stadt verjagen.«

Ein Leuchten trat in seine Augen. Dann wirkte er plötzlich entschlossen. Er legte seine Hand in meinen Nacken und zog meinen Kopf näher an seinen. Wie von selbst glitten meine Hände seine Schultern hinauf. Unsere Lippen streiften sich endlich und ...

Hinter uns erklang ein leises Räuspern.

Es war wie ein Eimer voll Eiswasser, der über meinem Kopf entleert wurde. Ich sprang so schnell zurück, als wäre ich geradewegs bei einem Verbrechen ertappt worden, und wirbelte herum.

Monroe drehte sich um einiges gelassener um. Er wirkte allerdings nicht gerade erfreut, dass jemand uns unterbrochen hatte. Gott. Unterbrochen. Die Trance, in der ich mich befunden hatte, platzte wie eine Seifenblase und wurde von Adrenalin abgelöst. Meine Stimme der Vernunft kehrte zurück wie ein schnalzendes Gummiband.

Scheiße.

Wir waren drauf und dran gewesen, uns zu küssen! Blinzelnd strich ich mit den Fingerspitzen über meine Lippen. Heilige Scheiße.

Monroes Miene veränderte sich innerhalb eines Sekundenbruchteils. Es schien, als würde er eine professionelle, gut eingeübte Maske aufsetzen.

»Mr. Parker«, sagte er höflich. »Wie schön, Sie zu sehen. Ich hatte mich schon gefragt, wo Sie sich wohl rumtreiben.«

Der Mann, Mr. Parker, war alt und klein. Er trug einen einwandfreien dunkelgrünen Nadelstreifenanzug und hatte das lichte graue Haar mit Gel nach hinten gekämmt. Er sah nicht aus wie ein Mann, der oft lächelte, deshalb wunderte es mich auch nicht, als er Monroe nur einen kaum angehobenen Mundwinkel präsentierte und ihm dann seine runzlige weiße Hand – an deren Handgelenk eine riesige Uhr prangte – hinhielt. »Schön, dass Sie es einrichten konnten, in Vertretung Ihres Vaters herzukommen. Gefällt Ihnen die Feier, Mr. Darlington?«

»Sie ist wunderbar«, erwiderte Monroe mit einem charmanten Lächeln und schüttelte die Hand des Mannes. »Wir genießen das Ambiente sehr.«

Mr. Parker fiel der Plural genauso auf wie mir, und sein Blick richtete sich auf mich. »Ich habe schon von einigen die Sensation gehört, dass Sie in Begleitung gekommen sind, Mr. Darlington.« Mit höflichem Interesse sah er fragend zwischen uns hin und her. Die Sensation? War Monroe sonst nie in weiblicher Begleitung auf Veranstaltungen?

Monroe legte einen Arm um meine Taille. »Das ist Payton Quinn«, stellte er mich vor, und der Stolz in seiner Stimme war nicht zu überhören. Bei dem Namen meiner Schwester rollten sich mir die Fußnägel hoch. Es ärgerte mich mehr, als es sollte, dass er nicht meinen Namen sagte. *Das hast du jetzt davon, Sarah!*

»Payton, das ist Edward Parker, er ist COO bei Moorcroft & Sullivan. Die Kanzlei arbeitet schon seit vielen Jahren eng mit der Firma meines Vaters zusammen.«

»Freut mich sehr, Mr. Parker«, sagte ich und lächelte demonstrativ strahlend, was mich mehr Energie kostete als gedacht. In dieser Welt musste man wohl seine Lachmuskeln trainieren, um auf Abruf so eine Maske aufsetzen zu können. Bestimmt würden meine Mundwinkel irgendwann zu zucken beginnen, weil mir wirklich nicht nach lächeln war.

Und dann – aha! Tatsächlich erwiderte Mr. Parker das Lächeln leicht, ergriff meine Hand und deutete mit einer Verbeugung einen Kuss auf meinen Handrücken an. »Die Freude ist ganz meinerseits, Miss Quinn. Ich hoffe, Sie genießen die Party.«

»Das tue ich«, sagte ich, obwohl Monroe und ich noch nicht lange da waren und wir uns bisher nicht wirklich unter die Leute gemischt hatten. »Ganz besonders den Champagner«, fügte ich hinzu und unterdrückte jegliche Belustigung. »Der ist umwerfend.«

Aus dem Augenwinkel konnte ich sehen, dass Monroe sich ein Grinsen verkniff.

Mr. Parkers buschige Augenbrauen wanderten nach oben. Er wirkte zufrieden, und ich hatte das Gefühl, das Richtige gesagt zu haben. »Sie interessieren sich für Champagner, Miss Quinn?«

»Wenn ich könnte, würde ich nichts anderes trinken!«

»Besonders gern trinkt sie die Champagner von Michel Gonet oder Egly-Ouriet. Blanc des Noirs zählen zu ihren momentanen Favoriten«, log Monroe, was bei seinem Gesichtsausdruck beinahe schon zu offensichtlich war. Es war gruselig, dass er sich mit Champagner auskannte. Ich verstand nur Kauderwelsch. Er wandte sich mir zu: »Mr. Parkers Familie besitzt Anteile an einem Weingut in der Champagne.«

Mr. Parkers trübe blaue Augen blitzten auf. »Das stimmt. Darf ich Ihnen ein Glas anbieten, Miss Quinn? Dann kann ich Ihnen gerne noch mehr darüber erzählen, falls Sie sich dafür interessieren.«

»Nur wenn Sie auch ein Glas mit uns trinken«, sagte Monroe und lächelte ihn verschwörerisch an. »Vielleicht können wir dann auch das Gespräch fortführen, das Sie mit meinem Vater begonnen haben.«

Mr. Parker nickte. »Drinnen haben wir ein wenig Ruhe. Rauchen Sie Zigarre, Mr. Darlington? Und Sie, Miss Quinn?«

»Ich glaube, ich passe«, sagte ich vorsichtig. »Von Zigarrenrauch wird mir immer ein wenig schlecht. Trotzdem vielen Dank für das Angebot. Ich werde noch mal auf das Gespräch über die Champagne zurückkommen.« Ich lächelte die beiden höflich an – das war meine Chance, vor einem weiteren Glas viel zu trockenen Champagners zu fliehen. »Ich muss mir mal die Nase pudern. Ich überlasse die geschäftlichen Gespräche euch Männern.« Meine Fußnägel wollten sich bei den Worten erneut hochrollen. Schande über mein Haupt, dass ich das wirklich gesagt hatte.

»Okay.« Monroe sah mich wieder mit diesem zärtlichen Blick an. Er wirkte so intim, dass ich für eine Sekunde unsere Gesellschaft vergaß. Genauso, wie ich für eine Sekunde vergessen hatte, dass wir uns eben gerade beinahe geküsst hätten.

»Aber ich möchte dich nur ungern hier allein lassen«, wandte Monroe ein.

»Geh du nur«, sagte ich – und dann nutzte ich die Gelegenheit, um mich zu ihm zu beugen und ihm einen Kuss auf die Wange zu hauchen. Beinahe ließ es mich aufseufzen. Wie gerne ich herausgefunden hätte, wie es wäre, Monroe wirklich zu küssen.

Nein, Sarah. Das willst du nicht herausfinden!

»Ich komme schon zurecht. Lass dir Zeit, wir sehen uns später.«

»Danke«, flüsterte er und verstärkte kurz den Druck seiner Hand an meiner Hüfte. Dann löste ich mich von ihm und drehte mich zu Mr. Parker um. »Es hat mich sehr gefreut, Sie kennenzulernen, Mr. Parker. Wir sehen uns bestimmt später noch einmal.«

»Unbedingt«, wiederholte er, und diesmal sah sein kleines Lächeln ehrlich erfreut aus. »Es hat mich auch gefreut, Miss Quinn.«

Ich würde den restlichen Abend versuchen, Mr. Parker *nicht* mehr über den Weg zu laufen.

Anstatt mir die Nase pudern zu gehen, mischte ich mich unter die Leute. Ich warf einen Blick auf mein Handy. Aber wie zu erwarten, war noch immer keine Nachricht von Payton gekommen. Natürlich. Ich hatte längst aufgegeben, damit zu rechnen.

Mein Hunger machte sich allmählich bemerkbar. Zuletzt hatte ich heute Morgen etwas gegessen, und viel war das nicht gerade gewesen. Deshalb wurde ich auch wie magisch vom Tablett eines Kellners angezogen, auf dem kleine Metallkörbe voller ... Fritten waren.

Mir lief das Wasser im Mund zusammen.

Nachdem ich mir ein Körbchen genommen hatte, stieg mir noch ein ganz anderer Geruch in die Nase.

Trüffel. Das waren Trüffelpommes.

Mit einem vergnügten Laut schob ich mir die erste Fritte in den Mund. Dann musste ich die Augen schließen. Verflucht, waren die gut. Kauend nahm ich mir gleich noch eine und fühlte mich wie im siebten Himmel. Eine nach der anderen verputzte ich. Ich inhalierte sie regelrecht.

»Brauchst du Ketchup? Ich bin mir sicher, wenn ich jemanden frage, könnte ich dir welchen besorgen. Falls nicht, dann wenigstens eine Serviette oder ein Lätzchen. Nicht dass dein Kleid Fettflecken abbekommt.«

Erschrocken wirbelte ich bei dem bekannten Klang der Stimme herum. Dann verschluckte ich mich beinahe an einer der heißen, salzigen Fritten, denn da stand jemand vor mir, mit dem ich hier nicht gerechnet hatte. Und der mich mal wieder in einem Moment erwischt hatte, in dem ich lieber nicht beobachtet worden wäre.

Holden Sutherland musterte mich, eine Hand in der Tasche seiner schwarzen Smokinghose vergraben. In der anderen hielt er ein gefülltes bauchiges Rotweinglas. Und er sah nicht einfach nur teuflisch attraktiv aus.

Der Blick, mit dem er mich bedachte, troff nur so vor Belustigung.

KAPITEL 29

Salz in der Wunde

»Hi!«, stieß ich perplex hervor, ehe ich mich hastig räusperte – und mich gerade noch so davon abhalten konnte, meine Finger am Kleid abzustreifen. Ablecken kam ja wohl auch nicht infrage, also ließ ich meine Hände, wo sie waren, und umklammerte das Körbchen mit den Fritten. »Was machst du denn hier?«, fragte ich mit seltsam hoher Stimme.

Holden ließ den Blick über die Partygäste auf der Dachterrasse wandern. Dann sah er wieder zu mir. Stille Belustigung tanzte in seinen dunklen Augen. »Sollte ich nicht derjenige sein, der diese Frage stellt?«

»Wieso?«, fragte ich verwirrt.

Seine Augenbrauen wanderten nach oben. »Nun«, begann er in einem Tonfall, als wäre es mehr als offensichtlich. »Ich bin Partner bei Thompson, Clark & Bloom.«

»Äh … So ein Zufall«, sagte ich nur. Ich zog eine Grimasse. »Das, äh, wusste ich gar nicht.«

»Ach ja?« Seine Augenbrauen wanderten noch höher. »Dabei kann ich mich daran erinnern, dass wir uns schon einmal darüber unterhalten haben.«

Verfluchter Mist. Wäre Payton doch nur erreichbar gewesen, dann hätte ich das bestimmt längst gewusst!

»Muss ich wohl vergessen haben«, meinte ich nonchalant.

»Also«, begann Holden und stellte sich neben mich. Ich rührte mich nicht, während die umwerfenden Pommes immer kälter wurden. Der Abend war dabei, sich zu einer Tragödie zu entwickeln.

»Was führt dich hierher, Payton?«

»Nichts Bestimmtes«, erwiderte ich augenblicklich. Er hatte mich so auf dem falschen Fuß erwischt, dass mir keine glaubhafte Ausrede einfallen wollte. Mein Kopf war blank.

»Hmm«, machte er leise und trank einen Schluck von seinem Wein. Seine Mundwinkel zuckten. »Gib es zu, du bist mir hierher gefolgt, weil du schon wieder einen schmutzigen Traum von mir hattest und jetzt Sehnsucht hast.«

Erschrocken und empört zugleich lachte ich auf – und nutzte den Moment des gebrochenen Eises, um mir eine Fritte in den Mund zu schieben. »Das hättest du wohl gern. Und nur zu deiner Information, ich hatte noch *nie* einen schmutzigen Traum von dir.«

»Und trotzdem warst du der festen Überzeugung, dass wir beide ...«

Sein vielsagender Blick ließ Hitze in mein Gesicht schießen. Ich winkte ab und verzog das Gesicht. »Ich war verwirrt, okay? Ich ... ich hatte einen Filmriss und zu viel Alkohol, und dann hat eine deiner Gespielinnen angedeutet, dass wir ... nun ja.«

Diesmal lachte Holden auf, und es war ein lautes, warmes Lachen, bei dem er strahlend weiße, perfekte Zähne preisgab. Es drehten sich sogar ein paar Köpfe in unsere Richtung.

»Eine meiner Gespielinnen also? Von wem genau sprichst du, Payton?«

In diesem Augenblick tauchte wie aus dem Nichts Monroe auf. »Payton«, sagte er seltsam steif, schob sich an Holden vorbei und legte einen Arm um meine Mitte. Erst dann blickte er zu ihm auf. »Sutherland«, murmelte er. Ich kam nicht umhin, zu bemerken, wie viel Abschätzigkeit in diesen drei Silben lag.

Der Schalk verschwand schlagartig aus Holdens Gesicht, und sein Lächeln erstarb. Es kam mir vor, als würde die Temperatur um uns herum deutlich sinken. Er brachte mit einem Schritt Abstand zwischen uns und ließ unverhohlen den Blick über Monroe und mich gleiten, sodass mir mulmig zumute wurde. Seine Lippen wurden kaum merklich schmaler. Er vergrub wieder eine Hand in der Tasche seiner Anzughose und schwenkte den Rotwein in seinem Glas. »Monroe Darlington. Ich würde ja gerne behaupten, erfreut zu sein, dich wiederzusehen, aber ich fürchte, das wäre gelogen.«

Meine Kinnlade klappte nach unten. Seine Worte waren so offen feindselig, dass ich mich augenblicklich erschrocken umsah, um sicherzugehen, dass die beiden keine Aufmerksamkeit auf sich zogen. Doch niemand schenkte ihnen Beachtung. Oder zumindest waren die Leute hier gut darin, unauffällig zu lauschen.

Monroe verstärkte seinen Griff um meine Taille. Das Lächeln, mit dem er Holden bedachte, war schmal und kühl. »Das kann ich nur zurückgeben, Sutherland. Du würdest Payton und mir einen großen Gefallen tun, wenn du jetzt verschwinden würdest.«

Ich sah zwischen ihnen hin und her. Was auch immer vorgefallen war, bedurfte offenbar einer verbalen Prügelei. Dabei war nicht einmal eine Minute vergangen, seit sie aufeinandergetroffen waren.

Ein Muskel an Holdens Kiefer zuckte; entweder er verschwand und gab damit Monroe nach – obwohl er nicht wie der Typ Mann wirkte, der sich unterordnete –, oder er würde aus Prinzip das Gegenteil tun und hier so lange stehen bleiben, bis wir gehen würden.

Plötzlich sah er mich an. Der Ausdruck in seinen Augen verlor ein wenig an Härte. Er machte einen Schritt auf mich zu, ergriff meine Hand und führte sie an seine Lippen. Ungläubig starrte ich ihn an, ihn und seine warmen Finger und die federleichte Berührung seines Mundes auf meiner Haut. Mir war sofort klar, dass er Monroe damit provozieren wollte. Seine Lippen verweilten länger als nötig auf meinem Handrücken, und er blickte mir dabei tief in die Augen. Ohne meine Hand loszulassen, hob Holden den Kopf. Und als er mir plötzlich ein unanständig träges, fast schon verruchtes Lächeln schenkte, rutschte mir das Herz in die Hose. Ich umklammerte mit der anderen Hand das Körbchen. Gott, so hatte er mich noch nie angesehen. Und es beschämte mich zutiefst, vor Monroe derart offensichtlich nervös zu werden.

»Hat mich gefreut, dich wiederzusehen, Payton«, sagte Holden mit einer Stimme, die tief und rau klang und Dinge versprach, die ungesagt in der Luft schwebten. Er zwinkerte mir zu. Dann ließ er meine Hand los, ignorierte Monroe und ging, bis er zwischen den Gästen verschwand.

»Was war das denn?«, murmelte ich, immer noch fassungslos.

Ich blickte zu Monroe auf, mir wohl bewusst, dass meine Wangen brannten. Vielleicht gerade deshalb, weil mir alles so unangenehm war. Meine Hand kribbelte von Holdens Kuss, und dazu sorgten Monroes Nähe und seine Hand um meine Taille für ein heißes Ziehen tief in meinem Bauch. Er sah mich nicht an, sondern blickte stattdessen mit steinerner Miene Holden hinterher. Er war blass. »Du kennst Holden Sutherland?«, fragte er angespannt.

Ich nickte. »Ja, er ...« Schnell räusperte ich mich. »Wir sind Nachbarn. Er wohnt über mir. Woher kennt ihr euch?«

Endlich wandte Monroe sich wieder mir zu. Nur langsam kehrte die Wärme in seine eisblauen Augen zurück. Er zog mich mit sich, und wir liefen über die Dachterrasse, weg von den anderen Gästen. »Holden Sutherland ist Partner bei Thompson,

Clark & Bloom. Die Kanzlei stand schon immer auf Kriegsfuß mit der Firma meines Vaters. Sutherland und ich sind des Öfteren aneinandergeraten, seit ich vor ein paar Jahren angefangen habe, neben dem Studium in der Firma mitzuarbeiten. Tut mir leid wegen der Szene eben. Ich … hatte bloß nicht damit gerechnet, ihn heute zu sehen, und erst recht nicht in deiner Nähe.«

Wir blieben voreinander stehen, zwischen zwei Buchsbäumen in riesigen Kübeln am Geländer. Das spiralförmig zurechtgeschnittene Grün war von goldglühenden Lichterketten umwickelt. Jeder Schatten auf Monroes Gesicht wirkte wie weichgezeichnet, und der kühle Wind blies über seine Haare und bereitete mir eine Gänsehaut. Er seufzte schwer und rieb sich über den Nacken. Eine an ihm ungewöhnliche und geradezu aufgewühlte Geste.

»Der Mann ist gefährlich, Payton. Ich hätte vermutlich mein Gesicht wahren sollen, aber ich konnte einfach nicht anders. Nicht als ich ihn bei dir gesehen habe. Ich … Tut mir leid.«

»Dahinter steckt noch mehr, oder?«, fragte ich und lehnte mich näher zu ihm. Holden und gefährlich?

Er nahm mir die Trüffelpommes ab und schob sich eine in den Mund. »Ja, das stimmt«, gab er zu. »Aber lass uns das für ein andermal aufheben und lieber den Rest des Abends genießen.« Er kaute, und seine Miene hellte sich auf. »Die sind fantastisch. Nur ein wenig kalt.«

»Für kalte Fritten sind sie aber immer noch fabelhaft«, stieg ich mit ein. Ich musste das Thema wohl zu einem anderen Zeitpunkt wieder aufgreifen. Meine Neugierde war groß, aber es war offensichtlich, dass Monroe sich alles andere als wohlfühlte. Deshalb griff ich ebenfalls ins Körbchen. Doch gerade, als ich eine Fritte essen wollte, hielt Monroe blitzschnell mein Handgelenk fest. Ein kleines, hinreißendes Lächeln umspielte seinen Mund.

»Gute Wahl, die wollte ich mir auch gerade nehmen.« Er beugte sich nach unten, führte meine Finger an seinen Mund und aß mir die Pommes aus der Hand. Ich atmete lautlos ein, als seine weichen Lippen meine Finger streiften – und mir war mehr als bewusst, dass er das mit voller Absicht tat. Deshalb entspannte sich etwas in mir, als er sich mit einem spitzbübischen Funkeln in den Augen wieder aufrichtete. Die Stimmung zwischen uns sprang zurück in knisternde Unverfänglichkeit, so als wäre Paytons Nachbar nie aufgetaucht. Deshalb konnte ich auch einfach nicht widerstehen, weiter mit ihm zu flirten. »Du hast da etwas übersehen.«

»Übersehen?«, wiederholte Monroe.

»An meinen Fingern«, erklärte ich unschuldig.

Seine Hand rutschte von meinem Handgelenk hoch zu meiner Hand. Er streckte sich zur Seite, um das Körbchen auf dem Geländer abzustellen, dann legte er einen Arm um meine Hüfte und zog mich eng an sich. »Deine Finger. Natürlich«, sagte er leise und führte sie an seine Lippen. Er sah mir in die Augen. Dann umschloss er mit den Lippen meinen Zeigefinger.

Meine Kehle wurde schlagartig trocken. Das samtweiche, warme Gefühl schoss wie ein Blitz durch mich hindurch und verknotete etwas in meinem Unterleib. Ich schnappte wieder nach Luft, diesmal um einiges atemloser und ohne den Blickkontakt mit ihm auch nur einmal zu unterbrechen. Seine Zunge umkreiste meinen Finger, langsam und mit einem so intensiven Gefühl, dass mir plötzlich heiß zwischen den Beinen wurde.

»Hmm«, machte er leise. Ein verschlagener Ausdruck trat in seine Augen, als er meinen Finger langsam aus seinem Mund zog. Schmunzelnd führte er meinen Daumen über seine Unterlippe. »Das dürfte wohl das Köstlichste sein, was ich seit Langem probiert habe.«

Mein Herzschlag trommelte mir in den Ohren.

»Ach ja?«, flüsterte ich atemlos.

Monroe nickte langsam. Seine Augen bohrten sich regelrecht in meine. Und als er sich über die Unterlippe leckte und dabei meinen Daumen streifte ...

... hielt ich es nicht länger aus. Ich musste ihn küssen, musste dieser unerträglich pulsierenden Spannung endlich nachgeben. Mit größter Willensstärke zog ich meine Hand zurück und starrte ihn einige donnernde Herzschläge lang an.

Ohne den Blick von ihm zu lösen, leckte ich das übrige bisschen Trüffelsalz von meinem Daumen. »Du hast recht. Wirklich gut.«

Er starrte auf meinen Mund. Ich sah unverkennbar Verlangen in seinem Blick aufflackern. Dasselbe Verlangen, das flutartig auch mich durchströmte.

Tu es nicht, Sarah. Es geht zu weit. Wenn du diese Grenze einmal überschreitest ...

Offenbar war ich stärker, als ich dachte. Denn die Verlockung war teuflisch und meine Vernunft leise und schwach. Und dennoch schaffte ich es, mich von meinen tobenden Gefühlen zu lösen.

Ich trat einen Schritt zurück. Lächelte. Atemlos und mit glühenden Wangen.

Blinzelnd kam auch Monroe wieder zu sich. Enttäuschung flackerte in seinen Augen auf, doch sie war so schnell fort, dass ich gar keine Zeit hatte, mich schlecht zu fühlen. Er schenkte mir ein verschmitztes Lächeln.

»Ich glaube, wir könnten beide noch einen Drink gebrauchen, was sagst du?«, fragte er.

»Unbedingt«, erwiderte ich sofort. »Ich bin quasi am Verdursten.«

Er grinste. »Natürlich. Und vielleicht besorge ich dir noch etwas anderes zu essen.«

Ich erwiderte sein Lächeln, erleichtert, dass meine stumme Zurückweisung nichts an der unverfänglichen Stimmung zwischen uns zerstört hatte.

»Mr. Darlington, hier verstecken Sie sich also!«, rief jemand hinter uns.

Wir drehten uns beide um. Diesmal ergriff Monroe meine Hand, und wir liefen dem weißen Anzugträger entgegen, der auf uns zukam. Der Mann war groß, dünn, mit langen Armen und Beinen und grauer Halbglatze. Monroe seufzte schwer, was im Wind unterging, und legte innerhalb eines Wimpernschlags wieder seine professionelle Maske an. Er schüttelte dem Mann die Hand und ließ sich in ein Gespräch verwickeln, während wir zu dritt zurück in den trubeligeren Teil der Feier traten. Jazzmusik erfüllte die Spätsommernacht, und einige der Frauen hatten sich dünne Tücher und Jäckchen über ihre Kleider gezogen. Am liebsten hätte ich das auch getan. Meine Oberarme waren bereits eiskalt, und ich hätte gerade alles für ein kuscheliges Sweatshirt gegeben.

Der Moment zwischen Monroe und mir hing noch in der Luft wie süßes Parfum. Auch als ich meinen nächsten Drink in der Hand hielt und er mich ein paar Leuten vorstellte. Die Prozedur aus Small Talk und der Vorstellung meiner Wenigkeit wiederholte sich immer wieder, und durch die Gespräche wurde offensichtlich, dass ich tatsächlich seine allererste Begleitung auf einem Event wie diesem war. Wie war das möglich? Wo Monroe als König von Manhattan doch ein Aufreißertyp gewesen war? Hatte er tatsächlich nie eine Freundin irgendwohin mitgenommen? Und ich war ja noch nicht einmal das. Theoretisch war das hier gerade mal ein zweites Date, wenn man das überhaupt so nennen konnte.

Während Monroe sich weiter unterhielt und ich Drink Nummer drei leerte, vibrierte es in meiner Tasche.

Beinahe ließ ich das Glas fallen und unterdrückte ein Aufschreien. Eine neue Nachricht! Payton. Hatte Payton endlich geantwortet?

Mein Puls beschleunigte sich. Es juckte mich in den Fingern, nachzusehen. Aber das Handy zu zücken, gehörte sich hier vermutlich nicht. Als ein älteres, stinkreich aussehendes Ehepaar Monroe in ein längeres Gespräch verwickelte, legte ich ihm eine Hand auf den Arm und lächelte ihn entschuldigend an. »Ich bin gleich wieder da, ja?«

Obwohl der ältere Mann zu sprechen begann, wandte Monroe sich ab, um mich anzusehen. »Sicher, Liebes«, sagte er leise. *Liebes.* Das Wort flatterte durch meine Brust. Er beugte sich zu mir und küsste meine Wange. »Komm schnell zurück«, flüsterte er mir noch ins Ohr.

Ich biss mir lächelnd auf die Unterlippe, wünschte dem älteren Ehepaar noch einen schönen Abend und lief zur offenen Tür. Auf dem Weg zog ich hastig mein Handy aus der Handtasche.

Ein Keuchen entfuhr mir. Endlich! Da war tatsächlich eine Nachricht von Payton!

> *Hi! Tut mir leid, dass ich mich erst jetzt melde. Alles okay bei dir? Mir geht es gut. Der Entzug läuft toll. Wie kommst du mit dem Studium voran? Und mit deinen Plänen?*

Irritiert las ich die Nachricht noch einmal. Was zum Teufel? Sie hatte meine letzten Nachrichten doch gesehen, wieso ging sie nicht auf sie ein? *Der Entzug läuft toll?*

Ich suchte mir auf der Dachterrasse eine ruhige Ecke. Dann versuchte ich, Payton anzurufen.

Fröstelnd hob ich die Schultern. Drei Freizeichen erklangen – da wurde die Verbindung beendet. Verwirrt nahm ich das Telefon vom Ohr und starrte auf das Display. Hatte sie mich etwa weggedrückt? Ich rief gleich noch einmal an, aber dieselbe Prozedur.

Da kam auch schon eine neue Nachricht rein. Ich öffnete sie sofort.

> Sorry, ich kann gerade nicht telefonieren.

Ich atmete tief durch und schloss kurz die Augen. Natürlich. Ausgerechnet jetzt, wo ich so viele Fragen hatte, konnte sie nicht telefonieren.

In Lichtgeschwindigkeit ließ ich meine Finger über das Display tanzen. Paytons Stimme zu hören und wirklich mit ihr zu sprechen, war mir zwar lieber, aber wenn Nachrichten alles waren, was ich gerade von ihr bekam, dann nahm ich, was ich kriegen konnte. Es gab so viel, das ich wissen musste, ich konnte nicht länger warten.

> Hey, P. Wir müssen dringend reden. Dringend!! Ich muss dir ein paar Fragen stellen, die dir vermutlich nicht gefallen werden, aber sie müssen raus. Die Fragezeichen in meinem Kopf werden nämlich immer größer, und ich stoße auf immer mehr Ungereimtheiten hier.

> Okay. Was willst du wissen?

Erneut atmete ich erleichtert auf. Endlich. Endlich würde ich Antworten bekommen!

> Was kannst du mir zu Donovans Geburtstagsparty erzählen? Was genau ist passiert? Ich habe Fotos gesehen. Und Videos. Tut mir leid, dass ich das frage, aber ich muss das wissen.

Mit angehaltenem Atem starrte ich auf das kleine Wörtchen »Online« unter dem Namen Sarah Quinn. Sie begann zu schreiben. Dann hörte sie wieder auf. Dann schrieb sie wieder. Hoffentlich war ich nicht zu direkt geworden. Hatte ich ihr damit einen mentalen Schlag verpasst?

Ein paar Mal ging es hin und her, und ich wurde immer nervöser. Und als dann endlich ihre Antwort kam ...

Ein ungläubiger Laut entfuhr mir, halb Lachen, halb Keuchen. Ich umklammerte das Telefon mit beiden Händen.

> *Das geht dich nichts an, Sarah. Hör auf, in meinem Leben herumzuschnüffeln, und mach das, wofür du nach New York gekommen bist. Halte dich da raus. Und vergiss deinen Platz nicht.*

Das ... das konnte doch unmöglich ihr Ernst sein.

Meine Finger begannen zu zittern. Mein ganzer Körper begann zu zittern. Und mein Herz ... es bekam Risse. Vergiss deinen Platz nicht. Vergiss deinen beschissenen Platz nicht?! Ich schluckte schwer und las die Worte wieder und wieder, so als müssten sich meine Augen getäuscht haben. So hatte Payton noch nie mit mir gesprochen. So verdammt kalt und herzlos. Das klang nicht nach meiner Schwester, sondern nach einer Fremden. Payton würde mich nicht ausschließen. Nicht so. Niemals.

Tränen schossen mir in die Augen. Wieder tippte ich, doch diesmal bebten meine Finger, und das Herz schlug mir bis zum Hals.

> *Was fällt dir ein?? Ich bin hier, um DIR zu helfen, und du speist mich mit »Vergiss deinen Platz nicht« ab??? Geht's noch?*

> Wir wissen beide, dass du nicht nur nach New York bist, um mir aus der Patsche zu helfen.

> Was?? Sondern?

> Ich will jetzt nicht weiterreden, Sarah. Lass mich einfach in Ruhe, und zieh den Plan durch, ohne in meinem Leben herumzuschnüffeln.

> Das meinst du nicht ernst.

> Payton!!

> Hallo??

> Wow, nur noch ein Haken. Hast du ernsthaft das Handy ausgeschaltet, um nicht länger mit mir reden zu müssen? Wieso bist du so zu mir? Was soll das? Was ist plötzlich los mit dir, Pay?

Ich schluchzte auf. Meine Unterlippe bebte. Blinzelnd legte ich den Kopf in den Nacken, um die Tränen aufzuhalten, aber keine Chance. Sie rannen meine Schläfen hinab. Gott. Wie konnte sie mir das nur antun? Ich war hier, um ihr zu helfen, und *das* war der Dank? Ich erwartete eigentlich nichts. Ich wollte nichts im Gegenzug haben. Nur ihre Unterstützung, um ihr *besser* helfen zu können. Aber diese Feindseligkeit? Diese ... Ablehnung? Wie konnte sie nur?

Mit staubtrockener Kehle sah ich mich um. Ich hatte keine Ahnung mehr, was ich hier eigentlich tat. Nach allem, was sie gesagt hatte, würde es mir wohl niemand übelnehmen, wenn ich augenblicklich meine Sachen zusammenpackte und zurück nach San Francisco flog. Ob wegen des Entzugs, wegen Drogen oder sonst etwas – ich musste mir nicht *alles* gefallen lassen. Sie hatte meine Hilfe nicht verdient, so undankbar und kalt, wie sie sich mir gegenüber gab! Aber etwas tief in mir drin wusste ganz genau, dass ich hierbleiben würde. Mein Bauchgefühl hinderte mich daran, jetzt abzubrechen.

Vielleicht war ich zu gutherzig. Vielleicht war ich aber auch einfach nur zu neugierig. Vielleicht, und der Gedanke fiel am schwersten, steckte ich auch schon zu tief drin.

Ich musste herausfinden, was vor sich ging und wann und warum Payton plötzlich so fremd geworden war. Ich musste es verstehen. *Sie* verstehen. Ich wollte so sehr an ihre Unschuld glauben. Daran, dass sie einfach in die Fänge der falschen Leute geraten war, doch spätestens jetzt klappte das nicht mehr. Ich konnte nicht. *Vergiss deinen Platz nicht.*

Ohne weiter darüber nachzudenken, tippte ich eine letzte Nachricht.

Eine Träne löste sich von meinen Wimpern. Als ich auf Senden drückte, fiel sie auf das Display.

> *Du brichst mir das Herz.*

KAPITEL 30

Payton wer?

»Alles in Ordnung?«, fragte Monroe, als ich zu ihm zurückkehrte. Ich hatte einen kurzen Zwischenstopp an der Bar gemacht und klammerte mich an das leicht schwindelige Gefühl, das mich erfüllte. Alkohol war nicht die Lösung und vermutlich eine miese Idee, aber ich wollte nichts weiter, als den unsäglichen Knoten in meiner Brust zu vergessen.

Das alte Ehepaar stand nicht mehr bei Monroe, stattdessen ein Mann, schätzungsweise um die dreißig. Er trug einen dreiteiligen grauen Nadelstreifenanzug und hielt ein Champagnerglas in der Hand, genau wie Monroe. Die Leute hier tranken das Zeug wie Wasser.

Ich schluckte meine brodelnden Gefühle hinunter, zumindest so gut es ging. Mir war elend zumute. Ich wollte mich zusammenkauern und weinen. Doch ich schenkte Monroe mein schönstes Lächeln.

»Ja, alles bestens. Ich war nur kurz am Handy.« *Verdräng es einfach. Vergiss es für den Moment.*

Obwohl ich mir Mühe gab, mir nichts anmerken zu lassen, trat augenblicklich Sorge auf sein Gesicht. Er wandte sich seinem Gesprächspartner zu.

»Entschuldige mich, Daniél. Es war schön, dich wiederzusehen. Richte Kane Grüße von mir aus. Wir würden uns freuen, euch mit an Bord zu haben.«

Daniél grinste Monroe an. Er sah mit dem dunklen Bartschatten und seiner charmanten Ausstrahlung aus wie ein Mann, der schon einige Herzen in seinem Leben gebrochen hatte. Sie schüttelten sich die Hände. »Der Termin nächste Woche steht, Monty. Wirst du das Angebot mit uns durchgehen oder dein Vater?«

»Das übernehme ich«, sagte Monroe. Daniél nickte mir höflich zu, dann drehte er sich um und ging. In der nächsten Sekunde wandte Monroe sich mir zu. »Ist wirklich alles in Ordnung, Payton?«, fragte er, diesmal um einiges besorgter, und musterte mich. »Du wirkst, als hättest du einen Geist gesehen.«

Ich trank einen tiefen Schluck. Dann noch einen. Ich war nicht nur erschöpft, nicht nur traurig.

Ich war wütend.

Wütender, als ich je auf Payton gewesen war.

»Mir geht es gut. Nur eine … Familienangelegenheit. Nichts Wildes.«

»Möchtest du gehen?«

»Möchtest *du* denn schon gehen?«, erwiderte ich verblüfft.

Er zuckte mit den Schultern und sah sich um. Dann leerte er sein Champagnerglas und stellte es auf dem nächsten Stehtisch ab. »Ich habe mit allen Personen gesprochen, für die ich heute Abend hergekommen bin. Und vielleicht habe ich schon meinen Fahrer kontaktiert.«

Ich trank meinen Wodka Soda aus und stellte das Glas ebenfalls ab. »Dann ist es wohl okay. Ja, lass uns gehen.«

Erleichtert senkten sich seine Schultern. Offenbar konnte er es kaum erwarten, von hier wegzukommen. Ich ergriff seinen Arm, und er führte mich von der Dachterrasse. Der Alkohol wärmte mein Blut und sorgte dafür, dass ich mich leicht fühlte. *Das ist gut. Einfach verdrängen. Ignorier die Nachrichten.*

Wir stiegen in den Aufzug, diesmal ohne fremde Begleitung.

Die Türen schlossen sich, und es schien, als flirrte die Luft in der kleinen Kabine. Ich wollte mich dagegen wehren ...

Nein. Ehrlich gesagt wusste ich gar nicht, ob ich mich noch dagegen wehren wollte. Payton spielte irgendwelche miesen Spielchen und behandelte mich wie Dreck. Ich war so wütend auf sie, so enttäuscht, so verletzt. Es bedeutete ihr gar nichts, dass ich mein Leben auf den Kopf gestellt hatte, um in ihres zu schlüpfen. Sie ließ mich einfach hängen. Wieso sollte ich mich dann gegen Monroe und die Anziehung zwischen uns wehren?

»Also«, begann er gedehnt und durchbrach damit die Stille. Er warf mir ein kleines Lächeln zu. Durch den vielen Champagner waren seine Wangen auf entzückendste Weise gerötet. »Wie fandest du die Party?«

»Anregend«, erwiderte ich, bevor mein Hirn richtig schalten konnte. *Hilfe. Anregend? Ernsthaft?*

Monroe lachte auf. Ich konnte seinen Blick beinahe wie eine Berührung spüren. Überall, am ganzen Körper.

Ich leckte mir über die Lippen. »Was ist mit dir? Ich hoffe, die Gespräche waren erfolgreich?«

»Es war tatsächlich viel weniger ätzend als gedacht«, gab er zu. »Und das liegt vor allem an dir. Danke, dass du mitgekommen bist, Payton. Wirklich. Du hast den Abend gerettet.«

»Hab ich jetzt etwas gut bei dir?«, scherzte ich, um die vielen schmerzhaften Gefühle in mir zu überspielen, und umklammerte meine Tasche. Nie hatte es mich mehr gestört, dass er mich beim Namen meiner Schwester ansprach.

Er lächelte schief. »Irgendwie schon, ja. Du musst es nur sagen, und dein Wunsch ist mir Befehl.«

Begeistert überlegte ich. *Alles.*

»Pizza«, sagte ich, weil es das Erstbeste war, das mir in den Sinn kam.

»Gute Wahl. Zu mir oder zu dir?«

»Was?«, fragte ich erschrocken.

Er grinste wölfisch. »Na ja, wir können auch downtown Pizza essen gehen, aber ein wenig Ruhe wäre vielleicht gar nicht schlecht. Zumindest ich könnte die gerade gebrauchen.«

Er sprach von jetzt. Es wäre vermutlich besser, wenn ich ein Mittagessen vorschlug. Nur weil ich tatsächlich Hunger hatte, bedeutete das nicht, dass wir heute Abend schon zusammen essen mussten. Besonders nicht, wenn er diesen Smoking trug und ich dieses Kleid. Nicht wenn die Spannung zwischen uns ohnehin schon so aufgeladen war. Und ganz besonders nicht, weil ich beschwipst war. Ich wusste genau, wohin das führen würde.

Und was wäre, wenn?, fragte eine trotzige Stimme in mir.

»Also …«, begann ich zögerlich, gerade als der Aufzug im Erdgeschoss anhielt und die Türen sich öffneten.

»Also?«, wiederholte Monroe vergnügt. Wir liefen zum Ausgang. Jeder unserer Schritte, besonders das Geräusch meiner hohen Schuhe, hallte von der hohen Decke wider.

»Zu dir?«, schlug ich vor, als wir nach draußen traten, und schlang die Arme um mich. *Keine gute Idee!* Aber mir war gerade nicht danach, gute Ideen zum Besten zu geben.

»Okay. Mein Fahrer ist schon hier«, sagte er mit einem breiten Lächeln. Vor dem Gebäude parkte ein weißer SUV, und Monroe dirigierte mich mit einer Hand tief auf meinem Rücken zu ihm. Die Berührung schien mich noch trunkener zu machen.

Ein Mann in weißer Uniform stand neben dem Wagen. Er nickte höflich und öffnete eine der hinteren Türen für uns. Er sah aus wie ein Schrank. Und er strahlte eine Art Bodyguard-Aura aus, ganz anders als Lennard oder Holdens Fahrer. Und er wirkte ernster. Monroe half mir einzusteigen, dann trat er um den Wagen herum, ehe der Fahrer auch ihm die Tür öffnete.

Wir fuhren los. Eine Weile sagte keiner von uns ein Wort,

während Bremslichter, Neonschilder und das Licht von Laternen durch das dunkle Wageninnere flackerten. Der Abstand zwischen uns knisterte. Mein eigener Atem kam mir viel zu laut vor. Es schien, als wäre nicht nur ich, sondern auch Monroe damit beschäftigt, sich zurückzuhalten. Gegen die Anziehung anzukämpfen. Wir überquerten die Canal Street und fuhren die Varick Street hinunter, die in die 7th überging. Das Empire State Building durchschnitt leuchtend und ehrwürdig den Nachthimmel. Zu jeder Sekunde war ich mir Monroes Nähe bewusst. Meine Finger zuckten in meinem Schoß. Bereit, den Arm auszustrecken, um ihn zu berühren. Obwohl ich ihn nicht ansah, nicht ansehen konnte, um die Kontrolle zu behalten, konzentrierte sich jede meiner Fasern auf ihn. Ich hörte ihn leise seufzen. Und dann ... war er es, der die Hand langsam über das Mittelpolster wandern ließ. Wie von selbst tat meine Hand es ihm gleich. Und als unsere Finger sich streiften, glich es einem Feuerwerk. Mit angehaltenem Atem ergriff ich seine Hand. Meine Brust wurde eng, so drückend war die plötzliche Wärme in ihr. Er verschränkte unsere Finger miteinander und hielt sie wie den kostbarsten Schatz.

Flach atmend sah ich aus dem Fenster. Wir bogen in die 14th Street ab. 9th Street. Fast schon ohne mein Zutun strich ich mit den Fingern an seinen auf und ab. Er erwiderte die Geste, bis es im Wageninneren beinahe unerträglich vor Spannung wurde.

Ich wusste nicht, wie viel Zeit verging. Mein gesamtes Sein hatte sich für eine Weile ausschließlich auf die Berührung unserer Hände konzentriert. Aber irgendwann hielten wir an, und der Motor erstarb.

Blinzelnd kehrte ich ins Hier und Jetzt zurück und sah zu Monroe. Er beobachtete mich. Sein Adamsapfel hüpfte, und er löste seine Finger aus meinen. »Wir sind da.«

Wir parkten vor einem ausladenden Wohnkomplex. Der Fahrer half mir aus dem Wagen, und Monroe ergriff sofort wieder meine Hand, als wir voreinander standen. Die ganze Welt schwankte angenehm, und sein Duft hypnotisierte mich.

»Hier wohnst du also«, murmelte ich, den Blick jedoch auf seine Lippen gerichtet.

Er lächelte. »Ja. Es … Offiziell ist es Hudson Yards, aber ich glaube, wir sind eigentlich in Chelsea.« Er zog mich mit sich und führte mich ins Gebäude, am Sicherheitspersonal und dem Concierge vorbei und in den Aufzug. Er drückte den Knopf für die oberste Etage und drehte sich anschließend wieder zu mir um. Mit glühender Brust lehnte ich an der kühlen Mahagoniverkleidung. Ich wollte ihn so dringend küssen, dass mein ganzer Körper vor Verlangen schmerzte.

Wir starrten uns schweigend an. Hunger lag in seinen Augen, und sein Atem ging flach. Genau wie meiner. Flach und unregelmäßig. Es wühlte mich auf und beruhigte mich zugleich, dass er mich nicht einfach packte und seine Lippen auf meine presste. Ich wollte es so sehr, dass mich ein Zittern erfasste.

Mit einem sanften Klingeln öffneten sich die Türen des Fahrstuhls. Ein kleiner quadratischer Raum mit grün-weiß gefliestem Marmorboden und weiß vertäfelten Wänden befand sich vor uns. Bis auf eine verschlossene Flügeltür mit Türcode war nichts zu sehen.

Monroes tippte ein paar Mal auf das kleine Tastenfeld. »Der Code lautet zwei, drei, eins, neun, neun, neun.«

Überrascht hob ich die Augenbrauen. »Und das sagst du mir einfach so?«, fragte ich.

Er warf mir ein kurzes Grinsen zu, ehe er den Code bestätigte, einen Schlüssel aus der Innentasche seines Jacketts holte und die Tür aufschloss. »Es ist die Alarmanlage. Sie aktiviert sich nach einer halben Stunde von selbst wieder, wenn die Tür geschlossen bleibt. Wenn der stille Alarm aktiviert wird, kommen ohne Umschweife die Cops.« Er lachte auf. »Meine Eltern haben drauf bestanden. Willkommen bei mir zu Hause.« Er öffnete die Tür und betätigte einen Lichtschalter. Ich folgte ihm in die Wohnung und versuchte, all das um mich herum aufzunehmen, ohne wie eine Touristin auf Sightseeingtour auszusehen. Ich verkniff mir ein »Heilige Scheiße«. Und ich verkniff mir ein »Fuck, das ist ja der absolute Oberhammer«. Die Decken waren um die vier Meter hoch und die Wände aus grau angestrichenem Backstein. Eine Installation aus Holzstäben verdeckte zum Teil die Sicht auf den Raum dahinter, doch durch die Lücken sah ich zwei tiefe, sich gegenüberstehende dunkle Ledersofas und eine Fensterfront mit Sprossen, die den Blick auf einen beleuchteten Balkon mit steinerner Balustrade freigab.

»Wow«, flüsterte ich. Ich konnte es mir nicht verkneifen, als ich den Kopf von links nach rechts drehte. Der Raum war nicht unendlich groß, sondern wirkte gemütlich und offen zugleich. Links war die moderne, schlichte Küche. Es gab einen langen schwarzen Esstisch mit gepolsterten schwarzen Metallstühlen und ein breites, brechend volles Bücherregal. Dies war Monroes ganz persönliches Reich. Und wir waren hier. Allein, nur wir zwei.

Monroe war dicht neben mir. »Möchtest du eine Tour haben?«

»Sehr gern«, sagte ich lächelnd.

Die Freude auf seinem Gesicht wirkte beinahe kindlich. »Okay. Zum Wohnraum hier gibt es eigentlich nicht viel zu sagen. Balkon, Küche, Essbereich, Wohnbereich. Durch die Tür neben dem Bücherregal geht es ins Büro.«

Er führte mich dorthin und betätigte einen Lichtschalter. Es war kein pompös eingerichteter Raum, sondern schlicht. Teuer und schlicht. Der wuchtige Holzschreibtisch war groß und sah alt und unbezahlbar aus. Darauf standen ein iMac, eine schmale Tastatur und Maus sowie ein schiefer Stapel Bücher, die er wohl zuletzt zum Lernen benutzt hatte. Auch hier im Raum gab es volle Bücherregale, allerdings waren diese größtenteils mit Fachliteratur bestückt.

Das Lächeln und das warme Gefühl in mir blieben bestehen, als er mir ein Badezimmer zeigte mit Wanne, Dusche und einem großen schwarzen Rundbogenfenster und mich schließlich einen Flur entlangführte. Anhand der sich verändernden Stimmung zwischen uns, der zunehmenden Spannung und dem Erblassen unser beider Lächeln wusste ich, welcher Raum nun kam. Und ich war mir seiner Hand auf meiner Taille nie bewusster gewesen.

Er drehte den schwarzen Knauf einer weißen Tür und schaltete ein gedimmtes Licht an.

Schweigen breitete sich zwischen uns aus. Mit angehaltenem Atem betrachtete ich das große Bett. Schwarze Seidenlaken glänzten darauf. Der Duft, der in der kühlen Luft hing, war intim. Es roch nach ihm. Monroes Aftershave. Nach frischer Wäsche und etwas anderem, Dunklem, was ich nicht genau benennen konnte. Doch es sorgte dafür, dass sich ein gefährliches Ziehen zwischen meinen Beinen ausbreitete.

»Das Schlafzimmer«, sagte er heiser. Seine Finger an meiner Taille bewegten sich kaum merklich, und doch sendeten sie einen Funkenschlag durch meinen ganzen Körper.

»Schön«, flüsterte ich. Und ich verfluchte mich, dass ich geflüstert hatte. Gott. Mir wurde noch heißer. »E-es sieht sehr gemütlich aus.«

Ich wagte nicht, zu ihm aufzublicken. Ich hatte das Gefühl, dass es alles war, was uns davon abhielt, übereinander herzufallen.

Großartig. Jetzt konnte ich an nichts anderes mehr denken als daran, wie es sich wohl anfühlen musste, sich an Monroe zu pressen.

»Pizza«, platzte er plötzlich hervor. Es überraschte mich so sehr, dass ich einige Male blinzeln musste.

»Ich, äh … ich meine …«

Nun drehte ich mich doch zu ihm. Sein Blick richtete sich augenblicklich auf meinen Mund. Ein Muskel an seinem Kiefer zuckte, er schloss die Augen und atmete tief durch. »Du hast Hunger, und wir wollten Pizza bestellen.«

Es verschlug mir die Sprache, zu sehen, wie er sich zurückhielt. Er hielt sein Versprechen, er gab mir Zeit. Überstürzte nichts. Hatte er auch nur den Hauch einer Ahnung, was in mir vorging? Wie sehr ich es überstürzen wollte?

Offensichtlich nicht, denn Monroe schaltete das Licht aus und zog mich aus dem Raum, ehe er die Tür wieder schloss.

»Pizza«, wiederholte ich und lächelte schief. »Ich sterbe vor Hunger.«

Als er mich in die Küche führte, konnte ich nicht anders, als ebenfalls den Arm um ihn zu legen. Ich musste ihn berühren. Ihm irgendwie noch näher sein. Wie zum Teufel war es möglich, sich so sehr zu einem Menschen hingezogen zu fühlen?

Du solltest gehen. Du solltest genau hier einen Schlussstrich ziehen. Du darfst dich unter keinen Umständen in den Kerl verlieben.

Meine eigenen Warnungen drangen gar nicht mehr richtig zu mir durch. Es fühlte sich zu gut an. Und Monroe war nicht Peter. Also, was war schon dabei? Ich hinterging meine Schwester nicht, wenn ich mich auf ihn einließ. Ich hinterging nur … ihn. Monroe.

Vielleicht war ich vernünftigen Argumenten gegenüber doch noch nicht so abgestumpft, denn der Knoten in meiner Brust kehrte zurück. Er fühlte sich an wie ein schwerer Stein. Ich wollte Monroe nicht verletzen. Ich *durfte* ihn nicht verletzen. Aber würde ich nicht genau das tun, wenn ich mich erst auf ihn einließ und ihm danach die Wahrheit sagte? Und was, wenn ich es tat und alles schiefging? Wenn meinetwegen Payton von der Columbia flog und rechtliche Konsequenzen für den Zwillingstausch auf mich oder uns warteten? Was dann? Auch wenn ich sauer auf meine Schwester war, auch wenn ich verletzt und wütend, ungläubig und enttäuscht war. Ich konnte doch unser beider Zukunft nicht einfach so gefährden.

Und was, wenn unsere Eltern von der ganzen Sache Wind bekämen, nur weil ich mich einem Kerl anvertraut hatte, den ich kaum kannte?

»Hey«, sagte Monroe leise, als wir vor der Küceninsel stehen blieben. Ich blickte zu ihm auf und bemerkte die Sorge in seiner Miene. »Alles in Ordnung?«, fragte er.

Seufzend lehnte ich mich gegen die dunkle Arbeitsplatte hinter mir. Dann rang ich mir ein Lächeln ab und nickte. »Ja. Es ist nichts. Ich habe nur nachgedacht.«

»Wenn du nach Hause möchtest, kann ich sofort Wilson ...«

»Nein!«, sagte ich hastig. »Nein, nein, schon okay. Wirklich. Das ist es nicht.«

»Okay.« Er erwiderte mein Lächeln vorsichtig. Dann beugte er sich näher zu mir. Es fühlte sich an, als würde sein Blick mein Gesicht liebkosen. Ich konnte förmlich körperlich spüren, wie er die Konturen meiner Wangenknochen, meiner Nase und meines Kiefers nachzeichnete. Meiner Lippen.

Er war so nah. Meine Hände legten sich ganz automatisch wieder auf seine Brust, während mein Blick auch sein Gesicht nachzeichnete, obwohl ich es so viel lieber mit den Fingern getan hätte.

»Also ...«, flüsterte er mit rauer Stimme. Wie in Zeitlupe beugte er sich näher zu mir. »Die Liefer-App. Sie ist auf meinem Handy.«

Ich hob den Kopf, noch ein Stück. Sein Atem traf auf meinen Mund und stillte auf einen Schlag das Chaos meiner Gedanken. In mir wurde es still. Die Welt wurde still – bis auf das Geräusch unseres Atems. Meines Herzschlags. Das Geräusch, das meine

Hände verursachten, als ich sie über das weiße Hemd auf seiner Brust streichen ließ. Unsere Gesichter waren nur noch Zentimeter voneinander entfernt.

»Okay«, wisperte ich.

»Sag mir, was du willst«, flüsterte er. Unsere Nasen strichen aneinander entlang, und das gezügelte Verlangen schien zu brodeln und jeden Moment überzukochen. Er sprach nicht von Lieferdiensten. Er sprach hiervon. Und ich war nicht in der Lage zu antworten. Deshalb hob ich das Kinn an. Und kostete die Sünde. Langsam strich ich mit den Lippen über seine.

Ein leises Stöhnen entfuhr ihm, und er lehnte seine Stirn gegen meine. Stille und lautes Herzklopfen erfüllten meine Ohren. »Sag mir, dass du das hier nicht willst«, flüsterte er an meinen Mund.

»Ich kann nicht«, wisperte ich und zog ihn an mich.

Und dann geschah es endlich. Er schob eine Hand in meinen Nacken und küsste mich. Küsste mich so, wie es dieser Moment verlangte. Nicht vorsichtig, nicht herantastend, sondern entfesselt. Seine Lippen waren weich und zugleich hart und fordernd. Keuchend erwiderte ich den Kuss, schlang die Hände um seinen Hals und presste meine Lippen auf seine. Monroe schmeckte nach Lust, nach Dunkelheit und seidigen Versprechen. Alles geschah schnell und zugleich wie in Zeitlupe. Unsere Lippen bewegten sich aufeinander, als wären sie dazu bestimmt, und er drängte mich mit seinem Körper gegen die Kücheninsel. Ein leises Stöhnen entwich mir. Atemlos wühlte ich in seinen perfekten weichen Haaren und teilte meine Lippen. Unsere Zungen berührten sich, was sich wie ein Stromschlag anfühlte. Tief in mir breitete sich eine verdächtige, brodelnde Hitze aus und brannte sich bis in meinen Unterleib. Die Art und Weise, wie unsere Zungen sich erkundeten, den Kuss vertieften und zu etwas Sündigem machte, ließ auch Monroe stöhnen. Ein tiefer, kehliger Laut.

Schwer atmend beendete er den Kuss. Ich öffnete benommen die Lider und begegnete dem Leuchten seiner blauen Augen.

»Du weißt nicht«, keuchte er, »wie lange ich das schon tun wollte.« Er glitt mit dem Daumen über meine Unterlippe und schüttelte langsam den Kopf. Wie verzaubert. »Und es ist noch so viel besser als in meiner Vorstellung.«

Diesmal war ich es, die ihn küsste. Nicht so grob wie eben, sondern tiefer, quälender. Ich legte die Hände an seine Wangen und ließ mich fallen. Unsere Lippen verschmolzen miteinander, genau wie unser Atem. Und als ich seine Unterlippe zwischen die Zähne nahm und anschließend sanft an ihr saugte, packte er mich plötzlich um die Taille und presste mich an seinen Körper. Ein verzweifelter Laut entwich mir. Meine Brüste fühlten sich schwer an. Ich sehnte mich danach, dass er sie berührte, dass er mich überall berührte. Mit seinen Händen, mit seinen Lippen. Seiner Zunge. Monroes Hände zitterten vor Zurückhaltung, und ich wünschte mir nichts sehnlicher, als dass er vollkommen losließ.

Immer wieder küsste er mich, und immer wieder erwiderte ich es. Dann verlangsamte er plötzlich das Tempo. Seine Küsse wurden sinnlicher. Quälender. Und das, was er dabei mit seiner Zunge tat, durchbrochen von kleinen Bissen, brachten mich fast um den Verstand.

»Monroe«, wisperte ich, als er meinen Mundwinkel küsste. Er küsste meine Wange, meine Ohrmuschel.

Ich ließ den Kopf in den Nacken fallen, als seine Lippen über meinen Hals strichen. Das Gefühl löste einen heißen Schauer in mir aus, und tief in meinem Unterleib zog sich alles zusammen. »Monroe«, wiederholte ich leiser, fast wie ein Gebet, keuchend, flehend. Seine Daumen bewegten sich in kleinen Kreisen über meine Hüfte. Es war Himmel und Hölle zugleich.

»Hmmm«, machte er leise. Dann war seine Zunge an meinem

Hals, seidig und heiß. Ich grub die Hände in seinen Rücken, als er über die eine empfindliche Stelle genau unter meinem Ohr glitt. »Soll ich aufhören?«, murmelte er. Biss sanft zu. Ein Wimmern entfuhr mir.

»Ich bringe dich um, wenn du aufhörst«, erwiderte ich und presste mich enger an ihn. Er lachte leise, doch seine Hüfte zuckte nach vorn. Das Gefühl, wie sich seine Erektion durch die Kleiderschichten an meinen Bauch presste, brannte sich in mich ein. Und als er seine Hüfte noch einmal bewegte, diesmal bewusst, erstarrten wir beide.

Langsam hob er den Kopf, und wir sahen uns schwer atmend an.

»Das hier ist …«, begann ich, vergaß den Rest des Satzes doch schon beim nächsten Wimpernschlag.

»Perfekt. Wie füreinander gemacht«, sagte er und lächelte langsam. Und es war das schönste Lächeln, das er mir je geschenkt hatte.

Irgendwo drang leise das Ticken einer Uhr zu mir durch. Entfernt hörte ich dumpf die Geräusche der Stadt. Doch für einige Atemzüge taten Monroe und ich nichts anderes, als uns anzusehen. Ohne Mauern. Ohne Deckung. Es fühlte sich an, als könnte er mir geradewegs in die Seele blicken und ich in seine, und es war dieser stille Blick, der all das hier … zu etwas viel Gefährlicherem machte.

»Ich bin froh, dass du hier bist. Ich würde gerade nirgendwo lieber sein«, murmelte er und strich sanft mit dem Daumen über meine Wange. Seine Lippen waren gerötet und geschwollen. Der Anblick gefiel mir viel zu gut.

»Ich auch nicht«, sagte ich leise.

Nun strich er auch mit der anderen Hand über meine Wange. Er umfasste mein Gesicht. Lächelte noch immer. »Gehst du noch einmal mit mir aus?«, fragte er vorsichtig. Es war diese

Vorsicht, die mich so überraschte, dass ich vor Unglaube beinahe auflachte. Meine Brust wurde eng. Diese unsichere Seite an Monroe war ... nicht fremd, doch ungewohnt. Es war, als teilte er mit mir etwas von sich, was er vor anderen sehr gut verbarg. Etwas, was er vor der Elite versteckte, um sich zu schützen und um sich unantastbar zu machen. Doch vor mir senkte er die Mauern vollkommen.

Ich musste ebenfalls lächeln. »Hältst du so wenig von deinen Knutschfähigkeiten, dass du glaubst, ich würde jetzt Nein sagen?«

Er lachte auf und küsste meine Nasenspitze. »Frech. Immerzu so frech.« Plötzlich biss er in meine Unterlippe. Der feine Schmerz ließ mich nach Luft schnappen, da leckte er ihn auch schon fort. Beinahe gaben meine Knie nach, und das pulsierende Verlangen zwischen meinen Beinen wurde unerträglich. Langsam fuhr er mit den Lippen über meine. »Wenn ich mir nur vorstelle, was ich gerne alles mit dir anstellen würde, wenn du so vorlaut wirst, werde ich steinhart.«

Mein Herz blieb stehen. Schlug doppelt so schnell weiter. Besonders, als er mich wieder küsste, lang und stürmisch, und seine Hände dabei auf Wanderschaft gingen. Sie glitten meinen Rücken hinab, fuhren die Konturen meines Körpers nach. *Mehr.* Er durfte auf keinen Fall aufhören. Ich brauchte mehr, sofort.

Schnell beendete ich den Kuss und lehnte mich blinzelnd zurück. »Wir sollten aufhören«, keuchte ich.

Er hob eine Augenbraue und leckte sich über die Lippen. »Wieso?«

Weil ich dir sonst die Kleider vom Leib reiße und dich bespringe.

Er schien mir die Worte von den Augen abzulesen und grinste spitzbübisch.

»Weißt du ...«, begann er mit rauer Stimme und ließ die Finger meine Wirbelsäule hinauf- und wieder hinabgleiten. Ich schlang die Arme um seinen Hals. Unsere Körper harmonierten so sehr, als wären sie aufeinander abgestimmt. »Du könntest auch die Nacht hier verbringen. Bei mir«, sagte er schließlich leise. »Morgen früh könnte ich dich nach Hause fahren.«

Oh, verflucht, er durfte mir doch nicht so ein Angebot machen. Es war viel zu verlockend. Und er wusste, dass es das für mich war. Doch ich riss mich zusammen. Das konnte ich nicht auch noch tun. Ich durfte nicht.

Es kostete mich alles an Kraft, den Kopf zu schütteln. Entschuldigend lächelte ich. Es war eher eine gequälte Grimasse als ein Lächeln. »Ich weiß nicht, ob das ... Ich bin noch nicht ...«

»Tut mir leid«, sagte er hastig. Er küsste meine Wange. »Ich wollte dich nicht bedrängen. Es ist zu früh. Ich war nur ... Du und ich.« Er lehnte sich zurück, um mich richtig ansehen zu können. Dann seufzte er. »Payton, das fühlt sich gut an. Mehr als gut. Aber du hast recht. Wir sollten nichts überstürzen.«

Payton.

Payton, Payton, Payton.

Der Weckruf war donnernd und schrill in meinem Kopf. Fuck. Natürlich, ich Hohlbirne.

Fuck, fuck, fuck!

Der perfekte Augenblick mit Monroe ... wurde schnell wieder zur Tragödie. Wie hatte ich auch nur für eine winzige Sekunde vergessen können, dass ich gerade nicht ich war? Verdammter Alkohol. Wieso hatte ich so viel davon getrunken? Wieso war ich mit ihm hergekommen?

Er schien noch immer auf eine Antwort zu warten, also stieß ich ein »Danke« hervor.

Er löste sich von mir und fuhr sich tief durchatmend durch die zerzausten Haare. »Also«, sagte er lächelnd. »Pizza?«

Ich presste die Zähne aufeinander. *Das hier ist nicht echt. Es ist nicht echt, Sarah.*

Aber wenigstens für diesen Abend, nur noch ein paar Stunden, wollte ich so tun, als wäre es das. Ich wollte es nur noch ein wenig länger genießen.

Deshalb erwiderte ich sein Lächeln, stieß mich von der Kücheninsel ab und strich mir die Haare hinter die Ohren, die sich aus der Hochsteckfrisur gelöst hatten.

»Pizza«, bestätigte ich und folgte ihm zum Esstisch.

KAPITEL 31

Schade, Scharade

Der Abend mit Monroe und der Chat mit Payton ließen mir keine Ruhe. Erst hatte der Kuss dafür gesorgt, dass ich mich stundenlang in meinem Bett hin und her gewälzt hatte, weil besonders mein Körper es bereute, dass ich Monroes Angebot, die Nacht bei ihm zu verbringen, ausgeschlagen hatte. Und dann hatte ich still im dunklen Schlafzimmer geweint, als ich den Chatverlauf mit Payton immer und immer wieder gelesen hatte, bis die Tränen mich in den Schlaf getrieben hatten. *Vergiss deinen Platz nicht. Hör auf, in meinem Leben herumzuschnüffeln. Halt dich raus. Wir wissen beide, dass du nicht nur nach New York bist, um mir aus der Patsche zu helfen. Vergiss deinen Platz nicht. Vergiss deinen Platz nicht.* In meinen Träumen hatte die neue Payton, eine böse, hämische Version von ihr, mich heimgesucht. Sie hatte mich ausgelacht, weil ich mich so verzweifelt danach sehnte, wieder einen Platz in ihrem Leben zu bekommen. An ihrer Seite zu sein. Sie hatte mich eine Treppe hinuntergestoßen und mir die Schuld für alles gegeben, was in ihrem Leben schieflief. Am Sonntagmorgen war ich todmüde und aufgequollen aufgewacht. Dann war die Fiebrigkeit wegen Monroe auch schon zurückgekehrt, als ich unter die Dusche gestiegen war. Die Erinnerungen von letzter Nacht waren in mir hochgekocht, seine Lippen auf meinen, seine Hände, seine Stimme, sein Geruch und diese elektrisierende Lust. So weit, bis ich darüber zu fantasieren begann, wie es wäre, wenn er plötzlich die Badezimmertür öffnete und sich zu mir gesellte. Das Pochen zwischen meinen Beinen war so quälend geworden, dass ich unter dem heißen Wasserstrahl meine Hand am Bauch hatte hinabwandern lassen, um mir Erleichterung zu verschaffen. Anschließend hatte ich mich furchtbar gefühlt. Und das Verlangen nach ihm war sogar noch stärker geworden. Und dann war ich erneut in Tränen ausgebrochen, weil mir wieder bewusst geworden war, dass ich eine Lüge lebte und mit seinen Gefühlen spielte.

Es war offiziell: Mein Leben glich einem Scherbenhaufen. Vielleicht sollte ich Laurel einweihen. Nicht nur, was den Kuss anging, sondern vor allem auch über Paytons Nachrichten. Ich musste immerhin mit irgendjemandem darüber reden! Die Dinge liefen aus dem Ruder, ich verlor die Kontrolle. Aber war ich schon bereit? Es Laurel zu stecken, würde auch bedeuten, mir einzugestehen, was für einen Fehler ich begangen hatte. Wie falsch es von mir gewesen war, Monroe so nahezukommen. Und dann war da noch der Vorfall mit Peter. Je mehr geschah, desto größer wurde die Hemmung, Laurel zu kontaktieren. Dinge meiner besten Freundin zu erzählen, machte sie real. Und vielleicht wollte ich gar nicht, dass sich die Dinge real anfühlten. Weder Paytons Nachrichten noch das zwischen Monroe und mir oder dass Peter mir an die Brust gefasst hatte. Vielleicht wollte ich eine Weile so tun, als könnte ich mich vor der Wahrheit und ihren Folgen drücken. Um mich zu schützen.

Nicht dass es mich wirklich schützen würde.

***

Allmählich begann ich Montage zu hassen. Meine einzige Veranstaltung an der Columbia begann heute erst um elf Uhr. Das verschaffte mir zum Glück ein wenig Zeit. Ich machte mir einen

Kaffee und stylte mich, um erneut wie ein reiches Mädchen der Upperclass auszusehen. Mental bereitete ich mich auf das nächste Aufeinandertreffen mit Peter, Cameron, Rosie, Donovan und Co. vor. Aber auch auf Celia und Holland. Ich musste wieder voll und ganz in meine Rolle schlüpfen und weniger ich selbst sein. Bei ihnen gelang mir das zum Glück besser als bei Monroe. Also war ich keine Vollkatastrophe. Nur eine kleine Katastrophe. Vielleicht schaffte ich es ja, Monroe zunächst etwas zu meiden, bis ich wieder einen klareren Kopf hatte. Vielleicht schaffte ich es auch, durch Celia und Holland oder Donovan mehr über Peter zu erfahren, dann konnte ich Monroe die längst überfällige Abfuhr geben.

In der Theorie klang das viel zu einfach.

Da es draußen kühler wurde und der Sommer sich allmählich verabschiedete, entschied ich mich für eine knöchellange weiße Stoffhose, schwarze Gucci-Loafers, einen dünnen braunen Ledergürtel und eine hellblaue Hemdbluse, die ich in die Hose steckte. Meine Locken hatte ich auf einer Seite mit einer perlenbesetzten Spange zurückgesteckt und statt Make-up nur eine getönte Tagescreme und etwas Lipgloss aufgetragen.

Ich war gerade dabei, in einem leichten beigen Trenchcoat und diesmal mit der großen schwarzen Birkin Bag die Wohnung zu verlassen, als mein Handy vibrierte. Ich kramte es aus der Manteltasche, und drei Buchstaben leuchteten mir entgegen. Drei Buchstaben, die mir das Herz in die Hose rutschen ließen.

MOM.

»Fuck!«, zischte ich und kniff die Augen zusammen. Natürlich. Natürlich würden unsere Eltern sich früher oder später melden. Payton hatte in den letzten Monaten zwar nur sehr spärlich von sich hören lassen, aber Mom und Dad hatten ständig versucht, sie zu erreichen. Und ich wusste, wie sehr es sie enttäuschte und traurig machte, wenn Payton nicht abnahm. Deshalb konnte ich den Anruf nicht ignorieren.

Mit steifen Fingern umklammerte ich das große Telefon und überlegte fieberhaft. Dann gab ich mir einen Ruck.

Kling wie Payton. Sei eine sanfte, gottverdammte Blume.

»Hi!«, sagte ich mit etwas höherer Stimme. Payton klang lieblicher als ich. Ich kannte ihren Singsang, ihre Sprache. Nur unsere Stimmfarben unterschieden sich ein wenig. Und das war gefährlich. Unsere Mom würde es sofort bemerken.

»Hi, Liebling! Endlich erreiche ich dich mal wieder.«

Ich hustete laut und heftig ins Mikrofon, während ich nach dem zugeschraubten Kaffee-Tumbler auf der Kücheninsel griff. Ich schniefte. »Tut mir leid, ich bin etwas krank, Mom. Aber ich freu mich, von dir zu hören.«

»Oh nein, Baby«, sagte sie mit sorgenvollem Unterton. »Was hast du denn? Eine Grippe? Kann sich jemand um dich kümmern? Hast du Fieber?«

Mir wurde schwer ums Herz. »Nur ein wenig heiser und erkältet«, log ich mit falscher rauer Stimme und räusperte mich. »Wie geht es dir, Mom? Ich vermisse dich so sehr.« Die Payton, die ich kannte, war ein sehr emotionaler Mensch. Sie mochte es, Komplimente zu machen, und den Menschen, die sie liebte, auch regelmäßig ihre Zuneigung zu vermitteln. Keine Ahnung, wie es bei der neuen Payton aussah, aber bei Mom spielte das wohl keine Rolle.

»Oh mein Baby, ich vermisse dich auch«, sagte Mom sanft. »Wann kommst du mal wieder nach Hause? Wenn es zu teuer ist, können dein Dad und ich die Tickets für ein Wochenende bezahlen. Sarah würde sich auch freuen, dich zu sehen. Weißt du, sie leidet wirklich sehr darunter, dass du so schwer zu erreichen bist, vielleicht skypst du mal mit ihr? Ihr Handy ist ja immer noch kaputt.«

Hastig blinzelte ich. Dann hustete ich noch einmal. Was um alles in der Welt sollte ich jetzt tun? Ich musste absagen. Erst zusagen, dann absagen, sosehr es meine Eltern auch enttäuschen würde. »Okay. I-ich schreibe ihr mal. Und ich, äh ... Wann passt es denn?«

»Wir richten uns ganz nach dir.«

»Kommendes Wochenende?«, schlug ich ins Blaue hinein vor.

»Okay!« Mom klang mit einem Mal euphorisch und atmete erleichtert auf. »Du glaubst gar nicht, wie sehr ich mich auf dich freue, mein Schatz. Und dein Vater erst. Es ist so lange her, seit wir dich gesehen haben.«

»Ich ... ich freue mich auch schon sehr, Mom. Ihr fehlt mir alle schrecklich.« Am liebsten wollte ich sie sofort abwimmeln, aber ich wusste, es war nicht Paytons Art, das zu tun. Deshalb schnappte ich mir meinen Kaffee, schob meine Tasche in die Armbeuge und machte mich auf die Suche nach meinem Schlüssel. »Ich fahre jetzt zum Campus, aber wenn du möchtest, können wir auf dem Weg dorthin noch ein wenig plaudern und ...«, ein obligatorisches Husten, »... du könntest mir erzählen, was es so Neues gibt.«

»Du solltest dich nicht zur Uni quälen, wenn du krank bist. Hast du dir einen Tee gemacht? Hast du Schmerztabletten und Nasenspray?«

Ein kurzes Lachen entfuhr mir. Vor lauter Angst, dass sie mich erkannte, verschluckte ich mich an meiner Spucke und bekam diesmal wirklich einen Hustenanfall. Karma.

»Lass uns ein andermal reden«, sagte Mom besorgt. »Schone deine Stimme, ja?«

Erleichtert atmete ich auf. »Okay. Alles klar. Danke, Mom, das mache ich.«

Wir verabschiedeten uns, und ich sagte ihr gleich noch einmal, dass ich sie liebte und vermisste. Nicht dass ich das selbst sonst nie tun würde. Aber es geschah nicht in so großem Stil wie bei meiner Schwester. Vielleicht kam ich da einfach mehr nach unserem Dad.

Als ich aufgelegt hatte, stellte ich seufzend den Kaffee und meine Tasche wieder ab und stützte die Hände in die Hüften. Mein Blick glitt durch das lichtdurchflutete Apartment, und einen Moment lang starrte ich nachdenklich zum Schreibtisch, der vor einer der verglasten Wände stand, hinter denen der Central Park zu sehen war. Und jetzt? Was für ein Schlamassel.

Ein Blick auf die Uhr sagte mir, dass es allerhöchste Zeit war, zur Uni zu kommen.

Ich war vielleicht nicht wirklich krank, aber jetzt fühlte ich mich elend. Ich hatte Mom belogen und würde sie schon bald enttäuschen, wenn ich ihr meine Absage schickte.

***

Während unser heutiger Gastdozent, Don Capaldi, ein berühmter Alumnus der Columbia und CEO der Don Capaldi Corporation, im Wood Auditorium seinen Vortrag begann, war ich mir Donovans Gegenwart in der Reihe hinter mir nur allzu deutlich bewusst. Fast alle Studierenden aus unserem Fachbereich waren zusammengekommen, um dem Talk zum Thema Klimawandel und Maßnahmen in der Architektur zu lauschen, weshalb es im dunklen Raum ziemlich voll war. Einige saßen auf der Treppe oder lehnten an der Wand, denn die Sitzplätze waren alle belegt. Mr. Capaldi stand hinter dem Pult, auf dem in großen Lettern GSAPP stand – das Kürzel für Graduate School of Architecture, Planning and Preservation. Ich bewunderte die Arbeiten von Don Capaldi schon seit meinem ersten Semester in San Francisco. Ich lauschte jedem seiner Worte und versuchte, Donovan dabei zu ignorieren. Doch es war, als würden seine Blicke Löcher in meinen Nacken brennen. Und egal, wie sehr ich mich konzentrieren wollte, meine Gedanken wanderten immer wieder zu unserem Streit zurück. An die hässlichen Dinge, die wir uns an den Kopf geworfen hatten. Es war höchste Zeit. Irgendwie musste ich es wieder geradebiegen und das Kriegsbeil mit ihm begraben. Ich brauchte einen Verbündeten. Laurel war nicht hier. Niemand stärkte mir den Rücken. Und bei Gott, wie dringend ich das nötig hatte. Ich wusste, wie selbstsüchtig das war, doch nicht ich hatte ihm das Herz gebrochen. Ich spielte nicht mit seinen Gefühlen, immerhin waren wir uns vor ein paar Wochen zum ersten Mal begegnet. Doch allein strategisch wäre es so viel klüger … wenn wir Freunde werden würden. Wenn es eine echte Bindung zwischen uns gäbe. Denn trotz Paytons furchtbaren Nachrichten konnte ich nicht einfach zurück nach Hause. Ich musste das hier zu Ende bringen.

Ich ließ den Kugelschreiber zwischen meinen Fingern hin und her wackeln und sank tiefer in meinen Sitz. *Nicht an die Nachrichten denken. Nicht an Monroe denken. Nicht an die Clique und Donovan denken. Konzentrier dich auf den Vortrag, Sarah.*

Ich zwang mich, wieder Notizen zu machen. Vielleicht schaffte ich es ja sogar, in den nächsten Tagen Don Capaldis E-Mail-Adresse zu ergattern, damit ich von seinem Kontakt auch in meinem eigenen Studium profitieren konnte.

Ich konzentrierte mich auf jedes weitere seiner Worte, damit sich keine falschen Gedanken in mir breitmachen konnten. Besonders nicht die, die sich um Monroe drehten. Aber Tagträumereien dieser Art waren wie Herpes.

Sie kehrten ständig zurück.

* * *

Nach dem Vortrag schlüpfte ich hastig in meinen Mantel und beeilte mich, aus dem Wood Auditorium im Untergeschoss von Avery Hall zu kommen. Ich entdeckte Donovan ein Stück vor mir, wie er im Strom der Studierenden aus der Tür trat. Augenblicklich beschleunigte ich meine Schritte. »Donovan!«, rief ich über den Schwall aus Stimmen und Schritten hinweg.

Er richtete den ledernen Taschengurt, den er sich quer über die Brust gehängt hatte, und drehte sich um. Er trug einen dunklen Pullover, darunter ein weißes Hemd und Jeans. Das schwarze Haar war ausnahmsweise mal ordentlich frisiert. Seine Miene verfinsterte sich, als ich ihn erreichte, und seine Lippen verzogen sich zu einer dünnen Linie. Er verstärkte den Griff um seine Jacke, was die Sehnen auf seinem Handrücken zum Vorschein brachte.

»Was willst du, *Payton*?«, fragte er. Kalt. Seine Stimme klang so eisig, dass ich innerlich zusammenzuckte.

»Ich wollte mit dir reden«, sagte ich mit einem vorsichtigen Lächeln.

Er blinzelte einmal. Dann drehte er sich einfach um und lief weiter. »Danke. Aber nein danke. Nicht interessiert.«

Ich ließ nicht locker und hielt mit ihm Schritt. »Bitte, Donovan. Gib mir nur eine Minute.«

»Wieso sollte ich?«

Ich hielt ihn am Arm fest. »Bitte«, wiederholte ich flehend. »Ich habe … ich habe einen anonymen Brief gefunden. Ein anonymer Brief, der an Payton gerichtet ist.« Endlich blieb er stehen, und ich zog hastig meine Hand zurück. Mitten im Strom aus Studierenden drehte er sich wieder um. Dann beugte er sich gefährlich nah zu mir. »Und du glaubst wirklich, dass mich das interessieren würde, Sarah?«

Ich schnappte nach Luft und sah mich hastig um. *Sarah*. Doch niemand beachtete uns, da jeder darauf konzentriert schien, entweder zum Ausgang zu eilen oder die Toiletten aufzusuchen.

»Natürlich bekommt Payton anonyme Briefe«, fuhr er grimmig fort. »Sie hatte eine Affäre. Vielleicht auch zwei, drei, vier, fünf oder zehn. Na und? Sie hat meinen besten Freund gefickt, mich vor all meinen Freunden an meinem Geburtstag bloßgestellt – und mir das Herz gebrochen. Mir ist in letzter Zeit einiges klar geworden, weißt du? Ich bin fertig mit deiner Schwester, ich bin fertig mit dir und mit allem, was mit euch zu tun hat.« Bei den letzten Worten verrutschte seine harte Miene, und ich sah, wie müde und ausgelaugt er eigentlich war.

Die Verzweiflung verknotete mir den Magen. »Gib mir nur eine Chance, Donovan«, flüsterte ich. »Irgendetwas stimmt nicht. Ich glaube, es steckt mehr dahinter.«

Er wich zurück, und sein Adamsapfel hüpfte. Er ließ den Blick über mich gleiten. »Hörst du auf, dich mit Monroe Darlington zu treffen? Vielleicht überlege ich es mir dann noch mal.«

Mein Mund klappte auf. Was war das denn für eine Forderung?

Fiebrig suchte ich nach Worten.

Die wenigen Sekunden meines Schweigens waren ihm allerdings Antwort genug. Verächtlich zuckte seine Oberlippe nach oben. »Dachte ich es mir doch.« Damit drehte er sich um und ging.

Wie angewurzelt stand ich da und starrte ihm nach.

Wenn das nicht mal vollkommen in die Hose gegangen war.

Grollend setzte ich mich ebenfalls in Bewegung, um Avery Hall zu verlassen. Vielleicht war es langsam an der Zeit, sämtliche Karten auf den Tisch zu legen. Nicht unbedingt heute, das konnte ich vergessen. Aber ich musste ein Treffen unter vier Augen arrangieren. Und dann würde ich Donovan alles erzählen. Absolut alles.

Es war das letzte Ass im Ärmel, die letzte und einzige Chance, die mir bei ihm noch blieb.

KAPITEL 32

Die Furien von Morningside Heights

Ich trabte die Stufen vor Avery Hall nach unten und bog mit schnellen Schritten nach links in den Weg neben der Low Memorial Library.

Kurz vor der halbrunden Steinbank neben der Bibliothek wurden meine Schritte langsamer. Rosie und Holland saßen dort.

Verwirrt zog ich die Augenbrauen zusammen und blieb stehen. Rosie und Holland?

Sie saßen dicht nebeneinander in der Sonne. Rosie lachte gerade über etwas, bevor sie sich zu Holland beugte, ihre braunen Haare über die Schulter schob und ihr etwas ins Ohr flüsterte. Dabei legte sie ihr eine Hand aufs Knie. Holland grinste, die Wangen leuchtend rot. Sie legte ihre Hand über Rosies.

Da sah ich zwischen ihren Fingern ein kleines Plastiktütchen.

Es war so schnell in Hollands Faust verschwunden, dass ich kaum gucken konnte.

»Jetzt mutiert sie auch noch zur Stalkerin«, sagte eine weibliche Stimme hinter mir.

Ich sah über die Schulter und entdeckte Cameron. Sie erdolchte mich mit ihrem Blick. Celia begleitete sie und wirkte hingegen angespannt. Unruhig nahm sie mich in Augenschein und nickte mir mit einem knappen Lächeln zur Begrüßung zu. Und als sie Rosie und Holland registrierte, versteifte sie sich. Sie erblasste sichtlich, als wüsste sie genau, was da vor sich ging.

»Holly!«, rief sie mechanisch. »Komm. Lass uns gehen.« Jetzt bemerkten mich auch Holland und Rosie.

Mein Atem blieb mir im Hals stecken. Plötzlich von der Clique umgeben zu sein, erwischte mich kalt. *Früher oder später wärst du ihnen sowieso wieder begegnet. Du kannst dich nicht ewig verstecken.*

Es kostete mich mehr Kraft als gedacht, mir ein Lächeln aufs Gesicht zu kleistern. Ernsthaft, dieser Tag war nichts für schwache Nerven.

»Cam, du siehst toll aus«, sagte ich zur Begrüßung.

Sie schnaubte verächtlich und strich sich mit beiden Händen die kurzen honigblonden Haare hinter die Ohren. »Ich wünschte, ich könnte dasselbe behaupten, Payton.«

Autsch.

»Stimmt«, erwiderte ich durch zusammengebissene Zähne. »Ich sehe nämlich absolut fabelhaft aus.«

»Payton!«, sagte Rosie überschwänglich und grinste mir zu. Sie hielt eine E-Zigarette in der Hand, zog an ihr und blies eine dichte, große Rauchwolke in die Luft. »Ich hätte da etwas für dich, was dich ziemlich glücklich machen könnte.«

Einige Leute liefen an uns vorbei, darunter auch zwei Dozenten. Ich grinste Rosie an und hob die Stimme. »Danke, aber ich habe kein Interesse daran, Drogen bei dir zu kaufen, Rosie.«

Holland riss die Augen auf.

»Miststück«, flüsterte Cameron, doch ich beachtete sie gar nicht.

Zu meinem Pech hatte niemand meine Worte registriert oder ernst genommen. Absolut niemand drehte sich zu Rosie um.

»Zu schade aber auch, dir entgeht etwas«, erwiderte sie ruhig. Sie versteckte ihr giftiges Zähneblecken vor mir nicht. Es versprach harte Konsequenzen für meine Worte und wirkte so bösartig, dass mir ein Schauer über den Rücken kroch.

Ich zuckte mit den Schultern, als bemerkte ich es nicht. »Einen Versuch war es wert. Und in diesem Fall ist eher Rosie das Miststück, Cameron. Es ist nämlich ziemlich schäbig, seine eigenen Freundinnen drogenabhängig machen zu wollen, nur um davon zu profitieren und …«

Plötzlich packte mich Celia am Handgelenk und zog mich mit schnellen Schritten fort.

»Klappe halten«, zischte sie. »Sag kein Wort, Payton, du kannst gerade wirklich keine Szene gebrauchen.«

Ich keuchte empört. Doch ich ließ zu, dass Celia mich den Weg entlangzog und mit mir um die Ecke bog. Neben Buell Hall ließ sie mich los und stöhnte frustriert.

»Ich sage nicht, dass du nicht recht hast, aber du solltest dir vorher überlegen, ob du dich ausgerechnet mit Rosie van Vliet anlegen willst.«

Ich verschränkte die Arme vor der Brust. »Ich konnte nicht anders. Außerdem hat sie Holland gerade irgendwas verkauft.«

Celia erstarrte. Sie blinzelte mich an und wurde erneut blass. »Ernsthaft?«, fragte sie. Verwirrt zog ich die Brauen zusammen. Sie hatte es nicht bemerkt? Wenn nicht deshalb, wieso war sie dann eben so angespannt gewesen, als sie die beiden zusammen gesehen hatte?

Celia legte den Kopf in den Nacken und schloss stöhnend die Augen. »Das kann doch nicht Rosies Ernst sein! Und Hollys!«

»Ganz meine Rede«, brummte ich.

Hastig wedelte Celia mit der Hand, als wollte sie den Gedanken fortwischen. »Ich rede mit Holly, überlass das mir. Es muss dich nicht kümmern, ignorier es einfach. Kommen wir lieber wieder zu dir zurück, Payton.«

Ich stieß hart den Atem aus und schlang die Arme um mich. »Tut mir leid wegen gerade, manchmal bin ich vielleicht ein wenig vorlaut.«

Verständnislos sah sie mich an. »Die Seite an dir ist mir wirklich neu. Du verhältst dich wie ein anderer Mensch, seit du zurückgekommen bist.«

»I-ich ...« Panik ergriff mich und ließ mich scharf einatmen. Besonders, als Celias Augen sich verengten.

Shit, Shit, Shit!

»Ich erkenne mich doch momentan auch nicht wieder!«, stieß ich hervor. Das Adrenalin schnürte mir den Hals zu, was mir allerdings zugutekam. Ich schlang die Arme fester um mich und sah mich ziellos um. »Ich versuche nur, zu überleben, nach allem, was passiert ist, Celia«, log ich mit dünner Stimme. »Außerdem haben Donovan und ich uns eben gestritten, und dann bin ich gleich darauf Rosie und Holland in die Arme gelaufen, und du und Cameron kamt dazu. Und ich habe gesehen, wie Rosie Holland dieses Tütchen gegeben hat. Das hat viele ... viele Erinnerungen zurückgebracht, und da ist es mit mir durchgegangen. Die Seite an mir ist dir neu? Gut, mir nämlich auch!« Meine Stimme brach. Und meine Worte klangen so überzeugend und so emotionsgeladen, dass ich mir selbst beinahe glaubte. Auch wenn meine hochkochenden Gefühle eher daher stammten, dass mir alles zu viel wurde. Die ganze Situation erschlug mich und schien mich zu begraben, bis ich fast keine Luft mehr bekam.

Celias Blick wurde weicher und erstaunlich reuevoll. Sie biss sich auf die Unterlippe und legte mir eine Hand auf den Arm. »Scheiße. Tut mir leid. Ich war nur so ... Oh Mann, ich hätte nachdenken sollen. Manchmal bin ich so ein unsensibler Trampel. Tut mir wirklich leid, Payton.«

Sie schloss mich in eine Umarmung. Eine Sekunde überrumpelte sie mich damit. Dann spürte ich jedoch, wie sehr ich das gerade jetzt brauchte, und erwiderte sie fest. Ich klammerte mich an Celias zierliche Gestalt.

»Schon gut«, krächzte ich und blinzelte angestrengt. *Nicht heulen. Nicht schon wieder.* »Mir tut es leid. Wenn ich mich bedroht fühle, bekomme ich ein ziemlich großes Mundwerk. Das weiß ich.« Es war vielleicht das Ehrlichste, was ich seit Langem zugab.

»Ich mache mir nur Sorgen«, meinte Celia und löste sich wieder von mir. Sie schenkte mir ein verkniffenes Lächeln. »Bitte, tu mir einfach den Gefallen, und leg dich nicht auch noch mit Rosie an. Droh ihr nicht, so was endet nicht gut. Sie kennt zu viele gefährliche Leute und greift zu ganz anderen Mitteln, um die fertigzumachen, die sich ihrem Geschäft in den Weg stellen. Sie würde dir übel mitspielen, deshalb halt dich bitte einfach von ihr fern, ja?«

Mir schwirrte der Kopf, und wieder kroch mir ein Schauer über den Rücken. Das klang ja krass. »Okay, ja. Verstanden. Ich lass die Finger von ihr.« Das würde ich zumindest für den Moment tun. Rosie würde ich mich widmen, sobald ich mit Peter durch war, danach folgte Cameron. Bei Donovan war ich mir nach wie vor nicht sicher, und Celia … Ich hatte sie von der Liste gestrichen, und ich ging fest davon aus, dass es dabei blieb.

Sie trat einen Schritt zurück und atmete auf. »Gut. Dann wäre das ja geklärt. Du … sagtest eben, du hättest dich mit Donny gestritten? Willst du darüber reden?«

Ich wich ihrem Blick aus. »Er ist wütend, weil ich mich … weil er mich mit Monroe gesehen hat. Auch wenn wir nur getanzt haben. Er hört mir nicht mehr zu und spricht nicht mehr mit mir.« Vermutlich war das noch harmlos formuliert. Keine Ahnung, was passieren würde, käme Donovan dahinter, was letzte Nacht geschehen war. »Ich möchte es ihm einfach nur erklären, aber er blockt ab.«

»Ich habe einen Vorschlag«, sagte Celia lächelnd. »Ich werde Donny sagen, dass er mit dir reden soll.«

Mein Blick zuckte zurück zu ihr. »Ich weiß nicht, ob er mir überhaupt zuhören wird.«

Mit hochgezogenen Brauen schnürte sie ihren Mantel zu. »Ich verschaffe dir ein Gespräch. Wir treffen uns Freitagabend im Riggs. Komm gegen neun dazu. Er wird dich anhören, versprochen. Ich habe nämlich noch etwas gut bei ihm.«

Ungläubig starrte ich sie an. Mit nur einem Wimpernschlag hatte Celia mir gerade bei einem riesigen Problem geholfen. Wenn das wirklich klappte, musste ich mir gar keinen Plan überlegen, wie ich Donovan zu einem Gespräch bringen konnte. »Ich ... ähm, danke.«

»Nicht dafür.« Sie drückte noch einmal meine Schulter und lächelte zaghaft. »Das wird schon wieder. Ich glaube an dich und Donny.«

Ein Lachen stieg meine Kehle hinauf, und ich biss mir auf die Zunge, um es nicht entweichen zu lassen. Gleichzeitig schnürte sich meine Brust zusammen und wurde so eng, dass ich kaum Luft bekam. Ich war all die Lügen so satt. Und ich hasste es, Celia zu belügen und ihre Hoffnung auf ein Payton-Donovan-Comeback auszunutzen. *Vergiss deinen Platz nicht.* Ich hatte wirklich die Nase gestrichen voll von dem, was hier vor sich ging. Und ich hatte die Nase gestrichen voll von der Person, die ich plötzlich war. Was, wenn ich nicht nur so tat, als wäre ich ein furchtbarer Mensch? Was, wenn ich tatsächlich einer war?

Celia und ich verabschiedeten uns, und ich machte mich auf den Weg nach Hause. Diesmal hielt ich den Blick starr auf den Boden gerichtet, als ich durch die schattige Allee zwischen Kent Hall und Hamilton Hall ging und den Ausgang an der Amsterdam Avenue ansteuerte. Und es war wohl nichts weiter als Glück, dass ich es ohne weiteren Zwischenfall vom Campus schaffte.

* * *

»Danke, Lennard«, sagte ich und hob die Hand zum Abschied. Mein alter Fahrer schenkte mir ein großväterliches Lächeln. »Nichts zu danken, Miss Quinn. Ist mein Job. Einen schönen Tag noch.«

Diesmal korrigierte ich ihn nicht, mich Payton zu nennen, weil ich diesen Namen so satt war, sondern lächelte nur.

Mein ganzer Körper war schwer vor Erschöpfung, als ich das Foyer meines Wohnhauses betrat. Die Birkin Bag baumelte in meiner Armbeuge, und jeder meiner Schritte war schleifend. Ich war bereit, mit Tunnelblick die Aufzüge anzusteuern. Doch weil heute *heute* war, wurde ich natürlich aufgehalten.

»Guten Tag, Miss Quinn! Etwas ist für Sie angekommen«, rief John, der Portier, mir nach.

Seufzend blieb ich stehen und drehte mich um. Dann blinzelte ich überrascht. Auf dem Empfangstresen lag ein Strauß roter Rosen in schwarzem Seidenpapier.

Langsam trat ich näher. »Was ist das?«, fragte ich, obwohl es auf der Hand lag.

John strahlte mich an. »Mr. Monroe Darlington hat sie vor etwa einer Stunde persönlich für Sie vorbeigebracht.«

Vor Schreck machte mein Herz einen schwindelerregenden Sprung. Dann begann es viel zu schnell zu klopfen. Mit einem Mal war ich hellwach, und ohne dass ich etwas dagegen tun konnte, wanderten meine Mundwinkel nach oben. »Oh«, murmelte ich und nahm den Strauß entgegen.

Der Portier trat zurück und verschränkte die Hände hinter dem Rücken.

»Danke«, sagte ich. »Schönen Tag noch, John.«

»Ebenfalls, Miss Quinn.«

Ich lief zurück zu den Fahrstühlen, immer noch mit diesem bescheuerten Lächeln auf den Lippen. Gott, das waren mindestens fünfzig Rosen. Und jede einzelne von ihnen war perfekt.

Ich entdeckte einen Zettel zwischen den tiefroten Blüten und zog ihn hervor.

Phönix,
ich denke an dich. Danke für den schönen Abend.
M

Ich legte den Zettel zurück, zog mein Handy aus der Jackentasche und rief Monroe an. Es klingelte zwei Mal, bevor er abhob.
»Gefallen sie dir?«, fragte er anstelle einer Begrüßung.
Ich biss mir auf die Unterlippe und lehnte mich zwischen den Fahrstühlen an die Wand. »Ich glaube, ich möchte gar nicht wissen, wie viel dich dieses Bouquet gekostet hat.« Zu spät fiel mir auf, dass das ein Sarah-Satz war, aber ich hatte Monroe immerhin erzählt, wie meine Eltern mich erzogen hatten.
»Das würde ich dir auch nicht verraten«, sagte er und lachte. Das Geräusch drang bis in meine Knochen und erinnerte mich an jeden Kuss.
Ein Flattern breitete sich in meinem Bauch aus. »Sie sind wunderschön, Monroe. Danke.«
»Ich muss dich sehen«, sagte er geradeheraus. Er versuchte nicht einmal, seine Gefühle zu verstecken. »Hast du heute Abend schon etwas vor?«
Mein Mund wollte sich bereits öffnen, um ihn zu bitten vorbeizukommen, um ihm zu sagen, dass ich ihn auch sehen musste, aber ich hielt mich im letzten Moment davon ab. Es war noch nicht einmal siebzehn Uhr und der Tag fühlte sich bereits unerträglich lang an. Ich brauchte Zeit, um mich zu sortieren. Und um mir darüber klar zu werden, wie ich mit dieser verzwickten Situation fortfahren sollte.
»Heute Abend ist schlecht«, sagte ich zögerlich. »Morgen auch.« Bei der lahmen Lüge kniff ich die Augen zusammen.

»A-aber wie wäre es mit … Mittwoch?«, schob ich eilig hinterher.

»Mittwoch«, wiederholte Monroe zur Bestätigung und klang zufrieden. »Ich muss nach den Vorlesungen in die Firma meiner Eltern. Aber ich könnte gegen acht zu dir kommen. Wir können die Pizza nachholen.«

Ich erschauerte. Stimmt, nach der Party hatten wir keine Pizza mehr bestellt, obwohl wir es uns vorgenommen hatten – wir waren etwas zu abgelenkt gewesen. Und ich fragte mich, ob wir welche bestellen würden, sollte er zu mir kommen. Heute war ich zu erschöpft, um mir noch weitere Ausreden einfallen zu lassen.

Ich schloss die Augen und roch an den Rosen. »Okay, das klingt gut«, sagte ich leise.

»Ich kann es kaum erwarten.«

»Ich auch nicht«, gestand ich und gab nicht nur mit meinen Worten viel zu viel preis, sondern auch mit meiner Stimme. Wir verabschiedeten uns, und ich legte auf.

Einen Moment lang blieb ich stehen, wo ich war. Nachdenklich berührte ich mit den Fingerspitzen die zarten, weichen Blütenblätter.

»Sind die Blumen für mich?«, erklang Holdens Stimme.

Ich blickte auf und entdeckte ihn, wie er auf mich zukam. Oder wohl eher auf die Fahrstühle. Ein unanständiges Lächeln umspielte seine Lippen. Er hielt einen schwarzen Aktenkoffer in der einen Hand, sein Handy in der anderen. Er sah wie immer umwerfend aus. Das krause schwarze Haar wirkte frisch getrimmt. Sein Jackett war aufgeknöpft, und auch die oberen Knöpfe seines weißen Hemdes standen offen.

»Hi«, brachte ich hervor und stieß mich von der Wand ab.

Holden betrachtete erst mich, dann den großen Strauß. »Lass mich raten, die kommen vom Darlington-Jungen?«

Ich straffte die Schultern und ignorierte seine Frage. »Hör mal, Holden, ich hatte einen wirklich langen Tag. Es tut mir leid, wenn ich dir gegenüber unangebrachte Dinge gesagt habe. Bezüglich eines … eines One-Night-Stands. Es wäre mir wirklich sehr lieb, wenn wir das einfach vergessen und zum Alltag zurückkehren könnten.«

Er blinzelte, die einzige Form der Verblüffung, die er preisgab.

Ich versuchte mich an einem Lächeln. »Zurück zu höflichen, anonymen Nachbarn, die sich im Aufzug grüßen.«

Für einen Moment schwieg er nachdenklich. »Hm.« Er steckte sein Handy in die Tasche seiner mitternachtsblauen Hose. »Es ist nicht der Rede wert, Payton. Ich habe dich damit nur aufgezogen. Und wenn es das ist, was du möchtest, können wir das gerne tun.«

Erleichtert stieß ich den Atem aus, dann wurde mein Lächeln echter. »Super. Okay, gut. Prima.«

Aus irgendeinem Grund war der durchdringende Blick aus seinen braunen Augen so intim, dass mich heiße Verlegenheit erfüllte. Gott, kein Wunder, dass dieser superreiche Staranwalt jede Woche so viele One-Night-Stands hatte … Oder waren es Affären? Ich war jedenfalls schon sechs verschiedenen Frauen im Fahrstuhl begegnet, die aus seiner Wohnung kamen. Plötzlich musste ich daran denken, wie er auf der Party am Samstag meine Hand geküsst hatte. Und vor allem musste ich daran denken, wie er und Monroe sich diese verbale Prügelei geliefert hatten …

»Wieso könnt du und Monroe euch nicht ausstehen?«, platzte es aus mir heraus.

Abermals verblüfft runzelte Holden die Stirn.

Meine Hand flog zu meinem Mund. »Wow. Okay. Äh, das ist das Gegenteil von anonymen Nachbarn. Tut mir leid, ist mir so rausgerutscht. Geht mich nichts an, und ich sollte dich das nicht fragen.«

Ich wirbelte herum und drückte unaufhörlich auf den Knopf des Aufzugs. Am liebsten wäre ich im Erdboden versunken. »Ich fahre dann mal nach oben. Sorry. Vergiss, was ich gesagt habe.«

Die Türen öffneten sich, und ich floh hinein. Ein kleiner Teil hoffte darauf, dass Holden höflicherweise den anderen Aufzug nehmen würde, um mir weitere Peinlichkeiten zu ersparen.

Natürlich folgte er mir und drückte die Knöpfe für die neunundvierzigste und fünfzigste Etage. Mein Gesicht war hochrot, als die Türen sich schlossen. Erst als sich die viel zu kleine Kabine in Bewegung setzte, wandte er mir den Kopf zu. »Wieso fragst du mich und nicht deinen Freund?«

»E-er ist nicht mein … wir sind nicht …« Ich schloss kurz die Augen und atmete durch. »Ich hätte nicht fragen sollen, Holden.«

»Aber du hast gefragt. Mich. Wieso?«

Ich verstärkte den Griff um das Seidenpapier, das um die Rosen lag. Dann sah ich ihn an. Meine Erschöpfung wurde mit einem Mal allgegenwärtig. »Ich mag es eben nicht, nur eine Seite einer Medaille zu kennen. Und jede Geschichte hat zwei Seiten.« Und da waren sie: weitere Schuldgefühle. Es fühlte sich an, als würde ich Monroe hintergehen, indem ich mit Holden darüber sprach. Das war falsch, oder nicht? Andererseits war das mit Monroe nicht echt. Ich benutzte ihn nur. Das sagte ich mir zumindest.

Ich musste verdammt noch mal endlich aufhören, so zu tun, als wäre das nicht so.

Meine Antwort schien Holden irgendwie zufriedenzustellen. Er lehnte sich mit dem Rücken gegen die Aufzugwand und mahlte mit dem Kiefer. »Dir wäre besser geholfen, wenn du dich von den Darlingtons fernhältst.«

»Aber warum?«, fragte ich leise. Ich musste es wissen. Wenn

meine Brust so lächerlich warm wurde, nur weil Monroe mir Blumen schickte, musste ich wissen ...

Gott, ich musste wissen, was über ihn und seine Familie geredet wurde. Wegen Peter, ja, aber auch wegen Monroe.

»Sie sind gefährlich«, sagte Holden zögerlich. »Zu viel Macht und zu viel Geld. Das ist keine gute Kombination. Sie gehören nicht zu den oberen Tausend von Manhattans Elite, nicht mal zu den oberen Fünfhundert. Eher obere Fünfzig. Diese Leute sind nicht nett, Payton.«

»Heilige ...« Mit großen Augen starrte ich ihn an. »Fünfzig? Zu den *fünfzig* reichsten Familien New Yorks? Das ist doch absurd.«

»Ist es«, sagte Holden mit einem schiefen Lächeln. »Absolut absurd. So reich sollte kein Mensch auf der Welt sein.«

Ich dachte an Monroe, dachte daran, wie er sprach, wie er seine Gedanken formulierte, an unsere Kaffee-Lern-Treffen und seine ... Art. *Er ist nicht Peter. Er ist nicht so.*

Ärger stieg in mir auf.

»Was ist los?«, fragte Holden, gerade als sich die Türen öffneten. Ich trat in den Aufzugrahmen, damit die Tür offen blieb, und drehte mich zu ihm um. »Auf Peter trifft das alles zu, weil er ein größenwahnsinniger Psychopath ist. Aber Monroe nicht. Jeder hält ihn für dieses Monster, aber das ist er nicht. Außerdem halte ich es für ziemlich vorverurteilend, dass fünfzig Familien grundlegend schlechte Menschen sein sollen, nur weil sie die reichsten sind, findest du nicht?«

Holden lachte auf. »Und was glaubst du, woher diese Zahlen auf dem Konto kommen? Vom Pfadfinderkekse-Verkaufen?«

Ich verdrehte die Augen. »Altes Geld? Aktieninvestitionen? Bitcoins? Was weiß ich.«

»Vielleicht die eine oder andere Familie. Die Darlingtons, ja sicher, ganz bestimmt *Old Money*. Ist ein alter Name. Das ändert aber nichts an Peters und Monroes Eltern. Furchtbare Menschen, vertrau mir. Ich weiß, wovon ich rede.«

»Ich kann das nicht glauben. Nicht das über Monroe«, sagte ich knapp. Holden kannte ihn nicht. Nicht richtig. Vermutlich beruhte die Abneigung auf irgendeiner geschäftlichen Angelegenheit. Er war voller Vorurteile, nur weil er mit anderen Darlingtons schlechte Erfahrungen gemacht hatte. Das war nicht fair.

Mit gerunzelter Stirn rieb er sich über das Kinn. »Tja, Payton Quinn. Das wäre dann deine Sache. Ich kann dir nur mitteilen, was ich denke. Wo du es doch hören wolltest.« Sein Blick wurde ernster. Fast schon mitfühlend. »Wenn ich dir einen Rat mitgeben darf: Such dir einen anderen Mann. Keinen Darlington. Das endet nicht gut.«

»Das mit den anonymen, sich grüßenden Nachbarn gefällt mir irgendwie doch besser«, murrte ich.

Er lächelte wieder dieses anrüchige Lächeln. Es verblasste jedoch schnell. »Angesichts all deiner Fragen machst du nicht gerade den Anschein, als wäre das wirklich so. Ich kenne dich nicht sonderlich gut, aber ... sei einfach vorsichtig.«

Sein Tonfall nahm mir den Wind aus den Segeln. Ich konnte nicht schnippisch darauf antworten. Dafür klang Holden Sutherland zu besorgt.

Das war doch lächerlich, Herrgott.

Ich nickte und presste die Lippen zusammen. »Danke, Holden. Wir ... sehen uns.« Ich wandte mich ab und ging.

»Ach, und Payton?«

Ich warf einen Blick über die Schulter. Ein verdächtiges Funkeln lag in seinen Augen. »Da wir das mit den anonymen, höflichen Nachbarn nicht hinbekommen: Du siehst heute wieder bezaubernd aus.«

Mit einem belustigten Schnauben schüttelte ich den Kopf und wandte mich ab, während sich die Messingtüren schlossen.

KAPITEL 33

Lügen haben glatte Beine

Am Mittwochabend tigerte ich nervös vor meinem Sofa auf und ab und schlug in einem unregelmäßigen Rhythmus das Handy gegen meine Hand. Zum hundertsten Mal entsperrte ich es und drückte wieder auf die Tastensperre. Die Nachricht an Laurel war bereits getippt. Ich musste sie nur noch abschicken. Allzu sehr ins Detail war ich auch nicht gegangen. Ich schrieb nur, dass … Dinge passiert waren und wir unbedingt telefonieren mussten. Es kam mir zu unpersönlich vor, alle Ereignisse der letzten Tage in eine Nachricht zu packen. Aber selbst diesen ersten Schritt konnte ich nicht tun. Ihre vorherigen Nachrichten waren noch immer unbeantwortet. Ich hatte mich nur gemeldet, um sie zu vertrösten, weil ich sie nicht hatte ghosten wollen, so wie Payton uns geghostet hatte. Wieso konnte ich nicht einfach auf Senden klicken? Ich musste mit meiner besten Freundin sprechen, ihre Stimme hören und mir alles von der Seele reden. Wieso war ich so feige? Wieso rief ich nicht einfach an?

Wieder entsperrte ich das Handy, diesmal wechselte ich jedoch in den Chat mit Payton. Da waren all die Nachrichten, die ich ihr in den letzten Tagen seit Samstag geschrieben hatte und die nur einen Haken aufwiesen.

> Bitte antworte, sobald du das hier liest.

> *Ich weiß, dein Handy ist noch bis Samstag aus, aber wir MÜSSEN reden, Pay.*

> *Ehrlich gesagt erkenne ich dich kaum wieder. So wie in deinen letzten Nachrichten hast du noch nie mit mir gesprochen. Ich hoffe, das liegt nur am Entzug. Bitte erklär's mir einfach, sobald du die Nachricht gelesen hast. Bitte.*

> *Ich brauche dich.*

Ein Kloß saß mir im Hals, und ich schluckte schwer, um ihn zu vertreiben. Ich zählte die Tage bis Samstag. Erneut. Wie auch in den letzten Wochen. Irgendwie hatte ich gehofft, dass sie das Handy zwischendurch trotzdem mal einschalten würde.

Der Kloß in meinem Hals wurde größer, als ich den Chat mit meiner Mom öffnete. Er war von heute, und er lag mir wie ein Stein im Magen.

> *Hi, Mom! Tut mir leid, ich kann am Wochenende doch nicht nach Hause kommen. Wir finden aber bestimmt bald einen neuen Termin! Hab dich lieb.*

> *Oh Liebling, das ist sehr schade. Dein Vater und ich hatten uns schon so gefreut. Und Sarah mit Sicherheit auch. Meinst du, das nächste Wochenende passt dir besser? Oder das in zwei Wochen?*

> *Tut mir leid, da kann ich leider auch nicht kommen. Viel zu tun mit dem Studium.* ☹

> *Ja, Sarah hat mir schon auf Skype geschrieben. Ich vermisse euch alle ganz fürchterlich.*

> *Okay. Wie schade. Wir dich auch, Baby.*

Ich hasste mich dafür, meiner Mom das anzutun. Sie und Dad so zu enttäuschen. Wenigstens hatten sie sich gefreut, als ich ihnen über meinen Skype-Account geschrieben hatte, dass *ich* am Samstag nach Hause kommen würde. Ich musste sie sehen. Ich musste Energie tanken und von meiner Familie umgeben sein, wenn auch nur für ein Wochenende, andernfalls würde ich die Zeit in New York nicht länger überstehen. Ich sehnte mich danach, ich selbst zu sein.

Ich legte das Handy weg, ohne die Nachricht an Laurel zu verschicken, lief mit schnellen Schritten ins Badezimmer und überprüfte noch einmal meine Frisur. Monroe würde jeden Moment hier sein. Jetzt war also sowieso nicht der richtige Zeitpunkt, um Laurel so eine Nachricht zu schicken, oder?

Ich hatte mir die Haare mit einer großen Spange am Hinterkopf festgesteckt, so wie es die perfekten Menschen auf Pinterest immer taten, und ein paar herabhängende Locken um mein Gesicht übrig gelassen. Es sah … romantisch aus. Hübsch. Ich hatte ein wenig Wimperntusche, Rouge und rot getönten Lippenbalsam aufgelegt. Goldene Stecker waren in meinen Ohren, und ich trug ein enges schwarzes Kleid mit langen Ärmeln, das kurz oberhalb meiner Knie endete. Nervös starrte ich mein Spiegelbild an. Ich sollte nicht aufgeregt sein. Aber das war ich zu einhundert Prozent. Mein Puls war zu schnell, und meine Augen waren viel zu glasig.

Fahrig hob ich die Arme und roch an meinen Achseln. Okay. Grünes Licht. Ob ich noch einmal Parfum auftragen sollte?

Meine aufbrausenden Gedanken kamen mit einem Mal zum Halt, als ein lautes Klingeln durch die Wohnung drang. Mir wurde heiß und kalt. Ich rannte aus dem Badezimmer und zur Gegensprechanlage.

»Ja?«, fragte ich und presste mir den Hörer ans Ohr.

»Miss Quinn«, erklang die Stimme des älteren Portiers. »Mr. Monroe Darlington ist hier.«

»Schicken Sie ihn bitte hoch. Danke.«

Meine Hände waren kalt und schwitzig. Ich rieb sie über mein Kleid. Wir hatten uns heute erst flüchtig am Campus gesehen. Es gab also wirklich keinen Grund, so aufgeregt zu sein!

Angespannt betrachtete ich die Wohnung. Der Strauß mit Monroes Rosen stand auf dem Esstisch, neben dem tiefen hellen Sofa glomm das warme Licht einer Tischlampe, und die Vorhänge waren zugezogen, bis auf ein Fenster. Es sah gemütlich aus, und es roch nach Pfingstrosen und Vanille – das sagte zumindest die Aufschrift der Kerze, die auf der Kochinsel brannte. Ich sah, dass das Licht im Badezimmer noch an war.

»Fuck«, stieß ich hervor, rannte hin, schaltete es aus und rannte zurück. Einige Sekunden schloss ich die Augen und ließ meinen Atem zur Ruhe kommen. Dann öffnete ich die Tür.

Monroe stand genau vor mir, die Hand erhoben, als sei er im Begriff gewesen zu klopfen.

Schmunzelnd hob er die Brauen. »Hi.«

»Hi«, erwiderte ich lächelnd. »Ich, äh. Komm doch rein.«

»Warum bist du so außer Atem?«, fragte er grinsend, während ich die Tür hinter ihm schloss und ihm seine schwarze Jacke abnahm. Er trug einen grauen Rollkragenpullover, dessen dünner Stoff sich sündhaft an seinen Körper schmiegte, und eine schwarze Stoffhose zu seinen Boots. Die dunkelblonden Haare sahen perfekt aus, weich und nach hinten geschoben, und auf seinen Wangen lag eine leichte Röte vom herbstlichen Wind, der seit gestern durch Manhattan fegte.

»Ich bin nicht außer Atem«, erwiderte ich, betont gelassen, während er aus seinen Boots schlüpfte, und hängte seine Jacke auf.

Er zog mich zu sich. Meine Hände kamen auf seiner Brust zum Liegen, und sein sauberer Duft umfing mich, beinahe schon vertraut. Er senkte den Kopf. Doch er hauchte bloß einen unschuldigen Kuss auf meine Wange und legte anschließend seine Lippen an mein Ohr.

»Hmm, das Kleid gefällt mir. Besonders die Art, wie es an deinem Körper liegt.« Er ließ seine Hände an meiner Taille hinaufwandern. Dann wieder hinab, bis zur Hüfte. »Unglaublich heiß.«

»Danke«, sagte ich ungewöhnlich scheu. Meine Wangen glühten.

Mit einem Lächeln lehnte er sich zurück und richtete den Blick auf meinen Mund.

Meine Gedanken waren in alle Winde zerstreut. »Willst du ... etwas trinken? Und dann Pizza bestellen?«

»Nichts lieber als«, meinte er und strich mit dem Daumen über mein Steißbein. Die Berührung durchzuckte mich wie ein Blitz.

Verflucht.

Ich trat einen Schritt zurück, ergriff seine Hand und zog ihn zum Sofa. »Dasselbe wie das letzte Mal?«

»Wenn du damit Käsepizza mit Käserand meinst, die wir nie bestellt haben, dann goldrichtig.«

»Dip-Wünsche?«

»Knoblauch.«

»Ehrlich?«, fragte ich. Er sah mich verschmitzt an. »Wieso nicht?«

Dann ließ er sich auf das Polster fallen und zog mich mit sich herunter. Ein Quieken entfuhr mir, ehe ich auch schon neben ihm landete. So nah, dass sich unsere Seiten aneinanderpressten.

»Das Sofa bietet genug Platz, weißt du?«, neckte ich und lehnte mich zurück.

Er betrachtete das lange Polster. Dann schob er einen Arm zwischen Rückenlehne und meiner Taille hindurch und umfasste mich. Jeder seiner Finger brannte sich durch den Stoff des Kleides in meine Haut wie ein heißes Eisen.

»Ich habe es hier eigentlich ganz bequem«, erwiderte er. In seiner Stimme lag Leichtigkeit, genau wie auf seinem Gesicht. Er wirkte so gelöst. Als würde er sich ehrlich zu freuen, mich wiederzusehen.

Nein, *sie* wiederzusehen.

Ich nutzte den Augenblick, während ich auf der Lieferdienst-App unsere Bestellung eintippte, um meine Gedanken zu sortieren. Nicht gerade ein erfolgversprechendes Unterfangen. Das hier hatte etwas gefährlich Intimes an sich, und es fühlte sich gefährlich echt an. Es fühlte sich fast schon so an, als würden Monroe und *ich* daten. Die Grenzen verschwammen zu sehr und brachten mich durcheinander. Es war kein guter Zeitpunkt für mich, um noch mehr aus der Fassung zu geraten, ich hatte keine Kraft mehr. Vielleicht malte ich mir deshalb plötzlich aus, wie er abends nach den Vorlesungen zu mir kam, wir gemeinsam Essen bestellten. Oder kochten. Oder uns einfach nur auf das Sofa setzten, so nah wie auch jetzt, und über unseren Tag redeten.

Ein unangebrachter heißer Blitz der Eifersucht durchfuhr mich. Über *ihre* Tage. Paytons und Monroes. Wieso ging das nicht in meinen Kopf? Es gab kein »Sarah und Monroe«! In einem anderen Universum vielleicht. Mein Hirn schien das einfach nicht akzeptieren zu wollen, doch je mehr ich es zu überzeugen versuchte, desto verzweifelter wurde ich innerlich. Vielleicht war auch nicht mein Hirn das Problem, sondern mein Herz.

Eilig schob ich den Gedanken beiseite.

»Und bestellt«, sagte ich und schmiss das Handy neben mich. Ich drehte mich zu Monroe und in seine entspannte Umarmung. »Das Essen ist in etwa einer Stunde hier«, sagte ich und zwang mich zu meinem besten Lächeln.

Er erwiderte es sofort und wirkte nach wie vor gelassen und entspannt. »Okay«, sagte er bloß, während er mich voller Wärme betrachtete.

»Ich habe nur Wasser und Cider aus der Dose mit Traubengeschmack da. Hast du eine Präferenz?«

Er blinzelte mich an. Dann erschauderte er und verzog das Gesicht. »Gott, das klingt wie etwas, das nicht existieren sollte.«

Ich presste mir in gespieltem Schock eine Hand auf die Brust. »Sag mir nicht, das hast du noch nie getrunken! Während des ersten Semesters hab ich praktisch …« Ich verstummte in der Sekunde, als ich meinen Fehler bemerkte. Ich sprach von mir. Von *meinem* ersten Semester, nicht von Paytons! Erschrocken schloss ich den Mund.

Monroe lachte auf. »Oh, nein, mach jetzt keinen Rückzieher! Komm schon, raus mit der Sprache.«

Räuspernd schlug ich die Beine übereinander. »Ich, äh, habe praktisch davon gelebt. In der Highschool hat es mal irgendwer auf eine Strandparty mitgebracht, und meine beste Freundin Laurel und meine …« *Shit. Sprich nicht von deiner Schwester.* »Also, meine Freundinnen! Meine Freundinnen und ich. Wir lieben das Zeug. Und Laurel und ich haben dieses Ritual …« Wieder brach meine Stimme ab. Heute war mein Mundwerk wohl besonders locker. Keine Ahnung, weshalb ich überhaupt davon angefangen hatte, aber ich konnte Monroe auf gar keinen Fall von Laurels und meinem Ritual erzählen. Es war unvernünftig und noch dazu illegal. Besonders im Sommer war es Laurels und mein Ding gewesen: die Feuertreppe unserer Wohnung, ein wenig Gras und ein paar Dosen Cider mit Traubenaroma, dazu Musik von Steve Lacy über eine Bluetoothbox. Das war so weit entfernt vom gehobenen, schicken Manhattan-Lifestyle.

Ich sprang auf und strich mein Kleid glatt. »Ich hole eine Dose, damit du probieren kannst, ja?«

»Klar. Was für ein Ritual?«

Er ließ nicht locker. Mistkerl. Attraktiver, aufmerksamer Mistkerl.

Ich öffnete eine der beiden Kühlschranktüren. Fieberhaft durchsuchte ich meine Gedanken nach einer Notlüge. »Wir ... facetimen und trinken manchmal eine Dose zusammen. Über die Ferne.«

»Du bist eine furchtbare Lügnerin.«

»Bin ich nicht. Also, ich meine, ich habe nicht gelogen.«

Ich holte zwei Dosen aus dem Kühlschrank und lief zurück zur Couch. Und der Anblick von Monroe ließ mich beinahe aufseufzen. Er saß tief eingesunken im Polster. Die langen Beine angewinkelt, an den Füßen schwarze Socken. Er sah umwerfend aus. Athletisch, jedoch nicht im Übermaß. Seine Arme in dem engen Rollkragenpullover, die sehnigen Handrücken und die langen Finger waren vermutlich das, was ein gepushter BH und ein tiefer Ausschnitt für den Male Gaze waren. Pure Erotik.

Ich setzte mich wieder neben ihn, diesmal jedoch mit ein wenig mehr Abstand, um seitlich die Beine aufs Polster zu schieben. »Cheers.« Mit einem nervösen Lächeln reichte ich ihm eine Dose und zog am Metallverschluss, was ein befriedigendes Zischen erklingen ließ.

Monroe blies die Wangen auf und öffnete die Dose mit übertriebener Skepsis. »Wieso habe ich das Gefühl, dass meine Zunge gleich absterben wird?«

»Hey!« Lachend schlug ich ihm gegen den Arm. »Meine Zunge ist mir auch nicht abgefallen, obwohl ich den Cider dauernd trinke.«

Er grinste mich über den Rand der Dose hinweg an. »Sie sind

heute ganz schön in Flirtstimmung, Miss Quinn. Gib es zu, du hast mich nur eingeladen, um mich zu verführen.«

»Was? Ich flirte doch gar nicht!«

»Erst dieses sündhafte Kleid, dann machst du mich auf deine Zunge aufmerksam, und jetzt schlägst du mich auch noch. Das ist ein Sexrezept.«

Ein Lachen entfuhr mir. »Du hast sie ja nicht mehr alle. Und du stehst also auf Schläge?«, zog ich ihn auf.

Sein Grinsen wurde teuflisch. »Schmerz und Lust liegen nah beieinander. Allerdings bin ich in dieser Hinsicht lieber der aktive Part.« Er hielt kurz inne. Dann fügte er mit gesenkter Stimme hinzu: »Außer es handelt sich um Fingernägel. Oder Zähne.«

Großer Gott. Ein Kichern entfuhr mir, doch in Wahrheit heizte sich mein Blut auf. »Wir haben noch nicht einmal angestoßen, und du sprichst schon von Sex.«

»Wie könnte ich auch nicht?« Wieder ließ er den Blick über meinen Körper wandern. Etwas tief in meinem Unterleib zog sich verdächtig zusammen.

Er stupste seine Dose gegen meine und sah mir mit einem schelmischen Funkeln in die Augen. »Dann wollen wir mal. Cheers.«

Während ich trank, beobachtete ich ihn genau. Er behielt mit konzentrierter Miene den Schluck im Mund und runzelte die Stirn, so als handelte es sich um einen teuren Rotwein, dessen Nuancen er bestimmen wollte. Schließlich schluckte er und wischte sich über den Mund. »Das, äh … war interessant.«

Ich lachte wieder. »Du hasst es!«

Er lehnte sich vor und stellte die Dose auf den Marmorkubus, der als Couchtisch diente. »Hass ist ein starkes Wort. Aber eventuell werde ich gleich morgen einen Termin bei meinem Arzt des Vertrauens ausmachen, um sicherzustellen, dass ich meine Potenz nicht eingebüßt habe.«

Kopfschüttelnd trank ich einen weiteren tiefen Schluck und

stellte den Cider ebenfalls ab. Wie seltsam, dass er in einer Welt lebte, in der aromatisierter Cider dermaßen fremdartig war wie das Getränk einer anderen Spezies. Dann wappnete ich mich. Das Gespräch mit Holden kam mir plötzlich wie aus dem Nichts in den Sinn. *Nicht die oberen Tausend von Manhattan, sondern die oberen Fünfzig.* Ich wollte den Gedanken fortwedeln wie eine lästige Fliege, doch kaum tauchte er auf, bohrte er sich in meinen Kopf. Sollte ich es zur Sprache bringen? Nein, lieber nicht. Das würde die Stimmung vermiesen.

Ich lehnte mich zurück und drehte eine Locke um meinen Finger. Sollten wir überhaupt über so was sprechen? Über Geld und Reichtum? Was, wenn ich Monroe verletzte, sobald er erfuhr, dass ich ausgerechnet mit Holden Sutherland über ihn und seine Familie geredet hatte?

Erst als Monroes Finger über meinen Handrücken strichen, kehrte ich blinzelnd ins Hier und Jetzt zurück.

»Ist alles in Ordnung?«, fragte er leise. »Du wirkst nachdenklich.«

Ich nickte und rieb mir mit einer Hand über den Nacken. »Ja, sicher. Alles in Ordnung.« Ich schenkte ihm wieder ein Lächeln. Doch Monroe sah mich wachsam an. »Aber? Ich habe das Gefühl, da folgt noch ein Aber.«

Ich seufzte schwer. Und dann platzte es auch schon aus mir heraus. »Ich bin vor zwei Tagen Holden über den Weg gelaufen. Wir … haben uns unterhalten, und ich habe ihn gefragt, was seine Version der Geschichte über euch ist. Ich weiß, das war unangebracht und zu neugierig. Tut mir leid.«

Monroe versteifte sich. Es war wie nicht anders zu erwarten. Ich hätte einfach die Klappe halten sollen!

Er nahm eine aufrechtere Haltung ein. »Und was hat Sutherland erzählt?«, fragte er mit einer so ruhigen Stimme, dass sich mein Herz verknotete.

Ich setzte mich ebenfalls auf und biss mir auf die Zunge. Ich hatte sein Vertrauen verletzt. Das konnte ich sehen. »Ich habe ihn gefragt, wieso ihr nicht gut miteinander auskommt. Er ist der Antwort aus dem Weg gegangen. Aber er hat mich …«

»Was hat er dich?«

Ich senkte den Blick. »Er sagte, ich solle mich von dir fernhalten. Dass du gefährlich seist. Deine Familie auch. Zu mächtig und zu reich.«

Monroe fuhr sich mit einer Hand durch die blonden Haare, dann rieb er sich mit zwei Fingern über die Augen. Die Reue lag mir flau im Magen. Aber vielleicht musste ich diese indirekte Frage ja auch stellen. Holden war immerhin nicht der Erste gewesen, der mich vor den Darlingtons gewarnt hatte.

»Du weißt nicht alles über mich. Eigentlich weißt du fast nichts über mich«, murmelte er und starrte auf seine Hände. »Früher habe ich ein paar dumme Entscheidungen getroffen. Und ich war nicht immer sonderlich nett. Seine Warnung ist nicht ganz unberechtigt.«

Schweigend wartete ich ab, bis er weitersprach. Ich traute mich kaum zu atmen. Monroe blickte nicht auf, und ich hatte so das Gefühl, dass das, was er im Begriff war, mir zu erzählen, keine Kleinigkeit war. Er lehnte sich vor und stützte die Unterarme auf den Knien ab. »Mir ist klar, warum viele einen Bogen um mich machen. Ich war ein Partygänger, habe zu viel getrunken, zu viel gekokst, zu viele One-Night-Stands gehabt und war der Ansicht, dass ich mir alles erlauben kann.«

Wie Peter, schoss es mir durch den Kopf.

Endlich blickte er auf und sah mich an. »Ich war ein ziemliches Arschloch. Egoistisch und selbstherrlich.«

»Wie hast du … ich meine, was hat das …« Ich biss mir auf die Unterlippe.

»Was das geändert hat?«, half er mir auf die Sprünge. »Ich

habe mich verliebt. In Ingrid. Und dann hat Karma dafür gesorgt, dass mir das Herz gebrochen wurde.« Ich erinnerte mich an das, was er mir bei unserem ersten Date erzählt hatte. Seine große Liebe Ingrid, die von ihrem Vater auf Monroe angesetzt worden war.

»Das mit Ingrid hat mir den Boden unter den Füßen weggezogen. Aber die Geschichte geht noch weiter. Denn danach kam das Drama, weil unsere Familien sich sehr nahestanden. Ingrid hat meinen Eltern von den Drogen und den vielen Partys erzählt. Mein Dad war außer sich, und er …« Seufzend rieb Monroe sich mit den Händen über das Gesicht. »Tut mir leid. Das ist das erste Mal, dass ich jemandem davon erzähle.«

Aus einem Impuls heraus griff ich nach seiner Hand und schob meine Finger zwischen seine. »Schon gut. Du musst nicht darüber reden, Monroe.«

Er betrachtete unsere Hände und drehte seinen Handteller unter meinem nach oben. »Ich möchte aber.«

»Okay«, flüsterte ich.

»Ich bin für ein Semester nach London gegangen und habe Praktika gemacht. Die Sache mit meiner Ex hat irgendeinen Schalter in mir umgelegt. Mir ist klar geworden, dass ich mit den Partys vor allem Ablenkung suchte, weil mich diese ganzen ignoranten, hochnäsigen Geldsäcke ankotzten. Weil mich mein Leben und der Druck meiner Eltern ankotzten. Ich wollte frei sein. Nach zwei Praktika wurde mir klar, dass ich die Dinge selbst in die Hand nehmen muss und ich mir nur schade, wenn ich so rebelliere. Ich kann nur etwas an meinem Leben ändern, wenn ich dafür arbeite. Also habe ich einigen Leuten den Rücken gekehrt und habe angefangen, mich zu einhundert Prozent in mein Studium reinzuhängen.« Ein leichtes Lächeln erschien auf seinen Lippen. »Tja. Jetzt kennst du die finstere Vergangenheit des ehemaligen Königs von Manhattan.«

Ich erwiderte das Lächeln und drückte seine Hand. »Und Holden hat dich während deiner wilden Phase kennengelernt?«

Er nickte. »Er hat für einen Konkurrenten unserer Firma gearbeitet und versucht, uns zu ruinieren. Auf Partys hat er Fotografen auf mich angesetzt, um Bilder von mir in Umlauf zu bringen, die meiner Familie schaden. Der Kerl hat viele miese Sachen versucht, und es wäre ein paar Mal fast dazu gekommen, dass wir uns auf Veranstaltungen geprügelt hätten. Ich habe dafür gesorgt, dass der wichtigste Deal seiner Karriere nie zustande gekommen ist, und er hat dafür gesorgt, dass jedes wichtige Unternehmen in Manhattan meine Partybilder erhalten hat. Deshalb habe ich so reagiert, als ich Sutherland am Samstag auf der Party bei dir gesehen habe. Was auch immer dieser Mann tut, es läuft immer auf Zerstörung hinaus. Damit verdient er immerhin sein Geld. Momentan versuche ich, Peter vor ihm zu beschützen, denn selbst jetzt sucht Sutherland nach jeder Gelegenheit, um uns zu schaden. Ich muss also dafür sorgen, dass mein Bruder nicht genauso viel Mist baut wie ich selbst früher. Aber ... manchmal habe ich Angst, dass ich Peter nicht vor sich selbst beschützen kann.« Eine Falte erschien zwischen seinen Augenbrauen, und er presste die Lippen zusammen.

Ich fühlte einen Stich in meiner Brust. Ich konnte mir nicht vorstellen, mit einem Menschen wie Peter aufzuwachsen. Ich hatte keine Ahnung, was ich sagen sollte. Dass es mir leidtat? Das tat es. Aber es kam mir unangebracht vor. Es war unfair. Keine zweite Chance zu erhalten, obwohl man sich geändert hatte. Es war schon Jahre her, seit Monroe sein Leben umgekrempelt hatte, und dennoch ...

Bevor ich auch nur darüber nachdenken konnte, legte ich die Arme um ihn und schmiegte den Kopf an seine Schulter.

»Tut mir leid«, murmelte ich. »Ich wünschte, die Dinge wären einfacher.«

Monroe erwiderte die Umarmung. Er schob erneut einen Arm unter mir durch und legte die andere Hand auf meine Hüfte.

»Du bist süß«, murmelte er. »Danke, Payton.«

Ich zuckte zusammen. Was ich alles dafür gegeben hätte, ihn meinen Namen sagen zu hören.

Als ich den Kopf von seiner Schulter hob, waren sich unsere Gesichter plötzlich viel zu nahe. »Danke, dass du mir das alles anvertraut hast«, sagte ich.

Er zog mich enger an sich, bis mein Knie gegen seinen Oberschenkel drückte. Er sah mich so liebevoll an, dass mir glühend heiß wurde. »Wem, wenn nicht dir?«, fragte er heiser.

Ich wusste nicht, was ich darauf erwidern sollte. Und das war auch gar nicht nötig, denn im nächsten Moment küsste er mich.

KAPITEL 34

Böses Schwesterlein

Monroes Lippen waren weich und schmeckten nach Cider. Seufzend schloss ich die Augen und gab mich dem Kuss hin. Nur kurz. Für einen Moment. Es war kein hungriger Kuss. Er war so vorsichtig, so zärtlich und langsam, dass die Zeit stehen zu bleiben schien. Unsere Lippen schmiegten sich aneinander. Sein Daumen zog langsame Kreise auf meiner Hüfte. Ich atmete seinen Atem ein und schob eine Hand in seinen Nacken. Er gab ein zustimmendes Brummen von sich. Es verursachte einen Funkenregen in meiner Brust, bis zu meinem Bauch. Der Kuss wurde tiefer, und ich verlor mich in ihm. Das hier war … anders. Es war kein blindes, wütendes Verlangen, das mich erfüllte und den Moment beherrschte. Das hier war gemächlich und erkundend. Eine sich langsam, doch stetig aufbauende Welle. Genüsslich und quälend zugleich.

Monroe löste seine Hand von meiner Hüfte, um sanft meinen Kiefer zu umschließen. Mit dem Daumen an meinem Kinn öffnete er meinen Mund und vertiefte den Kuss mit seiner Zunge. Die Art und Weise entlockte mir ein Stöhnen. Ich atmete immer flacher, und mein Puls wurde schneller. Verzweifelt glitt ich mit den Fingern durch seine Haare. Unsere Zungen umspielten einander. Ich saugte an seiner Unterlippe, was ihm diesmal ein leises Geräusch entlockte.

Plötzlich packte er meine Oberschenkel und zog mich auf seinen Schoß, sodass ich rittlings auf ihm saß. Keuchend umfasste ich seine Schultern.

»Du fühlst dich so gut an«, murmelte er und zog mich so nah an sich, dass er meinen Hals küssen konnte. Ich schmolz wie Kerzenwachs dahin. »Ich bin süchtig nach dir«, flüsterte er gegen mein Ohr. »Ich will jeden Zentimeter von dir kosten. Bis ich deinen Körper besser kenne als meinen.« Er strich mit der Zunge über meine Kehle und küsste meine Ohrmuschel. Verzweifelt legte ich den Kopf zur Seite, um mehr davon zu spüren, um mehr davon zu bekommen. Mit jedem Kuss auf meinen Hals wurde das verräterische Pochen zwischen meinen Beinen süßer und schmerzlicher. Und als ich die Finger in seine Schultern krallte und mich seinem warmen Mund entgegenstreckte, ließ mich sein zufriedener Laut wissen, dass er genau wusste, was er mit mir anstellte.

Dann biss er plötzlich in meinen Hals, und ich schnappte nach Luft. Lust und ein feiner Schmerz schossen wie ein Blitz durch mich hindurch.

»Hmmm. Das gefällt dir«, raunte er und küsste den Schmerz fort. Seine Hände legten sich auf meine Oberschenkel. Ein weiterer heißer Blitz durchfuhr mich, als seine Finger meine nackte Haut berührten. Durch die Position auf ihm war das Kleid bis auf die Mitte meiner Oberschenkel hochgerutscht. Reflexartig bewegte ich die Hüften, als er die Finger über meine Haut wandern ließ. Atemlos öffnete ich die Augen und sah, wie er mich unter gesenkten Lidern beobachtete. Durch unsere Kleidung spürte ich ihn hart zwischen meinen Beinen. Und als ich meine Hüften langsam bewegte, war ich nicht die Einzige, die nach Luft rang.

»Fuck«, flüsterte Monroe, ehe er meine Lippen erneut mit seinen verschloss. Er stöhnte tief. Und er verschlang mich. Er eroberte meinen Mund, als würde er untergehen, wenn er es nicht täte. Und ich erwiderte den Kuss genauso leidenschaftlich, denn die Synapsen in meinem Hirn brannten einfach durch. Seine Hände pressten mich nach unten, während er die Hüften hob. Ich stöhnte in seinen Mund, schmiegte meine Lippen an seine und bewegte meine Hüften ebenfalls.

»Darf ich ...« Seine Hände packten den Saum des Kleides.

Ich lehnte mich so weit zurück, dass ich ihn ansehen konnte. *Zieh es aus*, wollte ich ihm sagen. *Zieh erst mich aus und dann dich.*

Langsam schüttelte ich den Kopf, und es kostete mich all meine Kraft. Monroe akzeptierte es, ohne mit der Wimper zu zucken. Er lächelte leicht und glitt mit den Händen unter den Saum. »Ist das okay?«

»Ja«, flüsterte ich und biss mir auf die Unterlippe. »Solange wir nicht ... Ich meine ...«

»Du musst es nicht erklären«, sagte er und strich mit den Lippen über meine. »Wir tun nichts, was du nicht willst.«

Wenn es doch nur darum gehen würde, was ich wollte und was nicht.

Erneut presste ich meine Lippen auf seine, neigte den Kopf und legte meine Hände an seine Wangen. Er atmete hart aus, schob die Finger weiter unter mein Kleid, was es bis zur Hüfte hochrutschen ließ. Dann umfasste er meinen Po und grub die Hände in mein Fleisch. Ich keuchte auf, als er erneut sein Becken hob und sich an mir rieb. Er erzitterte, so als würde er sich zurückhalten. Und es setzte mein Denkvermögen vollständig außer Kraft.

»Monroe«, wisperte ich flehend und beinahe lautlos an seine Lippen.

»Du hast keine Ahnung, wie sehr ich dich will«, sagte er mit rauer Stimme. Sein Griff um meinen Hintern verstärkte sich, was meine Kehle staubtrocken werden ließ. »Du fühlst dich perfekter an, als ich es mir je hätte vorstellen können.«

Zeig mir, wie sehr, verlangte eine Stimme in mir. Die Lust zwischen uns war wie ein Feuersturm. Und jeden Moment würden wir verglühen.

»Gehen … gehen wir es etwas langsamer an«, stieß ich hervor und richtete mich auf. Dass meine Mitte dabei über die deutliche Erektion in seiner Hose strich, ließ mich beinahe erneut aufstöhnen. Ich grub die Zähne in die Unterlippe.

»Alles, was du willst«, murmelte er, den Blick auf die Stelle gerichtet, die sich an seinen Schoß presste. Er holte tief Luft. Mit einem verwegenen Lächeln schob er den schwarzen Stoff des Kleides noch ein wenig höher, bis mein fliederfarbener Seidenslip zu sehen war. »Wie genau definierst du langsam?«, fragte er, ohne den Blick von meinem Slip zu lösen. Und obwohl er mich dort nicht berührte, ließ mich sein Blick erzittern.

Meine Wangen brannten. Und das, obwohl ich nie Probleme damit hatte, Dinge beim Namen zu nennen. Doch hier, rittlings auf Monroes Schoß, hatte ich das Gefühl, so entblößt zu sein wie noch nie in meinem Leben.

Ich beugte mich weiter zurück und ließ die Hände dabei über seine Brust und den weichen, dünnen Stoff darüber gleiten. »Kein Sex«, sagte ich schließlich.

»Okay«, flüsterte er. Nur langsam kehrte sein Blick zurück zu meinem. Das schiefe, träge Lächeln war so anziehend, dass sich meine Fußzehen zusammenrollten. »Ist nur Sex die Grenze?« Er ließ die Finger den Bund meines Slips entlanggleiten, und ich erstarrte. Ich konnte nicht mehr tun, als ihn mit hämmerndem Herzschlag anzusehen. Mein Kopf war zu leer gefegt, um Worte zu bilden.

»Und?«, flüsterte er.

»Ja«, erwiderte ich.

»Gut.« Seine Finger rührten sich nicht, und ich merkte, dass ich darauf gehofft hatte, dass er sie tiefer wandern ließ.

Schlimmer noch. Monroe zog das Kleid wieder nach unten, ehe er mich sanft von seinem Schoß schob und ich im nächsten Moment auf dem Sofa lag. Er legte sich neben mich und stützte sich auf einem Ellbogen ab.

»Gut? Das ist alles?«, fragte ich und zog die Spange aus meinen Haaren, bevor sie noch zerbrach. Er lachte tief, senkte den Kopf und küsste meine Lippen. »Wenn ich es dir mit meiner Zunge besorgen soll, musst du nur darum bitten.«

»Du bist absolut unverschämt«, keuchte ich.

Er grinste. »Aber es gefällt dir. Ich kann sehen, dass es dich heißmacht.«

»Hat dir eigentlich schon mal jemand gesagt, wie selbstherrlich du bist?«

»Ab und an.«

Ich vergrub eine Hand in seinen Haaren, alles andere als sanft. Sein Blick verdunkelte sich schlagartig. Im nächsten Moment presste er die Lippen wieder auf meine. Seine Zunge drang mit einer quälend verführerischen Bewegung in meinen Mund. Er packte meine Hüften und umschloss den Stoff des Kleides mit einer Faust. Ein Wimmern entfuhr mir, und ich presste neben ihm fest die Knie aneinander. Wenn er so weitermachte, würde ich vielleicht doch noch betteln. Nach ihm, auf mir. In mir.

»Sag Stopp«, murmelte er an meine Lippen. »Wenn ich zu weit gehe, sag Stopp, und ich höre sofort auf. Aber wenn du nichts sagst, werde ich nicht aufhören, okay?«

Ich konnte nur nicken.

Plötzlich packte er den Saum des Kleides und zog es hoch, bis unter meine Brüste. Dann wartete er schwer atmend ab. Wartete auf mein Stopp. Ich sagte jedoch kein Wort und hob stattdessen die Arme. Ein tiefer Laut drang aus seiner Brust, und er zog mir das Kleid über den Kopf. Mit einem dumpfen Geräusch landete es auf dem Boden. Ich musste den Saum seines Pullovers nur berühren, und Sekunden später fand er ebenfalls seinen Weg auf den Boden. Dann rollte Monroe sich auch schon auf mich und küsste mich zügellos. Stöhnend schlang ich die Beine um seine Hüfte. Haltlos glitten meine Hände über seinen warmen, glatten Rücken. Ohne die Lippen von meinen zu lösen, schob er die Spitzen-Cups meines BHs nach unten. Er küsste meine Wange, meinen Kiefer, den Hals und verteilte eine brennende Spur bis zu meinen Brüsten. Ich drückte den Rücken durch, um mich ihm entgegenzustrecken. Sinnlich langsam schloss er die Lippen um meinen linken Nippel. Mein ganzer Körper stand in Flammen, und ich bäumte mich auf. Seine Zunge schnellte über die harte Spitze, und er umfasste gierig die andere Brust. Meine ganze Welt reduzierte sich nur noch auf ihn. Diesen weichen, heißen Mund. Seine Zunge. Seine Zähne.

Gott, seine Zähne.

Erneut bäumte ich mich auf, und wie von selbst hob sich mein Becken. Instinktiv reagierte Monroe und bewegte seine Hüften auf eindeutige, durchdringende Weise, die seine harte Erektion an meinem empfindlichsten Punkt rieb.

Zu viel. Es ging zu weit. Aber ich konnte nicht aufhören, weil ich nicht wollte.

Monroe erstarrte nach einem Moment. Er atmete schwer und unregelmäßig. Dann schob er sich wieder von mir und legte sich dicht neben mich, jedoch ohne auch nur eine Sekunde die Lippen von meinem Körper zu lösen. Er küsste meine Brüste, als betete er sie an.

Und dann wanderte seine Hand meinen Bauch hinab.

»Spreiz die Beine für mich«, flüsterte er gegen meine Brust. Saugte wieder an der harten Spitze, was mir ein Keuchen entlockte.

Langsam kam ich seiner Bitte nach.

Er hob den Kopf, und wir sahen uns an. Monroes Lippen

waren gerötet und ein wenig geschwollen, und es war schöner als alles andere. Er schien erneut darauf zu warten, dass ich Stopp sagte. Und wieder schwieg ich. Stattdessen vergrub ich wieder eine Hand in seinen weichen Haaren. Ein schiefes, träges Lächeln erschien auf seinen Lippen. Er umfasste meinen Oberschenkel und hob ihn über seine Hüfte, was mich auf obszöne Weise öffnete. Zwischen meinen Beinen pulsierte ich vor Lust.

»So ist es besser«, flüsterte er und leckte sich über die Lippen. Quälend langsam strich seine Hand über die Innenseite meines Schenkels. Seine eisblauen Augen hielten mich an Ort und Stelle. »Ich will zusehen, wie du kommst«, sagte er heiser.

Schwer atmend krallte ich die Hände an ihm fest, an seiner Schulter und seiner Brust. Und dann ...

Federleicht strich er mit einer Fingerkuppe über meinen Slip. Ein erstickter Schrei entwich mir, und ich biss mir auf die Unterlippe. Monroe stöhnte auf. »Du bist so verflucht nass für mich, Baby.« Langsam und noch immer zu sanft, zu quälend leicht ließ er einen Finger um meine Klitoris kreisen.

Ich hob die Hüfte und presste mich gegen seine Hand. »Mehr«, wisperte ich, zog seinen Kopf an meinen und küsste ihn.

Er legte zwei Finger auf meinen empfindlichsten Punkt und übte einen leichten Druck aus. Ich erzitterte am ganzen Körper.

»Ist es das, was du willst?«, murmelte er und legte seine Lippen an mein Ohr. »Oder das?« Seine Finger bewegten sich, und er ...

»Schneller«, keuchte ich. Ein unendlich süßer, brennender Druck breitete sich in mir aus. Monroe kam meiner Bitte nach, und ich drückte atemlos das Kreuz durch. Doch es war nicht genug. Ich fühlte mich leer. Ich musste ihn in mir spüren, *brauchte* ihn in mir. »Bitte, Monroe.«

Er stieß hart den Atem aus. Dann küsste er mich mit einem

Mal mit einer solch rohen Lust, dass ich nicht mehr denken, nur noch fühlen konnte. »Du machst mich rasend, wenn du bettelst.«

»Bitte«, wiederholte ich und hob erneut die Hüften.

»*Fuck.*« Er schob den Stoff zur Seite und stieß ohne weitere Vorwarnung mit zwei Fingern in mich hinein.

Ich schrie auf. »Ja!«

»Klitschnass«, knurrte er gegen meine Lippen, ehe er fest in meine Unterlippe biss und an ihr zog. Diesmal wimmerte ich vor Schmerz, doch als er damit begann, seine Finger rhythmisch zu bewegen, vermischte sich der Schmerz mit Lust. »Klitschnass und so eng.« Er versiegelte seine Lippen mit meinen und sorgte mit seiner Zunge dafür, dass das, was seine Hand zwischen meinen Beinen tat, sich noch sündiger anfühlte. Ich bewegte mein Becken im Takt seiner Finger, die in mich hereinstießen und wieder hinausglitten.

»Mehr«, wiederholte ich wimmernd und küsste ihn wieder. »*Bitte.*«

»Fuck«, stöhnte er erneut und bewegte seine Hüften unter meinem Oberschenkel, presste sie dagegen.

Seine Hand wurde schneller, und das Geräusch, wie er in mich stieß, hallte schamlos in der stillen Wohnung wider.

»*Monroe*«, keuchte ich.

Er fluchte. »Komm für mich.« In mir baute sich eine Welle auf. Er krümmte in mir einen Finger, bewegte seinen Handteller über meine Klitoris und …

Ein erstickter Schrei entfuhr mir, ich versteifte mich am ganzen Körper und kam so heftig, dass meine Beine zu zucken begannen. Erlösung und Ekstase spülten über mich hinweg und ließen mich das Hier und Jetzt vergessen, während mich Welle für Welle des Orgasmus erbeben ließ. Die Welt zog sich zusammen und verschwand hinter einem Nebel. Eine halbe köstliche Ewigkeit schien dabei zu vergehen, und gleichzeitig war es viel zu schnell vorbei.

Keuchend sank ich zurück in das Polster. Nur halb bekam ich mit, wie Monroe seine Finger aus mir zog. Ich blinzelte schwer und sah, wie er mich mit urtümlicher männlicher Zufriedenheit anlächelte.

»Genau so.« Ohne den Blick von meinem zu lösen, hob er die Finger an seinen Mund. Ich atmete nicht, als er sie langsam zwischen seine Lippen schob. Stöhnend schloss er die Augen. »Das nächste Mal kommst du an meiner Zunge. Alles andere akzeptiere ich nicht.«

Ich wollte lachen, doch nur ein heiserer Ton löste sich aus meiner Kehle. »Schön, dass wir das geklärt haben.«

»Du kannst dir natürlich aussuchen, ob du auf meinem Gesicht sitzen willst oder ob ich dich von vorne oder hinten lecken soll.«

»Du bist so schmutzig«, flüsterte ich, konnte jedoch nicht anders, als mit rasendem Herzen zu lächeln. Obwohl ich gerade erst gekommen war, zog sich bei seinen Worten wieder etwas in meinem Unterleib zusammen.

»Und dir gefällt es.«

»Ja«, sagte ich, ohne mit der Wimper zu zucken.

Sanft küsste er mich, dann zog er mich an seine Brust und schlang die Arme um mich. Ich schmiegte mich an ihn, kuschelte mein Gesicht an seinen Hals und drehte mich auf die Seite. Eine Weile blieben wir genau so liegen. Eine Gänsehaut überzog meinen ganzen Körper, da seine Hand immer wieder träge meine Wirbelsäule entlangstrich.

»Danke«, murmelte Monroe.

Überrascht legte ich den Kopf zurück. »Danke wofür?«

Er küsste meine Nasenspitze, was so überraschend süß war, dass mein Herz sich zusammenzog. »Dafür, dass du mir vertraust. Und dafür, dass ich dich in meinen Armen halten darf.«

In meinem Bauch wurde es gefährlich warm. Ich hatte keine Ahnung, was ich darauf erwidern sollte.

Er küsste mich erneut, und ich spürte ihn lächeln. »Und danke, dass du für mich gekommen bist.«

»Monroe!«, kicherte ich peinlich berührt.

Grinsend küsste er meinen Mundwinkel. »Nein, warte: Danke, dass du für mich so feucht geworden bist. Danke fürs Betteln und danke, dass du meinen Namen gestöhnt hast. Das war verdammt heiß. Hätte nicht mehr viel gefehlt, und ich wäre in meiner Hose gekommen.«

»Sagst du das, um mich in Verlegenheit zu bringen?«, fragte ich mit brennenden Wangen.

Diesmal küsste er mein Augenlid. »Irgendwie macht es mich total an, dich in Verlegenheit zu bringen. Jedes Mal, wenn du nach Luft schnappst, frage ich mich, wie du klingst, wenn ich bis zum Anschlag in dich stoße.«

»O mein Gott«, flüsterte ich.

Ich schob eine Hand zwischen unsere Körper und legte sie durch seine Hose um ihn. Er war nach wie vor steinhart. Und er fühlte sich gut an. Doch bevor ich auch nur damit beginnen konnte, ihm einen runterzuholen, legte Monroe seine Hand über meine. »Ist okay«, sagte er sanft.

Unsicher biss ich mir auf die Unterlippe. »Aber du …«

»Mach dir um mich keine Sorgen.«

»Sicher?«

Er gab ein gequältes Stöhnen von sich und strich mit den Lippen an mein Ohr. »Ich würde dafür töten, um jetzt deine Hand oder deine Lippen an meinem Schwanz zu spüren, aber wenn du einmal damit anfängst, werde ich nicht genug bekommen können. Und wir wollen es langsam angehen. Deine Grenzen sind mir wichtig.«

Meine Kehle war staubtrocken. Allein die Vorstellung, zwischen seinen Schenkeln zu knien, seine Faust in meinen Haaren und ihn …

Nein. Er hatte recht. Wenn wir jetzt nicht aufhörten, würden wir Sex haben. Und wenn es nach mir ging, dann die ganze Nacht.

Also zog ich meine Hand zurück und strich mit den Fingern über seine nackte Brust. »Okay«, flüsterte ich.

»Mhmh«, seufzte er an meinem Ohr und strich mit der Zungenspitze über die empfindliche Stelle dahinter. »Mehr Vorfreude für das nächste Mal.« Ein letzter Kuss auf meinen Hals, dann richtete er sich auf und griff über mich, um unsere Klamotten vom Boden aufzuheben. Lächelnd zog er sich den Pullover über den Kopf und reichte mir mein Kleid.

Nachdem wir wieder angezogen waren, warf ich eine dünne weiße Decke über uns und schob die Beine über seinen Schoß. Monroe fuhr sich durch die Haare und hielt fragend die Fernbedienungen hoch. Und das, obwohl er definitiv noch vollkommen unter Strom stand.

Ungläubig sah ich ihn an. Das Herzklopfen in meiner Brust war viel zu laut.

Einer seiner Mundwinkel zuckte nach oben, und er ließ den Blick zu mir wandern. Ich lächelte ihn an … wandte dann jedoch eilig den Blick ab, indem ich meine Wange an seine Brust schmiegte.

Das hier war zu perfekt. Und die Enge in meinem Herzen zu stark.

Ich durfte mich nicht in ihn verlieben. Nicht solange ich ihm nicht die Wahrheit über mich gesagt hatte.

Ich durfte mich auf gar keinen Fall in Monroe Darlington verlieben.

Aber was konnte ich schon dagegen tun?

KAPITEL 35

Außen pfui, innen pfui

Ich löschte die vorgeschriebene Nachricht an Laurel gleich am nächsten Morgen. Nun brachte ich es noch viel weniger übers Herz, ihr alles zu beichten. Auch am Freitag ergriff mich kein Sinneswandel. Vielleicht konnte ich mir ja ein Herz fassen, sobald ich wieder zu Hause war – mein Flug ging immerhin schon diesen Samstag. Morgen. Vielleicht wäre ich mutiger, wenn ich weit weg von New York wäre und wieder in mein eigenes Leben schlüpfen könnte. Denn die echte Sarah war mutiger als das Mädchen in Manhattan. Die echte Sarah versteckte sich nicht vor Leuten wie Peter oder Cameron oder Rosie. Andererseits hätte sie sich auch nie auf Monroe eingelassen, während er sie für eine andere hielt. Das war nämlich verlogen und falsch und sah der echten Sarah Quinn nicht ähnlich.

Ich vermisste meinen moralischen Kompass und mein Selbst. Ich erkannte mich nicht mehr wieder, nicht nur wegen der vielen falschen Entscheidungen, sondern auch, weil ich in all dem Luxus eine zu große Bequemlichkeit entwickelt hatte. Die Hemmung, Lennard für eine Fahrt zu kontaktieren, war mittlerweile gleich null. Es fühlte sich fast schon normal an, und so was sollte sich nicht normal anfühlen. Ein Wochenende zu Hause war deshalb die beste Medizin. Ich konnte es kaum erwarten und zählte schon die Stunden. Allerdings stand erst mal meine heutige Verabredung mit Donovan an – im Riggs. Einer überteuerten Bar, wo die Drinks bei vierzig Dollar starteten. Ich sträubte mich dagegen, wieder der Clique gegenüberzustehen, aber wenn Celia ihr Wort hielt, konnte ich heute Abend endlich reinen Tisch mit Donovan machen.

Nervös wippte ich auf der Rückbank von Lennards Limousine mit den Knien. Celia hatte mir heute Morgen die Adresse der Bar durchgegeben, und in etwa einer halben Stunde sollten wir das West Village erreichen. Es herrschte Feierabendverkehr, und die mehrspurigen Straßen waren kurz vor dem Wochenende besonders überfüllt. Ich scrollte derweil durch Paytons Fotogalerie und sah mir über die Kartenoption die Bilder an, die sie im vergangenen Jahr in der Bar geschossen hatte. Offenbar gehörte das Riggs zu den Orten, an denen die Clique oft und gerne abhing. Eine Art Stammlokal. Ich scrollte durch Dutzende Bilder von Cameron und Payton. Spiegelselfies. Cameron, wie sie im schicken Damen-WC ihren Lippenstift nachzog, während Payton in die Kamera lächelte. Cameron, wie sie auf einer Samtcouch grinsend und mit geschlossenen Augen die Arme um Paytons Hals geschlungen hatte, während Payton die Zunge herausstreckte, in der Hand ein Martiniglas. Auf anderen Bildern war Rosie mit drauf und drückte Payton einen Kuss auf die Wange. Die Bilder waren vom März.

Ein Schauder überkam mich. Das war gerade mal ein halbes Jahr her. Sie waren so enge Freundinnen gewesen, und nun verabscheuten sie mich. *Meine Schwester.* Ein paar Bilder schienen gespeicherte Fotos aus ihrem Gruppenchat zu sein, denn die Qualität der Aufnahmen und auch die Art entsprachen nicht Paytons Stil. Ein Boomerang, auf dem Payton, Celia, Holland, Cameron, Alyssa und Grace mit Margaritas anstießen. Bilder, auf denen Payton auf Donovans und Cameron auf Peters Schoß saßen. Verschwommene Aufnahmen, die wohl mit ordentlichem Pegel aufgenommen worden sein mussten – und gegen drei Uhr morgens entstanden waren. Die Straßen von Manhattan, verschwommene Autolichter und die Clique, wie sie in dicken Winterjacken über glamouröser Abendgarderobe den Gehweg entlanglief.

Als ich weiterscrollte, entdeckte ich ein kurzes Video aus dem Riggs, auf dem Donovan neben der Bar einen Arm um Paytons Schultern gelegt hatte und sie die Finger miteinander verschränkten. Dabei küsste er ihre Schläfe, und sie lachte glockenhell wegen etwas, das Celia gerade sagte …

Ich drückte auf die Tastensperre und ließ das Telefon zurück in meine kleine Tasche gleiten. Hoffentlich würde Donovan heute Abend wirklich kommen. Hoffentlich hörte er auf Celias Bitte.

Ich betete dafür.

Lennard ließ mich genau vor der Bar aussteigen, und ich gab ihm alles an Bargeld, was ich dabeihatte – was auch immer er verdiente, ein Trinkgeld war nie verkehrt. Allerdings hatte ich den Verdacht, dass keiner der reichen Leute nur zwanzig Dollar Trinkgeld gab. Für mich war das total viel, aber wer weiß, vermutlich war er ein paar Hunderter oder so gewohnt. Nichtsdestotrotz bedankte Lennard sich strahlend dafür, bevor er wegfuhr.

Das West Village war hübsch. Voller kleiner Läden und mit vielen Bäumen, die die schmalen Straßen zierten. Auch die Gebäude waren nicht sonderlich hoch. Es gab einige Restaurants und Bars, in denen sich Leute tummelten und aus denen Musik drang. Manche saßen im Außenbereich an Tischen oder standen neben den Eingängen und rauchten. Es wirkte viel friedlicher hier als in Midtown, SoHo oder auf der Upper East Side. Bodenständiger und gemütlicher. Hier fühlte ich mich gleich ein wenig wohler.

Nervös fuhr ich mir durch die offenen Haare und lief zur Eingangstür der Bar. Da drin war es dann wohl vorbei mit der

Heimeligkeit. Die Fensterfronten bestanden aus verspiegeltem dunklen Glas, und die Ziegelwand war schwarz gestrichen. Das minimalistische Schild des Riggs und der kunstvoll verzierte Türgriff ließen sofort darauf schließen, wie hochpreisig der Laden war.

Drinnen erwarteten mich vibrierende Elektromusik und der Duft nach Zedernholz und herben Kräutern. Es war angenehm, fast schon wie in einer edlen Hipster-Boutique. In solche hatte Laurel mich manchmal in San Francisco mitgeschleift, um die Kollektionen und Stoffe zu studieren. Der Eingangsbereich war ein kleiner Raum und bestand aus einer Garderobe und einer Treppe, die nach unten führte. Vor dieser hing ein dicker dunkelblauer Samtvorhang. Ein Mann im schwarzen Anzug stand neben der Treppe und nickte mir zu. »Guten Abend. Haben Sie reserviert?«

Ich runzelte die Stirn. »Ich, äh, bin verabredet. Mit Celia del Campo.«

Der Name schien ihm sofort etwas zu sagen, denn er nickte bloß, nahm mir meinen Burberry-Mantel ab und zog den Vorhang zur Seite. Ich fühlte mich beobachtet, als ich die beleuchtete Holztreppe nach unten lief. Mit jedem Meter wurden die Bässe der Musik durchdringender. An den Wänden befand sich eine dunkelblaue Schmucktapete mit verschnörkelten Mustern, und runde weiße Wandleuchter in goldenen Fassungen verströmten schummriges Licht.

Unten erwartete mich zu beiden Seiten jeweils ein Flur. Den Fotos nach ging es hier zu den Toiletten. Der Eingang zur eigentlichen Bar bestand aus zwei eingezogenen Wänden, die versetzt in den Raum ragten und somit die Sicht versperrten. Ich lief um die beiden Ecken und befand mich auch schon in einer anderen Welt. Das Riggs war in natura wirklich atemberaubend. Die Decken waren höher als erwartet, trotz der Souterrainlage.

Und es war groß und gut besucht. Das Interieur war dunkel mit viel indirekter Beleuchtung. Die Bar selbst war ebenfalls sanft beleuchtet und schien bestens ausgestattet. Im Raum verteilt standen Sitzgruppen aus Samt in gedeckten Tönen und flache Beistelltische, auf denen Leute ihre Drinks abgestellt hatten.

Ich entdeckte die Clique sofort. Nicht weit von der Bar entfernt saßen Cameron, Peter, Donovan und Rosie. Sie hatten sich die größte Sitzgruppe unter den Nagel gerissen; zwei breite Samtsofas in Altrosa und Dunkelblau, die sich gegenüberstanden, dazwischen ein verspiegelter Kubus, auf dem Handtaschen und Drinks abgestellt waren. Von Grace und Alyssa war keine Spur. Ich fragte mich, ob die Gruppe sie abgeschossen hatte, nachdem ihre Skandale öffentlich geworden waren, oder ob ein anderer Grund dahintersteckte. Jedenfalls war ich froh, dass sie nicht auch noch hier waren.

Zögerlich machte ich noch einen Schritt, und meine Nervosität ging mit mir durch. Mir wurde heiß und kalt. Erst, weil Peter mich entdeckte und sein Blick sich wie eine Horde Ameisen anfühlte. Dann, weil Donovan Peters Blick bemerkte, ihm folgte und mich im nächsten Augenblick ebenfalls ansah.

»Payton!«

Ich wirbelte zur Bar herum und atmete gleich darauf auf. Celia stand zwischen vier anderen Leuten, die Drinks bestellten. Sie winkte mich lächelnd zu sich und klemmte sich eine große giftgrüne Clutch unter den Arm. Wie so oft sah Celia atemberaubend aus. Sie trug eine hautenge schwarze Lederhose mit weitem Schlag und silberne Stilettos. Außerdem einen offenen silbernen Oversized-Blazer über einem schwarzen Spitzenkorsett, das ihren flachen Bauch und die prominenten Hüftknochen aufblitzen ließ. Das schwarze Haar fiel ihr um die Schultern und war nur auf einer Seite mit einer ebenfalls giftgrünen Spange befestigt, außerdem trug sie einen so dunkelroten matten

Lippenstift, dass er auf ihrer Porzellanhaut zu leuchten schien. Genauso gut hätte sie auf dem Cover irgendeines Modemagazins abgebildet sein können.

Als ich sie erreichte, küsste sie meine Wange zur Begrüßung. Sie roch nach süßem Zitrusparfum. »Schön, dass du da bist. Es kommt mir wie eine Ewigkeit vor, seit wir zuletzt zusammen hier gewesen sind.«

Lächelnd nickte ich und ignorierte dabei die Blicke in meinem Nacken. Sie kribbelten wie spitze Eisnadeln. »Ja, es ist schon Monate her«, stimmte ich ihr zu.

»Was willst du trinken, Pay?«

»Das Gleiche wie immer?«, schlug ich schulterzuckend vor.

Mit einem gut gelaunten Nicken drehte sie sich zur Bar um. »Frank, mach drei Skinny Bitches draus, ja?«

Seit wann trank Payton meinen Lieblingsdrink? Was war aus Long Island Ice Tea geworden? Früher hatte sie Wodka Soda nie etwas abgewinnen können.

Aber sollte ich mich überhaupt noch darüber wundern, sie nicht mehr zu kennen?

»Holly und ich sind auch erst vor zehn Minuten gekommen, aber ich habe hinten schon eine freie Sitzgruppe gesichtet.«

»Sitzen wir nicht bei den anderen?«, fragte ich betont beiläufig und sah mich im Laden um. Keiner beobachtete mich mehr. Cameron saß neben Peter und nippte an einem Martini. Peter und Donovan unterhielten sich, und Rosie tippte wie wild auf ihrem Handy herum.

»Sicher, dass du das willst?«, fragte Celia verblüfft. »Ich meine ... nach der Sache mit Peter neulich. Und der allgemeinen Stimmung.«

Ich lehnte mich gegen die Bar und überkreuzte die Füße in den ungemütlichen hochhackigen Riemchensandalen. Ich durfte nicht länger klein beigeben. Es war an der Zeit, Stärke zu beweisen. »Es ist wirklich okay für mich, solange es für sie auch in Ordnung ist«, sagte ich so ungezwungen wie möglich. »Ich möchte nicht der Grund dafür sein, dass du und Holland den Abend nicht mit ihnen verbringen könnt. Wir sind alle erwachsen genug, um über den Dingen zu stehen, die passiert sind. Also, ich werde keine Szene oder einen Streit anzetteln, versprochen.«

Der skeptische Ausdruck wich nicht aus Celias Gesicht, doch sie nickte nach ein paar Sekunden. »Na schön. Ganz wie du möchtest. Und vielleicht ist das ja auch gut so, damit du und Donovan miteinander sprechen könnt.«

Ich öffnete gerade den Mund, um nach dem Stand der Dinge zu fragen, als unsere Drinks auf die Theke gestellt wurden und Holland zurück in die Bar kam. Sie war wohl auf dem WC gewesen. Jeder ihrer Schritte war tänzelnd und voller Elan. Sie trug ein schwarzes Kleid, das mich schon beim Hinsehen frösteln ließ, so dünn war der Stoff. Die Träger sahen aus wie Federboas. Ihre hellbraunen Haare waren zu zwei Zöpfen geflochten, die streng an ihrem Kopf entlangliefen, und sie hatte einen so funkelnden Highlighter auf den Wangenknochen, dass er sogar im schummrigen Licht glitzerte. Durch ihr spitzes Gesicht, die knochigen Schultern und die großen Augen erinnerte Holland jedes Mal an eine Elfe. Und sie sah so *jung* aus. Nein, Holland *war* jung. Achtzehn vielleicht. Durfte sie überhaupt schon hier sein? Geschweige denn Drinks kaufen?

Vermutlich spielte es keine Rolle. Wer so viel Geld besaß wie ihre Familie, konnte sich einfach alles erlauben. Besonders an einem so exklusiven Ort wie diesem hier, bei dem man ohne Einladung oder Kontakte ohnehin nicht eingelassen wurde. Das sagte zumindest ein Post auf Reddit. Es war jedes Mal wieder erschreckend zu sehen, wie sehr sich die High Society vom Rest der Gesellschaft abschottete. Sie spielte nach ihren eigenen Regeln.

Holland schenkte mir ein vorsichtiges Lächeln, so wie immer, wenn sie mich sah. Es hatte sich in den letzten Wochen nicht geändert. »Payton, schön, dass du gekommen bist.«

Ich versuchte, ihr Lächeln so warm wie möglich zu erwidern. »Ist lange her«, log ich erneut.

Ihr Blick glitt an mir vorbei und blieb hinter mir an etwas hängen.

Ich spürte, dass jemand hinter mich trat, und drehte mich augenblicklich um.

Donovan.

Er wirkte angespannt, und wie zur Erklärung, was er an der Bar wollte, hielt er ein leeres Glas hoch.

»Nachschub«, brummte er. Ich starrte ihn bloß an und schluckte.

Holland verdrehte die Augen. »Du bist so peinlich, Donny. Sag wenigstens Hallo.«

»Wir haben uns doch heute Morgen auf dem Campus erst gesehen.« Er sagte es, als hätten wir uns gegrüßt. Das war nicht der Fall gewesen.

»Na und? Es geht um Höflichkeit!«

Schnaubend schob er sich an Celia vorbei und verschränkte auf der Theke die Arme. »Dann wünsche ich den Damen einen wunderschönen Abend.«

»Na, geht doch«, sagte Holland zufrieden.

Celia verkniff sich ein Lachen und reichte Holland und mir unsere Drinks. »Wir sitzen übrigens doch bei euch drüben.«

»Ich komme gleich nach«, sagte ich und lächelte unschuldig.

Fragend sah Holland von mir zu Donovan. Celia nickte mir zu.

»Okay«, sagte Holland sofort und lächelte. Bildete ich es mir nur ein, oder wirkte sie auf einmal aufgeregt?

»Bis gleich«, sagte Celia bloß und lotste Holland zur Sitzgruppe. Sie bewegten sich in den Stilettos, als wären sie in ihnen geboren worden.

Ich stellte mich mit meinem Glas neben Donovan. Geduldig wartete ich ab, bis er sich beim Barkeeper einen Negroni bestellt hatte.

»Können wir reden?«, fragte ich zaghaft.

Er zog sein Portemonnaie aus der Hosentasche und sah mich mit gerunzelter Stirn an. »Dafür bist du doch hergekommen, oder nicht? Celia hat sich ziemlich ins Zeug gelegt, damit ich mir anhöre, was du zu sagen hast.«

»Ich weiß. Sie hat das alles vorgeschlagen. Ich wollte mit dir über meine Schwester sprechen. Mir ist klar, dass sie dir egal ist, aber du weißt ein paar Dinge noch nicht.«

Sein Mund wurde zu einer harten Linie. »Triffst du dich weiterhin mit Monty?«, fragte er plötzlich.

Verwirrt runzelte ich die Stirn. Dann stellte ich meinen Drink ab und verschränkte die Arme vor der Brust. »Ja.«

Überraschenderweise verzog sich sein Gesicht nicht zu einer grimmigen Miene. Er seufzte nur und blickte wieder zur Bar, wo der Barkeeper seinen Drink zubereitete. »Natürlich tust du das«, murmelte er.

»Ich habe dir nicht alles erzählt, Donovan.«

»Na dann. Spuck's schon aus. Was hast du mir denn nicht über deine Schwester erzählt?«

Ich atmete tief durch. Stunde der Wahrheit. Meine letzte Chance.

Ich sah mich in der Bar um. Niemand war in Hörweite, dennoch trat ich einen Schritt näher zu Donovan und presste meine Hand auf die Theke. »Sie war high«, begann ich leise. »An dem Abend, als sie bei mir zu Hause in San Francisco aufgetaucht ist. So hab ich sie noch nie gesehen. Weißt du, bevor sie nach New York gezogen ist, war sie erst einmal in ihrem Leben betrunken gewesen. Sie hat nicht geraucht, keine Drogen genommen, und als sie aufgetaucht ist, war sie vollkommen high.« Erneut sah ich mich um und senkte die Stimme noch ein Stück mehr. Meine Kehle wurde eng bei der Erinnerung. »Ich rede von Oxy und Molly und so einem Scheiß. Und sie konnte nicht von dem Zeug lassen. Keine Minute. Donovan, Payton ist seit über einem Monat in einer Entzugsklinik.«

Donovans Kopf schoss zu mir herum, und er riss die Augen auf. »*Was?* Pay ... Was auch immer auf meiner Party passiert ist, deine Schwester hatte kein Drogenproblem. Sie hat manchmal Ritalin genommen, um mit dem Unikram hinterherzukommen, und wir haben zwei oder drei Mal MDMA eingeschmissen, aber mehr nicht. Das kann nicht stimmen.«

Ich verzog keine Miene. Und dann erzählte ich Donovan alles. Von Paytons Nervenzusammenbruch, ihren Entzugserscheinungen. Ich erinnerte ihn an die auffälligen Schatten an ihren Handgelenken, die wie Finger ausgesehen hatten. Und ich wiederholte die einzige Antwort, die ich aus Payton herausbekommen hatte, als ich sie gefragt hatte, was geschehen war. *Peter Darlington. Sie alle.*

Während ich sprach, wurde Donovan so blass, dass er beinahe krank aussah. Die Qual in seinen grauen Augen war mir fast zu viel.

Hoffnung und schmerzliches Mitgefühl umklammerten mein Herz.

»Sie wollte nie wieder zurückkommen«, sagte ich, nicht sicher, wie lange er mir noch zuhören würde. »Wir haben unsere Handys und Pässe getauscht, und ich habe ihre Fotogalerie durchstöbert. Und ihren Chat mit Peter und unbekannten Nummern. Da war nichts, Donovan. Nichts, was auf eine Affäre hindeutet, im Gegensatz zu diesem anonymen Brief, von dem ich dir erzählt habe. Und dann noch diese Wohnung und all das Geld ... Irgendwas stimmt nicht. Unsere Familie hat kein Geld, und wenn nicht gerade du oder Cameron oder Celia oder sonst wer ihr die Klamotten und teuren Sachen spendiert habt …«

»Haben wir nicht«, unterbrach er mich mit starrer Miene. »Niemand von uns hat ihr irgendwas gekauft. Sie hatte seit dem ersten Tag immer ihr eigenes Geld und immer das neueste Zeug.«

Ich presste die Zähne zusammen. »Sie ghostet mich seit Wochen, wie auch schon in der Zeit, während sie in New York war. Am Samstag habe ich sie zum ersten Mal seit einer Ewigkeit wieder erreicht. Ich habe ihr nur ein paar Fragen gestellt, und auf einmal hat sie mir gesagt, dass ich mich gefälligst raushalten und meinen Platz nicht vergessen soll. Und dass mich ihr Leben nichts angeht. Jetzt ist sie nicht mehr erreichbar. Da muss mehr dahinterstecken als eine spontane Persönlichkeitsveränderung und der Entzug. Ich weiß nicht, ob …« Meine Stimme brach weg. Hastig blinzelte ich und nahm einen großen Schluck von meiner Skinny Bitch. »Wenn ich dir sage, dass sie … gebrochen war … dann meine ich das auch so.«

Donovan trank seinen Negroni fast in einem Zug leer. »So eine Scheiße«, flüsterte er und rieb sich fahrig mit beiden Händen über das Gesicht. Dann trank er auch den Rest seines Drinks, ehe er dem Barkeeper mit einem Wink zu verstehen gab, dass er noch einen wollte.

»Na schön«, sagte er und sah mich wieder an.

»Na schön?«, wiederholte ich.

»Fuck. Ich … glaube dir. Und es tut mir leid, was Payton passiert ist. Es … *Scheiße*, es macht mich krank, das nur zu hören.«

»Ich weiß«, flüsterte ich.

»Und du hast wirklich keine Möglichkeit, sie zu erreichen?« Da lag Hoffnung in seiner Stimme. Mein Kopfschütteln ließ sie aber gleich wieder zerschellen, während *meine* Hoffnung jedoch aufkeimte. Er stieß mich nicht von sich. Das war ein gutes Zeichen. Er machte nicht dicht! »In der Klinik hat sie ihr Handy aus, sie muss es abgeben und bekommt es nur samstags zurück. Ich werde versuchen, morgen mit ihr zu sprechen, aber ich weiß nicht, wie gut und ob das nach unserem letzten Gespräch funktionieren wird.« Ich biss mir auf die Unterlippe. Vielleicht sollte ich nach meinem Besuch zu Hause weiter nach L. A. fliegen und einfach selbst nach ihr sehen. Sie von Angesicht zu Angesicht zur Rede stellen.

Noch etwas, was ich unbedingt mit Laurel besprechen musste. »Es tut mir leid, was ich bei unserem Streit gesagt habe, Donovan.« Ich seufzte. »Ehrlich, es war nicht fair von mir, und meine Worte waren hässlich. Es tut mir wirklich leid.«

Seine Miene wurde ein winziges bisschen weicher, auch wenn die Sorgenfalte zwischen seinen Brauen tief blieb. Er strich mit dem Finger durch eine kleine Pfütze Kondenswasser, die sein Glas hinterlassen hatte.

»Eigentlich bin ich es, der sich entschuldigen sollte. Wir kennen uns so gut wie gar nicht, es geht mich überhaupt nichts an, mit wem du dich triffst. Oder wen du alles in das Geheimnis deiner Identität einweist.«

Kaum merklich zuckte ich zusammen. Autsch. Selbst Donovan ging davon aus, dass ich Monroe von unserem Zwillingstausch erzählt hatte. Welcher normale Mensch würde sich sonst mit jemandem treffen, ohne die Wahrheit zu sagen?

Mit zerknirschtem Blick sah er mich an. »Natürlich ist es mir nicht egal, was mit … deiner Schwester ist. Ich zerbreche mir jeden Tag den Kopf und frage mich, wie es ihr geht und was passiert ist und wie es dazu hatte kommen können. Ich hätte dich nicht so anfahren sollen. Es ist nur so abgefuckt, weil du wirklich genauso aussiehst wie sie und sogar riechst wie sie. Und es hilft auch nicht, dass du so tust, als wärst du sie, und in dieser Wohnung wohnst, in der ich die letzten zehn Monate öfter gewesen bin als in meiner eigenen. Ich war wütend und stolz und verletzt, weil allein die Vorstellung, *sie* und Monroe könnten sich sehen, zum Kotzen ist.« Argwöhnisch blickte er über die Schulter, dann beugte er sich zu mir. »*Mir* tut es leid, Sarah«, sagte er leise.

Ich erlaubte mir ein vorsichtiges Lächeln. Es war, als würden seine Worte einen schweren Stein von meiner Brust heben. »Freunde?«, fragte ich und breitete die Arme aus.

Er schnaubte, doch einer seiner Mundwinkel zuckte dabei. »Treib es nicht gleich zu weit. Außerdem wollen wir ja nicht, dass dein neues Sweetheart Monty davon Wind bekommt und eifersüchtig wird, wenn er von Peter und Cam hört, dass du deinen gut aussehenden Ex in einer Bar umarmt hast, *Payton*.«

Ich verdrehte die Augen und ließ die Arme wieder sinken, jedoch nicht, ohne ihn mit dem Ellbogen anzustoßen. »Ein Glück ist dein Ego nicht groß.«

Er prostete mir mit einem neuen Glas zu. »Cheers. Das kommt doch fast einer Umarmung gleich.«

»Cheers«, wiederholte ich belustigt und trank noch einen Schluck.

Einen Moment lang beobachteten wir in einvernehmlichem Schweigen die Bar. Meine Erleichterung bereitete mir einen leichten Schwindel, so groß war das Gewicht, das von mir fiel. Dann verschluckte ich mich und musste heftig husten, weil ich glaubte, auf einem der Sofas hinten links Ariana Grande zu sehen.

Donovan klopfte mir mit spöttischem Lächeln auf den Rücken. Ich hatte wirklich den Dreh raus, wie eine elegante junge Dame zu wirken.

»Also«, begann er, als ich mich keuchend wieder beruhigt hatte, und nahm noch einen Schluck. »Was ist der Plan? Was hast du als Nächstes vor?«

Verblüfft drehte ich mich zu ihm um und tupfte mir die

Augenwinkel ab. »Wirst du mir wieder helfen, oder bist du nur neugierig?«, fragte ich und räusperte mich ein letztes Mal.

Er schmunzelte. »Ein klein wenig von beidem.«

Ich trank einen Schluck und sah mich dabei wieder um. Diesmal zur Clique. Zu einem blonden Schopf, dessen voluminöse Locken in alle Richtungen abstanden. Zu aufgespritzten Lippen voll glänzendem Lipgloss, hellblonden Augenbrauen und hohen Wangenknochen zu einem breiten Kinn mit Grübchen. Alles, was ich durch Monroe über Peter herausgefunden hatte, half mir nicht, um ihn dranzukriegen. Also musste eine nächste Zielperson her. Ich dachte an Celias Warnung. Doch ich dachte auch an meine Schwester, ihren Entzug und die Pillen, die Laurel und ich bei ihr gefunden hatten.

Ein grimmiges Lächeln machte sich auf meinen Lippen breit, und ich leerte mein Glas. »Rosie. Sie ist die Nächste.«

KAPITEL 36

Die Wahl der Qual

»Ganz schlechte Idee«, sagte Donovan.

»Was? Aber warum?«, fragte ich enttäuscht. Eigentlich hätte ich mit der Antwort rechnen müssen, besonders nach Celias Warnung.

Er blies die Wangen auf und rieb sich über das Kinn. »Ich kann dir nur davon abraten, dich mit Rosie anzulegen. Mit ihr ist nicht zu spaßen.«

»Weil sie Drogen vertickt und gefährliche Leute kennt?«, fragte ich abfällig und ließ den Barkeeper ebenfalls mit einem Wink wissen, dass ich Nachschub brauchte.

Donovan lachte auf. »Wir alle kennen gefährliche Leute. Ich glaube, wir *sind* gefährliche Leute. Nein, das ist es nicht. Rosie hat definitiv eine Schraube locker. Sie würde nicht einfach von der Bildfläche verschwinden, so wie Grace und Alyssa. Sie würde mit allen ihr zur Verfügung stehenden Waffen zurückschlagen, wenn du auch nur versuchst, sie hochgehen zu lassen.«

Ich verzog das Gesicht. »Okay, dann vielleicht doch erst mal Cameron.«

»Reden wir vielleicht ein andermal drüber«, sagte Donovan und warf seinen Freunden einen deutlichen Blick zu. »Hier ist nicht der richtige Ort.«

Er hatte recht. Deshalb nickte ich bloß. Aber ich war von

neuer Energie erfüllt. Donovan sprach wieder mit mir. Und wenn ich ihn noch ein wenig bearbeitete, würde er mein Verbündeter werden. Ich hatte es also geschafft!

Der Barkeeper reichte mir einen neuen Drink, ehe wir uns auf den Weg zur Sitzgruppe machten.

Mir war nicht sonderlich wohl dabei, doch ich setzte mich auf den einzig verbliebenen freien Platz. Neben Rosie.

Lachend wandte sie sich von ihrem Gespräch mit Holland zu ihrer Linken ab, ehe sie sich mir zuwandte.

»Payton, Baby! Ich hoffe, du hast Appetit!«

Bevor ich darauf etwas erwidern konnte, schob sie mir plötzlich ihre Finger in den Mund.

Ich würgte und schlug ihre Hand weg. »*Was zum Teufel?!*«, fragte ich und musste husten.

Rosie grinste bloß und wischte ihre Finger an meinem Rock ab. An *meinem* Rock!

Etwas Bitteres, Scharfes machte sich auf meiner Zunge breit. Voller Horror schnappte ich eine Serviette, die unter einem Glas auf dem Kubus lag, und spuckte hinein.

»Was war das?«, fragte ich aufgebracht. Meine Zunge und mein Gaumen begannen zu kribbeln.

Sie lachte. »Komm wieder runter! Das war doch nur ein wenig Koks.«

Mit geweiteten Augen starrte ich sie an. »*Koks?*«

Rosie trank ihren Martini aus, lehnte sich zurück und schlug die langen dünnen Beine übereinander. »Mach nicht plötzlich auf verklemmt. Es war nur ein Spaß. Sieh es als Gefallen, das Zeug ist immerhin teuer.«

»Spinnst du, Rosie?«, fuhr Celia sie an. »Das kannst du nicht einfach machen!«

Cameron verdrehte neben ihr die Augen, schlug ebenfalls die Beine übereinander und ließ ihre Hand seelenruhig auf Peters

Oberschenkel ruhen, der sich mit Donovan unterhielt – obwohl Donovans Blick beunruhigt auf mir lag.

»Nimm den Stock aus dem Arsch, Celia«, murmelte Cameron. »Da ist doch überhaupt nichts dabei. Sie kann froh sein, überhaupt ein wenig Schnee geschenkt zu bekommen. In letzter Zeit bist du wirklich fucking anstrengend geworden und …« Peter schloss seine Hand um ihr Handgelenk und ließ Cameron nach einem scharfen Aufkeuchen verstummen. Plötzlich wimmerte sie und presste die Augen zusammen.

Ein letztes Mal wischte ich mir über die kribbelnden Lippen und starrte sie an. Heilige Scheiße. Er drückte *fest*.

»Achte auf deine Wortwahl, Liebling«, sagte er und küsste Camerons Wange. »Was sollen denn die Leute denken?«

Doch ich sah die Sehnen auf seinem Handrücken hervortreten. Cameron wurde blass im Gesicht und versuchte, ein Lächeln aufzusetzen.

Als würde nicht jeder mitbekommen, was gerade geschah.

Mit einem Mal wurde mir kalt. Hätte ich sie nicht abgrundtief verabscheut, hätte ich mir Sorgen gemacht. Nein. Ich … *machte* mir Sorgen. Ausgerechnet Cameron tat mir leid. Niemand sollte so was durchmachen, nicht einmal meine ärgste Feindin. Abermals empfand ich Hass gegenüber Peter Darlington. Was tat er erst, wenn sie allein waren?

»Tut mir leid, Baby«, sagte sie mit dünner Stimme und legte ihre Hand auf seine. Sie küsste ihn und sah ihn flehend an. Als würde die Hülle der Eisprinzessin für einen kurzen Moment Risse bekommen. Endlich ließ Peter sie wieder los – nur um nach seinem Glas auf dem Kubus zu greifen. Und schon war Cameron vergessen, als er Donovan eine Frage über irgendeine Veranstaltung stellte.

Donovan wirkte angespannt, doch er überspielte sein Missfallen besser als ich und stieg ins Gespräch ein, als wäre nichts gewesen. Cameron schien es nicht zu wagen, über ihr Handgelenk zu reiben. Stattdessen verschränkte sie die Finger ineinander und lehnte sich vermeintlich entspannt zurück.

Ich wischte mir noch einmal über den Mund und spülte einen großen Schluck meines Drinks hinterher. Ein leichtes Taubheitsgefühl machte sich auf meinen Lippen und meiner Zungenspitze breit, und der bittere Geschmack schien nicht verschwinden zu wollen. In mir brodelte es. Der Schock über das, was Rosie getan hatte, saß tief. Die Schlampe hatte mir einfach die Finger in den Mund geschoben!

Rosie und Holland standen auf. »Wir gehen kurz *frische Luft schnappen*«, flötete Rosie, auch wenn, ihrer Betonung nach zu urteilen, mehr Zigarettenrauch als frische Luft involviert war. Sie warf Peter einen Blick zu und tippte sich an die Nase.

Oh. Dann wohl doch eher Koks als Zigaretten. »Kommst du mit?«

»Klar«, sagte er grinsend und stand auf.

»Holland«, warnte Donovan knurrend, als sie gingen, doch Holland streckte ihrem Bruder bloß die Zunge raus, ehe Rosie sich auch schon bei ihr einhakte. Als sie an Celia vorbeikam, legte Rosie ihr kurz eine Hand auf die Schulter. »Peinlich, C. Du führst dich heute auf wie eine Spießerin. Reiß dich zusammen, mal ehrlich.«

Celia lächelte zu ihr auf. »Ich reiße mich zusammen, wenn du aufhörst, aus meinen Freundinnen Junkies zu machen.«

Rosie verdrehte die Augen, als wäre es nicht das erste Mal, dass Celia so etwas sagte, und ließ sie los.

Fragend blickte ich zu Donovan und Celia, deren Mienen ziemlich finster und ernst geworden waren.

Kaum dass Peter nicht mehr zu sehen war, griff Celia nach Camerons Hand. »Brauchst du was zum Kühlen? Alles in Ordnung, Cam?«

Cameron versteifte sich. Sie entriss ihr die Hand – und diesmal rieb sie sich über das Handgelenk. »Es geht mir gut. Alles in verdammt bester Ordnung. Es könnte gar nicht besser sein.«

Celia zuckte nicht mit der Wimper, sondern nahm Camerons Hand erneut in ihre. Seltsamerweise ließ Cameron es diesmal zu. Und sie presste fest die Lippen zusammen und sah zur Decke, als Celia mit den Fingern über ihr Handgelenk strich. »Ach, Cammy. Dieses Arschloch hat dich nicht verdient.«

Donovan sagte nichts, doch das musste er auch gar nicht. Es war ihm deutlich anzusehen, dass er Celia recht gab. Einmal mehr fragte ich mich, wie er und Peter beste Freunde sein konnten. Wie konnte er ihn auch nur mögen?

Camerons Blick schoss zu mir. Schmerz blitzte in ihren Augen auf, gefolgt von Resignation. Sie setzte sich aufrecht hin und entzog sich erneut Celias Griff, diesmal jedoch sanfter. »Ich bin selbst dran schuld, ich hätte nicht ausfallend werden sollen. Können wir jetzt bitte über etwas anderes reden?«

Donovan schnaubte leise. »Ich bitte dich, Cam.«

Sie bohrte ihren Blick in meinen und ignorierte Donovan. »Wir könnten ja über Monogamie und Treue reden.«

Der Seitenhieb prallte an mir ab, weil ich nicht wirklich das Ziel war.

Ich wusste nicht, wieso, aber ich wollte ihr helfen. Vielleicht litt ich ja unter einer Art Helfersyndrom, denn ich wechselte das Thema und beugte mich zu Donovan und Celia vor. »Seit wann kokst Holland?«

Celia ließ von Cameron ab. Die Sorge auf ihrer Miene blieb allerdings bestehen. »Erst seit Kurzem. Rosie hat es ihr schmackhaft gemacht. Wir wussten nicht, wie oft sie was nimmt, aber nachdem du gesehen hast, wie Rosie ihr etwas verkauft hat, haben Donny und ich nachgebohrt ...«

Donovans Miene wurde nur noch finsterer. Celia und er

tauschten einen bedeutungsvollen Blick, der nichts als Sorge ausdrückte. »Sie nimmt nicht nur Koks.«

»Shit«, flüsterte ich und biss mir auf die Unterlippe. Deshalb hatte Celia Rosie eben gesagt, sie solle aus ihren Freundinnen keine Junkies machen. Das tat sie nämlich wirklich. »Können wir irgendwas tun? Kann ich irgendwas tun?«, fragte ich, mit einem Mal verzweifelt. Denn der Ausdruck auf Donovans Gesicht erinnerte mich an mich selbst. Wir beide hatten eine Schwester, die von Rosie in den Abgrund geführt wurde. Aber bei Holland war es noch nicht zu spät. Es spielte keine Rolle, dass Rosie gefährlich war. Wir mussten etwas unternehmen!

Cameron erhob sich und strich ihr Seidenkleid glatt. »Gott, ich halte diese Gesellschaft nicht aus. Ich fasse es nicht, dass ihr zwei so einen Zirkus veranstaltet. Als hätte Payton überhaupt nichts getan! Ich fahre nach Hause. Wir sehen uns am Montag, Celia. Ich nehme nicht an, dass du morgen mit zum Pilates kommst.«

»Nein«, sagte Celia mit überraschend schneidender Stimme. »Ich komme nicht mit, Cam.«

Cameron würdigte mich keines Blickes und hob das Kinn. »Bis dann.«

Ich sprang auf. »Du musst nicht gehen. Bleib. Ich gehe. Ich bin sowieso nur gekommen, um mit Donovan zu sprechen, und das habe ich getan.«

»Payton ...«, begann Donovan, doch ich machte eine wegwerfende Handbewegung. »Wir telefonieren, ja?« Ich wandte mich an Celia. »Wir auch. Okay?« Mir war sowieso nicht mehr nach Gesellschaft. Finger voller Koks in meinem Mund waren mir genug *Spaß* für einen Abend.

Mit zusammengezogenen Augenbrauen sah Cameron mich an. Sie wirkte verwirrt. »Na ... schön.« Langsam setzte sie sich wieder, die Hand noch immer um ihr Handgelenk geschlossen.

Celia stand ebenfalls auf und berührte meinen Arm. »Sicher, dass du schon nach Hause willst, Pay? Du bist doch erst gerade gekommen.«

Ich war mir mehr als sicher. Jetzt mehr denn je. Ich hatte bereits Erfolg gehabt, Donovan gehörte wieder zu meinem Team. Und ich hatte in seinen Augen gelesen, dass er Rosie genauso sehr wie ich zur Strecke bringen wollte.

Ich lächelte Donovan und Celia an. Dann sah ich auch Cameron an. »Ich bin mir sicher.«

»Spar dir dieses Lächeln«, murmelte sie. Doch ihre Worte wirkten diesmal müde und nicht eisig.

Nachdenklich sah ich sie an. Dann verdrehte ich die Augen und ging.

Ich fühlte mich komisch. War es das Koks? Oder bildete ich es mir nur ein? Spürte man so wenig Koks überhaupt? Und war es denn wenig gewesen?

Mein Schock klang allmählich ab und machte meiner Wut Platz. Ein Zittern breitete sich in mir aus. Wie hatte sie es wagen können? Was stimmte mit diesen Leuten denn nicht?! Ich wollte schreien und mir die Haare raufen, so hilflos fühlte ich mich, dass sie das einfach gegen meinen Willen getan hatte. Es war die gleiche Reaktion wie ...

Als Peter meine Brust berührt hatte. Es war verdammt noch mal übergriffig gewesen. Beide Aktionen. Ich war so wütend, dass mir Tränen in die Augen schossen. Aufgebracht blinzelte ich sie fort. Ich bog in den schmalen Flur ab – und blieb wie angewurzelt stehen.

»Peter«, stieß ich hervor und wich einen Schritt zurück. Er kam nicht aus der Richtung der Damentoilette, wo ich ihre Koksparty vermutet hatte, sondern aus der anderen Richtung, von den Herrentoiletten.

Wir waren allein. Ich war mit Peter allein.

Ein Lächeln erschien auf seinem jungenhaften Gesicht, und er kam auf mich zu. »Verlässt du uns schon?«

»Ja«, sagte ich knapp. »Mir ist etwas dazwischengekommen.«

Er blieb vor mir stehen. Ich wich nicht zurück. Diesen Triumph würde ich ihm nicht gönnen.

»Das ist aber schade«, sagte er und neigte den Kopf zur Seite. »Dann werde ich deinen Arsch in diesem Aufzug gar nicht weiter bewundern können.«

»Du bist ein Schwein«, zischte ich.

Er grinste breit. »Ehrlich, dein Arsch sieht in dem Rock total heiß aus. Da will man am liebsten hineinkneifen.« Er streckte die Hand aus – im gleichen Moment wie ich. Doch er fasste mir nicht an den Hintern, denn ich verpasste ihm eine gehörige Ohrfeige.

Keuchend stolperte Peter zurück und riss die blauen Augen auf. Er presste sich eine Hand auf die Wange. Meine Hand brannte, und Genugtuung durchströmte mich.

»Miese kleine Hure«, zischte er. »Das wirst du bereuen! Ich werde dich ausbluten lassen und dir jeden gottverdammten Anwalt von Manhattan auf den Hals hetzen!«

Diesmal war ich es, die breit lächelte. »Dafür musst du es erst mal beweisen. Und ich frage mich, was Monroe dazu sagen würde, wenn du versuchst, mir irgendwas anzuhängen.«

Er legte den Kopf in den Nacken und lachte schrill. »Du bist so unfassbar dumm! Monty wird dir nicht immer aus der Scheiße helfen können, weißt du?«

»Ich habe jetzt keine Zeit mehr für deine geballte Intelligenz«, sagte ich und erklomm mit rasendem Herzen die Treppe. Ich hielt es keine Sekunde länger in seiner Gegenwart aus. »Viel Spaß noch dabei, deine Freundin in aller Öffentlichkeit zu misshandeln, du Arschloch!«, rief ich ihm hinterher.

Und obwohl ich kein gläubiger Mensch war, dankte ich Gott, dass Peter mir nicht folgte.

KAPITEL 37

Der Wolf im Pelzmantel

Die Zeit bis zu meinem Flug am nächsten Tag verging in einem Wimpernschlag. Ich konnte nicht wirklich sagen, ob das Koks mich so lange hatte wach liegen lassen oder ob es meine rasenden Gedanken gewesen waren. Ich war mehr als bereit für meine Zeit zu Hause. Vor allem jetzt.

Der Flughafen in Newark war am Samstagmorgen trubelig und überrannt. Ich konnte es kaum erwarten, als Payton in den Flieger zu steigen und als Sarah wieder zu landen.

»Du hättest mich wirklich nicht zum Flughafen bringen müssen«, sagte ich zum etwa zehnten Mal und hob das Gesicht an, um Monroe anzulächeln. Er lief neben mir her, eine Hand in meine geschlungen, die andere in der Tasche seines teuer aussehenden grauen Regenmantels.

Schmunzelnd verdrehte er die Augen. »Schluss jetzt damit, kleiner Phönix.«

»Der Spitzname ist seltsam«, sagte ich prustend und rollte den Koffer neben mir her.

»Wie wäre es dann mit Blümchen?«

»Urghs.«

»Baby, Schatz, Herzchen?«

Ich zog eine Grimasse und drückte seine Hand. »Herzchen ist ein Wort für Großmütter.«

Er grinste schief. »Meine Mom nennt mich manchmal so.«

»Natürlich tut sie das.«

»Aber jetzt mal ernsthaft«, sagte er und zog mich sanft näher zu sich. »Ich mache das gerne. Du wirst das ganze Wochenende weg sein. Ich weiß gar nicht, was ich ohne dich anfangen soll.«

Ich hob unsere verschränkten Hände und küsste seine Fingerknöchel. »Du könntest an deiner Masterarbeit arbeiten, auf Schnöselpartys gehen, einen Serienmarathon machen, Freunde treffen ... Die Welt liegt dir zu Füßen.«

»Aber es ist nicht dasselbe, wenn du mir nicht zu Füßen liegst.«

Grinsend verdrehte ich die Augen. »Das hättest du wohl gerne, dass ich dir zu Füßen liege.«

Er zuckte mit den Schultern. »Liegen ist vielleicht ein wenig unvorteilhaft. Aber wenn du knien würdest ...«

Erneut verdrehte ich die Augen und schlug ihm lachend gegen die Brust. Dieser Kerl hatte ein verflucht schmutziges Mundwerk. Und er liebte es, mich damit in Verlegenheit zu bringen.

Das Lächeln verging mir, als ich die Schlange am Schalter sah. »Oh, das wird eine Ewigkeit dauern. Wirklich, da musst du nicht mit mir durch, Monroe, ich will dir dein Wochenende nicht versauen.«

»Komm mit.« Er zog mich von der Schlange weg. Verwirrt schob ich die Augenbrauen zusammen. »Aber das ist nicht ...«

Wir liefen weiter. Und weiter. Bis zu einem Schalter, vor dem keine Menschenseele anstand.

Es war der Schalter für die erste Klasse.

Verflucht, wie sollte ich ihm sagen, dass ich Holzklasse gebucht hatte, wenn er mich ebenfalls für reich hielt? Konnte ich es auf die Abneigung gegen Luxus schieben?

»Was hast du vor?«, fragte ich, als wir den leeren Schalter erreichten.

Er ignorierte mich und lächelte den Mann hinter der Trennscheibe an. »Hi. Gibt es für den Flug nach San Francisco noch Plätze für die erste Klasse?«

»Nein«, sagte ich sofort. »Das ist viel zu teuer, Monroe. Ich habe doch schon ein Ticket.«

Monroe warf mir ein Lächeln zu, dann lehnte er sich zu mir und küsste rasch meine Wange. Er griff in seine Tasche, öffnete sein Portemonnaie und hielt dem Mann am Schalter seine Kreditkarte entgegen. »Geben Sie ihr bitte einen guten Platz. Payton Quinn.«

»Monroe!«, flüsterte ich halblaut.

Der Mitarbeiter nickte lächelnd und tippte auf seinem Computer. »Sicher, wir haben noch ein paar freie Plätze. Ich buche Sie ein, Miss Quinn. Bitte geben Sie mir Ihr Ausweisdokument und Ihr Flugticket.«

Mit brennenden Wangen holte ich Pass und Ticket aus meiner ledernen Umhängetasche.

»Das hättest du nicht tun müssen«, brummte ich verlegen.

»Ich wollte aber«, erwiderte er sanft. »Nur ein kleines Geschenk. Ich weiß, das ist nicht dein Ding, du gibst nicht gerne Geld für so etwas aus, aber … ich schon. Besonders für dich. Tu es für mich, ja? Wenn ich dich schon nicht begleiten kann, sollst du deinen Flug anderweitig genießen.« Er lächelte wieder und strich mit dem Daumen über meine Wange.

Ich konnte nicht anders, ich zog Monroe zu mir, streckte mich nach oben und drückte einen langen, innigen Kuss auf seine Lippen. »Danke, Monroe.«

»Gern geschehen, Herzchen.«

Ein Lachen entschlüpfte mir, ehe er sich erneut herabbeugte und mich genauso innig küsste wie ich ihn zuvor. Ich schmolz unter der verführerischen Zärtlichkeit nur so dahin. »Danke«, wiederholte ich und seufzte auf.

»Für den Kuss oder für das Ticket?«, neckte er.

»Okay, ich nehme es zurück. Aber ich werde mal so aufopferungsvoll sein und dir zuliebe erste Klasse fliegen.«

Er strahlte mich an. »Du bist die Beste.«

Ich bekam ein neues Ticket, und der Mann am Schalter erklärte mir mit ausladenden Handbewegungen, wo ich die Erste-Klasse-Lounge meiner Fluggesellschaft finden konnte.

Monroe begleitete mich so weit wie möglich. Wir blieben voreinander stehen, und er löste seine Hand aus meiner, um noch einmal in die Tasche seines Mantels zu greifen. Mit einem Mal wirkte er … nervös? Das passte gar nicht zu ihm. Doch irgendwie war es fast schon niedlich.

»Ich hab noch etwas für dich«, sagte er und presste die Lippen zusammen.

»Noch ein Flugticket?«, scherzte ich.

Er grinste schief. Dann zog er einen metallisch glänzenden Gegenstand aus seiner Tasche, um den eine rote Samtschleife gebunden war. Es klimperte.

Erschrocken schoss mein Blick zu ihm zurück. Mir wurde schlecht. Nein, es kribbelte wie wild in meinem Bauch. Ich würde gleich Schmetterlinge kotzen. Das konnte unmöglich das sein, für was ich es hielt.

»Das, ähm, sind mein Zweitschlüssel und eine Chipkarte für den Aufzug«, erklärte er fast schon schüchtern. »Ich dachte mir …« Er rang nach Worten. Dann wurde der Blick, mit dem er mich bedachte, unendlich weich. »Ich dachte mir, dass du vielleicht zu mir kommen könntest, nach deiner Rückkehr aus San Francisco. Ich würde mich freuen, wenn du … vielleicht sogar bei mir schlafen würdest. Wenn du die Nacht bei mir verbringst. Du … Also, du kannst es dir gerne überlegen, ich möchte dir damit keinen Druck machen. Aber die Möglichkeit steht dir offen. Und mit dem Schlüssel möchte ich dir eigentlich nur sagen, dass ich verrückt nach dir bin und dass du immer bei mir willkommen bist.«

Meine Haut fühlte sich zu eng an. Ich wusste nicht mehr, wie man atmete. »Monroe ...« Ich hatte keine Ahnung, was ich darauf erwidern sollte, wie ich damit *umgehen* sollte.

Ich legte die Hände samt Reisepass und Flugticket an seine Wangen, stellte mich auf die Zehenspitzen und drückte meine Lippen auf seine. »Das ist wirklich ... Danke, Monroe.« Mehr brachte ich nicht hervor. Ich konnte nicht. Nicht wenn in meinem Kopf solch ein Chaos herrschte. Gott, es wurde immer verzwickter. Und viel zu echt. Zu perfekt.

Zu ernst.

Sein Lächeln war so strahlend und hinreißend erfreut, dass mir das Herz zersprang.

»Schick mir Bilder von Nacho, wenn du bei deinen Eltern bist. Und wenn du gut gelandet bist.«

»Versprochen.«

Wir verabschiedeten uns voneinander. Unsere Wege trennten sich, und ich lief los zum Sicherheitscheck und der Lounge der ersten Klasse. Als ich mir sicher war, dass Monroe mich nicht mehr sehen konnte, beschleunigte ich meine Schritte mit brennenden Augen. Ich floh. Vor ihm und vor dem, was ich mir nicht eingestehen durfte. Dabei umklammerte meine Hand den Schlüssel mit der roten Schleife.

***

Der Flug war purer Luxus. Ich konnte immer noch nicht fassen, dass Monroe mir einfach so ein Upgrade gekauft hatte. Das Geld hätte man auch in Studiengebühren stecken oder spenden können – es waren immerhin einige Tausend Dollar. Meinen Eltern wären innerhalb von einem Sekundenbruchteil etwa zehn verschiedene Organisationen eingefallen, allein in der Bay Area.

Ich war nie zuvor erste Klasse geflogen, noch nicht mal Business Class. Als ich in dem bequemen Sitz saß und Champagner trank, kam ich mir sündhafterweise irgendwie wichtig vor. Besonders. Wie ein Star. Die falsche Göttin auf dem Olymp, die sich über die Wolken erhob. Aber irgendwie fühlte es sich auch so an, als würde ich mich damit zerstören. Wieso sollten ein wenig mehr Beinfreiheit und ein gemütlicherer Sitz so viel mehr kosten als ein Platz weiter hinten im Flieger? Das Essen war gut, ein wenig Schickimicki, aber nicht so gut, dass der Preis angemessen wäre. War es falsch, es dennoch zu genießen? Das Gefühl von Überlegenheit zwischen den Anzugträgern mit Laptops, die sonst in der ersten Klasse saßen?

Wie albern, vor einigen Wochen noch war mein sorgenvollster Gedanke bezüglich des Fliegens mein ökologischer Fußabdruck gewesen.

Als ich Stunden später schließlich in der Ankunftshalle vom Flughafen in San Francisco nach Laurel Ausschau hielt, wurde ich aufgeregt. Hektisch wandte ich den Kopf hin und her und umklammerte dabei den Koffergriff und die Umhängetasche.

Ein vertrauter quietschender Schrei erklang. Da schoss ein dunkler Arm in der Menge von Wartenden in die Luft. Ich rannte los, und ein Lachen blubberte aus mir heraus. Laurel schob sich an anderen vorbei, und dann rannten wir aufeinander zu, als hätten wir uns Jahre nicht mehr gesehen. Mit einem Freudenschrei sprangen wir uns in die Arme und drückten uns so fest, dass mir ein Grunzen entfuhr.

»Gott, hab ich dich vermisst!«, stieß ich erstickt hervor. Vor Erleichterung stiegen mir schon wieder Tränen in die Augen. Endlich war ich wieder hier. Dabei war ich gerade mal sechs Wochen fort gewesen. Endlich war ich bei Laurel, zu Hause, in meinem Leben. Ich war wieder ich, ohne mich verstecken zu müssen!

»Und ich dich erst, Babes«, sagte Laurel und schob mich grinsend von sich weg. »Wie war dein Flug, *Payton*?«

Ich zuckte so sichtlich zusammen, dass ihr Lächeln augenblicklich in sich zusammenfiel. »Shit, hab ich etwas Falsches ... Oh Mann, mein Scherz ging nach hinten los, oder?«

»Ist schon okay. Ich bin einfach nur froh, wieder hier zu sein und nicht in New York.«

»War ja klar, dass ich innerhalb der ersten Minute wieder ins Fettnäpfchen trete. Keine Payton-Witze mehr, versprochen.«

Laurel nahm mir den Griff des Koffers aus der Hand, und wir steuerten den Ausgang an.

»Wie war dein Flug?«, fragte sie noch einmal, als wir nach draußen traten. Der Herbstanfang in San Francisco war viel milder als in New York, wo bei meinem Abflug gerade Mal fünfzehn Grad geherrscht hatten. Die Sonne schien an einem strahlend blauen Himmel, und mir wurde unter meinem Mantel augenblicklich warm.

Ich presste die Lippen zusammen, um die eigentlichen Worte zu unterdrücken. *Ich bin erste Klasse geflogen!* »Ich fühle mich gar nicht erschlagen, obwohl es so lange gedauert hat.«

Laurel hakte sich bei mir ein. »Gut, nach dem Essen bei deinen Eltern wird es nämlich Zeit für ein paar Dosen Cider auf der Feuertreppe. Fahren wir nach Hause.«

* * *

Laurel fuhr viel zu schnell nach San Francisco rein. Nichts an ihrem Fahrstil hatte sich geändert. Ich klammerte mich am Griff über der Beifahrertür fest, während sie ihren Automatik über die steilen Straßen der Stadt beförderte. Je näher wir unserer Wohnung kamen, desto mehr lockerte sich der Knoten in meiner Brust. Ich konnte endlich wieder besser atmen. *Daheim.*

Während Laurel seitlich in eine winzige Lücke einparkte, holte ich Paytons Handy hervor und tippte auf dem großen Bildschirm eine Nachricht an Monroe.

> *Sicher gelandet. Danke für den komfortablen Flug. XX*

Seine Antwort folgte prompt, während Laurel den Wagen in Millimeterarbeit vor und zurück bewegte.

> *Auf diese Nachricht habe ich gewartet. Das freut mich.* 😉
> *Genieß die Zeit bei deiner Familie. Du fehlst mir schon.*

Ein warmes Gefühl erfüllte mich. Ich wusste nicht, was ich zuerst antworten sollte. Oder ob ich überhaupt antworten sollte.

»*Ohhh, Sarah*«, sang Laurel plötzlich mit ihrer besten röhrigen Beyoncé-Imitation – die gar nicht mal so schlecht klang. Sie legte einen Finger an ihr Ohr und bewegte eine Hand in der Luft. »Laurel warnte sie, aber Sarah hörte nicht und ist jetzt total verknallt in den Kerl, den sie ausnutzen wollte! Sie sextet schamlos neben mir im *Wagen, ohhh.*«

Ich verdrehte die Augen und stieg aus, kaum dass sie den Motor ausgeschaltet hatte. »Das war kein Sexting, und ich bin nicht verknallt.«

»Dann hast du diesem Monroe gerade wirklich geschrieben? Konntest du irgendwas Hilfreiches über Peter herausfinden?« Sie holte Paytons Koffer von der Rückbank. Ich nahm ihn ihr ab, und sie verriegelte mit einem Klick auf ihrem Schlüssel den Wagen.

»Ich habe ihm nur geschrieben, dass ich gut gelandet bin. Und nein. Ich weiß zwar jetzt mit Sicherheit, dass Peter ein absoluter Psychopath ist, aber mit der Info kann ich nicht viel anfangen.«

Laurel verengte die Augen und sah mich auf eine Art und Weise an, die mich den Kopf einziehen ließ. Es war, als könnte sie riechen, dass das nicht die ganze Wahrheit war. Und je durchdringender ihr Blick wurde, desto größer wurde meine Hemmung, ihr von Monroe und mir zu erzählen. Fuck, zuzugeben, dass sie recht hatte, war eine Sache, aber zuzugeben, was alles geschehen war? Ihr vom Zweitschlüssel mit der Schleife zu berichten?

Sie lief los. »Lass uns erst mal ankommen und dich zurück in dein normales Ich verwandeln. Aber auf dem Weg zu deinen Eltern möchte ich alles wissen. Du hast in letzter Zeit kaum Updates gegeben.« Der vorwurfsvolle Unterton war nicht zu überhören.

Ich verkniff es mir, erleichtert durchzuatmen, und strich mir stattdessen lächelnd die Haare hinter die Ohren. »Na schön. Dafür musst du mich in alle Neuigkeiten über dich und Emma einweihen, während ich mich fertig mache. Und falls es Neuigkeiten in der Freundesgruppe gibt. Ich möchte alles wissen.«

Laurel half mir dabei, meine Haare in unserem kleinen Bad zu glätten und meine türkisfarbenen Strähnen hineinzuklemmen. Sie war bis über beide Ohren in Emma verknallt, und die beiden verbrachten fast jede freie Minute gemeinsam. Sie schwärmte davon, wie erwachsen und gesund ihre Kommunikation war und wie sehr sie Emma für ihren grünen Daumen bewunderte. Bei unseren Freunden, die wir seit der Highschool kannten, gab es keine Neuigkeiten. Alles ging seinen gewohnten Gang. Obwohl das nicht sonderlich spannend klang, löste die Information Sehnsucht in mir aus. Seit meinem und Paytons Tausch hatte ich mich nicht mehr bei meinen Freunden gemeldet. Und da Payton mein Handy hatte, wusste ich nicht, ob sie sich bei mir gemeldet hatten.

Wir zogen uns um, und ich schrubbte mir mit Nagellackentferner den rosigen Lack von den Nägeln. Es war irgendwie seltsam, als ich stattdessen blauen Nagellack auftrug und die filigranen goldenen Ringe, die Kette und die Ohrringe auszog. Einerseits fühlte ich mich endlich wieder wie ich selbst, als ich meine Lieblingsjeans trug, die Low-Waist-Momjeans mit dem ausgewaschenen Stoff und den großen fransigen Löchern darin. Andererseits … Gott, ehrlich gesagt hatte ich keine Ahnung. Obwohl ich froh war, wieder in meinen Sachen zu stecken und wie ich auszusehen, hatte Paytons Rolle mir auch gefallen. Der feine, dezente Schmuck. Die schicke teure Kleidung. Die Frisur. Selbst Paytons Parfum – Coco Mademoiselle von Chanel. Deshalb machte sich eine rastlose Verlorenheit in mir breit, als ich mich im Spiegel von allen Seiten betrachtete. Ich war ich und gleichzeitig auch nicht vollkommen ich. War das schräg? Es fühlte sich zumindest so an. Aber vermutlich würde sich jeder ein wenig verloren fühlen, wenn er oder sie wochenlang das Leben einer anderen Person gelebt hatte.

»Wie Zauberei«, sagte Laurel zufrieden, als wir uns unsere Schuhe anzogen, um uns auf den Weg zu meinen Eltern zu machen. »Sarah Quinn ist wieder da.«

Ich lächelte erschöpft. »Irgendwie fühle ich mich nicht bereit für das Essen bei Mom und Dad. Ich würde lieber den restlichen Abend im Bett liegen und mich nicht mehr bewegen.«

»Das kannst du anschließend immer noch tun.« Sie stupste mich mit dem Ellbogen an und hakte sich bei mir ein. »Lass uns gehen.«

Gerade wollte ich nach der kleinen Umhängetasche greifen, als mir klar wurde, dass das nicht ging. Genauso wenig konnte ich Paytons Handy mitnehmen. Ich presste die Lippen zusammen und ließ meine Sachen liegen. *Ihre* Sachen, nicht meine. Ich nahm überhaupt nichts mit und fühlte mich dadurch noch verlorener.

Auf der Fahrt wurde ich zudem immer nervöser. Wie erwartet, stellte Laurel mir unzählige Fragen, aber ich wich ihnen etwas aus. Ich würde ihr von Monroe erzählen, aber nicht jetzt. Vielleicht morgen. Ja, morgen klang nach einer guten Idee. Heute wollte ich erst mal ankommen. Deswegen erzählte ich stattdessen von Donovans und meiner Versöhnung am Vortag und von Rosies Koksfingern.

»Was für eine Bitch!«, wütete Laurel und schlug auf das Lenkrad. »Gott, ich bin zwar immer für erwachsene Konfliktlösungen, aber ich schwöre es dir, wäre ich dabei gewesen, hätte ihr Gesicht Bekanntschaft mit meiner Faust gemacht!«

Ich lachte auf. »Ich lenke sie ab, und du schlägst zu. Klingt nach einem Plan.«

»Ich meine, wie absolut krass ist das denn? Wer stopft anderen einfach Drogen in den Mund?«

»Ich weiß nicht, wie genau ich etwas gegen sie unternehmen soll«, sagte ich und schlang fest die Arme um mich. Meine Wut auf Rosie war zurückgekehrt, jetzt, wo ich ihr endlich Luft machen konnte. »Donovan und Celia halten es für keine gute Idee, aber es war Rosie, die Payton abhängig gemacht hat. Donovan hat gesagt, dass Pay das Jahr über praktisch nichts mit Drogen am Hut hatte. Er war ziemlich schockiert, als ich ihm von der Entzugsklinik erzählt habe.«

Nachdenklich trommelte Laurel mit ihren bunten Nägeln aufs Lenkrad. »Was, glaubst du, ist passiert?«, fragte sie.

Ich zuckte mit den Schultern. »Wer weiß. Meine erste Vermutung ist, dass sie die Drogen vor Donovan einfach geheim gehalten hat. Meine zweite Vermutung ist, dass jemand Payton auf Donovans Geburtstag einen Drogencocktail verabreicht hat. Darin muss irgendetwas drin gewesen sein, was schnell abhängig macht. Glaubst du, das geht? Gibt es so was?«

»Bestimmt. Aber sie hatte ja auch einiges vorrätig, als sie bei uns angekommen ist, ich bin also eher bei deiner ersten Theorie. Vielleicht hat sie ihre Drogen vor Donovan verheimlicht und schon länger was genommen. Hast du das Datum von Donovans Geburtstag mal mit dem Tag von Paytons Ankunft in San Francisco abgeglichen?«

Mein Kopf schoss zu Laurel herum. »Du Genie. Nein, hab ich nicht. Gott, wieso bin ich nicht auf die Idee gekommen? Irgendwie dachte ich wegen Paytons Zustand, dass die Party höchstens ein bis zwei Tage vorher gewesen sein musste! Ich schreibe Donovan gleich …« Ich tastete meine leeren Hosentaschen ab. »Ach, Kacke. Vielleicht hätte ich Paytons Handy mitnehmen sollen, dann hätten wir ihn gleich fragen können.«

»Später kannst du ihm ganz in Ruhe schreiben. Und morgen werden wir auch bei Payton Telefonterror machen. Ich fasse es nicht, was sie dir für einen Mist geschrieben hat. Entzug hin oder her, das ist doch keine Ausrede, besonders nicht, wenn die Person sich gerade den Arsch aufreißt, um einem zu helfen.«

Das war alles gewesen, was ich Laurel bisher erzählt hatte. Und ich war froh, dass es sie genauso wütend machte.

»Ganz deiner Meinung«, brummte ich.

Auf dem restlichen Weg zu meinen Eltern nach Mill Valley überlegten wir uns absurde Pläne, wie wir Rosie eins auswischen konnten. Sie waren lächerlich und viel zu brutal, aber es fühlte sich gut an, ein wenig Dampf abzulassen und darüber zu lachen. Die Anspannung in meinen Schultern löste sich endlich auf, als wir die vertraute grün bewachsene Straße, in der ich aufgewachsen war, entlangfuhren und schließlich hinter Moms schwarzem Honda in der Einfahrt parkten. Auch wenn ich mich innerlich wappnete und Nervosität durch meinen Bauch schwappte – ich war zu Hause. Das war gerade alles, was zählte.

Laurel zog den Schlüssel raus und drehte sich zu mir. »Bereit?«

Lächelnd nickte ich. »So bereit, wie man nur sein kann.«

Es hatte sich in den letzten Jahren kaum etwas am Haus verändert, sodass es mir leichtfiel, mir vorzustellen, dass Laurel und ich wieder neun, zehn oder elf waren und gerade von der Bushaltestelle nach Hause kamen, hungrig nach einem langen Tag in der Schule. Nur Payton fehlte.

Der Gedanke verpasste der Vorstellung einen kleinen Dämpfer. Wir waren nicht mehr zu dritt. Und ich fragte mich, ob wir das je wieder sein würden. Ob je wieder alles wie früher werden würde.

Wir stiegen aus, und ein vertrautes Bellen drang bereits dumpf aus dem Haus. Wir beschleunigten unsere Schritte und eilten zur Haustür, um Nacho zu begrüßen. Ein Lachen entschlüpfte mir, als Laurel aufgeregt quietschte. Sie liebte Nacho abgöttisch. Jeder liebte Nacho.

Kurz bevor wir die Eingangstür erreichten, flog sie auch schon auf, und Nacho schoss auf uns zu. Der große Berner Sennenhund schien vollkommen überfordert, als wüsste er nicht, ob er Laurel oder mich zuerst anspringen sollte. Ganz aus dem Häuschen, tanzte er bellend um uns herum und drückte die feuchte Schnauze gegen unsere Beine.

Tränen schossen mir in die Augen. Ich ging lachend in die Hocke. »Cho-Cho! Nacho, mein Junge. Hi. Hi!« Er versuchte, mir das Gesicht abzulecken, dann sprang er mit fiependen Lauten und schnaufendem Atem auch Laurel an. Sie überhäufte ihn mit Komplimenten in ihrer Baby-Hunde-Stimme und kuschelte sich an ihn.

Grinsend wischte ich mir über die Wange und blickte auf. »Dad!« Ich sprang ihm in die Arme, als hätte ich ihn ein halbes Leben nicht mehr gesehen. So sehr schmerzte die süße Freude darüber, wieder hier zu sein.

Er lachte auf und umarmte mich fest. »Sarah! Ihr seid aber früh dran.«

»Überraschung!«, sagte Laurel grinsend und schüttelte ihre Hände.

»Jazz Hands?«, fragte ich belustigt. »Ernsthaft? Emma hat echt keinen guten Einfluss auf dich.«

Dad schloss auch Laurel in eine Bärenumarmung. »Schön, dich mal wieder zu sehen. Wie geht es deiner Mom?«

Aus dem Haus erklangen Schritte. »Hab ich gerade Sarah gehört?«

Im nächsten Moment erschien auch schon meine Mom. Eine wunderschöne schlanke Frau mit kurzem Afro, einer leuchtend roten Hornbrille auf der Nase und in Bluejeans und einer weißen, übergroßen Hemdbluse.

Ich sprang ihr ebenfalls in die Arme. »Mom!«

Sie erwiderte die Umarmung sofort. »Sarah, Liebling! Was ist denn mit dir los?« Sie lachte und küsste meine Stirn. Auf Armeslänge hielt sie mich weg und klemmte mir eine glatte Haarsträhne hinter das Ohr. »Du siehst gut aus. Hast du abgenommen?«

Ich verdrehte die Augen. »Mom, so was fragt man nicht mehr.«

»Damit wollte ich nur sagen, dass du gut aussiehst, Baby«, erwiderte sie lächelnd.

Normalerweise hätte ich deswegen eine Debatte begonnen, aber stattdessen schloss ich sie nur wieder in die Arme und küsste fest ihre Wange. »Danke, Mom.«

»Schön, dass du wieder da bist, du hast dich lange nicht mehr blicken lassen.«

Ich ignorierte den Vorwurf und löste mich von ihr. »Sorry, hatte echt viel mit dem Studium zu tun«, sagte ich und zog eine gequälte Grimasse.

Dad legte einen Arm um Moms Schultern und grinste Laurel und mich so breit an, dass seine Augen zu leuchten schienen. »Wir haben eine kleine Überraschung für euch.«

Ich kraulte Nacho hinter den Ohren und erwiderte sein Grinsen. »Ach ja? Bitte sag mir, dass es Boston Cream Donuts sind.«

»Viel besser, Baby«, sagte Mom und klatschte begeistert in die Hände. »Kommt mit. Mir nach.«

Laurel und ich folgten meinen Eltern durch den Flur in Richtung Wohnzimmer. Der vertraute Geruch erdete mich. Ich atmete tief durch und verdrängte alle Gedanken an New York. Dieses Wochenende würde ich nichts als Energie tanken. Ich würde so viel von Moms phänomenalem Essen in mich schaufeln, bis ich durchs Haus kugelte, und ich würde mit Laurel an den Strand fahren und ein kleines Feuer machen.

Dad umfasste den Türknauf der Wohnzimmertür und zog sie auf, was das altbekannte Knarzen der Scharniere auslöste. Bestimmt waren sie nicht mehr geölt worden, seit mein Grandpa im Haus aufgewachsen war.

Dann trat Dad zur Seite, und ich entdeckte jemanden auf unserem alten Sofa. Jemanden, der mein Herz stehen bleiben ließ.

Laurel schnappte hinter mir hörbar nach Luft, und mein Lächeln verblasste.

Die ganze Welt blieb stehen.

»Payton«, flüsterte ich.

KAPITEL 38

Die Lügenmärchen der Payton Quinn

Kein Laut war zu hören. Selbst Mom und Dad schienen die Luft anzuhalten.

Sie war hier.

Payton war hier. Genau vor mir.

»O mein Gott«, stieß ich hervor und machte zwei wackelige Schritte auf sie zu. Sie sah aus wie ... ich. Nein, wie sie selbst. Wellige braune Haare, die sich an den Spitzen lockten, ein geblümtes Sommerkleid und dezenter Schmuck. Von den Blutergüssen war natürlich nach all den Wochen keine Spur mehr zu sehen, und ihr Blick war klar.

Langsam stand sie auf und strich ihr Kleid glatt. »Hey«, sagte sie mit einem vorsichtigen Lächeln.

Mein Kopf war leise und gleichzeitig dröhnend laut. Im nächsten Moment lief ich auch schon zu ihr und schloss sie so fest in die Arme, dass ihr ein Krächzen entfuhr.

Ich schluchzte auf. *Ich hasse dich. Ich habe dich vermisst. Ich liebe dich. Ich bin so wütend auf dich.* »Du bist hier?«, stieß ich erstickt hervor.

Sie erwiderte meine Umarmung fest. Und für einen langen Moment taten wir nichts anderes, als uns festzuhalten.

Ich ließ von ihr ab und trat schniefend einen Schritt zurück.

Sie sah so viel besser aus als bei unserer letzten Begegnung. Nur die Schatten unter ihren Augen waren neu. Und tief.

Auch Laurel schloss Payton im nächsten Moment in die Arme. »Schön, dich zu sehen, Pay«, murmelte sie.

Ich wischte mir hastig über die Wangen, ehe auch schon die angestauten Worte aus mir explodierten. »Wieso hast du mir nicht geantwortet? Wieso bist du nie rangegangen, wenn ich dich angerufen habe?«

Über Laurels Schulter sah Payton mich aus geweiteten Augen an. Ihr Blick zuckte unverkennbar zu Mom und Dad.

Vielleicht war es der feine Spürsinn ihres Jobs, aber sie zogen sich zurück. »Ich mache dann mal weiter mit den Vorbereitungen für das Abendessen«, flötete Mom. »Ich rufe euch, wenn ich eure Hilfe brauche.«

»Und ich gehe schnell mit dem Hund raus«, fügte Dad hinzu. Er rief Nacho, klatschte in die Hände und führte ihn zurück in den Flur. Mom schloss die Tür, und dann waren Laurel, Payton und ich auch schon allein.

Die Temperatur im Raum schien mit der steigenden Anspannung zu sinken.

Payton löste sich von Laurel und schlang die Arme um sich. Ich registrierte ihre geröteten Fingerspitzen. Seit wann kaute sie Fingernägel? Sie waren viel zu kurz, und es sah überaus schmerzhaft aus. Manche Finger mussten wohl geblutet haben und waren entzündet.

Meine Schultern verspannten sich. Ich sah ihr wieder in die Augen. »Also?«, fragte ich knapp.

Mein Tonfall ließ sie zusammenzucken. »Tut mir leid, ich hätte mich bei euch melden sollen, wenigstens per Mail. Ich wusste nicht, wie ich es dir sagen soll, Sarah, aber … in der Klinik wurde mir dein Handy geklaut. Es tut mir so leid.«

Laurel und ich tauschten einen Blick aus.

»Okay«, sagte ich und zog die Augenbrauen hoch. Es war deutlich zu hören, dass ich ihr nicht glaubte. Sollte das ihre Ausrede dafür sein, nicht für all die grausamen Worte geradestehen zu müssen? Wollte sie so aus dem Schneider sein? »Wann genau ist das passiert?«, fragte ich.

Sie überlegte, dann zuckte sie mit den Schultern. »Vor knapp zwei Wochen, schätze ich.«

Laurel stemmte die Arme in die Hüften und schürzte die Lippen. »Vor *zwei Wochen*? Wieso hast du nichts gesagt? Du hättest jemandem Bescheid geben können!«

»Das konnte ich nicht. Ich konnte niemanden kontaktieren, ohne dass es aufgefallen wäre. Deshalb bin ich hergekommen. Ich musste es euch persönlich sagen.«

»Seit wann musst du es geheim halten, uns zu kontaktieren?«, fragte Laurel.

Ich blinzelte verwirrt und schüttelte den Kopf. »Nein, halt. Die Rechnung geht überhaupt nicht auf. Du hast mir Nachrichten geschrieben, letzten Samstag. Das ist erst eine Woche her.«

Jetzt zog auch Payton verwirrt die Augenbrauen zusammen. »Nein, hab ich nicht. Das Handy ist seit zwei Wochen weg«, beharrte sie. Und je länger Laurel und ich sie anstarrten, desto aufgewühlter schien sie zu werden. Keuchend strich sie sich die Haare hinter die Ohren. »Gott, du hast ernsthaft Nachrichten von mir bekommen?«

»Ja«, sagte ich. »Mehrere.« Galle stieg in mir hoch. *Vergiss nicht deinen Platz. Lass mich in Ruhe.*

»Ach du Scheiße«, flüsterte Payton und rieb sich mit den Händen über das Gesicht. »Das ist so abgefuckt. O Gott. D-das war ich nicht!«

Unsicher sah Laurel mich an. »Was zur Hölle hat das zu bedeuten?«

Nein. Das würde ich nicht schlucken. Nicht noch ein

Geheimnis von ihr, das keinen Sinn ergab. »Es gibt zwei Möglichkeiten. Erstens: Jemand hat mein Handy und gibt sich als Payton aus. Und zweitens: Du lügst wie gedruckt.«

Paytons Kopf schoss nach oben, und sie starrte mich mit offenem Mund an. »*Was?* Aber ... Nein.« Ein Laut, halb Wimmern, halb Lachen, entfuhr ihr, und sie wich einen Schritt zurück. »Das meinst du nicht ernst, Sarah. Das würdest du mir nicht antun. Bitte sag mir, dass das ein verdammter Scherz ist! *Du glaubst mir nicht?*« Sie schluchzte auf und wich noch einen Schritt zurück.

Meine Kehle wurde so eng, dass ich kaum Luft bekam. Ich presste die Lippen zusammen und sah hilfesuchend zu Laurel, doch sie wirkte mindestens genauso ratlos. Ich sah Payton an und kaute auf meiner Unterlippe.

»Ich meine ja nur, dass ...«

Lachend ließ sie sich zurück aufs Sofa fallen und rieb sich fahrig über die Nase. »Ich fasse es nicht! Ein paar Wochen Manhattan, und schon glaubst du *ihnen* mehr als mir?«

»Wag es ja nicht!«, sagte ich wütend, als etwas in mir riss. Es fühlte sich an wie der Geduldsfaden. Mit schnellen Schritten trat ich zum Sofa und setzte mich neben sie. Ich senkte die Stimme, weil ich nicht wollte, dass Mom mich von der Küche aus hörte, doch ich konnte den Druck und das Zittern dennoch nicht verstecken. »Wag es nicht, mir einen Vorwurf zu machen! Du hast mich einfach hängen lassen und mich geghostet. Du hast so viele gottverdammte Geheimnisse, ich erkenne dich gar nicht wieder! Ich weiß, dass es dir schlecht ging und du dringend in die verdammte Klinik musstest, aber du hast Donovans Geburtstag mit keinem Wort erwähnt und auch nicht deine Affäre mit Peter fucking Darlington!«

Paytons Gesicht wurde hochrot, doch ich konnte nicht sagen, ob aus Scham oder Wut.

»Ich würde nie. *Nie*«, sie betonte das Wort so inbrünstig, dass ihre Stimme brach, »mit Peter schlafen! *Niemals*, Sarah!«

Ich schnaubte. »Ich habe Bilder gesehen, die das Gegenteil beweisen. Und Peter hat ganz den Anschein gemacht, als wärt ihr *sehr* vertraut miteinander gewesen.«

Diesmal war es Payton, die hilflos zu Laurel blickte. Sie wischte sich energisch Tränen von den Wangen. »Entweder ihr glaubt mir, oder nicht.«

Laurel lief ums Sofa herum und setzte sich auf das zweite uns gegenüber. Sie schlug die Beine übereinander und verschränkte die Arme vor der Brust. »Wir gehen einfach nur alle Möglichkeiten durch, Pay. Du – *oder wer auch immer dein Handy hat* – hat Sarah ziemlich krasse Nachrichten geschrieben.«

»Und die wären?«, fragte Payton und schien mit aller Kraft ein Schluchzen zu unterdrücken. Sie ballte die Hände zu Fäusten und presste die Lippen aufeinander.

Ich sagte kein Wort. Ich wollte ihr glauben. Es gab nichts, was ich lieber wollte als das. Aber da waren zu viele Geheimnisse! Zu viele Ungereimtheiten. Ich wusste, dass sie Donovan betrogen hatte, das war nicht einfach nur ein Verdacht oder eine Vermutung. Ich wusste es. Und dann noch die Wohnung und der Fahrer und all das Geld. Wie sollte ich nach allem, was ich erfahren hatte, nach allem, was sie mir geschrieben hatte, noch ein Wort von ihr glauben? Sie hatte Donovan und alle anderen hinters Licht geführt, wieso sollte es bei uns anders sein?!

Laurel schien darauf gewartet zu haben, dass ich etwas sagte. Als ich das nicht tat, sah sie wieder Payton an. »Dass Sarah nicht herumschnüffeln und ihren Platz nicht vergessen soll oder so.«

Payton lachte auf. »Das habe ich ganz bestimmt nicht geschrieben. So was würde ich niemals schreiben.«

»Ja, das habe ich auch gedacht«, sagte ich.

Doch Zweifel rissen langsam meine Mauer aus Wut nieder.

Es war einfacher, wütend auf Payton zu sein, als ihre Worte in Betracht zu ziehen. Sie traute sich eben nicht, mir ins Gesicht zu sagen, dass sie die Nachrichten geschrieben hatte. Aber was, wenn sie die Wahrheit sagte? Was, wenn wirklich jemand anderes mein Handy hatte?

»Niemand in New York weiß etwas von unserem Tausch«, sagte ich. »Es kommt keine Menschenseele infrage, die dahinterstecken könnte.«

»Abgesehen von Donovan«, warf Laurel ein.

Bei der Erwähnung von Donovan zuckte Payton sichtlich zusammen. Schmerz flackerte in ihren Augen auf, doch sie brach nicht wie vor sechs Wochen in Tränen aus.

»Vielleicht hat er Peter davon erzählt. Oder Alyssa oder Rosie. Bei ihnen könnte ich mir so was vorstellen.«

»Nein, Peter hält mich definitiv für dich«, beharrte ich. »Die anderen auch. Alle außer Donovan.«

»Könnte er dahinterstecken?«, fragte Laurel. Doch Payton schüttelte den Kopf.

»Nein«, flüsterte sie. »Das würde Donny niemals tun.« Sie lehnte sich zurück und begann, an ihrem blutigen Daumennagel zu knabbern. Schweißperlen glitzerten auf ihrer Stirn. Ich fragte mich, ob das noch immer Entzugserscheinungen waren. Hoffentlich nahm sie nicht wieder irgendwas. Wieso war sie überhaupt schon wieder draußen aus dem Entzug?

Ich stieß hart den Atem aus. Mein Kopf war voll und leer zugleich, und hinter meinen Schläfen pochte es dumpf. »Dein Handy liegt in der WG. Nach dem Essen sollten wir hinfahren und meine Nummer anrufen. Oder sie tracken oder so.«

Wenn ich ihr glaubte, würde ich entweder das Richtige tun oder mich von ihr an der Nase herumführen lassen, was sie im letzten Jahr offensichtlich wie eine Meisterin gelernt hatte. Vermutlich würde uns der Standort meines Handys alles verraten, was wir wissen mussten. Wenn es hier war, wenn Payton es hatte, dann hatte sie uns belogen. Wenn es allerdings irgendwo anders war, dann sagte sie die Wahrheit.

»Okay«, sagte Payton bloß, ohne Laurel und mich anzusehen.

Ich stand auf. »Und du kommst später mit. Wir werden erst schlafen gehen, wenn du mir jede einzelne Frage beantwortet hast.«

Erneut nickte sie. Und obwohl es nicht viel war, durchströmte mich Erleichterung. Das war ein Anfang. Das Gespräch war mehr als überfällig, und ich konnte es kaum abwarten.

Erschöpft fuhr ich mir durch die geglätteten Haare. »Gehen wir rüber zu Mom und leisten ihr beim Kochen Gesellschaft.«

* * *

Wir brauchten alle einen Moment, um uns wieder zu beruhigen. Als das Abendessen fertig war und wir den Tisch gedeckt hatten, kehrte auch Dad mit Nacho vom Spaziergang zurück. Laurel und ich schienen ein und dieselbe Mission zu verfolgen, denn wir fragten Mom sehr ausführlich über ihre letzten Artikel und die damit zusammenhängende investigative Arbeit aus. Die Ablenkung gelang ohne Probleme. Denn wenn es etwas gab, worüber sie und Dad stundenlang leidenschaftlich sprechen konnten, dann war es ihre Arbeit. Auch Dad fragten wir, was uns insgesamt durch den gesamten Vorspeisensalat brachte. Ich wusste aber, dass Laurel und ich nicht ewig das Thema von Payton und mir lenken konnten. Dafür liebten unsere Eltern uns zu sehr. Dafür interessierten sie sich zu sehr für unsere Leben, und dafür hatten wir beide uns zu lange rargemacht.

»Du hast dich ganz schön lange nicht mehr blicken lassen«, bemerkte Dad, während Payton ihm die Porzellanschüssel mit dem gemischten Salat reichte.

»Äh ... Ich weiß. Sorry«, erwiderte ich und lächelte schief. Mom trat an den Tisch und hielt mit Ofenhandschuhen eine große Auflaufform, die sie auf zwei Untersetzer stellte. Ein wissendes Funkeln trat in ihre Augen. »Ich kann mir schon denken, warum.«

»Hmmm«, machte Laurel ein wenig zu enthusiastisch und wedelte sich den Dampf von dem noch immer blubbernden Auflauf mit der dunklen Käsehaube zu. »Gott, Jane, das riecht himmlisch! Ist das *der* Nudelauflauf, den du auch letztes Jahr an Thanksgiving gemacht hast?«

Mom nickte und setzte sich zurück auf ihren Platz, uns gegenüber, neben Dad. »Ich dachte, wenn ihr schon zum Essen kommt, kann ich auch gleich ein Lieblingsgericht kochen.«

Von der geschlossenen Tür erklangen ein Schaben und ein Fiepen von Nacho. Wir hatten ihn als Kinder zu oft am Tisch mit kleinen Happen gefüttert, sodass er nun nicht mehr in der Nähe sein durfte, wenn wir gemeinsam aßen – sein Betteln wurde unerträglich.

»Das riecht toll, Mom!«, sagte Payton und strahlte unsere Mutter an.

Wir begannen zu essen, reichten Schüsseln und Teller umher und verbrannten uns nacheinander allesamt die Zunge, weil der Nudelauflauf noch viel zu heiß war, weshalb kurz darauf der Wasserkrug herumgereicht wurde. Und während alldem saß mir ein Kloß im Hals. Ich war nie ein emotionales Nervenbündel gewesen, aber heute hatte ich fast jeden Augenblick das starke Bedürfnis, einfach haltlos in Tränen auszubrechen. Die Zeit in New York hatte mir noch einmal mehr bewusst gemacht, wie unfassbar glücklich ich mich schätzen konnte, *dieses* Leben zu haben. Mit diesen Menschen. Dieser Familie. Wie sehr ich mir wünschte, dass der Schein nicht trog.

Schweigen breitete sich am Tisch aus, und es war das erste

Mal, dass es sich unangenehm anfühlte. Der Elefant im Raum war zu präsent. Die Fragen und unausgesprochenen Dinge hingen zu greifbar zwischen Payton und mir.

Sie räusperte sich. »Also, Sarah ... wie läuft es so?«

Wow, sie war wirklich eine grottige Schauspielerin. Ich schnappte mir den Rettungsring aber sofort.

»Gut!«, sagte ich wie aus der Pistole geschossen. »Wirklich gut. Macht Spaß. Die USFCA ist ganz schön anspruchsvoll.« Ich sah zu meiner besten Freundin. »Laurel?«

Laurel setzte sich aufrechter hin. »Mein Studium! Toll. Läuft super. Und mit Emma läuft es auch gut. Ich habe vor Kurzem ihre Eltern kennengelernt. Wir kommen gut miteinander aus. Hab ich eigentlich schon erwähnt, dass ich überlege, mir die Augenbraue piercen zu lassen? Einen kleinen Ring. Oder einen Stecker oder so. Vielleicht auch einfach einen Cut.«

»Klingt toll«, sagten Payton und ich gleichzeitig.

Wieder kehrte Stille ein. Mom presste die Lippen zusammen und sah zwischen Payton und mir hin und her.

»Die Columbia scheint dich ja auch ziemlich eingenommen zu haben«, sagte sie zu Payton und pustete auf ihre voll beladene Gabel. »Ich schließe mal daraus, dass es dir dort immer noch gefällt?«

Payton versteifte sich kaum merklich neben mir. Sie kaute gründlich –, die perfekte Ausrede, um ihre Gedanken zu sortieren. Dann schluckte sie und spülte Wasser hinterher. »Jepp. Die Columbia ist wirklich toll.«

»Irgendwann kommen wir zu Besuch«, sagte Dad lächelnd. »Vielleicht nicht in den nächsten drei, vier Monaten, weil die Aufträge sich momentan häufen. Aber danach. Im Frühjahr? Zum Spring Break?«

Das war gut. Bis dahin würde Payton wieder in ihrem eigenen Leben stecken. Und ich in meinem. Mir blieben ohnehin nur noch etwa zwei weitere Monate in New York, bevor Payton und ich unsere Rollen wieder tauschten.

»Perfekt«, sagte ich, bevor Payton antworten konnte. Ich grinste sie an und hoffte, dass es ehrlich aussah. »Dann machen wir zusammen die Stadt unsicher, und du gibst uns eine Tour. Ich wollte schon immer mal die ganzen Brücken und Wolkenkratzer sehen. Nicht zu vergessen die Architektur der Columbia.« Und nicht zu vergessen, war ich die bessere Lügnerin von uns beiden. Nicht gerade etwas, worauf ich stolz war, aber in diesem Augenblick war ich froh drum.

Payton schob sich eine weitere Gabel in den Mund und nickte. »Toll«, nuschelte sie unverständlich. Wir sollten Bingo spielen, so oft, wie das Wort diesen Abend schon gefallen war. »Ich freu mich schon.« Zumindest glaubte ich, dass sie das sagte. Eigentlich klang es eher wie *Ühhoihehischoh*.

Mom wirkte gut gelaunt und schien den Anblick von Payton und mir regelrecht in sich aufzusaugen. Sie seufzte, so als könnte sie noch immer nicht glauben, dass wir endlich wieder zu Hause waren. Dass sie ihre Babys zurückhatte.

Laurel erzählte wieder von Emma und berichtete Mom, Dad und Payton von ihrer romantischen Kennenlerngeschichte.

Doch das Thema fiel kurz darauf auf mich zurück. Kauend deutete Dad mit seiner Gabel auf mich. »Freut mich, dass du dich neuerdings so ins Studium hängst, Liebling. Aber mein Bauchgefühl sagt mir, dass du wieder jemanden datest, oder?«

Ich verschluckte mich am Wasser, das ich gerade trank, begann heftig zu husten und schwappte einen Schluck über meine Hand.

»Caleb«, sagte Mom vorwurfsvoll. »Ich sagte doch, dass du das einfühlsamer angehen solltest.«

Payton klopfte mir auf den Rücken, und Laurel zu meiner Linken stieg gleich mit ein.

Nach quälend langen Minuten bekam ich endlich wieder Luft

und rieb mir mit dem Fingerknöchel über die feuchten Augenwinkel. »Geht schon wieder, danke«, brachte ich erstickt hervor, hustete noch einmal und räusperte mich. Wieso verschluckte ich mich in letzter Zeit so häufig?

Dad lächelte jedoch leicht und hob die Augenbrauen. »Aber ich habe total ins Schwarze getroffen, was? Dein Gesicht sagt alles. Gott, bin ich gut!«

Belustigt schüttelte Mom den Kopf und aß weiter. »Erzähl schon. Wie heißt er?«

»Ihr müsst endlich mit diesen Verhören aufhören!«, beschwerte ich mich. »Das macht ihr ständig!«

Dad grunzte. »Ich habe doch nur gefragt, das ist weit von einem Verhör entfernt. Außerdem hätte dich allein die Frage fast ersticken lassen, und du bist rot wie eine Tomate. Jedes Elternteil wäre zu dem Schluss gekommen. Zudem hast du dich in den letzten Wochen von jetzt auf gleich so sehr zurückgezogen, dass wir dich kein einziges Mal zu Gesicht bekommen haben. Bei deinem letzten Freund war das ähnlich, also lag die Frage ganz offensichtlich auf der Hand. Was meinst du, Laurel?«

Laurel lachte auf. »Nope, da mische ich mich nicht ein«, sagte sie und aß weiter.

»Also?«, fragte Mom mit einer fast schon kindlichen Neugierde. »Wann lernen wir ihn kennen? Ist es was Ernstes?«

Obwohl von Anfang an der Plan gewesen war, Mom und Dad zu erzählen, ich hätte jemanden kennengelernt, als Ausrede dafür, dass ich mich nicht blicken ließ, fühlte es sich plötzlich so an, als würde mir die Frage den Boden unter den Füßen wegziehen. Verdammt, das wäre nicht der Fall, wenn ich nicht tatsächlich jemanden kennengelernt hätte. Und wenn es mich nicht in so ein Chaos gestürzt hätte, besonders kurz vor dem Abflug. Oder nach dem, was Mittwochabend zwischen Monroe und mir auf dem Sofa passiert war.

Ich fühlte mich wie ein in die Enge getriebenes Tier. »Hey, Payton habt ihr auch nicht so einem Verhör unterzogen. Wieso quetscht ihr sie nicht über ihr Liebesleben aus?«, fragte ich beleidigt – auch wenn ich nicht gerade wollte, dass sie Payton überhaupt irgendetwas fragten.

Es war wie früher. Da war wieder dieser tief verwurzelte Beschützerinstinkt in mir, der meine Schwester vor jedem Unheil bewahren wollte. Doch diesmal machte mich die Angewohnheit wütend.

Grollend aß ich weiter. Beschissene Angewohnheit.

»Baby, du machst aus einer Mücke einen Elefanten, wenn du so geheimniskrämerisch bist«, sagte Mom, den Kopf auf der Hand abgestützt, als gäbe es nichts Spannenderes auf der Welt. Sie lächelte wie eine Detektivin, die kurz davor stand, ihre Verdächtige zu einem Geständnis zu drängen.

Ich verdrehte die Augen. Mir blieb wohl doch keine Wahl, als die Ausrede durchzuziehen.

»Na schön. Ja. Ich habe jemanden kennengelernt, und wir treffen uns seit einer Weile. Wir ... verstehen uns gut. Ich weiß nicht, ob es etwas Ernstes werden könnte. Aber ich weiß, dass ich ihn sehr gern habe. Wir ... wir lassen es langsam angehen.« Räuspernd wandte ich mich wieder meinem Teller zu. Ich wusste, wie unsere Eltern tickten. Wenn ich erreichen wollte, dass sie das Thema so schnell wie möglich fallen ließen, musste ich ihnen genügend Häppchen liefern, die sie zufriedenstellten. Also fuhr ich fort. »Er studiert Wirtschaftspsychologie und macht gerade seinen Master. Außerdem ist er lustig, ehrlich, charmant, taktvoll und gebildet. Er liest viel und fährt gerne aufs Meer raus. Er ...« Ich schloss den Mund. Ich sprach *ganz offensichtlich* von Monroe. Hitze kroch meinen Hals hinauf und legte sich über meine Wangen und meine Ohren.

Verblüfft blinzelte Payton mich an. Laurel lächelte in sich

hinein. Ihr Blick sagte so viel wie: Ich hab es von Anfang an gewusst.

Ich konnte nicht einmal dann unbefangen über ihn sprechen, wenn es darauf ankam.

Nicht weil du verliebt bist. Du bist nicht in ihn verliebt!

»Wie heißt er?«, fragte Mom sanft. Sie spürte es. Vermutlich spürten sie es alle. Nicht einmal über Patrick hatte ich so gesprochen. Es hatte mich nicht verlegen gemacht, vor meiner Familie von meinem Ex-Freund zu erzählen. Nicht so wie jetzt.

Du bist nicht verliebt. Du reagierst so wegen …

Der Schuldgefühle.

Ich zog den Kopf ein. Es waren definitiv die Schuldgefühle, die all die Wärme in mir zu Eis erstarren ließen und das Glühen von meinem Gesicht trieben, bis ich aussehen musste wie ein Gespenst. Die Schuldgefühle legten sich um mich wie eine schwere, muffige Decke, unter der ich zu ersticken drohte. Besonders, als ich Payton in die Augen sah.

Die Klarheit dessen, was ich getan hatte, überschwemmte mich wie eine Lawine aus Glassplittern.

Fuck. Ich konnte dem nicht länger aus dem Weg gehen.

Erwartungsvoll sah Payton mich über den Rand ihres Wasserglases an. Das, was sie in meinen Augen entdeckte, ließ sie jedoch blinzeln. Innehalten. Dann zurückweichen, als würde sie etwas ahnen.

Es tut mir leid. Es tut mir so leid. Ich habe Mist gebaut.

»Sein Name lautet Monroe«, sagte ich langsam.

Payton wurde ganz still.

Dann rutschte ihr das Glas aus der Hand.

KAPITEL 39

Die Wahrheit

Wasser schwappte über den Tisch, und das Glas rollte zur Seite.

Laurel sprang hastig auf. »Ich hole Servietten!« Sie eilte in die Küche.

Payton starrte mich mit geweiteten Augen an. Ich sah zu, wie jegliche Farbe aus ihrem Gesicht wich. Wie Unglaube in ihre Augen trat.

Es fühlte sich an, als rammte sie ein Messer in meine Brust. Ich hatte in ihrem Namen, in ihrer Rolle, etwas mit dem großen Bruder des Kerls angefangen, mit dem sie Donovan betrogen hatte – oder was da auch immer gelaufen war.

Es fühlte sich an, als erstickte ich, und ich konnte an nichts anderes denken als ... Peter. Und Payton. An die blauen Flecken und ihre Schluchzer. An das Video von Donovans Geburtstag. Den Moment, in dem Peter mich bedrängt hatte und mit dem Finger über meine Brust gefahren war. Die Backpfeife letzten Abend. Paytons Stimme, als sie in unserer WG zusammengebrochen war. *Peter Darlington. Sie alle.*

Payton erhob sich so langsam, als wäre ihre Welt in Zeitlupe verfallen. Nicht eine Sekunde löste sie den starren Blick von mir. Ihre Stimme war nicht mehr als ein kraftloses Ausatmen. »Ich gehe aufs Klo.«

Die Zeitlupe schien zu enden, denn sie verschwand mit schnellen, steifen Schritten aus dem Esszimmer.

Ich sprang auf und rannte ihr mit klopfendem Herzen hinterher, holte sie im Flur ein und drehte sie am Arm zu mir herum. »Warte! Ich kann das erklären. Ich mache das nur, weil ...«

»*Monroe?*«, fiel sie mir ins Wort. Sie schluchzte auf und schlug mit überraschender Kraft meine Hand fort. Es war wie ein Schlag in den Magen. Wieder schluchzte sie auf und raufte sich keuchend die Haare. »Von allen Menschen auf der gottverdammten Welt ausgerechnet *Monroe Darlington*?« Plötzlich tat meine Schwester, was sie nie zuvor getan hatte. Sie stieß mir beide Hände gegen die Brust und schubste mich so kraftvoll zurück, dass ich beinahe das Gleichgewicht verlor. Ungläubig starrte ich Payton an. Tränen sammelten sich in meinen Augen. Sie war noch nie handgreiflich geworden, nicht mir gegenüber und auch sonst niemandem!

»Warst du mit ihm zusammen?«, fragte ich erstickt. Ich wusste nicht, woher die Frage kam, aber Eis und Adrenalin breiteten sich in meinen Adern aus und vernebelten meinen Kopf. Die Panik war einfach da. Die Angst. Ich würde es nicht überleben, wenn es so wäre. Auch wenn es keinen Sinn ergab. Es sollte mir egal sein!

Ich holte zitternd Luft und presste meine Hände auf die Stellen, an denen Payton mich geschubst hatte. »Oder warst du in ihn verliebt?«, schob ich hinterher. Immerhin war Monroe schon an ihr interessiert gewesen, bevor sie mit Donovan zusammengekommen war. O Gott. Hatte sie eine Art Liebesdreieck mit Monroe und Donovan gehabt, ehe sie sich für Donovan entschieden hatte? Steckte das dahinter?

Payton lachte so schrill und schockiert, dass ich heftig zusammenfuhr. »Großer Gott, natürlich nicht! Bist du jetzt vollkommen übergeschnappt, Sarah?« Wieder schluchzte sie, diesmal heftiger, und ihr Lachen wurde zu einem Wimmern. Sie hielt sich keuchend den Kopf und ging in die Hocke. »O mein Gott. Fuck. Sarah, was hast du getan?«

»Er ist nicht so, wie alle denken«, erklärte ich flehend. »Bitte, Payton. Ich schwöre es dir, ich habe ihn besser kennengelernt. Er hat nichts mit der Clique zu tun. Monroe ist anders. Er gehört nicht zu ihnen. Außerdem habe ich nur versucht, durch ihn mehr über Peter herauszufinden, das gehört alles zum Plan! Deshalb habe ich angefangen, mich mit ihm zu treffen!«

Ihr Kopf schoss nach oben, und sie pfählte mich mit tränenüberströmten Augen. »Verarsch mich nicht, bitte. Jeder kann dir von den Augen ablesen, dass da etwas Echtes zwischen euch ist.«

»Ich habe nicht mit ihm geschlafen«, flüsterte ich.

»Schön. Aber sieh mir in die Augen und schwöre, dass *nichts* zwischen euch läuft. Rein gar nichts!«

Mit flachem Atem starrte ich sie an. Mein Mund öffnete und schloss sich, als wäre ich ein Fisch kurz vor dem Erstickungstod.

Sie lachte und blickte zur Decke. Dann stöhnte sie. »Gott, er ist Peters Bruder, Sarah! Peter! O mein Gott.« Sie schlug sich eine Hand vor den Mund und weinte so bitterlich, dass mir schwindelig wurde. Ich ... konnte nichts tun.

Payton kämpfte sich zurück auf die Beine. Noch nie zuvor hatte ich eine solche Wut in ihren Augen gesehen. Und es raubte mir den Atem. Raubte mir die Kraft. Ich wünschte, ich wäre hier und jetzt im Erdboden versunken.

»Wie kannst du nur, Sarah?«, flüsterte sie. »Wie kannst du mir das nur antun?«

»P-Payton, ich ...«

»Die Darlingtons sind Monster. Das weiß die ganze verfluchte Welt! *Ich* weiß das! Scheiße!«

Mit einem Mal kochte auch in mir Wut auf. Ich dachte an jeden Augenblick mit Monroe. Ich dachte an die Dinge, die er mir anvertraut hatte, die Art und Weise, wie er mich vor Peter verteidigt hatte. Wie er ihm gedroht hatte. Wie er für mich da war und durch und durch … der verdammt noch mal anständigste Mensch war, der mir je über den Weg gelaufen war.

Ich ballte die zitternden Hände zu Fäusten. »Monroe ist *nicht* Peter. Ich weiß, dass er es nicht ist, und ich bin es leid, dass er für Gerüchte und seine Vergangenheit und wegen seines schwarzen Schafs von einem Bruder konstant verurteilt wird. Gerade du müsstest doch wissen, wie es ist, für Gerüchte verurteilt zu werden!«

Sie schlang die Arme um sich. Nicht wie sonst in ihrer vertrauten Geste. Es sah aus, als würde sie sich selbst zusammenhalten. Als würde sie sich selbst daran hindern wollen, in tausend Scherben zu zerbrechen.

»Und was jetzt?«, fragte sie. Sie sah an mir vorbei. Als könnte sie mir nicht länger in die Augen blicken. »Jetzt, wo alle Welt denkt, dass *ich* mit Monroe Darlington zusammen bin, nach allem, was mit Peter war …«

Ich versteifte mich. »Also gibst du es zu«, flüsterte ich. »Du gibst also endlich zu, dass es nicht nur Gerüchte waren.«

»Du weißt gar nichts!«, zischte Payton voller Wut und atmete stockend ein. »Du. Weißt. Gar. Nichts!«

Ich warf die Arme in die Luft. »Dann erklär es mir, verdammt noch mal! Erklär mir die Dinge, von denen ich keine Ahnung habe, denn ich habe teilweise das Gefühl, nahezu blind durch dein gottverdammtes Leben zu wandern! Wer schreibt dir anonyme Briefe, Payton?«

Ruckartig hob sie den Kopf.

»Von ihm bekommst du das Geld«, fuhr ich fort, fragte sie nicht, weil ich es schon wusste. »Von ihm hast du auch die unbezahlbare Wohnung gleich am Central Park bekommen. Ich weiß, dass es keine Kim gibt. Kim existiert nicht! Du hast mich mit einer Lüge in ein Schlangennest rennen lassen!«

»Hör auf.«

»Du hast mich angelogen. Und nicht nur mich, du hast auch Donovan und weiß Gott wen angelogen. Ich erkenne dich gar nicht wieder. Ich weiß nicht mal mehr, wer du überhaupt bist, weil jeden Tag neue ungelöste Rätsel und Geheimnisse über dich ans Licht kommen. Holden? Peter? Die Wohnung? Das Geld? Kim?«

»Hör auf.«

Ein Schluchzen entwich mir. Ich machte einen Schritt auf sie zu. »Bitte, Payton«, stieß ich hervor. »Bitte sag mir einfach nur die Wahrheit. Schließ mich nicht aus. *Bitte*. Sag mir, was in New York vor sich geht und was du dort getan hast. Was versuchst du, so verzweifelt vor mir zu verbergen?«

»HÖR AUF!« Diesmal schrie sie mir die Worte kreischend entgegen.

Wir starrten uns an, beide schwer atmend, bebend und gänzlich aufgelöst.

Hinter uns öffnete sich knarzend eine Tür, und goldenes Licht fiel in den schummrigen, kalten Flur.

Der vertraute Duft nach Lavendel und Vanille, als jemand hinter mich trat, verriet mir sofort, dass es unsere Mom war.

»Was geht hier vor?«, fragte sie leise.

Hastig rieb ich mir mit den Händen über das Gesicht und widerstand dem Drang, ebenfalls die Arme um mich zu schlingen. Ich drehte mich zu ihr um. Sorge stand auf ihrem Gesicht. Sie registrierte innerhalb von Sekunden unseren Anblick.

Alle hatten vermutlich mitbekommen, dass wir uns angeschrien hatten. Dass wir uns so sehr gestritten hatten wie noch nie zuvor in unserem ganzen Leben.

Ich schüttelte den Kopf. Doch ich konnte Mom dabei nicht in die Augen sehen. Mein Herzschlag donnerte noch immer, und meine Brust hob und senkte sich schnell.

»Es ist nichts«, hörte ich Payton sagen. Sie schob sich an Mom und mir vorbei. »Ich gehe mich kurz frisch machen.« Wenige Augenblicke später war sie auch schon den Flur hinunter im Badezimmer verschwunden.

»Sarah«, sagte Mom, diesmal ernster. Todernst. Sie legte ihre Hände auf meine Schulter und zwang mich, sie anzusehen. Die Angst in ihrem Blick war so groß, dass mir erneut Tränen in die Augen schossen. »Was ist da gerade zwischen euch passiert?«

Ich konnte dieser direkten Frage nicht ausweichen. Nicht ohne sie noch mehr zu beunruhigen. Nicht ohne sie zu verletzen. Ich durfte sie nicht auch noch verletzen. Konnte nicht. Also musste ich so viel Wahrheit wie möglich in meine Worte legen. Ich leckte mir über die trockenen Lippen.

»Payton heißt meine Männerwahl nicht gut. Weil sie und Monroes jüngerer Bruder eine Vergangenheit haben, die nicht schön war. Also, früher ... *Hier*. Du weißt schon, was ich meine.« Gott, meine eigenen Worte drohten mir die Zunge zu verknoten.

Mom blinzelte hinter ihrer roten Hornbrille so überrascht, dass es in jeder anderen Situation komisch gewesen wäre.

»Oh«, stieß sie hervor. Sie ließ mich los und seufzte schwer. »Manchmal vergesse ich, dass ihr junge Frauen seid und nicht mehr meine kleinen Töchter.« Erneut betrachtete sie mich mit ihrem Röntgenblick. »Aber da steckt noch mehr dahinter, oder?«

Ich stöhnte auf. »Mom, ich möchte gerade wirklich nicht darüber reden. Okay?« Was auch immer sie in meinen Augen entdeckte, es ließ sie einknicken.

»Okay, Baby«, sagte sie und strich mit dem Daumen sanft über meine feuchte Wange. »Aber falls doch, bin ich für dich da. Für euch beide. Komm, das Essen wird kalt. Geh schon mal vor. Ich spreche noch mit deiner Schwester.«

Ich nickte bloß. Zu ausgelaugt, zu betäubt von dem, was gerade zwischen meinem Zwilling und mir geschehen war.

Mom lief den Flur runter, und ich ging zurück ins Esszimmer.

KAPITEL 40

Schamlos

Payton kehrte nicht zu uns zurück. Stattdessen ging sie mit Nacho Gassi. Vermutlich würde sie die größtmögliche Runde nehmen, weil sie es sicherlich genauso wenig ertragen konnte, mit mir in einem Raum zu sein, wie ich mit ihr. Ich wusste nicht, worüber Mom mit Payton gesprochen hatte. Aber der Geheimniskrämerei und den Lügen meiner Schwester nach zu urteilen, hatte sie ihr wohl noch weniger verraten als mir. Dad und Laurel brachten den Streit zwischen Payton und mir nicht zur Sprache. In einvernehmlichem Schweigen übernahmen Laurel und ich nach dem Essen den Abwasch und packten die Reste des Abendessens in Vorratsdosen.

»Dich hat es voll erwischt, oder?«, fragte Laurel.

Ich stöhnte auf. »Keine Ahnung. Ich kann mir darüber gerade keine Gedanken machen. Können wir bitte über etwas anderes reden? Ich brauche eine Pause.« Ich reichte ihr einen abgewaschenen Teller, und sie trocknete ihn ab.

»Sorry«, murmelte sie.

Eine Weile arbeiteten wir weiter. Jegliche Kraft hatte mich verlassen, und ein herzhaftes Gähnen entschlüpfte mir. Am liebsten wollte ich mich hinlegen und eine Woche durchschlafen. Das Wochenende zu nutzen, um New York zu verdrängen, war wohl nach hinten losgegangen.

Seufzend warf ich Laurel einen Blick zu. »Sobald ich zurück

in Manhattan bin ...« Mein Hals schnürte sich zusammen. »Ich werde es beenden, das mit Monroe. Es wäre nur fair. Ich habe genug angerichtet.«

Laurels Hände hielten inne. Sie legte das Geschirrtuch und das Besteck ab und schloss mich in eine feste Umarmung. Die Art von Umarmung, die Art von Trost, die mich zusammenhielt. Die mein Herz zusammenhielt. Ich wusste nicht, ob ich diese Umarmung verdient hatte. Immerhin war ich eine Betrügerin. Eine Hochstaplerin.

»Ich würde gerne etwas anderes vorschlagen, aber vielleicht ist das wirklich das Beste, Sarah. Was auch immer zwischen dir und Monroe passiert ist, was auch immer du für ihn empfindest ... Das ist in dieser Situation das einzig Richtige. Du kannst ihm ja schlecht die Wahrheit sagen.«

»Ich weiß«, ächzte ich und schloss die Augen.

Als wir mit dem Abwasch fertig waren, gesellten wir uns zu meinen Eltern ins Wohnzimmer. Dad sah es als die Gelegenheit, seinen geliebten Plattenspieler zum Einsatz zu bringen, und er und Laurel fachsimpelten eine halbe Ewigkeit über die alten Platten mit den vergilbten Hüllen und welche wir hören sollten. Es nervte mich, wühlte mich auf und verursachte mir furchtbare Schuldgefühle, wann immer ich meine Mutter dabei erwischte, wie sie mich mit gerunzelter Stirn beobachtete. Und das tat sie ständig. Am liebsten hätte ich die Augen verdreht, aber ich wusste, dass es sie verletzt hätte. Da hatte sie nach einer so langen Zeit endlich wieder ihre Töchter im Haus, und dann gab es einen großen Streit. Und ich sprach mit ihr nicht darüber. Hätte ich ihr alles erzählen können ... Ich hätte es getan. Doch es ging nicht. Noch nicht. Ich wusste, dass die Konsequenzen daraus gerade zu groß waren.

»Payton ist schon echt lange weg«, bemerkte Laurel, als sie gerade dabei war, Spielkarten auf dem Wohnzimmertisch auszuteilen. Im Hintergrund dudelte »Signed, Sealed, Delivered« von Stevie Wonder. Laurel und ihre Mom vergötterten ihn und Marvin Gaye.

Die Müdigkeit und der Jetlag ließen mich beinahe im Sitzen einschlafen. Ein kurzer Blick auf die Wanduhr zeigte mir, dass meine Schwester seit einer Dreiviertelstunde unterwegs war.

»Sie macht vermutlich einen Halt im Hundepark und dreht eine große Runde«, sagte Mom und sah sich ihre Karten an. Sie hatte sich im Schneidersitz auf ein Sofapolster auf dem Boden gesetzt, um näher am Couchtisch zu sein. »Das dauert bestimmt noch eine Weile … Oh, verdammt, das sind miese Karten.« Sie biss sich in den Fingerknöchel und machte ein theatralisches, gequältes Gesicht – was uns allen genug verriet, um zu wissen, dass das gelogen war.

Dad schnaubte spöttisch. »Jane Quinn, du bist wirklich eine grauenhafte Verliererin. Und eine noch viel schlimmere Gewinnerin.«

Von draußen erklang Nachos Bellen.

»Na endlich«, sagte Dad und kämpfte sich stöhnend auf die Beine. »Ich mache ihnen die Tür auf.«

Wieder gähnte ich und rieb mir über die Augen. »Ich glaube, ich muss ins Bett. Die Zeitver…« Hastig verstummte ich. Shit. »I-ich meine, ich habe gestern die Nacht durchgemacht, und mein Schlafrhythmus ist gerade eine Katastrophe. Ich fühle mich fast schon gejetlagt, obwohl es noch so früh ist.«

»Baby, Schlafhygiene ist wichtig«, sagte Mom streng. »Du musst besser auf dich achtgeben, hörst du? Die Langzeitfolgen bekommst du erst viel später mit, und dein Zukunfts-Ich wird dir das nicht danken, vertrau mir.«

Erschöpft lächelte ich sie an. »Du hast recht. Ich werde mich mehr zusammenreißen.«

Sie nickte zufrieden. »Sehr gut.«

Nacho trabte ins Wohnzimmer, was sein Halsband rasseln ließ, und zog die Leine hinter sich her. Ich hörte die Tür ins Schloss fallen, und Dad kehrte ebenfalls ins Wohnzimmer zurück. Er hielt einen Zettel in der Hand und las ihn mit zusammengezogenen Augenbrauen.

»Was hast du da, Liebling?«, fragte Mom und kämpfte sich ebenfalls auf die Beine, was ihr linkes Knie wie gewohnt knacken ließ.

Dad blickte auf und sah erst Mom und dann mich an. Der Ausdruck auf seiner Miene machte mich mit einem Mal wacher.

»Payton ist weg.«

KAPITEL 41

Gute alte Dreistigkeit

»Was meinst du mit weg?«, fragte ich alarmiert, sprang auf und riss Dad den Zettel aus der Hand.

»Als ich die Tür geöffnet habe, ist sie gerade mit einem Taxi weggefahren«, sagte er steif.

Fahrig las ich den Brief. Mom blickte mir beim Lesen über die Schulter, und auch Laurel näherte sich.

> Es tut mir leid. Ich konnte nicht länger bleiben. Das hat nichts mit euch zu tun, versprochen. Ich komme in ein paar Tagen wieder oder in ein paar Wochen. Macht euch keine Sorgen um mich, ich muss bloß den Kopf freibekommen.
> Hab euch lieb
> Payton

Meine Kinnlade klappte nach unten. Das war definitiv Paytons Handschrift.

Mein Atem wurde schneller. Flacher. Sie war weg. Sie war abgehauen.

Ein Lachen entschlüpfte mir. Dann noch eines, bis ein hysterisches Kichern aus meiner Kehle blubberte und mich nach Luft schnappen ließ. Ich konnte nicht aufhören. Sie war einfach gegangen. O mein Gott!

Laurel, Mom und Dad lachten nicht. Und das war vielleicht

auch besser so. Es gab nichts, worüber man lachen sollte. Und trotzdem konnte ich nicht aufhören. Denn es war dermaßen absurd, dass es mir die Sprache verschlug. Und mich schluchzen ließ. Sie hatte uns einfach zurückgelassen. Mich. Sie hatte mich schon wieder zurückgelassen.

»Was, um alles in der Welt, soll das hier?«, fragte Mom und nahm mir den Brief aus der Hand. »Na los, Sarah, irgendwas weißt du doch!«

Keuchend ließ ich mich auf das Sofa sinken und versuchte, wieder Luft zu bekommen. Ich wusste nicht, wann ich zuletzt so viel geweint hatte. Payton war weg. Die Worte wiederholten sich Tausende Male in meinem Kopf, bis sie mir in den Ohren klingelten. Sie war einfach gegangen. Payton war abgehauen. Wie konnte sie das unseren Eltern nur antun? *Uns* antun? *Mir* antun?

Schniefend presste ich eine Hand auf meine Stirn. »Ich habe keine gottverdammte Ahnung, Mom. Das schwöre ich.«

»Ich rufe sie an«, sagte Dad und zog sein Handy aus der Hosentasche. »Unmöglich. So was sieht deiner Schwester doch überhaupt nicht ähnlich.«

»Sie wird nicht rangehen, glaub mir, Dad«, brachte ich hervor. Wie sollte sie auch? Ihr Handy lag in der WG.

»Wir sollten gehen«, sagte Laurel plötzlich und zog mich vom Polster. »Es ist schon spät.«

»Wir kommen morgen wieder«, versprach ich, bevor meine Eltern Einwände erheben konnten.

Mom verschränkte die Arme vor der Brust und tauschte einen beunruhigten Blick mit Dad aus. »Sicher? So plötzlich?«

»Ist vielleicht besser, da scheint einiges im Argen zu liegen«, murmelte Dad und kratzte sich am Kopf. Mom schlang einen Arm um ihn. »Okay, gut. Aber bitte ruf an, wenn du etwas von ihr hörst.«

»Natürlich«, sagte ich schwach.

Laurel zog mich zur Haustür. Wir verabschiedeten uns von Mom und Dad und kraulten Nacho hinter den Ohren.

Mir war speiübel, als wir ins Auto stiegen und sie uns von der beleuchteten Haustür aus zusahen. Laurel fuhr rückwärts aus der Einfahrt, und wir winkten zum Abschied. Die Sorge auf Moms und Dads Gesichtern entlockte mir einen gequälten Laut.

»Scheiße«, sagte Laurel und beschleunigte auf der Straße. »Ich fasse es nicht, dass sie einfach abgehauen ist. Was ist, wenn sie rückfällig wird? Was, wenn euer Streit irgendwas getriggert hat und sie gegangen ist, um sich Pillen zu besorgen?«

Ich atmete stockend ein und rieb mir über die Augen. »Ist nicht so, als könnten wir irgendwas tun oder es herausfinden, sie hat ja angeblich mein Handy verloren.«

»Gott, du glaubst ihr wirklich nicht?«

»Nein! Nein, natürlich glaube ich ihr nicht! Nichts passt zusammen, Laurel. Weder ihr Verhalten noch alles in New York noch sonst irgendwas! *Sie* hat mir diese Nachrichten geschrieben! Sie war das. Ich weiß es! Und wenn sie rückfällig werden sollte oder sonst etwas, können wir absolut nichts … nichts …« Meine Stimme ging in ein Schluchzen über.

»Vielleicht ist sie paranoid. Könnte ja auch mit den Drogen oder dem Entzug zusammenhängen?«

»Keine Ahnung«, flüsterte ich und kniff die Augen zusammen. Was auch immer mit ihr war, wir konnten absolut nichts tun. Sie war weg.

Wir fuhren den nächsten Berg hinab, und Laurel bog nach rechts.

»Ich glaube, du hast recht, Sarah«, sagte sie plötzlich leise.

Ich öffnete die Augen und sah sie an. Laurel hatte die Lippen zusammengepresst und starrte auf die Straße. Sie schluckte schwer. »Ich versuche mein Bestes, um nach logischen, *guten*

Antworten zu suchen, aber mir fallen keine mehr ein, die ich mir selbst abkaufe. Ich glaube, Payton spielt irgendein total mieses Spiel.«

Die Stille, die daraufhin folgte, brachte mich beinahe um. Denn sie war laut. Wir beide konnten sie hören. Und uns beiden dröhnte sie in den Ohren.

Laurel löste eine Hand vom Lenkrad und legte sie mir aufs Bein. Sanft drückte sie es und warf mir einen ernsten Blick zu. »Was auch immer du also als Nächstes vorhast, sei bitte vorsichtig, Sarah.«

Ohne dass ich etwas dagegen tun konnte, entrang sich meiner Kehle ein Lachen und dann noch eines. Ich schlug mir eine Hand vor den Mund. »Was ist das für ein beschissenes Paralleluniversum, in dem du mich vor Payton warnen musst?«

Sie zog eine Grimasse. »Das beschissenste Paralleluniversum von allen.«

Ich atmete tief durch und schloss wieder die Augen. Seufzend nahm Laurel ihre Hand von meinem Bein.

Ich hatte genug. Ich war überfordert und müde und ausgelaugt, und ich hatte keine Ahnung, wie ich Dampf ablassen konnte. Alles staute sich so sehr in mir zusammen, dass meine Haut prickelte, bis schließlich meine Gefühle in Taubheit getränkt wurden.

Auf der restlichen Fahrt nach Hause sprachen wir kein einziges weiteres Wort.

Jeder Schritt die Außentreppe zu unserem Apartment hinauf war schwer wie Zement.

»Meinst du, eure Eltern werden nach ihr suchen?«, fragte Laurel, während sie die Tür aufschloss.

»Ist mir egal«, flüsterte ich. Ich hatte einfach keine Kraft mehr. Mit brennenden Augen sah ich meine beste Freundin an. »Es ist mir einfach alles egal, Laurel.«

Der Koffer aus New York stand wie ein Mahnmal im kleinen Wohnzimmer.

Mit weichen Knien schlurfte ich auf mein Schlafzimmer zu. Ich war so müde, dass ich nicht einmal weinen wollte. Müde von all dem Drama. Von Payton. Ganz besonders von Payton.

Laurel und ich umarmten uns ein letztes Mal. Dann verschwand ich hinter meiner Zimmertür und fiel ins Bett, ohne auch nur meine Schuhe auszuziehen.

* * *

Ich schlief so gut wie gar nicht. Doch ich erlaubte es mir, so lange liegen zu bleiben und an die Decke oder auf meine Kommoden und den vertrauten Krempel darauf zu starren, bis meine Blase sich meldete.

Laurel hatte mir eine Nachricht hinterlassen, dass sie Frühstück besorgte. Zu der frühen Uhrzeit glich es einem Wunder. Deshalb nahm ich eine sehr lange und sehr heiße Dusche, die die Rohre des alten Hauses nur so ächzen ließ. Die Dusche verpasste mir keinen klaren Kopf, und besonders erfrischt fühlte ich mich auch nicht, als ich mit geföhnten Haaren, in einer löchrigen grauen Jogginghose und in einem alten T-Shirt von Dads zweitem Halbmarathon zurück ins Bett krabbelte.

Laurel hielt sich wenig später nicht damit auf, mich aus dem Bett lotsen zu wollen. Als sie mich durch die offene Tür entdeckte, kletterte sie mit einer braunen Papiertüte in der Hand geradewegs zu mir. »Rutsch rüber, Babes.«

Sie trug noch immer ihre weinrote Beanie-Mütze und einen schwarzen Kapuzenpullover mit einem giftgrünen Alienkopf über der linken Brust. Erst als sie die Tüte öffnete, fragte sie vorsichtig: »Wie geht's dir?«

Ich gab nur ein Brummen von mir und zog mir die Bettdecke bis zum Kinn.

Ein Lächeln umspielte ihre Lippen. »Dann wird dich wohl auch kein Donut aufmuntern.«

Ich starrte sie an. »Wenn das Leben ein Haufen Scheiße ist, streu Konfetti drüber. Du hast meine volle Aufmerksamkeit.«

Laurel holte einen Boston Cream Donut aus der Tüte, und ich kämpfte mich in eine aufrechtere Position. »Hab ich schon mal erwähnt, dass ich dich liebe?«

»Nicht oft genug. Mach ruhig weiter.«

Sie holte noch zwei Donuts, ein Croissant und zwei Sandwiches hervor. Wir machten uns über das Frühstück her und krümelten dabei auf die platt gedrückte Tüte.

Schließlich kämpften wir uns beide aus dem Bett, um uns in der Küche Kaffee zu kochen.

»Also«, begann Laurel langsam. »Du, äh, solltest deine Eltern anrufen.«

Ein schweres Seufzen entfuhr mir. »Ich weiß.«

»So bald wie möglich.«

»Ich weiß.«

»Nein, ich meine jetzt sofort. Ruf sie an.« Sie hielt mir ihr Handy hin.

Ich schenkte ihr einen so verdrossenen Blick, dass sie herausfordernd die Augenbrauen hob. Dann schlurfte ich ins Schlafzimmer zurück und setzte mich auf das Bett.

Es klingelte zwei Mal, bis Mom abhob. »Laurel?«

»Nein, Mom, ich bin's. Sarah.«

Ich hörte sie nach Luft schnappen. »Sarah, na endlich! Bitte sag mir, was da vor sich geht! Was ist los mit Payton? Was ist gestern wirklich passiert? Irgendwas stimmt nicht, das merke ich doch! Und lüg mich nicht an. Du weißt etwas.«

Kalte Panik durchzuckte mich. Ich krallte die freie Hand in

die Bettdecke unter mir. »Mom. Ich denke, das solltest du mit Payton besprechen. Nicht mit mir. Es ist nicht mein Problem, und ich bin es auch nicht, die abgehauen ist.«

»Aber du weißt etwas! Ich mache mir unglaubliche Sorgen, Sarah. Sie hat Nacho einfach abgeladen und sich aus dem Staub gemacht.«

In meiner Brust brodelte es, kochte hoch, dann explodierte ich mit einem Mal. »Scheiße, wieso muss ich mich immer um alles kümmern?! Ich bin es so leid, diejenige zu sein, die ihr ganzes Leben umkrempelt und sich den Arsch aufreißt und ... *fuck*.« Ein aufgebrachtes Schluchzen entfuhr mir, und ich sah, wie Laurel ins Zimmer stürzte. »Diejenige, die ihr ganzes Herz gibt, ohne dass jemals etwas zurückkommt! Ich bin es leid! Ich bin es so verdammt leid, immer den Kürzeren zu ziehen und ihr nicht mehr wichtig zu sein!« Der nächste Schluchzer raubte mir den Atem. Mit zusammengekniffenen Augen presste ich eine Hand auf meinen Mund, als mein ganzer Körper zu beben begann. »Ich bin es so leid, Mom«, wiederholte ich erstickt.

Am Ende der Leitung wurde es gefährlich still. So still, dass ich schon glaubte, dass sie aufgelegt hatte.

»Was meinst du damit, Baby? Was ist passiert? Hat es wirklich etwas mit deinem neuen Freund zu tun? Morgan war sein Name, richtig?«

Ein Keuchen entwich mir, doch ich schaffte es irgendwie, die nächsten Schluchzer zu unterdrücken, obwohl sie bereits in meiner Kehle lauerten. »Mom, ich bin nicht dein neuester Investigativfall, bitte hör auf nachzubohren.«

»Aber du weißt doch bestimmt, was Payton ...«

»Mom! Bitte!«

»Na schön, dann eben nicht! Toll! Super!«

Der Anruf wurde beendet. Freizeichen.

Ungläubig nahm ich das Handy vom Ohr. Meine Mutter hatte einfach aufgelegt. Das hatte sie noch nie getan.

Und ich fühlte mich dadurch nur noch elender.

Laurel hielt mich fest, während ich den Tränen freien Lauf ließ. Es dauerte eine halbe Ewigkeit, bis ich mich wieder von ihr lösen konnte. Mein Gesicht war verquollen, und mein Schädel dröhnte schmerzhaft. Sie nahm ein Taschentuch vom Nachttisch und reichte es mir. »Es war ein Fehler«, sagte ich erstickt. Hastig putzte ich mir die Nase und nahm mir gleich darauf die ganze Box, um mir auch die Augen und die Wangen abzuwischen. »Ich hätte nicht nach New York gehen sollen, Laurel. Ich verliere mich. Und es fühlt sich nicht gut an. Ich fühle mich schwach und zerbrechlich. Das bin ich nicht. Aber ich ... ich *kann* einfach nicht mehr.«

Ihre Lippen pressten sich zu einer dünnen Linie zusammen. Ein harter Ausdruck trat in ihre Augen, und sie zog sich die Mütze vom Kopf. »Dann geh nicht zurück.«

Das klang nach einem Plan. Ich würde das alles abbrechen. *Musste* es abbrechen. Aber ...

»Vorher muss ich noch einmal zurück«, sagte ich. »Ich kann nicht einfach verschwinden. Payton kann so was vielleicht, aber ich nicht. Ich muss die Dinge dort regeln.«

Mitgefühl trat in Laurels Augen. Sie drückte meine Schulter. »Und du willst dich von Monroe verabschieden.«

Erneut wurde meine Kehle eng. Ich nickte. »Ich werde das mit ihm offiziell beenden, mich von ihm und Donovan verabschieden und dann bei der Univerwaltung ankündigen, dass ich aus privaten Gründen ein Semester aussetzen werde. Entweder kehrt Payton danach nach New York zurück und nimmt ihr verdammtes Leben selbst in die Hand, oder aber sie wirft ihre Zukunft weg. Ich werde nicht länger meinen Kopf für jemanden hinhalten, dem ich absolut egal bin.«

»Verstehe ich total. Mach das genau so, Sarah«, sagte Laurel sanft.

»Gib mir eine Woche, dann bin ich wieder hier«, versprach ich.

»Ich kann's kaum erwarten. Und apropos kaum erwarten: Unser Kaffee ist fertig.«

Ich schnaubte noch einmal ins Taschentuch. Mit steifen Gliedern folgte ich meiner besten Freundin zurück in unsere kleine, heruntergekommene Küche in unserer kleinen, heruntergekommenen Wohnung. Und es gab keinen Ort, an dem ich lieber gewesen wäre. Die Upper East Side und all die anderen Stadtteile der Superreichen konnten noch so glamourös und exklusiv sein. Das hier war mein Zuhause, und keine verglaste Wohnung der Welt konnte dabei mithalten.

Mein Abenteuer war offiziell vorbei. Von jetzt an galt es nur noch, hinter mir aufzuräumen.

KAPITEL 42

Von Männern und Fahrstühlen

Auf dem Flug zurück nach New York fühlte ich mich wie eine Versagerin. Das Wochenende zu Hause war vollkommen anders verlaufen als geplant. Ich war total zerschlagen, als ich mich am JFK auf den Weg zu Lennards Standort machte. Es war bereits spät, und es regnete in Strömen. Mehr noch, es stürmte richtig, und die Scheibenwischer der schwarzen Limousine liefen auf Hochtouren, als Lennard uns über die Robert F. Kennedy Bridge und Randalls Island nach Manhattan manövrierte. Vielleicht hätte ich doch den Flug Montagfrüh nehmen sollen und nicht einen, der mich in die tiefste regnerische Sonntagnacht beförderte. Ich würde schon wieder zu wenig Schlaf bekommen.

Ich wünschte, ich hätte Laurels Angebot, mich zu begleiten, angenommen. Wieder hier zu sein, ohne meine türkisfarbenen Strähnen, ohne meine beste Freundin oder irgendeinen Menschen, der zu meinem Leben gehörte, in der Rolle meiner Schwester …

Ich war verdammt noch mal erschöpft.

Während wir wegen des Sturzregens im Schneckentempo fuhren, fischte ich Paytons Telefon aus der Handtasche und starrte auf die unbeantworteten Nachrichten von Celia und Holland, die mich zum Essen und zu Yoga einluden und sogar fragten, wie die Zeit bei meiner Familie war. Von Donovan, der fragte, ob es mir nach der Sache in der Bar gut ginge. Und von Monroe.

Monroe, der fragte, wie mein Tag war. Der mir von seinem erzählte, da er ein Fechtturnier seines Cousins besucht hatte. Der fragte, wann ich landete. Wie es mir ging. Mir schrieb, dass er mich vermisste.

Als wir schließlich vor dem vertrauten Hochhaus in der East 78th Street hielten, stieg Lennard aus, holte mein Gepäck aus dem Kofferraum und hielt schließlich einen Schirm über meine Tür, bevor er sie mir öffnete. Laut Wetter-App gab es für die ganze Nacht Unwetterwarnungen. Der Wind zerrte am Frack des alten Fahrers, und das Prasseln des Regens donnerte auf den Schirm. Er hatte Schwierigkeiten, ihn überhaupt festzuhalten. Entweder Lennard wurde jeden Moment fortgeweht oder der Schirm ging kaputt.

»Danke, Lennard!«, schrie ich über das Rauschen hinweg und ließ zu, dass er mich bis in die Lobby begleitete. Ich kramte in meiner Tasche, nahm das schmale Lederportemonnaie und zog tausend Dollar heraus, die ich am Flughafen abgehoben hatte – genau für diesen Moment. »Ein kleines Trinkgeld«, sagte ich. Nicht mal zu einem Lächeln konnte ich mich bringen. Mittlerweile war es mir voll und ganz egal, ob ich mit dem Geld von Paytons geheimnisvollem Sugardaddy um mich warf. Und wenn der Absender Peter oder sogar Donovan war, dann spielte es ohnehin keine Rolle, wenn ich ein paar Tausend Dollar verbrannte. Lennard konnte das Geld mit Sicherheit mehr gebrauchen als die High Society. Sobald ich wieder zu Hause war, würde ich einen Haufen Geld von dieser schwarzen Kreditkarte an wohltätige Organisationen spenden. Wie weit konnte ich es treiben, bis es den eigentlichen Besitzer schmerzen würde? War eine Million Dollar zu viel?

Lennards Augen weiteten sich. Doch er wehrte sich nicht, als ich ihm die Scheine in die Hand drückte.

»V-vielen Dank, Miss Quinn. Wirklich sehr großzügig.« Er

räusperte sich. Dann wurden seine braunen Augen klein, und er schenkte mir ein Strahlen. Er verabschiedete sich und verschwand zurück nach draußen in den Sturm. Die Lichter im Gebäude flackerten kurz. Aber auch das war mir egal.

»Nein, Harold!«, grollte eine Stimme hinter mir. »Wir haben etwas anderes vereinbart. Richmond ist mein Fall, ich lasse mir nicht von dir oder anderen Partnern dazwischenfunken!«

Ich drehte mich um und entdeckte Holden in der Lobby. Natürlich. Wen, wenn nicht ihn?

Er trug einen schwarzen Regenmantel über einer grauen Jogginghose und einem weißen T-Shirt. Er hielt sich ein Handy ans Ohr, während er in quietschenden Sportschuhen aufgebracht hin und her tigerte.

»Ich bin noch nicht einmal richtig zu Hause angekommen. Gib mir bis morgen früh Zeit, und du hast das Schreiben in deinem gottverdammten Postfach. Gute Nacht.« Er schien nicht auf die Antwort seines Gesprächspartners zu warten, sondern legte einfach auf.

Das Licht eines Blitzes zuckte durch die Glastür in die Lobby. Ich lief zu den Aufzügen und rollte meinen Koffer neben mir her, genau an Holden vorbei.

Er warf mir einen finsteren Blick zu. Als er mich jedoch anblinzelte, so als würde er realisieren, wo er war, wich die Härte aus seinem Blick. »Miss Quinn.«

»Hey«, erwiderte ich bloß.

Die Aufzugtüren glitten auf, und ich trat hinein. Stirnrunzelnd sah ich ihn an. »Kommst du mit nach oben?«

Er zog die Brauen zusammen und legte den Kopf schief.

Ich verfluchte mich dafür, wie heiß meine Wangen wurden. »Ich meine, fährst du mit? Das ist, was ich sagen wollte.«

Der finstere Ausdruck wich gänzlich aus seinem Gesicht. Er trat zu mir in den Aufzug.

Die Tür begann sich zu schließen. Fast. Nach zwei Dritteln blieb sie stehen.

Ein genervtes Stöhnen entwich Holden. »Nicht schon wieder.« Er stellte sich an die Knöpfe und drückte abwechselnd auf Öffnen und Schließen. Immer wieder glitt die Messingtür hin und her. John, der Portier, kam alarmiert zu uns geeilt. »Entschuldigen Sie die Komplikationen! Anscheinend gibt es wegen des Unwetters ein paar Probleme mit der Stromversorgung. Seit etwa einer Stunde haben wir Ärger mit der Aufzugtechnik.«

»Haben Sie jemanden angerufen?«, murmelte Holden. Er sah den jungen Pförtner an. Ich hatte erwartet, er würde ihn zusammenfalten, wie er es eben am Telefon mit diesem Harold getan hatte. Stattdessen wirkte sein kantiges Gesicht mit dem schwarzen Bartschatten kühl und kontrolliert.

John nickte. »Das habe ich, Mr. Sutherland. Da wir heute Nacht jedoch nicht die Einzigen mit Störungen in Manhattan sind, dauert es etwas, bis die Fachkräfte eintreffen.«

»Ist es denn sicher hochzufahren?«, fragte ich. Mir wurde ganz anders. Allein die Vorstellung, bis hoch ins neunundvierzigste Stockwerk zu *laufen* …

»Natürlich!«, sagte John sofort und schenkte mir ein dankbares Lächeln. »Es könnte ein wenig dauern, aber die Aufzüge fahren.«

»Also keine Gefahr, stecken zu bleiben?«, hakte ich nach. Nach den letzten zwei Tagen wollte ich nicht auch noch in einem gottverdammten Fahrstuhl stecken bleiben.

»Natürlich nicht, Miss Quinn.«

»Nun gut«, murmelte Holden.

»Ich entschuldige mich noch einmal vielmals für die Umstände, Mr. Sutherland, Miss Quinn. Haben Sie eine gute Nacht. Wenn Sie irgendetwas brauchen, rufen Sie mich an, ich bin bis fünf Uhr für Sie da, dann übernimmt Nolan die Schicht.«

Ich bedankte mich, während Holden wieder dazu überging, abwechselnd auf die Knöpfe zu drücken. Dann endlich schlossen sich die Türen, und der Aufzug setzte sich in Bewegung.

Erschöpft lehnte ich den Kopf seitlich gegen die Kabine. Nur noch diese Woche. Eine Woche, um Paytons Leben für immer hinter mir zu lassen. Erinnerungen spukten durch meinen Schädel, als wäre er ein altes, heimgesuchtes Anwesen. Das Wochenende. Ihre Nachrichten. Peter. Monroe. Rosie.

»Alles okay mit dir, Payton?«

Der Klang des Namens ließ mich unweigerlich auflachen. *Frag nicht mich, sondern sie.* »Ich … Alles bestens. Danke der Nachfrage.«

Mit einem ruckartigen Stoß kamen wir plötzlich zum Stehen. Ich schrie auf und stützte mich an der kühlen Messingwand ab. »Was war das?«

Mit einem letzten tiefen Brummen wurde der Aufzug schließlich still. Zu still und zu ruhig.

Holden stöhnte. »Das kann doch wohl nicht wahr sein!«

Ich raufte mir die Haare. »Von wegen, das blöde Ding würde niemals stecken bleiben! So eine Scheiße!«

Wut überkam mich, ich holte aus und schlug gegen die Fahrstuhltür. Schmerz schoss durch meine Knöchel, und ich schnappte zischend nach Luft. »Fuck, fuck, fuck!« Ich schüttelte meine pulsierende Hand, und Tränen schossen mir in die Augen – das war vermutlich die dämlichste Idee meines Lebens gewesen.

Ein Grunzen erklang hinter mir.

Ich wirbelte herum und sah, wie Holdens Schultern bebten.

»Du machst dich über mich lustig!«, fuhr ich ihn aufgebracht an.

Prustend sah er mich an. »Natürlich mache ich mich über dich lustig. Du hast gerade gegen die Fahrstuhltür geboxt – und dabei übrigens nicht einmal einen Kratzer oder eine Delle hinterlassen. So schlimm kann es gar nicht wehtun.«

Doch meine Fingerknöchel pulsierten heiß und brannten, als wollten sie ihm das Gegenteil beweisen.

Ich presste mir die Hand gegen die Brust und sah ihn finster an.

»Zeig mal her.« Ohne auf meine Antwort zu warten, griff er erstaunlich vorsichtig nach meinem Arm und zog meine Hand zu sich. Er trat näher heran und betrachtete die geröteten Fingerknöchel. Unbehagen breitete sich in mir aus. Sein Daumen strich über mein Handgelenk, und er zog meine Hand noch ein Stück näher zu sich.

Ein Schnauben entfuhr mir. »Was, bist du etwa nicht nur Anwalt, sondern auch Arzt?«

Holden erwiderte meinen Blick. »Nein. Aber ich schätze mal, dass selbst ich es sehen würde, wenn da Finger in einem unnatürlichen Winkel abstünden. Hast du etwas zum Kühlen zu Hause?«

»Keine Ahnung.«

»Ich habe Eis da. Ich bringe es dir, sobald ich oben bin. Falls wir nach oben kommen.«

»Nein danke, nicht nötig. Aber nettes Angebot«, erwiderte ich.

Wieder trat unübersehbare Frustration in seine dunklen Augen.

Ich entzog ihm meine Hand, hielt sie mir wieder gegen die Brust und drehte mich um. Wir befanden uns irgendwo zwischen dem neunzehnten und zwanzigsten Stockwerk.

Einen Moment lang schwiegen wir uns an, vermutlich weil wir beide darauf hofften, dass der Aufzug jede Sekunde wieder zum Leben erwachte. Als das nicht geschah, seufzte ich schwer. Der Flug war lang gewesen, ich hatte kaum geschlafen und wollte ins Bett. Außerdem glühte jetzt auch noch meine Hand. Wieso war ich auch so bescheuert gewesen, sie gegen die Tür zu schlagen? Vermutlich entwickelte ich mich wohl oder übel zu einem gewalttätigen, Lava spuckenden Ungeheuer.

»Also …«, begann Holden. »Wir sind wohl noch ein paar Minuten hier drin, falls du drüber reden willst.«

»Worüber?«

Er schwieg kurz. »Payton … du hast gerade gegen die Aufzugtür geschlagen«, wiederholte er langsam.

Mit verdrossener Miene drehte ich mich wieder zu ihm um und lehnte mich mit dem Rücken gegen die Kabinenwand. »Wieso interessiert dich das überhaupt?«

Er zuckte mit den Schultern, vergrub die Hände in den Taschen seiner Jogginghose und lehnte sich mit der Schulter ebenfalls an eine der Wände. In so lässiger Kleidung hatte ich ihn noch nie gesehen. Es war irgendwie seltsam. »Darf es das nicht?«, fragte er.

»Ich verstehe es nur nicht.«

Er schwieg. Vermutlich war das eine Art Anwaltstaktik. Schweigen dem Reden vorziehen, um andere dazu zu bringen, die Stille füllen zu wollen und Informationen zu teilen.

Ich biss die Zähne zusammen. In einer Woche würde ich sowieso weg sein. Seine Neugierde war mir egal. Und letztendlich war es auch egal, ob ich ihm etwas erzählte oder nicht. In diesem Leben würden wir uns nie wieder begegnen. »Es ist meine Schwester«, sagte ich schließlich. »Wir hatten einen Streit, es wurde hässlich, und sie ist einfach abgehauen. Nicht gerade die Art von Thema, das in dieses schicke Glitzerleben reinpasst.«

Er reagierte weder triumphierend noch selbstzufrieden auf mein Geständnis. Stattdessen glaubte ich, Mitgefühl in seinen Augen zu sehen. Vielleicht bildete ich es mir aber auch ein. Er hatte nicht gerade eine lesbare Miene.

»Das tut mir leid«, sagte er schließlich. »Und ich glaube, nicht reinzupassen, macht den Charme vom schicken Glitzerleben aus. Glaub mir, niemand, der in keine reiche Familie hineingeboren wurde, fühlt sich so, als würde er wirklich dazugehören.«

»Dann kommst du nicht aus einer reichen Familie?«, fragte ich und runzelte die Stirn.

Er lächelte schief. »Meine Mutter war Grundschullehrerin und mein Vater ist pensionierter Krankenpfleger. Also nein. Ich habe mir alles selbst erarbeitet.«

»Also, das ist ... bewundernswert. Und ich weiß, was du meinst. Ich fühle mich immer wie im falschen Film. Selbst hier und jetzt.«

Nachdenklich fuhr er sich mit dem Daumen über die Unterlippe. »Aber ich dachte, du kommst aus reicher Familie. Die Wohnung, dein Fahrer. Das können sich Studentinnen für gewöhnlich nicht leisten.«

Ich schüttelte den Kopf. Ich musste ihm ja nicht gleich alles erzählen, aber ... »Ehrlich gesagt weiß ich gar nicht genau, woher das ganze Geld kommt. Irgendwie war es plötzlich einfach da, und meine Schwester will mir nichts darüber verraten. Einer der Gründe für unseren Streit. Die Beziehung zu ihr ist dahin, und sie hat mir keine einzige Frage beantwortet. Alles, was ich jetzt noch habe, ist jede Menge Asche.«

»Du klingst nicht sonderlich begeistert.«

»Bin ich auch nicht. Ich bin die Geheimnisse und Lügen in dieser Stadt dermaßen satt ...« Als ich merkte, dass ich allmählich zu viel preisgab, schloss ich den Mund.

»Ja«, murmelte Holden. »Diese Stadt trieft nur so vor Spielchen und Lügen. Tut mir leid, dass du darunter leidest.«

»Danke«, sagte ich und zog die Brauen nachdenklich zusammen. Ich musste plötzlich daran denken, was Monroe mir über Holden erzählt hatte. Aber weder Monroes Erzählungen über ihn noch Holdens Erzählungen über Monroe wurden dem jeweils anderen gerecht. Vielleicht täuschte mich auch meine Menschenkenntnis – in letzter Zeit sowieso –, aber Holden wirkte nicht gerade wie ein Monster, genauso wenig wie Monroe. Doch das war wohl ein Geheimnis, das ich niemals lüften würde.

Holden betrachtete mich so eindringlich, dass ich für einen kurzen Moment die Luft anhalten musste. Er hatte diese Ausstrahlung, die sein Gegenüber über kurz oder lang in die Knie zwang. Und auf so engem Raum wie hier schien die Wirkung nur noch geballter.

»Es ist schon eine Weile her, seit ich so ein normales und ehrliches Gespräch geführt habe«, sagte er schließlich.

Ich konnte nicht anders, als aufzulachen. »Tut mir wirklich leid, dass das deine Definition von einem normalen …« Ein Ruck ging durch den Fahrstuhl, und mir entfuhr ein Schrei. Wir bewegten uns wieder. » … von einem normalen Gespräch ist. Endlich fahren wir weiter, das wurde auch langsam Zeit.«

Wir erreichten das neunundvierzigste Stockwerk, und ich umfasste den ausgefahrenen Griff meines Koffers. Ich hob den Kopf, sah Holden an und versuchte mich an einem Lächeln. Es war müde und nicht sonderlich schön, aber besser als nichts. »Danke, Holden. Fürs Reden.«

Er erwiderte mein Lächeln. Und im Gegensatz zu meinem war es so schön, dass es beinahe wehtat. »Ich muss mich bedanken.«

Die Tür öffnete sich, zwar nur bis zur Hälfte, aber ich schob mich durch.

»Hab ich eigentlich schon erwähnt«, begann er, weshalb ich einen Blick über die Schulter warf. Ein Funkeln trat in seine Augen, und mir wurde sofort klar, was folgte. »Dass du heute wieder bezaubernd aussiehst?«

Ein kurzes Lachen entfuhr mir. Ein echtes. Ich hob die gerötete Hand. »Die Prellung bringt meine Augen zur Geltung.«
»Das tut sie.«
»Du bist dir wirklich für keinen Flirt zu schade, oder?«
»Stimmt. Bin ich nicht. Gute Nacht, Payton.«
Ich lief zu meiner Wohnung und hörte zu, wie die Tür erneut spann und wie Holden fluchte.

KAPITEL 43

Asche zu Asche, Staub zu Staub

Ich verließ das Büro der Universitätsverwaltung. Das Formular in meiner Handtasche und der Zettel für den Termin morgen fühlten sich bleischwer an. Ich würde es tun. Sobald ich alles ausgefüllt und den Beratungstermin hinter mich gebracht hatte, war Payton offiziell für ein Semester freigestellt. Damit hatte sie genug Zeit, um wieder auf die Füße zu kommen und in ihr eigenes Leben zurückzukehren. Und die Leute hier würden alles, was geschehen war – Donovans Geburtstag, das mit Monroe und meine Feldzüge gegen Grace und Alyssa – vergessen haben. Das Feuer würde sich legen. Vielleicht wäre es besser gewesen, von Anfang an diesen Weg zu gehen, anstatt aus Rache unsere Identität zu tauschen und die Liste anzugehen. Ich hätte es besser wissen müssen. Ich hätte nicht versuchen sollen, meine Schwester zu beschützen. Ich … hätte Abstand nehmen sollen. Von Payton. Und ganz besonders von Monroe.

Der Himmel über der Columbia University war grau, der Campus nass und kalt. Passend für Anfang Oktober. Der Sturm war so heftig gewesen, dass er nicht nur die ersten bunten, sondern auch einige grüne Blätter von den Bäumen gerissen hatte. Manche Bäume in der Stadt – vor allem in den Parks – waren sogar entwurzelt worden, und überall hatten Räumungsarbeiten stattgefunden, besonders wegen gefluteter Subway-Stationen. Der trostlose, kahle Anblick des Campus passte gut zu meiner Stimmung.

Ich besuchte meine letzte Vorlesung, schrieb allerdings kaum mit. Ich hörte Professor Yoon mit starrer Miene zu, tief auf meiner Sitzbank zusammengesunken. Ich hatte Monroe gestern geschrieben und angekündigt, dass ich nicht zu ihm kommen würde. Dass es mir nicht gut gehe und ich früh ins Bett wolle. Er hatte augenblicklich gefragt, was los sei, doch ich hatte es nicht über mich gebracht, ihn anzulügen. Deshalb hatte ich gar nicht mehr geantwortet.

Als die Vorlesung vorbei war, packte ich den unangerührten Laptop in meine Tasche, schlüpfte in Jacke und Schal und verließ den Hörsaal.

»Payton, warte mal«, erklang hinter mir eine vertraute Stimme.

Ich entdeckte Donovan. Er holte mich ein und passte sein Schritttempo dem meinen an.

»Ich habe nachgedacht«, begann er mit gesenkter Stimme. Ein aufgeregtes Funkeln lag in seinen Augen. »Bezüglich Rosie. Ich weiß, dass ich gesagt habe, dass du die Finger von ihr lassen solltest. Aber … Celia und ich haben über Rosie gesprochen. Wegen Holland. Sie weiß nichts von deiner Liste, aber sie ist mit an Bord, wenn du wirklich vorhast, Rosie hochgehen zu lassen.«

Meine Kinnlade klappte nach unten, und ich blieb mitten auf dem Gang stehen. »Das ist ein Scherz.«

Er schüttelte den Kopf. Kurz zögerte er. »Ich kann nicht zulassen, dass meine Schwester in eine Sucht getrieben wird. Rosie macht das ständig. Wenn jemand von den wohlhabenderen Studierenden an irgendwelchen Pillen oder Koks hängen bleibt, dann hat meistens sie damit zu tun. Sie dealt im großen Stil,

Sar… *Payton*. Mit allen möglichen Drogen. Benzos, Oxy, Ritalin, Liquid Ecstasy, Xanax, Koks, all so was.«

»Und Celia will mitmachen?«, fragte ich ungläubig. Hastig sah ich mich zu allen Seiten um, aber keiner sonst war wie wir stehen geblieben.

Er nickte. »Meine Schwester ist ihre engste Freundin. Wir haben schon alles Mögliche versucht, um Holland davon abzuhalten, mit Rosie abzuhängen, aber das kann man vergessen.«

»Ihr müsst das ohne mich machen, Donovan.«

Seine Lippen teilten sich. »Was?«, fragte er perplex.

Mir war elend zumute. »Ich bin raus. Ich kann das nicht mehr. Ende der Woche gehe ich zurück nach San Francisco. Ich war bereits bei der Verwaltung und bekomme hoffentlich morgen die Freistellung für ein Semester. Ich bin fertig mit New York, mit der Clique und mit Payton.«

Wut flackerte in seinen Augen auf. Dann Sorge und Unverständnis. »Wieso? Jetzt, wo Celia und ich dich sogar unterstützen würden?«

Zähneknirschend packte ich ihn am Handgelenk und zog ihn näher zu mir. Meine Augen begannen zu brennen – was meine Wut anfeuerte. Ich hasste es zu weinen. Ich hasste es, momentan ständig zu weinen. So war ich sonst nicht. Aber mein Nervenkostüm fühlte sich so verflucht dünn an. Und empfindlich, wie eine nässende Wunde. Ich holte Luft und erzählte ihm kurz und knapp vom Wochenende und Payton. Sogar von ihrem Brief, den sie Dad vor ihrem Verschwinden gegeben hatte.

Donovans Schultern sackten nach unten. »Das sieht ihr gar nicht ähnlich.«

»Nichts sieht Payton momentan ähnlich.«

»Was glaubst du, wo sie hin ist?«

»Ist mir egal. Ehrlich, es interessiert mich einen feuchten Dreck. Ich will einfach nur zurück nach Hause und das Theater hier hinter mir lassen. Du hattest von Anfang an recht, es war bescheuert von mir, diesen Tausch zu veranstalten. Ich hätte in San Francisco bleiben sollen.«

»Es war wirklich bescheuert«, murmelte er. Auf meinen verdrossenen Blick hin legte er mir erstaunlich sanft die Hände auf die Schultern. »Aber auch bewundernswert, Sarah. Ich glaube nicht, dass es in meinem Leben jemanden gibt, der so was für mich tun würde.«

Es kostete mich große Mühe, mich zusammenzureißen und nicht die Stirn gegen seine Brust sinken zu lassen. Mein Herz krampfte sich schmerzlich zusammen.

»Hast du Hunger?«

Ein selten weicher Ausdruck lag auf seinem Gesicht. »Komm, ich spendier dir etwas. Wenn das deine letzte Woche in der Stadt ist, können wir auch das Beste draus machen.«

Ich folgte Donovan nach draußen und zog bei dem kalten Wind instinktiv die Schultern hoch. »Wenn du nur nett zu mir bist, weil du Mitleid mit mir hast, dann spar dir das, ja?«

»Wer sagt, dass ich Mitleid habe?«, erwiderte er schnaubend.

Zwischen Buell Hall und Philosophy Hall entdeckten wir Celia und Holland. Es schien, als hätten sie auf uns gewartet.

»Ich sterbe vor Hunger«, sagte Holland, gerade als wir sie erreichten. Sie rieb die Hände in fliederfarbenen Lederhandschuhen aneinander und schüttelte sich. Auch wenn es kühl war, war das für diese Jahreszeit übertrieben. »Fahren wir ins Altman's? Ich glaube, nur ein Clubsandwich und eine heiße Suppe können mich jetzt noch retten.«

Donovan zückte sein Handy. »Ich rufe Fran an.« Soweit ich es mitbekommen hatte, war Fran ihre Fahrerin.

Celia hakte sich bei mir ein, und wir liefen zum Ausgang an der Amsterdam Avenue. »Payton, hast du schon ein Kleid für Freitag?«, fragte sie.

»Wieso? Was ist am Freitag?«

Verdutzt hob sie die Augenbrauen. »Wieso weißt du so was nie? Es ist die Jubiläumsfeier der Browning-Stiftung, die dem Campus ein Chemielabor gespendet hat. Meine Eltern sind Mitglied. Die von Donovan und den anderen auch.«

»Du stehst auf der Gästeliste«, fügte Donovan murmelnd hinzu. »Ich habe dich draufsetzen lassen.«

Ich schenkte ihm ein verwirrtes Lächeln. Schön, eine letzte Party, bevor ich ging, konnte wohl nicht schaden. »Alles klar. Dann trage ich mir das mal in meinen Kalender ein.« Ich führte nicht einmal einen Kalender.

Donovan fluchte leise. Ich blickte über die Schulter, um zu sehen, was der Grund dafür war. Dann sackte mein Herz nach unten. Monroe kam zielstrebig auf uns zugelaufen, den Blick unbeirrt auf mich gerichtet.

Jede Faser meines Körpers erwachte zum Leben. Er sah perfekt aus. Eine Strähne seines blonden Haars hing ihm in die Stirn. Die Kälte hatte eine fleckige Röte auf seinen Wangen hinterlassen und ließ seine einladenden Lippen noch rosiger erscheinen. Er trug seinen halblangen schwarzen Mantel, eine graue Leinenhose und einen beigen Strickpullover.

Wie von selbst löste ich mich von Celia und machte zwei Schritte auf ihn zu. Dann war er bei mir, sein Duft hüllte mich ein, und einen Moment später lagen seine Lippen auf meinen. Vor allen anderen! Und dennoch entfuhr mir ein Seufzen.

»Payton«, murmelte er und strich mit dem Daumen über meine Wange. Er würdigte die anderen keines Blickes. Seinen Fokus so sehr auf mir zu spüren, erzeugte ein Ziehen in meinem Bauch. Er ließ eine Hand in meinen Nacken gleiten und suchte meinen Blick. »Ist irgendetwas passiert? Wieso hast du mir gestern nicht mehr geantwortet? Ich habe mir schon Sorgen gemacht.«

»Es geht mir gut«, erwiderte ich. Doch meine Stimme klang zu dünn.

Und seine Augen waren zu aufmerksam. Eine Sorgenfalte erschien auf seiner Stirn. »Habe ich etwas Falsches gesagt oder getan? Die Ringe unter deinen Augen sind ...« Er atmete tief durch, offenbar um sich zu beruhigen. Er wirkte durch den Wind. Wegen mir? Ungläubig sah ich ihn an. So sehr hatte sich noch nie jemand um mich gesorgt.

»Es ... es gab einen Streit. Mit meiner Familie. Am Wochenende.« Ich befeuchtete meine Lippen. Seine Augen registrierten die Bewegung sofort, und die Hand in meinem Nacken rührte sich kaum merklich, was einen Schauer über meinen Rücken beförderte. Ich riss mich zusammen und rückte mit der Sprache raus. Besser jetzt. Er musste es erfahren, es würde so oder so schmerzhaft werden. »Ich werde ein Semester aussetzen und nach Hause fliegen. Diese Woche noch.«

Er zuckte zurück. Er zuckte so sehr zurück, als hätte ich ihm einen Schlag verpasst, mit dem er nicht gerechnet hatte.

»Warte, was? Du ... Du gehst. Du verlässt New York?«

Wie betäubt nickte ich. Er schien ebenso den Atem anzuhalten wie ich, und seine aufgewühlte Miene brach mir hier und jetzt das Herz.

»Und du bist dir sicher?« Er taxierte mich. »Payton, du kannst mit mir reden. Über alles. Ich hoffe, das weißt du. Bitte ... Ich weiß, dass es selbstsüchtig von mir ist, so was zu sagen, und dass ein anständiger Mann so was nicht machen würde. Aber bitte ... überleg es dir. Was ist mit deinem Studium? Die Columbia ist nicht ohne.« Ich hörte die Verzweiflung in seiner Stimme und sah sie in seinem schönen Gesicht.

Ich wich seinem Blick aus. »Ich habe morgen einen Beratungstermin.«

Sanft legte er mir eine Hand auf die Wange. Er brachte mich

dazu, ihn wieder anzusehen. »Hey«, sagte er leise. »Du musst da nicht allein durch, Payton. Und wenn …« Ich sah, wie er hart schluckte. »Und wenn es wirklich das ist, was du brauchst und was dir gerade guttut, dann werde ich dich unterstützen. Es geht ja nur um ein Semester. Wir finden schon einen Weg, wie wir uns sehen können. In der Mitte treffen, zum Beispiel. Oder ich komme an den Wochenenden und in den Semesterferien nach San Francisco.«

Mein Atem beschleunigte sich. Der Schmerz in meiner Brust wurde unerträglich und breitete sich aus wie Gift. Ich konnte das nicht. Ich konnte ihm das nicht antun. Anstatt Monroe zu antworten, schlang ich die Arme um seine Mitte und vergrub das Gesicht an seinem Hals. Er erwiderte die Umarmung sofort, ehe er mich ein Stück von sich fortschob und mich so unendlich sanft und lange küsste, dass mein Herz gleich noch einmal brach.

»Komm mit zu mir«, murmelte er und lehnte seine Stirn gegen meine. »Wenn wir nur noch diese Woche haben … Ich möchte jede Sekunde mit dir verbringen.«

Ich sah ihn an. Seine kühle Nasenspitze berührte meine.

Zögerlich warf ich einen Blick über die Schulter. Donovan sah uns nicht an. Er tat sogar sein Bestes, in absolut jede Richtung außer in unsere zu sehen. Holland wirkte bestürzt, und auch sie sah nicht zu uns. Nur Celia schenkte mir ein vorsichtiges, verwirrtes Lächeln. »Du kommst nicht mit, oder?«

Ich erwiderte ihr Lächeln, aber auf meinen Lippen fühlte es sich kläglich und verzerrt an. »Tut mir leid. Ein andermal?«

»Klar.«

»Dann ist das ein Ja?«, murmelte Monroe in mein Ohr. Sein warmer Atem an meiner Ohrmuschel ließ mich erschaudern.

Es war allmählich an der Zeit. Ich musste ihm die Wahrheit sagen. Denn ihn einfach zu verlassen, brachte ich nicht übers Herz. Jetzt, wo ich ging, sollte er endlich alles erfahren. Was hatte ich schon zu verlieren? Wenn er mich dann immer noch wollte, würde ich eben für uns kämpfen. Dann würde ich dafür sorgen, dass das mit uns wirklich echt wurde.

Ich drehte mich wieder zu ihm um und drückte einen Kuss auf seine Lippen. »Ja«, flüsterte ich. »Ich komme mit zu dir.«

KAPITEL 44

Der Junge mit dem Herzen aus Gold

Monroe und ich fuhren nicht zu seinem Apartment. Obwohl es kalt und die Strecke von Morningside Heights nach Hudson Yards lang war, gingen wir sie zu Fuß. Unsere verschränkten Hände fühlten sich so gut an. So richtig. Und wäre mir nicht dermaßen nach Heulen zumute gewesen, hätte ich nichts als Stolz empfunden, mit dem großartigsten Kerl, den ich kannte, durch Manhattan zu spazieren. Wir holten uns auf dem Weg einen Coffee to go und belegte Croissants und ließen uns von innen wärmen, während der starke herbstliche Wind gegen uns schlug und meine Haare in ein wildes Durcheinander verwandelte. Wir sprachen nicht darüber, dass ich ging. Als würden wir uns das Thema aufsparen bis zum allerletzten Moment. Es fühlte sich gut an, es zu verdrängen und für den Augenblick so zu tun, als würde sich nicht bald alles zwischen uns ändern. Wir redeten über das, was uns in den Sinn kam, bis der Kloß in meinem Hals sich allmählich auflöste. Dinge, die wir sahen, und Gedanken, die uns kamen, während wir inmitten von Menschentrauben Straßen überquerten oder an riesigen Billboards, Lagerhallen mit Lkw-Laderampen und Baustellen vorbeiliefen, ehe wir eine Debatte über den besten Kaffee der Stadt führten.

Monroe erzählte von seinem Wochenende. Vom Fechtturnier seines Cousins in den Hamptons, dem Ausflug mit seinem Boot, das er schon seit ein paar Jahren besaß, und vom angespannten Essen mit seinen Eltern und Peter. Irgendwie schafften wir es, eineinhalb Stunden mit allen möglichen Themen zu füllen, und die Zeit verging wie im Flug. An beinahe jeder roten Ampel stahl er sich einen Kuss. Und jeder dieser Küsse löste ein Kribbeln vom Scheitel bis in die Fußzehen in mir aus. Den ganzen langen Weg über lag es mir auf der Zunge, ihm von der Ohrfeige zu erzählen, die ich Peter vergangenen Freitag in der Bar verpasst hatte. Oder von Rosie, die mir Koks in den Mund geschoben hatte. Aber ich behielt es für mich. Es war nicht länger etwas dran zu ändern, und ich würde ohnehin nichts weiter unternehmen. Sollte Monroe mich von sich stoßen, sobald ich ihm von meiner wahren Identität erzählt, ihm gestanden hatte, dass ich ihn belogen und ihm etwas vorgemacht hatte, würden sich unsere Wege ohnehin für immer trennen. Auch wenn ich wirklich hoffte, dass es nicht so enden würde. Aber der Gedanke schlich sich immer wieder in den Vordergrund.

»Begleitest du mich am Freitag?«, fragte Monroe wie aus dem Nichts, als wir einen Zebrastreifen auf der 11th Avenue am Lincoln Tunnel überquerten. Die mickrigen Bäumchen, die vereinzelt entlang des aufgeplatzten Gehwegs wuchsen, beugten sich im Wind, und die vielen weißen Wolken am Himmel spiegelten sich in den gläsernen Fassaden der umstehenden Hochhäuser. Eine Handvoll Arbeiter in gelben Sicherheitswesten bauten ein Gerüst an einem hässlichen Backsteinklotz und stellten weißorange Straßenbarrikaden auf.

Ich sah zu ihm auf und trank den letzten kalten Schluck aus meinem Pappbecher. »Zur Jubiläumsfeier der Browning-Stiftung?«, fragte ich.

Bejahend drückte er meine Hand. Der Blick aus seinen schönen blauen Augen war warm. Doch ich entdeckte auch Traurigkeit darin. »Ein letzter Tanz, bevor du gehst«, sagte er leise.

Ich schob mich näher an ihn heran und lächelte so strahlend wie möglich. Ob ich ihn oder mich damit aufmuntern wollte, wusste ich nicht.

»Nichts lieber als das.«

»Perfekt.« Er erwiderte das Lächeln, beugte sich nach unten und drückte einen Kuss auf meine zerzausten Haare. Das war alles, was er zum Thema Abschied sagte. Mehr brauchte es allerdings nicht, um die Enge in meiner Brust zurückkehren zu lassen.

Zehn Minuten später erreichten wir endlich sein Wohnhaus. Das Aussetzen des Windes im Foyer war so wohltuend, dass ich aufseufzen musste.

Im Fahrstuhl ließ ich mich gegen Monroe sinken und genoss die Nähe und die Wärme, die sein Körper ausströmte.

»Ich habe etwas für dich«, murmelte er, während seine Finger sanft über meinen Oberarm tanzten.

Neugierig blickte ich auf. »Ach ja?«

Ein Lächeln umspielte seine Lippen. Er strich mit dem Daumen meine Wange entlang. Dann mein Kinn und meinen Kiefer, bis zum Ohr. Es entlockte mir ein Seufzen. »Wenn du noch ein paar Minuten wartest, gebe ich es dir, sobald wir oben sind«, sagte er geheimnisvoll und schob eine Hand unter meine offene Jacke. Seine Finger brannten sich in meine Hüfte, als er mich noch ein Stück näher zu sich zog.

»Ein paar Minuten sollte ich schaffen«, erwiderte ich mit einem leichten Lächeln und schmiegte mich an ihn. Die Atmosphäre im Aufzug schien sich innerhalb eines Sekundenbruchteils zu ändern. Wurde aufgeladen und knisternd, wie eine Gewitterwolke, je länger wir uns in der Stille ansahen. Mein Blick heftete sich wie von selbst auf seinen Mund. Er bemerkte es sofort. Und wie nicht anders zu erwarten, umspielte kurz darauf ein zufriedenes Lächeln seine Lippen. »Wie wäre es mit Lieferessen und *Big Bang Theory*?«

Das war vermutlich das erste Mal in meinem Leben, dass mich diese Worte anturnten. Ich schlang die Arme um seinen Hals und strich mit den Lippen über seine. »Du bist zu gut für diese Welt, Monroe Darlington.«

»Nur zu dir«, flüsterte er. Dann küsste er mich innig und sinnlich. So leidenschaftlich, dass mein Körper binnen Sekunden in Flammen aufging. Ich erwiderte den Kuss genauso leidenschaftlich und öffnete meine Lippen für ihn. Ein Wimmern entschlüpfte mir, als seine Zunge meine Zungenspitze umkreiste, und eine köstliche sengende Hitze schoss durch meinen Bauch.

»Gott, ich will dich so sehr«, wisperte er an meinem Mund und zog mit den Zähnen an meiner Unterlippe. Diesmal stöhnte ich auf und vergrub die Hände in seinen Haaren. Wir lösten uns auch dann nicht voneinander, als die Aufzugtüren sich öffneten und wir in den Zwischenraum vor seiner Wohnungstür taumelten. Erst als er den Sicherheitscode der Alarmanlage eingeben musste, schob er mich schwer atmend zurück. Er schloss die Tür auf und zog mich so energisch herein, dass mir ein Lachen entschlüpfte.

Und dann waren seine Lippen wieder auf meinen. Hungrig vergrub er die Hände in meinen Haaren und küsste mich voller roher Lust. Als hätte meine Ankündigung zu gehen einen Schalter in ihm umgelegt. Einen Schalter, der verhinderte, dass er sich länger zurückhielt, was er seit unserem ersten Kuss wie der anständigste Gentleman der Welt getan hatte.

Unsere Jacken und mein Schal landeten auf dem Boden. Ein Keuchen entfuhr mir, als er mich plötzlich hochhob, und ein heißes Pochen machte sich in meiner Mitte breit. Ich schlang die Beine um seine Hüfte und klammerte mich an ihm fest. Meine Wahrnehmung reduzierte sich auf ihn. Auf Hände und Lippen und seinen Körper, auf den Laut unserer Atemzüge und den sanften Klang unserer Küsse. Er lief los. Und es dauerte einen Moment, bis ich realisierte, dass er das Schlafzimmer anvisierte.

»Warte«, sagte ich und krallte mich an seinen Schultern fest.

Er blieb augenblicklich stehen und hielt inne. Als hätte ich die Kontrolle. Obwohl er derjenige war, der so viel Dominanz ausstrahlte. Doch dieses eine Wort ließ ihn innehalten, er hob den Kopf und sah mich an. Seine Brust an meiner hob und senkte sich in einem harten Rhythmus. Seine Augen leuchteten, und seine wunderbar weichen Lippen waren von unseren Küssen geschwollen und gerötet. Besorgt musterte er mein Gesicht. »Ist alles in Ordnung?«

Ich zögerte, suchte nach den richtigen Worten. *Ich muss dir etwas sagen, das nicht warten kann.* Sosehr der bevorstehende Trennungsschmerz meinen Hunger auf ihn auch steigerte, wir durften nicht miteinander schlafen, solange er nicht die Wahrheit kannte.

Mein Zögern schien ihm Antwort genug. Monroe setzte mich sanft zurück auf die Füße. »Tut mir leid«, murmelte er, schloss die Hände um mein Gesicht und küsste meine Nasenspitze. »Ich wollte dich nicht ...« Er seufzte schwer. Dann löste er sich von mir. »Dein Geschenk. Magst du es jetzt haben?«

Der abrupte Themenwechsel ließ mich zwei Mal blinzeln. »Oh. Okay. Ja.«

Noch immer außer Atem, fuhr er sich durch die Haare. Er hob unsere Jacken wie auch unsere Taschen vom Boden auf und holte etwas aus seiner. Als er wieder vor mich trat, sah ich, dass es sich um eine längliche Schatulle handelte. Ein goldenes Emblem prangte auf dem seidig schimmernden grauen Stoff. Sie sah hochwertig aus, als würde sie nichts anderes als Schätze beherbergen. Neugierde und Wehmut sorgten für ein Wechselbad der Gefühle in mir.

»Was ist das?«, flüsterte ich.

»Mach es auf«, erwiderte er bloß.

Ich zögerte nicht, nahm ihm die Schatulle aus der Hand und öffnete sie.

Ich schnappte nach Luft, ehe mein Kopf nach oben schoss, um ihn ungläubig anzusehen. »Monroe! Nein. Das kann ich nicht annehmen.«

Doch ich musste zurück in die Schatulle blicken. Konnte den Blick kaum abwenden, so schön war sein Geschenk. Es war eine Kette – wenn dieser Ausdruck dem überhaupt gerecht wurde. Ein dünnes Band aus Silber oder Weißgold, in schwarzen Samt gebettet, mit unzähligen Diamanten in den verschiedensten Größen daran. Diamanten. Das mussten echte Diamanten sein! Noch nie in meinem Leben hatte ich etwas so Kostbares gesehen. Ketten wie diese gehörten auf Ausstellungen. Nicht an den Hals einer Hochstaplerin.

Mit offenem Mund schüttelte ich den Kopf. »Das kann ich nicht annehmen«, wiederholte ich und berührte mit den Fingern die funkelnden geschliffenen Steine.

»Doch, das kannst du«, erwiderte Monroe mit einem so liebevollen Lächeln, dass es mir den Atem verschlug.

»Sie muss ein Vermögen gekostet haben«, widersprach ich. »Du kannst mir doch nicht so etwas Teures schenken!«

Er blinzelte mich an. »Hilft es, wenn ich behaupte, es wären falsche Diamanten?«

»Sind es denn falsche Diamanten?«

Er grinste spitzbübisch. »Natürlich nicht.« Erneut zog er mich an sich und küsste mich. Es war ein weicher, sanfter Kuss, der einen Schauer meinen Rücken hinabrieseln ließ. »Lass mich dir die Kette umlegen«, murmelte er an meinen Lippen. »Bitte. Du weißt, dass Geld für mich keine Rolle spielt. Du aber schon.«

Meine Gegenwehr verpuffte. *Du aber schon. Du aber schon.* Ich hatte keine Ahnung, was ich darauf erwidern sollte. Wie ich mich dagegen wehren sollte. Denn ich wollte mich nicht dagegen wehren.

Wortlos reichte ich ihm die Schatulle. Dann umfasste ich meine zerzausten Haare und hielt sie nach oben.

Seine Augen leuchteten auf. Er trat hinter mich, und im nächsten Augenblick kitzelte mich auch schon das filigrane kühle Band der Kette. Die Diamanten kamen unter meiner Kehle zum Erliegen, als wären sie dafür gemacht. Für mich. Ich schloss die Augen. Nein, nein, das war falsch! Das konnte ich nicht annehmen. Das *durfte* ich nicht annehmen.

Monroes Hände berührten meine Taille und ließen meine Gedanken augenblicklich versiegen. Er strich mit den Fingerknöcheln meine Seiten entlang und schien den Kopf zu senken, denn ich spürte seinen heißen Atem auf meinem Nacken. Er drückte die Lippen auf die empfindliche Stelle unterhalb meines Ohrs, und ein elektrischer Schlag durchfuhr mich. Ich schnappte nach Luft.

»Monroe«, keuchte ich.

Er schloss die Arme um mich, und ich drehte mich in seinen Armen um. Ein dunkler, zufriedener Ausdruck trat in seine Augen, und er betrachtete sein Geschenk unter halb gesenkten Lidern.

»Du siehst aus wie eine Göttin«, flüsterte er. Seine Hände wanderten tiefer und kniffen mir in den Hintern, was das heiße Pochen zwischen meinen Beinen noch präsenter und drängender machte. Ein schiefes Lächeln machte sich auf seinen Lippen breit. »Und die Diamanten stehen dir auch nicht schlecht.«

Ein heiseres Lachen entfuhr mir. Ich streckte mich nach oben und küsste erst den einen Mundwinkel, dann den anderen. Dort verharrte ich mit den Lippen.

»Danke«, wisperte ich. Nicht dass dieses Wort seinem Geschenk auch nur ansatzweise gerecht werden könnte.

»Ich habe zu danken«, erwiderte er. »Dafür, dass du bei mir bist.« Seine Hand fuhr liebkosend über meine Haare. Dann lehnte er sich zurück und sah mir tief in die Augen. »Und dafür, dass du es mir so einfach gemacht hast, mich in dich zu verlieben.«

Alles geriet in Stillstand. Die ganze Welt blieb stehen.

Die Welt, mein Herz und meine Seele.

Verlieben.

Verlieben.

In meiner Brust begann es zu glühen.

Jetzt, Sarah!, schrie eine verzweifelte Stimme in mir. *Sag es ihm! Sag es ihm jetzt!*

Er beobachtete mich, beobachtete unsicher meine Reaktion.

Meine Kehle war jedoch so zugeschnürt, dass ich kaum Luft bekam.

»Monroe ...«, begann ich wispernd. »Ich muss dir etwas sagen. Etwas Wichtiges. Ich habe nicht ... Ich war nicht vollkommen ...« Tränen schossen mir in die Augen. *Tu es. Tu es! Jetzt!*

»Du weißt nicht alles über mich«, flüsterte ich mit erstickter Stimme. »Und das, was ich dir jetzt sagen werde ... Ich bin nicht die, für die du mich hältst.«

»Nicht«, murmelte er sanft und strich mit dem Daumen über meine Wange. »Du brichst mir das Herz, wenn du weinst.« Er küsste die Träne fort, die sich von meinen Wimpern löste. »Es ist mir egal, wenn du nicht die bist, für die ich dich halte. Du weißt nicht, wofür ich dich halte. Und solange ich dich wundervoll, klug, sanft, lustig, schlagfertig, umwerfend und unglaublich schön finde, ist mir jede andere Meinung über dich egal.«

Ich schüttelte den Kopf, als mir ein Schluchzen entfuhr, das ich so dringend hatte zurückhalten wollen. Doch ich konnte nicht. Mein Kinn und meine Unterlippe zuckten unkontrolliert.

»Nein. So meine ich das nicht. Wenn … w-wenn ich es dir sage, wirst du mich vielleicht hassen.«

»Ich könnte dich niemals hassen.«

»Monroe, das meine ich ernst. Ich bin nicht Pay…«

»Ich könnte dich niemals hassen, Payton.« Er drückte seine Lippen fest auf meine und hörte nicht eine Sekunde auf, sanft über meine Haare zu streichen.

»Sag mir nur eins«, flüsterte er an meinen Lippen. »Alles, was ich wissen muss, ist, ob du etwas für mich empfindest.«

Ich keuchte stockend. »Aber …«

»Bitte, sag es mir«, flehte er.

Wir sahen uns an. Sein Blick brannte sich voller Sehnsucht, beinahe schon verzweifelt in meinen, und mein Herz hämmerte so sehr, dass ich glaubte, jeden Moment umzukippen. Ich blinzelte den Tränenschleier fort.

»Ja«, flüsterte ich. »Natürlich bin ich auch in dich verliebt.« Und es waren die wahrsten Worte, die ich je zu ihm gesagt hatte.

Wieder küsste er mich, diesmal härter und drängender. »Dann lass mich dir beweisen, dass das alles ist, was zählt«, flüsterte er. Küsste mich wieder und wieder und wieder. Und ich konnte nicht … Ich konnte ihn einfach nicht …

Ich erwiderte seine Küsse. Erwiderte sie voller Verzweiflung und Schmerz und Freude und so viel Glück im Herzen. Schmolz unter jeder Berührung. Er war in mich verliebt, und ich war in ihn verliebt. Das hier war echt. Ich war es vielleicht nicht, aber wir waren es. *Wir* waren echt.

Seine Hände legten sich flach auf meinen Rücken und glitten hinab bis zu meiner Hüfte. Dann schoben sie sich unter den Saum meiner Bluse, und er berührte meine nackte Haut.

Ich stöhnte an seinen Lippen auf. Er nutzte den Moment, um mit der Zunge und einem tiefen, kehligen Laut in meinen Mund zu dringen. Er strich an meiner Zunge entlang. Küsste mich rhythmisch und genießerisch. Er entfachte ein Feuer in mir, das außer Kontrolle geriet. Die Kontrolle entglitt mir, denn meine Sehnsucht nach ihm, die Lust in mir, meine Angst vor der Wahrheit, vor meinem Geständnis, all das explodierte in mir und überrollte mich wie eine Sturmwelle.

Wir sprachen nicht. Und ich ließ es zu. Ich wusste, dass das ein Fehler war, aber es schien plötzlich egal. Alles, was jetzt noch zählte, waren er und ich.

Ich packte den Saum seines Pullovers und riss ihn nach oben. Monroe zog ihn sich über den Kopf. Die Knöpfe seines weißen Hemdes sprangen am Kragen ab, als er es ebenfalls über den Kopf zog. Im nächsten Moment presste er mich mit zitternden Armen an seinen Körper, und ich spürte seine harte Erektion an meinem Bauch. Ein lautes Stöhnen entfuhr mir. »Zieh mich aus.«

Seine Hände glitten über meinen Bauch und öffneten den Verschluss meiner Hose. Er ging in die Knie, um sie mir von den Oberschenkeln zu streifen, zusammen mit der dünnen schwarzen Strumpfhose. Zeitgleich schlüpfte ich aus der Bluse. Erst zog er mir die Schuhe aus. Hose und Strumpfhose waren einen Moment später fort, und als Monroe sich wieder aufrichtete, verteilte er eine Spur aus Küssen auf meinem Bauch, meinen Brüsten und meinem Dekolleté. Ich stand nur noch in seidener weißer Unterwäsche vor ihm und war von einer Gänsehaut bedeckt, die nichts mit der kühlen Luft in seiner Wohnung zu tun hatte.

Als er mich diesmal hochhob und ins Schlafzimmer trug, fügte ich dem nichts hinzu. Stattdessen küsste ich ihn, schlang die Beine fest um seine Hüfte und drängte meine Mitte gegen die harte Beule in seiner Hose. Er stöhnte in meinen Mund und grub die Hand so fest in meine Haare, dass es wehtat. Doch es fühlte sich gut an. Ich wollte mehr. Ich gierte nach allem, was er mir bot.

Sein Schlafzimmer war dunkel und roch nach ihm.

Er warf mich auf sein Bett, und ich landete keuchend in den kühlen schwarzen Laken. Die Lust pochte quälend zwischen meinen Beinen, und ich stützte mich schwer atmend auf den Ellbogen ab, um ihn anzusehen. Sein Anblick war überwältigend. Die sehnigen Muskeln, der flache Bauch und die trainierte Brust. Monroe stand vor dem Fußende und beobachtete mich unter halb gesenkten Lidern wie ein Raubtier seine Beute. Er atmete genauso schwer wie ich, und das Verlangen auf seinem Gesicht raubte mir den Atem. Langsam setzte er sich in Bewegung, was ein summendes Kribbeln in meinem ganzen Körper auslöste. Er packte meine Knöchel. Dann zog er mich plötzlich mit einem Ruck zu sich, spreizte meine Beine und stellte meine Füße auf der Bettkante ab. Sein brennender Blick löste sich dabei keine Sekunde von meinem. Er sank auf die Knie und fuhr mit den Lippen über meine linke Wade.

Ein Wimmern entfuhr mir.

»Du weißt gar nicht, wie sehr ich diesen Anblick von dir gerade genieße«, flüsterte er heiser. Seine warme, große Hand strich meinen Bauch hinauf, und er leckte sanft über die Innenseite meines Oberschenkels.

Ich stöhnte, diesmal lauter. Doch er hielt inne. Seine Augen richteten sich auf meinen Slip. Er verschlang mich mit seinem hungrigen Blick, verbrannte mich, bis ich glaubte, jeden Moment als Haufen Asche zu enden. Er lehnte sich vor, senkte den Kopf. Sein Atem traf warm auf die feuchte Seide, und er schlang den freien Arm um meine Hüfte. Dann strich er mit der Nasenspitze über den dünnen Stoff. Seine Zunge folgte, genau über meiner empfindlichsten Stelle.

Mein ganzer Körper erzitterte, und mein Kopf fiel in den Nacken.

»Nein«, flüsterte er. »So geht das nicht.«

»Was …«, begann ich. Doch meine Stimme erstarb in der Sekunde, als er den Stoff zur Seite schob und mich mit seinen Lippen und seiner Zunge verschlang.

Ich drückte den Rücken durch und krallte die Hände in seine Haare. Er küsste mich, kostete mich dort, wo ich ihn am dringendsten brauchte. Dann drang er mit der Zunge in mich ein. Monroe stöhnte tief und umschloss mit einer Hand meine Brust. »Du bist so nass für mich«, murmelte er und schob einen Finger in mich hinein. Unkontrollierte Laute lösten sich von meinen Lippen. Ich zappelte unter ihm, drängte mich ihm entgegen, doch sein Arm um meine Hüfte hielt mich eisern fest und presste mich auf die Matratze. In langsamen Bewegungen schob er seinen Finger in mich herein und zog ihn wieder hinaus. Er schien genau zu wissen, dass er mich damit beinahe an den Rand der Verzweiflung brachte, doch er hörte nicht auf. Schien es zu genießen. Dann war sein Finger fort. Flehend flüsterte ich seinen Namen. *Mehr.* Das durfte es noch nicht gewesen sein.

Doch Monroe richtete sich bloß auf, um mir den seidenen Slip auszuziehen. Ich hob so begierig die Hüften an, dass es ihn zufrieden grinsen ließ.

Ungeduldig öffnete ich meinen BH, bevor er dazu übergehen konnte.

Langsam kam er wieder auf die Beine und schnalzte mit der Zunge. Seine Hände lagen auf meinen Knien. »Das wollte ich doch machen«, murmelte er. Doch in seiner rauen Stimme lag nichts als Lust. Er öffnete den Knopf seiner Hose und zog den Reißverschluss nach unten. Wie hypnotisiert beobachtete ich ihn dabei und leckte mir über die Lippen.

Er zog die Hose und die engen schwarzen Boxershorts nach

unten. Seine befreite Erektion war groß und perfekt und wippte durch seine unsanften Bewegungen. Meine Kehle wurde staubtrocken, als er sich die Kleidung von den Beinen streifte und sie und die Schuhe achtlos mit dem Bein fortschob. Dann hob er wieder den Blick und erwischte mich dabei, wie ich ihn mit den Augen verschlang.

Stöhnend schloss er eine Hand um seinen Schaft. Seine Faust bewegte sich langsam die gesamte harte Länge hinauf und wieder hinab.

Ich starrte auf den winzigen glänzenden Tropfen, der aus seiner Spitze drang. Der Anblick wollte mich die Knie zusammenpressen lassen, doch ich konnte mich nicht rühren. Das Ziehen zwischen meinen Beinen wurde beinahe schmerzlich. Mein Atem ging flach und so unregelmäßig, dass mir schwindlig wurde.

»Was geht dir durch den Kopf, wenn du meinen Schwanz anstarrst?«, fragte er mit verboten tiefer Stimme.

Mein Blick schoss nach oben und erwiderte seinen. Ich kam mir verrucht und skandalös vor, als ich mich höher aufs Bett schob und meine Beine weiter spreizte. Ich trug nichts. Nichts bis auf die Diamantkette.

Seine Brust blähte sich, als er tief einatmete. Nicht eine Sekunde ließ er mich aus den Augen und streichelte sich mit gemächlichen, gekonnten Bewegungen, die mir das Wasser im Mund zusammenlaufen ließen.

»Sag es mir«, verlangte er raunend.

Langsam leckte ich mir über die Unterlippe. »Ich ... ich stelle mir vor, wie du mich vögelst«, hauchte ich.

»Ist es das, was du willst?« Seine Hand wurde schneller. »Willst du, dass ich dich ficke?«

Die harten, obszönen Worte durchfuhren mich wie eine Schockwelle. Atemlos nickte ich. Und als ich erneut seine Hand beobachtete, glitt meine eigene zwischen meine Beine und fand … Gott. Ich war nicht feucht, sondern klitschnass. Meine Nervenenden waren dermaßen empfindlich, dass meine eigene Berührung mich zusammenzucken ließ.

Seine Augen weiteten sich. Dann knurrte er einen Fluch und stieg zu mir aufs Bett. Er kniete sich zwischen meine Knie, legte sich auf mich und drang mit einem einzigen harten Stoß in mich ein.

Ich schrie auf, als feiner, wunderbarer Schmerz den Druck seiner Länge in mir begleitete. Er war *groß*. Und nie hatte sich etwas himmlischer angefühlt.

Ich erstarrte. Wir hatten nicht …

Monroe stieß ein tiefes Stöhnen aus und presste seine Lippen auf meine. Seine Hüfte zuckte und schob ihn noch tiefer in mich hinein. »Fuck«, flüsterte er heißer, glitt plötzlich in einer schnellen Bewegung aus mir heraus und setzte sich auf. Schwer atmend sah er mich an. »Nimmst du etwas?«, fragte er.

Ich schüttelte den Kopf, unfähig, auch nur zu denken.

Er sprang auf, griff in seinen Nachttisch und holte ein Kondom heraus. Er zog es sich über und legte sich wieder zwischen meine Beine. Unsere Nasenspitzen strichen aneinander entlang, und unser flacher Atem vermischte sich. Mir war glühend heiß. Sein Gewicht auf mir fühlte sich so gut an, dass es fast schon Wahnwitz glich. Diesmal drang er nicht mit einem harten Stoß in mich ein. Mit einem Arm stützte er sich neben meinem Kopf ab, den anderen schob er zwischen unsere Körper. Ich erbebte unter dem Gefühl seiner Finger, die meine Rippen, meinen Bauch hinabstrichen. Er sah mir tief in die Augen und hielt meinen Blick, als er zwei Finger auf meine Klitoris legte und leichten Druck ausübte.

Zischend holte ich Luft und presste den Kopf in das Kissen. Er beobachtete mich und ließ die Finger langsam kreisen. In meinen Ohren rauschte es. Ich hob das Becken an, um mich gegen seine Finger zu pressen.

»Ja«, flüsterte er mit rauer Stimme und fing meine Unterlippe mit den Zähnen ein. Er saugte an ihr und wurde schneller. Hitze brodelte und zuckte zwischen meinen Beinen, und ich stöhnte und stöhnte und vergrub die Fingernägel in seinen Schultern. Diesmal schnappte Monroe nach Luft und schob hungrig die Zunge in meinen Mund. Er küsste mich grob und gierig, und ich wand mich unter ihm.

»Bitte«, stöhnte ich. »Bitte, Monroe.«

»Sag mir, was du willst.« Er knabberte an meinem Kiefer und hauchte eine Spur aus Küssen bis zu meinem Hals. Er leckte über die Haut unter meinem Ohr und biss sanft zu.

Ich bäumte mich auf. »Ich ...«

Ich spürte ihn atemlos an meinen Lippen lächeln. »Trau dich«, flüsterte er. »Sprich es aus. Ich weiß, dass du es willst. Sag, dass ich dich ficken soll.«

Ein heiserer Laut entwich mir, als seine Hand zwischen meinen Beinen schneller wurde. »Gott«, stöhnte ich an seinem Mund und grub die Nägel fester in seine Schultern. Meine Knie pressten sich an seine Hüften. »Bitte. *Fick mich.*«

Seine Finger zwischen meinen Beinen verschwanden. Er brachte sich in Position, und ich spürte ihn an meiner Öffnung.

»Ja«, hauchte ich und bog mich ihm entgegen. Er drang in mich ein, füllte mich mit all seiner perfekten, harten Länge aus. Dehnte mich, bis ich das Gefühl hatte, es kaum noch zu ertragen, so viel war es. Viel zu sanft legte er seine Hand an meine Wange und strich mit dem Daumen über meine Unterlippe.

»Du fühlst dich perfekt an, Baby«, flüsterte er. Dann stießen unsere Hüften aneinander, und er zog sich fast gänzlich zurück, ehe er mit einem schnelleren Stoß wieder in mich drang. Ich stöhnte in seinen Mund. Dann ließ ich mich fallen, und wir verloren uns in unserer Lust. Er fand einen harten, tiefen Rhythmus. Wir küssten uns, als wären wir vollkommen ausgehungert. Bissen uns, zogen an Haaren. Seine Hand umfing meine Brust, und er schloss zwei Finger um die harte Spitze. Meine Hände kratzten über seinen Rücken und gruben sich in seinen Hintern, was ihn nur noch wilder und schneller werden ließ. »Umdrehen«, knurrte er an meinen Lippen und glitt von mir runter. Bevor ich darauf reagieren konnte, wirbelte er mich so schnell auf den Bauch, dass mir die Luft aus der Lunge wich. Er hob meine Hüfte an, bis ich mit den Knien Halt fand, und schob seine Länge Stück für Stück in mich hinein, tiefer als zuvor, sodass ich die Hände in das Kissen krallte und mein lautes Stöhnen im Stoff erstickte. Seine Hände streichelten meinen Rücken. Eine schob er in meinen Nacken, die andere grub sich in meine Hüfte. Und dann vögelte Monroe mich. Das Geräusch unserer Körper, das Aufeinandertreffen von Fleisch auf Fleisch und unser Keuchen und Stöhnen erfüllten das dunkle Zimmer. Verzweifelt schob ich eine Hand zwischen meine Beine.

»Ja, Baby«, keuchte er. Stieß zu, stieß zu, stieß zu. »Lass deine Hand genau dort.« Er löste seine Hand von meiner Hüfte. Dann erklang ein lautes Klatschen, und ein kribbelnder, brennender Schmerz breitete sich auf meiner Pobacke aus und vermischte sich mit meiner Lust. Ich verlor mich in der Leidenschaft, ritt auf der berauschenden Welle und näherte mich immer schneller meinem Höhepunkt. Ich hatte keine Kontrolle mehr über die Laute, die mir über die Lippen kamen. Ich bewegte die Finger zwischen meinen Beinen schneller und presste eine Hand Halt suchend gegen das Bett. Kam jedem Stoß seiner Hüften entgegen. Elektrische Spannung brodelte in meinen Adern, und meine Hand wurde ruckhafter, hektischer. Jeder Muskel in meinem Unterleib spannte sich an. Es machte Monroe so rasend, dass ich wusste, auch er stand kurz vor dem Höhepunkt.

Und dann explodierte die Lust in mir, und ich kam mit einer so gewaltigen Kraft, dass ich Sterne sah. Monroe schrie erstickt, als er spürte, wie ich um ihn herum zuckte und mich zusammenzog. Seine Stöße gerieten aus dem Takt. Dann drang er mit einem Laut tief in mich ein. Seine Hüften drängten sich zuckend gegen meine. Er brach auf mir zusammen. Bevor sein Gewicht mich erdrücken konnte, schlang er einen Arm um mich und rollte uns herum, den Körper an meine Rückseite gepresst. Er zuckte noch in mir. Ein letztes Mal zog ich mich um ihn zusammen, was uns gleichermaßen nach Luft schnappen ließ. Dann wich jegliche Kraft aus meinen Muskeln, und ich schmolz gegen seinen verschwitzten, heißen Körper und in das Bett. Er glitt aus mir heraus, was fast schon ein Gefühl von Verlust in mir auslöste.

Einige Minuten vergingen, in denen wir nichts anderes taten, als unseren Atem und unseren Herzschlag zur Ruhe kommen zu lassen. Eine selige Trägheit legte sich über mich und ließ mich seufzen.

Monroe küsste meinen Nacken. Seine Nasenspitze strich kitzelnd meine Schulter entlang. »Ich wusste ja, dass es gut werden würde«, murmelte er. »Aber nicht so gut.«

Lächelnd schloss ich die Augen. Ich kuschelte mich näher an ihn. »Sag es ruhig«, meinte ich. »Der beste Sex deines Lebens.«

Sein leises Lachen vibrierte an meinem Rücken. »Ehrlichgesagt ja.« Er drückte mich mit dem Arm um meinen Oberkörper fester an sich und streichelte sanft mit dem Daumen über meine Brust. Es erfüllte meinen Bauch mit einem warmen Kribbeln.

»Geht mir genauso«, flüsterte ich. Und ich meinte es auch so. Es war der beste Sex meines Lebens gewesen. Und zu wissen, dass Monroe das Gleiche empfand wie ich, machte das hier noch so viel kostbarer. Bedeutsamer als bloß Sex, auf so vielen Ebenen.

Wieder küsste er meinen Hals, diesmal länger und zärtlicher. Eine Gänsehaut überkam mich. »Und das hier ist genauso perfekt«, sagte er und schmiegte sich an mich.

Ich erlaubte mir, mich in seine Worte zu hüllen wie eine warme Decke. In den Augenblick. In das, was wir soeben geteilt hatten. Nur dieses eine, einzige Mal erlaubte ich es mir, in Monroes Armen glücklich zu sein.

KAPITEL 45

Schöne Träume, süßer Engel

Ich gab dem Jetlag die Schuld, dass ich wach wurde, als nichts als Dunkelheit mich umgab. Dunkelheit und … ein warmer Körper. Und eine Decke. Monroe schlief tief und fest. Unsere Beine waren ineinander verschlungen, sein Gesicht ruhte in der Kurve zwischen meinem Hals und meiner Schulter, und eine Hand lag besitzergreifend auf meiner Hüfte. Ich sehnte mir Schläfrigkeit herbei. In Watte gepackten Halbschlaf, der es mir erlaubte, meine Wange an Monroes Haar zu schmiegen, in der Wärme, die mich umgab, zu zerfließen und zurück in den Schlaf zu fallen. Doch ich war hellwach.

Vorsichtig hob ich den Kopf an und sah mich um. Ich entdeckte auf dem Nachttisch die weiß glühenden Zahlen eines digitalen Weckers. Es war kurz nach fünf.

Ich gab mir größte Mühe, Monroe nicht zu wecken, als ich mich aus seiner Umarmung wand und aus dem Bett krabbelte. Die Luft kühlte meinen nackten Körper viel zu schnell ab, und ich fröstelte, als ich aus dem Schlafzimmer schlich und mich auf die Suche nach dem Badezimmer machte.

Nachdem ich es gefunden hatte, sammelte ich fünf Minuten später im Wohnbereich Stoff vom Boden auf. Die Lichter von New York drangen kaum in die Wohnung ein, doch der beleuchtete Smog und die beleuchteten Wolken ließen mich in der Wohnung wenigstens leichte Umrisse ausmachen. Es war Monroes Hemd. Ich beschloss kurzerhand, es anzuziehen. Es reichte mir bis auf die Mitte der Oberschenkel, die Ärmel waren viel zu lang und locker. Ich erinnerte mich daran, dass Knöpfe abgesprungen waren, als er es sich über den Kopf gerissen hatte. Ein Schauer durchlief mich, und ich berührte meine Lippen. Ich konnte noch immer das leichte Ziehen zwischen meinen Beinen spüren. Ich war ein wenig wund. Und durch und durch zufrieden. Befriedigt.

Ich tastete in der Dunkelheit umher, bis ich meine Tasche fand und das Handy herausholte. Ich entsperrte es, leuchtete mir einen Weg zur Küchenzeile und öffnete Schrank für Schrank, bis ich ein Glas fand. Seufzend füllte ich es am Wasserhahn auf und leerte es in einem Zug. Ein flaues Gefühl machte sich in meinen Magen breit, als ich den Chat mit Laurel öffnete.

> *Bist du wach?*

> *Ah.*

> *Alles klar, nur ein Haken. Du schläfst noch. Was soll's.*

Ich lehnte mich mit der Hüfte gegen die Küchenzeile und knabberte an der Seite meines Daumens. Meine Gedanken und Gefühle waren ein einziges Wirrwarr. Mit einem Fuß an der Wade tippte ich die Worte, bevor ich es mir anders überlegen konnte.

> *Monroe hat mir gesagt, dass er in mich verliebt ist. Und du hattest recht, ich bin auch in ihn verliebt.*

> *Wir hatten Sex. Es war fantastisch.*

> *Ich habe es nicht geschafft, ihm vorher die Wahrheit zu sagen. Aber das hole ich heute nach, auch wenn ich Angst davor habe. Ich glaube, dass alles gut werden wird.*
> *Er muss die Wahrheit wissen. Das mit uns fühlt sich zu richtig an.*

Lange starrte ich auf die einsamen Haken an meinen Nachrichten. Dann drückte ich auf die Tastensperre, ließ mich erneut von der Dunkelheit verschlucken und legte das Handy auf die Küchentheke. Die nüchterne Wahrheit trieb zurück an die Oberfläche meines Bewusstseins. Und sie tat weh. Ich hätte ihn von mir stoßen sollen. Schön, vielleicht nicht stoßen, aber ich hätte verhindern sollen, dass wir miteinander schliefen, bevor er Bescheid wusste. Ich hätte es einfach sagen sollen. *Ich bin nicht Payton, sondern ihre Zwillingsschwester Sarah. Seit Wochen tue ich schon so, als wäre ich meine Schwester.*

Ich presse fest die Lippen zusammen und atmete tief durch die Nase ein. Das hätte ich sagen sollen. Ich hätte mich nicht mitreißen lassen dürfen. Auch nicht, nachdem er mir gesagt hatte, was er für mich empfand, und ich ihm gesagt hatte, was ich für ihn empfand. Seine Worte hallten mir noch im Gedächtnis nach, wie durch eine tiefe Schlucht. War es ein Fehler gewesen? Würde er es verstehen, wenn ich es ihm erklärte? Meine Gefühle für ihn waren immerhin echt. Vielleicht verstand er ja, wieso ich es getan hatte, wenn er alles erfuhr: vom Plan, der Liste und dem alten Tauschspiel.

Angestrengt presste ich die Augen zusammen. *Bitte, Universum, lass es ihn verstehen. Bitte lass es funktionieren.*

Auch wenn es vielleicht ein Fehler gewesen war, mich ihm hingegeben zu haben, bevor er die Wahrheit erfuhr, fühlte es sich nicht nach einem Fehler an. Ich bereute es kein Stück. Ob mich das zu einem schlechten Menschen machte, wusste ich nicht. Ich konnte mich mit diesem Gedanken jedoch nicht beschäftigen. Da war zu viel Angst, zu keinem guten Ergebnis zu kommen.

Hinter mir erklang ein Geräusch.

Erschrocken wirbelte ich herum und fing mich an der Theke ab, bevor ich das Gleichgewicht verlieren konnte.

»Was machst du hier?«, fragte Monroe verschlafen. Im nächsten Moment legte er die Hände an meine Taille und zog mich an seinen warmen Körper. »Hmmm«, brummte er und vergrub das Gesicht an meinem Hals, dort, wo er es auch schon im Schlaf vergraben hatte. »Du trägst ja mein Hemd.« Seine Hände schlüpften unter den Saum. Dann hielt er inne. »Und nichts darunter«, murmelte er. Er drängte mich mit den Hüften gegen die Küchentheke. Er war hart, und das Gefühl brannte sich in meinen Bauch wie heißer Stahl. Ein Ziehen kroch tief durch meine Mitte. Es war berauschend, wie stark mein Körper auf ihn reagierte. Auf jede noch so kleine Berührung, auf seinen Duft, auf seine Stimme.

Ich schlang die Arme um ihn, küsste seine warme nackte Schulter, dann seinen Hals und seine leicht kratzige Wange. »Ich konnte nicht mehr schlafen und hatte Durst«, sagte ich. Meine Stimme klang belegt.

»Ist alles in Ordnung?«, fragte er und strich mit einem Finger über meine Wange. Dann hielt er inne. »Du ... Bereust du es? Letzte Nacht?«

»Nein«, sagte ich sofort und küsste seine weichen Lippen. »Nein, nein, das ist es nicht.« Und doch konnte ich nichts dagegen tun, als meine Kehle eng wurde. »Es liegt nicht an letzter Nacht«, flüsterte ich. »Ich bin bloß ...« Die Worte wollten mir nicht über die Lippen.

Er bückte sich, schob einen Arm unter meine Knie und den anderen auf meinen Rücken und hob mich hoch. Ich protestierte nicht, als er mich zurück ins Schlafzimmer trug. *Reiß dich zusammen, Sarah. Sag es ihm einfach. Sag es.*

Er legte mich aufs Bett. Es war kein Vergleich zu gestern Abend, wo er mich spielerisch auf die Matratze geworfen hatte. Diesmal legte er mich so behutsam ab, als wäre ich zerbrechlich.

Er legte sich neben mich und zog die Decke über uns. Das Bett war noch immer wohlig warm.

Wir drehten uns gleichzeitig auf die Seite. Doch als er den Arm nach mir ausstreckte, wich ich zurück.

Jetzt oder nie. Sag es!

Mein Herzschlag hämmerte mir im Hals, und ich holte zittrig Luft. »Monroe, ich bin nicht Payton«, wisperte ich.

Er blinzelte mich an.

Dann zupfte ein Lächeln an seinen Lippen.

Er rückte so nah, bis unsere Knie sich berührten, schlang einen Arm um mich und platzierte einen Kuss auf meine Lippen. »Sondern? Ihr böser Zwilling?«

Ein ungläubiges Lachen löste sich aus meiner Kehle. Verflucht noch mal, das lief alles andere als so, wie ich geglaubt hatte! Ich wollte mich aus seinen Armen befreien, doch er ließ mich nicht los und lächelte an meinen Lippen. Mein Puls wurde schneller. »Ja«, sagte ich atemlos. »Genau das, Monroe. Ich ...« Mir versagte die Stimme, als er langsam über meinen Hals leckte und seine Hüften zu bewegen begann. Die Empfindung sandte einen heißen Blitz aus Lust zwischen meine Beine, und ich stöhnte unwillkürlich auf. Wie sollte ich es ihm erklären? Und war das hier, nackt im Bett, in dieser Dunkelheit, wirklich der richtige Ort, um die Bombe platzen zu lassen?

Aber es war zu spät. Ich hatte die Worte bereits ausgesprochen. Nicht dass sie ihren Zweck erfüllt hätten.

»Hmmm, und ich bin nicht Monroe. Ich bin auch sein böser Zwilling.« Er biss mir plötzlich in den Hals, zog an meiner Haut, bis ich vor Schmerz überrascht nach Luft schnappte. Doch zugleich schloss sich seine Hand um meine Brust, und er küsste die malträtierte Stelle unter meinem Ohr, was den Schmerz vertrieb und meinen Puls noch weiter beschleunigte. Mir wurde schwindelig vor Lust. Und schon stand mein Körper wieder in Flammen und verzehrte sich nach jeder seiner Berührungen. Er küsste mich leidenschaftlich, und ich konnte nicht anders, als es zu erwidern. Er packte eine Handvoll Haare an meinem Hinterkopf und stöhnte in meinen Mund. Reflexhaft schlang ich ein Bein um seine Hüfte. Da rollte er sich auch schon auf mich. Ich schnappte nach Luft, als seine Erektion sich durch den Stoff seiner Boxershorts an mich presste. Das nächste Keuchen blieb mir beinahe im Hals stecken, als er sich zwischen meinen Beinen bewegte.

Er zog mit den Zähnen an meiner Unterlippe und saugte an ihr. »Ein böser, böser Zwilling. Der gerne böse, unanständige Dinge mit anderen bösen, unanständigen Zwillingen macht«, raunte er und kniff spielerisch in meine aufgerichtete Brustwarze. Mein Körper reagierte von selbst. Er bäumte sich auf und drängte sich seiner Hand entgegen. Seiner Hand und seiner Erektion.

»Monroe, das ist nicht ...«, begann ich noch einmal. Hilflos wich ich seinem nächsten Kuss aus, doch er knabberte stattdessen an meinem Hals. Mein Hirn ratterte. Ich ... hatte es versaut. Er glaubte mir nicht. Er glaubte, dass ich nur einen Spaß machte. Was zum Teufel sollte ich jetzt ...

Er bewegte erneut sein Becken und rieb seinen Schwanz diesmal über genau die richtige Stelle, sodass mir ein Laut entschlüpfte. Mit einem tiefen Stöhnen hob er den Kopf und sah mich mit brennendem und zugleich sanftem Blick an. »Ich liebe dich.«

Ich erstarrte.

Alles in mir erstarrte. Selbst Monroe erstarrte.
Ein Herzschlag.
Zwei Herzschläge. Drei.
Vier.
»Was?«, fragte ich tonlos.
Er kniff die Augen zusammen und atmete tief durch. »Fuck«, murmelte er. »Ich ... Das ... Tut mir leid.« Obwohl es dunkel war, hätte ich schwören können, zu sehen, wie sein Gesicht rot wurde.

Er rollte von mir herunter und schien mit dem Rücken tief neben mir im Bett zu versinken. »Das war so nicht geplant«, sagte er, den Blick an die Decke gerichtet. Dann stöhnte er grollend und drehte den Kopf zu mir. »Aber es ... irgendwie musste es raus. Und es hat sich gerade so richtig angefühlt.«

Mir wurde heiß und kalt. Ein Sturm aus unterschiedlichsten Emotionen brach in mir aus und wütete durch meinen Kopf, bis die Welt sich drehte. »Monroe ...« Mein Atem beschleunigte sich. Ich suchte nach den richtigen Worten, doch ich fand keine.

Er griff unter der Decke nach meiner Hand und drückte sie sanft. »Du musst es nicht erwidern. Ich weiß, dass ich absolut über das Ziel hinausschieße. Aber es ist nun mal das, was ich fühle. Und ich musste es dir gerade sagen, weil ... ich dich liebe. Und ich glaube, das tue ich schon seit einer ganzen Weile.«

Ich schluckte gegen den Kloß in meinem Hals an, aber ich hatte keine Chance. Das hier war *alles*. Aber es war nicht der richtige Moment! Nicht jetzt, nicht hier, nicht so! Er hatte mir ... Monroe hatte ... Heilige Scheiße. *Ich liebe dich.* Er hatte es gesagt. Zwei Mal. *Zwei* Mal!

Ich liebe dich.
Ich liebe dich.

Mein Herz raste und glühte und platzte fast aus meiner Brust. Und jetzt? Was jetzt?! Ich konnte ihm die Wahrheit wohl erst dann sagen, *sobald* der Nachhall dieser drei großen Worte verklungen war. Wie sollte das sonst ablaufen? »*Ich liebe dich.*« – »*Ah, schön, übrigens habe ich dir nur etwas vorgemacht, ich bin Paytons Zwilling Sarah und lüge dich schon seit Wochen an, weil ich dich ursprünglich nur benutzen wollte.*«

Wenn *nett* die kleine Schwester von Scheiße war, dann war das hier ihr großer muskulöser Bruder.

Ich erwiderte nichts. Dafür war ich zu sprachlos. Doch Monroe wirkte mit meinem Schweigen mehr als zufrieden.

Er zog mich an sich und küsste meine Stirn.

»Payton«, flüsterte er. »Was machst du nur mit mir?«

Ich wollte lachen. Ich wollte weinen.

Was ich mit dir mache?, spukte es mir durch den Kopf.

Ich breche dir das Herz.

KAPITEL 46

Gutes Outfit zu bösem Spiel

Ich steckte mir Perlenstecker in die Ohren, überprüfte noch einmal die funkelnde Spange, mit der ich meine Haare hochgesteckt hatte, und strich über die beiden gelockten Strähnen, die mein Gesicht einrahmten.

»Gestern hätte ich es fast wieder geschafft«, murmelte ich und verpasste mir einen Spritzer Parfum.

Durch den Lautsprecher meines Handys erklang Laurels wenig begeistertes Grunzen. »Und diesmal wird es klappen, Sarah? Glaubst du, heute Abend wirst du den richtigen Moment erwischen?«

»Ja«, sagte ich todernst und trat vor den Spiegel im großen begehbaren Kleiderschrank. Ich strich über das voluminöse Abendkleid. Es war altrosafarben, trägerlos und besaß jede Menge Tüll unter überlappenden dünnen Stoffschichten. Die Taille war presseng und der Stoff am Dekolleté geformt wie die Blütenblätter einer Rose. Meine Schlüsselbeinknochen kamen mir präsenter vor als je zuvor, und um meinen Hals funkelte die kostbare Diamantkette. Ich atmete tief durch, auch wenn ich das Gefühl hatte, an meiner Shapewear zu ersticken. Ohne sie hätte ich mich niemals in das Kleid zwängen können. Es war jedoch so schön, dass ich es anziehen *musste*. Es hatte quasi meinen Namen geschrien.

Ich drehte mich zur Seite und sah über die Schulter. »Ich habe

Monroe gesagt, dass ich mit ihm reden muss. Heute noch. Und dass es etwas Wichtiges zu besprechen gibt. Ich glaube, er hat verstanden, dass es mir wirklich ernst ist.«

»Wieso hast du es ihm nicht gesagt, als du das Treffen mit ihm vereinbart hast?«, fragte Laurel. Und ich konnte ihr die Frage nicht verübeln.

Frustriert seufzte ich und stemmte die Hände in die Hüften. »Weil es mir jedes Mal die Zunge verknotet, wenn er mir sagt, dass er mich liebt und mir diesen Welpenblick schenkt! Und ich …«

»Und du liebst ihn auch?«

»I-ich meine, er drängt mich nicht, es zu erwidern, weil er weiß, dass es noch ziemlich früh ist, so was zu sagen.«

»Na ja, *er* glaubt, dich schon über ein Jahr zu kennen.«

»Ich weiß«, brummte ich und setzte mich auf einen weißen Samtpouf, um mir die funkelnden Jimmy Choos mit den dünnen Absätzen und den Kristallkettchen an den Knöcheln anzuziehen.

»Du hast meine Frage noch nicht beantwortet, Sarah«, bemerkte Laurel. Ich gab einen gequälten Laut von mir. *Und du liebst ihn auch?*

»Verdammt. Vielleicht? Keine Ahnung, ich hab noch nie so was für jemanden empfunden, Laurel. Noch nie. Ist das Liebe? Woher soll ich wissen, ob es Liebe ist?«

»Hast du nicht mal für Patrick das Gleiche empfunden?«, fragte sie verblüfft.

Ich schüttelte den Kopf, ehe mir einfiel, dass sie mich gar nicht sehen konnte. »Ehrlich gesagt nein. Ich mochte Patrick, und ich war auch in ihn verknallt. Aber ich war nicht süchtig nach ihm. Nicht so wie nach Monroe. Ich kann kaum an etwas anderes denken und komme mir vor wie in einem Fiebertraum. Der Sex war der beste meines Lebens, die Zeit mit ihm ist so schön, dass ich die ganze Welt um uns herum vergesse ...« Ich schloss den Mund.

Langsam richtete ich mich auf. »Verdammt«, flüsterte ich und schloss die Augen. »Vielleicht ist das wirklich Liebe? Oder zumindest echte Verliebtheit?«

Laurels nächste Worte klangen weich vor Mitgefühl. »Klingt ganz danach. Aber ehrlich, Sarah, wenn ihr beide so stark füreinander empfindet, bin ich mir zu hundert Prozent sicher, dass ihr die Sache mit deinem Geheimnis überwinden werdet. Ihr werdet das überstehen.«

»In zwei Tagen fliege ich schon nach Hause«, murmelte ich. »Und dass er Peters Bruder ist, ändert sich nicht. Payton wird ihn niemals akzeptieren.«

»Payton hat sich aus dem Staub gemacht, sie muss überhaupt nichts akzeptieren, weil es *dein* Leben ist, an dem sie ja offensichtlich nicht teilnehmen will. Er kann für seine Familie genauso wenig wie du für deine. Damit möchte ich Payton nicht schlechtreden. Ich meine nur, dass ... Du weißt schon, was ich meine ...«

Ich nahm die hübsche pinke Clutch von Bottega Veneta, griff nach dem Handy und lief ins Wohnzimmer. »Ich weiß, was du meinst«, sagte ich und biss die Zähne zusammen. Payton hatte sich in Luft aufgelöst. Seit dem Wochenende war sie untergetaucht, und weder Laurel noch meine Eltern oder ich hatten seitdem etwas von ihr gehört. Einerseits wollte ich wissen, wo sie war, und machte mir Sorgen, andererseits konnte Payton ruhig dort hingehen, wo der Pfeffer wuchs. Ich war so wütend auf sie, dass ich am liebsten ihre Nummer gelöscht hätte – nur dass sie kein Handy mehr besaß. Mein Handy nicht mehr besaß.

Angeblich. Wir hatten es nicht tracken können, weil ich das Passwort zu meinem Google-Konto vergessen hatte und mir auch die Sicherheitsfrage nicht mehr einfiel. Ohne mein Konto konnten wir auch »Find My Device« nicht nutzen. Also Sackgasse.

Von der Nummer waren keine Nachrichten mehr gekommen, und ich hatte keinerlei Interesse, Nachrichten zu schreiben oder anzurufen.

Auch wenn es mir früher oder später, sobald das taube Gefühl aus mir wich, das Herz zerreißen würde ... ich hatte die Schnauze voll von meiner Schwester. Ich war fürs Erste fertig mit ihr.

»Holt Monroe dich ab?«, fragte Laurel aus dem Lautsprecher.

»Nein, ich fahre mit Lennard.«

»Was ist das noch mal für eine Party?«

»Die Jubiläumsfeier einer Stiftung, die super viel Geld für die Columbia ausgegeben hat. Sie haben ihnen ein Chemielabor gebaut.«

»Wow. Reiche Leute und ihr Geld. Spenden sie auch für gute Zwecke?«

»Keine Ahnung. Ist mir irgendwie egal. Mittlerweile glaube ich, dass sie nur Stiftungen und so was gründen, um schicke Partys zu feiern.«

Ein sehnsuchtsvolles Seufzen erklang vom anderen Ende der Leitung. »Du weißt gar nicht, was ich alles dafür geben würde, um einmal im Leben bei so einer superschicken Party dabei zu sein. Ich würde das unglaublichste Kleid der Welt entwerfen, irgendeine stinkreiche alte Dame würde mich darauf ansprechen und fragen, ob ich ihr auch so eins machen könnte, und im Handumdrehen wäre ich die gefragteste Designerin Manhattans. Ich würde ihnen all ihre Millionen aus den Taschen ziehen.«

Ich lachte auf. »Das wäre der Oberhammer! Vielleicht hättest du doch mitkommen sollen.«

»Hab ich doch gesagt! Wobei ich Monate bräuchte, um mein Traumkleid zu nähen.«

Ein Blick auf die Uhr ließ mich nervös aufatmen. »Okay, Laurel, ich glaube, Lennard ist jetzt da. Ich muss gehen.«

»Wehe, du rufst mich nicht sofort an, sobald du und Monroe euer Gespräch geführt habt. Ich möchte alles wissen. Und wenn es furchtbar war, steige ich in den nächsten Flieger.«

Ich schnaubte. »Obwohl ich übermorgen nach Hause komme? Das wäre Geldverschwendung.«

»Du würdest natürlich zahlen.«

»Könnte ich echt. Hey, was hältst du eigentlich von Silvester auf den Malediven? In so einer Luxushütte?«

Laurel schnappte laut nach Luft. »Halt die Klappe! Wieso sind wir da nicht schon früher drauf gekommen? Mit all dem Geld von Paytons Sugardaddy könnten wir eine Weltreise machen!«

Ein breites Grinsen trat auf mein Gesicht. »Sonntag fangen wir an zu planen und stellen eine Route zusammen. O mein Gott. Und wir werden so unfassbar viel Geld an jedem Reiseziel spenden und selbst mit anpacken!«

»Und wir reisen erst zurück, wenn wir aus all den Millionen eine bessere Welt gemacht haben!«

»Deal!«

Wir lachten beide aufgeregt, und zum ersten Mal, seit Monroe die drei magischen Worte zu mir gesagt hatte, spürte ich richtige euphorische Freude.

Wir verabschiedeten uns, ich löschte die Lichter und fuhr nach unten.

Mein Lächeln verblasste jedoch schnell. Mit jedem Stockwerk, das ich mich dem Erdgeschoss näherte.

Mehr noch. Mein Magen sackte mir in die Kniekehlen.

Heute würde ich es Monroe sagen. Ich würde ihm verständlich machen, dass es kein Scherz gewesen war, als ich gesagt hatte, dass ich Paytons Zwilling sei. Ich würde ihm alles erzählen.

Und dann würde ich ihn verlassen müssen, weil es für mich zurück nach Hause ging.

Hinter meinen Augen begann es zu brennen. Auch wenn ich diejenige sein würde, die ihn verletzte … mir würde es auch das Herz brechen.

* * *

Es war einmal eine Hochstaplerin, die nach Coco Mademoiselle duftete, Jimmy Choos trug und kurz davor war, an ihrer Shapewear zu ersticken.

Lennard fuhr uns durch den Abendverkehr Richtung Midtown. Im einsetzenden Zwielicht glühten die Verkehrslichter um uns herum regelrecht.

Je mehr wir uns dem St. Regis Hotel näherten, in dem die Feier stattfand, desto schneller kippte meine Stimmung, und meine Angst wurde immer drängender. Meine Zweifel kochten auf, verdichteten sich, bis sie sich schließlich wie tiefes, klares Wissen anfühlten.

Es würde so was von schiefgehen.

Monroe war schon einmal betrogen worden. Belogen. Wenn ich ihm die Wahrheit sagte, dann war's das. Daran würden auch unsere Gefühle füreinander nichts mehr ändern – er würde sich von mir abwenden. Er würde mir nie wieder in die Augen sehen können, wenn er erfuhr, dass er einer Fremden seine Liebe gestanden hatte. Dass er mit einer Fremden geschlafen hatte und nicht mit dem Mädchen, an dem er schon so lange interessiert war. Ich hatte ihm etwas vorgemacht.

Wie hatte ich mir nur eine Sekunde lang einreden können, dass er darüber hinwegsehen könnte?

Vor dem St. Regis half Lennard mir aus dem Wagen, kommentierte meine schwitzige Hand jedoch mit keinem Wort.

Der Lärm von New York City überrollte mich wie eine Flutwelle und floss wie ein Eisstrom durch meine Gedanken. Doch er betäubte nicht meine Angst vor dem, was gleich geschehen würde.

Um mich herum hielten glänzende SUVs und Limousinen mit verdunkelten Scheiben. Schöne Frauen in umwerfenden Kleidern grüßten einander, und alte weiße Männer in Anzügen begleiteten andere reiche Damen die Stufen des Hotels hinauf. Ich atmete tief durch die Nase ein und zittrig über dem Mund wieder aus.

»Danke, Lennard«, sagte ich, ohne mich zu meinem Fahrer umzudrehen. »Ich werde Sie anrufen, wenn ich wieder nach Hause möchte.«

Er verabschiedete sich, dann war er fort.

Mit beiden Händen umklammerte ich die pinke Clutch. Mittlerweile brodelte es in mir wie eine nahende Naturkatastrophe. Gleich war es so weit. Keine Ausreden mehr.

»Payton?«, erklang eine vertraute tiefe Stimme.

Ich krümmte mich innerlich, dann blickte ich auf und sah geradewegs in Monroes wunderschönes Gesicht.

Panik durchzuckte mich bei seinem Anblick. Gleichzeitig erfüllte mich Wärme. Meine widerstreitenden Gefühle drohten mich zu überwältigen, doch ich biss die Zähne zusammen und ignorierte den Stich in meiner Brust. Wie gerne wäre ich ihm um den Hals gefallen, um mich mit dem Gesicht an seiner Schulter vor der Welt zu verstecken. Ich wollte ihn berühren, mich an ihn lehnen. Ich wollte ihn mit jeder einzelnen Faser meines Seins, jetzt mehr denn je.

»Hi«, brachte ich hervor. Meine Lippen formten ein Lächeln, und ich betete, dass es echt wirkte. Er erwiderte es auf diese träge und zugleich ansteckende Art und Weise, die mich immer zum Dahinschmelzen brachte. Das vielleicht letzte liebevolle Lächeln, das er mir je wieder schenken würde.

Gott.

Wir werden nie unser für immer bekommen.

Er trat zu mir und küsste meine Wange. Es war kein flüchtiger Kuss. Seine Lippen verweilten auf meiner Haut und strichen anschließend sanft bis an mein Ohr. »Du siehst unglaublich aus«, flüsterte er. Dann gab er mir einen Kuss auf die Lippen. Ich gestattete es mir, mich dem Kuss hinzugeben und die Augen dabei zu schließen.

Er zog sich zurück. »Na dann, wollen wir?«, fragte er lächelnd und hielt mir seinen Arm hin.

Ich brachte kein Wort heraus. Dafür war meine Kehle zu fest zugeschnürt. Stattdessen ergriff ich seinen Arm, als wäre er ein Rettungsanker. *Du schaffst das, du schaffst das, du schaffst das.* Die Worte liefen in meinem Kopf in Endlosschleife, doch das Mantra wurde von Minute zu Minute wirkungsloser. Die Tränen, mit denen ich so sehr kämpfte, sammelten sich in meinen Augen. Ich lächelte breiter. Jetzt war nicht der richtige Zeitpunkt, um die Nerven zu verlieren.

Wir betraten die Lobby des Hotels, die nur so nach altem Geld schrie.

Mit hoch erhobenem Kopf umklammerte ich Monroes Unterarm fester und setzte das strahlendste Lächeln auf, das ich auf Lager hatte.

Noch nie in meinem Leben hatte ich mich so hoffnungslos gefühlt. So leer und verdorben. *Du hast ihn belogen. Er wird niemals echte Liebe für dich empfinden. Wieso sollte er bei dir bleiben, nach all der Täuschung?*

Auch wenn ich meine Fehler zuvor nicht bereut hatte, weil es sich so richtig angefühlt hatte, mit ihm zusammen zu sein –

nun brach jeder Funken Reue und jedes bisschen Schmerz, jeder Hauch von Klarheit über mich herein.

Wie hatte es nur so weit kommen können?

Unauffällig wischte ich die Träne auf meiner Wange fort und drückte den Rücken durch.

Monroe sprach kurz mit zwei seiner Freunde, die mit ihm den Master machten. Ich entdeckte Celia und Holland auf der anderen Seite des Foyers, die sich mit zwei Typen unterhielten, die ich nicht kannte und nicht zuordnen konnte. Ihre maßgeschneiderten Smokings saßen allerdings so gut, dass sie unübersehbar zur High Society gehörten – so wie vermutlich jeder auf dieser Feier. Jeder außer mir. Celia und Holland sahen traumhaft schön aus. Hollands weißes, eisig glitzerndes Kleid mit Pailletten und Schleifen auf ihren spitzen Schultern ließ sie einmal mehr wie eine Elfenprinzessin aussehen. Der Rock war voluminös und reichte ihr bis knapp unter die Knie, dazu trug sie durchsichtige Pumps und eine winzige weiße Tasche, deren Silberkettchen um eine Schulter geschlungen war. Ihr Make-up war kühl, was ihr Gesicht noch markanter machte, und die rosigen Wangen und Lippen betonten ihre großen grauen Augen. Ihre Haare waren zu so perfekten Wellen gestylt, wie man es sonst nur von Stars auf dem roten Teppich kannte. Sie hatte sie streng hinter die Ohren geklemmt, vermutlich dank Haarnadeln. Als sie glockenhell lachte, zog sie nicht wenige Blicke auf sich.

Celia wirkte wie Hollands genaues Gegenteil, als wären sie Engel und Teufel. Sie sah genauso atemberaubend aus, in einem eng anliegenden Abendkleid aus tiefroter Seide mit hauchdünnen Trägern. Der Ausschnitt zeigte genau die richtige Menge an Dekolleté für einen Abend wie diesen. Um den Hals trug sie ein goldenes Collier mit funkelnden Rubinen – zumindest glaubte ich, dass es Rubine waren. Ihre schwarzen Haare, in denen unzählige weitere Rubine schimmerten, waren zu einer aufwendigen Hochsteckfrisur gestylt, und ihr Make-up war an den Augen dramatisch, besonders der Lidstrich, und auf den Lippen dunkelrot.

Celia sagte gerade etwas zu einem der Kerle, und er berührte dabei ihren Arm. Über seine Schulter entdeckte sie mich. Ihre Miene hellte sich auf, und sie winkte.

Ich drehte mich zu Monroe um und drückte seinen Arm. »Ich bin gleich wieder da«, flüsterte ich, während einer seiner Freunde gerade etwas erzählte.

Lächelnd wandte er sich mir zu und küsste mich. »Okay. Wo gehst du hin?«

»Nur kurz rüber zu Holland und Celia.«

»Ich komme gleich dazu, dann können wir reingehen.«

Ich löste mich von ihm, versuchte, in der Shapewear zu Atem zu kommen, und machte mich auf meinen ungemütlichen Schuhen über den weichen roten Teppich auf den Weg zu meinen Freundinnen.

Meine Freundinnen. Waren sie das? Waren *wir* das?

Verdammt. Vielleicht sollte ich nicht nur Monroe heute Abend die Wahrheit sagen.

»Payton!«, sagte Holland strahlend, als ich sie erreichte. »Du siehst ja toll aus!«

»Wirklich«, bekräftigte Celia und ergriff meine Hand. »Das Kleid steht dir unglaublich gut. Du siehst verboten heiß darin aus.« Sie zwinkerte mir zu.

Verlegen lächelte ich die beiden an. »Und das sagt gerade ihr. Ihr seht aus wie Göttinnen.«

»Hey, Payton«, sagte einer der beiden Typen. Er trug seinen schwarzen Afro kurz und hatte einen silbernen Stecker im Ohr.

»Hi«, sagte ich knapp und erwiderte sein Lächeln, weil ich absolut keine Ahnung hatte, wer er war.

»Entschuldige uns, Trevor«, sagte Celia zu ihm und berührte

ihn so am Arm, wie er sie zuvor berührt hatte. »Wir sehen uns später?«

»Ein Tanz«, sagte er verschwörerisch. »Komm schon, Cee, einer steht mir zu.«

Sie schnaubte spöttisch, doch ich sah das Funkeln in ihren dunklen Augen. Wie zum Teufel hatte sie nur diesen perfekten Lidstrich hinbekommen?

»Du musst dir den Tanz verdienen. Werde kreativ. Wenn du mich findest, kannst du es ja mal versuchen.«

Trevors Grinsen wurde breit, und seine Augen leuchteten angesichts der bevorstehenden Herausforderung. »Na gut. Dann bis später, meine Schöne.«

Holland kicherte, als ich mich bei beiden einhakte und wir die Jungs stehen ließen.

»Was war das denn?«, fragte ich und stupste Celia an.

Grinsend verdrehte sie die Augen. »Er glaubt, dass aus unserem Sommerflirt mehr werden könnte.«

»Sommerflirt?«, wiederholte ich überrascht.

Mit belustigter Miene hob sie die Augenbrauen. »Ach komm schon, Pay. Das habe ich dir ausführlich genug erzählt.«

Holland wirkte vergnügt und tänzelte in ihren hohen Schuhen neben uns, als wäre sie in ihnen geboren worden. »Was in den Hamptons passiert, bleibt in den Hamptons.«

»Amen«, erwiderte ich heuchlerisch.

Holland blieb plötzlich stehen, was mich beinahe ins Straucheln gebracht hätte. Sie riss den Arm in die Luft. »Donny! Hier sind wir!«

Ich folgte ihrem Blick, und es war nur angemessen, bei Donovans Anblick nach Luft zu schnappen. Donovan sah teuflisch gut aus in dem schwarzen Smoking. Seine große, schlaksige Gestalt wirkte drahtiger und seine Schultern schienen irgendwie breiter, das Gesicht kantiger. Die schwarzen Haare waren ausnahmsweise mal nicht zerzaust. Er trug einen Seitenscheitel und hatte sie ordentlich in Form gebracht. Es wollte nicht in meinen Kopf, warum nur Kerlen lange Wimpern und voluminöse Haaransätze vergönnt waren.

Donovan stand bei einer Gruppe älterer weißer Männer. Offenbar entschuldigte er sich gerade bei ihnen, denn er drehte sich um und kam zu uns gelaufen.

»Hey, Donny«, sagte Holland grinsend. »Du siehst schick aus.«

»Ihr aber auch, Ladys.« Sein Blick blieb an mir hängen. Es sah aus, als würde er mit seinen Gefühlen kämpfen. Als würde er sich Mühe geben, in mir nicht *sie* zu sehen. Er schluckte, dann lächelte er mich mit geschlossenem Mund an. »Hey, Payton.«

»Hi«, erwiderte ich wie aus der Pistole geschossen.

Celia räusperte sich vernehmlich. Vermutlich reimte sie sich vollkommen falsche Dinge zusammen. Dinge, die mit Donovan, Payton und Monroe zu tun hatten.

»Können wir kurz reden, Payton? Unter vier Augen?«, fragte er.

»Oh, oh«, flüsterte Holland, doch wir alle konnten es hören.

Stirnrunzelnd ließ ich Holland und Celia los. »Äh ... klar«, sagte ich.

Er berührte meinen Rücken und dirigierte mich neben eine Säule.

»Was ist los?«, fragte ich und umklammerte argwöhnisch meine Clutch. Er sah sich nervös um, um sicherzustellen, dass niemand in unmittelbarer Hörweite war. Dann lehnte er sich zu mir und sprach leise und eindringlich.

»Ich habe Pillen bei Holland gefunden. Und es war hartes Zeug. Benzos und hoch dosiertes Ecstasy.«

»*Was?*«, stieß ich hervor und starrte Donovan mit geweiteten Augen an. Jedes Härchen in meinem Nacken stellte sich auf.

Fuck. So was hatte Payton auch genommen. Und es hatte nicht lange gedauert, bis sie süchtig geworden war. Mein Blick schoss zu Holland. Sie und Celia tuschelten miteinander, und sie hielt sich kichernd eine Hand vor den Mund. »O mein Gott«, flüsterte ich. Das durfte nicht passieren. Nicht auch noch mit ihr. Jetzt war es nicht mehr nur die Angst vor dem Gespräch mit Monroe, die mir bleischwer auf die Brust drückte.

Ein gequälter Ausdruck trat in Donovans graue Augen. Und Wut. So große Wut, dass ich beinahe erzitterte. »Ich habe keine Ahnung, wie oft sie das Zeug schon genommen hat, aber sie ist auf dem besten Weg, zu einem Junkie zu werden. Celia und ich haben einen Plan. Wir werden Rosie heute Abend noch hochgehen lassen. Und wir wollen, dass du uns hilfst.«

KAPITEL 47

Hier kommt der Schmutz

Alles in mir stürzte ins Chaos. Bilder von Payton flackerten vor meinem inneren Auge auf, ihr gehetzter Blick, die großen Pupillen, ihr Schluchzen, ihre zugedröhnte Miene. Mir wurde so schlecht, dass ich mir die Arme um die Mitte schlingen musste. Das war zu groß für mich. Bald würde ich nach Hause fliegen, heute Abend gab ich offiziell auf. Wie sollte ich irgendwem noch nützlich sein? Wenn ich Donovan half, konnte ich nicht gehen, das würde mein Gewissen niemals zulassen, aber ich konnte auch nicht bleiben, weil es mich zerstören würde.

»Ich kann nicht«, sagte ich und wich zurück. Ich schüttelte heftig den Kopf, und meine Brust schnürte sich zusammen. »Das geht nicht, Donovan. Ihr müsst das ohne mich machen. Ich … ich kann nicht mehr. In zwei Tagen fliege ich zurück nach Hause, dann bin ich weg. Ich … ich kann das einfach nicht mehr. Eigentlich wollte ich heute nicht mal herkommen, aber ich musste, weil ich … Dinge beenden muss.«

Die Enttäuschung überzog Donovans Miene wie Frost. Und verflucht sollte er sein, denn dieser Anblick war wie ein Faustschlag in die Magengrube.

Ein Muskel an seinem Kiefer zuckte, und er ließ den Blick über die ankommenden Gäste schweifen. »Ich frage nicht, weil du für deine Schwester etwas gegen Rosie unternehmen sollst. Ich bitte dich um Hilfe, so wie du auch mich um Hilfe gebeten hast. Es geht um Holly. Und ich … Ich kann nicht … dabei zusehen, wie sie sich zerstört. Ich kann nicht noch ein Mädchen, das ich liebe, zu Grunde gehen sehen.« Er presste fest die Lippen zusammen und tat sein Bestes, mich nicht anzusehen. Doch das musste er auch nicht, die Worte allein trafen mich wie ein spitzer Pfeil in die Brust. Verdammt, Donovan hatte so viel durchgemacht. Erst das mit Payton und jetzt das. Wie sollte ich ihn damit alleine lassen? Wenn er doch auch mir geholfen hatte?

Die Entscheidung war schneller gefallen als gedacht. Und ich hasste es, dass es das Richtige war, weil ich nichts wollte, als das Weite zu suchen.

Ich atmete tief durch und berührte ihn am Arm. »Was soll ich tun?«

Sein Kopf schoss zu mir herum, und seine Augen leuchteten hoffnungsvoll. »Verwickle Rosie in ein Gespräch«, brach er hastig hervor. »Sag irgendwas, was sie wütend macht, und sie dazu bringt, die Waschräume aufzusuchen.«

Ich verschränkte die Arme vor der Brust. »Ich weiß ja nicht, ob du es schon mitbekommen hast, aber Rosie ist ein Pitbull. Wie zum Teufel sollte ausgerechnet ich sie provozieren? Dafür kenne ich sie nicht gut genug.«

»Dann lenk sie ab, irgendwie. Der Plan funktioniert auch ohne einen Gang zu den Toiletten. Glaube ich zumindest.«

Unschlüssig betrachtete ich Donovan. Dann beschlich mich ein flaues Gefühl. »Was genau habt ihr vor?«, fragte ich argwöhnisch.

Diesmal verzogen sich seine Lippen zu einem grimmigen Lächeln. »Wir werden ihr sozusagen das Handwerk legen.«

Blinzelnd ließ ich die Arme sinken. »Ihr wollt ihr das … Donovan, wie genau wollt ihr das anstellen?«

»Abwarten und zusehen«, erwiderte er geheimnisvoll. Sein Lächeln verblasste, und seine Miene wurde wieder ernst. »Das wird schon. Aber wir brauchen dich. Ohne deine Hilfe würde es nicht funktionieren.«

»Was nicht funktionieren?«, erklang plötzlich Monroes Stimme hinter mir. Ich zuckte zusammen, und im nächsten Moment schlang er auch schon einen Arm um meine Mitte. Mein Herz drehte eine Pirouette, und ich versteifte mich instinktiv. Genau wie Donovan. Die Art und Weise, wie Monroe mich an seine Brust zog, hatte etwas Besitzergreifendes.

»Ach nichts«, beeilte ich mich zu sagen und drehte mich in seinen Armen, um ihm einen Kuss auf den Mundwinkel zu geben. »Wir planen nur eine kleine Überraschung für Holland«, log ich mit den erstbesten Worten, die mir in den Sinn kamen.

»Sie hat nächsten Monat Geburtstag«, fügte Donovan hinzu – und es klang so, als stimmte das wirklich. Die Anspannung in seinen Worten war allerdings nicht zu überhören.

»Okay«, sagte Monroe zögerlich. Eine Furche erschien zwischen seinen Augenbrauen, und sein Blick glitt zwischen Donovan und mir hin und her. Doch er fügte dem nichts hinzu. Ich rechnete es ihm hoch an, dass er sich nicht anmerken lassen wollte, wie sehr es ihn störte, mich hier allein mit Paytons Ex-Freund zu sehen. Sein Griff um mich lockerte sich, und er streichelte über meinen Oberarm, fixierte dabei jedoch Donovan. Er hatte seine antrainierte Maske wieder aufgesetzt und schenkte ihm ein höfliches Lächeln, das seine Augen nicht erreichte. »Also, Donny, wenn du uns entschuldigen würdest, ich glaube, meine Freundin ist durstig und möchte tanzen.«

Freundin! Wie ein Donnerschlag rüttelte das Wort mich durch.

Donovans Kinnlade klappte nach unten, und ich verschluckte mich fast an meiner Zunge, als Monroe mich von ihm fortzog. Sowohl Donovan wie auch ich waren zu sprachlos, um uns auch nur voneinander zu verabschieden.

»Freundin?«, zischte ich Monroe zu und ergriff wieder seinen Arm, als er neben mich trat. Mein Puls beschleunigte sich, und mein Körper konnte sich nicht zwischen Panik und Freude entscheiden.

Nein, das war gelogen.

Die Panik überwog.

Warme Belustigung leuchtete in Monroes Augen, und er strich mit der Hand über meinen Rücken. »Was glaubst du denn, was wir sind, Payton?«, erwiderte er.

Payton. Voller Horror blickte ich zu ihm auf und beobachtete, wie sich wegen meiner Reaktion seine Lippen zu einem amüsierten Lächeln verzogen. Erwartungsvoll hob er die Brauen.

Ein nervöses Lachen entschlüpfte mir, während wir die linke hintere Ecke des Foyers anvisierten. »I-ich – keine Ahnung! Ich dachte, über so einen Kram redet man!«

Monroe hielt inne. »Wir haben doch darüber geredet«, erwiderte er mit echter Verwirrung auf dem Gesicht. Er legte den Kopf schief und zog mich näher an sich, damit andere Leute an uns vorbeigehen konnten. »Du hast mir gesagt, dass du in mich verliebt bist, ich habe dir gesagt, dass ich dich liebe. Was gibt es noch zu besprechen?«

Das war seine Art, darüber zu *reden*? Ich rang mir ein Lächeln ab, weil unverkennbar Sorge auf seine Miene trat. Meine Gedanken rauschten mir verworren in den Ohren. »Also, an der Kommunikation arbeiten wir noch. Wenn ich nicht aufpasse, habe ich sonst nächste Woche noch einen Ring am Finger, ohne zu wissen, wo der herkommt.«

Monroe lachte auf, und seine Schultern sackten kaum merklich nach unten, als wäre er erleichtert. »Sollte ich dir jemals einen Antrag machen, würdest du das merken.« Er senkte den Kopf und lehnte sich an mein Ohr. »Keine Sorge, diesen Moment wirst du nie vergessen. Dafür werde ich sorgen.«

Sprachlos blinzelte ich ihn an, während er mich vorbei an Angestellten in dunkelblauen Fracks mit Silbertabletts auf den Armen in den Festsaal dirigierte.

»Wieso genau reden wir übers Heiraten?«, fragte ich.

Er grinste. »Du hast damit angefangen, Payton.«

»Hab ich nicht.«

»Hast du wohl.«

Ich schnaubte. »Na schön, vielleicht. Aber nicht auf die gleiche Art wie du.«

Unbekümmert küsste er meine Wange. »Ich würde dir so schnell sowieso noch keinen Antrag machen. Du hast noch nicht einmal meine Eltern kennengelernt. Und deine Familie kenne ich auch noch nicht.«

»Monroe!«, beschwerte ich mich lachend und stieß ihn mit dem Ellbogen in die Seite. »Jetzt hör schon auf. Du kannst nicht einfach über Heirat sprechen!«

Sein Grinsen wurde noch breiter. »Gibst du wenigstens zu, dass wir ein Paar sind?«

Mein Lächeln verblasste schneller, als es gekommen war. »Ich ... vielleicht.«

Seine Selbstsicherheit bekam Risse, und Unsicherheit blitzte in seinen Augen auf. »Willst du ... nicht? Ist es zu früh?«

Mein Herz zog sich zusammen. Wir blieben an einem Stehtisch stehen. Musik drang durch Lautsprecher, und am anderen Ende des Saals, an einer unglaublichen Fensterfront, spielte eine Band. »Du weißt, dass ich das will«, murmelte ich. »Aber ich gehe in zwei Tagen.«

»Für ein Semester«, merkte er an, noch immer nicht überzeugt.

Mist. Ich hatte nicht geplant, *das Gespräch* hier und jetzt zu führen. Ich hatte geglaubt, dass wir es später führen würden! Wenn ich den Anstoß dazu gab. Nicht er.

»Und was, wenn ich nicht zurückkomme?«, flüsterte ich und

klammerte mich an meine Clutch. Ich trat einen Schritt zurück. »Was, wenn ich wieder in San Francisco leben will?«

Schweigend starrte er mich an. Unter seinem Blick wäre ich am liebsten in Tränen ausgebrochen. Meine Angst kehrte zurück und überrollte jede andere Empfindung wie eine Dampfwalze. Ich konnte es nicht länger aufschieben. Wenn das hier der Moment für das Gespräch sein sollte, dann musste es so sein. Auch wenn es nichts gab, was ich gerade weniger tun wollte. Auch wenn ich mich an ihn klammern und alles Menschenmögliche dafür tun wollte, ihn nicht zu verlieren.

Ich liebe ihn.

Mein Herz sandte die Worte mit jedem Schlag durch meinen Körper, bis sie ... bis sie endlich zu mir durchsickerten. In ihrer vollen Bedeutung. In ihrem vollen Spektrum.

Meine Kehle schnürte sich zusammen. O Gott. Ich liebte ihn. Ich liebte Monroe Darlington.

Monroe hob die Hände und legte sie an meine Wangen. Nicht eine Sekunde löste er den Blick von mir und lehnte seine Stirn an meine. »Dann werde ich schon mal einen Makler beauftragen, ein hübsches Haus zu suchen, das unseren Ansprüchen gerecht wird«, sagte er ruhig.

Ein ersticktes Lachen entfuhr mir, und hinter meinen Augen begann es zu brennen. »Du spinnst! Du würdest New York einfach hinter dir lassen?«

»Für dich? Sofort.« Die Ernsthaftigkeit in seinen Worten kribbelte wie ein Schwarm Glühwürmchen meine Wirbelsäule hinab. »Komm schon, was hält mich schon in New York? Die ganzen Snobs? Mein Bruder, meine Eltern? Ich würde sie besuchen, aber ich muss nicht in derselben Stadt wie sie wohnen. Ich bin fast fertig mit meinem Master, Payton. Danach bin ich frei, und die Welt wird mir zu Füßen liegen.« Er leckte sich über die Lippen. Obwohl seine Worte so überzeugend waren, konnte ich Angst in seinen schönen blauen Augen sehen. »Und ich möchte *dir* die Welt zu Füßen legen. Eines Tages. Du bist alles, was ich will. Ich kann nicht in einer Stadt leben, in der du nicht bist.«

Es war zu viel.

»Monroe, ich wollte dir schon seit Tagen etwas sagen«, begann ich mit zittriger Stimme. Doch gerade als ich Luft holte, um endlich das unabwendbare, furchtbare Ende unseres Glücks zu besiegeln, nahm ich eine Bewegung im Augenwinkel wahr.

Ich sah zur Seite und entdeckte ... Peter.

Augenblicklich breitete sich Kälte in mir aus.

»Monty!«, rief Peter gut gelaunt und hob den Arm. Die Leute wichen ihm aus, um es ja nicht zu wagen, Peter Darlington im Weg zu stehen.

Eilig trat ich zwei Schritte zurück, gerade als Peter Monroe lässig einen Arm um die Schulter warf – was albern wirkte, weil er so viel kleiner als sein Bruder war. Dennoch sah das Arschloch ebenfalls elegant aus in seinem schwarzen Smoking und den perfekt frisierten blonden Haaren mit dem Mittelscheitel und der Welle. Peter grinste so breit und jungenhaft wie immer. »Hier versteckt ihr euch also. Darf ich deinen Geliebten kurz entführen, Payton?«, fragte er mit unüberhörbarem Spott in der Stimme.

Ich konnte nicht anders, als ihn anzufunkeln. »Nein«, erwiderte ich kühl.

Vergnügt blitzten seine Augen auf. *»Miau.«*

Monroe schüttelte den Arm seines Bruders ab. »Was willst du, Peter?«

»Immer mit der Ruhe, Tiger. Mom ist gerade gekommen, und sie möchte mit dir sprechen.«

Monroe spannte sich sichtlich an. Er sah zu mir – und ein entschuldigender Ausdruck trat in seine Augen.

»Geh«, sagte ich sanft.

»Ich halte es kurz und bin sofort wieder bei dir«, versprach er.

»Wenn du möchtest, kann ich Payton so lange beschäftigen«, bot Peter an.

Meine Augen sprühten ihm Gift entgegen.

»Nur über meine Leiche«, murmelte Monroe, packte Peter unauffällig, aber fest am Arm und zog ihn mit sich. »Wir sehen uns gleich«, sagte er über die Schulter.

Ich nickte bloß und sah ihnen mit zusammengepressten Lippen hinterher. Gottverdammter Peter. Auch wenn mich ein wenig die Neugierde packte. Ich fragte mich, wie Mrs. Darlington wohl aussah. Was sie für ein Mensch war. Ob sie mich akzeptieren würde?

Ich war versucht, ihnen hinterherzuschleichen, um sie anschließend aus der Ferne zu beobachten, doch ich verkniff es mir und sah mich stattdessen nach einem Kellner um. Ich hatte es mir noch nicht verdient, Monroes Mutter kennenzulernen. Oder zu wissen, wie sie aussah. Sollte Monroe mich *nicht* aus seinem Leben verbannen, sobald ich ihm die Wahrheit gesagt hatte …

Vielleicht würde es dann passieren.

Meine Gefühle und Gedanken waren das reinste Chaos, als ich mir die nächstbeste Champagnerflöte von einem Tablett nahm. Monroes Worte hatten mein Herz in Schockstarre versetzt. *Was hält mich schon in New York?*

Heilige Scheiße. Meinte er es wirklich ernst? Würde er für mich nach San Francisco kommen?

Es wollte mir nicht in den Kopf, dass er so viel für mich empfand, dass er all das tun würde. Und es wollte mir nicht in den Kopf, dass ich so viel für ihn empfand. Dass ich ihn *liebte*. Dass ich noch nie zuvor etwas Vergleichbares empfunden hatte.

Ziellos lief ich durch den Festsaal und lenkte mich ab, indem ich das Geschehen um mich herum in Augenschein nahm. Es gab Tische mit gestärkten weißen Tischdecken, an denen Menschen in Abendkleidung saßen. Da war eine Bühne, die noch leer war, die jedoch mit einem Banner der Browning-Stiftung, einem Stehpult und einem Bogen aus Blumen versehen war, und es gab eine Tanzfläche, die bereits gut besucht war. Die Band verfügte über vier Streicher, und sie spielten gerade Taylor Swifts »You Belong With Me«. Bei all den pompösen Kleidern und den schwarzen Smokings sowie der Musik fühlte ich mich, als wäre ich in einer anderen Welt und einer anderen Epoche gelandet. Unter den Tanzenden entdeckte ich auch Rosie, die gerade Holland aufs Parkett zog.

Ich konnte nicht anders, als stehen zu bleiben und sie zu beobachten. Holland lachte so sehr, dass sie den Kopf in den Nacken legte. Rosie grinste sie an, dann lehnte sie sich vor und … küsste ihren Hals. Ich blinzelte. Es geschah mit einer solchen Selbstverständlichkeit. Und das ließ mir das Blut in den Adern gefrieren. Holland und Rosie? Wann war das geschehen? Wusste Donovan davon?

Niemand schenkte ihnen Beachtung außer mir. Und Donovans Worte hallten besonders laut in mir nach, als sie zu tanzen begannen und Holland Rosie näher zu sich zog und ihr einen richtigen Kuss gab.

Ich krallte die Finger in meine Clutch. Sie machte sie zum Junkie. Rosie brachte Holland dazu, harte Drogen zu nehmen. Und es war nur eine Frage der Zeit, bis sie ausgemergelt sein würde. Mit tiefen Ringen unter den Augen und Schweiß auf der Stirn, mit riesigen Pupillen und halb geschlossenen Lidern. Mit einem seligen Lächeln auf den Lippen oder einem gehetzten Ausdruck.

So wie Payton. Rosie zerstörte Holland, genauso wie Payton. Eiskalter Hass stieg in mir auf und ließ meinen Nacken kribbeln. Ich beobachtete die beiden noch ein wenig länger, dann riss ich mich los und ging mit steifen Schritten weiter. Ein letztes Mal würde ich etwas unternehmen. Ich würde Donovan helfen, Rosies Dealen noch auf dieser Party ein Ende zu bereiten. Aber nicht nur das. Ich würde Rache nehmen für das, was sie meiner Familie angetan hatte. Erst dann würde ich New York verlassen. Heute Nacht würde Rosie van Vliet ein für alle Mal fallen.

Nachdem ich meine Runde fast beendet hatte und das Champagnerglas geleert war, fand ich Donovan und Celia wieder. Mit schnellen Schritten steuerte ich sie an.

»Wann geht es los?«, fragte ich, als ich sie erreichte, und stellte das Glas auf dem Stehtisch neben ihnen ab.

Celia und Donovan tauschten einen langen Blick. »Wann immer du bereit bist«, antwortete Celia angespannt.

Sofort nickte ich. »Ich bin bereit und für jedes Ablenkungsmanöver offen. Ich soll sie wirklich nur dazu bringen, die Toiletten aufzusuchen?«

»Genau«, sagte Donovan nickend. »Das ist alles. Den Rest erledigen Celia und ich.«

Ich wartete auf eine Erklärung, darauf, dass sie mich in den Plan einweihten. Doch das taten sie nicht. Beunruhigt sah ich zwischen ihnen hin und her. Was hatten sie nur vor, und wieso wollten sie es mir nicht sagen?

Mit einem schwachen Lächeln ergriff Celia meine Hand und drückte sie. »Danke, Payton. Ich weiß, dass das viel verlangt ist, bei etwas mitzumachen, wovon du nichts weißt. Aber es ist besser so, vertrau uns. Holland ist meine beste Freundin und Donovans kleine Schwester. Rosie hat sie um den Finger gewickelt, nur um ihr mehr Zeug zu verkaufen. Wir können dabei nicht länger zusehen. Sie ist eindeutig zu weit gegangen.«

Ich nickte. »Ist schon okay. Was auch immer ihr von mir

braucht, ich tue es. Meine … Ich meine, ich weiß selbst, wie es ist, gegen die Sucht anzukämpfen. Holland soll nicht das Gleiche durchmachen müssen.« Die Lüge klang selbst in meinen Ohren unglaubwürdig, aber Celia wirkte ohne Umschweife mitfühlend und drückte noch einmal meine Hand. »Es tut mir so leid, dass sie dich auch dazu gebracht hat, Pay. Aber du kannst stolz auf dich sein, dass du von allem losgekommen bist. Ehrlich. Das erfordert so viel Mut und Stärke.«

Mit zusammengepressten Lippen warf ich Donovan einen verstohlenen Blick zu. In seinen grauen Augen brannte ein Sturm. Ich sah Angst in ihnen, aber auch Entschlossenheit. »Na dann, legen wir los. Wo ist Rosie?«, fragte er und sah sich um.

»Sie tanzen«, sagte ich. »Ich habe sie und Holland eben gesehen.«

Er nickte. »Auf diese Art und Weise verteilt Rosie heute Abend ihren Stoff. Das macht sie auf Partys öfter. Sie tanzt mit Leuten und steckt ihnen etwas zu. Sie zahlen vorab.«

Eine Kellnerin bot uns neue Getränke an, und wir alle drei nahmen uns etwas. Es wunderte mich, dass Celia nur zu einem Orangensaft griff. Aber vielleicht wollte sie auf Nummer sicher gehen, für was auch immer sie und Donovan vorhatten.

Ich starrte erst auf ihr Glas, dann auf meines. *Rosie ablenken. Sie dazu bringen, die Toiletten aufzusuchen.* Eine Idee formte sich in meinem Kopf, auch wenn sie nicht besonders elegant war.

Ich trank die Hälfte des Champagners in einem Zug und tupfte mir die Lippen ab. »Dann mache ich mich mal auf den Weg. Entschuldigt mich.«

»Viel Glück«, murmelte Donovan gegen den Rand seines Glases. Celia lächelte vorsichtig. Doch auch sie wirkte entschlossen. »Danke, Payton.«

Mit klopfendem Herzen steuerte ich die Bar auf der anderen Seite des Festsaals an und umrundete die Tanzfläche. Von Monroe und Peter sah ich keine Spur, und ich fragte mich, ob sie ihre Mom hier oder woanders trafen. Insgeheim war ich aber auch froh, sie nicht zu entdecken. Das würde meinem Vorhaben in die Quere kommen, und Monroe sollte nichts davon wissen.

Nicht viele Leute standen am Tresen, als ich ihn erreichte, und ich winkte einer Angestellten hinter der Theke zu.

»Einen Rotwein, bitte«, sagte ich lächelnd.

Ihr Blick blieb kurz an meiner Champagnerflöte hängen, deshalb leerte ich sie demonstrativ.

Sie sah auf und lächelte höflich. »Welcher darf es sein? Wir haben ...«

»Ganz egal«, fiel ich ihr ins Wort und strahlte sie an, um der Unhöflichkeit die Schärfe zu nehmen. »Äh, am besten einen trockenen. Und machen Sie das Glas bitte sehr voll«, fügte ich hinzu.

Sie reichte mir kurz darauf ein Glas Rotwein. Und wie gewünscht reichte die Flüssigkeit fast bis zum Rand – auch wenn ihr Blick dabei ganz offensichtlich missbilligend war, genau wie die Blicke der beiden älteren Männer, die ebenfalls an der Theke standen. Ich ignorierte sie, nahm den Wein dankend entgegen und trank einen Schluck. Nur mit Mühe hinderte ich mich daran, bei dem grässlichen Geschmack nicht das Gesicht zu verziehen.

Ich drehte mich um und machte mich auf die Suche nach Rosie.

Es dauerte einige Minuten. Schließlich fand ich sie zusammen mit Holland bei einer Gruppe von Leuten, die mir bekannt vorkamen. Mein Gefühl sagte mir, dass ich sie schon mal auf dem Campus der Columbia gesehen hatte. Und mein Gefühl sagte mir auch, dass Rosie nur bei ihnen stand und mit ihnen lachte, um zu dealen.

»Rosie!«, trällerte ich und setzte ein Strahlen auf. Dann eilte ich in kurzen, tippelnden Schritten in meinen ungemütlichen Jimmy Choos auf sie zu. »Da bist du ja! Ich wollte mit dir sprechen, vielleicht könnten wir ja – hoppla!« Ich stolperte nach vorne und hoffte, dass es echt wirkte. Im nächsten Moment landete auch schon der gesamte Inhalt meines Glases auf ihrem blassblauen Wickelkleid und ihrem Gesicht.

Keuchend kniff sie die Augen zusammen und riss den Mund auf. »*Fuck*! Fuck, das *brennt*!«

»O Gott«, sagte Holland erschrocken und trat sofort neben Rosie, um ihr zu helfen, den Alkohol aus dem Gesicht zu bekommen.

Ich schnappte nach Luft und schlug mir eine Hand vor den Mund. Panisch sah ich ihre Freunde an. »Das tut mir so unendlich leid! Ich bin so was von ungeschickt. Lass mich dir helfen!«

»Oh Shit«, murmelte einer der Typen im Smoking und verkniff sich mit hochgezogenen Augenbrauen ein Grinsen. Eines der Mädchen, in einem glitzernden gelben Ballkleid, griff sofort in die Tasche und begann damit, Rosies Kleid mit einem Stofftaschentuch abzuwischen. Aber es war aussichtslos, auf dem blauen Stoff leuchteten die großen roten Flecken regelrecht. Der Wein war überall und ihr Kleid, das mit Sicherheit unbezahlbar war, hinüber.

»Fass mich nicht an, Amy!«, fauchte Rosie das Mädchen an und schlug ihren Arm weg. Auch Holland und ein anderes Mädchen stieß sie von sich und fluchte immer wieder mit zusammengekniffenen Augen, während sie sich Rotwein aus dem Gesicht rieb. Unter ihr befand sich eine Pfütze, und sogar ihre üppigen blonden Locken hatten von der Ladung etwas abbekommen. Ihre sogenannten Freunde taten jetzt nichts anderes, als sie zu beobachten.

Ich schlug mir eine Hand vor den Mund und blinzelte schnell hintereinander, um einen angemessenen Eindruck zu erwecken, auch wenn ich mir eigentlich das Lachen verkniff. Ich konnte spüren, wie sich immer mehr Blicke auf uns richteten. Auf Rosie in ihrem ruinierten Kleid.

Einer der Typen trat vor und reichte Rosie sein Jackett, aber auch das lehnte sie ab. Erst als Kellner mit Servietten kamen, trocknete Rosie sich ab.

»Oje, was ist denn hier passiert?«, erklang Celias Stimme, und sie erschien neben mir. Es sah wie zufällig aus. Rosie schenkte ihr keinerlei Beachtung und rieb sich vor Wut schäumend die Arme trocken.

»Celia!«, rief ich in falscher Panik aus. »Ich bin gestolpert und habe meinen Wein verschüttet.«

»Verflucht, Payton.« Sie trat zu Rosie und ergriff ihren Arm. »Komm, Rosie, bringen wir dich hier weg«, sagte sie leise.

»Ich komme mit!«, schaltete Holland sich sofort ein.

»Nein«, sagte Celia – und nicht nur mich ließ ihr harscher Ton innehalten. Es schien ihr aufzufallen, und sie warf ihrer besten Freundin einen Blick über die Schulter zu. »Ich meine, ich wäre dir dankbar, wenn du Cam, Donny und den anderen sagst, was passiert ist. Wir sind gleich wieder da. Ich rufe meinen Fahrer an, damit er Rosie ein neues Kleid bringt.«

Holland wirkte nicht sonderlich überzeugt, doch sie nickte. »Na schön ... Aber wenn ihr mich braucht ...«

»Sage ich dir Bescheid.« Celia lächelte sie an. Holland sah zu Rosie, so als wartete sie darauf, dass Rosie auf Hollands Begleitung bestand. Doch Rosie war zu abgelenkt, als dass sie Holland auch nur Beachtung schenken konnte. Aufgelöst drehte Holland sich um und hastete davon.

Rosie wischte sich noch einmal über die Augen, was schwarze Schlieren hinterließ, und blinzelte Celia misstrauisch an. Doch bevor sie etwas sagen konnte, zog Celia sie auch schon mit sich und bedachte mich dabei mit einem abfälligen Blick, den sie perfekt spielte. »Die Leute gucken schon. Das hat sie bestimmt mit Absicht getan.«

»Natürlich hat sie das!«, zischte Rosie, ließ sich jedoch von Celia wegführen. Sie warf mir ebenfalls einen tödlichen Blick zu, versuchte es zumindest, als sie an mir vorbeilief. Unsere Schultern streiften sich. »Du kleine Bitch, glaub ja nicht, ich wüsste nicht, dass du mich bloßstellen wolltest«, flüsterte sie. »Das wirst du noch bereuen.«

»Es war ein furchtbares Versehen«, erwiderte ich seelenruhig. Und es kümmerte mich kein bisschen, dass man mir die Zufriedenheit von den Augen ablesen konnte.

Die Gruppe aus Rosies angeblichen Freunden löste sich auf und die Angestellten der Location säuberten das Parkett vom Wein. Ich starrte ihnen hinterher, wie sie die Tür ins Foyer ansteuerten.

»Gut gemacht«, flüsterte Donovan an mein Ohr.

Erschrocken wirbelte ich herum, da nahm er mir auch schon das Weinglas ab und gab es an die nächstbeste Kellnerin weiter. »Ehrlich, das hätte nicht besser laufen können, *Payton*«, sagte er und nickte irgendwem zur Begrüßung zu.

»Was wird jetzt passieren?«, fragte ich, fast platzend vor Neugierde. Doch Donovan sagte nichts. Er biss sich auf die schmale Unterlippe, was irgendwie hinreißend aussah, und führte mich vom Tatort fort. »Üb dich in Geduld.«

»Neugierig lebt es sich besser.«

Er schnaubte belustigt. »Schon klar. Komm, tanzen wir.«

Bevor ich Einwände erheben konnte, zog er mich auch schon auf die Tanzfläche.

Schuldgefühle machten sich in mir breit. Vermutlich sollte ich nach Monroe suchen. Er suchte mich bestimmt schon längst. Oder sprach er noch immer mit seiner Mutter?

Ich kannte das Lied nicht, das gespielt wurde, aber die Sängerin hatte eine wunderschöne, samtweiche Stimme. Donovan legte eine Hand auf mein Kreuz und griff nach meiner anderen Hand. Dann bewegten wir uns auch schon zur Musik.

Innerhalb der ersten Takte trat ich ihm zwei Mal auf den Fuß.

»Du bist wirklich eine grottenschlechte Tänzerin, hat dir das schon mal jemand gesagt?«, brummte er.

Ich verzog das Gesicht. »Tut mir ja leid, dass ich nicht schon mein ganzes Leben …« Der funkelnde Schalk in seinen Augen und das Schmunzeln ließen mich innehalten. Ich trat ihm noch mal auf den Fuß, diesmal absichtlich. »Hör auf, mich aufzuziehen!«

Er lachte auf und drehte uns im Kreis. »Ich glaube, wenn wir uns unter anderen Umständen kennengelernt hätten, wären wir Freunde geworden.«

»Hm, vielleicht«, meinte ich und konzentrierte mich darauf, den Tanz auf die Reihe zu bekommen und seiner Führung zu folgen. »Ich glaube, wir könnten immer noch Freunde werden. Trotz Erpressung und so. Jede großartige Freundschaft fängt mit Erpressung und Drohungen an.«

Er verdrehte die Augen. »Du bist so eine Spinnerin.«

»Und du ein feiner Pinkel. Was für eine Kombi«, sagte ich grinsend. Wir lachten beide.

Über Donovans Schulter hinweg quer durch den Saal begegnete ich plötzlich Monroes Blick.

Das Lachen blieb mir im Hals stecken, und mein Herz sackte zu Boden. Monroe verschwand aus meinem Blickfeld, als Donovan uns drehte.

»Großartig«, murmelte ich, während ich Donovan noch mal auf den Fuß trat.

»*Au.* Was ist los?«, fragte er.

»Monroe. Er sieht rüber. Er sieht, wie wir zusammen tanzen.«

Ich spürte genau, wie Donovan sich anspannte, unter meiner Hand auf seiner Schulter und in seinem Griff. Mit geschürzten

Lippen suchte er meinen Blick. »Tut mir leid, dir das sagen zu müssen, aber ...«

»Bitte«, erwiderte ich und verzog das Gesicht. »Verkneif es dir.«

»Ich finde trotzdem, du solltest wissen, dass du einen grauenhaften Männergeschmack hast.«

»Du bist ein Arschloch.«

Seufzend schüttelte er den Kopf. »Tu, was du nicht lassen kannst, Sarah.«

Wir tanzten weiter, und ein neuer Song startete. »Ich werde ihm heute die Wahrheit sagen«, erzählte ich, ohne darüber nachzudenken. Die Worte entschlüpften mir einfach. Ich wusste nicht genau, wieso ich ihm das mitteilte. Aber irgendwie hatte ich das Bedürfnis, eine weitere Person neben Laurel einzuweihen. Außerdem kannte Donovan die Wahrheit bereits.

Sein Schweigen fühlte sich unangenehm laut an. Ich hörte ihn trotz der Musik tief durch die Nase einatmen. »Das wird Chaos geben. Keine Ahnung, wie er das verkraften wird.«

»Wow, nimmst du Monroe gerade in Schutz?«, scherzte ich. »Und ich dachte, du kannst ihn nicht leiden.«

»Kann ich auch nicht, weil er in der Vergangenheit echt der größte Arsch auf Erden war. Aber ich kenne Monty seit meiner Kindheit, und ich kenne die Geschichte mit seiner Ex-Freundin ... Ah. Dein Gesichtsausdruck sagt mir, dass du auch davon weißt. Wenn es etwas gibt, was ihm wichtiger als alles andere ist, dann ist das Ehrlichkeit. Du kannst dir nicht vorstellen, wie viele Frauen sich an Männer wie uns ranmachen, um an unser Vermögen zu kommen.«

Mein Magen zog sich vor solch einer Übelkeit zusammen, dass mich eine Gänsehaut überkam. »Männer wie ihr?«, fragte ich.

Er seufzte genervt. »Komm schon, Sarah. Du weißt ganz genau, was ich meine.«

Ich trat ihm noch mal auf den Fuß, diesmal fest genug, damit er zischte. »Hör auf, diesen Namen zu sagen«, flüsterte ich. »Das ist gefährlich.«

»Wir tanzen, es ist laut, und wir reden mit leiser Stimme. Wer soll uns schon hören?«, fragte er beleidigt – und trat diesmal mir auf den Fuß.

»Au!«, stieß ich hervor. Dieser Arsch. Ich trat ihm ein weiteres Mal auf den Fuß. »Es geht ums Prinzip«, beharrte ich mit zusammengezogenen Augenbrauen. »Verkneif es dir einfach.«

Er verzog das Gesicht und tat mir das schmerzhafte Manöver wieder gleich.

»*Au!*«

»Okay, Eure Hoheit, ich verkneife es mir. Aber nur, wenn du es dir verkneifst, mir auf die Schuhe zu treten. Die sind neu.«

»Dann kaufst du dir eben das nächste Paar. Und tritt du mir auch nicht auf die Füße, die Schuhe gehören mir nicht!«

Er lachte. »Mein Gott, glaubst du, nur weil ich Geld habe, werfe ich es aus dem Fenster? Jedenfalls«, fuhr er fort und wirbelte uns zwischen den anderen Paaren umher. »Bezüglich Monty. Ihm wurde schon mal das Herz gebrochen, und die Tatsache, dass er ausgerechnet dir davon erzählt hat, scheint zu bedeuten, dass er etwas für dich empfindet. Überleg es dir also gut, ob du ihm wirklich die Wahrheit sagen möchtest, *Payton*.«

»Es führt kein Weg dran vorbei«, stieß ich mit einem Seufzen hervor, den Blick diesmal konzentriert aufs Parkett gerichtet. »Und wenn er mich dann nicht mehr will, ist es vielleicht besser so. Ich kann ihm keine Lüge vorleben. Nicht wenn ich ihn ...« Ich schluckte schwer, als mein Hals sich verknotete.

»Oh, Scheiße«, sagte Donovan leise. »Das mit euch ist echt ernster als gedacht, oder?«

Hitze kroch meinen Hals hinauf und brannte auf meinem Gesicht. Ich blieb stehen und packte Donovan am Handgelenk.

»Lass uns zu den anderen gehen«, sagte ich ausweichend und zog ihn ziellos mit mir. Er verstand den Wink mit dem Zaunpfahl und beließ es dabei. Er hatte mir meine Antwort ohnehin von den Augen abgelesen.

Es brauchte einen Moment, bis wir unsere Freunde fanden. Holland stand neben Monroe und sah aus, als wäre sie überall lieber als dort. Sie unterhielten sich leise, auch wenn Monroes Augen sich dabei keine einzige Sekunde von mir lösten. Er sah ebenfalls angespannt aus, und sein Gesichtsausdruck war alles andere als glücklich.

Als wir sie erreichten, ließ ich Donovan los und schenkte ihm ein Lächeln. »Hey, wie war das Gespräch mit deiner Mom?«

»Okay«, sagte er kurz angebunden. Er schlang die Arme um mich und küsste mich plötzlich. Und es war kein kurzer, sondern ein inniger und langer Kuss.

Und mir war voll und ganz klar, dass er damit vor Donovan sein Revier markieren wollte.

Ich hielt mich davon ab, die Augen zu verdrehen, und löste mich stattdessen von ihm.

»Glaubt ihr, Rosie geht es gut?«, fragte Holland und sah sich suchend im Saal um, so als erwartete sie, Rosie und Celia jeden Moment zu entdecken.

»Es war nur Rotwein und kein Säureangriff«, scherzte ich. Bei Hollands vorwurfsvoller Miene und ihren aufgerissenen Augen wurde mir allerdings schnell klar, dass der Witz nach hinten losging. Ich presste die Lippen zusammen und sah wieder zu Monroe auf. Fragend legte er den Kopf schief.

»Was genau ist passiert?«

»Sie hatte einen kleinen Unfall«, bemerkte Donovan und räusperte sich.

»Ja, das sagte Holly auch schon.«

»Es geht ihr gut«, versicherte ich und verkniff mir ein Lächeln.

»Jemand hat bloß Wein auf ihrem Kleid verschüttet. Celia hat sie zu den Toiletten begleitet.«

Monroe schien sich ebenfalls ein Lachen zu verkneifen. Er küsste mein Ohr und drückte mir ein volles Champagnerglas in die Hand. »Du bist ein Biest.«

Ich trank einen Schluck, obwohl sich die letzten Gläser bereits warm in meinem Bauch und auf meiner Nasenspitze bemerkbar machten. »Keine Ahnung, was du meinst«, flüsterte ich an seiner Wange.

»Da ist Celia ja!«, rief Donovan erleichtert. Sofort löste ich mich aus Monroes Umarmung und drehte mich um. Celia sah noch immer so schön aus, als wäre sie einem alten Hollywoodfilm entsprungen. Sie entdeckte uns und beschleunigte ihre Schritte.

»Wie geht es Rosie?«, fragte Holland, als Celia uns erreichte.

»Blendend«, erwiderte sie kurzatmig. Sie schenkte Donovan und mir ein triumphierendes Lächeln und klemmte ihre Clutch unter den Oberarm. »Ich habe ihr gesagt, dass ich gleich wieder da bin und das neue Kleid besorge.«

Die Menschen im Saal wurden unruhig, und überall um uns herum erklang Getuschel.

Wir sahen uns um, und ich reckte den Kopf. Da entdeckte ich zwei Police Officers, die sich einen Weg durch die Menge bahnten. Die Leute machten ihnen Platz und warfen sich verwirrte Blicke zu.

»Äh, Celia, was genau passiert hier gerade?«, fragte Holland und trat näher an ihre beste Freundin.

Ich sah zu Donovan. »Das würde mich auch mal interessieren.«

»Mich auch«, murmelte Monroe.

»Gerechtigkeit«, sagte Celia mit tiefer Zufriedenheit. Sie streckte den Arm in die Luft, um auf sich aufmerksam zu machen. »Officers!«, rief sie und winkte ihnen zu, als wären sie ein Taxi, das sie erwischen wollte.

Die beiden Männer in Uniform drehten sich zu uns um und waren wenige Augenblicke später bei uns. Celia lächelte sie höflich an.

»Danke, dass Sie so schnell gekommen sind. Rosie van Vliet befindet sich gerade in einer der Toiletten. Ich bringe Sie gerne hin.«

»Celia!«, zischte Holland entsetzt und packte sie am Handgelenk. »Was hast du getan? Was soll das?«

Donovan lehnte sich zu mir und senkte die Stimme, damit niemand sonst ihn hören konnte. »Sie hat Rosie im Klo eingesperrt, damit sie nicht abhauen kann.«

Mein Mund formte ein verblüfftes *Oh*, und meine Augen weiteten sich.

Ich entdeckte Cameron – das erste Mal an diesem Abend. Sie und Peter waren allerdings nicht allein, sondern wurden von Alyssa und Grace begleitet. Der Anblick der beiden ließ meine Kinnlade herunterklappen. Was hatten sie hier zu suchen? Nach allem, was war?

Sie schienen den Polizisten gefolgt zu sein und steuerten auf uns zu. Praktisch alle Augenpaare im Saal waren auf uns gerichtet, als wäre es das Spektakel des Jahres, zwei Beamte auf dieser Feier zu sehen.

Mit gerunzelter Stirn nahm auch Donovan Peter, Cameron, Alyssa und Grace in Augenschein. Cameron sah umwerfend aus und trug ein eng anliegendes Kleid aus einem fließenden, Falten werfenden Stoff in einem schimmernden Ockerton. Und … sie lächelte. Wieso zur Hölle wirkte Cameron so zufrieden?

Ein unangenehmes Prickeln kroch mir über die Kopfhaut.

»Das gefällt mir nicht«, sagte Donovan und sprach damit meine Gedanken aus.

Es wurden immer mehr Leute um uns herum, das Geschehen lockte sie an wie Licht eine Schar Motten.

»Sind Sie Celia del Campo?«, fragte einer der Officers und blieb vor uns stehen.

»Ja, genau! Ich habe Sie angerufen«, sagte Celia engagiert.

Der andere Officer trat plötzlich vor und packte sie am Arm. »Miss del Campo, Sie sind festgenommen wegen des Besitzes illegaler Substanzen.« Er packte auch ihren anderen Arm, was ihre Tasche auf den Boden beförderte, und drehte ihre Hände unsanft auf den Rücken. Ein spitzer Schrei entwich ihr, und ein Raunen ging durch die Menge. Ich keuchte auf, in derselben Sekunde, als Holland zurückstolperte und Donovan einen Schritt auf sie zumachte. »Was zum Teufel geht hier vor?«, fragte er aufgebracht.

Der Officer legte Celia Handschellen an. Sie erbleichte und starrte uns ungläubig an. »Sie haben das Recht zu schweigen, Miss del Campo. Alles, was Sie sagen, kann und wird vor Gericht gegen Sie verwendet werden.«

Monroe neben mir sog zischend den Atem ein. Innerhalb von Sekunden breitete sich Entsetzen in mir aus.

»Was?«, stieß ich hervor und machte ebenfalls einen Schritt auf sie zu. »Nein. Moment, Sie haben die Falsche! Celia dealt nicht mit Drogen, sondern Rosie!«

»Payton!«, zischte Holland und schüttelte hektisch den Kopf.

»Miss, bitte treten Sie zurück«, sagte der zweite Officer mit erhobener Hand.

»Aber sie hat recht!«, rief Donovan wütend.

Celia keuchte empört, als die Handschellen zuschnellten – der schmerzvollen Miene auf ihrem Gesicht nach zu urteilen, ziemlich fest. Sie wand sich. »Lassen Sie mich los! Ich besitze *keine* illegalen Substanzen!«

Handys wurden auf sie gerichtet. Auf uns. Auf die ganze Szene.

Der Officer, der Celia nicht festhielt, bückte sich und hob ihre Clutch vom Boden auf. Und dann ...

Um uns herum schnappten Leute nach Luft, als er eine durchsichtige Plastiktüte voller kleiner Tütchen mit weißem Pulver und bunten Pillen nach oben hielt.

Das Glas in meiner Hand fiel zu Boden und zersprang.

»Fuck«, kam es zeitgleich von Donovan und mir. Monroe ergriff meine Hand und drückte sie fest.

»Was zur Hölle?«, flüsterte er.

Donovans Kopf schnellte zu mir herum, und er sah so blass aus, als hätte er einen Geist gesehen. »Rosie. Sie hat es bemerkt. Sie muss das Zeug in Celias Tasche gesteckt haben.«

Ich konnte nichts anderes tun als starren, obwohl der Saum meines Kleides mit Champagner und Glassplittern bespritzt war.

»O mein Gott!«, rief Holland und schlug sich eine Hand vor den Mund. In ihren Augen standen Tränen, wie nun auch in Celias. Doch Celia sah dabei wütend aus, vollkommen außer sich. »Nein, das ist ein Fehler! Bitte! Lassen Sie mich los, das gehört mir nicht!«

Aus dem Augenwinkel sah ich, wie Alyssa lächelnd die Kamera auf alles richtete. Das nächste Video, das ein Leben zerstören würde. Ein *Moment*, der ein Leben zerstörte.

Entsetzt schluchzte Celia und wehrte sich gegen die Handschellen. Aber es war aussichtslos. »Ich schwöre es, die gehören mir nicht! Das sind nicht meine! Bitte, sie hat sie in meine Tasche gesteckt, als ich es nicht bemerkt habe!«

Peter bedeckte mit einer Hand den Mund, um sein Grinsen zu verbergen. Grace neben ihm lachte auf, was wie ein Donnerschlag durch den mittlerweile stillen Saal zu hallen schien. Cameron stand nur da, mit undurchdringlicher Miene. Sie sah einfach zu.

»Sie sagt die Wahrheit, Officers!«, herrschte Donovan die

Männer aufgebracht an, doch als er noch einen energischen Schritt auf die beiden zu machte, wurde er heftig von einem von ihnen nach hinten gestoßen.

»Ich sagte, bleiben Sie zurück, Sir!«

Mein Atem wurde flach, und ich ließ hilflos den Blick über das Geschehen zucken. Was sollte ich tun? Was *konnte* ich tun?

Monroe und ich sahen uns an. Auch in seinen Augen lag Ratlosigkeit.

Celia schluchzte wieder. »O mein Gott, dieses Miststück. Dieses Miststück!« Ihr Kopf fuhr zu Donovan und mir herum. Tränen liefen ihre Wangen hinab. »Es tut mir so leid, ich weiß nicht, wie sie es geschafft hat!«

»Celia!«, donnerte plötzlich eine tiefe Stimme durch den Saal.

Im nächsten Moment erschien ein älterer Herr im Smoking, mit silbernen Haaren, der ganz unverkennbar Celias Vater war. Er rannte beinahe zu seiner Tochter. »Du sagst kein einziges Wort mehr, hast du mich verstanden? Ich rufe sofort unseren Anwalt an. *Kein* Wort mehr!«

Celia war leichenblass. Ihre schmalen Schultern zuckten unter den lautlosen Schluchzern, und aufgebrachte rote Flecken prangten auf ihrem Dekolleté, ihrem Hals und ihrem Gesicht. Die Polizisten führten sie ab, und die Menge teilte sich, um sie durchzulassen. Nicht nur Alyssas Smartphone war dabei auf sie gerichtet. Blitzlicht zuckte durch den Raum, dann noch einmal. Celias Vater schirmte seine Tochter, so gut es ging, ab, doch die eingeladene Presse und der jüngere Teil der Gäste ließen sich diesen Anblick alles andere als entgehen.

Als die Menge sich bis zum Ausgang teilte ... entdeckte ich Rosie. Ein wilder Laut entfuhr mir, und meine Füße setzten sich in Bewegung. »Diese verdammte ...«

»Nicht«, sagte Monroe und legte einen Arm um mich, als wüsste er, dass ich am liebsten auf sie losgegangen wäre. Rosie lehnte in ihrem fleckigen Kleid an der Wand und winkte Celia mit einem boshaften Lächeln zum Abschied.

»Keine Ahnung, wie sie das getan hat«, sagte Monroe leise neben mir, »aber sie ist wirklich ein Teufel.«

Holland begann zu weinen. »O mein Gott. I-ich nehme ein Taxi und fahre ihnen hinterher!«

»Ich komme mit«, sagte Donovan sofort.

»Ich auch«, stimmte ich rasch ein. Mir war kotzübel. Mein Körper begann zu zittern, und Schweiß kitzelte in meinem Nacken. Sie hatte sie ausgetrickst! Rosie hatte irgendwie gewusst, dass Celia etwas vorgehabt hatte, als sie sie zu den Toiletten begleitet hat. Aber wie hatte sie es geschafft, die Drogen in Celias Tasche zu stecken?

Peter lachte ausgelassen. »Das war ja so was von krass! Oh Junge!«

Ich wirbelte herum und funkelte ihn wutverzerrt an. Jeder starrte ihn an. Er hielt sich vor Lachen den Bauch und legte dabei den Kopf in den Nacken. »Handschellen! Sie haben Little Miss Oberkorrekt ernsthaft Handschellen angelegt!«

Cameron löste sich von ihm. Mit einem zufriedenen Lächeln trat sie zu mir. »Ich habe dich gewarnt, Payton. Du hättest dich von meinen Freundinnen fernhalten sollen.«

Ungläubig sah ich sie an. »Celia ist auch deine Freundin!«, zischte ich.

Die brennende Wut in Camerons schönen Augen stand meiner in nichts nach. Ihr eisiges Lächeln blieb bestehen, und sie schüttelte den Kopf. »Jeder hat die Scheiße vorhin mitbekommen, und Celia war nicht gerade unauffällig, als sie Rosie zu den Toiletten gebracht hat. Rosie ist nicht dumm, und ich bin es auch nicht. Wir wussten, dass du früher oder später versuchen würdest, uns noch mehr zu schaden, aber ich hätte nicht gedacht, dass du so weit gehst und Celia in die Sache mit reinziehst. Deshalb bist du selbst schuld an allem, was von diesem Punkt an mit ihr passieren wird.«

Langsam kriegte Peter sich wieder ein. »Ich hätte nicht gedacht, dass lausige fünfhundert Dollar den Officer zu so einer filmreifen Abführung bringen würden!«

Donovan ging auf Peter los und schubste ihn fest. »Du verdammtes Schwein!«

»Nicht!«, schrie Holland und riss ihren Bruder zurück. »Donny, nicht hier. Das bringt doch nichts!«

Peter zuckte nicht einmal mit der Wimper. Er klopfte sich den Smoking ab und sah seinen besten Freund mit gehobenen Brauen an.

»Was denn?«, fragte er belustigt. »Willst du dich etwa mit mir prügeln? Das war nicht mein Geld, sondern Rosies. Und es war Camerons Idee, also sieh mich nicht so an, Bro.«

Cameron. Mein Blick schoss zu ihr zurück, und ich fletschte die Zähne. »Wie kannst du es wagen, deine eigene Freundin so zu hintergehen! Ihr habt gerade ihr Leben zerstört!«

»Du hast sie mir weggenommen und sie zu einer rückgratlosen Verräterin gemacht!«, zischte Cameron. Und endlich ließ sie ihr falsches Lächeln fallen. Wut und Schmerz verzogen ihr hübsches Gesicht zu einer hässlichen Grimasse. »Sie war länger meine Freundin als deine, und dann tauchst du mit deinem unschuldigen Lächeln und deiner hinterhältigen Art in der Stadt auf und zerstörst unser aller Leben und alles, was Celia und mich verbunden hat, du psychotische Schlampe!«

Eine warme Hand legte sich auf meinen Bauch. Und dann war da Monroe, der mich an sich drückte. Mir Halt gab. »Du bist eine verachtenswerte Kreatur, Cameron«, sagte er mit einer so bedrohlichen Stimme, wie ich sie noch nie gehört hatte.

Er ließ mich los, dann schob er mich zur Seite und baute sich vor ihr auf. Er atmete schnell, und der mörderische Ausdruck auf seinem Gesicht ließ mich schaudern. »Wenn du es noch einmal wagst, Payton oder ihren Freundinnen auch nur ein Haar zu krümmen, wirst du es bereuen.« Cameron erblasste. Drohend beugte er sich nach unten, bis sie auf Augenhöhe waren. Als wäre sie nichts weiter als ein verzogenes Gör. Ein winziges, grimmiges Lächeln erschien auf seinen Lippen. »Und glaub ja nicht, dass du damit davonkommst. Das gerade? Das wird harte Konsequenzen nach sich ziehen, darauf kannst du dich verlassen, Cam«, sagte er, beinahe schon sanft. Doch die unbarmherzige Kälte in seinen Augen war angsteinflößend.

Cameron funkelte Monroe an, doch selbst sie konnte seinem Blick nicht standhalten. Sie kniff die Lippen zusammen und wich seinem Blick aus.

»Lass den Scheiß!«, sagte Peter und zog beschützend seine Freundin zu sich. »Verdammt, Monty, das war doch nichts weiter als ein kleiner Spaß, entspann dich!«

»Ein kleiner Spaß?«, wiederholte ich schrill.

Donovan grollte und wollte wieder auf Peter losgehen, aber Holland schlang die Arme um ihn.

Monroes Geduldsfaden riss. Er packte Peter am Kragen seines Smokings und zog ihn mit einem solchen Ruck an sich, dass die Leute um uns herum zu murmeln begannen und wieder Fotos geschossen wurden. Mir war heiß und kalt. Ich wollte ihn zurückhalten, wollte nicht, dass er deshalb noch Probleme mit seinen Eltern bekäme, denn die Fotos würden mit Sicherheit zu ihnen durchdringen. Doch ich konnte mich nicht rühren, konnte nur mit offenem Mund starren.

Grunzend sah Peter mit geweiteten Augen zu seinem Bruder auf. Der Schalk war gänzlich aus seiner Miene verschwunden. »M-Monty ...«

Es wurde gefährlich still um uns herum. Mir fiel auf, dass die Musik seit geraumer Zeit schon nicht mehr spielte. Auch Holland, Donovan, Cameron, Grace und Alyssa starrten die Darlington-Brüder an.

Monroes Stimme war ruhig und leise, doch jeder konnte ihn hören. Selbst eine Stecknadel hätte man vermutlich fallen hören können. »Wenn ich noch einmal mitbekomme, dass du und deine lächerlichen Freunde Payton oder ihren Freundinnen ein Haar krümmen, dann werde ich dich zerstören, Peter.«

Mein Herz begann zu rasen. Donovan und ich sahen uns für einen winzigen Sekundenbruchteil an, dann blickten wir wieder zu Monroe und Peter. Es war, als könnte niemand im Saal sich mehr rühren.

Peter keuchte, doch Monroe zog ihn mit einem groben Ruck noch näher zu sich und beugte sich noch tiefer als bei Cameron vor, bis ihre Gesichter sich berührten. »Meine Geduld mit dir ist ein für alle Mal am Ende. Es ist mir egal, was unsere Eltern sagen werden, ich werde dich höchstpersönlich ruinieren, *hast du mich verstanden?*«, stieß er Silbe für Silbe hervor. Er atmete schwer. Mit einem Ruck ließ er seinen Bruder los, sodass Peter mehrere Schritte nach hinten taumelte.

Cameron machte einen Satz und packte ihn am Ellbogen, damit er nicht zu Boden fiel. Doch Peter würdigte sie keines Blickes, sondern starrte Monroe an. Angst lag in seinen Augen. Unglaube. »M-Monty ... Das kannst du doch unmöglich ernst meinen, ich ...« Er sah sich um. Bemerkte die Blicke. Und wurde leichenblass. Endlich fiel seine Maske, und ein hässlicher Zug erschien um seinen Mund. Er nahm eine aufrechtere Haltung an, fuhr sich durch die Haare und brachte sie wieder in Form. Seine Hände zitterten. Doch da lag Wut in seinen Augen. Unbändige, zügellose Wut.

Er lächelte Monroe schmallippig an und schob die Hände in die Hosentaschen. »Das werden wir noch sehen. Wie du mir, so ich dir. Bruder.«

Manhattans Elite hatte Peter und Monroe Darlingtons Worte genau gehört. Und sie würde sie nicht vergessen.

Die reichsten Söhne New Yorks hatten sich soeben den Krieg erklärt.

KAPITEL 48

Verdorben, verlogen und durch und durch böse

Monroe trank den Champagner in einem schnellen Zug leer und wischte sich mit dem Handrücken über den Mund. Ein Sturm wütete in seinen blauen Augen. Die Musik hatte wieder eingesetzt, und wir hatten uns in eine Ecke verzogen, um den Blicken der sensationsgeilen Gäste zu entgehen.

»Schon okay«, sagte er zum etwa fünften Mal. »Ich komme klar, Payton. Fahr du mit den anderen aufs Revier. Ich muss ... zu meinen Eltern und mit ihnen sprechen. Und dann werde ich Peter eine Lektion verpassen.«

Adrenalin raste durch meine Adern. Mein Herz donnerte viel zu schnell gegen meine Rippen. »Es tut mir so leid«, flüsterte ich. »Das alles. Es hätte nie so weit kommen dürfen.«

Er blinzelte, und seine Miene wurde etwas weicher. Er legte eine Hand an meine Wange und küsste mich. »Es muss dir nicht leidtun, es ist nicht deine Schuld. Außerdem ist es kein Geheimnis, dass Peter und ich unsere Probleme haben. Jeder weiß von unserer schlechten Beziehung. Aber ich muss verhindern, dass irgendwas davon in der Klatschpresse landet. Mein Dad würde ausrasten. Ich weiß, was ich heute getan habe, und ich weiß auch, dass ich damit dem Ruf unserer Familie geschadet habe, aber ich trage die volle Verantwortung dafür und bereue es nicht, weil ich es für dich getan habe.« Er gab mir einen schnellen, harten Kuss. Dann suchte sein Blick meinen. »Und ich meine, was ich gesagt habe. Ich lasse nicht zu, dass mein Bruder, Cameron oder sonst wer es jemals wieder wagt, dir Schaden zuzufügen. Falls doch, bekommen sie es mit mir zu tun.«

»Ich liebe dich«, stieß ich hervor. Und erstarrte.

Monroe erstarrte genauso. Seine Augen weiteten sich. Da presste er mich auch schon an sich und küsste mich leidenschaftlich. Ein Keuchen entfuhr mir, und ich erwiderte den Kuss, die Hände um sein Gesicht gelegt, voller Verzweiflung, voller Hitze und ... Liebe. Ich *liebte* ihn.

»Gott«, flüsterte Monroe an meinen Lippen und strich mit den Daumen über meinen Hals. »Ich liebe dich so sehr, Baby.« Noch einmal küsste er mich und ließ mir keine Gelegenheit, dem etwas hinzuzufügen. »Und jetzt geh zu deiner Freundin aufs Revier, ja? Sie braucht dich. Ich komme gleich morgen früh zu dir, und dann reden wir über das, was du mir sagen wolltest.« Wieder ein Kuss, diesmal rauer. Er saugte an meiner Unterlippe und umfasste meinen Nacken. Seine Stimme senkte sich zu einem heiseren Knurren. »Und ich werde den ganzen verdammten Tag in dir verbringen, das verspreche ich dir.«

Hitze zuckte durch meinen Unterleib, und ich sah ihn schwer atmend an. »Okay«, stieß ich hervor. Meine Mundwinkel wanderten vorsichtig nach oben. So war es besser. Dann musste das Gespräch eben doch warten. Ich musste für Celia da sein, und Monroes ganzes Leben hatte sich gerade auf den Kopf gestellt. »Dann bis morgen früh«, sagte ich.

»Ich liebe dich«, wiederholte er lächelnd und ließ mich los. »Ich kann es kaum erwarten.«

»Ich liebe dich auch«, erwiderte ich und spürte mit ganzem Herzen, dass ich es auch so meinte.

Rasch drehte ich mich um und eilte aus dem Festsaal. Ich erwischte Donovan und Holland gerade noch rechtzeitig, denn sie waren dabei, in ein Taxi zu steigen.

»Wartet!«, rief ich und eilte auf meinen hohen Schuhen die Treppe des St. Regis hinunter. »Ich komme mit!«

* * *

Ganze zwei Stunden saßen wir auf dem Revier und warteten auf Celia. Wir bekamen sie jedoch nicht zu Gesicht. Ihre Mutter war kurz nach unserer Ankunft ebenfalls eingetroffen und in den Armen ihres Ehemannes vollkommen aufgelöst gewesen. Nur Celia und ihr Anwalt waren im hinteren Teil des Reviers, und das Verhör schien eine Ewigkeit zu dauern.

Als die beiden schließlich in Begleitung eines Officers erschienen, sprangen wir alle auf. Celias Gesicht war verquollen, und ihre Augen waren rot. Das Make-up hatte dunkle Schlieren auf ihren Wangen hinterlassen, und ihr schönes Kleid war zerknittert. Hoffnungslosigkeit stand auf ihrer Miene. Als sie uns sah und schließlich ihre Eltern, schluchzte sie und vergrub das Gesicht in den Händen. Donovan, Holland und ich standen am Rand, während Celias Mutter sie in die Arme schloss und Mr. del Campo ihr mit starrer Miene eine Hand auf den Rücken legte.

Er richtete den Blick auf uns. »Danke für euer Kommen, aber ihr könnt jetzt gehen. Wir fahren nach Hause und werden das als Familie in die Hand nehmen.«

Wir drei konnten nicht mehr als nicken und Zustimmungen murmeln. Der Blick auf die Uhr an der Wand verriet mir, dass es fast Mitternacht war.

Wir bekamen keine Gelegenheit, allein mit Celia zu reden. Und wir sprachen auch kaum, als wir drei uns voneinander verabschiedeten. Ich war nach diesem Abend zu erschöpft, um noch lange auf Lennard zu warten, der eine Weile brauchen würde, um herzufahren, deshalb nahm ich mir ein Taxi.

Die Fahrt zog sich wie zäher Kaugummi. Ich konnte es kaum erwarten, endlich aus der Shapewear rauszukommen. Ich war kurz davor, einfach auf der Rückbank mein Kleid von mir zu reißen, um das enge Ding darunter auszuziehen. Jeder Atemzug war nicht tief genug, und je mehr ich versuchte, Luft zu bekommen, desto schwindliger wurde mir.

Ich bezahlte den Fahrer, als wir ankamen, stieg aus und eilte die Stufen hinauf. Auf der Fahrt in den neunundvierzigsten Stock checkte ich meine Nachrichten. Doch weder Donovan, Monroe noch Holland hatten mir geschrieben. Stöhnend sank ich gegen die Kabinenwand. Shit. Ich wollte mir gar nicht ausmalen, was gerade alles geschah. Bei Celia zu Hause. Bei Monroe zu Hause. Eine Übelkeit erregende Gänsehaut überkam mich, als ich an Camerons Worte dachte. Daran, was Monroe zu Peter gesagt hatte. Ich kniff fest die Augen zusammen. Das hatte ich nicht gewollt. Nicht so eine öffentliche Zurschaustellung. Hätte ich mich doch bloß nicht auf den Plan mit Rosie eingelassen, dann wäre all das heute Abend vielleicht nicht passiert. Es war ein Fehler gewesen, und jetzt trug auch ich einen Teil der Schuld. Ich hätte auf mein Bauchgefühl hören sollen. Und trotz Monroes Worten wollte ich mir gar nicht vorstellen, was Rosie tun würde, um sich für diesen misslungenen Versuch zu rächen – als wäre Celias Festnahme nicht schon Rache genug. Sie war zu abgebrüht, um Angst vor Monroe zu haben, und ich konnte nicht einschätzen, wie weit sie zum Gegenschlag ausholen würde. Und Cameron … Sie würde Wege finden, es mir ebenfalls heimzuzahlen. Was sie auch tun würde, das hier war noch lange nicht vorbei. Und auch wenn Payton nach dem ausgesetzten Semester zurückkehrte …

Ich atmete aus. Nein. Sie sollte mir egal sein. Ich war so wütend auf sie, dass ich sie nie wieder sehen wollte. Ich war ihrer Geheimnisse überdrüssig. Auf jegliche Art und Weise. Aber der Gedanke, Payton zurück in dieses Schlangennest zu schicken ...

Nein. Misch dich nicht mehr ein. Hör auf, dich ständig für sie aufzuopfern!

Mit müden Schritten trat ich aus dem Fahrstuhl und lief durch den Flur. Hinter der starken Spiegelung im Fenster sah ich die Lichter von Manhattan funkeln.

Ich sperrte die Wohnung auf, schaltete das Licht ein und ...

Erstarrte. Stolperte zurück. Es war ein einziges Chaos.

Papiere. Die ganze Wohnung, der Boden ... Überall lag Papier, als wäre eine Windhose durch einen riesigen Druckerpapierstapel gefegt. Und sie war verwüstet. Die ganze Wohnung war verwüstet.

»Was zum ...« Ich schloss die Tür und sah mich ungläubig um.

Und mit einem Mal wurde mir eiskalt. Jemand war hier gewesen. Jemand war hier in der Wohnung gewesen!

Ich inspizierte die Tür und das Schloss, den Türrahmen. Aber da waren keine Kratzer. Kein Anzeichen davon, dass jemand eingebrochen war. Mein Herzschlag beschleunigte sich. Jemand war hier gewesen. Vielleicht immer noch?

Panik schoss durch mein Blut. Fuck. Fuck!

»Ist hier wer?«, rief ich mit dünner Stimme. Doch ich erhielt keine Antwort. Totenstille lag in der Luft.

Mein Mund wurde trocken, und meine Brust hob und senkte sich schnell und schwer. Ich machte noch einen Schritt nach vorne. Dann wanderte mein Blick auf die vielen Blätter am Boden, denn sie waren nicht blank. Da stand etwas drauf. Und als ich durch den Adrenalinnebel erkannte, was auf ihnen stand, taumelte ich zurück und prallte gegen die Tür.

GAME OVER, SARAH.

GAME OVER, SARAH.
GAME OVER, SARAH.

In meinen Ohren rauschte es, ich bekam keine Luft mehr. Auf jedem Zettel stand dieser Satz, in großen gedruckten Buchstaben. Panisch stürzte ich mich auf den Boden und drehte Papier für Papier um, während mir ein ersticktes Wimmern entfuhr.

GAME OVER, SARAH.
GAME OVER, SARAH.
GAME OVER, SARAH.
GAME OVER, SARAH.
GAME OVER, SARAH.

Blindlings rappelte ich mich auf und rannte aus der Wohnung. Ich musste hier weg. Jemand war in meiner Wohnung gewesen und hatte diese Zettel …

Ein panisches Schluchzen entfuhr mir, und ich stolperte in den Aufzug. Jemand, der wusste, wer ich war, war in meiner Wohnung gewesen, hatte sie verwüstet und hatte überall diese Zettel verteilt. Jemand, der offenbar große Wut auf mich hatte. Jemand, der mir mitteilen wollte, dass ich nicht mehr sicher war. Dass mein *Spiel* vorbei war.

Und dann dämmerte es mir mit einer so eisigen Klarheit, dass ich zu Boden sank. Meine Lippen bebten. Ich presste eine kalte Hand auf sie.

Es gab nur eine Person, die den Schlüssel zu dieser Wohnung besaß. Eine Person, die mein Geheimnis kannte und unsägliche Wut auf mich empfand. Nur eine Person, die unbemerkt am Portier hätte vorbeigehen können und auch auf Überwachungsvideos nicht auffiel.

Und diese Person war meine Schwester.

* * *

Ich fuhr mit einem Taxi zu Monroe. Auf dem Weg nach Hudson Yards heulte ich bittere, ungläubige Tränen und versuchte fünf Mal, ihn anzurufen. Doch er ging nicht ran. Nach dem fünften Anruf erreichte mich jedoch endlich eine Nachricht von ihm.

> *Bin noch bei meinen Eltern. Ist alles in Ordnung?*

> *Kann ich zu dir kommen? Es ist etwas passiert.*

> *Was? Was ist passiert? Ja, nimm einfach den Schlüssel, den ich dir gegeben habe, ich komme, so schnell ich kann!*

Erleichterung durchfuhr mich, und ich schluchzte wieder auf. Zum Glück hatte ich seinen Schlüssel an meinem Schlüsselbund befestigt, und dieser war in meiner pinken Clutch. Die Taxifahrerin schien es nicht zu interessieren, dass ich heulte. Ich wollte gar nicht wissen, wie oft sie heulende Kundschaft von A nach B beförderte.

Als sie mich vor Monroes Wohnhaus absetzte, hatte ich mich so weit beruhigt. Ich bezahlte sie und eilte ins Haus.

Der Portier erkannte mich und nickte mir bloß zu.

Gott. Ich musste mit Laurel telefonieren. Ich musste ihr erzählen, was geschehen war, was Payton getan hatte. Wir hatten recht gehabt. Ich hatte recht gehabt. Payton war nicht die, für die ich sie mein Leben lang gehalten hatte. Und was auch immer sie jetzt vorhatte …

Ich musste nach Hause. Ich musste mit unseren Eltern sprechen und ihnen alles erzählen. Ich konnte das hier nicht länger für mich behalten. Denn was auch immer Payton plante, jemand musste sie finden und sie aufhalten, sie zur Vernunft bringen und weg von den verdammten Drogen – denn nur so konnte ich mir erklären, dass sie ein vollkommen anderer Mensch geworden war. Ohne meine Familie, ohne Laurel schaffte ich das nicht.

Und nicht ohne Monroe, Donovan und Celia. Es war Zeit, den Lügen ein für alle Mal ein Ende zu bereiten.

Ich erreichte den Zwischenraum vor Monroes Wohnung, gab den Sicherheitscode ein und schloss die Tür auf.

Dunkelheit und sein vertrauter Geruch erwarteten mich, und ich genoss das Gefühl, davon eingehüllt zu werden. Ich wollte nicht mehr denken. Konnte nicht mehr denken. Alles, was ich wollte, war, das Gesicht an Monroes Brust zu vergraben und zu vergessen.

Ich rieb mir mit den Händen über das Gesicht. Fuck. Ich brauchte wirklich dringend einen Drink.

Da hörte ich ein ersticktes Geräusch.

Ich hielt inne. Dann trat ich an den Holzpaneelen vorbei. Blinzelnd gewöhnten sich meine Augen an die Dunkelheit. Ich starrte zum Sofa. Auf dem Balkon dahinter brannte schwach eine Lampe, und ich sah …

Mein Atem blieb mir im Hals stecken. Ich erstarrte zu Eis. Konnte mich nicht rühren, während mein Gehirn versuchte, das Bild vor mir zu verarbeiten.

Monroe stand vor der Balustrade, die Augen geschlossen und in der Hand ein breites Glas. Sein Gesichtsausdruck war konzentriert und angespannt. Doch er war nicht allein.

Vor ihm kniete jemand.

Jemand in einem eng anliegenden ockerfarbenen Kleid.

Das war *Cameron*. Cameron kniete vor Monroe. Eine seiner Hände war in ihren Haaren vergraben, und seine Hüften bewegten sich schnell und hart. Wieder das erstickte Geräusch. Ein Würgen. Sie würgte.

In mir wurde es leise.

Einatmen.

Ausatmen.

Ich konnte nur zusehen. Konnte mich nicht rühren. Mein Atem wurde schneller, und mein Magen immer kleiner und härter. *Nein. Nein, das kann nicht wahr sein!*

Ich starrte Monroe an, nicht seine harten Bewegungen und die Art und Weise, wie er Cameron in den Mund stieß. Ich starrte auf sein Gesicht. Starrte auf den kalten, kontrollierten Ausdruck darauf.

Seine Lippen teilten sich, und das Stöhnen drang im selben Moment durch die angelehnte Balkontür zu mir wie Camerons Würgelaut. Ihre Hände krallten sich in seine Hose, er wurde schneller, die Bewegungen ihres Kopfes ruckartiger ...

Mehr hielt ich nicht aus.

Ich rannte aus der Wohnung, so schnell ich konnte. Die Fahrt nach unten drang kaum zu mir durch.

Atmen.

Atme, Sarah.

Ich sah weiße Punkte am Rande meines Blickfelds tanzen, und alles begann sich zu drehen. Mir war schlecht. Fuck, ich musste mich übergeben.

Nach Atem ringend, taumelte ich aus dem Gebäude und wäre beinahe in den hohen Schuhen umgeknickt. Kalter Wind blies mir ins Gesicht und bauschte mein Kleid auf. Der Klang einer Sirene durchschnitt mich vom Scheitel bis zu den Fußsohlen, und ein Wagen rauschte viel zu schnell an mir vorbei.

Ich krallte eine Hand in meine Brust. Monroe und Cameron. Die Freundin seines Bruders hatte ihm grade einen geblasen.

Atme. Atme. Atme, Sarah.

»Hat dir die Show gefallen?«

Mein Kopf schoss nach oben, und ich suchte die Straße ab. Lange musste ich nicht suchen, denn gleich neben dem Eingang des Wohnhauses parkte eine schwarze Limousine. Peter lehnte dagegen. Er grinste mich selbstzufrieden an. »Fickt er sie? Hast du sie dabei beobachtet?«, fragte er und stieß sich vom Wagen ab. Gemächlich schlenderte er auf mich zu.

Schluchzend wich ich zurück. »Was soll …«, entwich es mir, doch die Worte blieben mir im Hals stecken.

Peter betrachtete mich, während das Gefühl, jeden Moment zu ersticken, immer schlimmer wurde.

Langsam fuhr er sich mit der Zunge über die Lippen. Er zog ein Handy aus der Hosentasche und hielt es hoch. Ein Blitz blendete mich und ließ mich noch einen Schritt zurückstolpern. Dann noch einen, weil die Welt sich viel zu schnell drehte. Mein Handy vibrierte. Ich entsperrte es, ohne darüber nachzudenken, wie ferngesteuert.

Es war das Bild. Von mir. Und es kam von Monroes Nummer.

Erneut sah ich Peter an. Und obwohl ich auf ihn losgehen wollte, obwohl ich nichts lieber wollte, als sein unschuldiges Gesicht blutverschmiert und schmerzverzerrt zu sehen, rührte ich mich nicht. Schlimmer noch, voller Horror sammelten sich frische heiße Tränen in meinen Augen. Er hatte mir geschrieben, nicht Monroe. Mich hierhergelockt, damit ich Monroe und Cameron zusammen sah.

»Oh, Payton«, sagte Peter und zog eine falsche mitleidige Schnute. »Hast du es immer noch nicht geschnallt? Das Ganze war nicht echt! Glaubst du ernsthaft, jemand wie Monroe Darlington könnte sich auch nur ansatzweise für eine billige Schlampe wie dich interessieren? Wir wollten dich fertig machen und haben das auch getan, *kleiner Phönix.*« Spöttisch sprach er den Kosenamen aus. Er trat zu mir und tätschelte meine Wange. Mein Blick wollte sich nicht fokussieren, aber ich wusste, dass er mir direkt in die Augen sah. Er schien zu lächeln. »Eins muss man dir lassen, tolle Titten hast du ja. Aber jetzt verkriech dich in das Loch, aus dem du gekommen bist, und lass dich nie wieder in Manhattan blicken.« Er lehnte sich vor, schloss die Hand um meine Kehle und legte seine Lippen an mein Ohr. Seine Zungenspitze bereitete mir eine ekelerregende Gänsehaut, und er biss fest in mein Ohrläppchen. Ich schrie auf, doch er erstickte den Laut, indem er mir mit der Hand die Luft abschnürte. »Meine Spielchen sind ein wenig spezieller als die meines Bruders, Süße. Also hör lieber auf mich, sonst wirst du dir wünschen, nie geboren worden zu sein, sobald ich mit dir fertig bin«, flüsterte er.

Er lockerte seinen Griff wieder, und ich rang keuchend nach Luft. Mein Herz weigerte sich weiterzuschlagen. Mein Inneres war zu betäubt. Die Worte drangen kaum zu mir durch.

Plötzlich schubste Peter mich fest. Mein Rücken prallte so heftig auf, dass mir der letzte Rest an Luft mit einem Grunzen entwich. Über mir spannte sich der schwarze Himmel. Und als mein Hinterkopf aufkam, sah ich Sterne. *Atme, atme, atme!* Es fühlte sich an, als würde ich sterben. Ein Heulkrampf durchzuckte jede Faser meines Körpers.

Peter war fort. Er hatte mich einfach auf dem Gehweg liegen lassen, wie Abfall, den man achtlos entsorgt hatte.

Und als ich es endlich schaffte, aufzustehen und mich in Bewegung zu setzen, spürte ich es:

Etwas in mir war zerbrochen.

Mein Herz.

Meine Seele.

Sie hatten mich zerstört.

KAPITEL 49

Alle. Sie alle.

Meine Füße waren taub. Mein Kopf war taub. Ziellos bewegte ich mich durch Manhattan. Ich wusste nicht, wie lange schon. Ich wusste nicht einmal, wo ich war. Ich ging einfach weiter. Immer weiter. Und atmete. Atmete ein. Und atmete aus.

Ein Schritt. Noch ein Schritt.

Irgendwie kam ich zur Upper East Side. Ein winziger Teil von mir erkannte die Park Avenue wieder. Doch ich konnte nicht denken. Nur atmen.

Noch ein Schritt. Dann noch einer.

Ein lautes Schluchzen entfuhr mir, als die Bilder von heute Nacht erneut über mich rollten, wie schon Hunderte Male, seit ich umherlief. Ich presste eine Hand auf meinen Mund. *Nicht denken. Nur atmen.*

Doch je näher ich der Wohnung kam, der Wohnung, in der ich nicht sein wollte, nicht sein *konnte*, desto mehr bekam das Eis in meinen Adern knackende Risse. In meinen Ohren dröhnte es, und mein Puls war so rasend, dass sich alles drehte wie im tiefsten Rausch.

Kurz vor der Kreuzung brach ich auf dem verlassenen Gehweg zusammen. Meine Tränen erstickten mich. Das Bild von Monroe und Cameron verschwand einfach nicht vor meinen Augen.

Ich weinte immer heftiger und konnte es nicht unterdrücken.

Ich spürte meine Beine nicht mehr und scherte mich nicht darum, dass meine Stirn auf dem Gehweg ruhte. Ich japste und keuchte, doch es gelangte einfach nicht genug Luft in meine Lunge. Alles um mich herum war zerbrochen, und nun zerbrach ich. Es war genau das passiert, was auch meiner Schwester passiert war. Diese Menschen hatten mich gefressen und wieder ausgespuckt.

Sie hatten mich zerstört.

Er hatte mich zerstört.

Und jetzt gab es keinen Ort mehr in dieser Stadt, an dem ich sicher war.

Ich glaubte zu hören, wie neben mir ein Auto hielt. Sekunden später schlossen sich warme Arme um mich. Ich wusste nicht, wer es war. Alles, was ich wusste, war, dass ich keine Luft bekam und wenige Augenblicke später in einem warmen Wageninneren saß und die noch wärmeren Arme mich hielten. Vielleicht waren sie auch gar nicht warm. Vielleicht war ich ja tatsächlich aus Eis.

Jemand wiegte mich. Sprach beruhigend auf mich ein. Streichelte über meinen Kopf. Strich meine Tränen fort.

Atme.

Atme, Sarah.

Ich atmete tief ein. Und wieder aus. Und wieder ein und aus. Ich wiederholte es so lange, bis das Rauschen in meinen Ohren schwächer wurde.

»So ist gut«, murmelte eine tiefe Stimme an meinem Ohr. Streichelte weiter sanft über meine Haare. »Tief durchatmen, Payton.«

Ich blinzelte gegen Stoff. Meine Wange lag an einer warmen Brust. Langsam hob ich den Kopf.

Und Holden erwiderte meinen Blick.

Er sagte nichts im dunklen Wageninneren, sondern hielt mir nur ein Stofftaschentuch hin.

Ich nahm es entgegen, wobei etwas von meinem Oberkörper rutschte.

Ein Mantel. *Sein* Mantel.

Ich putzte mir die Nase. Anschließend sank ich erschöpft zurück.

Da war ein Arm. Er hatte seinen Arm um meine Schultern gelegt.

Meine Augen waren klein und verquollen, und ich sah Holden blinzelnd an.

Wir fuhren nicht. Das Auto stand. Und es kostete mich einige Augenblicke, bis ich realisierte, dass wir vor unserem Wohnhaus parkten.

»Geht's wieder?«, murmelte er sanft.

Ich nickte, ehe ich jedoch den Kopf schüttelte.

»Ich …« Meine Stimme brach. »Ich kann nicht … Da oben ist …«

»Komm. Bringen wir dich erst mal rein.«

Er half mir beim Aussteigen. Meine Knie gaben augenblicklich nach, und mit einem Mal spürte ich einen scharfen, heftigen Schmerz in meinen Füßen. Ein Wimmern entfuhr mir.

Richtig. Ich war in High Heels durch ganz Manhattan gelaufen.

Holden fing mich auf, bevor ich fallen konnte. Als würde ich nichts wiegen, hob er mich auf die Arme, und sein Fahrer legte den Mantel über mich.

»Von hier aus komme ich klar, Marvin. Danke.« Holdens tiefe Stimme vibrierte an meinem Ohr. Er trug mich die Stufen hoch und über die Schwelle, nachdem der Portier die Tür geöffnet hatte.

Dann waren wir allein im Aufzug. Die Türen schlossen sich, und Stille umgab uns. Wir bewegten uns nicht vom Fleck, da Holden mit mir auf den Armen keinen Knopf drücken konnte.

»Kannst du stehen?«, fragte er sanft.

Ich atmete. Diesmal ruhiger. Doch genauso betäubt.

»Die Schuhe«, wisperte ich.

»Winkel die Beine an, dann komm ich ran.«

Ich tat, was er sagte. Seine Hand unter meiner Kniekehle rührte sich. Er drückte mich gegen die Wand der Kabine, dann löste er eine Hand von mir und zog mir die Schuhe aus.

Ein scharfes Zischen entfuhr mir bei dem Schmerz, und ich kniff die Augen zusammen.

»Besser?«

»Ja«, flüsterte ich.

»Kannst du jetzt stehen?«

»Ja.«

Langsam setzte er mich ab, und ich glitt zwischen seinem Körper und der Kabinenwand nach unten, bis meine schmerzenden Füße den Boden des Aufzugs berührten.

Holden ließ mich nicht los. Stattdessen hob er mit einem Finger mein Kinn an und suchte mit zusammengezogenen Brauen meinen Blick. Erkenntnis trat in seine Augen, gefolgt von kalter, ruhiger Wut.

»Er war das. Habe ich recht?«

Eine Träne löste sich von meinen Wimpern und rollte über meine Wange. Meine Hände krallten sich in seine Schultern. Ich konnte nicht mehr denken. Ich wollte das Gesicht an Holdens Brust vergraben und die Welt vergessen, obwohl er eigentlich ein nahezu Fremder für mich war.

»Ja«, flüsterte ich erstickt und zog ihn zitternd näher an mich.

Er betrachtete mich. Ich spürte das Beben seiner Wut am ganzen Körper. Er sah aus wie ein Racheengel, so schön, dass es wehtat.

»Ich habe dir doch gesagt, dass nichts mit den Darlingtons gut endet, Payton.«

Ich starrte auf seinen Mund. Meine Stimme bebte, als die nächsten Worte aus mir hervorbrachen: »Ich bin nicht fucking Payton. Mein Name lautet *Sarah*.«

Holden sah mich an, runzelte verwirrt die Stirn. Er wollte etwas erwidern, doch er konnte nicht, denn ich presste meine Lippen auf seine.

Danksagung

Ich weiß schon, was ihr denkt: DAS soll das Ende sein? Akzeptiert ihr meine Entschuldigung, wenn ich euch sage, dass Band 2 nicht lange auf sich warten lässt und ihr dann endlich ganz viele Antworten auf ganz viele Fragen bekommt? Es werden skandalöse Geheimnisse gelüftet, Herzen gebrochen (oder geheilt?) und Tränen vergossen. Vielleicht ist Band 2 sogar mein Liebling der Reihe – euch wird es hoffentlich auch so gehen.

Ich weiß noch genau, wie mir die Idee für die Geschichte kam. Irgendwann im Spätsommer/Herbst 2021 habe ich mit meiner Agentin telefoniert. Sie warf das Wort »provokant« in den Raum, und dieses eine Wort brachte den Stein ins Rollen: Wenige Tage später waren da 30 Seiten Exposé für eine ganze Trilogie (ehrlich, es war, als hätte die Idee mich ausgesucht, und nicht andersherum!). Deshalb gilt mein erster Dank meiner wunderbaren Agentin Christiane. Nicht nur im gesamten Schreibprozess, sondern auch während des herausfordernden Endspurts hast du an die Geschichte geglaubt, mich angefeuert und mir Mut gegeben.

Danke auch an meine Lektorin Diana. Danke für deine Begeisterung für die Figuren und unsere stundenlangen Gespräche, die mich jedes Mal mit Energie und ganz viel Inspiration erfüllen.

Ein riesiger Dank an das gesamte Team von Blanvalet, euren Einsatz und eure Leidenschaft. Ich bin überglücklich, zur Penguin Random House Family zu gehören.

Danke an Superheldin und Wortmagierin Angela. Deine tolle Arbeit am Text hat mich gerettet und die Geschichte auf eine Art und Weise poliert, wie keine andere es könnte.

Auch ohne meine Testlesenden wäre das Buch nicht das, was es ist: Raffi, Lana, Sarah, Pia, Friederike, Rebecca, Marie, Lea, Sophie – danke für eure Hilfe, eure Adleraugen und eure Zeit!

Wie auch meine anderen Bücher hätte ich dieses nicht ohne die Unterstützung meiner Freundinnen und Freunde schreiben können: danke an die PJs, Anne, Caro, Josi, Marina, Nina und Raffi. Ich bin so froh, dass es euch gibt.

Besonderer Dank an Lia Katrina, für den schönsten Schreiburlaub. Aber auch für all die magischen Momente, die vielen Deep Talks und unsere Freundschaft.

Und auch tausendfach danke an die wunderbaren Autorinnen, die für *Pretty Scandalous* einen Blurb geschrieben haben. Ich fühle mich geehrt und bin unglaublich dankbar, dass ihr euch die Zeit genommen und so schöne Worte für die Geschichte gefunden habt.

Danke an meine Eltern und meine Schwestern Leyla und Mona, die sich immer um mich gekümmert und mich unterstützt haben. Danke an meinen Cousin Patrick und seine Frau Kathy (und Maya!), dass ich während meiner Zeit in New York bei euch wohnen und so eine schöne Zeit mit euch verbringen durfte.

Zu guter Letzt (denn das Beste kommt zum Schluss) danke ich euch, meinen großartigen Leserinnen und Lesern. Ich freue mich über jede Besprechung, jedes Bild und jedes Reel/Tik-Tok wie ein Kleinkind und bin für immer froh, für eine so tolle Community Geschichten schreiben zu dürfen.

Wenn ihr das Buch und mich unterstützen möchtet, hinterlasst unbedingt eine Rezension in den üblichen Shops/auf den üblichen Plattformen – denn das erhöht die Sichtbarkeit des Buches und ist eine riesige Hilfe für mich!

Ich hoffe, ihr freut euch schon auf Band 2 (und 3). Wenn ihr Redebedarf habt, schreibt mir gern auf Instagram @tamifischer.

Bis bald!

TRIGGERWARNUNG

(Achtung Spoiler)

Dieses Buch enthält potenziell triggernde Inhalte zu folgenden Themen: Alkoholkonsum, Drogenmissbrauch, Gewalt, Mobbing, Rassismus, sexuelle Gewalt

TAISEN DESHIMARU-RŌSHI

ZA-ZEN

DIE PRAXIS DES ZEN

VERLAG WERNER KRISTKEITZ

Adressen mit Gruppen, die Zazen nach Taisen Deshimaru
praktizieren, finden Sie im Internet unter:

https://www.zen-vereinigung.de/index.php?id=27&L=89
https://www.zen-azi.org/fr/liste-lieux-meditation

Copyright © Éditions Seghers, Paris 1974. Titel der Originalausgabe:
«Za-Zen. La Pratique du Zen». Übertragung aus dem Französischen
von Werner Kristkeitz.
Deutsche Rechte © Verlag Werner Kristkeitz, Heidelberg 1978. Alle
Rechte für sämtliche Medien und jede Art der Verbreitung, Vervielfältigung, Speicherung oder sonstiger, auch auszugsweiser und privater, Verwertung von Wort und Bild bleiben vorbehalten.
Umschlagphoto: Association Zen Internationale (AZI).
Kalligrafien und Pinselzeichnungen von Taisen Deshimaru. Sämtliche
Bildrechte vorbehalten.

ISBN 978-3-932337-11-6

www.kristkeitz.de

Dō – der WEG

Einführung

Was ist unser Leben? Zu leben fehlt uns immer mehr die Zeit. Die Maschine beraubt uns eher der Freiheit, als dass sie uns befreit. Weder Hungersnöte noch Vernichtungskriege sind von der Erde verschwunden. Unsere Unruhe bekämpfen wir mit Beruhigungsmitteln oder betäuben sie mit Fernsehen. Der Komfort unserer sorgsam abgeschirmten vier Wände schwächt unseren Körper, der Stress der Großstadt überspannt unsere Nerven. Fortschritt ersetzt die Religion, Geld das Sakrament. Die Sorgen nagen an uns und die Angst erdrückt uns. Nachts schlafen wir schlecht. Am Tag sind wir nur halb wach. Wir denken an Nichtigkeiten. Wir denken zu viel. Wir hören nicht auf zu denken ...

Wir haben nicht einmal mehr Zeit zu atmen. Und darüber hinaus wird die Luft, die wir atmen, zunehmend vergiftet, das Wasser, das wir trinken, verunreinigt, die Erde, auf der wir leben, übervölkert und ausgeplündert. Gleichzeitig bedroht durch die Selbsterdrückung allen Lebens auf diesem Planeten und die atomare Selbstzerstörung, gewinnen wir ein Gefühl des bloßen momentanen Überlebens. Und jetzt beginnt es uns auch an Energie zu mangeln, nicht nur der materiellen, der aus Holz, Kohle und Öl, sondern auch an einer viel feineren Form der Energie: der inneren Kraft, sich der Situation zu stellen. Und was für eine Situation! Eine schmerzhafte Reise zwischen Geburt und Tod, ein Bewusstseinsblitz, ein kurzes Leuchten wie ein Funke aus einem Kiesel oder ein Stern, der plötzlich aus der Nacht auftaucht ...

Wozu sind wir auf dieser Erde? Wir haben unseren Ursprung verloren. Wir kennen uns nicht mehr. Unsere Art verkümmert, weil sie nicht ausreichend versorgt ist mit Licht, Energie, Stille, Leerheit ... Wie können wir wahrhaft Lebende werden?

Vor zweieinhalb Jahrtausenden in Indien – nicht weit vom Ganges sitzt ein Mann schon sechs Wochen lang unter einem Feigenbaum in Meditation. Sein Körper bewegt sich nicht, und wenn sein tiefer und kraftvoller Atem nicht wäre, hielte man ihn für tot. Völlig unbeweglich, ruhig wie ein Berg. Er weist sowohl Nahrung als auch Schlaf, wie auch den anmutigen Eifer einer Frau neben sich zurück. Er hat sich einfach nur entschlossen, sich von seinem Platz unter dem Baum nicht wegzubewegen, bevor er nicht das Problem von Geburt und Tod gelöst hätte. Eines Nachts, kurz vor Sonnenaufgang, als die Venus am Himmel glänzt, entdeckt er das letzte Geheimnis: «In den letzten Stunden der durchwachten Nacht habe ich das höchste Wissen erreicht ... Die Finsternis wurde verjagt und das Licht erschien.» Er ist *Buddha* («der Erleuchtete») geworden. Er hat einen Diamanten entdeckt. Wird er ihn für sich behalten? Er hat den Schlüssel gefunden. Soll er ihn verschenken? Einen Moment lang zögert er. Dann entscheidet er sich, sein ganzes irdisches Leben der Weitergabe des Geheimnisses zu widmen.

Und dies ist das Geheimnis: *Zuerst einmal* SITZEN. *In der Haltung des Buddha. Konzentriert auf die Körperhaltung und die Atmung.*

Wie einfach der WEG ist, ist geradezu verwirrend. Nichts als SITZEN. Ohne Vorbehalte. Ohne Gedanken. Leer. In der Haltung des Erwachens ...

Dem Buddha folgen Menschenmassen und er ist umgeben von einer eifrigen Schar von Schülern. Seine Botschaft durchläuft alle Ebenen der Existenz. Sie nimmt die Gestalt einer tiefen Philosophie an und wird zu einer strengen Morallehre ausgebaut. Sie konkretisiert sich in einer religiösen Bewegung von ungeheurem Ausmaß, die ganz Asien durchdringt.

Doch schon sehr bald nach seinem Tod lehnen es einige Schüler ab, die Betonung auf die Interpretation der Schriften und die Befolgung der Moralvorschriften und Riten zu legen. Dafür legen sie Wert auf die Praxis – hier und jetzt – der Haltung des Buddha. Und sie vertreten die Meinung, dass die Essenz seiner Lehre außerhalb der Schriftstücke, «von meiner Seele zu deiner Seele», durch einen Meister weitergegeben wird, der sie selbst in der direkten Linie der Nachfolge Buddhas empfangen hat. Denn die Tradition überliefert die ursprüngliche Weitergabe der Lehre in dieser Anekdote:

Bei einer Rede gegen Ende seines Lebens nahm der Buddha eine Blume in die Hand, zeigte sie seinen versammelten

Schülern und drehte sie, ohne ein Wort zu sagen, vorsichtig zwischen seinen Fingern. Niemand verstand diese Geste, außer Mahākāśyapa: Er lächelte. Er allein hatte in diesem Augenblick die Essenz der Lehre des Buddha verstanden.

Das ist der konkrete Ursprung des Zen.

Im sechsten Jahrhundert unserer Zeitrechnung brachte Bodhidharma, ein ceylonesischer Mönch, die kostbare Saat der «Praxis hier und jetzt» nach China.

Die buddhistische Religion und ihre Schriften hatten das Land schon durchdrungen und der Kaiser hielt sich für einen eifrigen Buddhisten. Er fragte Bodhidharma:

«Was ist das höchste Prinzip der heiligen Wahrheit?»

Bodhidharma antwortete: «Unergründliche Leerheit und nichts Heiliges.»

Der Kaiser gab zurück: «Wer ist der, der mir so gegenübertritt?»

Bodhidharma antwortete ihm: «Ich weiß es nicht!»

Der Kaiser verstand nicht. Und Bodhidharma zog sich für neun Jahre in die Berge zurück, wo er sich ausschließlich der Versenkung in der Haltung des Buddha widmete, das Gesicht der Felswand zugewandt …

Schon nach einigen Generationen vernahm ganz China seine Botschaft und es gab in diesem von der Weisheit des Dao genährten Land keinen Flecken mehr, auf dem das Geheimnis des Buddha nicht verbreitet gewesen wäre. Meister wie Huineng[1], Huangbo und Linji (jap. Enō, Ōbaku und Rinzai) traten auf und verbreiteten eine Lehre voll kosmischer Frische und Kraft, die zur ursprünglichen Einfachheit zurückführte, und sie konfrontieren mit ihrer Lehre jeden von uns mit der dringenden Notwendigkeit, unser ursprüngliches Gesicht zu betrachten.

Immer weiter nach Osten sich ausbreitend, erreichte die Lehre sechs Jahrhunderte später wie eine Welle Japan, zuerst durch Eisai, der die Lehre Rinzais einführte, und etwas später durch Dōgen[2].

---

1 Der sechste Vorfahre (638–713). Er hat als erster in China Zen wirklich verbreitet.

Am Ende einer Reise nach China hatte Dōgen die unerschütterliche Überzeugung gewonnen, dass das uneigennützige SITZEN in der Haltung des Buddha das Erwachen selbst ist, und das Erwachen nichts anderes als dies. Er widmete die dreißig Jahre, die ihm noch zu leben blieben, der Verbreitung der Prinzipien des ZAZEN (jap. za = «sitzen»). Das ist der Ursprung der Sōtō-Zen-Schule, die hauptsächlich ausgerichtet ist auf die Praxis der Haltung des Erwachens, hier und jetzt. Das Zen blühte auf dieser großen, damals von Wäldern bedeckten Insel, die von der Kriegerkaste der Samurai beherrscht wurde. Es prägte die Bräuche der Einwohner derart, dass noch heute, wo sonst nur noch Spuren der vergangenen Pracht vorhanden sind, das tägliche Leben der Japaner durch seinen Einfluss gezeichnet und bestimmt wird.

Zwischen den beiden Weltkriegen trat dann ein großer Meister hervor: Kōdō Sawaki (1880–1965). Er war ein kühner Reformator, der zu den Ursprüngen des Zen zurückfand, der Lehre Dōgens und der Weitergabe der ursprünglichen Botschaft: Die Praxis ist das Erwachen selbst, und das Erwachen nichts anderes als die Praxis. Er zählte Taisen Deshimaru zu seinen Schülern. Als er seinen Tod nahen fühlte, gab er Taisen die Mönchsweihe auf Lebenszeit, übertrug ihm die Essenz des Zen und machte ihn so zu seinem Nachfolger.

Taisen Deshimaru ist ein Meister, der mit einer ganz besonderen Aufgabe betraut wurde: Zen in Europa zu verbreiten. Er kam Ende 1967 als von den leitenden Persönlichkeiten des Sōtō-Zen[3] allein bevollmächtigter Repräsentant (*kaikyōsōkan*) für Europa nach Frankreich und wird darin auch von den anderen Zen-Schulen Japans, Rinzai und Ōbaku, unterstützt. Und er betont: Zen, das heißt Zazen, die Haltung des Erwachens, und das Erwachen selbst sind nicht voneinander zu trennen.

---

2 Dōgen-Zenji (1200–1253), Begründer des Sōtō-Zen. Reiste 1223 nach China, wo er vier Jahre bei Meister Nyojō lernte. 1227 kam er nach Japan zurück und gründete 1244 den Tempel Eihei-ji. Sein Hauptwerk ist das *Shōbōgenzō*.
3 Zur damaligen Zeit waren dies Reirin Yamada-Zenji vom Tempel Eihei-ji und Iwamoto-Zenji vom Tempel Sōji-ji.

In seinem Dōjō[4] in Paris sammelt er von Jahr zu Jahr mehr Anhänger und Schüler um sich. Er reist, er lehrt, er verbreitet die Praxis, die er selbst von seinem Meister empfangen hat und die das Wesen der Weitergabe der Lehre von Meister zu Meister seit Buddha ausmacht.

ZA-ZEN, *Die Praxis des Zen*, das vorliegende Buch, stellt für Europa etwas völlig Neues dar. Es ist hierzulande wohl das erste, das die mündliche Lehre eines lebenden Zen-Meisters direkt weitergibt.

Man kann diesen Meister in seinem Dōjō in Paris oder bei einem seiner *sesshin*, die überall in Europa stattfinden, treffen.[6]

Seine Worte wurden von mehreren seiner nahen Schüler gesammelt und zusammengestellt. Bei der Redaktion dieses Buches haben Janine Monnot und René Lemaire mitgearbeitet. Durch sie, Schüler Meister Deshimarus, konnten seine Gedanken unverfälscht niedergeschrieben, seine Rede unverändert weitergegeben werden.

Die Botschaft Meister Deshimarus ist diejenige aller wahren Meister und aller Buddhas: einfach nur SITZEN. Ohne Ziel und ohne Streben nach Nutzen. Das Wesentliche ist Zazen. Die Haltung des Erwachens.

Vincent Bardet

---

4   Der Ort, wo man den Weg (Zazen) praktiziert.
5   Eine Zeit intensiven Zazentrainings. Ein oder mehrere Tage gemeinsames Leben, Konzentration und Stille im Dōjō. Man macht vier bis fünf Stunden Zazen pro Tag, oft auch länger, unterbrochen von Mondō, Samu und Mahlzeiten.
6   Dieses Buch wurde 1974 verfasst, und Meister Taisen Deshimaru ist im Jahr 1982 verstorben. Diejenigen seiner Schüler, die den Titel eines Rōshi (Meisters) innehaben, führen seitdem seine Arbeit fort. Wegen aktueller Dōjōadressen siehe oben Seite 4.

Vorbemerkung

Es heißt, man habe am Portal einer Intellektuellenakademie in den Vereinigten Staaten lesen können: «Gott ist tot – gezeichnet: Nietzsche». Eines Morgens fand man unter diesem Motto, in der Nacht mit unauslöschbarer Farbe geschrieben, den Satz: «Nietzsche ist tot – gezeichnet: Gott». Der wahre Gott existiert. Er stirbt niemals, denn Gott bedeutet die höchste Wahrheit, die Grundenergie des Universums überhaupt. Gott existiert, doch die Menschheit ist vor ihm geflüchtet, die moderne Zivilisation hat der Ordnung des Universums vollständig den Rücken gekehrt. Wie können wir die kosmische Ordnung und Wahrheit – oder Gott – wiederfinden und ihr folgen?

Im Abendland haben Philosophen, Schriftsteller und Denker dieses Problem aufgeworfen, ohne je zu einem Schluss, einer Lösung, einer Methode für die Praxis gelangt zu sein. Seit ich in Europa bin, habe ich nicht aufgehört, mit meinen Schülern, die der kosmischen Ordnung näher kommen wollen und dafür eine wahre, starke und effektive Methode suchen, Zazen zu praktizieren. Mein Zen fasst die Lehre aller Buddhas, aller Meister und Weisen und die geistige Erfahrung Asiens zusammen. Eine Lehre, deren Essenz Harmonie, die Vereinigung des Materiellen und des Geistigen ist. Die höchste Weisheit erstrebt den Frieden, die Einheit, jenseits aller Relativität, Dualität und aller Gegensätze.

Wenn Sie, die dieses Buch lesen, zu einem recht breiten Leserkreis zählten, wäre ich sehr glücklich. Durch die Vereinigung des östlichen und des westlichen Geistes werden Sie in Europa die höchste Dimension des Lebens erschaffen.

Mögen Sie heute und in Zukunft wahrhaft glücklich sein!

Taisen Deshimaru

*Der reine Wind
weht bis in die Unendlichkeit*

HIER UND JETZT

Das Geheimnis des Schwertweges

Ein junger Mann kam eines Tages zu einem großen Meister des Schwertweges (Kendō), um sein Schüler zu werden. Der Meister nahm ihn an: «Von heute an», sagte er, «wirst du jeden Tag im Wald Holz fällen und im Fluss Wasser schöpfen.»

Das tat der junge Mann drei Jahre lang, dann sprach er zu seinem Meister: «Ich bin gekommen, die Schwertkunst zu erlernen, doch bis heute habe ich noch nicht einmal die Schwelle Eures Dōjō überschritten.»

«Also gut», sagte der Meister, «heute wirst du eintreten. Folge mir … Und jetzt laufe in dem Raum herum, und zwar immer vorsichtig auf den Kanten der *tatami* (Reisstrohmatten), ohne sie je zu übertreten.»

Der Schüler beschäftigte sich mit dieser Aufgabe ein Jahr lang, bis er endlich in große Wut kam.

«Ich gehe. Ich habe nichts von dem gelernt, was zu suchen ich gekommen bin!»

«Nun denn», antwortete ihm darauf der Meister, «heute werde ich dir die höchste Unterweisung geben. Komm mit mir.»

Der Meister führte seinen Schüler in die Berge. Bald befanden sie sich vor einem Abgrund. Ein einfacher Baumstamm diente als Übergang über die tiefe Leere. «Also los, geh hinüber!», sagte der Meister zu seinem Schüler. Beim Anblick des Abgrunds von Angst und Schwindel gepackt, blieb der junge Mann wie gelähmt stehen.

In diesem Augenblick kam ein Blinder heran. Ohne zu zögern ging er, mit seinem Stock tastend, auf den gebrechlichen Steg zu und schritt ruhig hinüber. Das genügte, um den jungen Mann erwachen und alle Furcht vor dem Tod verlieren zu lassen. Kurzerhand eilte er über die Schlucht und fand sich auf der anderen Seite.

Sein Meister rief ihm zu: «Du hast das Geheimnis der Schwertkunst gemeistert: das Ich aufgeben, den Tod nicht fürchten. Beim Holzhacken und Wasserholen jeden Tag hast du dir eine starke Muskulatur erworben, beim aufmerksamen Laufen auf der *tatami*-Kante hast du die Präzision und Feinheit der Bewegung erreicht. Und gerade eben hast du das Geheimnis des Schwertweges verstanden. Geh! Du wirst jetzt überall der Stärkste sein.»

Was ist Zen?

Das Geheimnis des Zen besteht darin, in einer Haltung tiefer Konzentration einfach zu SITZEN, ohne Ziel und ohne Streben nach Nutzen. Dieses derart uninteressierte Sitzen nennt man *Zazen*, wobei *za* «sitzen», und *zen* «Meditation», «Konzentration», «Versenkung» bedeutet. Die Haltung, die Essenz des Zen, wird in einem Dōjō, dem «Ort der Praxis des WEGES», gelehrt. Das ist die Aufgabe eines Meisters, der, in traditioneller Weise eingeweiht, in der direkten Nachfolge des Buddha und der Vorfahren im Dharma steht.

Zazen hat eine sehr positive Wirkung auf Körper und Geist. Es führt beide zurück zu ihrem normalen Zustand.

Zen kann weder in Begriffe gezwängt noch durch den Verstand wiedergegeben werden, man muss es vielmehr *ausüben*: Zen ist ganz wesentlich eine *Erfahrung*. Die Intelligenz wird dabei nicht unterbewertet; nur, man strebt nach einer höheren Dimension des Bewusstseins, die nicht in einer einseitigen Sicht der Wesen und Dinge steckenbleibt. Das Subjekt ist im Objekt und das Subjekt enthält das Objekt. Es handelt sich darum, durch die Übung das Überschreiten aller Gegensätze, das heißt aller Formen des Denkens, zu erreichen.

Der philosophische Ausdruck des Zen hat daher nichts von einem nötigenden und rigiden Gedankensystem. Es ist vielmehr die Weitergabe von Gedanken, geschmiedet durch die tausendjährige und doch jeden Tag immer wieder neue Erfahrung des Erwachens.

Einige wenige Schlüsselworte können den Menschen verändern, sie polarisieren und ordnen das Feld des Erlebten. Die Worte reagieren aufeinander, kommunizieren, ohne dabei die Kontinuität zu verändern, den ungreifbaren, fließenden Charakter der Wirklichkeit, die sie helfen zu umfassen. Sie erhellen das an seiner Wurzel gepackte tägliche Leben.

«Hier und Jetzt» ist der Schlüsselbegriff überhaupt: Das Wichtigste ist die Gegenwart. Die meisten von uns haben die Neigung, ängstlich an die Vergangenheit oder Zukunft zu denken, anstatt ihre volle Aufmerksamkeit ihren augenblicklichen Handlungen, Worten und Gedanken zu widmen. Man muss in jeder Bewegung vollständig gegenwärtig sein: Sich hier und jetzt konzentrieren – das ist es, was Zen uns zu lehren hat. Ebenso zentral ist der Ausdruck «einfach nur SITZEN» (*shikantaza*), «ohne Ziel und Gewinnstreben» (*mushotoku*). Meister Dōgen, der im 13. Jahrhundert Zen in Japan einführte, hat gesagt:

Den Buddha-Weg ergründen heißt sich selbst ergründen.
Sich selbst ergründen heißt sich selbst vergessen.
Sich selbst vergessen heißt
eins mit den zehntausend Dingen sein.[7]

Eins mit den zehntausend Dingen zu sein heißt die Buddha-Natur, unsere ursprüngliche Natur, zu finden. Zurück zum Ursprung. Uns selbst verstehen, uns wirklich kennen lernen, unser wahres Ich finden. Darin liegt die zeitlose Essenz aller Religionen und Philosophien, die Quelle der Weisheit, das reine Wasser des Baches, der aus der regelmäßigen Zazenpraxis entspringt. «Buddhanatur» bedeutet: der natürliche und ursprüngliche Zustand unseres Geistes, das heißt der normale Zustand. Je mehr wir uns dieser normalen Bewusstseinsstufe, diesem reinen Geist nähern, desto mehr können wir um uns herum eine strahlende, fruchtbare und wohltuende Atmosphäre schaffen. Je mehr wir uns davon entfernen, desto mehr werden wir eine Beute der uns umgebenden Welt.

Wenn wir unsere Hände öffnen, können wir alles empfangen. Wenn wir leer sind, können wir das ganze Universum in uns schließen. Leerheit ist derjenige Zustand des Geistes, der an keiner Sache haftet. Meister Sekitō, ein berühmter chinesischer Meister, schrieb:

---

7 *Shōbōgenzō. Die Schatzkammer des wahren Dharma-Auges.* Gesamtausgabe in 4 Bänden, aus d. japan. Urtext übersetzt und kommentiert v. G. Linnebach u. G.W. Nishijima, Heidelberg (Kristkeitz) 2001 ff., hier Band 1, Kapitel 3, *Genjō kōan*, «Das verwirklichte Universum», eines der wichtigsten Kapitel des *Shōbōgenzō*.

*Auch wenn der Ort, an dem wir Zazen praktizieren,
sehr klein ist, enthält er doch das ganze Universum.
Auch wenn unser Geist begrenzt ist, enthält er doch
die Grenzenlosigkeit.*

Zen steht jenseits aller Widersprüche. Es enthält und überschreitet sie: These, Antithese, Synthese – und darüber hinaus. Wenn die Zen-Meister auf die Fragen ihrer Schüler mit einem Rätsel antworten, das einem unsinnigen Witz ähnelt, so handelt es sich dabei dennoch nicht um einen Scherz. Der Meister bemüht sich immer, den Schüler dazu zu bringen, über das Denken hinauszugehen. Zum Beispiel sagt ihr «Weiß» und er antwortet euch «Schwarz», damit ihr selbst den Schritt darüber hinaus tut. Er vertritt damit keine These, sondern verweist auf das andere Extrem der Behauptung, damit der Gesprächspartner selbst die rechte Mitte findet. Wenn ich sage: «Wenn man stirbt, stirbt alles», dann ist das nicht außerhalb der Wahrheit, sondern es ist nicht die ganze Wahrheit. Wir müssen darüber hinausgehen! Auf die Frage «Was ist die Essenz des Buddha?» antwortete Huangbo: «Die Klosettbürste.»

Ich sage manchmal: «Diese Buddhastatue, vor der ich mich verneige, ist nur aus Holz, sie ist nichts, man kann sie verbrennen. Doch das ist bedeutungslos – ich verbeuge mich dennoch mit dem tiefsten Respekt drei Mal vor ihr, denn sie symbolisiert die absolute Buddhaschaft, das Wesen Gottes.» Man muss immer alle Seiten einer Erscheinung sehen.

Sicherlich sind die Religionen zu einer bestimmten Zeit und an einem bestimmten Ort ausgezeichnet. Doch als Praxis der Essenz, als Erfahrung des Ursprungs, geht Zen über Raum und Zeit hinaus, durch seine Einfachheit und seinen universalen Charakter kann es der Angelpunkt der Evolution sein. Wie ein reißender Frühlingsstrom die Weiden zum Leben erweckt, ruft es eine innere Umwälzung, eine Veränderung des Wesens hervor.

Wenn man sich nicht entwickelt, verkümmert man. Wenn man nicht schaffend tätig ist, stirbt man. Wenn deine rechte Hand behindert ist, dann benutze die linke.

Erwachen, schöpferisch sein, intuitiv – jeder von uns erschafft die Zivilisation.

*Taisen Deshimaru auf dem erhöhten Sitz
im Tempel Teishō-ji*

Zen ist Erziehung in Stille.

*In der Stille erhebt sich der unsterbliche Geist,
und wortlos kommt die Freude.*

Die moderne Erziehung räumt dem Reden und der Diskussion den ersten Platz ein, doch oft drücken die Worte nicht den wahren Geist oder die tiefinnerste Haltung aus. Worte sind fast immer unvollständig. Nur in dem Augenblick, in dem sie ganz präzise werden, übermitteln wir unsere Erfahrung «von meinem Herzen zu deinem Herzen» (*ishin denshin*).

Zen reicht an die höchste Weisheit, an die tiefste Liebe. Die Weisheit allein ist manchmal kalt, sie ist wie der Vater ohne die Mutter. Die Religion kann, von allem Formalismus gereinigt, den Geist der Liebe schenken. Die Große Weisheit ist ganz wesentlich die Rückkehr zum Ursprung, zur Wahrheit des Universums, zur Grundlage unseres Lebens, jenseits der Erscheinungsformen.

Die religiöse Erfahrung kann so wieder die belebende Quelle der menschlichen Existenz werden, die sie zu ihrer höchsten Ebene hin öffnet.

*Beim Blumenstecken
durchdringt der Duft die Kleider*

DIE HALTUNG DES ERWACHENS

Das Geheimnis des Zen ist die Praxis des Zazen

Zazen ist schwierig, ich weiß das wohl. Wenn man es täglich praktiziert, ist es jedoch sehr wirksam für die Erweiterung des Bewusstseins und die Entwicklung der Intuition. Zazen setzt nicht nur große Energien frei, sondern es ist auch und gerade die Haltung des Erwachens.

Während man praktiziert, darf man nichts erreichen wollen, was immer es sei. Ohne das Warten auf einen Nutzen ist es allein Konzentration auf die Haltung von Körper und Geist und auf die Atmung.

Die Haltung

Man sitzt auf der Mitte des runden Kissens (*zafu*)[8] und kreuzt die Beine in der Lotos- oder Halb-Lotosstellung. Wenn beides unmöglich ist und man die Beine nur kreuzt, ohne einen Fuß auf den Oberschenkel des anderen Beines zu legen, so muss man dennoch die Knie fest auf den Boden drücken.

In der Lotosstellung drücken die Füße auf jedem Oberschenkel auf Zonen mit wichtigen Akupunkturpunkten, die den Leber-, Blasen- und Nierenmeridianen zugehören. Früher haben die Samurai diese Energiezentren automatisch durch den Druck der Schenkel auf das Pferd angeregt.

Das Becken ist ab der Höhe des fünften Lendenwirbels nach vorn geneigt. «Man hat den Eindruck», pflegte mein Meister Kōdō Sawaki zu sagen, «als wolle der After die Sonne betrachten.» Die Wirbelsäule wird gut gewölbt und der Rücken gerade gehalten. Man drückt mit den Knien auf die Erde und mit dem Kopf gegen den Himmel. Das Kinn wird zurückgezogen und der Nacken gut gestreckt. Der Bauch ist ent-

---

8   Festes, mit Kapok gefülltes Kissen für Zazen. Der Buddha fertigte sich ein Kissen aus trockenen Blättern. Es ist notwendig, erhöht zu sitzen, damit man die Knie auf den Boden legen und die Wirbelsäule ohne Anstrengung gerade halten kann.

spannt und die Nase befindet sich in einer senkrechten Linie über dem Nabel.

So ist man wie ein gespannter Bogen, mit dem Geist als Pfeil.

Nachdem man diese Haltung eingenommen hat, legt man die Fäuste (Daumen innen) auf die Schenkel in der Nähe der Knie und balanciert den Rücken ganz gerade aus, sieben, acht Mal nach links und rechts, indem man die Bewegung jedes Mal ein wenig reduziert, bis man das Gleichgewicht in der Senkrechten gefunden hat. Anschließend grüßt man mit Gasshō, das heißt, man legt beide Handflächen vor dem Körper in der Höhe der Schultern zusammen, wobei die gebeugten Arme in einer waagerechten Linie bleiben.

Man muss jetzt nur noch die Hände – die linke in der rechten, Handflächen nach oben gewendet – an den Unterbauch legen. Die Daumen berühren sich mit ihren Spitzen und werden unter leichter Spannung waagerecht gehalten. Sie bilden weder Berg noch Tal.

Die Schultern fallen natürlich nach unten, so als wären sie zurückgezogen und nach hinten geworfen. Die Zungenspitze berührt den Gaumen. Der Blick richtet sich von selbst ungefähr einen Meter vor dem eigenen Körper auf den Boden. In Wirklichkeit geht er aber nach innen. Die halb geschlossenen Augen betrachten nichts – selbst wenn man, intuitiv, alles sieht!

Die Atmung

Sie spielt eine ganz wesentliche Rolle. Jedes Lebewesen atmet. Im Anfang ist der Atem.

Die Zen-Atmung ist mit keiner anderen vergleichbar. Sie zielt in erster Linie darauf, einen langsamen, kraftvollen und natürlichen Rhythmus zu schaffen.

Wenn man sich auf ein geschmeidiges, langes und tiefes Ausatmen konzentriert und die Aufmerksamkeit auf die Haltung lenkt, geschieht das Einatmen auf ganz natürliche Weise. Die Luft wird langsam und leise ausgestoßen, während der durch das Ausatmen hervorgerufene Druck kraftvoll in den

Bauch hinabsteigt. Man «drückt auf die Eingeweide» und bewirkt so eine heilsame Massage der inneren Organe.

Die Zen-Meister vergleichen die Zen-Atmung mit dem Muhen einer Kuh oder dem Ausatmen eines Babys, das gleich nach der Geburt schreit. Dieses Atmen ist das *om*, der Samen, das *pneuma*, die Quelle allen Lebens.

Die Haltung des Geistes

Die richtige Atmung kann nur aus einer korrekten Haltung hervorgehen. Gleichermaßen ergibt sich die Haltung des Geistes auf natürliche Weise aus der tiefen Konzentration auf die Körperhaltung und die Atmung. Wer Atem hat, lebt lange, inensiv und glücklich. Das richtige Atmens erlaubt es, alle nervlichen Belastungen auszugleichen, Instinkte und Leidenschaften zu meistern und die geistige Aktivität zu kontrollieren.

Der Blutkreislauf im Gehirn wird in bemerkenswerter Weise verbessert. Die Gehirnrinde erholt sich und der bewusste Gedankenfluss hält inne, während das Blut die tiefen Schichten durchdringt. Derart besser versorgt, erwachen sie aus ihrem Halbschlaf, und ihre neue Aktivität bewirkt ein Gefühl von Wohlbefinden, Heiterkeit und Ruhe, ähnlich wie im tiefen Schlaf und doch ganz und gar wach.

Das Nervensystem ist entspannt, das Stammhirn – Thalamus und Hypothalamus –, in voller Aktivität. Man ist durch jede einzelne Zelle des Körpers hindurch in höchstem Grad aufnahmefähig und aufmerksam. Man denkt unbewusst mit dem ganzen Körper, jede Dualität, alle Gegensätze sind überwunden, ohne dass man dazu Energie aufbringen müsste.

Die so genannten primitiven Völker haben sich die tiefen Schichten des Gehirns sehr aktiv erhalten. Indem wir unsere Art von Zivilisation entwickelt haben, haben wir zwar den Intellekt geschult, verfeinert und verkompliziert, jedoch die mit dem inneren Kern des Gehirns verbundene Kraft, Intuition und Weisheit vergessen.

Gerade aus diesem Grund ist Zen ein unschätzbarer Wert für den Menschen von heute, zumindest für denjenigen, der Augen hat zu sehen und Ohren zu hören.

Durch die regelmäßige Zazenpraxis wird ihm die Chance gegeben, ein neuer Mensch zu werden und zum Ursprung des Lebens zurückzukehren. Er kann die Existenz an der Wurzel packen und so den normalen Zustand von Körper und Geist wiedererlangen.

Beim Sitzen in Zazen lässt man die Bilder, die Gedanken und alle geistigen Gebilde, die aus dem Unbewussten auftauchen, vorbeiziehen wie Wolken am Himmel – ohne sich ihnen zu widersetzen, ohne sich an sie zu klammern. Wie Schatten vor einem Spiegel zieht alles vorbei, was aus dem Unterbewussten ausströmt, kehrt zurück und zerrinnt schließlich. So gelangt man zum tiefen Unbewussten, das ohne Gedanken ist, jenseits allen Denkens – *hishiryō*, wahre Reinheit.

Zen ist sehr einfach und gleichzeitig recht schwer zu verstehen. Es ist dies eine Sache der Anstrengung und der Wiederholung – wie das Leben.

Wenn beim SITZEN – ohne Umschweife, ohne Zweck und Profitstreben – eure Haltung, Atmung und Geisteshaltung in Harmonie sind, dann versteht ihr das wahre Zen, dann begreift ihr die BUDDHANATUR.

Shisei – Form und Kraft

Die «Haltung» heißt im Japanischen *shisei*. Im Altjapanischen und Altchinesischen bedeutet *shi* «Form» und *sei* «Kraft». «Form» verweist auf die Haltung, die so schön wie möglich sein muss. Doch die Zazenhaltung ist nicht nur Form, sie muss auch immer mit dem Element *sei*, das heißt «Stärke», «Aktivität» verbunden sein. Die korrekte Form ist ganz sicher wichtig, doch wenn sie keine Kraft und Energie hat, ist sie unvollständig. Die Einheit der beiden Elemente macht die Haltung aus. Man nennt sie auch *ikioi*, von *iki*, «Atmung», und *oi*, «Leben» oder «Lebenskraft».

Wenn ich euch beobachte, bemerke ich, dass einige eine starke Aktivität in sich haben, andere nicht. Welches sind die Kriterien?

– Das Kinn wird weit zurückgezogen. Wenn die Aktivität abnimmt, ist das Kinn nach oben oder unten geneigt. Wenn man zu viel denkt, neigt sich der Kopf nach vorn.

– Die Hände sind in festem Kontakt miteinander. Wenn man müde ist, unaufmerksam, schlecht konzentriert, haben sie keine Festigkeit.

– Der Rücken ist ganz aufrecht, das Becken nach vorn geneigt.

– Der Nacken ist gestreckt und bildet eine gerade Linie, weder gebogen noch geknickt. Im Nacken verlaufen viele Nervenfasern, und wenn der Blutkreislauf aktiviert ist, wird das Gehirn viel besser versorgt.

Form und Kraft stehen in enger wechselseitiger Abhängigkeit. Es handelt sich dabei wohlgemerkt nicht um einen veralteten Formalismus, sondern um die Praxis einer vollkommenen Haltung, die von der langen Folge aller Meister ergründet und vertieft worden ist.

In einem Zen-Tempel in China sagte der Meister eines Tages bei der Zazenübung zu seinen Schülern: «Was tut ihr?» – «Wir tun nichts.» – «Nein! – Ihr tut, ohne zu tun.»

Kinhin – Die Essenz des Laufens

Im Dōjō werden die vier grundlegenden Haltungen des Körpers gelehrt: wie man steht, wie man läuft, wie man sitzt, wie man liegt. Das sind die ursprünglichen Haltungen. Diejenigen, die wir normalerweise einnehmen, oder besser die Haltungen, zu denen wir uns gehen lassen, sind in der Mehrzahl der Fälle nur zerbrochene Haltungen.

Die Haltung beim Stehen und Laufen ist sehr wichtig. Man nennt sie *kinhin*. Der berühmte Choreograf Maurice Béjart hat in ihr den Ursprung der Schritte und Stellungen wiedererkannt, die auch im klassischen europäischen Ballett gelehrt werden.

Die *kinhin*-Haltung ist die Folgende:

Man steht aufrecht, die Wirbelsäule ist ganz gerade, das Kinn zurückgezogen, der Nacken gestreckt, der Blick drei Meter vor den eigenen Körper nach unten gerichtet, das heißt etwa in Höhe der Taille des Vorangehenden, wenn man im «Gänsemarsch» läuft. Die linke Faust umschließt ihren Daumen und liegt auf der Knorpelplatte über dem Solarplexus. Die rechte Hand umfasst die linke Faust und beide werden beim Ausatmen fest aneinander und gegen das Brustbein gedrückt. Die Ellbogen sind nach außen gerichtet und die Unterarme werden in der Waagerechten gehalten; die Schultern sind locker und nach hinten geworfen.

Zu Beginn des Ausatmens setzt man den rechten Fuß einen halben Schritt nach vorn und drückt mit der Fußsohle, genauer mit der Wurzel der großen Zehe, kraftvoll auf den Boden, so als wollte man eine Spur im Boden hinterlassen. Es besteht eine tiefe Beziehung zwischen diesem Teil des Fußes und dem Gehirn, und es ist wohltuend, den Kontakt mit dem Boden zu spüren.

Wenn nun das Knie gut gestreckt wird, befinden sich das Bein und die ganze rechte Körperseite vom Scheitel bis in die Fußspitzen in Spannung. Das andere Bein und die andere Körperseite bleiben locker und entspannt. Gleichzeitig atmet man durch die Nase tief, langsam und so lange wie möglich aus, doch ohne Zwang und lautlos. Danach hält man kurz inne, entspannt den ganzen Körper, und das Einatmen geschieht von allein, automatisch und frei.

Zu Beginn des nächsten Ausatmens verlagert man den Druck auf den linken Fuß, lässt das rechte Bein locker, und der ganze Vorgang beginnt von Neuem.

Dieses Laufen ist rhythmisch, wie das einer Ente, wobei Spannung und Entspannung, starke und schwache Phasen abwechseln. Die Zen-Meister sagen, man müsse sich wie ein Tiger im Wald, wie ein Drache im Meer vorwärtsbewegen. Der Druck des Fußes ist sicher und lautlos wie der Schritt eines Diebes!

Während des Laufens darf man den anderen nicht ins Gesicht schauen. Der Blick ist nach innen gerichtet, so als wäre man mit sich selbst allein. Wie auch beim Zazen lässt man die Gedanken vorbeiziehen. Kinhin entspannt vom Sitzen in Zazen. Im Verlauf eines *sesshin*-Tages wechseln Zazen und Kinhin ständig ab. Körper und Geist finden sowohl ihre Einheit wieder als auch eine bemerkenswerte Widerstandskraft und Dynamik.

Kinhin ist wie Zazen eine Methode tiefer Konzentration. Die Energie wird durch den Druck des Ausatmens im Unterbauch gesammelt, wo sie wahrhaft aktiv ist. Dies ist die Einübung der Stabilität der Energie, die Sammlung und Konzentration der Energie im *hara* und damit auch die Basis der japanischen Kampfkünste (Budō). Sie wird sowohl im Jūdō als auch im Karate, Aikidō, Kyūdō (Bogenschießen) usw. gelehrt.[9]

Heutzutage neigt man dazu, diesen Einfluss der geistigen Haltung in den Kampfkünsten zu vergessen. Man will Stärke durch die bloße Technik erlangen. Dō, wie in Jūdō oder Aikidō, bedeutet WEG. Die Kampfkünste sind weder Wettkampf noch Kampfsport, sondern eine Methode, die Meisterschaft

---

9   Meister Taisen Deshimaru hat die tiefen Beziehungen zwischen Zen und den Kampfkünsten in seinem Buch *Zen in den Kampfkünsten Japans*, das im gleichen Verlag erschienen ist, beschrieben.

Kinhin
(Ph.: W. Kristkeitz)

über sich selbst zu erreichen, die Kontrolle der Energie in der Aufgabe des Egos und die Vereinigung mit der Ordnung des Universums. Das Bewusstsein trainieren bedeutet: Man schießt den Pfeil nicht ab, sondern der Pfeil löst sich in genau dem Augenblick, in dem man unbewusst bereit ist und sich von sich selbst befreit hat.

Sitzen in Stille

Wahres Zen praktiziert man ohne Motivation, ohne Zweck, ja sogar ohne das Erwachen anzustreben; ich betone allein die Essenz des Zen: Zazen. Die Rezitation der Sūtras und die Zeremonien sind wohl sehr schöne Dinge, doch nicht das Wesentliche.

Es ist keineswegs notwendig, nach Japan zu fahren, um die authentische Zen-Lehre zu finden. Das wahre Zen ist hier und jetzt, in unserem Körper und in unserem Geist. Bei richtiger Haltung und Atmung findet der Geist zu seinem normalen Zustand zurück.

Bei der Rezitation der Sūtras kommt die Stimme aus dem Unterbauch und nicht aus der Kehle wie im Gesang der westlichen Welt. Die Übereinstimmung des Atems mit dem gegenwärtigen Augenblick wiederzufinden heißt: Alles wird richtig. «Es ist unmöglich», sagte Dōgen, «in die Zeit vor einem Atemzug zurückzukehren. Man kann ihn nicht wiederholen, wenn er beendet ist. Deshalb müsst ihr danach trachten, ihn gut zu machen.» Es gibt nichts zu erreichen. Nichts zu werden. Nicht die Wahrheit suchen, nicht vor der Illusion fliehen. Nur da sein, hier und jetzt, in unserem Körper und mit unserem Geist.

So erscheint das tiefe und reine, universale und unendliche Bewusstsein.

Zanshin – Der Geist der Handlung

Zanshin ist ein Ausdruck, den man oft in der Praxis des japanischen Schwertkampfes (Kendō) findet. *Zanshin* ist der Geist, der beharrt, ohne sich an etwas festzuhalten, der Geist, der umsichtig bleibt. Man achtet auf die Handlung und bleibt wachsam gegenüber dem, was danach geschehen könnte.

Es gibt zum Beispiel eine *zanshin*-Weise, die Tür zu schließen, etwas hinzulegen, zu essen oder Auto zu fahren, ja sogar unbeweglich zu bleiben. Man legt die Dinge mit Umsicht hin, man unterbricht seine Bewegung einen Sekundenbruchteil bevor die Tür schließt, damit sie nicht laut zuschlägt.

Daher betone ich auch den *gasshō*-Gruß mit beiden Händen. Vor und nach der Versenkung in Zazen, oder wenn man sich bewegen und die Haltung der Beine während des Zazen wechseln will, muss man so grüßen. Dieser Gruß erhält die Konzentration der Energie aufrecht und bezeugt die achtungsvolle Rücksicht den anderen gegenüber.

Man findet diese Erziehung auch in der Kunst des Blumensteckens (Ikebana), der Teezeremonie und der Kalligrafie. Es ist schwierig, eins zu sein mit dem, was man tut, doch es ist noch schwieriger, seine Aufmerksamkeit dem zu schenken, was zu tun man plötzlich aufgefordert wird. Ursprünglich kommt das Wort *zanshin* aus der Schwertkunst und bedeutet «dem Gegner Aufmerksamkeit schenken».

Zanshin ist für jede Tätigkeit des Lebens bedeutsam. Die natürliche Schönheit des Körpers ist der Widerschein der Übung des Geistes in der Konzentration in den Handlungen.

Die körperliche Arbeit (*samu*), sei sie haus- oder landwirtschaftlicher Art, Kunst oder Handwerk, beeinflusst nicht nur die körperliche Gesundheit und die Fingerfertigkeit, sondern auch die Gewandtheit des Gehirns. Durch die Übung werden die Bewegungen ungezwungen und kontrolliert, und der Körper findet seine Schönheit. Die natürlich ausgeführte Handlung ist unbewusst und vollendet schön.

Samu

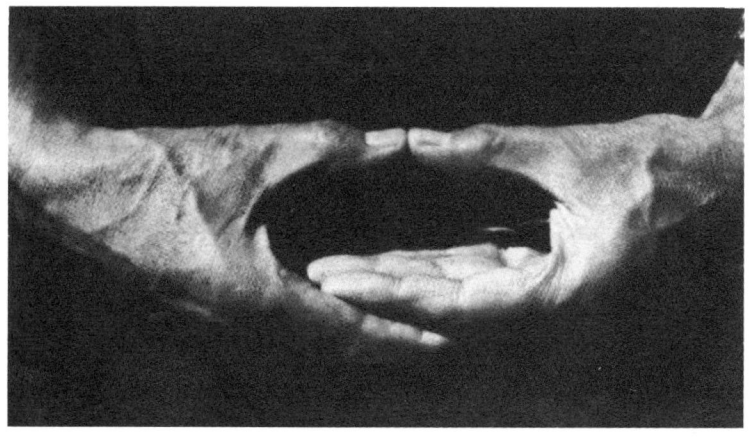

«Weder Berg noch Tal»
(Ph.: Roux-Guerraz)

Es besteht eine tiefe Beziehung zwischen den Fingern und dem Gehirn. Die Alten kannten diese Beziehung und widmeten ihr große Aufmerksamkeit. Anaxagoras von Klazomenai, ein Vorbild Platons, sagte: «Der Mensch denkt, weil er Hände hat.»

Wir müssen mit den Fingern denken.

Aus der Stille erhebt sich der unsterbliche Geist

Unser gegenwärtiges Leben ist Lärm und Missklang. Yoga und Zen sind, über verschiedene Methoden, Wege der Rückkehr zur Stille. Die Stille ist unser tiefes Wesen. Das ewige Bewusstsein ist still, es besteht vor unserer Geburt und dauert fort nach unserem Tod. In Stille sein heißt: zum Ursprung des Wesens des Menschen zurückkehren. Die Stille wiederentdecken heißt: aus der Stille heraus sprechen. Das Reden wird tief, die Worte wahrhaftig.

Als er nach China kam, traf Bodhidharma den Kaiser. Dieser sprach zu ihm:
«Ich habe eine große Anzahl von Tempeln bauen lassen, ich habe viele Mönche bestätigt, ich habe viele Sūtras übersetzen lassen. So habe ich mir doch sicher viele Verdienste erworben?»
Bodhidharma antwortete: «Kein einziges Verdienst.»
Der Kaiser gab zurück:
«Was also ist die Essenz der Buddhalehre?»
«Nichts.»
«Und wer wagt es, sich mir gegenüber so zu verhalten?»
«Ich weiß es nicht», war die Antwort.
Der Kaiser blieb mit offenem Mund zurück.

Die Weisen haben nie viel geredet.

Aus der Stille erhebt sich der unsterbliche Geist.

Baum, Berg, Natur werden

Gesprochenes oder Geschriebenes kann letztlich die höchste Weisheit nicht ausdrücken. Kein Vortrag und keine Lektüre können die Essenz des Zen verständlich machen. Zen ist ganz und gar direkte Erfahrung. Es beschränkt sich nicht auf eine dualistische Sicht der Dinge. Wenn wir zum Beispiel einen Berg anschauen, können wir ihn natürlich unter einem objektiven Blickwinkel sehen, ihn wissenschaftlich analysieren, ihn in Begriffe fassen. Aber im Zen *wird* man zum Berg. Oder man wird eins mit der Blume, die man pflückt und in einen Behälter mit Wasser steckt, um sie am Leben zu erhalten. *Selbst* ein Berg werden, eine Blume, Wasser, eine Wolke ...

In Japan heißt der Zen-Mönch *unsui*, «Wolke und reines Wasser». Der Mönch hält sich nirgendwo lange auf, er reist, frei wie das Wasser und die Luft. In gleicher Weise lässt man beim Zazen die Wahrnehmungen, die Emotionen und die geistigen Gebilde wie die Wolken am Himmel oder das Wasser im Fluss vorbeiziehen.

Zen ist nicht nur die Buddhalehre, die Essenz des Zen ist nicht Zen. Wir müssen alles aufgeben, sogar die Buddhalehre, sogar Zen, und uns hier und jetzt auf eine einzige Sache konzentrieren: Zazen. Die regelmäßige Praxis des Zazen bringt uns in den ursprünglichen Zustand der Existenz zurück.

Vor hundert Jahren lebte in Japan ein Meister namens Kihan («Wolke des Universums»). «Praktiziert Zazen», sagte er, «hier und jetzt. In der Beständigkeit werdet ihr zum wahren Buddha.»

Euer Gesicht erhellt sich, ihr fühlt euch frei, euer Geist ist ruhig. Alles vergessen, alles aufgeben, ohne Ziel, schweigend **SITZEN**.

Beim Mondō
(Ph.: J. Zoost)

Keine Furcht vor dem Tod

Ein junger Mönch ging in die Stadt mit dem Auftrag, einen wichtigen Brief eigenhändig dem Empfänger zu übergeben. Er kam an die Stadtmauer und musste eine Brücke überqueren, um hineinzugelangen. Auf dieser hielt sich ein im Schwertkampf erfahrener Samurai auf, der, um seine Stärke und Unüberwindbarkeit zu beweisen, geschworen hatte, die ersten hundert Männer, die die Brücke überqueren würden, zum Zweikampf herauszufordern. Neunundneunzig hatte er schon getötet.

Der kleine Mönch flehte ihn an, er möge ihn durchlassen, weil der Brief, den er bei sich trug, von großer Wichtigkeit wäre: «Ich verspreche Euch, wiederzukommen, um mit Euch zu kämpfen, wenn ich meinen Auftrag erfüllt habe.» Der Samurai willigte ein und der junge Mönch ging seinen Brief überbringen.

In der Gewissheit, verloren zu sein, suchte er, bevor er zurückkehrte, seinen Meister auf, um sich von ihm zu verabschieden.

«Ich muss mit einem großen Samurai kämpfen», sagte er, «er ist ein Schwertmeister und ich habe in meinem Leben noch keine Waffe angerührt. Er wird mich töten ...»

«In der Tat wirst du sterben», antwortete ihm der Meister, «denn es gibt für dich keine Siegeschance. Also brauchst du auch keine Angst vor dem Tod zu haben. Doch ich werde dich die beste Art zu sterben lehren: Du hebst dein Schwert über den Kopf, die Augen geschlossen, und wartest. Wenn du auf dem Scheitel etwas Kaltes spürst, so ist das der Tod. Erst in diesem Moment lässt du die Arme fallen. Das ist alles ...»

Der kleine Mönch verneigte sich vor seinem Meister und begab sich zu der Brücke, wo ihn der Samurai erwartete. Dieser dankte ihm dafür, dass er Wort gehalten hatte, und bat ihn, sich zum Kampf bereit zu machen.

Das Duell begann. Der Mönch tat, was ihm der Meister empfohlen hatte. Er nahm sein Schwert in beide Hände, hob es über den Kopf und wartete, ohne sich zu bewegen. Diese Stellung überraschte den Samurai, da die Haltung seines Gegners weder Angst noch Furcht widerspiegelte.

Misstrauisch geworden, näherte er sich vorsichtig. Der kleine Mönch war völlig ruhig, allein auf seinen Scheitel konzentriert.

Der Samurai sprach zu sich: «Dieser Mann ist sicher sehr stark, er hatte den Mut zurückzukehren, um mit mir zu kämpfen, das ist bestimmt kein Amateur.»

Der Mönch, noch immer vertieft, kümmerte sich überhaupt nicht um das Hin-und-her-Laufen seines Gegners. Und der bekam langsam Angst:

«Das ist ohne Zweifel ein ganz großer Krieger», dachte er, «denn nur die großen Meister der Schwertkunst nehmen von Anfang an eine Angriffsstellung ein. Und dieser schließt sogar noch seine Augen!»

Der junge Mönch wartete noch immer auf den Moment, in dem er die besagte Kälte auf dem Scheitel spüren würde.

Währenddessen war der Samurai völlig ratlos, er wagte nicht mehr anzugreifen, in der Gewissheit, bei der geringsten Bewegung seinerseits zweigeteilt zu werden. Der Mönch wiederum hatte den Samurai völlig vergessen, aufmerksam darauf bedacht, die Ratschläge seines Meisters gut auszuführen und würdig zu sterben.

Doch er wurde wieder in die Wirklichkeit zurückgeholt durch das Weinen und Klagen des Samurai:

«Tötet mich bitte nicht, habt Mitleid mit mir, ich dachte, der König der Schwertkunst zu sein, aber ich habe noch nie einen Meister wie Euch getroffen!

Bitte, bitte, nehmt mich als Euren Schüler an und lehrt mich den wahren WEG der Schwertkunst …»

Satori – Das Erwachen

Wir sind immer versucht, auf der einen Seite die Illusionen und auf der anderen das Erwachen (Satori) zu sehen. Nun, was *ist* Satori?

Satori ist vor allem einmal kein besonderer Zustand, sondern die Rückkehr des Menschen zu seinem normalen, ursprünglichen Zustand, bis in jede seiner Körperzellen hinein. Satori entzieht sich jeder Kategorisierung und jeder begrifflichen Erfassung. Worte können es nicht beschreiben.

Man kann Satori von niemandem anders lernen oder bekommen, man muss es selbst erfahren. Der Meister kann dabei nur helfen. Wahres Satori ist Leerheit (*kū*). Es enthält alle Dinge, also auch die Illusionen.

So heißt es im Sūtra *Hannya Shingyō*: «Die Erscheinungsformen sind nicht verschieden von *kū* und *kū* ist nichts anderes als die Erscheinungsformen.» *Kū*, die Leerheit, schließt alle Phänomene in sich ein. Zazen an und für sich ist Satori: Wir leben nicht durch uns selbst, sondern wir empfangen unsere Existenz durch die kosmische Ordnung.

Ein Holzfäller war im Wald bei der Arbeit. Er hatte einmal von einem sagenhaften Tier namens Satori gehört und hätte es sehr gerne besessen. Eines Tages kam dieses Tier ihn besuchen. Der Holzfäller rannte ihm nach und war nicht wenig erstaunt, als es zu ihm sprach: «Du wirst mich nicht bekommen, weil du mich haben willst.»

Der Holzfäller ging zurück an seine Arbeit. Bald hatte er das Tier völlig vergessen. Er dachte an nichts mehr außer an seine Holzscheite. Da kam das Tier von selbst zu ihm und wurde durch einen Baum, den er gerade fällte, erschlagen …

Das Auge der Weisheit

In der Abenddämmerung
verkündet der Hahn die Morgenröte.
Um Mitternacht scheint die Sonne.
Die Sonne scheint,
weil es die Augen gibt.
Die Augen sehen das Licht,
weil es die Sonne gibt.

*

Die fortwährende Zazenpraxis
gewährt diesen klaren und offenen Blick,
in den der Meister das Kōan werfen kann
wie einen Kiesel in den Teich.

*

Erwachen bedeutet zu erkennen,
was die wahre WIRKLICHKEIT nicht ist: Illusion.
Ein Aufblitzen des intuitiven Bewusstseins,
Nirvāṇa.

*

Geistige Klarheit
jenseits verstandesmäßiger Vorstellung.
Innere Gewissheit
frei von Emotion und Leidenschaft.

*

Der Weg, der dahin führt, ist lang.
Wahres Licht, das nicht leuchtet.
Das Licht in der Finsternis,

die Finsternis im Licht sehen können.
Rückkehr zur Weisheit, zur wahren inneren Freiheit,
zum normalen und ursprünglichen Zustand des Geistes.
Buddha kennt alle Wesen, alle Dinge,
wie sie wirklich sind.

※

Unser Leben ist in seinem ganzen Wesen tiefgründig.
Erwachen.
Erwachen, unbewusstes Satori.
Entdeckung der Einheit aller Dinge.
Zazen/Satori: eine Einheit.
Der Geist der Freiheit und die Wahrheit des Satori –
Der Geist wird immer klarer.

※

Verwandlung und Umwälzung in Körper und Geist.
Wenn man in Zazen sitzt,
empfangen selbst die Bäume und die Erde
diesen Einfluss und erstrahlen
in gewaltigem Licht.
Der Geist wirkt auf Bäume, Säulen und Mauern.
Zazen ist verbunden mit allen Existenzen
und in Harmonie mit dem Ewigen
und dem ganzen Universum.
Der Widerhall der Tempelglocke …

*Die wahre Freiheit des Drachen
beim Eintauchen ins Wasser*

MONDŌ

Im Sōtō-Zen gibt der Meister seine Lehre nicht nur in Form von Vorträgen weiter. Er hält mit seinen Schülern auch regelmäßig eine Fragestunde ab. Die Atmosphäre beim Mondō ist gleichzeitig fröhlich und tief, frei und ernsthaft. Wenn der Meister einem Fragenden antwortet, geht er immer über den unmittelbaren Grund der Frage hinaus, und die Antwort hat manchmal eine auf den ersten Blick rätselhafte und verwirrende Form.[10]

10 Eine ausführlichere Zusammenstellung von Fragen und Antworten dieser Art findet sich auch in dem Band *Fragen an einen Zen-Meister* von Taisen Deshimaru, im gleichen Verlag.

In der Zazenhaltung …

Warum benutzt man beim Sitzen in Zazen ein Kissen?
Ein Kissen, oder Zafu, ist unbedingt notwendig, um es dem Becken zu ermöglichen, sich ohne Zuhilfenahme der Lendenmuskulatur geschmeidig nach vorn zu neigen, und damit man die Knie gut auf den Boden drücken kann. Das Dreieck, das die Knie und das Steißbein bilden, ist die solide Basis zur Sicherung der Stabilität der Haltung. Das Zafu muss dick sein, nicht zu sehr, aber auch nicht zu wenig, man sollte es gegebenenfalls von Zeit zu Zeit nachfüllen. Es ist die Aufgabe jedes Einzelnen, es seiner Sitzweise, seinem Körperbau und seinem Gewicht anzupassen und sehr sorgfältig zu behandeln. Kapok eignet sich zum Füllen des Zafu am besten; und die Wärme, die es ausstrahlt, ermöglicht eine bessere Konzentration des ganzen Körpers.

Warum hat man in den Knien Schmerzen?
Du hast Schmerzen und nicht ein anderer. Du leidest mit dem Kopf; du musst den geistigen Anteil an den Schmerzen verstehen.
Wenn man mit Zazen beginnt, ist der Körper nicht an die Haltung gewöhnt, er verharrt noch im Komfort des modernen Lebens. Man muss aber dennoch zur ursprünglichen Sitzweise zurückkehren. Später wird sie selbstverständlich und man hat nicht mehr die Schmerzen des Anfängers.

Warum ist die Anwesenheit anderer Menschen beim Zazen wichtig?
Die anderen sind nicht wichtig. Du bist allein mit dir selbst. Aber du darfst die anderen nicht stören.

Ist es also nicht wichtig, mit anderen zusammen zu sein?
Ich kann nicht zu euch nach Hause kommen, denn ich brauche euch alle. Ihr betrachtet nur eure persönliche Erziehung, aber ich berücksichtige die eines jeden von euch. Ihr

könnt nicht nur allein in eurer Wohnung Zazen praktizieren. Diese Frage berührt einen wichtigen Punkt. Was im Dōjō zählt, ist die Atmosphäre, die durch die wechselseitige Abhängigkeit aller geschaffen wird. Auf unbewusste Weise beeinflussen sich alle gegenseitig. Du und ich allein, oder wir hier alle zusammen, das ergibt zwei ganz verschiedene Atmosphären. Je nachdem, ob im Kamin ein oder mehrere Holzscheite brennen, ist das Feuer nicht das gleiche. Aber vor allen Dingen ist es nicht notwendig, bewusst zu denken: «Ich will jetzt diesen Einfluss ausüben und ihn empfangen.» Ihr empfangt und gebt ihn auf unbewusste und natürliche Weise.

Wenn man allein Zazen praktiziert, in welche Himmelsrichtung soll man sich am besten wenden? Nach Westen, Osten, Norden oder Süden?
Alle Richtungen sind gut. Ruhig sein, das genügt. Möglichst mit dem Gesicht zur Wand. Oder auch in der freien Natur, unter einem Baum, aber man wird dann von der Umgebung mehr abgelenkt und läuft eher Gefahr, sich zu zerstreuen. Wenn du dich daran gewöhnt hast, nach fünf oder zehn Jahren, kannst du überall praktizieren.

Es ist schwierig, den Blick einen Meter vor dem Körper zu fixieren. Inwiefern ist das wichtig für die Haltung?
Das muss auf natürliche Weise geschehen. Der Blick soll ruhen und nicht fixiert sein. Wenn man den Blick ungefähr einen Meter vor sich auf dem Boden ruhen lässt, kann man alles rundherum «sehen», sogar hinten. Man muss in sich selbst hinein konzentriert sein. Wenn sich im Schwertkampf der Blick ablenken lässt, wird man in die Defensive gedrängt. Die Position der Augen ist sehr wichtig und schwierig – eine heikle Sache …

Ich kann mich mit geschlossenen Augen besser konzentrieren. Ist es notwendig, sie offen zu halten?
Gute Frage. Schon seit ich in Europa bin, habe ich mir darüber Gedanken gemacht.
Die Menschen des Ostens und des Westens sind ein wenig verschieden, wenn auch die Bedingungen des modernen Lebens

Zazen
(Ph.: Roux-Guerraz)

dahin tendieren, die Unterschiede einzuebnen. Etwas pauschal ausgedrückt haben die Menschen im Osten eher die Tendenz, zu ruhig zu sein und daher beim Zazen einzuschlafen, während man im Westen eher aufgeregt und nervös ist und dazu neigt, beim Zazen zu denken. In den japanischen Tempeln sagt man den Mönchen daher immer wieder, und wenn nötig, mithilfe des Stocks: «Ihr dürft die Augen nicht schließen!»

Ich sehe aber, dass es hier in Europa doch manchmal gut ist, beim Zazen die Augen zu schließen. Auch lasse ich abends im Dōjō ab und zu das Licht ausmachen und leite das Zazen im Schein zweier Kerzen.

Wenn es euch Schwierigkeiten bereitet, euch beim Zazen zu konzentrieren, so achtet auch einmal darauf, was ihr kurz vorher gegessen und getrunken habt. Eine Tasse grünen Tees hat auf den Organismus nicht die gleiche Wirkung wie eine Tasse Kaffee ...

Warum legt man beim Grüßen die Hände zusammen?
Die Haltung der Hände ist sehr wichtig, denn man kann sie von der Haltung des Geistes nicht trennen. Gasshō drückt die Einheit aus: «kleines» Ich und «großes» Ich, Individuum und Gottheit, Ego und Buddhanatur, Einzelwesen und Kosmos. Außerdem ist diese Haltung eine Übung der Konzentration.

Wozu soll man sich so sehr auf die Ausatmung konzentrieren?
Geben und Nehmen sind immer im Gleichgewicht. Doch die Bedingungen der modernen Zivilisation zerstören die Bestandteile dieses Gleichgewichts: Man will ständig *besitzen*, Dinge, Macht, ja sogar andere Menschen ... Man denkt kaum noch in Begriffen des *Seins*.

Wenn man krank ist, schwach, traurig oder egoistisch gestimmt, legt man das Gewicht auf die Einatmung, was den Organismus aber noch mehr schwächt. Indem man das Gegenteil davon praktiziert, kann man die wahrhafte Energie erhalten. Wenn die Ausatmung korrekt ist, geschieht die Einatmung automatisch und unbewusst.

Diese Methode zu atmen ist der Schlüssel zur Gesundheit und das Geheimnis eines langen Lebens.

Und was ist zur Einatmung zu sagen?
Die muss am Ende der Ausatmung automatisch geschehen. Mit ein wenig Übung ist das ganz leicht. Beobachtet eine Kuh beim Muhen – sie muht mit der Ausatmung und konzentriert auch ihre ganze Kraft auf sie, um ihre Müdigkeit zu vertreiben. Die Zen-Atmung heißt im Japanischen daher auch «die Übung des Muh». *(Die Schüler lachen.*[11]*)* Gewöhnlich betont man nur die Einatmung, doch das schwächt den Körper. Wenn man einen todkranken, traurigen oder auch nur erkälteten Menschen beobachtet, stellt man fest, dass er sehr lange einatmet. Ist er jedoch aktiv und glücklich, dann dominiert die Ausatmung. Diese Methode wird auch in den traditionellen Kampfkünsten Japans gelehrt.

Nach dem Zazen möchte ich gern allein sein. Alle Leute gehen mir auf die Nerven.
Warum möchtest du allein sein? Das ist nicht das wahre Zen …
Aber nicht eigentlich Zazen ist der Grund für deine Laune. Dein Karma[12] kommt an die Oberfläche. Wenn du verstehst, *warum* dein Ego nach dem Zazen stark wird, kann es in seinen normalen Zustand zurückkehren. Durch Zazen spiegelst du dich selbst wider. Das Tier kann sich nicht selbst widerspiegeln, es hat nur Bewusstsein. Der Mensch aber ist sich seines Bewusstseins bewusst. Der griechische Mythos von Narziss verdeutlicht diese Zweiheit. Der Überlieferung gemäß versuchte Narziss, als er sich in sein Spiegelbild im Wasser verliebte, sich selbst zu ergreifen, fiel in den See und ertrank. Doch das Spiegelbewusstsein ist nicht nur eine Falle, wie bei Narziss, sondern es kann ebenso ein Mittel sein, sich durch die spiegelnde Aktivität des Geistes selbst zu erkennen. Zu denken: «Ich bin nicht vollkommen», ist der Anfang der Meditation. Während die heutige Zivilisation dazu neigt, den Menschen

---

11 Wegen der Anspielung auf das berühmte Kōan «Mu» («Nichts»).
12 Die Verkettung von Ursachen und Wirkungen. Die Handlung und ihre Konsequenzen. Handlungen, Worte und Gedanken befinden sich in einem engen wechselseitigen Abhängigkeitsverhältnis.

zum Verkümmern zu bringen, ist die Versenkung, die Konzentration auf sich selbst der Ursprung des religiösen Bewusstseins, die höchste Dimension der Menschheit und der Antrieb ihrer Entwicklung. Wenn man Zazen intensiv praktiziert, erschöpft sich das Bewusstsein, und es offenbart sich das Überbewusstsein – jenseits des Denkens: *hishiryō*.

Gibt es einen Moment, in dem man beim Zazen endlich dazu kommt, die Gedanken anzuhalten?

Das geschieht automatisch, ohne dass man sich dessen bewusst wird. Man darf die Gedanken nicht anhalten wollen, denn auch das ist Denken. Konzentriert euch auf die Körperhaltung, auf die Stellung der Finger, des Kinns, der Wirbelsäule, auf die Atmung. Wenn ihr vollkommen hierauf konzentriert seid, vergesst ihr den Rest und all eure Gedanken. Wenn die Körperhaltung richtig und die Muskelspannung korrekt ist, steigt das Unterbewusste an die Oberfläche. Man darf nicht versuchen es anzuhalten. Ihr könnt in sehr tiefer Weise verstehen, was ihr seid und was euer Leben ist, ihr könnt euch wie in einem Spiegel betrachten. Aber denkt nicht bewusst, nährt den Gedanken nicht, «brütet» nicht über etwas. Lasst das Unbewusste arbeiten – das ist wahre Meditation. Hört nicht auf, eure Konzentration immer wieder auf die Ausatmung zu lenken: Während ihr langsam und kraftvoll ausatmet, hält das bewusste Denken von selbst an und das Unbewusste kann erwachen. Ihr harmonisiert euch mit dem, was euch umgibt, mit dem ganzen Universum. Indem ihr alles aufgebt, schafft ihr euch euer wirkliches Leben.

Kann man in der Zenpraxis von Fortschritt sprechen?

Ja. Jeden Tag, an dem ihr sitzt, ändert sich euer Geist. Doch was ist Fortschritt? Den «Gipfel» ansteuern, das Satori? Sich sagen: «Ich gebe mir ein Jahr, zehn Jahre, um es zu erreichen»? Zen ist nichts dergleichen. Wenn ihr wirklich frei von Zweck und Ziel seid, seid ihr mit eurem tiefen, reinen Wesen vereint, dem Dasein ohne Dualität. Es ist sehr schwer, jedes Zweckdenken, jedes Profitstreben aufzugeben. Wer euch sieht, wird vielleicht sagen: «Der ist verrückt. Seine Wünsche aufzugeben, ist unmenschlich ...»

Ihr müsst eure eigene Körperhaltung finden, eure schwachen und eure starken Punkte kennen lernen, eure ursprüngliche, schönste Körperhaltung finden. So wird euer Antlitz friedlich und ihr erreicht eure persönliche Ursprünglichkeit.

Was ist mit Körperbehinderten und Schwerkranken?

Wenn man sich nicht auf ein Kissen setzen kann, ist es auch möglich, Zazen auf einem Stuhl sitzend zu praktizieren, die Beine parallel zueinander, die Füße leicht gekreuzt, der Rücken gerade und nicht angelehnt. Wenn selbst das nicht möglich ist, so übe man sich dennoch in der tiefen Ausatmung, die in Einklang steht mit der Bewegung des Universums. In jedem Fall ist die Geisteshaltung das Wichtigste, und die besteht darin, das Ego aufzugeben.

Kann man auch kleine Kinder Zazen praktizieren lassen?

Aber ja! Mein Meister hat allerdings gesagt: «Es ist besser, ihnen einen Keks zu geben.» …

Man darf einem Kind natürlich nicht diese Disziplin auferlegen, doch wenn ihr selbst intensiv Zazen praktiziert, kann es sein, dass es sich einfach so neben euch setzt, ebenso ruhig, friedvoll und ohne Vorbehalte. Wenn es auf diese Weise fünf oder zehn Minuten unbeweglich und konzentriert bleibt, dann ist das eine ausgezeichnete Übung!

Zen und Alltag

Was bedeutet *Zen konkret im täglichen Leben?*
Sich auf das konzentrieren, was man hier und jetzt tut, völlig aufmerksam in der gegenwärtigen Handlung sein.

Meister Dōgen hat ein umfangreiches Buch, das *Shōbōgenzō*, hinterlassen, welches auch einige Kapitel mit Anleitungen für das tägliche Leben enthält. Ein ganzes Kapitel[13] behandelt die Art und Weise sich zu waschen – Dōgen betont, dass man das Wasser sparsam verwenden soll, und er analysiert bis ins Einzelne das Vorgehen beim Zähneputzen.

Dieser vor 800 Jahren geschriebene Text ist noch nicht veraltet. Immer bei dem zu sein, was man tut, das ist unverändert der Geist des Zen. Wenn der Zen-Mönch in den japanischen Tempeln ein Bad nimmt, verneigt er sich zunächst vor der Buddhastatue, dann vor dem Badewasser, und wenn er auf die Toilette geht, macht er *sanpai*[14] vor der Buddhastatue und legt sein Kesa[15] sowie sein Koromo[16] ab.

Wenn ihr nicht Mönch seid, braucht ihr das nicht so zu machen. Aber ihr müsst euch auf jede Handlung des täglichen Lebens konzentrieren. Die Handlung der Nahrungszubereitung und des Essens ist genauso wichtig wie die des Sichwaschens. Wenn ihr esst, dann sprecht nicht, seht nicht fern, lest nicht Zeitung! Vermeidet insbesondere, zu viele Fragen zu

---

13 *Shōbōgenzō. Die Schatzkammer des wahren Dharma-Auges*, a.a.O., hier Band 1, Kap. 7, *Senjō*, «Waschen und Reinigen».
14 Die dreifache Niederwerfung vor dem Buddha oder dem Meister, die Stirn am Boden, die Handflächen beiderseits des Kopfes zum Himmel gewandt (symbolisch für das Berühren der Füße Buddhas). Dies ist der Ausdruck des höchsten Respektes, den ein Zen-Mönch erweisen kann.
15 Das Symbol der Weitergabe der Lehre von Meister zu Schüler. Das Gewand des Buddha, das Gewand des Mönchs.
16 Das schwarze Mönchsgewand.

Beim Läuten der großen Tempelglocke
(Ph.: AZI)

stellen. Das ist nämlich genau das, was heutzutage alle Leute tun. Wer beim Essen redet, ist nicht konzentriert. Und nebenbei bemerkt, die Leute, die zu viel reden, sind nicht wirklich weise. Und wenn ihr lauft, muss es sicher nicht wie beim Kinhin sein. Lauft ruhig schneller, aber trotzdem konzentriert. Wenn ihr am Steuer sitzt, sprecht nicht so viel mit der Beifahrerin, und küsst sie nicht während der Fahrt …

Zen bedeutet, sich in jedem Augenblick des täglichen Lebens zu konzentrieren. Das moderne Leben erschwert die Dinge sehr, selbst wenn man guten Willen zeigt. Niemand wird das leugnen. Die Intelligenteren unter unseren Zeitgenossen verstehen zwar die Lage, aber weil sie selbst auch zerstreut sind, lehren sie die Kinder weder, sich zu konzentrieren, noch ihre Intuition und Weisheit zu entwickeln.

Die Eltern erziehen nicht den Körper ihrer Kinder – sie fahren sie mit dem Wagen in die Schule, lassen sie in zu warmer, klimatisierter Luft leben, geben ihnen zu viel verfeinerte und gesüßte Nahrung …

Um eine Karotte zu schneiden, muss man konzentriert sein, um sie zu kochen, ebenso. Wenn die Kinder täglich lernen ihre Schuhe ordentlich in eine Reihe zu stellen, lehrt sie diese Handlung, sich zu konzentrieren. An der Art und Weise, wie die Leute im Vorraum des Dōjō ihre Schuhe aufstellen, erkenne ich den Zustand ihres Bewusstseins.

In den Küchen der Zen-Tempel wird alles verbraucht, was angeschnitten wird. Es wird niemals etwas weggeworfen. Wenn der Meister durch die Küche geht und findet ein vergessenes Reiskorn, so wird der Koch ordentlich gerügt. Beim Abwasch sammelt man mithilfe eines Filters alles, was übrig bleibt – Küchenabfälle, Karottenköpfe, Radieschenblätter usw. – und brät das Ganze in Öl. Das ist eine sehr feine Kochkunst. Manche Restaurants in Japan servieren nichts anderes: Das ist sogar zu einer Mode geworden!

Worin liegt die Bedeutung des Ausdrucks «hier und jetzt»?

Das ist eine tiefe Philosophie. «Hier und jetzt» bedeutet, ganz bei dem zu sein, was man gerade tut, und nicht an die Vergangenheit oder Zukunft zu denken und dabei den gegenwärtigen Augenblick zu vergessen.

Wenn ihr nicht hier und jetzt glücklich seid, werdet ihr es nie sein.

Aber muss man nicht doch manchmal an die Verpflichtungen denken, die man eingegangen ist, oder für die Zukunft planen?
Wenn man denken muss, denkt man. Man denkt hier und jetzt, man fasst Pläne hier und jetzt, man erinnert sich hier und jetzt. Wenn ich meine Biografie schreibe, denke ich an die Vergangenheit. Wenn ich Pläne ausarbeite, denke ich an die Zukunft. Die Aufeinanderfolge der einzelnen «Hier und Jetzt» erhält dadurch eine kosmische Dimension und weitet sich ins Unendliche aus.

Sind die anderen Religionen mit Zen vereinbar?
Sicher. Zen steht jenseits aller Religionen. Alle kommen zum Zazen, Christen wie Nichtchristen, und auch Priester und Nonnen …

Wie kann man ein unruhiges Leben mit der Zenpraxis vereinbaren?
Gerade deshalb, weil euer Leben unruhig ist, wird Zazen für euch die größte Wohltat sein. Ihr werdet das, was ihr zu tun habt, viel besser tun, wenn ihr konzentriert seid, und dann werdet ihr euch vielleicht auch einer Menge unnützer Dinge entledigen. Ihr werdet euer Leben mit anderen Augen sehen. Ein Zen-Spruch besagt: «Wenn der Geist frei ist, ist alles ringsumher frei.»

Wird Zazen nicht schon zu einer Mode?
Ob Mode oder nicht, ist von geringer Bedeutung. Moden antworten auf Bedürfnisse, aber sie sind nicht dauerhaft. Um dauerhaft zu sein, erfordert die Praxis Anstrengung und Beharrlichkeit. Es gibt immer einige, die verstehen und weitermachen, auf einer höheren Stufe als alle Moden und vorübergehenden Strömungen. Von der Mode bleibt etwas übrig. Die Welle zieht sich zurück, doch der Ozean bleibt.

Warum bedienen Sie sich des Fernsehens und der Zeitungen, wo doch Zen offenbar nicht für die große Öffentlichkeit geschaffen ist und, wie es scheint, eher im Verborgenen bleiben sollte?

Wir leben in einer Epoche, in der die Massenmedien wichtig sind. Information muss mit den Mitteln verbreitet werden, die uns zur Verfügung stehen. Warum sollte man nur von oberflächlichen Dingen reden und eine tiefe Lehre geheim halten? Jeder sucht heute einen Sinn im Leben. Jeder hat ein Recht auf das Erwachen. Der religiöse Mensch muss lernen ins Wasser zu springen und so gut zu schwimmen, dass er denen helfen kann, die in Gefahr sind.

Die Buddhalehre ist der Weg der Mitte. Dient dieser Mittlere Weg im Westen nicht als Alibi für die bürgerliche Moral?

Der Weg der Mitte besteht nicht aus Angst und Betäubung, aus Gleichgültigkeit oder Unentschiedenheit. Irren wir uns darin nicht – er umfasst die Gegensätze, er überschreitet alle Widersprüche, indem er sie integriert, er ist jenseits allen Dualismus und auch jenseits aller bloßen Synthese. Das Sūtra *Hannya Shingyō* endet mit den Versen: «Lasst uns darüber hinausgehen, alle gemeinsam, darüber hinaus und noch jenseits des Darüber-Hinaus, lasst uns das Ufer des Satori betreten.» Das ist die konkret greifbare Intuition der wesentlichen Einheit aller Dinge: Subjekt und Objekt, Körper (oder Materie) und Geist, Form und *kū* (Leerheit) ...

Eine Redewendung sagt: «Wirf dich entschlossen und mutig in den Abgrund.» Der Geist findet seine höchste Dimension, das Wesen gelangt zu seinem normalen Zustand, der Mensch betrachtet sein ursprüngliches Gesicht ...

Gibt es eine Beziehung zwischen Yoga und Zen?

Ja. Zazen selbst ist eine Haltung, die aus dem Yoga stammt. Allerdings gibt es Unterschiede, die der Buddha eingeführt hat, nachdem er mehr als sechs Jahre lang Yoga praktiziert hatte. Er hat die Haltung der Hände gewechselt, um eine stärkere Konzentration zu erreichen, und er hat auch die beste Atemmethode gefunden.

Genügt Zazen für die Erhaltung der Muskulatur, oder empfehlen Sie auch die Ausübung eines Sports?
Ihr könnt natürlich Sport treiben. Aber Zazen ist keine Gymnastik – auf einer höheren Ebene als der des Sports erschafft ihr euer Leben, fühlt ihr die Energie in euch selbst. Die wahre Reinheit, der wahre WEG, das ist Zazen. Wenn ihr das versteht, könnt ihr alles tun, was ihr wollt. Alles ist dann gut für euch.

Bedeutet Zazen zu praktizieren nicht Flucht aus der wirtschaftlichen und sozialen Welt?
Nein! Nein, das glaube ich nicht. Das ist eine Entwicklung. Das Neugeborene wird von der Mutterbrust angezogen, der Erwachsene jagt den Freuden nach, dem Geld, der Macht, den Auszeichnungen. An dem Tag, da er versucht, in sich selbst hineinzublicken, beginnt er ein geistiges Wesen zu werden. Das ist keine Flucht, sondern ein äußerst realistischer Schritt, eine Erweiterung des Bewusstseinsfeldes, eine Entwicklung, eine Umwälzung.

Aber wenn jeder ein Zen-Mönch wäre, wie würde die Welt weiterlaufen?
Jeder muss seinen Lebensunterhalt verdienen können. Und es ist nicht notwendig, Mönch zu werden! Im Übrigen betone ich unaufhörlich die Wichtigkeit der Arbeit und der Konzentration im Alltag. Die Zen-Erziehung ist stark und richtet sich an Menschen, die schon stark sind. Sie ist aber für jeden anders, sie arbeitet weich und anpassungsfähig und doch gleichzeitig tief. In einer Gesellschaft genügt eine Handvoll starker und reiner Menschen, um einen heilsamen Einfluss auszuüben.

Im Christentum will man den anderen helfen. Und in der Buddhalehre?
In der Buddhalehre natürlich auch. Aber den anderen helfen – was bedeutet das? Was ist helfen? Helfen wobei? Und wem? Bedeutet es, jemanden zu lieben? Oder Geld zu verschenken? Im Zen sagt man: «Bettle beim Bettler und schenke dem Reichen.» Die höchste Form der Hilfe ist die, den Menschen die innere Freiheit und den persönlichen Frieden zu bringen.

Der Geist des Zen

Was bedeutet «shin» in dem Wort «sesshin»?
Geist. Euer Geist. Ihr müsst in euch selbst schauen.

Zen ist in seiner Essenz sehr einfach, sehr nüchtern. Warum halten Sie manchmal feierliche Zeremonien ab?
Das Wichtige ist die Versenkung, die Essenz des Zen ist Zazen. Aber es ist gut, es auch mit einem Minimum an Zeremoniell zu umgeben. Nennen wir es einen Rahmen, eine Ordnung für die Übung in Gemeinschaft, mehr nicht.

Warum steht in der Mitte des Raums eine Buddhastatue?
Sie ist nicht unbedingt notwendig. Das ist nur Holz oder Bronze. Dennoch mache ich oft *sanpai*, die dreifache Niederwerfung, vor ihr. Aber tue ich das wirklich vor der Statue? Nein, ich verbeuge mich vor der Haltung von euch allen und dem, was sie repräsentiert. Die Statue kann verbrennen. Die Haltung bleibt. Die Buddhanatur, die Gottnatur existiert in euch, und dort entdeckt ihr sie.

Und wozu Weihrauch?
Das ist ein Zeichen des Respekts und der Reinigung. Wenn ich einen Besucher ehren möchte, brenne ich ein Räucherstäbchen an. Außerdem schafft der Duft des Weihrauchs eine ruhige Atmosphäre.

Wozu die Glocke und das Schlagen des Holzes zu Beginn?
In den Zen-Tempeln Japans stehen diese Laute inmitten der Stille in Einklang miteinander und sind das einzige Echo der Laute in der Natur – Wind, Regen, Vogelgezwitscher, ein Bach, ein Wasserfall. Sie begleiten das Zazen, und ihre Schwingungen hallen tief im Innern des Wesens wider und unterstützen die Konzentration. Ob diese Klänge nun kräftig oder zart sind, sie zerstreuen den Geist nicht, sondern sammeln und beruhigen ihn, regen ihn an und erheben ihn.

Beim Mondō
(Ph.: Roux-Guerraz)

Welche Bedeutung hat die Musik im Zen?
Die Musik des Zen ist die Musik der Natur. Das Zwitschern der Vögel, der Wind in den Kiefern, das Rauschen des Flusses, Kinderstimmen ... Alle natürlichen Laute nützen der Zazenpraxis.

Sie haben einmal ein Kōan zitiert: «Die alte Musik hat keine Melodie.» Ist das der Klang in seiner reinen Form?
Ja, das ist er. Wie auch in der Rezitation des *Hannya Shingyō*. Es gibt darin keine Melodie, keine Verzierungen. Die traditionelle japanische Kunst ist sehr einfach, wie zum Beispiel die *sumi-e*-Malerei: Niemals dient dort ein Pinselstrich als Schmuck. Er wird in einem Zug ausgeführt, unbewusst. Nach einiger Zeit intensiver Konzentration bringt der Meister den Pinsel völlig spontan, einem Werfen ähnlich, auf das Papier. Die Linien werden nicht vom Ego gezogen.

Warum lassen Sie die Leute im Westen in japanischer Sprache rezitieren?
Das *Maka Hannya Haramita Shingyō* (Sūtra der Großen Weisheit) ist ein sehr alter Text, der Elemente des Altchinesischen und des Altjapanischen verbindet. Die Japaner selbst verstehen ihn heute nicht mehr. Ihr müsst seinen Atem, seinen Rhythmus, seinen ursprünglichen Klang durchdringen, bevor ihr imstande seid, selbst schöpferisch zu werden.

Das *Hannya Shingyō* ist wie das Geräusch der ursprünglichen Quelle. Es wird am Ende des Zazen rezitiert und ist auch eine gute Übung für die Atmung, die lange Ausatmung. Es ist der Pulsschlag einer einheitlichen Schwingung: gemeinsam, alle gemeinsam.

Wozu dient der Stockschlag beim Zazen?
Wenn man schläfrig oder sehr unruhig ist, wenn der Geist aufgewühlt ist und man sich nicht beruhigen kann, darf man um den Stockschlag (*kyōsaku*) bitten. Auf den Schultern befindet sich am Halsansatz ein wichtiges Nervenzentrum, das in der heutigen Zeit sehr häufig verspannt ist. Der Stockschlag ist wie eine Massage, er entspannt die Nerven in dieser Region und führt in einen Zustand der Ruhe und des Wachseins zu-

rück. Das Kyōsaku ist kein gewöhnlicher Stock. Es steht für den Geist des Meisters, und sein Gebrauch ist geistiger Art.

Was bedeutet das Kesa?
    Um diese Frage zu beantworten, müsste ich einen ganzen Vortrag halten. Das Kesa ist das Symbol des Zen-Mönchs, das Gewand des Buddha. Dieses Kleidungsstück wurde ursprünglich aus Lumpen und Leichentüchern gefertigt, um zu zeigen, dass das Niedrigste und Gewöhnlichste zum Höchsten und Verehrungswürdigsten werden kann. Das Muster der Nähte erinnert an ein Reisfeld. Buddha sagte: «Wenn ihr dieses Gewand tragt, habt ihr bis zu eurem Tod zu essen, könnt ihr die wahre Weisheit erlangen und euer Karma ändern.»
    Mein Meister glaubte sehr an das Kesa, das Symbol der Weitergabe der Lehre im Zen. Ich habe ein großes Kesa für die Zeremonien, doch im Alltag trage ich ein kleines Kesa (Rakusu), das gleiche, das ich auch meinen Schülern gebe und das sie beim Zazen tragen. In China, wie später in den japanischen Tempeln und heute in Europa, legen die Mönche und Schüler am Ende des morgendlichen Zazen ihr zusammengefaltetes Kesa auf den Kopf und rezitieren das Kesa-Sūtra:

daisai gedappuku
musō fukuden e
hibu nyoraikyō
kōdo shoshujō

Erhaben ist das Gewand der Befreiung,
Formlos, und doch Glück bringender Acker.
Dankbar trage ich des Tathāgatas Lehre
Und gelobe alle lebenden Wesen allerorts zu befreien.[17]

Hat jeder die Buddhanatur?
    Ja, jeder von uns. Es gab nicht nur den historischen Śākyamuni Buddha – wir alle sind Buddha. Wir haben alle in uns das Wesen Gottes.

---

17 Meister Dōgen erläutert die Bedeutung des Kesa ausführlich im *Shōbōgenzō*, Band 1, Kap. 12, *Kesa kudoku*, «Die Verdienste des Kesa», und Kap. 13, *Den-e*, «Die Weitergabe des Gewandes».

Welchen Einfluss hat Zen auf die Kampfkünste?
Wie beim Zazen ist der entscheidende Punkt in den Kampfkünsten (Budō) die Atmung. Wenn man zum Beispiel im Karate beim Einatmen einen Schlag erhält, fällt man um. Wenn man dagegen auf die Ausatmung konzentriert ist, wird man unerschütterlich wie ein Felsen. In *Zen in der Kunst des Bogenschießens* hat Professor Herrigel dargestellt, wie man beim Ausatmen auf den Unterbauch (Hara) drückt und dabei den Bogen spannt: Der Pfeil schnellt am Ende des Ausatmens von selbst los, der Schuss wird vollkommen präzis. Man fragt mich oft, warum im Westen selbst die besten Leute in den Kampfkünsten eine Grenze erreichen, die sie nur schwer überwinden können. Die Kampfkünste sind kein Sport und keine Technik, sondern ein WEG. Um die Kampfkünste zu verstehen, darf man sich kein Ziel setzen. Nur wenn man unbeteiligt, selbstlos ist, dringt man tief ein. Deshalb ist es unerlässlich, Zazen zu praktizieren, wenn die Erfahrung in den Kampfkünsten ein gewisses Niveau erreicht hat.[18]

Inwiefern kann man von Zen-«Künsten» sprechen?
Wenn ein Meister der Kunst nicht Zazen praktiziert, ist seine Kunst nicht Zen. Nehmen wir die Kalligrafie als Beispiel. Wenn ihr nach einem Zazen malt, wird eure Zeichnung anders ausfallen als diejenige, die ihr vorher gefertigt hättet. Einen Kreis zum Beispiel werdet ihr leicht und natürlich zeichnen. Man drückt dabei seine Eigenheiten, seinen Bewusstseinszustand aus, jenseits aller Technik und Form.

Was ist der Unterschied zwischen Sōtō- und Rinzai-Zen?
In der Rinzai-Schule ist Zazen ein Weg, um Satori zu erlangen, während im Sōtō Zazen selbst Satori ist. Einfach nur SITZEN (*shikantaza*), ohne Zielvorstellung und Profitstreben (*mushotoku*): Die Zazenpraxis selbst ist Satori, alles ist Satori. Auch ist es im Rinzai oft so, dass der Schüler sich beim Zazen auf ein Kōan konzentriert, im Sōtō dagegen auf nichts anderes als die Haltung von Körper und Geist und die Atmung. Doch wir dürfen vor lauter Bäumen den Wald nicht übersehen: Jeder Meister hat seine eigene Art zu lehren, und die Unterschiede

18 Vgl. oben Anm. 9.

in der Erziehungsmethode ändern nichts an der Essenz des Zen. Aus diesem Grund bin ich übrigens auch gemeinsamer Abgesandter für Europa aller Zen-Schulen Japans, Sōtō, Rinzai und Ōbaku. Meine Lehre geht in der Überlieferung durch die Folge aller Meister direkt auf Buddha zurück. Sie ist die Weitergabe einer unendlichen und universalen Weisheit, die über alle Schulen und Religionen, den Buddhismus und sogar Zen selbst hinausgeht ...

Sie haben gesagt, Sie wollten Christus helfen. Können Sie uns das erklären?
Jesus hat gesagt: «Wer mich sieht, der sieht meinen Vater.» Ich will Gott helfen. Christus oder Gott, das kommt auf dasselbe heraus. Als ich in Europa ankam, war Gott sehr krank, manche glaubten ihn sogar tot. Ich möchte meinen Mitmenschen helfen, ein religiöses Bewusstsein zu erlangen.

Können Sie uns präzisieren, was die Inder unter dem feinstofflichen Körper verstehen?
Das ist die Essenz von Geist und Körper, jenseits der Dualität.

Haben wir alle das gleiche kosmische Bewusstsein, oder hat jeder sein eigenes?
Ich denke, es ist nur eines, weil es den ganzen Kosmos umfasst – im Kosmos ist die Energie überall die gleiche. Gemäß seiner Kraft nimmt davon jeder seinen Anteil.

Warum sind wir unvollkommen? Waren wir einst vollkommen? Und müssen wir es wieder werden?
Das ist wohl das Problem der Zivilisation überhaupt. Lebten die Menschen besser, bevor sie zivilisiert waren? Wie ihr wisst, war ursprünglich der innere Teil des Gehirns sehr aktiv. Im Verlauf der Zivilisierung wurde dann nur noch die Hirnrinde intensiv weiterbenutzt. Das Äußere hat sich einseitig weiterentwickelt, während das Innere unterbeschäftigt blieb. Eine solche Gleichgewichtsstörung *kann* nur Nervenschwäche, Nervosität und Frustration erzeugen – beim Einzelnen wie bei der ganzen Menschheit.

Ich habe die Höhlenmalereien von Lascaux und Tassili besichtigt. Vor Jahrtausenden haben die Menschen in diesen Grotten ihre Bilder auf den Felsen hinterlassen. Das sind gewaltige, vom kosmischen Bewusstsein genährte Kunstwerke. Welcher Maler könnte heute Gleichwertiges schaffen? Ich kann zu der Form, die die Entwicklung des Menschen angenommen hat, keine allgemein gültige Ansicht äußern und entscheiden, welche die beste wäre. Die Intelligenz hat sich seit der Renaissance stark entwickelt und die Kulturen haben sich intellektualisiert, doch was ist aus der Weisheit geworden?

Ich kann euch aber Folgendes versichern: Durch die Zazenpraxis kann unser Gehirn seinen normalen und ursprünglichen Zustand wiederfinden, wieder in die kosmische Ordnung zurückfinden. In den Menschen dringt neue Energie, es entsteht eine starke Aktivität, es enthüllt sich in ihm die reine Schöpferkraft, und die Fähigkeit sich ganz intuitiv zu konzentrieren wird zu einer Selbstverständlichkeit.

Gibt es eine Beziehung zwischen unserer Abhängigkeit vom Ich und der wechselseitigen Abhängigkeit der Erscheinungsformen?
Sicherlich. Die Abhängigkeit vom Ich ist bei bestimmten Menschen sehr stark. Dies kann den Individualismus fördern oder gar zu Egoismus führen. Doch wenn wir letzten Endes unser «kleines» Ich aufgeben, können wir ein anderes, das tiefe, «große» ICH erreichen.

In der Rinzai-Ausbildung im alten China bekam der Schüler für jede Frage, die er dem Meister in seinem Zimmer stellen kam, einen kräftigen Stockschlag – wenn ihn am Ausgang nicht gar ein Mönch mit einem Knüppel erwartete. Das wiederholte sich täglich. Der Schüler erhielt keine Antwort, bevor er nicht das Erwachen (Satori) erlangt hatte. Über das Satori wird man ein anderes ICH. Nun erst begannen die eigentlichen Unterredungen mit dem Meister: durchdringende, kraftvolle, direkte, sachliche und aufrichtige Worte.

In der Sōtō-Erziehung ist das Vorgehen dasselbe: Der Meister erzieht seine Schüler intuitiv. Er macht ihnen die volle Bedeutung des Satori zum ersten Mal begreiflich. Für diejenigen, die ohne Zielvorstellung hierher kommen, gilt: Ihre Suche ist geistiger Art, und dennoch haben sie starke Persönlichkeits-

Hannya-Shingyō-Zeremonie
(Ph.: AZI)

merkmale! Diejenigen, die nicht *mushotoku* sind, die mit einem Ziel kommen, die sich Zazen zunutze machen wollen, kann ich dahin erziehen, dass sie ganz automatisch ihr begrenztes Ich aufgeben. Dann kommt ganz und gar unbewusst das tiefe, freie, unabhängige ICH an die Oberfläche. Doch es ist vollkommen nutzlos, hierher zu kommen, um sein Ich bewusst aufzugeben ...

Warum erscheinen in der Überlieferung des Zen keine Frauennamen?

Frauen haben ebenso wie die Männer auch Zazen praktiziert und es ist ziemlich oft vorgekommen, dass eine alte Frau einen Meister erzogen hat. Nur ist es im traditionellen Asien nicht üblich gewesen, den Namen einer Frau der Nachwelt zu überliefern, selbst wenn sie Weisheit um sich verbreitet und selbst wenn sie einen Meister unterrichtet hat. Heute hat sich all das geändert, Mann und Frau sind gleichgestellt, und auch eine Frau kann sehr wohl Meister werden.

Sie sprechen sehr oft von Weisheit. Lässt Zen denn genügend Raum für die Liebe?

Wie es kein Wasser ohne Feuer gibt, gibt es auch keine Weisheit ohne Liebe. Unbegrenzte Weisheit und allumfassende Liebe befinden sich in kosmischer Harmonie. Ihre Verbindungen sind zahllos und das Gleichgewicht ist immer vollkommen.

Liebe besteht nicht nur aus Zärtlichkeit und Küssen, sondern auch aus Stockschlägen. Sich zutiefst am Erfolg der anderen erfreuen, intuitiv an ihr Glück denken, das ist die Haltung des Bodhisattvas.

Wenn ich beim Zazen auf mich konzentriert bin, fühle ich nicht das kosmische Leben ...

Man braucht sich darüber keine Sorgen zu machen. Niemand fühlt das kosmische Leben. Ich auch nicht. Wenn ihr es bewusst wahrnehmt, heißt das, dass ihr verrückt seid. Man empfängt die kosmische Energie unbewusst. Ihr könnt sie jedoch nach jedem Zazen bemerken – ihr fühlt euch glücklich und entspannt, ihr fühlt, dass euer Körper und euer Geist verändert sind. Ich sage immer: Wenn ihr glaubt Satori zu haben, dann ist das kein Satori. Wenn ihr ein Ziel habt, sei es Satori oder das kosmische Leben, werdet ihr überhaupt nichts erhalten. Wenn ihr auf eure Haltung und eure Atmung konzentriert seid, empfangt ihr unwillkürlich alles.

Meister Deshimaru, haben Sie Satori?

Ich weiß es nicht. Wenn man jemanden fragt: «Sind Sie ein guter Mensch?», und er antwortet mit Ja, dann ist es sehr wahrscheinlich, dass er nicht so gut ist, wie er vorgibt, sonst wäre seine Antwort bescheidener ausgefallen, wie zum Beispiel: «Nicht so sehr», oder: «Davon weiß ich nichts.»

Man darf das Satori nicht wollen und es nicht suchen. Wer eine solche Frage stellt, will sicherlich Satori erhalten. Dōgen betont ausdrücklich, dass das Satori schon in uns existiert, tatsächlich schon vor unserer Geburt. Wenn wir Satori also schon haben, wozu es dann zu gewinnen suchen?

Doch wenn unser Leben voll ist von Leidenschaften und Wünschen, wenn es kompliziert geworden ist, müssen wir Zazen praktizieren, um zum normalen Zustand zurückzukehren. Zazen selbst ist Satori. Die Rückkehr zum normalen Zustand geschieht durch eine gute Haltung, die korrekte Atmung und Stille.

Die Frage zu stellen, ob man Satori habe, bedeutet, nicht verstanden zu haben, was das wahre Zen ist. Die passende Antwort kann nur sein: «Nein, ich habe nicht Satori, sondern ich praktiziere Zazen, denn Zazen selbst ist schon Satori.»

Ich war sehr beeindruckt davon, dass das Verschwinden des Ichs so wichtig ist. Ich sehe aber auch, dass es doch wohl einen instinktiven Widerstand des Ichs dagegen gibt. Muss man es also radikal unterdrücken?

Warum das Ich vollständig aufgeben? Das habe ich nie so gesagt. Man kann das Ich mit dem Kopf aufgeben, doch der Körper folgt dem nicht! Deshalb ist Zen auch eine *körperliche* Übung zum Aufgeben des Ichs. Nehmen wir an, beim Zazen spürt ihr eine schmerzhafte Stelle in eurem Körper. Wenn ihr euch auf die Haltung und die Atmung konzentriert, gebt ihr unwillkürlich das Bewusstsein dieses Schmerzes auf. Das ist eine Frage der Geduld, der Wiederholung, der Übung. Über den Körper das Ich unbewusst, intuitiv aufgeben, das ist das Ziel der Zen-Erziehung.

«Ich bin nicht ein anderer», sagte Dōgen. Können Sie uns diese Äußerung erklären?
Ja ... Das ist eine lange Geschichte, ein Kōan.
Mit 24 Jahren ging Dōgen nach China, um dort das wahre Zen zu suchen. Doch er fand es nicht. Er fand zwar eine hoch entwickelte Kultur, aber nicht das, was er suchte.

An einem heißen Sommertag, als er schon Vorbereitungen für die Rückreise nach Japan traf, sah er vor einem kleinen Tempel einen sehr alten Mönch, der damit beschäftigt war, Pilze zum Trocknen auszulegen. Es war wirklich glühend heiß, daher fragte ihn Dōgen: «Warum arbeitet Ihr so schwer? Ihr seid ein alter Mönch und noch dazu ein Würdenträger. Warum fordert man nicht die jungen Mönche auf, diese Arbeit zu verrichten? Und zudem ist es heute zu heiß zum Arbeiten, warum wartet Ihr nicht einen milderen Tag ab?»

Die Antwort ist in die Geschichte eingegangen: «Ihr kommt aus Japan und scheint mir ein gutmütiger junger Mann zu sein. Ihr kennt die Buddhalehre, doch Ihr habt noch nicht die Essenz des Zen in Euch. Ein anderer ist nicht ich und ich bin nicht ein anderer! Ein anderer kann nicht die Erfahrung meiner Handlung machen. Wenn ich nicht selbst praktiziere, kann ich nicht verstehen. Ich muss meine eigene Erfahrung des Pilzetrocknens machen.»

Das ist die Essenz des Sōtō-Zen. Die anderen sind nicht ich. Dōgen war wirklich überrascht. Er fragte weiter: «Aber warum heute, bei solch einem Wetter?»

Der alte Mönch antwortete: «Hier und jetzt, das ist sehr wichtig. Um die Pilze zu trocknen, muss es trocken und heiß sein. Morgen könnte es regnen, und die Pilze wären dann auch nicht mehr so frisch. Aber ich muss jetzt arbeiten, stört mich also nicht. Wenn Ihr das wahre Zen finden wollt, so geht zu meinem Meister Nyojō.»

Dōgen fuhr nicht ab, und Meister Nyojō wurde sein Lehrer. Nyojō mochte ihn auf den ersten Blick. Durch die Zazenpraxis verstand Dōgen das wahre Zen. Er gab seine Bücher auf.

Jeden Morgen praktizierte er Zazen, säuberte das Dōjō und schmückte es mit Blumen. Nyojō dachte:

«Dieser junge Mann ist wirklich fähig, ich muss ihn als meinen Nachfolger bestätigen.» Und er übergab ihm sein Kesa.

Die Philosophie Dōgens beruht demgemäß auf den drei Prinzipien:

1. Sich hier und jetzt konzentrieren.
2. Ein anderer ist nicht ich, und ich bin nicht ein anderer.
3. *Shikantaza*: einfach nur SITZEN.

Der Tod

Warum wurden wir geboren?
Weil eurer Vater und eure Mutter euch das Leben geschenkt haben. Ihr sprecht ein großes Problem an ... Ein wahres Kōan. Vergesst es nicht.
«Warum bin ich geboren? Um zu essen? Um zu lieben? Um Wissen anzusammeln?» Diese Frage ist der Gegenstand eures Lebens. Was denken die anderen darüber? *(Einige Schüler antworten.)* ... Jeder hat eine andere Meinung. Um unser Leben oder die Menschheit zu entwickeln, sagen die einen – um es dem Bewusstsein zu ermöglichen, sich zu verkörpern oder damit das kosmische Leben individuell gelebt werde, sagen die anderen. Jede dieser Antworten ist richtig! Man steht hier vor der Frage, auf die sich alle Religionen gründen. Durch die Entdeckung des Zazen hat der Buddha das Problem von Geburt und Tod gelöst.

Ist das Resultat des Zen nicht ein glücklicher Selbstmord?
Ein Selbstmord ist niemals glücklich. Er zeugt nicht von einem normalen Zustand. Ihr müsst leben, ihr dürft eurem Leben kein Ende setzen. Sicher, einige Priester in Vietnam haben sich selbst verbrannt, aber diese Handlung drückte politischen Widerstand aus.

Heißt Selbstmord nicht, die Absichten Gottes zu vereiteln?
Doch. Man muss leben. Sicher gibt es mehr als einen Grund für Selbstmord. In welchem Zustand befindet sich jemand, der sich selbst tötet? Warum will er sterben? Man redet von Kummer, Erschöpfung, Neurosen, familiären Problemen ...
In vielen Fällen ist es schwieriger zu leben als zu sterben ...

Welche Beziehung besteht zwischen Harakiri und Zen?
Keine.
Das Lotos-Sūtra enthält einen berühmten Satz über das Leben: «Wir dürfen keine Angst vor dem Tod haben, doch wir

Beim Mondō
(Ph.: W. Kristkeitz)

dürfen nicht sterben wollen. Wir müssen das Leben lieben und es wollen.»

Harakiri entspricht nicht dem Geist des Zen. In Europa ist man über dieses Thema schlecht informiert. Ursprünglich, wenn im alten Japan ein Krieger (Samurai) gefangen genommen und zum Tod verurteilt wurde, konnte er den Gedanken nicht ertragen, dass das Urteil von einem anderen als von ihm selbst vollstreckt würde. Es war besser, sich selbst zu töten, als getötet zu werden. Harakiri ist demnach kein Selbstmord. Man macht es, wenn man ohnehin sterben muss. Die Samurai nahmen an, die Seele eines von fremder Hand Getöteten würde als Geist umherirren; tötete man sich jedoch selbst, würde sich das Bewusstsein entleeren und friedlich werden.

Was halten Sie von der Einäscherung?
Das ist eine normale Sitte im Osten. Warum? Für die Familie. Wenn der Körper bleibt, denkt die Familie nämlich immer an den Körper in der Erde. Sie hält an ihm fest. Wenn der Körper verbrannt ist, endet alles, nur das Karma des Geistes besteht weiter. Nach dem Tod ist der Körper nichts mehr. Er ist nur Staub. Man erweist dem Körper des Verstorbenen Ehre, dann trennt man sich von ihm. Nach der Einäscherung sieht man nur noch ein paar Knochen und Asche.

Dann versteht man: Auch ich muss einmal zu Staub werden.

Man kann auf diese Weise den Tod verstehen, und die Trauer und das Haften an den Dingen und Menschen wandeln sich in Reinheit.

Wenn ich einmal sterbe, verbrennt man mich hoffentlich und streut meine Asche in die Seine oder ins Meer. In Amerika wird der Körper dagegen oft einbalsamiert, geschminkt und geschmückt, um ihm den Anschein von Leben zu geben. Welches Verfahren ist wohl das bessere? Das ist eine Frage des Bewusstseinsstandes.

Die Erinnerung bleibt aber?
Wenn wir sterben, stirbt der Körper und damit auch das Gehirn, doch unser Bewusstsein setzt seinen Einfluss fort. Es beeinflusst weiterhin die Gesamtheit des Seienden, das heißt,

es existiert konkret und wirkt ein auf Materie und Geist unserer unmittelbaren und fernen Umgebung und auf den Zustand der Welt insgesamt. *Wie* denken wir? Das ist eine wichtige Frage. Wenn wir auf einer höheren Stufe des Bewusstseins leben, dauert dieses nach dem Tod auf seine Weise fort. Leben wir auf einer niedrigeren Stufe, hinterlässt es einen anderen Einfluss. Meister Dōgen hat diesen Punkt sehr betont. Das Karma, das wir hier und jetzt mit unserem Körper, unseren Handlungen, Worten, Gedanken und unserem Bewusstsein schaffen, dauert ewig fort. Wir schaffen die zukünftige Welt in der unmittelbaren Gegenwart.

Können wir dem Tod nicht einen Sinn geben?
Der Tod ist das Ende. Wenn man sterben muss, stirbt man. Das Wichtige ist das «Hier und Jetzt». Wenn jemand das Gewehr auf mich richtet, kommt mein Tod hier und jetzt, und ich bin ohne Furcht. Wenn man Krebs hat, ist es das Gleiche. Es ist durchaus möglich, sich zu sagen: «Ich muss sterben.» Wichtig ist, dass man die «Entscheidung» trifft zu sterben.

Hat diese Entscheidung einen Sinn?
Sie hat keinen bestimmten Sinn. Man muss sterben, das ist alles.
Wie sterben? Warum sterben? Während eines Schwertkampfes sagt man sich nicht: «Ich will nicht sterben! Und wenn ich verliere, was werde ich dann tun?» Im Kampf handeln Körper und Geist zusammen und akzeptieren zusammen den Tod. Allein in Gedanken zu sterben ist unmöglich, auch der Körper muss diese Entscheidung treffen. Wenn wir sterben müssen, sterben wir, ohne uns zu bewegen, ohne irgendetwas sonst. Aber wenn der Moment noch nicht gekommen ist, braucht man auch nicht zu sterben. Man muss sich retten. Das ist klar.

Gilt nur die «Entscheidung» des Körpers etwas und nicht auch die des Verstandes?
Selbst wenn ein großer Meister sagt, er wolle jetzt sterben, so hat er in seinem tiefsten Innern doch keine Lust zu sterben. Selbst Christus hat sich im Augenblick seines Todes dagegen

aufgelehnt. Es bleibt im Gehirn immer ein kleiner Gedanke der Weigerung. In den traditionellen Religionen spricht man von einem Paradies oder von einem Leben nach dem Tod. Das ist eine Methode, um die Menschen darauf vorzubereiten, würdig zu sterben. Andernfalls würden sie in ständiger Furcht vor dem Augenblick leben, in dem sie ins Grab gehen. Kann mein Körper, wenn ich hier und jetzt sterben muss, den Tod akzeptieren, bleibt mein Bewusstsein friedlich. Dieser Körper ist Materie, er ist nicht das wahre ICH. Und das sich immer wandelnde Bewusstsein ist ebenso wenig das wahre ICH. Wir müssen verstehen, dass nichts wichtig ist. Wenn man das versteht, ist es nicht einmal notwendig, das Ich aufgeben zu wollen.

Wie sieht das ICH aus, das dies versteht? Es existiert, es ist Buddha, es ist Gott, es ist die höchste Weisheit.

Wie starb Buddha?

Buddha ist an einer Krankheit gestorben, nachdem er Wildschweinfleisch gegessen hatte. Und ich glaube, er wollte nicht sterben, denn er war ein Mensch. Doch als er starb, war er friedlich und ohne Angst. Wenn man sterben muss, stirbt man und kehrt in den Kosmos zurück. Wenn unsere Aktivität erschöpft, unser Leben beendet ist, kommt der Augenblick der Entscheidung: «Hier und jetzt muss ich sterben.»

Wer versteht?

Das wahre ICH versteht, und *es* fällt die Entscheidung. Die höchste Philosophie ist die von *kū*, der Leerheit: In der Materie gibt es nach den Atomen oder den Quanten nichts. Auch in unserem Körper gibt es letztlich nichts. Durch Zazen, die Unbeweglichkeit, das Nicht-Denken, erscheint allmählich das wahre ICH, das dies verstehen kann: Das ist wie das Betrachten seiner selbst im Spiegel. In Wirklichkeit ist das nicht das Ich. Vielleicht ist es das, was man im Christentum Gott nennt. Aber im Zen nennt man es das wahre ICH, das absolute ICH. Es muss etwas geben, was versteht, und allein Gott – oder der Kosmos – kann verstehen. Das ist das ICH, das alles aufgegeben hat, Familie, Geld, Ruhm, Liebe, ja sogar den Körper. Das ist es, was man Nirvāṇa nennt. Was ist das Ich im Christentum? Jesus hat sein Leben entschlossen geopfert. Wie hat Gott aus sich selbst heraus die «Entscheidung» getroffen zu sterben?

Jesus hat unter den Menschen einen Kampf geführt. Seine Feinde wollten seinen Tod; er hat eher diesen Tod freiwillig angenommen, als seinen Auftrag zu verleugnen. Er hat aus diesem Tod seinen Auftrag gemacht, das heißt, das sichtbare Geschenk seiner selbst an die Menschen.

Christus konnte auf diese Art sterben, er hat sich so entschieden. Aber wie können die anderen Menschen Gleiches tun? Wie sollen sich nach deiner Meinung die Menschen dem Tod stellen?

Ich glaube, was mich im Fall Christi beeindruckt, ist nicht so sehr, dass er gestorben, sondern dass er auferstanden ist.

Das ist dein Glaube. Aber andere glauben nicht daran. Und wie soll man denen helfen, die es nicht glauben?

Man braucht nicht sein Leben aus Liebe zu den Menschen wegzugeben. Es gibt viel Einfacheres, wie etwa seinem Nächsten zu helfen, Handlungen, die im gegenwärtigen Augenblick für jedermann viel zugänglicher sind.

Die Rolle der Religion ist es, den Menschen zu helfen, sich dem Augenblick des Todes zu stellen. Im allerletzten Augenblick ist die Haltung des Körpers und des Geistes sehr wichtig. Wie soll diese aussehen? Den Tod spontan akzeptieren heißt: Der Mensch findet die heitere Ruhe. Darauf zielt die Zen-Erziehung.

Manche Meister sind, bevor sie starben, aufgestanden und haben die Zazenhaltung eingenommen, manche sind sogar aufrecht gestorben. Das ist eine gute Art und Weise, seine Schüler vor seinem Tod zu unterrichten. Vielleicht werden aber auch, den Tod vor Augen, meine letzten Worte an meine Schüler sein: «Ich will nicht sterben.» ...

Während des Krieges habe ich eine Erfahrung der unmittelbaren Todesnähe durchlebt: Ich musste auf einem mit Dynamit beladenen Schiff von Japan nach Indonesien fahren. Auf dem Schiff praktizierte ich Zazen und dachte, als dann Bomben fielen: «Jetzt muss ich sterben.» Und ich fragte mich:

«Was werde ich nach dem Tod tun?» Ich dachte an meine Familie, und in diesem Moment ist es sehr schwer, seinen eigenen Tod zu «beschließen». Doch nach diesen quälenden Gedanken kam die Ruhe: «Hier und jetzt werde ich sterben.» Durch die Erfahrung dieses Zustands kennt man die heitere Ruhe vor dem Tod. Nach dieser Erfahrung habe ich mich entschieden, Mönch zu werden.

Wenn ihr jetzt sterben müsstet, was würdet ihr euch wünschen? ...

Bedeutet Satori also, die Furcht vor dem Tod zu besiegen?
Ja. Und ich sage immer wieder: Wenn ihr Zazen praktiziert, steigt ihr in euer Grab. Mit Zazen aufzuhören, heißt, das Satori zu beenden. Das Hier und Jetzt ist das Wichtigste. Bis zum Tod ... Das vollständige Satori haben wir im Grab. Der Körper selbst ist Illusion von dem Moment an, wo man ihn in die Erde legt. Es gibt nichts zu fürchten. Wenn wir das verstehen, erlangt unser Leben neue Kraft, und alles wird friedlich und frei um uns herum. Das ist der Sinn des Satori!

Mu – Nichts

WAS IST KONZENTRATION?

Denken, ohne zu denken

Manchmal tauchen beim Zazen ununterbrochen Gedanken auf, die alltäglichen Probleme, Wünsche und Ängste bedrängen uns unaufhörlich. Nun darf man aber die Gedanken weder bekämpfen noch sie festhalten. Im *Shōdōka* heißt es: «Weder die Wahrheit suchen noch die Illusionen abschneiden.» Man lässt die Gedanken vorbeiziehen, man unterstützt sie nicht, sie verlieren dadurch ihre Schärfe, und Zazen führt uns über sie hinaus.

Unser Geist ist kompliziert und schwer zu lenken, geschäftig wie ein Affe. Wenn wir versuchen ihn zu meistern, stellen wir schnell fest, dass dies unmöglich ist. Doch indem wir korrekt Zazen praktizieren, das richtige Sitzen, indem wir uns allein auf die Haltung und die Atmung konzentrieren, vergessen wir unser Bewusstes, und die Gedanken ziehen von allein und auf natürliche Weise vorbei. Diese Gedanken entstammen zunächst unserem Alltag. Später, wenn wir unser Zazen eine Stunde, einen Tag oder einen Monat lang fortsetzen, erreichen wir die tiefsten Schichten des Unterbewussten.

Zazen erzieht uns auf der Ebene des Unbewussten und lässt uns so die Weisheit und die wahre Intuition finden. Diese Erziehung ist auch eine Erziehung all unserer Sinne: Beim Zazen bekommen die Wahrnehmungen sehr große Schärfe. Hier im Dōjō hören wir das Rauschen des Windes, den Schlag des Kyōsaku, den Lärm der Autos, das Zwitschern der Vögel ... Wenn wir uns von diesen Erscheinungen ablenken lassen, vergessen wir, uns auf die Haltung zu konzentrieren.

Was ist Konzentration?

In den traditionellen Zen-Texten ist immer hiervon die Rede:

Sehen, ohne zu sehen,
Hören, ohne zu hören,
Fühlen, ohne zu fühlen,
Denken, ohne zu denken.

Beim Mondō

Man muss sich gleichzeitig auf alle sechs Sinne konzentrieren (das Bewusstsein wird dabei als ein sechster Sinn angesehen), sie vereinen, sie harmonisieren. Wenn die Sinne vereint sind, kann man die wahre Konzentration finden, ohne sich des Willens zu bedienen. Denken, ohne zu denken, unbewusst … Es gibt verschiedene Mittel, die helfen, diese Konzentration zu finden: zum Beispiel beim Ausatmen so stark wie möglich auf die Eingeweide zu drücken… oder das Kyōsaku zu empfangen …

Beim Zazen ist der Schmerz wirksamer als die Ekstase. Die beste Konzentration stellt sich zusammen mit dem Schmerz ein, wenn man Lust hat wegzugehen, weil man erschöpft ist. Die wahre und tiefe Konzentration findet sich an der Grenze zwischen Leben und Tod. Sicherlich muss man als Anfänger guten Willen zeigen; man korrigiert seine Haltung oder seine Konzentration zunächst bewusst, später, mit der Zeit, verbessert sie sich ganz unbewusst von selbst.

Wenn man sich an Zazen gewöhnt hat, erreichen die Sinne im täglichen Leben die gleiche Schärfe wie beim Zazen. Zazen wird zur Quelle unserer Existenz. Die Erscheinungsformen (die Phänomene oder *shiki*) werden *kū* (Leerheit). Die meisten Menschen handeln nur, indem sie sich ihres Bewusstseins und ihres Wissens, die beide immer begrenzt sind, bedienen. Die wahre Schöpfung, die rechte Handlung kommt aus der Weisheit; sie entspringt nicht dem bewussten Denken, sondern den Tiefen des Geistes. Die Essenz wird sichtbare Erscheinung. Das ist genau das, was im Sūtra der Großen Weisheit (*Hannya Shingyō*) rezitiert wird: *shiki soku ze kū, kū soku ze shiki*, die Form ist die Leerheit, die Essenz, und die Leerheit ist nichts anderes als die Form.

Die Geschichte von Gobuki

Einst lebte tief im Gebirge ein sehr boshafter Drache, der alle, die sich ihm näherten, verschlang. Daher wagte sich niemand mehr dorthin. Eines Tages jedoch machte sich ein Mann namens Gobuki («Fünf Waffen») auf, bewaffnet mit einem Spieß, einer Lanze, einer Mistgabel, einem Stock und einem Schwert, um das Dorf von dieser Plage zu befreien. Als er vor dem Untier ankam, kämpfte er nacheinander mit all diesen Waffen, doch sie flogen wieder zu ihm zurück und blieben an seinem Körper kleben. Also blieb er bewegungslos stehen und betrachtete den Drachen ruhig, ohne zu reden und ohne Angst.

Dieser brüllte: «Warum hast du keine Angst? Warum?»

«Ich habe überhaupt keine Angst», antwortete Gobuki, «weil ich den ganzen Kosmos umfasse. Mein Körper ist in seiner Essenz universal, ebenso wie mein Geist. Du bist in deiner Essenz auch universal. Daher existiere ich in dir und du existierst in mir, in meinem Körper und in meinem Geist. Wenn du mich frisst, frisst du dich. Und wenn du dich frisst, bist du verrückt! Das weißt du nun – und wenn du mich jetzt fressen willst, dann bitte, tu es.»

Da sagte das Ungeheuer: «Bis heute habe ich keinen gesehen, dem ich nicht Furcht und Schrecken habe einjagen können. Deine Rede hat mir den Appetit verdorben, ich fühle mich nicht wohl. Spare dir deine Waffen und verschwinde!»

Licht und Erleuchtung

Das wahre Licht strahlt nicht. Es leuchtet nicht in auffälliger Weise wie der Ruhm.

In einem Tempel im Gebirge wandte sich an einem Wintertag ein alter Meister an seinen Schüler: «Mir ist sehr kalt. Würdest du bitte das Feuer schüren?» Der Schüler bemerkte: «Man sieht keinen Schein mehr im Feuer. Es ist ausgegangen. Es ist nur noch Asche im Herd.» Der Meister kam heran, schob mit der Hand die Asche beiseite und fand ganz unten ein klein wenig rote Glut. «Sieh her, da kannst du ein kleines Licht sehen.» Er blies in die Glut und die Flamme schlug mächtig hoch. In diesem Augenblick erlangte der Schüler Satori.

Dieses Feuer ist ein Bild für die wahre Erleuchtung. Bei den Menschen im Westen weckt das Wort Erleuchtung oft eine Vorstellung von etwas außerordentlich Leuchtendem. Doch das wahre Licht schimmert nicht nach außen, es hat keine Helligkeit.

Shinkū bedeutet im Japanischen: «Die wahre Erleuchtung strahlt nicht.» Das ist ein Kōan ... Unser Leuchten nicht nach außen hin zeigen. Durch die Versenkung in Zazen unbewusst die Intuition der ursprünglichen Existenz finden. Bis in jede einzelne Zelle des Körpers und des Geistes hinein die Energie (*ki*) empfangen.

Sicherlich, der Buddha war erleuchtet, und seine Erleuchtung wird symbolisiert durch einen Punkt, ein «Drittes Auge», auf der Stirn zwischen den beiden Augen. Jeder weiß das. Doch im Zen bedeutet «Erleuchtung» auch: «Nicht mit der Nase essen, sondern mit dem Mund.» Das heißt: richtig handeln. Die Erleuchtung, das Erwachen, spiegelt sich in jeder Handlung des täglichen Lebens.

Demgemäß ist die Erleuchtung nicht nur blendend, sondern zuweilen auch dunkel. Manchmal lang, manchmal kurz, manchmal viereckig, manchmal rund! Das klare Licht bricht in der dunklen Nacht hervor und der wunderbare Lotos blüht im

Schlamm des Moores. Ein großer Meister hatte die Erleuchtung, als er einen Kiesel gegen Bambus schlagen hörte, ein anderer, als er einen Pfirsichbaum in Blüte sah. Newton hatte eine wissenschaftliche Erleuchtung, als er einen Apfel vom Baum fallen sah, und Archimedes hatte eine in seiner Badewanne. Die Erleuchtung, die «Große Intuition», erscheint auch im Kontakt mit dem anderen, in der Kommunikation von Geist zu Geist, «von meiner Seele zu deiner Seele» (*ishin denshin*).

Man kann das Licht überall finden. «Eine Wolke steigt im Südgebirge auf und regnet sich im Nordgebirge ab», sagt ein berühmtes Kōan.

Die Große Weisheit besteht darin, mit dem Kosmos in Harmonie zu gelangen. Wenn das bewusste Ich kosmische Wahrheit wird, bricht die Erleuchtung hervor. Im Zen spricht man jedoch eher vom Erwachen oder Satori. Und doch gibt es nichts, was man anstreben dürfte. Durch regelmäßiges Zazen kann man das Satori automatisch erlangen, manchmal schrittweise, manchmal in einer vollständigen inneren Revolution, einer totalen Umwälzung des Wesens nach innen.

Das reine, makellose Licht ist die höchste Weisheit: ohne Leiden, ohne Unwissenheit, ohne Zweifel, ohne Angst. Jede Erscheinung unseres Lebens bietet hierzu täglich einen Zugang.

Tief in der Asche schimmert noch rötlich die Glut. Wenn wir unablässig in der Erde unseres Geistes graben, finden wir sicher die sprudelnde Quelle, die tiefe Weisheit, die alle Dinge enthält.

Das helle Mondlicht,
Das aus dem Geist hervorleuchtet,
Rein, makellos und vollkommen,
Zerbricht die Wellen,
Die sich auf das Ufer stürzen
Und es mit Licht überfluten.

Wahres kosmisches Licht, jenseits von Raum und Zeit, das ewige Licht. Ein Stern blinkt am Abendhimmel, ein winziger Punkt im großen, ruhigen und stillen Ozean des Nichts (*mu*). Das Licht taucht aus der dunklen Leerheit auf, und der Kreislauf beginnt. Energie, Materie, Leben, Bewusstsein, Leerheit ... Dann kehrt das Wesen zurück, die Bewegung besänftigt sich, alles ist ruhig. Jeder von uns ist ein Teilchen, das begabt ist mit Bewusstsein, diesem zarten, zerbrechlichen Licht, diesem kurzen Aufleuchten eines dem Tod geweihten Wesens, das wie ein funkelnder Stern in der Nacht aus dem absoluten Nichts auftaucht.

Wenn wir nicht das Schein-Sein unseres Wesens, seinen illusorischen Charakter erkennen, so kennen wir uns nicht wirklich. Aus dieser Erkenntnis besteht die Erleuchtung. Die unscheinbare Glut tief in der Asche ist wie der einsame Stern oder das tiefe ICH, das sich aus der Meditation erhebt. Die heilige Nacht ist Licht, der wahre Gott ist inmitten dieser Nacht, die heller strahlt als der Sonnenschein.

Die Palmfrucht ist reif

Meister Baso lehrte: «Der Geist selbst ist Buddha.» Er wiederholte dies immer wieder. Deshalb setzte einer seiner Schüler, der ihn verlassen hatte, um selbst einem anderen Dōjō vorzustehen, diese Lehre seines Meisters fort und sagte seinerseits immer wieder: «Der Geist selbst ist Buddha.»

Eines Tages änderte Meister Baso seine Unterweisung und sagte: «Weder Geist noch Buddha.»

Jemand besuchte den ehemaligen Schüler und berichtete ihm: «Meister Baso sagt nicht mehr: ‹Der Geist selbst ist Buddha›, sondern: ‹Weder Geist noch Buddha.›»

Der Schüler bemerkte: «Einverstanden, der Meister hat seine Worte verändert, aber ich sage weiterhin: ‹Der Geist selbst ist Buddha.›»

Der Besucher ging in seinen Tempel zurück und berichtete die Unterhaltung dem Meister. Der sagte: «Die Palmfrucht ist reif. Ich brauche nicht mehr zu sprechen. Denn man kann tatsächlich mit Worten nicht erklären. Mein Schüler ist weder älter noch jünger, dafür hat er den Beweis erbracht. Der Geist ist Buddha – aber was ist Buddha? Was ist der Geist? Niemand kann vollständig verstehen, was der wahre Buddha ist.»

Das Karma abschneiden

Gibt es eine Seele? Was ist sie? Der Geist? Wo befindet sie sich? Im Kopf? Im Herzen? Was geschieht nach dem Tod? Noch keiner ist zurückgekommen, um diese Frage zu klären. Im Buddhismus sagt man, wenn der Körper stirbt, verschwindet auch die Seele. Die Seele, der Geist, ist keine Wesenheit, keine Entität, und geht weder in den Himmel noch in die Hölle. Doch unser Karma wirkt weiter; es hat schon vor uns existiert und ist über unsere Vorfahren zu uns gelangt. Karma ist die Abhängigkeit von der Kausalität, von der Verkettung der Handlungen und von der Verantwortlichkeit, die daraus entspringt. Und von daher schaltet es sich ein, um festzulegen, was wir sind – einschließlich unserer individuellen Eigenheiten.

Karma heißt im Sanskrit «Handlung und ihre Konsequenzen». Man unterscheidet traditionell drei Arten von Handlung, je nachdem, ob sie durch den Körper, das Sprechen oder das Bewusstsein (bzw. das Denken) vermittelt ist. Ob man nun schläft oder küsst, dieses Handeln lässt seine Wirkungen über unbestimmte Zeit andauern. Auch die geringsten Handlungen, Worte oder Gedanken üben einen Einfluss aus, sind «Karma-Samen». Wenn jemand also dem Verlangen zu kritisieren nachgibt, wird diese Kritik sicher auf ihn zurückkommen.

Das Karma des Körpers und der Worte sind naturgemäß äußere Handlungen. Sie können leicht kontrolliert werden. Im Übrigen sind einige körperliche Handlungen durch Gesetze beschränkt. Worte sind freier, doch sie sind moralischen oder sozialen Beschränkungen unterworfen. Das Denken, das ausschließlich dem inneren Bereich angehört, entzieht sich diesen Kontrollen – man kann denken, was man will. Jede dieser drei Dimensionen wirkt auf die beiden anderen ein. So beeinflussen zum Beispiel der Zustand des Körpers und seine Haltung das Bewusstsein. Handlungen, Worte und Gedanken (Bewusstseinszustände) – alles ist miteinander verbunden. Daher genügen Selbstbeobachtung oder Psychoanalyse nicht, um sich kennen zu lernen oder sein Karma zu verstehen, vielmehr muss dies über den Körper geschehen.

In der traditionellen buddhistischen Philosophie unterscheidet man drei Inkarnations- oder Verkörperungswelten und «sechs Wege» des Bewusstseins.

Die «drei Welten» sind: die Welt der Instinkte und tierischen Begierden, die menschliche und die metaphysische Welt.

Die «sechs Wege» sind: Höllenqualen, Hungrige Geister (die immerwährende Begierde), Tierische Habgier (das Bedürfnis nach Macht), Dämonischer Zorn, Menschliche Zustände (Beschäftigungen familiärer, sozialer, intellektueller Art usw.), Göttliche Zustände (Buddha, die Freiheit, die Wahrheit, die Weisheit).

Manche erreichen durch die Zazenpraxis einen Zustand von Weisheit und Erwachen. Da sie jedoch ihre Konzentration nicht ohne Zielvorstellung aufrechterhalten oder sich gar einem narzisstischen Glücksgefühl überlassen, fallen sie auf den Ausgangspunkt des Kreises zurück und sind aufs Neue die Beute von Begierde und Leiden. Und so fort ... Die Transmigration («Seelenwanderung») vollzieht sich in uns in jedem Moment, hier und jetzt.

Man unterscheidet auch zehn Arten von Bewusstsein. Aber die Seele, oder der Geist, hat keine eigene Existenz, es gibt kein Ich, das durch alle Inkarnationen Bestand hätte. Wäre das Ich eine Wesenheit, dann könnten wir uns bei jeder Gelegenheit kontrollieren, könnten wir unser Leben vollständig steuern. Indessen kann man sich nicht gegen das Karma auflehnen – es ist unbewusst da, bevor man es bewusst wahrnehmen kann. Reife bedeutet, unser tiefes Wesen, das wahre ICH zu entdecken und von daher unser «kleines» Ich zu verstehen.

Tatsächlich ist das, was uns belebt, also unser Geist, in seinem Wesen *kū*, Leerheit, Nichts. *Kū* ist aber auch das Universum in seiner Totalität.

Man kann das Anhäufen von Karma beenden, das Karma abschneiden. Beim Zazen tauchen Gedanken auf. Durch lange Übung erreicht man allmählich – unbewusst, automatisch, natürlich und spontan – den reinen Geist, man ist ohne Denken (*mushin*), jenseits des Denkens (*hishiryō*). Das Ich ist aufgegeben, man lebt in absoluter Harmonie mit dem Universum.

Die Miau-Geschichte

Ein Samurai, der als gefürchteter Krieger bekannt war, angelte an einem Fluss. Er fing einen Fisch und traf gerade Vorbereitungen, ihn zu kochen, als eine Katze aus dem Gebüsch hervorsprang und ihm seine Beute stahl. Wütend zog der Samurai sein Schwert, holte die Katze ein und teilte sie in zwei Stücke. Dieser Krieger war ein eifriger Buddhist, und so plagten ihn danach Gewissensbisse, weil er ein lebendiges Wesen getötet hatte.

Als er wieder nach Hause ging, sang der Wind in den Bäumen Miau.

Im Geräusch seiner Schritte erklang Miau.

Die Leute, die er auf dem Weg traf, schienen ihm Miau zuzurufen.

Was seine Frau ihm sagte, waren auch Miaus.

Der Blick seiner Kinder spiegelte Miau.

Auch seine Freunde miauten unaufhörlich, wenn er kam.

Überall und bei allen Gelegenheiten stachen ihn diese Miaus.

Nachts träumte er nur von Miaus.

Tagsüber verwandelte sich jeder Ton, jeder Gedanke, jede Handlung seines Lebens in ein Miau.

Er selbst war Miau.

Sein Zustand verschlimmerte sich ständig. Sein Wahnbild verfolgte ihn, quälte ihn unablässig und ohne Ende. Da er mit all diesen Miaus nicht fertig werden konnte, begab er sich in einen Tempel, um dort einen alten Zen-Meister um Rat zu fragen.

«Bitte, bitte, erlöst mich ... Helft mir ...», flehte er.

Der Zen-Meister antwortete ihm:

«Ihr seid ein Krieger, wie konntet Ihr nur so tief sinken? Wenn Ihr diese ganzen Miaus nicht selbst besiegen könnt, verdient Ihr nur den Tod. Ihr habt keine andere Wahl, als Harakiri zu begehen. Hier und Jetzt.»

Und er fügte hinzu:

«Da ich ein Mönch bin, habe ich Mitleid mit Euch. Wenn Ihr also begonnen habt, Euch den Bauch zu öffnen, werde ich Euch mit meinem Schwert den Kopf abhauen, um Eure Leiden abzukürzen.»

Der Samurai willigte ein und ungeachtet seiner Furcht vor dem Tod bereitete er sich auf die Zeremonie vor. Als alles Notwendige herbeigeschafft war, setzte er sich auf die Fersen, fasste seinen Dolch mit beiden Händen und richtete ihn auf seinen Bauch.

Hinter ihm stand der Meister und zückte sein Schwert ...

«Der Moment ist gekommen», sagte er zu ihm, «fangt an!»

Langsam setzte der Samurai die Spitze seines Dolches auf den Unterleib. In diesem Augenblick ergriff der Meister wieder das Wort:

«Was ist mit Euren Miaus? Hört Ihr die immer noch?»

«Na so was, jetzt nicht. Wirklich, jetzt gar nicht.»

«Nun, wenn es keine Miaus mehr gibt, ist es auch nicht nötig zu sterben.»

In Wirklichkeit sind wir alle wie dieser Samurai. Ängstlich und gequält, feige und furchtsam bei jeder Gelegenheit, die kleinsten Dinge erschrecken uns.

Die Probleme, die uns belasten, haben nicht die Wichtigkeit, die wir ihnen beimessen. Sie sind wie die Miaus in der Geschichte.

Was ist wirklich wichtig – angesichts des Todes?

Die Entwicklung vorantreiben

Es ist nutzlos, andere zu imitieren. Bei jedem führen die Ausgangsbedingungen und die Umgebung zu Unterschieden. Von da ausgehend muss man – hier und jetzt – sich selbst erschaffen und die höchste Verkörperung (Inkarnation) des Lebens erreichen.

Wenn wir ein Ziel haben, kommen wir nicht voran. Wenn wir keines haben, erkennen wir, dass wir NICHTS sind. Dann können wir gelassen sein. Beim Zazen ist man weder zufrieden noch traurig, ohne Emotion, wie Eis. Nichts, diamantene Reinheit.

Die wahre, allumfassende Liebe entspringt aus dem Bewusstsein unserer gemeinsamen Schöpfung durch die kosmische Ordnung. Die anderen sind wie ich selbst auch ohne Ich und nicht grundsätzlich von mir verschieden. Dazu beitragen, dass die anderen stark sind ... Die höchste Liebe und die wahre Weisheit besteht darin, dem anderen die gemeinsame Wurzel unseres Lebens zu entdecken.

Wenn die Persönlichkeit vollständig entwickelt ist, zieht sie eine tiefe Furche in das soziale Umfeld. Das bedeutet nicht, dass man berühmt werden muss, sondern: das «kleine» Ich fallen lassen, sich mit den anderen harmonisieren, sich der kosmischen Energie anschließen.

Vor der Tōkyō-Universität

Die Fahne bewegt sich

Meister Kōnin, Lehrer des berühmten Vorfahren Huineng (Enō), bemerkte eines Tages: «Die Fahne bewegt sich.»

Einer seiner Schüler wiederholte: «Ja, die Fahne bewegt sich.» Ein anderer versetzte: «Nein, nicht die Fahne bewegt sich, sondern der Wind.»

Huineng, der sehr intelligent war, warf ein: «Nein, weder die Fahne noch der Wind, sondern unser Geist bewegt sich.»

Diese Bemerkung beeindruckte Kōnin sehr.

Doch als Letzte griff eine recht gewitzte Nonne, die zufällig anwesend war, in die Unterhaltung ein und sagte:

«Weder die Fahne noch der Wind, noch unser Geist ist es. Ihr könnt das nicht verstehen. Auch das Bewusstsein ist unbeweglich. Was ist das wohl? Ihr seid doch alle sehr einfältig. Was ist das also? Ein Kōan!» Und alle, auch der Meister, waren sprachlos.

Der Friede des Weisen

Der Weise ist über seine individuellen Eigenheiten hinausgegangen und vor sich selbst wie tot. Nichts kann seinen Blick trüben. Nicht einmal ein Staubkorn kann sich an seine Schritte heften.

Das Wasser ist klar und durchsichtig. Es hat weder Vorder- noch Rückseite. Am Himmel gibt es weder Eingang noch Ausgang.

Erscheinungswelt und *kū* sind nicht verschieden. Weisheit ist unabhängig von der Umgebung.

Wenn sich eine Welle erhebt, folgen andere nach. Gerät unser Bewusstsein einmal in Bewegung, tauchen viele Gedanken auf. Ist unser Geist ruhig, dann ist alles um uns herum ruhig.

Die moderne Erziehung basiert auf der Rede, die Zen-Erziehung auf der Stille. Mit der Zeit werden die Worte in einer Diskussion steril. Wenn wir dem Hin- und Herreden ein Ende bereiten wollen, müssen wir die – guten wie schlechten – Bewegungen unseres Bewusstseins anhalten. Erregen wir unseren Körper nicht! Sparen wir uns die Gedanken! Der wahre Mensch, der Mensch, der sein eigenes Wesen vollkommen versteht, zweifelt nicht an anderen. Er versteht auch ihren Geist und er diskutiert nicht.

Beim Betrachten des Ozeans sehen einige Leute nur die Wellen an der Oberfläche, andere bedenken nur das Wasser – ohne die Wellen. Wasser und Wellen sind jedoch nicht zu trennen.

Unser Geist ist wie dieser große Ozean. Beim Zazen unbeweglich.

Alles verändert sich und ist unbeständig.

Die Stille ist der Beredsamkeit überlegen.

Ki – Die Aktivität

Was ist *ki*? Das ist nicht allein die Lebenskraft im gängigen Sinn des Wortes noch Energie im strengen Sinn, sondern die Aktivität, die letztlich geistige Form annimmt.

Ki ist gekennzeichnet durch Bewegung, Konzentration und Antriebskraft oder Elan. Wenn diese drei Eigenschaften vereint sind, wird das Wesen schöpferisch. Ki strebt ständig danach, hervorzusprudeln, anzutreiben, in Bewegung zu setzen. Das ist die ureigene Tätigkeit des Geistes.

Ki zeigt sich gleichzeitig als innere Kraft und als Reaktionsvermögen auf äußere Reize. Es bedingt die Anpassung an die Umwelt durch Gewöhnung. Die Menschen im Westen mögen nicht, was sich wiederholt, wo doch gerade die Wiederholung das tiefe Unbewusste mobilisiert. Wenn unser Ki stark ist, ist unser Leben lang, voll rechter Spannung und energiegeladen. Durch Zazen kann man sein Ki entwickeln: sein Ich aufgeben, sich selbst aufgeben, das heißt die wahre Kraft des Universums finden.

Ich habe einmal mit einem bekannten Biologen über Probleme der Religion und der Wissenschaft gesprochen. Er sagte mir, er könne nicht an die Philosophie oder das Leben des Geistes glauben, wenn es nicht durch eine Wissenschaft wie etwa die Chemie erklärt und bewiesen sei.

Ich denke, diese Haltung ist gefährlich. Der Mensch wird im täglichen Leben ständig durch zahlreiche Hindernisse und vielfältige Widerstände des Geistes aufgehalten. Das äußert sich sein ganzes Leben hindurch in tiefem Leiden, das indessen durch Wissenschaft und Technik nicht gelöst werden kann. Der Wissenschaftler leugnet im Allgemeinen alles, was nicht wissenschaftlich bewiesen ist. Zum Beispiel sagt er, der Geist sei Information. Ich für meinen Teil glaube, dass der Geist die ursprüngliche Quelle des Lebens, der Aktivität und des Ki ist. Wer von uns beiden hat den wissenschaftlicheren Geist? Im Zen sind die alten Meister durch die Erfahrung und ohne die

Hilfe der Wissenschaft zu vielen Wahrheiten gelangt, und heute beginnt die Wissenschaft bereits, mit ihren Methoden die tiefsten Intuitionen jener Meister voll und ganz zu bestätigen.

Die Zivilisationsformen der heutigen Zeit führen zu einer Abnahme des jedem Körper eigenen Ki, indem sie einen künstlichen Lebensstil anpreisen, chemisch aufbereitete Lebensmittel, überheizte Wohnräume, synthetische Kleidung und sogar Fortbewegungsmöglichkeiten, die keinerlei Anstrengung mehr erfordern. Darin liegt eine sehr große Gefahr, denn alle diese Künstlichkeiten hemmen die Entwicklung des Menschen und lassen ihn aus der Aktivität in die Passivität zurücksinken.

Wahre geistige Hilfe bedeutet, den Menschen Ki zu geben. Dass ein einzelner Mensch in der Lage sein soll, diese allen anderen zu geben, erscheint sehr wohl schwierig. Tatsächlich ist aber der ganze Kosmos voll von dieser Kraft, und unser eigenes Leben ist nur eine Welle im unendlichen kosmischen Leben.

Eine Bewegung unseres Geistes ist in sich Bewegung unseres Lebens.

Der Geist ist veränderlich, er schafft selbst Raum und Zeit.

Unser Geist ist das Prinzip der Schöpfung, er lässt unser Leben sich zum Ewigen und Unendlichen hin entwickeln. Weil der Mensch sich an den irdischen Freuden nicht befriedigen kann, will er aus seinem tiefsten Wesen heraus seine kosmische Funktion erfüllen.

Die Geschichte von der Kuchenverkäuferin[19]

Meister Tokuzan besuchte Meister Ryūtan. An der Pforte des Tempels – Ryūtan bedeutet «Großer Drache im tiefen See» – verkaufte eine alte Frau Kuchen.

«Ich wünsche Meister Ryūtan zu sehen, könnt Ihr mich zu ihm führen?», fragte er.

«Was für ein Buch tragt Ihr da unter dem Arm?»

«Das ist das Diamant-Sūtra, ich habe es übersetzt.»

«Ah, das trifft sich gut. Ich habe schon seit meiner Jugend viele Bücher gelesen, sie aber nicht alle verstanden. Könntet Ihr mir eine Frage beantworten?»

«Ja, das kann ich.»

«In Eurem Sūtra steht doch wohl: ‹Der vergangene Geist kann nicht erfasst werden, der gegenwärtige Geist kann nicht erfasst werden und der zukünftige Geist kann nicht erfasst werden.› Wenn Ihr, Meister, Reiskuchen esst, mit welchem Geist esst Ihr ihn?»

Meister Tokuzan war vollkommen ratlos.

«Ich kann darauf nicht antworten. Wer hat Euch denn so tiefgründig unterrichtet?»

«Wenn Ihr nicht versteht, müsst Ihr in den Tempel eines großen Meisters wie Ryūtan gehen.»

Und das tat er auch. Zwischen den beiden Meistern gab es eine sehr straffe Diskussion. In Diskussionen dieser Art zerplatzen alle persönlichen Meinungen.

Tokuzan wurde ein großer Schüler.

---

19 Dieser Geschichte widmet Meister Dōgen zwei zentrale Kapitel des *Shōbōgenzō*: *Shin fukatoku*, «Der Geist kann nicht erfasst werden», Band 1, Kap. 18 und 19.

Zen und Gesundheit

Das Leben des Körpers und das des Geistes nennt man im Japanischen *seimei*. *Seimei* bedeutet «das Ganze»; es beschreibt das Leben in all seinen Aspekten, «Leib und Leben». Wenn die Ärzte die Einheit von *seimei* ignorieren und nur den Körper in Betracht ziehen, nur ihn abhorchen, können sie den Kranken nicht wirklich heilen. In Gesundheit wie Krankheit sind Körper und Geist immer vereint und durchdringen sich gegenseitig. In Japan nennt man Krankheiten «*seimei*-Krankheiten». Diese Sicht entstammt der traditionellen Medizin des Ostens. In dieser konzentrieren sich die Ärzte auf *seimei*, horchen es ab, untersuchen es – sie berücksichtigen die Gesamtheit Körper-Geist. Es genügt ihnen manchmal, den Patienten nur zu betrachten und sein Gesicht zu untersuchen: Die Augen, die Hautfarbe und die Färbung der Stimme liefern ihrer geschärften Intuition einen genauen Steckbrief.

Wenn ich beim Zazen hinter euch sitze, unterscheide ich sehr gut, was bei Einzelnen nicht stimmt. Die Krankheiten, und besonders die schweren, entstehen aus tief sitzender Müdigkeit, nicht nur des Körpers, sondern auch des Geistes, das heißt der Gesamtheit von *seimei*. Wenn man zum Beispiel viel läuft oder wenig schläft: Solange nur der Körper ermüdet, wird man nicht krank. Schlaf gleicht dies schnell wieder aus. Wenn der Geist friedlich und klar ist, will man arbeiten, handeln, teilnehmen – der Körper folgt und es entstehen keine Krankheiten. Wenn dagegen der Geist erregt, ängstlich, verkompliziert, der Mensch gespalten ist, dann erschöpft er sich und ermüdet bis ins Allerinnerste. Dann kann er wirklich sehr krank werden.

Wie kann man ein starkes *seimei* erlangen? Yoga, Wandern, das Tätigsein überhaupt, die dem Rhythmus der Jahreszeiten angepasste, natürliche Lebensweise und gesunde, einfache Ernährung wirken in diese Richtung. Ich glaube, der einfachste, tiefste und gründlichste Weg, ein starkes *seimei* zu haben, ist die Zazenpraxis. Während ihr Zazen praktiziert, wird euer Körper warm, eure Augen verändern sich und erscheinen danach leuchtend, tief und ruhig. Euer Gesicht ist ausgeruht, euer Teint hellt sich auf, und ihr fühlt in euch starke Energie.

Unser Körper und unser Geist existieren ewig. Beide sind *kū*, also NICHTS, und dieses Nichts ist ALLES, also das Universum. Erlangt ein starkes *seimei*, indem ihr euch mit dem Universum verbindet. Euer Leben füllt sich mit Feuer, Aktivität und tiefem Sinn.

Der Samurai und die drei Katzen

Ein Samurai hatte viel Kummer mit einer Maus, die sich in seinem Zimmer häuslich eingerichtet hatte. Jemand riet ihm: «Du brauchst eine Katze.» Also suchte er in der Nachbarschaft und fand eine schöne, starke und sehr eindrucksvolle Katze. Doch die Maus erwies sich als schlauer, denn sie war schneller und machte sich über die Kraft der Katze nur lustig. Der Samurai holte sich eine andere, durchtriebene und hinterlistige Katze. Doch die Maus war auf der Hut und zeigte sich nicht mehr, außer wenn die Katze schlief.

Also brachte man dem Samurai eine dritte Katze – aus einem Zen-Tempel. Sie schien zerstreut, mittelmäßig, gewöhnlich und alltäglich und schlief den ganzen Tag.

Der Samurai dachte: «Die wird mich sicher nicht von der Maus befreien!» Und die Katze, immer schläfrig, ruhig und gleichgültig wie sie war, flößte der kleinen Maus bald keine Furcht mehr ein. Diese lief ohne jede Vorsicht ganz nah an ihr vorbei, hin und her. Und eines Tages wurde sie aus dem Nichts heraus mit einem kurzen Pfotenhieb gefangen.

Genauso unspektakulär und alltäglich ist der Zen-Mönch.

Zen und das Leiden

Zen ist das Leiden, es taucht mitten in das Leiden hinein. Der Mensch von heute möchte sich dem Leiden entziehen, deshalb wird er schwach, wehr- und schutzlos gegenüber dem Stress des modernen Lebens.

Zen rät weder, vor dem, was vielleicht schwer zu ertragen ist, zu fliehen, noch, danach zu suchen. Zen ist vielmehr die Rückkehr zum normalen Zustand von Körper und Geist des Menschen. Die Energie vermehrt sich, man erreicht die Wachsamkeit und richtige Geisteshaltung, die den Dingen genau den Platz anweist, der ihnen tatsächlich zukommt, während sie sonst durch die Einbildungskraft wesentlich überschätzt werden. Der Hinweis auf die Gleichung «Leben = Tod» ist im Zen immer vorhanden. Sie bringt in den Alltag einen wachen Geist und große körperliche und geistige Kraft.

An der Universität von Tōkyō führte Professor Kasamatsu Versuche und Studien durch, deren Resultate 1971 in der *Revue Scientifique Internationale* veröffentlicht wurden. In Paris, im Forschungslabor des St. Anna-Hospitals, brachten Versuche mit dem Elektroenzephalogramm (EEG) identische Ergebnisse. Das EEG beschreibt einen ganz bestimmten Alpharhythmus, der während des ganzen Zazen andauert. Dies verweist auf einen Zustand breit gestreuter Aufmerksamkeit, die dann eintritt, wenn die Hirnrinde vollkommen entspannt ist. Die Veränderungen des EEG an der Handfläche zeigen eine Erhöhung und gleichzeitige Regulierung der Funktionstätigkeit des neurovegetativen Systems, die mit der Aktivität subkortikaler Tiefenstrukturen in Verbindung steht. Wenn die Hirnrinde in Ruhe ist, ist das Stammhirn aktiv. Während des Zazen bringt die erhöhte Blutzufuhr mehr Sauerstoff in das Gewebe, die Tätigkeit des autonomen Nervensystems ist vermehrt, Noradrenalin wird im Überfluss abgesondert, was wiederum die Produktion von Milchsäure hemmt und einen Zustand der Ruhe und Entspannung fördert. (Bekanntlich produzieren ängstliche und nervöse Menschen viel mehr

Milchsäure als normal.) Das Ergebnis ist ein Zustand völligen Wachseins bei gleichzeitiger Verringerung des Grundumsatzes.

Beim Zazen ist es nicht nötig, häufig zu atmen – die Atmung verlängert sich allmählich. Mit dem Fortschritt benötigt man nur noch zwei oder drei Atemzüge pro Minute.

Die Atemtechnik ist ein wichtiger Faktor in der Entwicklung der Energie. Anfangs ist die Haltung schmerzhaft, man hat Schmerzen in den Knien und Knöcheln. Doch durch ständiges Training mildert sich dieses mehr oder minder starke Leiden. Man erwirbt Widerstandskraft, Ausdauer, Geduld – und insbesondere erlernt man diese auf langes Ausatmen gerichtete Atmung. Der Schwerpunkt verlagert sich aus den oberen Partien des Körpers zum Unterbauch hin, und dort entwickelt sich dann die Energie, die Kraft, die Festigkeit und die Widerstandsfähigkeit der Haltung und des ganzen Körpers. Die Atmung bewirkt dabei eine natürliche Massage der inneren Organe. Bald bemerkt man auch, wie beim Ausatmen jeder Schmerz abnimmt.

Wenn man hieran gewöhnt ist, können auch im täglichen Leben Schmerzen durch langes Ausatmen sehr wirksam gemeistert werden. Doch man muss daran gewöhnt sein, um automatisch darauf zurückgreifen zu können. Eine Tatsache, die dies unterstreicht, ist etwa die leichte Entbindung bei jungen Frauen, die an diese tiefe Atmung gewöhnt sind. Die Entbindung verläuft ohne Schwierigkeiten und ohne Angst, und das Baby ist sehr ruhig. Wir haben in den vergangenen sechs Jahren im Dōjō schon viele solcher Fälle beobachten können. Die meisten Frauen setzen die Zazenpraxis bis zum Tag der Entbindung fort. Zazen ist zunächst das Akzeptieren des Leidens, dann die Verringerung und endlich das Verschwinden des Leidens.

Was ist die Ursache des Leidens? Sicher, es kann ein krankes Organ sein, eine Zerrung oder eine Entzündung. Doch die Wahrnehmung des Leidens ist geistiger Art. Von dem Moment an, wo man den Geist zu beruhigen versteht, indem man die Gedanken vorbeiziehen lässt und sich auf die Haltung und die Atmung konzentriert, wird der Geist friedlich und der Schmerz nimmt ab.

Beim Zazen übt man den Schmerz zu akzeptieren. Im Allgemeinen will man sich schmerzhaften Dingen entziehen. Der Anfänger spürt beim Zazen Schmerzen, mal wenig, mal mittelmäßig, mal sehr stark. Sogar mit einiger Erfahrung melden sich manchmal noch Schmerzen. Doch man steht nicht auf, man setzt sich darüber hinweg, denkt nicht daran, sodass dies zu einer festen Gewohnheit wird, ein Training der Bemühung – durch die Praxis und in der Praxis. Angriffen der Außenwelt oder plötzlich auftretendem inneren Unbehagen widersteht man unbewusst allmählich immer besser. Man nimmt das nicht mehr ganz so wichtig.

Das heißt nun sicherlich nicht, dass man, wenn man Zazen praktiziert, ein Krankheitszeichen (welcher Art auch immer) nicht mehr zu beachten bräuchte oder sich nicht mehr pflegen sollte. Im Gegenteil, man entwickelt gleichzeitig eine feinere Empfindung, eine schärfere Intuition, und man kann daher bei der Wahrnehmung einer Unstimmigkeit schneller in Alarmbereitschaft sein. Doch man leidet nicht mehr als notwendig, und wenn so sagen will, gibt es dann keine Dramatisierung des Schmerzes und keine falsche Sentimentalität mehr.

Man kann noch eine weitere Beobachtung machen: Man fühlt starken Schmerz nicht gleichzeitig an zwei Punkten. Im Dōjō kann man sich also entspannen und entkrampfen, indem man um das Kyōsaku bittet. Der kurze Schlag auf die Schulter verlagert die Schmerzempfindung und entspannt das Nervensystem.

Das Leiden wird durch den sich unablässig wälzenden Geist genährt, unterhalten und gesteigert. Leiden – das heißt immer, daran zu denken, dass man leidet. Und schon leidet man noch mehr. Alles, was wir in die Tiefe unseres Wesens verdrängt und vergessen haben, kann plötzlich durch einen Schock oder durch Umweltreize wieder erwachen. Es kehrt zurück und wird Leiden, oder es vermehrt automatisch eine kleine Verwundung der Eigenliebe, wie sie das Leben zwangsläufig hervorruft, in beträchtlicher, manchmal völlig unerträglicher Weise. Beim Zazen ist das bewusste Denken praktisch angehalten, es wird nicht genährt, das Bewusstsein wird friedlich, ruhig und aufnahmefähig. So wird durch die sehr starke Haltung, die Atmosphäre im Dōjō, die Unterweisung des Meisters und die tiefe Atmung ein Klima geschaffen, in dem man weder denkt noch leidet. Man lebt in den Tiefen seiner selbst, dort, wo alles Ruhe, absolute Leerheit ist. Man schneidet die Wurzeln des Leidens ab.

Und der Meister wiederholt immer wieder: «Ihr müsst werden wie der Tote im Sarg.» Durch diese Erziehung nehmen die Dinge wieder den ihnen zustehenden, relativen Platz ein. Beim Zazen ist die Atmosphäre, der sich der Meister beim Unterrichten aussetzt, wie die Zeit des Todes, wie der Augenblick des Sterbens.

Angesichts des Todes ist nichts so besonders wichtig.

Der alte kahle Baum inmitten der Berge

Der alte kahle Baum inmitten der Berge
Streckt seinen Körper über den Abgrund.
Vom Wind geglättet, vom Regen gewaschen,
Durch Stürme entblößt,
Hat er zehntausend Winter durchquert.
Allein die Essenz des Baumes hat Bestand.
Auch wenn wir ihn mit der Axt spalten,
Finden wir nicht seine Essenz.
Er ist prächtig.
Ohne Blüten, ohne Blätter, ohne Zweige, ohne Rinde, ohne Saft.
Er ist vollkommen trocken, er hat die Essenz
Seiner weltlichen Erfahrung angesammelt.

*

Das Zen-Dōjō heißt auch: Dōjō der kahlen Bäume.
Was bedeutet das?
Alles anhalten, jede Art bewussten Denkens aufgeben,
Ohne Ziel, ohne den Wunsch, Buddha oder Gott zu werden,
Ohne gut noch schlecht.
Zazen ist der kahle Baum.
Zazen ist weder eine Technik des Wohlbefindens
Noch sozialer Aufstieg,
Es geht darüber hinaus, weit darüber hinaus.
Es erhebt sich über die Wolken wie der Gipfel des Berges.
Das Leben des Menschen ist wie ein Ozean, bewegt von den Wellen.
Es gibt kleine Wellen und große Wogen,
Und manche umfassen die mächtigen Klippen.
Die Menschen am Strand
Sehen nur das Herannahen und Zurückströmen der Wellen.
Sie sehen nicht den großen Ozean.
Nach dem Zwitschern der Vögel ist der Berg noch stiller.
Die alte, ewige Wahrheit in all ihrer Frische
Hier und jetzt erschaffen, üben, ausprobieren –
Derart ist der Geist des Zen.

*Den reinen Wind, den vollen Mond
kann man nicht malen*

DAS KŌAN

Das andere Ufer erreichen

Zen ist immer widersprüchlich. Es begnügt sich nicht mit der allgemein üblichen Sicht der Dinge. Es lenkt den Blick auf ihr verborgenes Gesicht, auf die «andere Wirklichkeit», die nicht direkt erscheint und die man nicht durch das bloße Denken erfassen kann. Dafür benutzt es ein recht charakteristisches Verfahren, das Kōan. Der ursprüngliche Sinn des Wortes ist «Gesetz», «Regierungserlass» (von *kō*, «kaiserlich», und *an*, «Gesetz», «Regel»). Kōan bedeutet also: Prinzip, ursprüngliche Richtschnur, absolutes, unveränderbares Gesetz der Rechtsprechung. Das Kōan ist ein Mittel zur Erziehung des Schülers, ein Mittel, um ihn dieses absolute Prinzip erlangen zu lassen, sein Bewusstsein anzuregen, sich einer neuen Dimension zu öffnen. Ein Kōan mag dem «gesunden Menschenverstand» absurd erscheinen, doch mit der tiefinnerlichen Erfahrung versteht man es und begreift seine allumfassende Essenz.

Speziell die Rinzai-Schule hat die Übung des Kōan entwickelt. Die Sōtō-Mönche haben die Rinzai-Kōan kritisiert und umgekehrt. In Wahrheit sind aber die großen Meister grundsätzlich ein und derselben Ansicht, sie haben das gleiche Verständnis der Dinge, und ihr WEG ist derselbe.

Die Sōtō-Schule schließt den Rückgriff auf das Kōan nicht aus. Es kommt vor, dass der Meister beim Zazen oder danach in der Gruppe ein Kōan gibt. Manchmal stellt der Schüler eine Frage und die Antwort des Meisters stellt ein Kōan dar. Zum Beispiel könnte er auf die Frage «Gibt es eine Seele?» antworten: «Die Seele wandelt sich ständig.» Die Antwort wird zu einem Kōan, denn sie veranlasst den Schüler darüber nachzudenken und die Antwort selbst zu finden.

Das Kōan ist nicht notwendigerweise an ein poetisches Bild gebunden. In jedem Augenblick stellt uns der Alltag Kōan, die wir lösen müssen, indem wir jedes Mal eine neue Lösung schaffen und recht oft tief in uns gehen müssen. Man muss lernen können, «weder nachzugeben noch zu zögern».

Oft benutzt der Sōtō-Zen-Meister alltägliche Umstände aus dem Leben eines jeden von uns, um pausenlos zu erziehen, um uns die tiefen Schichten entdecken zu lassen, welche die Intelligenz mit ihren geläufigen logischen Schlüssen nicht erreicht, um die Wahrheit des Zen weiterzugeben. Dies geschieht auf ganz natürliche Weise. Mein Meister Kōdō Sawaki benutzte oft anstelle poetischer Bilder solche, die aus gewöhnlichen Umständen herausgegriffen und daher sehr tiefgründig waren.

Täuschen wir uns nicht! Die Kōan-Methode erfordert das gleiche Training und die gleiche Konzentration wie die Kunst den Bogen zu spannen und den Pfeil im richtigen Moment loszuschnellen zu lassen! Genauso wie man am Rand der Leerheit auf seinen Willen verzichten muss. Entschieden und mutig in den Abgrund tauchen, sich dem Tod aussetzen, um besser das Leben zu finden. Das Kōan bezieht sich auf den tiefen Bewusstseinszustand, zu dem man beim Zazen gelangt. Man darf über das Kōan nicht «meditieren» und schon gar nicht darüber nachdenken. Man muss es in das Unterbewusste eindringen lassen. Wenn der Augenblick gekommen ist, taucht es wieder auf und trägt den Geist plötzlich in einen Zustand des Sehens, den er durch eine Reihe bewusster Handlungen nicht hätte erreichen können. Man darf aus dem Kōan keinen intellektuellen Begriff machen, sondern muss es mit dem Körper denken, mit allen Zellen, bis es zum Satori-Bewusstsein wird. Man kann es nur und ausschließlich intuitiv verstehen.

Ein Kōan ist in seinem Wesen der Geist, der weitergegeben und übertragen wird durch den Geist (*ishin denshin*). Wenn man ein Kōan analysiert und es zu erklären versucht, wird es ein Bewusstseinsobjekt. Das Gleiche gilt für Bücher: Welchen Wert sie auch haben mögen, sie vermitteln nicht eigentlich die Essenz der Weisheit, selbst wenn sie mit dem Geist Buddhas oder Christi beseelt sind. Man kann die Essenz der Weisheit finden – durch die Konzentration auf die allgegenwärtige, reine und stille Leerheit, *kū*, in der alles Wahrheit ist.

Von Geist zu Geist

Die Essenz der Religionen kann man nicht umschreiben. Die Texte werden verbreitet, aber sie sind nur die Blätter des Baumes, und allein an die Wurzel muss man gelangen.

Die wahrhafte Essenz kann nur von Geist zu Geist, von meiner Seele zu deiner Seele, *ishin denshin*, weitergegeben werden. In Europa habe ich lange nur dieses eine Kōan benutzt. Die seither zitierten habe ich von meinem Meister. Sie sind im Allgemeinen sehr einfach, aber manchmal auch sehr poetisch. Hier einige davon, mit jeweils einem kurzen Kommentar, der ein schwaches Licht auf ihre tiefe Bedeutung werfen soll, eine Bedeutung, die euch dann durchdringt und zu einem Teil eurer selbst wird, so wie eine Handvoll Blumen die ganze Kleidung in ihren Duft hüllt.

Sesshin in Lodève 1973
(Ph.: W. Kristkeitz)

Die Mittagssonne wirft keinen Schatten.
Man kann Zen nicht mit dem Intellekt verstehen.

Kalt, warm: Ihr müsst es selbst ausprobieren.
Praxis.

Die Kurve kann die gerade Linie nicht in sich schließen.
Die korrekte Haltung ist wichtig.

Tiefe Quelle, langer Strom.
Das Verständnis wird durch Zazen immer tiefer.

Große Weisheit ist wie Dummheit.
Große Beredsamkeit ist ein Lallen.
Es ist nutzlos, sich hervorzutun.

Eine einzelne Hand – kein Geräusch.
Die Gegensätze vereinen.

Das Ich erobern, den Leuten folgen.
Wenn man das Ich aufgibt, gibt es keine Trennung mehr.

Zen und Tee – gleicher Geschmack.
Ruhe, Konzentration.

Das Kyōsaku tanzt im Frühlingswind.
Erziehung in Freiheit.

Der Bambus existiert oberhalb und unterhalb seiner Knoten.
Zen ist keine Sackgasse.

Der schnelle Strom spült den Mond nicht weg.
Die kosmische Ordnung ist immer da.

Tag um Tag – guter Tag.
    Der Geist, immer zufrieden, heute.

Der Wind hat nachgelassen, doch die Blüten fallen noch.
    Die Erscheinungen, die Illusionen sind in der Ruhe enthalten.

Die Farbe der Kiefern
ist weder modern noch altmodisch.
    Das Universum folgt keiner Mode.

Die Uhrzeit betrachtet mich und ich betrachte die Uhrzeit.
    In den Tempeln Japans
    wird die Uhrzeit sehr genau geläutet.

Das leuchtende Licht hat keine Rückseite.
    Das SELBST ist jenseits des Schattens.

Die weißen Wolken enthalten die blauen Berge.
    Das ist die Essenz des Zen.

Durch SITZEN abschneiden.
    Verstehen ist leichter als praktizieren.

Tee bereiten und wieder gehen.
    Mushotoku – ohne Ziel- und Zweckdenken.

Der Mensch betrachtet die Blume, die Blume lächelt.
    Zen ist jenseits des Verstandes,
    des Objektiven und des Subjektiven.

Der Esel betrachtet den Brunnen,
der Brunnen betrachtet den Esel.
Nicht fliehen.
    Wie beim Zazen – nicht bewegen,
    den Einfluss der Umgebung nicht erdulden,
    sondern in Harmonie bleiben.

Auf dem Zafu niemand, unter dem Zafu kein Boden.
    Zazen.

Das weiße Pferd durchdringt die Blüten des Schilfrohrs.
Ich werde du und du wirst ich.
Buddha durchdringt mich,
ich dringe ein in Buddha.
Das kleine Ich und das kosmische ICH werden eins.
Ich durchdringe die anderen, die anderen
durchdringen mich.

Der Mensch betrachtet den Spiegel,
der Spiegel betrachtet den Menschen.
Das Objektive betrachtet das Subjektive.

Um die Mitte der letzten Nacht –
der wunderbare Mond am Fenster.
Das kosmische Leben kommt mich besuchen
und dringt beim Zazen in mich ein.

Wenn Chōko Reiswein trinkt, ist Ryōko besoffen.
Gegenseitige Abhängigkeit der Wesen und Erscheinungen.

Allein im Zentrum des Kosmos in Meditation.
Es ist nutzlos, sich zu fragen,
wo das Zentrum des Universums liege.
Dort, wo man hier und jetzt SITZT:
Das ist das Zentrum des Kosmos.

Im Dōjō im Gebirge sitze ich in Versenkung;
alles ist ruhig. Die Nacht ist ohne Laut,
wenn ich mich hinsetze zum Zazen.
Das tiefe Gebirge, die Nacht,
eine kleine Einsiedelei.
Das Dōjō: der reine, aufrechte Geist.
Schwierigkeiten formen und reinigen den Charakter.

Sorgfältig kauen heißt: Es ist unmöglich, Hunger zu haben.
Den Saft der Dinge ausschöpfen.

Zwei Spiegel beleuchten sich gegenseitig.
Von Geist zu Geist.

Allein der Hass wählt aus.
    Trennung, Unterscheidung.

Tausend Dinge sind am Ende eines.
    Alles geht zum Einen zurück.

Eine Stille, ein Donner.
    Abwechslung.

Eins gewonnen, eins verloren.
    Das Gesetz des Lebens.

In der Hand der leuchtende Stein.
    Man kann alles selbst entdecken.

*Armes Haus, reicher W*EG.
    Einfaches Leben, tiefes Herz.

Augen waagerecht, Nase senkrecht.
    Die Ordnung der Dinge.

Grüne Weiden, rote Blumen.
    Der normale Zustand.

Die Lebenden sind im Leichenwagen,
die Toten geben das Geleit.
    Die Toten leben, die Lebenden sind wie Tote.

Hier ohne Angst, das ganze Leben ohne Angst.
    Jetzt glücklich, immer glücklich.
    Das Leben ist ein Hier und Jetzt nach dem anderen.

Der Berg Orō ist nur ein Berg.
Der See Shi-eki ist nur Wasser.
    Der berühmte Ort ist ein gewöhnlicher Ort.
    Wenn man einmal hingeht, versteht man.
    Das wahre transzendentale Bewusstsein
    ist der normale Zustand.

*Ein Kreis – der schöne leuchtende Mond
scheint auf den Zen-Geist.*
    Der Kreis: das GANZE.

Auf dem Berg Sōkei gibt es keine Spuren.
    Nachdem er die Essenz des Zen an Huineng
weitergegeben hatte, flüchtete Meister Kōnin
in die Berge. Wahre Intelligenz hinterlässt
keine Spuren. Wir müssen unsere Intelligenz aufgeben.
Ein anderer Sinn des Kōan ist der:
Wir dürfen kein Zeichen von Satori zeigen.
Die wahre große Persönlichkeit weiß nicht,
dass sie es ist. Am Ende müsst ihr werden
wie Esel: Keine Spuren auf dem Berg Sōkei.

Freier Geist, freie Umgebung.
    Wenn euer Geist frei ist, ist alles um euch herum frei.

Und hier noch einige Zen-Redensarten:

Im Winter einen Fächer schenken.
    Nicht hier und jetzt konzentriert sein.

Zorn wird Teufel, Lachen wird Buddha.

Fundamente verfallen, Flüsse trocknen ein.

Ein Korn Reis, ein Tropfen Schweiß.
    Ein Tag ohne Arbeit ist ein Tag ohne Essen.

*Die Ärzte kümmern sich nicht mehr um ihre Gesundheit,
die Mönche verlieren den Glauben.*
    Das Wesen jeder Tätigkeit.

Eines richtig gelernt – alles richtig verstanden.

Lange Diskussionen lösen selbst Gold auf.

ZEN-TEXTE ALTER MEISTER[20]

[20] Die nachfolgenden Texte und Textauszüge sind im gleichen Verlag als kommentierte Gesamtausgaben erschienen.

Hannya Shingyō[21]
(*Makahannya haramita shingyō*,
in Sanskrit *Mahā-prajñā-pāramitā-sūtra*,
«Herz der vollkommenen Weisheit»)

Maka hannya haramita shingyō

Kan ji zai bo satsu. Gyō jin han nya ha ra mi ta ji.
Shō ken go on kai kū. Do is sai ku yaku.

Sha ri shi. Shiki fu i kū. Kū fu i shiki. Shiki soku ze kū.
Kū soku ze shiki. Ju sō gyō shiki. Yaku bu nyo ze.
Sha ri shi. Ze sho hō kū sō. Fu shō fu metsu.
Fu ku fu jō. Fu zō fu gen. Ze ko kū chū.
Mu shiki mu ju sō gyō shiki. Mu gen ni bi ze(tsu) shin i.
Mu shiki shō kō mi soku hō.
Mu gen kai nai shi mu i shiki kai.
Mu mu myō yaku mu mu myō jin.
Nai shi mu rō shi yaku mu rō shi jin.
Mu ku shū metsu dō. Mu chi yaku mu toku.
I mu sho toku ko.

Bo dai sat ta. E han nya ha ra mi ta ko.
Shin mu kei ge mu kei ge ko.
Mu u kū fu on ri is sai ten dō mu sō. Kū gyō ne han.
San ze sho butsu e han nya ha ra mi ta ko.
Toku a noku ta ra san myaku san bo dai.

Ko chi han nya ha ra mi ta. Ze dai jin shu. Ze dai myō shu.
Ze mu jō shu. Ze mu tō dō shu. Nō jo is sai ku.
Shin jitsu fu ko ko setsu han nya ha ra mi ta shu.

Soku setsu shu watsu.
Gya tei, gya tei, ha ra gya tei, hara sō gya tei. Bo ji so wa ka.

Han nya shin gyō.

---

21 Dieses Sūtra wird nach jedem Zazen drei Mal rezitiert.

Essenz des Sūtras der höchsten Weisheit, die es ermöglicht, darüber hinauszugehen

Der Bodhisattva der Wahren Freiheit übt sich tief und gründlich in der Höchsten Weisheit und versteht so, dass der Körper mit den fünf Skandhas (Empfindung, Wahrnehmung, Denken, Wollen/Handeln, Bewusstsein) nur Leerheit ist, *kū*, und durch diese Erkenntnis hilft er allen leidenden Wesen.

O Śāriputra, die Erscheinungen sind nicht verschieden von *kū* und *kū* ist nicht verschieden von den Erscheinungen. Form ist Leerheit, Leerheit ist Form, und auch die fünf Skandhas sind Erscheinungen. O Śāriputra, alles Dasein ist in seinem Wesen *kū*, es gibt in ihm weder Geburt noch Vergehen, weder Reinheit noch Beschmutzung, weder Zunahme noch Abnahme. Daher gibt es in *kū* keine Form und keine Skandhas, nicht Augen noch Ohren, noch Nase, Zunge, Körper oder Bewusstsein, keine Farben, Töne, Gerüche, keinen Geschmack, nichts zu tasten, nichts zu denken. Dort gibt es weder Wissen noch Unwissenheit, weder Illusion noch Auslöschung der Illusion, kein Altern, kein Tod, noch die Beseitigung von Altern und Tod, keine Ursache des Leidens, keine Auslöschung des Leidens, es gibt dort weder Erkenntnis noch Gewinn, noch Nicht-Gewinn.

Dank dieser Weisheit, die über all dies hinausführt, gibt es für den Bodhisattva weder Angst noch Furcht. Alle Illusionenŭund jegliches Haften und Festhalten sind beseitigt und er kann das höchste Ziel des Lebens, das Nirvāṇa, erreichen. Alle Buddhas der Vergangenheit, Gegenwart und Zukunft erlangen durch Hannya Haramita das Verständnis dieser Höchsten Weisheit, das höchste Satori. Man muss daher verstehen, das Hannya Haramita das große universale Sūtra ist, das große, glänzende, höchste und unübertreffliche aller Sūtras, das unvergleichliche Sūtra, welches alles Leiden abschneidet, denn in der echten Wahrheit gibt es keinen Irrtum.

Und deshalb besagt dieses Sūtra von der Höchsten Weisheit: «Lasst uns darüber hinausgehen, alle gemeinsam, darüber hinaus und noch jenseits des Darüber-Hinaus, lasst uns das Ufer des Satori betreten.»

Shinjinmei
Meißelschrift vom Glauben an den Geist
von Meister Sōsan (?–606)
(Vers 1-10 von 73)

1
Es ist nicht schwer, den WEG zu durchdringen,
Doch man muss frei sein von Liebe und Hass,
Von Neigung und Abneigung.

2
Es genügt, frei zu sein von Liebe und Hass,
Damit die Einsicht sich zeigt,
Unvermittelt klar,
Wie das Licht des Tages in einer Höhle.

3
Doch entsteht im Geist eine Unterscheidung
Auch nur so winzig wie ein Staubteilchen:
Sogleich trennt unendliche Entfernung
Himmel und Erde.

4
Wenn wir das Satori
Hier und jetzt verwirklichen,
Darf keine Vorstellung
Von richtig und falsch
In unseren Geist mehr eindringen.

5
Der Kampf in unserem Bewusstsein
Zwischen richtig und falsch
Führt zur Krankheit des Geistes.

6
Gelingt es uns nicht,
In die Quelle der Dinge einzudringen,
Wird sich unser Geist
Vergeblich erschöpfen.

7
Der WEG ist rund, friedlich und breit,
Wie der unermessliche Kosmos,
Vollkommen,
Ohne die geringste Vorstellung
Von Beharren oder Zerbrechen.

8
Wahrlich,
So wir ergreifen oder zurückweisen wollen,
Sind wir nicht frei.

9
Lauft nicht den Erscheinungsformen nach,
Und verweilt auch nicht in der Leerheit.

10
Wenn unser Geist die Ruhe findet,
Verschwindet er von selbst.

Kommentar zum zehnten Vers:

Wenn unser Geist die Ruhe findet, seinen normalen Zustand, verschwindet er auf ganz natürliche Weise, von selbst, wie im Schlaf. Das ist die Bedeutung von Zazen.
    Meister Keizan schrieb über diesen Vers ein berühmtes Gedicht:

Die weißen Wolken steigen herab und verschwinden.
Allein, mächtig und hoch ragt der Gipfel
des grünen Berges hervor
und stellt die hundert Berge in seinen Schatten.
Niemand gelangt an den Gipfel
des höchsten Berges.
Niemand versteht diesen geheimnisvollen Ort,
weder Buddha noch Gott,
kein Heiliger, kein Weiser vermag es auszudrücken,

weder mit der Kraft der Worte
noch selbst durch die Stille.
Auch wenn wir tiefgründig studieren
und weit vordringen in der Suche
nach diesem Ort –
mögen wir tagelang hinschauen,
es ist, als hätten wir keine Augen,
mögen wir nächtelang horchen,
es ist, als hätten wir keine Ohren.
Diese Musik – die Melodie einer Harfe ohne Saiten,
einer Flöte ohne Öffnungen –
berührt die kältesten Herzen,
ihre Harmonie erschüttert den spöttischsten Geist.
Subjekt und Objekt, beide verschwinden,
die Betriebsamkeit der Erscheinungen
und die Tiefe der Weisheit
schlummern ein.
Es gibt keine Angst mehr,
keine Pläne, keine Berechnungen,
man denkt nicht mehr.
Der Wind legt sich, die Wogen verschwinden,
der Ozean wird ruhig.
Mit dem Abend schließen sich die Blüten,
die Leute gehen heim.
In den Bergen friedliche Stille.

Shōdōka
Das Lied vom Satori hier und jetzt
von Meister Yōka-Daishi (649–713)

16
Ich allein, hier und jetzt, verstehe diese Wahrheit:
Alle Buddhas, die Körper aller Meister
Sind gleich, sind eine einzige Wahrheit.
Diese Erkenntnis, Ausdruck der Nicht-Furcht,
Schallt wie Löwengebrüll.
Hundert Tiere hören diese Stimme
Und erzittern bis in die Knochen.
Selbst der mächtige Elefant kniet nieder
Und verliert seine würdevolle Haltung.
Allein der große Drache am Himmel
Lächelt friedlich und versteht.

17
Ich praktiziere Zazen, während ich über Meere und Seen reise,
Berge und Flüsse überquere,
Meister und Berge besuche.
Doch seit ich die Stimme des Sōkei[22] verstand,
Weiß ich, dass Leben und Tod nicht existieren
Und nicht voneinander verschieden sind.

---

22 Yōka-Daishi war Schüler des 6. Vorfahren Huineng (Enō), der auf dem Berg Sōkei lebte.

Sandōkai
Die Einheit von Essenz und Erscheinung
von Meister Sekitō Kisen (700–790)

Der Geist des großen Weisen aus Indien
Wurde innigst, direkt und verborgen
Weitergegeben von Osten nach Westen.

Die Menschen sind verschieden
In Gefühl und Intelligenz,
Doch auf dem WEG
Gibt es keinen Süden und keinen Norden.

Die geistige Quelle ist rein und glänzend,
Allein die schmutzigen Nebenflüsse
Kommen aus der Dunkelheit.

Zu sehr an den Erscheinungsformen zu haften,
Führt zur Täuschung.
Der Essenz zu begegnen und ihr zu folgen,
Ist nicht das wahre Satori.

Bestimmt durch das Gesetz
Der wechselseitigen Abhängigkeit
Durchdringen einander alle Pforten
Und all ihre Gegenstände –
Zusammen und nicht zusammen.
Beide können in harmonischer Weise zueinander kommen.
Findet diese harmonische Begegnung nicht statt,
Bleiben die beiden an ihrem Platz.

Die Essenz aller sichtbaren Dinge besitzt
Einem jeden entsprechend unterschiedliche Eigenschaften
Und Bilder. Die Wurzel der Stimme verändert sich
Mit Freude und Leid.
Diese dunkle Tiefe ist die Welt
Der Verbindung der Elemente,
In allen Richtungen – oben, unten, in der Mitte.

Doch angesichts des Lichtes sind die Gegenstände hell,
Und an ihrem Platz im Dasein können wir erkennen,
Was rein und was verschmutzt ist.

Das Wesen der vier großen Arten kommt von selbst
In den Ursprung zurück, so wie das Kind
Seine Mutter wiederfindet.

Das Feuer wärmt, der Wind weht,
Das Wasser ist nass, die Erde ist hart.
Für die Augen gibt es die Farben,
Die Ohren nehmen die Töne wahr,
Die Nase hebt die Gerüche hervor,
Die Zunge kann Salziges und Süßes unterscheiden.
Doch alle Daseinsformen, wie die Blätter der Bäume,
Werden von der Wurzel ernährt.
Der Ursprung und das Ende
Entspringen der gleichen Quelle: *Kū*.
Der Ursprung und das Ende kehren zurück ins Nichts.
Das Edle wie das Alltägliche können benutzt werden –
Wie es euch beliebt!

Das Licht ist in der Dunkelheit,
Schaut nicht mit finsterem Blick.
Die Dunkelheit ist im Licht,
Schaut nicht mit leuchtendem Blick.

Licht und Dunkel stehen einander gegenüber,
Doch das eine hängt ab vom andern
Wie der Schritt des rechten Beins von dem des linken.

Jede Daseinsform hat ihren Nutzen.
Gebraucht sie, wie immer ihre Stellung sein mag.
Erscheinung und Essenz fügen sich genau ineinander.

Pfeil und Lanze stoßen zusammen.
Wenn ihr diese Worte hört, müsst ihr die Quelle verstehen.
Verharrt nicht in irrigen und egoistischen Vorstellungen.

Wenn ihr den Weg nicht verstehen könnt,
Werdet ihr ihn nicht erlangen können,
Selbst wenn ihr auf ihm geht.

Lenken wir unseren Schritt nach vorn, hier und jetzt,
Gibt es weder nah noch fern.
Der geringste Zweifel wirft einen Abgrund auf,
So tief wie zwischen Berg und Fluss.

Ihr, die ihr den Weg sucht, vergesst nicht
Den gegenwärtigen Augenblick.

Fukan zazengi[23]
Allgemeine Richtlinien für Zazen
von Meister Dōgen

Wenn wir jetzt nach dem Weg suchen, ist er grundsätzlich überall gegenwärtig. Weshalb sollten wir dann auf die Praxis und Erfahrung angewiesen sein? Das grundlegende Fahrzeug existiert aus sich selbst heraus. Warum sollten wir daher große Anstrengungen darauf verwenden? Die ganze Wirklichkeit[2] geht weit über den Staub und Schmutz der Welt hinaus. Wer könnte an ein Mittel glauben, sie zu reinigen? Grundsätzlich sind wir nie von unserem Ziel entfernt. Welchen Nutzen hätte da auch nur die geringste Schulung?

Und doch, wenn es nur die kleinste Unterscheidung gibt, ist der Weg so weit entfernt wie der Himmel von der Erde. Wenn nur die geringste Gegensätzlichkeit aufkommt, verliert sich der Geist in der Verwirrung. Jemand mag stolz auf sein Verständnis sein, er mag Großes verwirklicht, die Wahrheit erlangt und den Geist geklärt haben, aber selbst wenn er mit seinem Willen bis an den Himmel stößt und sich mit dem Kopf in geistigen Sphären bewegt, so hat er doch den kraftvollen Weg der Befreiung, der über den Körper hinausgeht, nahezu verloren.

Zudem können wir noch heute die Spuren des großen Weisen vom Jeta-Hain erkennen, der sechs Jahre lang aufrecht in Zazen saß. Und wir hören noch die Geschichte von Bodhidharma, der neun Jahre vor der Wand saß und im Shōrin-Kloster das Siegel des Buddha-Geistes weitergab. Wie könnten wir Menschen heute in unseren Anstrengungen nachlassen, wenn sogar die alten Heiligen so waren? Deshalb solltet ihr aufhören, nach rationalen Erklärungen zu suchen und Wörtern nachzulaufen. Lernt vielmehr einen Schritt zurückzutreten, lenkt euer Licht nach innen und lasst es sich dort widerspiegeln.

---

23 Übersetzung von G.W. Nishijima und G. Linnebach. Vollständig abgedruckt und kommentiert in *Meister Dōgen: Shōbōgenzō. Die Schatzkammer des wahren Dharma-Auges*, Band 1, Anhang 2 (im gleichen Verlag).

Dann werden Körper und Geist von selbst abfallen, und euer ursprüngliches Gesicht wird sich direkt offenbaren. Wenn ihr Dies erlangen wollt, praktiziert es sofort.

Für die Praxis des Zazen ist ein ruhiger Raum geeignet. Esst und trinkt nicht zu viel. Gebt alle Bindungen auf und lasst die Pflichten des Alltags ruhen. Denkt nicht an gut und böse oder an falsch und richtig. Beruhigt euren Geist, euren Willen und euer Bewusstsein, und erwägt nichts in Bildern, Gedanken oder Vorstellungen. Versucht nicht Buddha zu werden! (...)

Dieses Zazen ist nicht das Erlernen der Meditation. Es ist einfach das Dharma-Tor des Friedens und der Freude. Es ist die Praxis und Erfahrung, in der das Erwachen vollkommen verwirklicht wird. Beim Zazen verwirklicht sich das Universum unmittelbar, Netze und Käfige können es nicht erreichen. Wenn ihr diesen Sinn erfasst, werdet ihr wie die Drachen in ihrem Gewässer und wie die Tiger auf ihrem Berg sein. Bedenkt: Der wahre Dharma offenbart sich auf natürliche Weise vor euch – Schläfrigkeit und Zerstreutheit sind schon abgefallen. (...)

Zudem könnt ihr nicht mit dem Denken und Unterscheiden erfassen, wie sich die plötzliche Wandlung durch das stumme Hochheben eines Fingers, durch das Fallen eines Mastes, einer Nadel, oder durch das Lehren des Dharmas mithilfe eines Holzblockes ereignet. Dasselbe gilt für die Erfahrung der Einheit durch das Hochheben eines Hossu, einer Faust, eines Stocks oder durch das Ausstoßen eines Schreis. Wie könntet ihr dies durch die Praxis und Erfahrung übernatürlicher Kräfte verstehen? Es mag ein würdevolles Handeln geben, das jenseits von Klang und Form ist. Wie könnte es nicht ganz andere Maßstäbe vor dem Wissen und vor der Wahrnehmung geben? Deshalb solltet ihr nicht sagen, dass Wissen hervorragend und Dummheit minderwertig sei, und nicht zwischen intelligenten und beschränkten Menschen unterscheiden. Wenn ihr eure Anstrengungen einzig auf Zazen richtet, bemüht ihr euch wirklich um die Wahrheit. Dann ist eure Praxis und Erfahrung auf natürliche Weise rein und euer Geist ausgeglichen und normal.

Im Allgemeinen haben die Vorfahren dieser Welt und anderer Sphären, sowohl in Indien als auch in China, gleichermaßen die Buddha-Haltung bewahrt und konzentrierten sich einzig auf diese Tradition unserer Schule. Sie gaben sich nur dem Sitzen hin und wurden von der Stille angezogen. Deshalb solltet ihr nur Zazen praktizieren und euch um die Wahrheit bemühen, selbst wenn es in dieser Welt unendlich viele Unterscheidungen und Verschiedenheiten gibt. Weshalb solltet ihr euren Sitz im eigenen Haus aufgeben, um ziellos in den staubigen Gegenden fremder Länder umherzuirren? Ein einziger falscher Schritt, und der gegenwärtige Augenblick geht an euch vorbei! Habt ihr nicht euren menschlichen Körper als das wesentliche Werkzeug empfangen? Verschwendet nicht eure Zeit! Bewahrt und behütet das Herzstück des Buddha-Weges. Wer wollte da flüchtige Freuden genießen, die wie Funken vom Feuerstein springen? Nicht nur das, euer Körper ist wie ein Tautropfen auf einem Grashalm. Das Leben gleicht einem aufblitzenden Lichtstrahl. Plötzlich ist es verschwunden und verloren in einem Augenblick. (...)

Zazenshin[24]
Die Bambusnadel des Zazen
von Meister Dōgen (1200–1253)

Das wesentliche Tun eines jeden Buddhas,
Das Tun des Wesentlichen eines jeden Vorfahren im Dharma.
Es offenbart sich nicht im Denken,
Es verwirklicht sich nicht im Komplizierten.

Es offenbart sich nicht im Denken,
Sondern zeigt sich auf direkte und natürliche Weise.
Es verwirklicht sich nicht im Komplizierten,
Sondern vollzieht sich als natürliche Erfahrung.

Es zeigt sich auf direkte und natürliche Weise,
Niemals wurde es beschmutzt.
Es vollzieht sich als natürliche Erfahrung:
Niemals gab es in ihr richtig oder falsch.

Was sich direkt zeigt, wird niemals beschmutzt,
Direktheit hängt von nichts ab, und doch ist sie Befreiung.
In der Erfahrung gab es niemals richtig oder falsch,
Erfahrung ist ohne Streben nach Gewinn,
    und doch ist es Anstrengung.

Das Wasser ist rein bis zum tiefsten Grund,
Die Fische schwimmen darin als Fische.
Der Himmel ist weit am klaren Firmament,
Die Vögel fliegen in ihm als Vögel.

Wenn der Geist den Menschen frei ist, ist er MENSCH.

Ein Vers von Meister Kōdō Sawaki zum *Zazenshin*:

> *Das Dunkel des Kiefernschattens*
> *Hängt ab*
> *Von der Klarheit des Mondes.*

---

24 Aus *Meister Dōgen: Shōbōgenzō*, Band 2, Kap. 27.

*Auch wenn ihr die Blumen liebt,
verwelken sie.
Auch wenn ihr das Unkraut nicht mögt,
wächst es.*

Im gleichen Verlag:

Unser Bestseller und die ideale Fortsetzung zum vorliegenden Band:

Kōshō Uchiyama-Rōshi
Die Hand des Denkens öffnen
Grundlagen des Zen-Buddhismus
ISBN 978-3-948378-23-3

Seit über dreißig Jahren bietet *Die Hand des Denkens öffnen* eine Einführung in den Zen-Buddhismus und die Meditation, die in ihrer Klarheit und Kraft unübertroffen ist – ein einzigartiger, prägnanter Klassiker. Das Buch zielt direkt zum Herzen der Zen-Praxis und zeigt, wie Zazen eine tiefe und lebenserhaltende Aktivität sein kann. … Uchiyama-Rōshi untersucht, was ein Mensch ist, was ein Selbst ist, wie man ein wahres Selbst entwickelt, das nicht von allen Dingen getrennt ist, eines, das sich inmitten des Lebens in Frieden niederlassen kann.

Mal humorvoll, mal philosophisch und persönlich ist *Die Hand des Denkens öffnen* insbesondere ein großartiges Buch für Praktizierende. Es ist auch eine perfekte Weiterführung für Leser, die bereits eine Einführung in Zen gelesen haben, und es ist ganz besonders nützlich für diejenigen, die noch keinen Zen-Lehrer persönlich kennengelernt haben.

Kōshō Uchiyama (1912–1998) war wie auch Taisen Deshimaru ein Nachfolger des legendären Erneuerers der Sōtō-Zen-Tradition Kōdō Sawaki, und nach dessen Tod für einige Jahre Abt des Tempels Antaiji.

Verlag Werner Kristkeitz
Löbingsgasse 17 • 69121 Heidelberg • www.kristkeitz.de

Im gleichen Verlag:

ISBN 978-3-921508-07-7

ISBN 978-3-932337-12-3

ISBN 978-3-921508-10-7

ISBN 978-3-932337-20-8

ISBN 978-3-921508-15-2

ISBN 978-3-921508-84-8

ISBN 978-3-921508-04-6

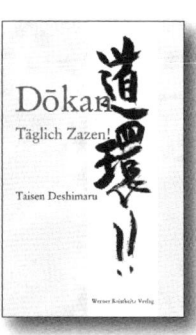
ISBN 978-3-921508-85-5

ISBN 978-3-921508-98-5

Verlag Werner Kristkeitz
Löbingsgasse 17 • 69121 Heidelberg • www.kristkeitz.de